郑珍 研究

曾秀芳 ◎ 著

中国社会科学出版社

图书在版编目（CIP）数据

郑珍研究/曾秀芳著. —北京：中国社会科学出版社，2016.8
ISBN 978 - 7 - 5161 - 8727 - 2

Ⅰ.①郑…　Ⅱ.①曾…　Ⅲ.①郑珍（1806 - 1864）—文学研究
Ⅳ.①I206.2

中国版本图书馆 CIP 数据核字（2016）第 182732 号

出 版 人	赵剑英	
责任编辑	熊　瑞	
责任校对	张依婧	
责任印制	戴　宽	

出　　版	中国社会科学出版社	
社　　址	北京鼓楼西大街甲 158 号	
邮　　编	100720	
网　　址	http://www.csspw.cn	
发 行 部	010 - 84083685	
门 市 部	010 - 84029450	
经　　销	新华书店及其他书店	

印刷装订	北京君升印刷有限公司	
版　　次	2016 年 8 月第 1 版	
印　　次	2016 年 8 月第 1 次印刷	

开　　本	710 × 1000　1/16	
印　　张	23.25	
插　　页	2	
字　　数	336 千字	
定　　价	85.00 元	

凡购买中国社会科学出版社图书，如有质量问题请与本社营销中心联系调换
电话：010 - 84083683

目　录

目 录

绪　论

一　选题缘起

　　早些年读书奔波，坐火车途经贵州，满眼是突突童山与低矮茅房，总情不自禁地想起李白的长流夜郎与阳明西谪。贵州是一片贫瘠的山地，贵州似乎也是贫穷的象征，（道光）《贵阳府志》云："黔省跬步皆山，田土硗薄，民多贫苦。"① 然而世事难料，2005 年笔者硕士毕业，居然来到了贵州，我与贵州结下了不解之缘。"豪英不地囿，十九兴偏邦。斩崖拨丛棘，往往逢兰茝。"② 真正步入黔土才发现，山乡的贫瘠与闭塞并不代表文明的隔绝。自明永乐十一年（1413）建省以来，在明清两代贵州居然万马如龙，有六千举人、七百进士之说！③ 一部《明清进士题名碑录》④、一部《播雅》⑤、一部《黔诗纪略》⑥、一部《黔诗纪略后编》⑦，一部《黔诗纪

---

① （清）周作楫辑，（清）朱德璲刊，贵阳市方志编纂委员会办公室校注：《贵阳府志》，贵州人民出版社 2005 年版，第 1241 页。

② （清）曾国藩著，陈国庆等编注：《曾国藩全集》（精华本），西北大学出版社 1994 年版，第 615 页。

③ 参见庞思纯《明清贵州七百进士》，贵州人民出版社 2005 年版；庞思纯《明清贵州六千举人》，贵州人民出版社 2006 年版。

④ 参见朱保炯等编《明清进士题名碑录索引》（全 3 册），上海古籍出版社 1980 年版。

⑤ （清）郑珍辑，黄万机等点校：《播雅》，《郑珍全集》（七），上海古籍出版社 2012 年版。

⑥ （清）唐树义审例，（清）黎兆勋采诗，（清）莫友芝传证，关贤柱点校：《黔诗纪略》，贵州人民出版社 1993 年版。

⑦ （清）莫庭芝、黎汝谦采诗，陈田传证：《黔诗纪略后编》，收入《中国少数民族古籍集成》（汉文版）第 89—90 册，四川民族出版社 2002 年版［影印清宣统三年（1911）陈夔龙京师刻本］。

略补编》①，证实了此说之不谬。于是经过一番搜讨，黔人中的优秀代表郑珍进入了我的视野。

郑珍（1806—1864），字子尹，贵州遵义人。一生仕途不济，道光年间中举，后会试屡试不第，以大挑②二等，权古州厅儒学训导、镇远府学训导、荔波县学训导等职，且为时短暂。一生足迹，除在贵州、云南、湖南做过几年幕僚与教习外，多数时间山居乡里。其一生"僻处偏隅，生出晚季，羁身贫窭，荼檗备尝，暂位卑官，文章事业，半得之忧虞艰阻之境，却学术醇备，著述精富"③，著述多达37种，《经》《史》《子》《集》四部俱全，位列《清史稿·儒林传》《清国史·儒林全传》《清代朴学大师列传·皖派经学家列传》，事迹见郑知同④《敕授文林郎征君显考子尹府君行述》、黎庶昌《拣发江苏知县郑子尹先生行状》《郑征君墓表》、凌惕安⑤《郑子尹年谱》等。

郑珍一生历经晚清四朝，主要活动于道光、咸丰时期。这个时期，既有鸦片战争前的表面承平，更有鸦片战争爆发的炮火、太平天国农民起义与贵州咸同各族人民大起义的滚滚浓烟。"文变染乎世情"⑥，文学是时代的晴雨表，"有清一代诗体，自道、咸而一大变"⑦。鸦片战争前后诗风发生转变，出现了两股诗风：一是由龚自珍开始的志士之诗发展为爱国诗潮，是诗风新变的开始；二是以学人之诗为特征的学宋诗派，开创了学古诗风之先，形成了一直延续到清末的近代宋诗派宋诗运动。郑珍由于早年

---

① （清）陈田辑：《黔诗纪略补编》，清宣统三年（1911）陈夔龙京师刻本。

② 大挑：即举人大挑。清乾隆定制，会试后将应考三次而不中的举人，由礼部分省造册，咨送吏部，派大臣共同拣选，选取分二等：一等以知县试用，二等以教职铨补。以教职铨补者，回本省候缺调用。

③ （清）郑知同：《敕授文林郎征君显考子尹府君行述》，白敦仁《巢经巢诗钞笺注》，巴蜀书社1996年版，第1483页。

④ 郑知同（1831—1890），字伯更，郑珍子，贵州遵义人。21岁乡试不第，后贵州停考，遂不取功名。同治十二年，四川提督学政张之洞聘作幕宾。光绪十三年，张之洞任两广总督，委为广雅书局总纂，病逝于广州。研治《说文》，有《六书浅说》《说文本经答问》等。工诗文，有《屈庐诗稿》《漱芳斋文稿》等。

⑤ 凌惕安：贵阳人，生平不详。著有《郑子尹年谱》《咸同贵州军事史》《清代贵州名贤像传》等。

⑥ （梁）刘勰：《文心雕龙》，浙江古籍出版社2001年版，第244页。

⑦ 王揖唐：《今传是楼诗话》，辽宁教育出版社2003年版，第20页。

师从一代宗伯程恩泽，深受其影响，与何绍基、莫友芝一道成为宋诗运动的中坚。作为宋诗派中的优秀诗人，郑珍的诗作多关注民生疾苦与百姓灾难，然毕竟与以龚自珍、黄遵宪为代表的充满时代气息的新诗派有别，故后世遂将其囿于宋诗派的园地，视之为拟古诗派的代表而褒贬有加；新中国成立以后的最初三十年，学界将其定位于安贫乐道的书生和统治阶级的逃避倾向①之樊篱中，郑珍研究备受冷落；20世纪80年代以来，随着辩证务实学术精神的回归，一大批尘封于历史角落的前代大家重新成为学界研究热点，郑珍备受重视，对其学术与辞章进行整理与研究的新作不断出现。综观整个郑珍研究，其研究重点多聚焦于郑珍诗歌，而对郑珍诗歌内容或成就的表述又多有抵牾。清人评郑珍诗，云："凡所遭际山川之险阻，跋涉之窘艰，友朋之聚散，室家之流离，与夫盗贼纵横，官吏割剥，人民涂炭，一见之于诗。可骇、可愕、可歌、可泣，而波澜壮阔，旨趣深厚，不知为坡谷，为少陵，而自成为子尹之诗。"② 袁行霈先生则云："真正能够安恬地埋头于艺术创造的作家，往往是离现实斗争较远而属于守旧文学流派中的人物。鸦片战争时期宋诗派的代表作家郑珍，就是一个典型的例子。他对古代诗歌艺术颇有开拓，然而他的诗歌甚至连鸦片战争这样重大的历史事件也几乎没有反映。"③ 郑珍身处鸦片战争爆发的时代，为何诗中未反映鸦片战争？而清人又云郑珍诗歌反映了百姓流离与人民涂炭，甚至将之与杜少陵相提并论，前后表述的矛盾，原因何在？此其一。其二，郑珍的身份首先是作为学者还是作为诗人而存在？作为学者的郑珍，其学术品位与学术追求究竟如何？作为诗人的郑珍，其与宋诗派其他诗人相较，呈现怎样的共性与个性？郭延礼先生以郑珍为"宋诗派中的优秀诗人"④，何有此说？体现在何处？揭去"宋诗派"与"拟古诗派"的标签，我们能否

---

① 参见郭绍虞等主编，舒芜等编选，人民文学出版社1959年版《中国近代文论选》，舒芜在《前言》第三页至第四页云："以郑珍、莫友芝为代表的宋诗派，则与桐城——湘乡派相联系而又有不同。他们大抵是一些'安贫乐道'的书生，对时代的巨变似乎不即不离，一味追求一种萧寥而宁静的诗境，在里面'读书养气'，自命'不俗'：归根结底是逃避，也就是统治阶级内部一种离心倾向。"

② （清）唐炯：《巢经巢遗稿序》，白敦仁《巢经巢诗钞笺注》，巴蜀书社1996年版，第1514页。

③ 袁行霈主编：《中国文学史》（第四卷），高等教育出版社2005年版，第357页。

④ 郭延礼：《中国近代文学发展史》（第一卷），高等教育出版社2004年版，第169页。

以"诗界革命的先驱"来定位之？其三，除郑珍诗歌外还有关涉郑珍经学、散文、史学、农学等领域的隙地有待开垦，比如郑珍的《考工记》研究是否有价值？价值何在？郑珍的经学研究（如《轮舆私笺》《凫氏为钟图说》等）为何关注技术层面的问题？郑珍的散文研究仅有零星篇章论及其内容与艺术，且概括不全面，没有系统研究，该如何较为全面系统地审视郑珍的诗文创作？其四，如何在对郑珍进行全面观照的同时，又把郑珍放在清代社会与文化背景、晚清贵州社会与文化背景、遵义沙滩的历史文化背景三个特写镜头下透视？如何将郑珍与同时或异时代人做横向和纵向的比较研究以凸显其特质？如何复现郑珍生活的文化场景？如何补足郑珍的个人生存图景？如何还原郑珍生活与创作的原貌恢复独特的"这一个"？其五，郑珍作为一个地地道道的贵州诗人与平民学者，多数时间山居乡里，一生足迹基本不出贵州省境，一生穷处荒蛮之地，身居文化边缘地带，却著述精丰，成为贵州文化人的代表与典范，其出现的契机抑或其成功的原因是什么？在播州的历史隶属变迁中，巴蜀文化是否对其造成了影响？郑珍的出现又对贵州甚至晚清产生了什么影响？……鉴于上述种种疑问与兴趣，笔者遂将郑珍作为本书的选题对象。

二 研究现状

郑珍研究自19世纪中叶即始，早期研究多为其诗文集和学术专著的序跋及信札墓志等，且郑珍研究的第一部专著问世。民国年间，多是对郑珍诗歌进行研讨、对郑珍年谱的编纂以及著述的搜集整理与出版。新中国成立后的最初三十年，郑珍研究备受冷落，仅有零星诗歌研究的学术论文及附于诗歌选本的个人小传。20世纪80年代以来，郑珍研究受到瞩目，研究领域不断拓展，研究成果不断涌现，较前两个阶段长达一百多年的研究相比，发生了质的飞跃。然而这种开拓和丰富的趋势，总体上仍不能与其著述宏富、遍涉四部而又成就斐然的文学与学术地位相称。

1. 19世纪中叶至民国时期：启蒙发展期

郑珍研究自19世纪中叶即始，早期研究主要为郑珍学术专著或诗文集的序跋以及信札墓志等。这些文章多刊载于郑珍诗文集或学术专著之首尾，作者多为郑珍亲朋好友或知名学者，内容多对郑珍生平或著述缘起、成书过程与成就等做出评价。代表作有：郑知同《敕授文林郎征君显考子尹府君行述》，该文从郑氏家族定居贵州遵义之缘起、郑珍的生平行状、郑珍的为人与秉性、郑珍的为学与学术等方面对郑珍进行了较为全面而公允的评述。郑知同《〈郑学录〉跋》《〈轮舆图〉序》《〈汗简笺正〉后序》《〈仪礼私笺〉后序》《〈亲属记〉后序》等文，对郑珍相关经学与文字学著述的撰述缘起、郑珍的为学操守、成书过程以及付之剞劂等情况进行了介绍。黎庶昌《郑征君墓表》《拣发江苏知县郑子尹先生行状》二文，记述郑珍早年求学历程、为学立场、人格风范，评郑珍"卓然为西南巨儒"①。莫友芝《巢经巢诗钞序》高度评价郑珍诗歌，认为郑珍一生著述经训成就第一，文笔成就第二，诗歌成就第三，并预言他日成就与影响最大者是其诗歌，今果不其然。翁同书《巢经巢诗钞序》则溯源郑珍诗文流别，以郑诗简穆深厚于苏、黄为近，推郑文源出程恩泽侍郎。除上述书札序跋与墓志外，针对郑珍《说文》研究的专著出现：（清）李桢《说文逸字辨证》。李氏反复研究郑珍《说文逸字》，认为郑珍所补辑多违许氏原意，因为《说文逸字辨证》，搜讨补正。该书录郑珍《说文逸字》于前，自为辨证于后，系郑珍《说文》研究的首部专著，亦系迄今郑珍《说文》研究唯一的专著。

民国年间，多是研究郑珍诗歌，编纂郑珍年谱，搜集整理与出版郑珍著述。对其诗歌的研究，仅有单篇的学术论文，或诗文序跋，或附于他书中的零星评点。首先对郑珍诗歌的地位作具体阐述的是陈衍。其《近代诗钞·郑珍》云："窃谓子尹历前人所未历之境，状人所难状之状，学杜韩而非摹仿杜韩，则多读书故也。此可与知者道耳。"② 随后有赵恺③《巢经

---

① （清）黎庶昌：《拣发江苏知县郑子尹先生行状》，白敦仁《巢经巢诗钞笺注》，巴蜀书社1996 年版，第 1470 页。

② 陈衍：《近代诗钞》（上），商务印书馆 1935 年版，第 128 页。

③ 赵恺（1869—1942），字乃康，贵州遵义人。光绪三十年贡生。民国初执教省立遵义中学，1926 年与杨恩元总纂《续遵义府志》。1935 年红军长征到遵义时与徐特立交往甚多。终生潜研汉学，考校郑子尹著述。遗稿有《平水旧闻》《近泉居杂记》《遇徐特立先生纪事》《赵乃康诗文集》等，惜均爨于"文化大革命"。又辑郑珍《巢经巢全集》《巢经巢诗钞后集》《郑子尹先生年谱》等。

巢诗跋》、陈夔龙①《郑征君遗着序》、陈田《黔诗纪略后编·郑征君传》、梁启超《巢经巢诗钞跋》、汪辟疆《近代诗派与地域·闽赣派》、汪辟疆《光宣诗坛点将录·额外头领附录》、绍祖平《论新旧道德与文艺》等，均对郑珍持论颇高。梁启超对郑珍诗歌的评论褒贬有加。其《清代学术概论》云："咸同后，竞宗宋诗，只益生硬，更无余味。其可稍观者，反在生长僻壤之黎简、郑珍辈，而中原更无闻焉。"② 其《巢经巢诗钞跋》又云："郑子尹诗，时流所极宗尚，范伯子、陈散原皆其传衣……时流咸称郑子尹能自辟门户，有清作者莫举及。以余观之，吾乡黎二樵之俦匹耳。立格选辞，有独到处，惜意境狭。"③ 梁启超认为咸同后之诗总体成就不高，中原无可称道者，反是生于偏僻之地的简黎、郑珍辈稍稍可观；又针对时流对郑子尹的宗尚，指出郑诗有独到之处，但意境狭窄，视域不广。汪辟疆评点光宣诗坛，为点明晚清诗史渊源，于"额外头领附录"中特增"教头王进"一位，比郑珍为《水浒传》一百单八将外之未落草梁山但身怀使棒绝技的八十万禁军教头王进④，以此说明郑珍对近代诗风的巨大影响。邵祖平《论新旧道德与文艺》则云："道咸间，遵义郑子尹为诗，善写真语，其白描处即白话。……此真白话诗之圣手。"⑤ 从诗歌创作语言通俗化的角度高度肯定了郑珍，并誉之为白话诗圣手。

最早出现的郑珍研究单篇学术论文系胡先骕1922年发表于《学衡》的《读郑子尹巢经巢诗集》。该文从以日常俚俗入诗、叙述描写的空灵生动、学术识见之过人、对民生疾苦家国休戚的深切关怀等方面评述郑珍诗，赞扬其"学术之博赡，自宋欧阳文忠、王荆公、苏文忠以下，殆罕其匹，而以经师兼擅文学，盖朱文公以后一人而已"⑥。将郑珍与欧阳修、王

---

① 陈夔龙（1857—1948），字筱石，号庸庵、庸叟、花近楼主。贵州贵阳人，光绪进士。历任兵部主事、内阁侍读学士、河南巡抚、江苏巡抚、四川总督、直隶总督兼北洋通商大臣等。民国间寓居上海，关心桑梓，刊印《巢经巢诗钞》等。有《花近楼诗存》《松寿堂诗抄》《庸庵尚书奏议》等。

② 梁启超著，朱维铮校注：《梁启超论清学史二种》，复旦大学出版社1985年版，第83页。

③ 梁启超著，周岚、常弘编：《饮冰室书话》，时代文艺出版社1998年版，第388页。

④ 汪辟疆：《汪辟疆说近代诗·光宣诗坛点将录》，上海古籍出版社2001年版，第119页。

⑤ 邵祖平：《论新旧道德与文艺》，载《学衡》1922年第7期。

⑥ 胡先骕：《读郑子尹巢经巢诗集》，载《学衡》1922年第7期。

安石、苏轼、朱彝尊等相提并论。黄曾樾持论与胡先骕相同，认为"有清一代，儒林文苑兼擅者，康雍间则顾亭林朱竹垞，乾嘉之际，有汪容甫张皋文，咸同之季，仅郑子尹而已"[①]。将郑珍与顾炎武、朱彝尊、汪中、张惠言等并列。总的来说，民国时期郑珍研究的专篇学术论文仅寥寥数篇，除上述二文外，还有钱大成的《郑子尹诗论略》[②]、国立浙江大学校刊之《郑子尹之诗及其品格》[③] 等。胡先骕的《读郑子尹巢经巢诗集》中的部分观点成为郑珍研究中公认的经典定论。

郑珍年谱的编撰，既有专篇学术论文，又有学术专著。代表性的学术论文有：钱大成1935年发表于《国专月刊》第一至第三期的《郑子尹先生年谱》[④] 和贺代后1935年发表于《三楚周刊》第一卷第十三至第十六期的《郑子尹年谱》[⑤]。代表性的专著有：吴道安1928年的贵阳铅印本《郑子尹先生年谱》和凌惕安1941年的商务印书馆本《郑子尹年谱》[⑥]。此外，还有1940年附于《巢经巢全集》由赵恺编撰的《郑子尹先生年谱》。诸年谱中，以凌惕安本最善。该谱以郑珍著作为基本材料，其他各家著述中有述及郑珍事迹者亦加采录，搜罗颇为详尽，虽琐细不遗，但有观人于微之意。郑氏诗皆有本事，本事于郑氏诗之有关本人事迹者，辄录全首，堪称详明。

关于郑珍著述的搜集整理与出版，其成果主要有：1920年广东番禺徐绍棨据广雅书局本重印的《汗简笺正》《仪礼私笺》《轮舆私笺》和《亲属记》；1928—1929年整理出版的《巢经巢遗诗》四卷，附巢经巢逸诗和郑子尹先生年谱；中华书局的民国四部备要本《巢经巢集》，收录郑珍诗文集共21卷，汇辑了郑珍诗文创作的主要成果；1940年贵州省政府整理出版的《巢经巢全集》，该全集本收录了郑珍经学、诗文、史学等方面的专著，以及其子郑知同的主要著述，是该时期郑珍著述整理出

① 黄曾樾：《读巢经巢诗》，载《公馀生活》1944年第4期。
② 钱大成：《郑子尹诗论略》，载《国专月刊》1935年第2期。
③ 力行：《郑子尹之诗及其品格》，载《浙大校刊》1941年第100期。
④ 钱大成：《郑子尹先生年谱》，载《国专月刊》1935年第1—3期。
⑤ 贺代后：《郑子尹年谱》，载《三楚周刊》1935年第13—16期。
⑥ 凌惕安：《郑子尹年谱》，商务印书馆1941年版。

版最完善的版本。另外，商务印书馆 1936 年出版了代表郑珍书画成就的《柴翁书画集锦》。

此外，（清）吴其浚《植物名实图考长编》全文收录《樗茧谱》；（清）王先谦《皇清经解续编》全文收录《轮舆私笺》《仪礼私笺》《巢经巢经说》；广雅书局丛书收录《汗简笺正》《仪礼私笺》《论语私笺》《亲属记》；玲珑山馆丛书和咫进斋丛书均收录《说文新附考》；晋石厂丛书收录《郑学书目》；天壤阁丛书收录《说文逸字》；《黔南丛书》收录《仪礼私笺》《汗简笺正》等。

2. 新中国成立后的最初三十年：沉寂萧条期

在新中国成立以后的最初三十年中，学界将郑珍定位于"近代一股落后的以致'反动的诗歌逆流'，是当时'各种腐朽的拟古主义与形式主义的诗派'中最大的诗派"① 即"宋诗派"的樊篱中，郑珍研究受到冷落，仅有数篇学术论文及附于诗歌选本的个人小传，对其研究处于沉寂萧条期。小传的评价对郑珍亦有失偏颇，如北京大学中文系 1963 年出版的《近代诗选》云："郑珍是程恩泽为贵州学政时（一八二五）提拔的'贡生'，深受程恩泽提倡'朴学'或正统'汉学'的影响，研究文字训诂、经学考据，钻进了空疏无用的故纸堆。'考古之际，遇事触发，则寄兴为诗。'他的诗……也不出程恩泽的一派……基本上走着正统诗坛的一种拟古主义和形式主义的道路。"② 该时期代表性学术论文有：缪钺《读郑珍〈巢经巢诗〉》③、李独清《巢经巢诗说》④、黄大荣《清代贵州诗人郑珍》⑤、王燕玉《郑子尹和他的诗》⑥。其中成就较高且评述全面而公允者

---

① 王俊年：《"五四"以来中国近代文学研究之回顾和对今后工作的设想》，中山大学中文系《中国近代文学研究》编辑部编《中国近代文学研究》（第一辑），广东人民出版社 1983 年版，第 37 页。

② 北京大学中文系文学专业一九五五级《近代诗选》小组选注：《近代诗选》，人民文学出版社 1963 年版，第 206 页。

③ 缪钺：《读郑珍〈巢经巢诗〉》，载《光明日报》1960 年 3 月 13 日《文学遗产》第 304 期。

④ 李独清：《巢经巢诗说》，载《贵阳师范学院学报》1963 年第 1 期。

⑤ 黄大荣：《清代贵州诗人郑珍》，载《山花》1979 年第 2 期。

⑥ 王燕玉：《郑子尹和他的诗》，载《贵阳文艺》1979 年第 6 期。

系缪钺《读郑珍〈巢经巢诗〉》以及李独清《巢经巢诗说》。李独清《巢经巢诗说》从郑氏生平、著述刊行情况、郑珍思想、治学门径、诗文创作、诗歌体裁与艺术、书画成就、时代局限等方面作了较为全面的评述。

3. 20 世纪 80 年代以来：研究繁盛期

20 世纪 80 年代以来，郑珍研究成果不断涌现，仅据"中国期刊全文数据库"的数据，自 1980 年至今，在各种学术期刊上发表的郑珍研究的学术论文（含硕士、博士学位论文）近 200 篇，较前两个阶段长达一百多年的研究相比，发生了质的飞跃，充分显示了整个郑珍研究从冷落到受瞩目的发展历程。综观该时期的郑珍研究，表现为以下六个方面。

（1）研究领域不断拓展，研究成果不断涌现

最近三十年来的郑珍研究，虽仍以诗歌研究为主阵地，但已旁涉其散文、词、史学、经学、小学、交游、教育思想、哲学思想、园林美学观、书画艺术、郑氏家族、沙滩文化①等领域，研究范围大大拓展，且郑珍研究的个人传记出现。

诗歌研究方面，既有对郑珍诗歌源流、内容、艺术、风格等传统研究，也有对其诗歌诗论、诗史品格、诗歌意象、诗歌视角、新发现的郑珍遗诗、诗歌研究综述等拓展研究，以及郑珍诗集《巢经巢诗钞》三个笺注本的问世。代表性学术论文有：白敦仁《巢经巢诗的内容及艺术特色》②、黄万机《郑珍诗歌浅论》③、黄万机《评巢经巢诗淳朴自然的风格》④、赵杏根《论晚清宋诗派巨子郑珍的诗》⑤、龙先绪《清代贵州厘金与郑珍的

---

① 关于"沙滩文化"的名称界定或概念界说，目前学界尚在研究中，未有定论。可参见黄万机《浅谈"沙滩文化"资源的评估与开发》（载《贵州社会科学》2001 年第 5 期）、黄万机《夜郎故地文化史上的奇葩——遵义沙滩文化述论》（载《教育文化论坛》2010 年第 2 期）、黎铎《"沙滩文化"概念的思考》（载《教育文化论坛》2010 年第 2 期）、孔维增《遵义"沙滩文化"概念界说》（载《遵义师范学院学报》2014 年第 5 期）等文章。目前可大致界定为它是清代乾隆后期至清末民初出现于贵州遵义县东沙滩村落的一种地域性文化。关于"沙滩文化"之名称的来源与大致内涵，笔者将在文末"郑珍崛起的原因"一节中作介绍。

② 白敦仁：《巢经巢诗的内容及艺术特色》，载《贵州文史丛刊》1991 年第 4 期。

③ 黄万机：《郑珍诗歌浅论》，载《贵州社会科学》1980 年第 2 期。

④ 黄万机：《评巢经巢诗淳朴自然的风格》，载《贵州文史丛刊》1985 年第 1 期。

⑤ 赵杏根：《论晚清宋诗派巨子郑珍的诗》，载《苏州大学学报》（哲学社会科学版）1998 年第 4 期。

〈抽厘哀〉》①、宁夏江《郑珍在鸦片战争时期的诗歌创作》②、王英志《郑珍山水诗论略》③、邢博《巢经巢诗钞研究》④、赵庆增《杜甫郑珍晚岁诗境契合浅探》⑤、龙飞《清末诗人郑珍对杜诗的继承和发扬》⑥、罗筱娟《历炼骏骨阅山川——论郑珍诗歌中的山意象》⑦、曾秀芳《郑珍诗文创作的学人视角》⑧、黄万机《郑珍诗论刍议》⑨、蒋寅《郑珍诗学刍议》⑩、陈蕾《郑珍诗学研究》⑪、黄万机《论郑珍诗歌的"诗史"品格》⑫、龙先绪《新发现的郑珍遗诗》⑬、范国祖《郑珍诗歌研究综述》⑭、曾秀芳《从冷落到关注：郑珍研究的回顾与思考》⑮ 等。代表性专著有：杨元桢《郑珍巢经巢诗集校注》⑯、白敦仁《巢经巢诗钞笺注》⑰、龙先绪《巢经巢诗钞注释》⑱ 等，这三个笺注版本简称为杨本、白本、龙本，它们各有侧重，其相继问世为我们有效解读郑诗提供了极大的方便。

其文字学与经学研究，打破了以往沉寂局面，出现20多篇学术论文。这些学术论文，或总评郑珍的经学成就，或探讨郑珍的经学渊源、治经路径与学术旨归，或解读郑珍的经学或文字学研究价值等。其代表作有：黄万机《评郑珍的经学成就》⑲，吕友仁《乾嘉朴学传黔省 西南大师第一

---

① 龙先绪：《清代贵州厘金与郑珍的〈抽厘哀〉》，载《贵州文史丛刊》1999 年第 6 期。
② 宁夏江：《郑珍在鸦片战争时期的诗歌创作》，载《贵阳文史》2009 年第 2 期。
③ 王英志：《郑珍山水诗论略》，载《齐鲁学刊》2005 年第 4 期。
④ 邢博：《巢经巢诗钞研究》，硕士学位论文，山东大学，2005 年。
⑤ 赵庆增：《杜甫郑珍晚岁诗境契合浅探》，载《贵州文史丛刊》1997 年第 2 期。
⑥ 龙飞：《清末诗人郑珍对杜诗的继承和发扬》，硕士学位论文，西北师范大学，2009 年。
⑦ 罗筱娟：《历炼骏骨阅山川——论郑珍诗歌中的山意象》，硕士学位论文，华东师范大学，2010 年。
⑧ 曾秀芳：《郑珍诗文创作的学人视角》，载《文艺评论》2014 年第 12 期。
⑨ 黄万机：《郑珍诗论刍议》，载《贵州文史丛刊》1987 年第 2 期。
⑩ 蒋寅：《郑珍诗学刍议》，载《中国文化》2008 年第 1 期。
⑪ 陈蕾：《郑珍诗学研究》，博士学位论文，华东师范大学，2011 年。
⑫ 黄万机：《论郑珍诗歌的"诗史"品格》，载《贵州文史丛刊》1994 年第 6 期。
⑬ 龙先绪：《新发现的郑珍遗诗》，载《文学遗产》2003 年第 5 期。
⑭ 范国祖：《郑珍诗歌研究综述》，载《黔东南民族师范高等专科学校学报》1997 年第 1 期。
⑮ 曾秀芳：《从冷落到关注：郑珍研究的回顾与思考》，载《贵州社会科学》2010 年第 12 期。
⑯ 杨元桢：《郑珍巢经巢诗集校注》，贵州人民出版社 1992 年版。
⑰ 白敦仁：《巢经巢诗钞笺注》，巴蜀书社 1996 年版。
⑱ 龙先绪：《巢经巢诗钞注释》，三秦出版社 2002 年版。
⑲ 黄万机：《评郑珍的经学成就》，载《贵州文史丛刊》1986 年第 2 期。

人——郑珍学术成就表微》①、陈奇《郑珍经学门径刍议》②、曾秀芳《郑珍的治经路径与学术旨归》③、陈奇《郑珍对古文的研究》④、彭银《郑珍和〈汗简笺正〉》⑤、樊俊利《郑珍〈说文逸字〉研究》⑥、袁本良《郑珍〈说文逸字〉论略》⑦、袁本良《郑珍〈汗简笺正〉论略》⑧、袁本良《郑珍〈说文新附考〉论略》⑨、杨瑞芳《郑珍〈说文新附考〉研究》⑩、曾秀芳《郑珍对〈考工记〉车舆形制的考订》⑪、窦属东《郑珍〈亲属记〉研究》⑫、史光辉、姚权贵《〈说文逸字〉在〈说文〉学研究方面的文献学价值》⑬ 等。

　　郑珍散文研究仍是郑珍诗文研究的薄弱环节，迄今为止，仅有少数几篇学术论文，代表作如：黄万机《郑子尹的散文》⑭、李建国《郑珍散文艺术谈片》⑮、杜景《家庭教育的典范——郑珍〈母教录〉刍议》⑯ 等。可喜的是，郑珍散文的校注本出现。由黄万机、黄江玲校注的《巢经巢文集校注》，于 2013 年由中央民族大学出版社出版。该书由《巢经巢文集》四卷和《巢经巢遗文》16 篇组成，校注者对所录文章逐篇注释，是《巢经巢文集》的首个校注本。另外，郑珍的词作留存无多，其研究亦无多，仅一篇：张剑《郑珍佚词〈贺新郎〉解析》⑰。郑珍方志学研究亦是郑珍研究

---

① 吕友仁：《乾嘉朴学传黔省 西南大师第一人——郑珍学术成就表微》，载《河南师范大学学报》（哲学社会科学版）1997 年第 2 期。

② 陈奇：《郑珍经学门径刍议》，载《贵州文史丛刊》1987 年第 1 期。

③ 曾秀芳：《郑珍的治经路径与学术旨归》，载《牡丹江大学学报》2013 年第 7 期。

④ 陈奇：《郑珍对古文的研究》，载《贵州文史丛刊》1987 年第 2 期。

⑤ 彭银：《郑珍和〈汗简笺正〉》，载《贵图学刊》1997 年第 3 期。

⑥ 樊俊利：《郑珍〈说文逸字〉研究》，硕士学位论文，河北师范大学，2005 年。

⑦ 袁本良：《郑珍〈说文逸字〉论略》，载《贵州大学学报》（社会科学版）2000 年第 1 期。

⑧ 袁本良：《郑珍〈汗简笺正〉论略》，载《贵州文史丛刊》2001 年第 3 期。

⑨ 袁本良：《郑珍〈说文新附考〉论略》，载《古汉语研究》2002 年第 4 期。

⑩ 杨瑞芳：《郑珍〈说文新附考〉研究》，硕士学位论文，首都师范大学，2003 年。

⑪ 曾秀芳：《郑珍对〈考工记〉车舆形制的考订》，载《贵州文史丛刊》2011 年第 2 期。

⑫ 窦属东：《郑珍〈亲属记〉研究》，硕士学位论文，贵州师范大学，2014 年。

⑬ 史光辉、姚权贵：《〈说文逸字〉在〈说文〉学研究方面的文献学价值》，载《古籍整理研究学刊》2015 年第 3 期。

⑭ 黄万机：《郑子尹的散文》，载《贵州民族学院学报》（哲学社会科学版）1985 年第 1 期。

⑮ 李建国：《郑珍散文艺术谈片》，载《贵州文史丛刊》1985 年第 3 期。

⑯ 杜景：《家庭教育的典范——郑珍〈母教录〉刍议》，载《贵州文史丛刊》1998 年第 3 期。

⑰ 张剑：《郑珍佚词〈贺新郎〉解析》，载《文史知识》2008 年第 8 期。

的薄弱环节,迄今为止亦仅有少数几篇学术论文,其代表作为:肖先治《郑珍与方志学》①、翁仲康《道光〈遵义府志〉五题》② 等。

郑珍研究的个人传记,既有专著,亦有见于他书的个人小传。迄今为止,出现了两部郑珍传记,一为黄万机先生的《郑珍评传》③,二为戴明贤先生的《子午山孩·郑珍:人与诗》④。黄万机先生的《郑珍评传》一书,以传记形式,从郑氏一生历程、郑氏世界观与学术成就、郑氏散文与山水诗、郑氏诗画论及诗歌创作等方面作了较为全面而公允的评述。戴明贤先生的《子午山孩·郑珍:人与诗》一书,采用"以人驭诗,以诗证人,因人及诗,人诗共见"⑤ 的写法,是一部关于郑珍的诗传。具体而言,是书先介绍郑珍家世,然后正文起笔直接从郑珍二十一岁时写起,以郑珍所生活的道光、咸丰、同治年份以及相对应的郑珍年岁为经,以郑珍诗作和相应行事为纬,记述郑珍平生行迹,体裁独特新颖。见于他书的郑珍个人小传有:沃丘仲子《近代名人小传》⑥,王燕玉《贵州明清文学家》⑦,贵州社会科学院文学研究所《贵州明清作家论丛》⑧,吕慧鹃《中国历代著名文学家评传》⑨,支伟成《清代朴学大师列传》⑩,蔡冠洛《清代七百名人传》⑪,郭汉民、徐彻《清代人物传稿》⑫,林建曾、肖先治《贵州著名历史人物传》⑬,庞思纯《明清贵州六千举人》⑭,王培军《汪辟疆〈光宣诗坛点将录〉笺证》⑮ 等。

对郑珍世界观、教育思想、哲学思想、书画艺术等领域研究者寡,仅

---

① 肖先治:《郑珍与方志学》,载《贵州文史丛刊》1994 年第 6 期。
② 翁仲康:《道光〈遵义府志〉五题》,载《贵州文史丛刊》1994 年第 6 期。
③ 黄万机:《郑珍评传》,巴蜀书社 1989 年版。
④ 戴明贤:《子午山孩·郑珍:人与诗》,人民文学出版社 2012 年版。
⑤ 戴明贤:《子午山孩·郑珍:人与诗·自序》,人民文学出版社 2012 年版,第 7 页。
⑥ 沃丘仲子:《近代名人小传》,广文书局 1980 年版。
⑦ 王燕玉:《贵州明清文学家》,贵州人民出版社 1981 年版。
⑧ 贵州社会科学院文学研究所:《贵州明清作家论丛》,贵州人民出版社 1986 年版。
⑨ 吕慧鹃等编:《中国历代著名文学家评传》,山东教育出版社 1985 年版。
⑩ 支伟成:《清代朴学大师列传》,岳麓书社 1998 年版。
⑪ 蔡冠洛编著:《清代七百名人传》,北京图书馆出版社 2008 年版。
⑫ 郭汉民、徐彻主编:《清代人物传稿》,辽宁人民出版社 1993 年版。
⑬ 林建曾、肖先治:《贵州著名历史人物传》,贵州人民出版社 2001 年版。
⑭ 庞思纯:《明清贵州六千举人》,贵州人民出版社 2006 年版。
⑮ 汪辟疆撰,王培军笺证:《汪辟疆〈光宣诗坛点将录〉笺证》,中华书局 2008 年版。

有零星几篇学术论文，如黄万机《郑珍世界观初探》①《郑珍的教育活动与教育思想》②，韦启光《郑珍的哲学思想》③，陈训明《郑珍的书画艺术》④等。对郑珍交游研究的代表作系龙先绪《郑子尹交游考》⑤。

近年来的郑珍研究并不仅仅局限于郑氏本人，由郑氏及郑氏家族，乃至整个"沙滩文化"的评估、利用与开发。代表性论文有：黄万机《浅谈"沙滩文化"资源的评估与开发》⑥、敖以深《沙滩文化资源利用探析》⑦等。代表性论著有：遵义市地方志编纂委员会编的《郑珍家集》⑧、黄万机《沙滩文化志》⑨等。《郑珍家集》系收录郑氏家族及郑珍本人逸诗的诗文集，时间跨度大，上始康熙间郑珍先祖的诗歌创作，下迄21世纪郑珍后辈郑昌的诗文。《沙滩文化志》更涵盖郑氏、莫氏、黎氏三大家族人物与著述，以及禹门禅宗文化与诗文选录、沙滩文化研究资料索引，是一部以郑珍为核心的涵盖整个沙滩文化研究资料梳理的最为全面之作。

（2）郑珍著述的再次整理出版

1986年，遵义市地方志办公室（道光）《遵义府志》⑩点校出版。2006年，巴蜀书社据线装道光二十一年（1841）刻本《遵义府志》影印出版。自1991年起，贵州古籍集萃丛书《郑珍集》由贵州人民出版社陆续出版，包括《郑珍集·经学》⑪《郑珍巢经巢诗集校注》⑫《郑珍集·文

①　黄万机：《郑珍世界观初探》，载《贵州文史丛刊》1987年第1期。

②　黄万机：《郑珍的教育活动与教育思想》，载《贵州教育学院学报》（社会科学版）1987年第4期。

③　韦启光：《郑珍的哲学思想》，载《贵州社会科学》1992年第12期。

④　陈训明：《郑珍的书画艺术》，载《贵州文史丛刊》1984年第1期。

⑤　龙先绪：《郑子尹交游考》，中国文史出版社2004年版。

⑥　黄万机：《浅谈"沙滩文化"资源的评估与开发》，载《贵州社会科学》2001年第5期。

⑦　敖以深：《沙滩文化资源利用探析》，载《贵州文史丛刊》2008年第4期。

⑧　遵义市地方志编撰委员会编：《郑珍家集》，中国文史出版社2006年版。

⑨　黄万机：《沙滩文化志》，中国文史出版社2006年版。

⑩　（清）郑珍、莫友芝纂：《遵义府志》，遵义市志编纂委员会办公室整理出版（内部发行）1986年版。

⑪　（清）郑珍著，王锳等点校：《郑珍集·经学》，贵州人民出版社1991年版。

⑫　杨元桢：《郑珍巢经巢诗集校注》，贵州人民出版社1992年版。

集》① 和《郑珍集·小学》② 四本。1996 年,《称谓录 亲属记》③ 由中华书局点校出版。点校本《遵义府志》《郑珍集》和《亲属记》的最大特色与贡献是对郑珍著述的或点,或校,或注,极大地方便了后学对郑珍的研究。1996 年,上海古籍出版社影印郑珍《巢经巢经说》《说文逸字》《说文新附考》《轮舆私笺》《凫氏为钟图说》《仪礼私笺》。2002 年,遵义市地方志办公室出版郑珍所辑地方诗歌总集《播雅》④。2003 年,贵州人民出版社出版郑珍《母教录》⑤。2007 年,贵州人民出版社出版郑珍《荔波县志稿》⑥。2012 年,上海古籍出版社出版遵义沙滩文化典籍丛书系列之《郑珍全集》(全七册),包括《巢经巢经说》《仪礼私笺》《轮舆私笺》《凫氏为钟图说》《亲属记》《郑学录》《说文逸字》《说文新附考》《汗简笺正》《遵义府志》《荔波县志稿》《巢经巢诗钞》《巢经巢文集》《母教录》《田居蚕室录辑逸》《播雅》凡十六种。至此,郑珍已定书稿得以全部出版。

(3)郑珍著述的多家收录

收录进丛书系列的主要有:

《四部备要》⑦ 收录巢经巢文集六卷、诗集九卷、诗后集四卷、遗诗一卷、附录一卷、逸诗一卷等。《续修四库全书》⑧ 收录《轮舆私笺》《仪礼私笺》《凫氏为钟图说》《郑学录》《亲属记》《巢经巢经说》《樗茧谱》《说文逸字》《说文新附考》《汗简笺正》及郑珍诗文集等。贵州古籍集萃丛书收录《郑珍集·小学》(包括《说文逸字》《说文新附考》《汗简笺正》《亲属记》)、《郑珍集·经学》(包括《巢经巢经说》《仪礼私笺》

---

① (清)郑珍著,王锳等点校:《郑珍集·文集》,贵州人民出版社 1994 年版。

② (清)郑珍著,王锳、袁本良点校:《郑珍集·小学》,贵州人民出版社 2001 年版。

③ (清)梁章钜撰,(清)郑珍撰,冯惠民等点校:《称谓录 亲属记》,中华书局 1996 年版。

④ (清)郑珍子尹编次,(清)唐树义子方校订:《播雅》,遵义市红花岗区地方志办公室 2002 年版。

⑤ (清)郑珍:《母教录》,贵州人民出版社 2003 年版。

⑥ (清)郑珍:《荔波县志稿》,贵州人民出版社 2007 年版。

⑦ (清)郑珍:《巢经巢集》,《四部备要》第 90 册,中华书局 1989 年版。

⑧ (清)郑珍:《巢经巢文集》,《巢经巢诗集》,《续修四库全书》本,第 1534 册,上海古籍出版社 2002 年版。

《轮舆私笺》《郑学录》)、《郑珍集·文集》(包括《巢经巢文集》《母教录》《樗茧谱》及《田室蚕居录（辑逸)》)、《郑珍巢经巢诗集校注》。遵义沙滩文化典籍丛书收录郑珍《巢经巢经说》《仪礼私笺》《轮舆私笺》《凫氏为钟图说》《亲属记》《郑学录》《说文逸字》《说文新附考》《汗简笺正》《遵义府志》《荔波县志稿》《巢经巢诗钞》《巢经巢文集》《母教录》《田居蚕室录辑逸》《播雅》凡十六种。

收录进诗集、诗歌鉴赏集、文集、词集、文论集等作品选集的主要有：

王英志注译《清人绝句五十家掇英》① 收录郑珍《山中杂诗》等 5 首；郭延礼《近代六十家诗选》② 收录《舟出合江》等 9 首；徐世昌《晚晴簃诗汇》③ 收录《同柏容邵亭泛舟过禹门山还饮姑园》等 31 首；《中华活页文选》（15）④ 收录《邵陵道中》等 16 首；钱仲联主编《中国近代文学大系：1840—1919》（第 4 集第 14 卷诗词集 1）⑤ 收录《留别程春海先生》等诗作 45 首；张正吾选注《中国近代文学作品系列·诗歌卷》⑥ 收录《闲眺》等 11 首；钱仲联《近代诗三百首》⑦ 收录《望乡吟》等 5 首；钱仲联《清诗三百首》收录《春日尽》等 11 首；钱仲联、钱学增选注《清诗精华录》⑧ 收录《题新昌俞秋农汝本先生〈书声刀尺图〉》等 22 首；赵杏根《历代风俗诗选》⑨ 收录《中秋送瓜词》等风俗诗 8 首；余冠英《中国古代山水诗鉴赏辞典》⑩ 收录《云门墱》1 首；奚少庚、赵丽云主编《历代诗词千首解析辞典》⑪ 收录《闲眺》等 3 首；《元明清诗鉴赏辞典》⑫

①　王英志注译：《清人绝句五十家掇英》，山西人民出版社 1986 年版。
②　郭延礼：《近代六十家诗选》，山东文艺出版社 1987 年版。
③　徐世昌：《晚晴簃诗汇》，中华书局 1990 年版。
④　中华书局上海编辑所编辑：《中华活页文选》（15），上海古籍出版社 1991 年版。
⑤　钱仲联主编：《中国近代文学大系：1840—1919》（第 4 集第 14 卷诗词集 1），上海书店出版社 1991 年版。
⑥　张正吾选注：《中国近代文学作品系列·诗歌卷》，海峡文艺出版社 1988 年版。
⑦　钱仲联主编：《近代诗三百首》，浙江古籍出版社 1990 年版。
⑧　钱仲联、钱学增选注：《清诗精华录》，齐鲁书社 1987 年版。
⑨　赵杏根：《历代风俗诗选》，岳麓书社 1990 年版。
⑩　余冠英主编：《中国古代山水诗鉴赏辞典》，江苏古籍出版社 1989 年版。
⑪　奚少庚、赵丽云主编：《历代诗词千首解析辞典》，吉林文史出版社 1992 年版。
⑫　钱仲联等撰：《元明清诗鉴赏辞典》，上海辞书出版社 1994 年版。

收录《晚望》等 7 首；黄明、黄珅选注《近代诗词文》① 收录《完末场卷，矮屋无聊，成诗数十韵，揭晓后因续成之》等 8 首。

靳代选注《近代散文选注》② 收录郑珍文《巢经巢记》；谭其骧主编《清人文集地理类汇编》（第 4 册）③ 收录郑珍文《与邹叔绩汉勋书》，《清人文集地理类汇编》（第 6 册）④ 收录郑珍文《游回龙山记》；祝鼎民、于翠玲选注《清代散文选》⑤ 收录郑珍文《斗亭记》《梅嵰记》《游回龙山记》；郑振铎编《晚清文选》⑥ 收录郑珍《巢经巢记》《梅嵰记》。叶恭绰编《全清词钞》⑦ 收录郑珍词《蝶恋花》（璎珞仙云飞过处）、《浣溪沙》（万水千山苦觅寻）2 首，钱仲联主编《中国近代文学大系：1840—1919》（第 4 集第 14 卷诗词集 2）和林葆恒辑《词综补遗》⑧ 亦收录郑珍此二首词。又如，汪文学《贵州古近代文学理论辑释》⑨ 是一部乡邦文献文艺理论的辑录，收录郑珍相关诗作《论诗示诸生时代者将至》等 8 首、文《〈慕耕草堂诗钞〉题语》等 7 首。其他不再一一赘述。

（4）文学史或诗纪事对郑珍的日趋注重

近三十年来出版的中国文学史或地方文学史，对郑珍的介绍，或忽略，或一笔带过，或仍将其囿于宋诗派园地者依然有之。如：庆振轩主编《中国文学史发展纲要》之近代文学编根本没有提及郑珍；游国恩等主编《中国文学史》仅一语带过；袁行霈主编《中国文学史》将郑珍视为守旧派人物，对其诗作未反映鸦片战争内容而颇有看法，等等。然而总体趋势是加强了对郑珍的评述与作品分析，对郑珍的定位渐趋公允，且褒者居多。如刘大杰《中国文学发展史》评述郑珍："反对在形式上摹拟古人，

① 黄明、黄珅选注：《近代诗词文》，广东人民出版社 2004 年版。
② 靳代选注：《近代散文选注》，上海古籍出版社 1985 年版。
③ 谭其骧主编：《清人文集地理类汇编》（第 4 册），浙江人民出版社 1987 年版。
④ 谭其骧主编：《清人文集地理类汇编》（第 6 册），浙江人民出版社 1990 年版。
⑤ 祝鼎民、于翠玲选注：《清代散文选注》，岳麓书社 1998 年版。
⑥ 郑振铎编：《晚清文选》，上海书店出版社 1987 年版。
⑦ 叶恭绰编：《全清词钞》，中华书局 1982 年版。
⑧ 林葆恒：《词综补遗》，书目文献出版社 1992 年版。
⑨ 汪文学：《贵州古近代文学理论辑释》，民族出版社 2009 年版。

主张诗中有我。"① 任访秋《中国近代文学史》在第五章《宋诗派及其他诗词流派》中认为："最能体现这一时期宋诗运动的美学追求和创作成就的，当推何绍基、郑珍二人"；郑珍在艺术上不盲目摹拟古人，反对绮靡诗风，是一位追求自己独特风格的诗人，也是道咸年间宋诗派中唯一一位大量从事农村题材创作的诗人。② 郭延礼《中国近代文学发展史》将郑珍定位为"宋诗派中的优秀诗人"、"近代宋诗运动中一位著名的诗人，其成就不仅是这一派诗人中最优秀的作家，而且也是近代诗坛上成就最突出的诗人之一"。③

黄万机《贵州汉文学发展史》④ 是一部关于贵州汉文学的地方文学发展史，该书用较多篇幅从郑珍诗歌的时代风采、文化内涵、艺术风格、地位和影响，郑珍的散文，郑珍的词等方面对郑氏辞章创作与成就进行了评述，并对其在贵州文学史与晚清文学史中的地位给予了极高的评价。另外，钱仲联主编的《清诗纪事》（道光朝卷）⑤，以 45 页的篇幅介绍郑珍，并附前人评述以及郑珍诗作 42 首，是搜集郑珍诗歌研究资料最全面之作。

（5）郑珍研究的专门研究机构出现，纪念郑珍的学术研讨会定期召开

1991 年，贵州省郑莫黎研究会（郑珍、莫友芝、黎庶昌）在遵义成立，并于 1991 年、1992 年、1994 年、1997 年分别举行了四次郑莫黎研究会，遵义成为郑珍研究的学术重镇。同时纪念郑珍的学术研讨会不断召开，其中较有影响者如：1984 年遵义"纪念郑子尹逝世一百二十周年报告会"、1994 年遵义"纪念郑珍逝世一百三十周年学术研讨会"、2006 年遵义"纪念郑珍诞辰 200 周年国际学术研讨会"。这些学术会议均聚焦郑珍及其作品研究：对郑珍诗歌探讨多从细处着眼，从各个侧面及不同视角作纵深开掘；郑珍山水诗成为关注热点；开始关注郑珍诗学渊源与诗论，以及郑珍与"同光体"的渊源与联系。

①　刘大杰：《中国文学发展史》（下），上海古籍出版社 1982 年版，第 1213 页。
②　任访秋：《中国近代文学史》，河南大学出版社 1988 年版，第 116—117 页。
③　郭延礼：《中国近代文学发展史》（第一卷），高等教育出版社 2001 年版，第 169 页。
④　黄万机：《贵州汉文学发展史》，贵州人民出版社 1999 年版。
⑤　钱仲联主编：《清诗纪事》（道光朝卷），江苏古籍出版社 1989 年版。

（6）研究者从本土延伸至异域

近三十年来，郑珍研究的队伍不断庞大。从地域角度上看，以贵州本土研究者为主；从研究者身份上看，呈现多样化状态，既有专家学者，亦有后起的硕士、博士，乃至兴趣爱好者。对郑珍研究卓有成就的大家有钱仲联、白敦仁、黄万机、龙先绪、杨元桢、袁本良、王锳等，除钱仲联、白敦仁两位先生外，其余诸大家均系贵州人。郑珍研究的硕士、博士身份者迄今共计10多人，如杨瑞芳《郑珍〈说文新附考〉》研究[①]、樊俊利《郑珍〈说文逸字〉研究》[②]、邢博《〈巢经巢诗钞〉研究》[③]、王有景《郑珍诗歌研究》[④]、黄江玲《郑珍的诗歌美学研究》[⑤]、李琼洁《郑珍诗歌研究》[⑥]、龙飞《清末诗人郑珍对杜诗的继承和发扬》[⑦]、罗筱娟《历炼骏骨阅山川——论郑珍诗歌中的山意象》[⑧]、王珺《郑珍山水诗研究》[⑨]、唐燕飞《才力与学问——郑珍〈巢经巢诗钞〉研究》[⑩]、窦属东《郑珍〈亲属记〉研究》[⑪]、陈蕾《郑珍诗学研究》[⑫] 等。他们或从郑珍诗歌创作角度，或从郑珍文字学研究角度，遍查资料，深入研究，尤其是陈蕾博士，曾为搜集西方郑珍研究资料，专程赴加拿大英属哥伦比亚大学（UBC）访学一年。

我国台湾也有郑珍的研究者，如孙佩诗先生和魏仲佐先生。孙佩诗先生《天欲文西南，大笔授柴翁：晚清贵州诗人郑珍及其诗研究》[⑬] 一文，

[①] 杨瑞芳：《郑珍〈说文新附考〉研究》，硕士学位论文，首都师范大学，2003 年。

[②] 樊俊利：《郑珍〈说文逸字〉研究》，硕士学位论文，河北师范大学，2005 年。

[③] 邢博：《〈巢经巢诗钞〉研究》，硕士学位论文，山东大学，2005 年。

[④] 王有景：《郑珍诗歌研究》，硕士学位论文，陕西师范大学，2007 年。

[⑤] 黄江玲：《郑珍的诗歌美学研究》，硕士学位论文，贵州大学，2009 年。

[⑥] 李琼洁：《郑珍诗歌研究》，硕士学位论文，湘潭大学，2009 年。

[⑦] 龙飞：《清末诗人郑珍对杜诗的继承和发扬》，硕士学位论文，西北师范大学，2009 年。

[⑧] 罗筱娟：《历炼骏骨阅山川——论郑珍诗歌中的山意象》，硕士学位论文，华东师范大学，2010 年。

[⑨] 王珺：《郑珍山水诗研究》，硕士学位论文，西北师范大学，2011 年。

[⑩] 唐燕飞：《才力与学问——郑珍〈巢经巢诗钞〉研究》，硕士学位论文，赣南师范学院，2012 年。

[⑪] 窦属东：《郑珍〈亲属记〉研究》，硕士学位论文，贵州师范大学，2014 年。

[⑫] 陈蕾：《郑珍诗学研究》，博士学位论文，华东师范大学，2011 年。

[⑬] 孙佩诗：《天欲文西南，大笔授柴翁：晚清贵州诗人郑珍及其诗研究》，硕士学位论文，台湾师范大学，1999 年。

总评了郑珍在诗歌艺术上的成就和得失。魏仲佐先生在《黄遵宪与诗界革命》① 一文中，将郑珍与龚自珍、金和并列为诗界革命的先驱。

不仅台湾省出现郑珍研究者，郑珍研究从本土走向异域，西方学界亦出现郑珍研究的两项学术成果。其一，印第安纳大学出版社于 1986 年出版了 *Waiting for the Unicorn*：*Poems and Lyrics of China's Last Dynasty* （1644—1911）② 一书。该书无中文译本，其中涉及推介郑珍和翻译郑珍零星诗歌的内容，是 20 世纪 80 年代以来对郑珍诗学进行译介的首次成果。③ 其二，加拿大英属哥伦比亚大学亚洲中心教授、汉学家施吉瑞（Jerry Schmidt）先生于 2013 年出版了郑珍研究的学术专著：*The Poet Zheng Zhen* （1806—1864）*and the Rise of Chinese Modernity*④ （书名：《诗人郑珍与中国现代性的浮现》，或被译为《郑珍：遵义沙滩派及中国现代性的起源》）。施吉瑞（Jerry Schmidt）先生专攻宋诗，由宋杨万里而及清代黄遵宪、郑珍、莫友芝与黎庶昌，曾于 2007 年 7 月、2009 年 6 月、2011 年 6 月三次赴黔。第一次赴黔，到贵州省文史馆，亲赴遵义沙滩，为郑珍执帚扫墓。第二次赴黔，为英译郑珍诗，诗作中所涉及的人、事、时、地、典故出处以及生僻词句，向贵州省社会科学院资深研究员黄万机先生请教。第三次赴黔，参加由遵义市政府、遵义市政协、遵义师范学院主办的 2011 中国遵义 "纪念莫友芝诞辰 200 周年暨沙滩文化（国际）学术研讨会"。施吉瑞（Jerry Schmidt）先生认为：郑珍是清诗第一人，可与杜甫齐名，可惜至今西方只有其短诗三四首；郑珍之叙事诗尤为杰出，反映社会人生既深且广；清代宋诗派文人都是经学家，不管是宗汉、宗宋，其学术都是求真，与西方科学精神相通，所以也比别人更能接近科学；甚至指出："要了解中国近代

---

① 魏仲佐：《黄遵宪与诗界革命》，博士学位论文，东吴大学，1991 年。

② Edited by Irving Yucheng Lo and William Schultz, *Waiting for the Unicorn*：*Poems and Lyrics of China's Last Dynasty* （1644—1911）, Bloomington & Indianapolis, 1986.

③ 该书是 20 世纪 80 年代以来涉及郑珍译介的首部论著，由陈蕾博士访学加拿大时遍访北美名校的亚洲图书馆所得。该书无中文译本，其具体涉及郑珍推介及郑珍诗歌翻译的英文原版内容，可详见陈蕾博士的博士学位论文《郑珍诗学研究》中《附录》之《海外汉学界对郑珍诗学之译介》部分。

④ J. D. Schmidt, *The Poet Zheng Zhen* （1806—1864）*and the Rise of Chinese Modernity*, Leiden：Brill Press, 2013.

史，就必须研究郑珍。"① 其著述 *The Poet Zheng Zhen* (1806—1864) *and the Rise of Chinese Modernity* 是研究郑珍的首部外国学术专著。该著述除向西方介绍郑珍的生平与时代背景、郑珍的诗歌与诗学思想研究、郑珍对科学与技术的关注与研究等内容外，附录中还有郑珍诗歌翻译 100 多页。施吉瑞（Jerry Schmidt）先生认为：郑珍诗歌具有独特的矛盾性，因其崇拜苏轼和韩愈，于诗作中便将苏轼作品的乐观性与韩愈作品的悲观性融于一体，形成了矛盾之所在。而这种矛盾的情感正是一种极其独特的现代性的体现。故而施吉瑞（Jerry Schmidt）先生最想向西方读者传递这种独特的、具备中国味道的现代性。更希望通过郑珍作品中的现代性特点，改变西方世界对近代中国尤其是在文学和艺术领域的不公正评价。目前，该书已被翻译成中文。

三　研究意义

郑珍是晚清贵州遵义人，一生历经嘉庆、道光、咸丰、同治四朝，主要活动于道咸时期。其一生僻处山野，不与宦游者相接，穷处文化边缘地带，远离学术主流圈，却在经学、史学、文学等领域取得了令人瞩目的成就，堪称独步西南。研究这样的一个人，其研究意义如下。

其一，文学地域的因地废人在黔中表现明显，以往的研究多聚焦于主流文化圈中的主流人物，有重复劳作之嫌。郑珍作为晚清有着丰富创作实绩的诗文家，很长时期内都未曾得到与其著述宏富、遍涉四部而又成就斐然的文学与学术地位相称的关注。研究郑珍，具有促进学术繁荣和视域转换的现实意义。

其二，后世将郑珍圉于"宋诗派"的园地，贴上"宋诗派"的标签，甚至有当代著名学者对郑珍诗作未反映鸦片战争的内容仍颇有微词。我们结合当时的社会历史、文化、地域等背景，研究其诗文，了解其人品，并将其诗文创作与诗学理论结合起来，放到更广漠的学术空间中去观照，对其进行全方位的、更为客观的审视与定位，会使文学史更加丰富、斑斓、

---

① 沈彬：《要了解中国近代史，就必须研究郑珍——一位西方学者眼中的西南巨儒》，载《贵州日报》2009 年 6 月 12 日，http://gzrb.gog.com.cn/system/2009/06/12/010583337.shtml.

接近真实。

其三，我们今天正处于一个人心浮躁、物欲横流、急功近利的快餐时代。我们自己，正受到非常的考验。郑珍一生身居山野，家境贫寒，交游狭窄，却以手中笔和箧中书寄栖精神，以诗书自娱，自学成才。该研究，透视郑珍的生存状态与精神状态，其追寻人生价值与意义的精神是一笔宝贵的精神财富，可借此给生活在精神迷雾中的现代人一点启迪。

其四，贵州僻处西南，文学地域的因地废人在贵州表现明显，在现代中国文化的总体结构中，贵州文化仍是一种弱势文化，仍面临着"被描写"或者被忽略的问题。孔尚任为吴中蕃《敝帚集》作序，旨在"与十五国人才衡长量短，使天下知黔阳之有诗"①。笔者以黔中贫士郑珍为研究对象，以郑珍为晚清贵州的名片，以郑珍为贵州文化人的典范与贵州文化的载体，结撰著述，既为回应文学地域因地废人在黔中的体现，试图为"被描写"或被忽略的弱势贵州文化尽绵薄之力，同时亦寄予播扬贵州地方文化而使天下知黔阳有人之意。

其五，拓展郑珍研究的学术领域，丰富郑珍研究的学术成果，同时，作为研究与教学资料为中国文学发展史提供阅读的便利和有益的思考。

---

① （清）孔尚任：《敝帚集序》，汪蔚林编《孔尚任诗文集》（卷六），中华书局1962年版，第486页。

第一章 郑珍的生活图景与著述

研究郑珍，离不开郑珍生活的社会历史背景和个人生存图景，所以对郑珍的解读首先从其所处的晚清时局、晚清贵州社会背景、遵义沙滩人文背景，以及郑珍个人的用舍行藏等方面着手，以期论世知人。

第一节 三个生存镜头

一 内外交困的晚清时局

郑珍出生于清嘉庆十一年（1806），卒于同治三年（1864），一生历经嘉庆、道光、咸丰、同治四朝。嘉庆朝虽承继"康乾盛世"而来，实际上，由于乾隆倚重权臣，铺张无度，劳民伤财，所以嘉庆帝继承的只是"康乾盛世"的外衣，其内早已危机四伏，暗流涌动。嘉庆一朝，便先后爆发了湘、黔苗民起义，湖南、广东、广西瑶民起义，川、楚、陕白莲教起义，豫、冀、鲁农民起义。这些此起彼伏的农民起义，剥开了清政府繁荣升平的外衣，暴露了清政府的腐朽和虚弱，成为清王朝由盛转衰的转折点。道光时期，清政府在经济、政治、军事、文化等各方面都已衰败颓废，进入"日之将夕"的衰世。政治上，从中央到地方，官吏昏庸，政风腐败，"三年清知府，十万雪花银"是对当时吏治腐败的生动写照。经济上，土地兼并严重，大官僚琦善就占有土地25600余顷，而占全国人口80%以上的农民却仅占全国耕地的10%左右，形成了"富者田连阡陌，贫者无立锥之地"的局面。军事上，军制落后，军备废弛。道光政府虽然拥有 22 万八旗兵和 66 万绿营兵，但战斗力相当薄弱。一方面，因为官兵长期养尊处优，组织松弛，纪律涣散；另一方面，武器装备落后，弓箭刀矛等冷兵器仍然是军队的主要装备。思想文化上，继续推行文化专制高压政策，大力宣扬孔孟之道，严格规定科举考试程式和命题内容，读书人或在故纸堆里做学问，或攻读朱熹集注"四书"，专习八股文和试帖小楷，对国外情况一无所知。而此时，以政治革命起航的欧美资本主义却发展迅猛，为了得到日益广阔的市场和充足的原料，寻求新的商品销售市场和原料产地，闭关自守的神秘东方国家成为他们的目标。以殖民掠夺、商品贸易、鸦片走私为手段，英国成为侵华的急先锋。1840 年，英殖民者以鸦片为殖民扩张的敲门砖，用坚船利炮和勃勃野心蛮横地打开了中国的大门，第一次鸦片战争爆发。鸦片战争的后果是强迫清政府签订了中英《南京条约》、中美《望厦条约》、中法《黄埔条约》等一系列不平等条约，中国从此由独立自主的主权国家沦为不完全独立的国家，自给自足的自然经济遭到破坏，中国社会性质发生根本变化。

关于道光时期的朝政，萧一山先生有一段精辟的总结：

> 绵宁即位之初，亦尚欲锐意图治，整饬历朝秕政，无如材智平庸，易为人所蒙蔽。在位三十年间，曹振镛、穆彰阿先后当国，内以遗太平天国之大乱，外以开鸦片未有之奇辱。而当时风习，治术则拘守成规，不敢稍有变通；学术则崇尚考据，不能讲求实用。虽忠心辅弼之臣，若阮元、陶澍、松筠、林则徐等皆略有所为，卒无救于国运之衰颓也。[1]

咸丰、同治两朝，更是江河日下。内有太平天国农民革命运动席卷大半个中国，持续时间长达十四年之久，还有北方的捻军起义、西南的苗民起义、西北的回民起义此起彼伏。外有第二次鸦片战争，英、法、俄、美等侵华集团又强迫中国签订了《天津条约》《北京条约》等一系列新的不

---

[1] 萧一山：《清代通史》（第二册），华东师范大学出版社 2006 年版，第 673 页。

平等条约。内外夹击，震撼着晚清王朝的统治根基，清王朝处于风雨飘摇之中。为对付来自内部的冲击，咸同统治者在利用湘军、淮军等地主武装武力镇压之外，还在思想文化上，把道德教化提升到突出位置。其一，宣扬忠孝节义，并加大对忠孝节义的表彰力度：设节义局、忠义局，修忠义录；为战功突出、死事尤烈的官员将领建立专祠；为湘军、淮军建昭忠祠；准一乡一邑绅民妇女死伤尤多者建昭忠节孝祠，以强化清王朝的凝聚力。咸丰三年（1853），清廷即颁布上谕，要求详细制定褒奖忠节的办法，谕称：

自粤匪窜扰以来，地方文武官员或守城殉节，或临阵捐躯，及绅士人等，志切同仇，尽忠效死者，业经立沛恩施，交部分别议恤，并将被害较烈各员，命于各该处建立专祠，以昭忠节。该官绅等忠义之气，允堪振起懦顽，褒恤之典，仍宜持从优厚，著该部详细查明，已经给与恤典者，再行分别酌议，加增予谥，或入祀昭忠祠，其家属殉难者，应如何优恤之处，一并酌核具奏。至未经奏报各员，著各该省督抚，迅即饬查被害情节，奏请奖恤，务稍疏漏，用示朕励节劝忠之至意。①

其二，开展以宣讲《圣谕广训》为主要内容的乡约教育，教化民众，以期稳定社会秩序。咸丰即位后，重申宣讲《圣谕广训》的意义，严厉要求各督抚实力奉行。同治年间，清政府广泛刊印《钦定满汉文圣谕广训》。同治四年（1865），清廷颁谕，严定宣讲事宜：

世道人心，所关非细，亟应申明旧例，以示率从。着顺天府五城及各省督抚大吏，严饬所属地方官，选择乡约，于每月朔望，齐赴公所，敬将《圣谕广训》各条，剀切宣示，其距城较远各乡，即著该地方官选择品行端正绅者，设立公所，按期宣讲，仍由该地方官随时考察，毋得日久玩生。教谕、训导等官，课士而外，惟当与诸生讲论孔孟之道，以砥砺其身心。其各省学政，按临处所，亦当督同学官，随时阐扬正教，认真开导，俾士民各端趋向，有所遵循。倘有地方州县及各学教官，虚应故事，奉行不力者，即由该管督抚、学政据实参处，以维风化而振愚蒙。①

其三，查禁《水浒传》等小说传奇，厉行文化专制。咸同时期，农民起义风起云涌，清廷曾先后几次下令查禁小说传奇，以扼杀民之反心，《水浒传》《西厢记》《金瓶梅》等首当其冲。统治者对《水浒传》进行了严厉的查禁，闽浙总督卞宝第即曾札饬各藩司：

> 至应禁小说，如《水浒》等部，聚众歃盟，各有绰号，尤为海盗之书。寇乱之初，结会拜盟，类多效此，流毒已非浅鲜，应即与《金瓶梅》各类淫书一并查禁焚毁，毋得视为具文，致干重究。②

其四，恢复和重建书院，整顿教官，倡导实学等。为对付来自外部的冲击，咸同统治集团中一部分当权人物和朝野开明人士，采西学，设局厂，谋自强，掀起了一场以"求强"、"求富"为目标的洋务运动，创办军事工业和民用企业，如曾国藩创办安庆内军械所，李鸿章创办江南制造总局以及上海轮船招商局，张之洞创办福州船政局，等等。"力图通过学习和仿效西方的军事制度和武器装备，增强朝廷镇压人民反抗和抵御外国入侵的力量"③，以期最终达到富国强兵。

然而，不管是思想意识领域的教化还是洋务改良自救运动，终究无法挽救晚清王朝衰颓的大势，无法阻挡历史大潮的滚滚向前。

---

① 《穆宗毅皇帝实录》（卷135），《清实录》第48册，中华书局1986年版，第187页。
② 卞宝第：《通饬札·卞制军（颂臣）政书》（卷三），沈云龙主编《近代中国史料丛刊》（第20辑），台北文海出版社1974年版，第203页。
③ 虞和平、谢放：《中国近代通史》（第三卷），江苏人民出版社2007年版，第60页。

二 发展迟缓的山国贵州

贵州是古人类发祥地之一，秦汉时期即纳入职方，是司马迁《史记》所云"西南夷"，但其时少数民族聚居地土酋势力很大，中央政府的统治力量很难深入，管辖相当松散。魏晋时期，沿袭秦汉郡县制度，但此时中原混乱，边控更加松弛。隋代，没有关于贵州地区的任何记载，属于贵州历史的断层。唐宋时期，普遍施行"羁縻州"制度，以征赋税、授封号相管辖，地方政权虽与中央政府保持联系，但独立性很强。"贵州"之名，始于宋代。元朝海内划一，将贵州分属湖广、四川、云南三行省，普遍推行土司制度。由于贵州在地理环境上的"西接滇、蜀，东连荆、粤，地齿神州，久沦荒服"①，其境内"皆毒雾瘴山，蛮峒彝寨，无宛马、邛竹动中国爱慕，而其君长世乐奉藩"②，为避免有失国礼和贻害边境，明朝于永乐十一年（1413）派兵镇压此地相互仇杀的思南、思州两大宣慰司，悉缴其领地，始置贵州承宣布政使司。改土归流，贵州始成一省之建制，从此结束分隶湖广、四川、云南三省的状况，成为直隶于中央政权的全国十三布政使司之一。继之，明廷实行移民实边，迁大军屯驻贵州，一人在军，合家同往，并世代承袭军户身份，以改变"民即苗也，土无他民，止苗夷"③的特殊居民结构模式，巩固边防，稳定政局。郑珍的先人即是从江西迁居贵州的汉民。其先祖郑益显系江西吉水人，作为游击将军，随平播大将刘綎征播，平播后奉命耕种防守遵义水烟地，后家遵义西乡。随着改土归流与移民实边，教育亦随之跟进，各地遍立学校，文教渐兴，人才日盛。据《明一统志》记载："本朝儒教渐兴，而冠婚丧祭之礼皆效慕中国，间有向意诗书、登科出仕者矣。"④ 有清一代，为完成明王朝未竟之事业，进一步加强对贵州的统治，实行大规模改土归流。雍正四年（1726），云贵总督

---

① （清）谷应泰：《明史纪事本末》卷十九《开设贵州》，上海古籍出版社 1994 年版，第84 页。

② 同上。

③ （明）王士性：《广志绎·西南诸省》，中华书局 1981 年版，第 133 页。

④ （明）李贤等撰：《明一统志》卷八十八《贵阳府》，《景印文渊阁四库全书》第 473 册，第 852 页。

鄂尔泰上《改土归流疏》。雍正六年（1728），鄂尔泰又上《正疆界定流土疏》，旨在削弱土官、土司权力，加强中央政府对滇黔边地的管辖与控制。随后，清政府对"千里苗疆"用兵，开辟了丹江、八寨、清江、古州、都江、台拱等"苗疆六厅"，结束了"叛服无常"分裂割据的土司统治局面。地理版图上，康熙、雍正年间，将原属湖南的镇远、天柱等地划归贵州，将原属广西的荔波等地划归贵州，将原属四川的乌撒府、遵义军民府划归贵州，而将永宁县划归四川，重新划定疆界，始形成今日贵州之疆域。

从自然条件来说，贵州地处云贵高原东部，境内山脉众多，重峦叠嶂，纵横绵延，山高谷深，全省山地和丘陵面积占 92.5%，山间平坝面积仅占土地总面积的 7.5%，故素有"八山一水一分田"之说。又，境内岩溶地貌发育典型，喀斯特（出露）面积占全省国土总面积的 61.9%，岩石裸露、草木不生。自然的原因和社会历史的原因，共同制约了贵州的发展。在历史的进程中，贵州缓慢地行进着。

嘉庆、道光年间的贵州，虽爆发了温水汛（今习水县）农民起义，但基本上处于承平状态。1840 年的鸦片战争，中国社会性质发生巨大变化，但并没有给地处"僻壤"的贵州造成多大影响。《贵州近代史》记载：

> 1840 年鸦片战争以后，中国一步一步地变成了半殖民地半封建社会。由于中国经济、政治发展不平衡，受外国资本主义的影响也随之而异。僻处祖国大西南的贵州，交通不便，经济落后，在 19 世纪 40—60 年代，虽不同程度地受到外国资本主义入侵的影响，但自给自足的自然经济结构还没有发生重大变化。70 年代至辛亥革命以前，英、法侵略者打开了祖国的西南"后门"，不断增加对贵州的商品和资本输出，贵州的自然经济逐步解体，资本主义工业开始产生，半殖民地半封建社会经济逐步形成和加深。[①]

---

① 周春元主编：《贵州近代史》，贵州人民出版社 1987 年版，第 12 页。

贵州商品经济的大门以 19 世纪 70 年代为分界线，直到光绪年间才被英法侵略者打开。也就是说，贵州的经济发展步伐比同时代其他地区至少慢了三十年。

咸丰、同治时期，贵州的社会政治形势发生急剧变化。一是太平天国起义的冲击，二是境内少数民族起义与"号军"①起义的此起彼伏。咸丰十一年（1861），太平军曾广依部进抵大定、毕节，围攻毕节城达 70 天之久；同治元年（1862），太平军石达开率部经湖南、四川、重庆綦江而抵遵义，攻打遵义城；同治二年（1863），太平军李福猷部三万余人由川南经滇东北进抵黔西北。在太平天国革命和广西农民起义的影响下，贵州各族农民揭竿而起，爆发了震撼清王朝的贵州咸同农民大起义。咸丰四年（1854），杨龙喜在桐梓领导农民起义，兵围遵义城四个月；同年，杨元保在独山领导布依族农民起义；咸丰五年（1855），张秀眉在台拱（今台江）领导苗族农民起义；同年，姜映芳在天柱领导侗族农民起义，潘新简在九阡（今三都）领导水族农民起义；等等。"号军"起义，发生在清咸丰五年至同治七年的贵州，起义军"招集兵马数十万，分扰贵州数十州县"②，时间长达十余年，战火遍及大半个贵州，是贵州历史上规模最大、持续时间最长的一次农民起义。农民起义的抗争，以失败告终。战乱带给百姓的是更大的灾难，带给贵州的是灾难性的破坏，是更为迟缓的发展。

三 钟灵毓秀的遵义沙滩

遵义自唐贞观十三年（639）始称"播州"。自唐僖宗乾符三年（876）至明神宗万历二十八年（1600）的 725 年间，一直是杨氏土司的领地。明万历二十八年，明王朝平定播州，次年废除播州宣慰司，改土归流，设平越、遵义二军民府，平越军民府隶属贵州，遵义军民府隶属四

---

① 号军：即教军，是太平天国时期在贵州由白莲教组织和领导的农民起义军。它以旗帜、服装的色别分为红号、黄号、白号、青号等分支，自咸丰五年至同治七年间，曾先后在平越、遵义、铜仁、思南等处略地占城，声势浩大。清政府调兵疯狂屠杀，起义失败。

② 顾隆刚编著：《太平天国时期贵州农民起义军文献辑录与考释》，贵州人民出版社 1986 年版，第 41 页。

川。清雍正五年（1727），改遵义军民府为遵义府，隶属贵州。遵义沙滩，即今遵义市东四十余公里处的新舟镇沙滩村，面积方圆十余里，"层峦环秀，绿水潆洄，秀木幽篁，四时苍翠，邑中溪山之胜无以逾此。去沙滩里许，有寺曰禹门，为清初高僧丈雪（四川内江人）所经始，寺负山临水，飞楼涌殿，颇称壮观"①。沙滩的出名在明万历间播州平定之后，且与黎氏家族密切相关。明万历二十九年（1601），一个叫黎朝邦的人从四川广安迁来沙滩居住，以耕读为业，以诗礼传家。他有三个儿子，长子怀仁，次子怀义，三子怀智。黎怀仁为处士，地方官造请不出，"教子孙家法秩然"②。黎怀义"性脱略，以明末多故，溷迹渔樵"③。黎怀智曾任黄冈知县，明亡后遁入空门，拜高僧丈雪为师。清朝初年，怀着遗民感伤情结的黎氏一家人谨守祖训，不参加科举考试，以耕读为业。这种情况持续了三四代人才发生改变。乾隆年间，黎怀仁的四世孙黎安理以孝义名乡里，以苦学中举，出任山东长山知县，位列《清史稿·孝义传》。黎氏家族自此门庭辉煌，从乾隆至光绪百余年间，贤才辈出，沙滩的名声也相应提升。而黎安理就是沙滩文化的奠基者，亦是郑珍的外祖父。

黎安理有两个儿子，长子黎恂④（字雪楼），二十九岁中进士，嘉庆十九年（1814）出任浙江桐乡知县。在浙江为官的七年，获益匪浅，"一是有机会与吴越名士交往切磋，二是读到了荒僻老家难以读到的许多书籍，再加上道光元年（1821）还乡时，带了数十箧图书回家，这番经历不但对他本人，对沙滩的变化都产生了重大影响"⑤。黎恂丁忧回乡后，称病家居十余年，一面开馆授徒，教授家族与相邻子弟，一面潜心治学。沙滩南里

---

① 张其昀主编：《遵义新志》，国立浙江大学史地研究所、遵义市志编纂委员会编，1987年重印本，第131页。

② （清）郑珍、莫友芝纂：《遵义府志·黎怀仁传》，（台北）成文出版社1968年版，第744页。

③ 同上。

④ 黎恂（1785—1863），字雪楼，贵州遵义人。嘉庆十九年进士，先后官浙江桐乡知县、浙江乡试同考官、云南大姚知县等。官浙江期间，父丧归里，自浙江运回书籍数十箱，供乡间学子阅读。咸丰元年，见天下大乱，辞官归里，教授族中子弟。诗宗杜甫、苏轼，为黔中诗坛名家；文习韩愈、欧阳修，淡雅雍容。有《千家诗注》二卷、《蛉石斋诗钞》四卷、《运铜纪程》二卷等，与刘荣黼合纂《大姚县志》十五卷。

⑤ 范同寿：《贵州历史笔记》，贵州人民出版社2008年版，第219页。

许禹门山，山顶是远近驰名的禹门寺，"寺中有读书堂，为黎氏家塾"①。黎恂授徒治学于此，其长子黎兆勋、外甥郑珍、年家子莫友芝②等都出自其门下，深受沾溉。黎安理次子黎恺，举人，先后任印江及开州儒学训导，工诗文，早年亦曾教授郑珍及族中子弟。黎恺之子黎庶昌，早年课读于黎氏家塾，后走出大山，出任外交官驻西欧各国，又两次出任日本钦差大臣，辑印《古逸丛书》，编纂《续古文辞类纂》，工古文，撰《拙尊园丛稿》等，有"南黎北薛"之誉，亦为黔中名家，等等，不一而足。世居沙滩的黎氏家族与乔居附近的郑氏家族、莫氏家族，三家"互为婚姻，衡宇相望，流风余韵，沾溉百年"③。故遂有"贵州文化在遵义，遵义文化在沙滩"④ 之说。抗日战争时期（1939），浙江大学西迁遵义，校长竺可桢及文学院院长梅光迪、史地所所长张其昀等学人亲临沙滩考察，并在浙江大学主编的《遵义新志》中将沙滩定为全国知名文化区。综上，郑珍就生活在内忧外患的晚清王朝、缓慢发展的山国贵州、人杰地灵的遵义沙滩这三重环境里。内外交困的晚清时局，玉成了他如"诗圣"杜甫般关心民瘼、民胞物与的情怀；山国贵州的地理环境，带给了他躬耕陇亩、模山范水的宁静心境；遵义沙滩的人文土壤，成就了他安贫知命、淡泊自守的儒者形象。

第二节　三段人生历程

郑珍生活的时代早已不是"国朝全盛不观兵，玉堂人物无愁声"⑤ 的

---

① 张其昀主编：《遵义新志》，浙江大学史地研究所、遵义市志编纂委员会编，1987 年重印本，第 131 页。

② 莫友芝（1811—1871），字子偲，号郘亭，贵州独山人，举人。十二岁时随父（莫与俦，遵义府学教授任）来遵义，父去世后葬青田山麓，莫氏兄弟遂建青田山庐。郑、莫、黎三家衡宇相望，结为姻亲。莫友芝曾与郑珍合纂《遵义府志》，后入曾国藩幕府逾十年，同治三年为祁寯藻荐为江苏知县不就。一生著述颇丰，有《遵义府志》《樗茧谱》（郑珍撰，莫注）、《宋元旧本书经眼录》《唐写本说文木部笺异》《韵学源流》等。文学创作有《郘亭诗钞》《郘亭遗文》《影山词》。辑录有《黔诗纪略》等。

③ 张其昀主编：《遵义新志》，浙江大学史地研究所、遵义市志编纂委员会编，1987 年重印本，第 131 页。

④ 黄万机：《郑珍评传》，巴蜀书社 1989 年版，第 12 页。

⑤ （清）郑珍：《题周渔璜先生〈西崦春耕图〉》，白敦仁《巢经巢诗钞笺注》，巴蜀书社 1996 年版，第 791 页。

康乾盛世，而是急剧下衰的晚清王朝。其一生主要活动于道光、咸丰时期，一生足迹除四次赴京、一次湖湘游幕、一次滇中游幕、一次川南之行外，其余85%以上的时间都山居贵州。观其一生行藏，大致可分为耕读求仕、三任教官、战乱流徙三个时期。

一 耕读求仕时期

郑珍于嘉庆十一年三月初十出生于贵州省遵义县西乡天旺里（今鸭溪镇）河梁庄。其父郑文清，为人诚朴刚直，能作诗，终身布衣。其母黎氏，是黎安理的第三女。黎氏由于出身于书香门第之家，对子女要求严格，常激励儿子勤学苦读，与邻里相处和睦，宽以待人，勤劳简朴，对郑珍濡染极深。嘉庆二十四年（1819），鉴于天旺里一带社会风气败坏，聚众赌博诈人钱财者成群结伙，郑父携家举家迁往遵义县东乡乐安里尧湾僦屋居住，是年郑珍十四岁。尧湾在乐安江畔，与外祖父家沙滩相距不足一里。郑珍这样形容乐安里一带的风景秀美与民风淳朴：

> 乐安唐旧县，极障界东绿。高处一俯望，山如微波蹙。双江绕青林，百里何秀曲。岂惟好山水，尤喜美风俗。农勤女纺织，商贩不远鬻。僻社萃廉秀，星居藩果竹。书无邓思贤，藏备四库绿。叟或不识城，儿不识樗鞠。①

这里，山秀水美，果木兴旺，民风淳朴，男耕女织，商旅不远游，偏地聚廉秀，无机诈巧取之徒，无赌博游惰之人，真是读书治学的好场所。嘉庆二十五年（1820），郑珍大舅黎恂丁父忧自浙江桐乡任返回乐安里，带回大批书籍。郑珍从黎恂受业，十七岁补县学廪膳生员，"纵观古今，殚心四部，日过目数万言"②。黎恂奇其才，以长女许之。时莫与俦③亦到

---

① （清）郑珍：《哀里》，白敦仁《巢经巢诗钞笺注》，巴蜀书社1996年版，第1397页。

② （清）郑知同：《敕授文林郎征君显考子尹府君行述》，白敦仁《巢经巢诗钞笺注》，巴蜀书社1996年版，第1475页。

③ 莫与俦（1763—1841），字犹人，号杰夫，贵州独山人。嘉庆进士，改翰林院庶吉士，任过知县，后改任教授。著有《二南近说》《仁本事韵》《喇嘛记闻》《贞定先生遗集》等。

遵义府学教授任，郑珍又入府学从莫氏受业。道光三年（1823），程恩泽
莅临贵州学政。道光五年，郑珍被选为拔贡，深受程恩泽赏识。程恩泽
汉学根柢深厚，给郑珍指出由文字训诂入手研治经义的治学门径，令其
服膺许（慎）、郑（玄）之学。程侍郎的指点，决定了郑珍一生学术主
攻的方向。

　　郑珍一生，仕途不顺，四十岁以前都在耕读与科考求仕的矛盾交织中
度过。曾四次赴京（其中三次会试，一次请业于程恩泽），参加四次乡试、
三次会试。第四次乡试中举，会试屡试不中。道光六年（1826），郑珍首
次出山，以拔贡赴京会试，不中，归途中应程侍郎之邀入其幕府。从程受
业、视学校士，游幕湖湘两年余，其间得与湖南两诗老欧阳绍洛①、邓显
鹤②交游切磋诗艺，结为忘年交；又与宁乡学者黄本骥③交，鉴别金石书
法，技艺大进。第一次乡试于道光八年（1828），落选，随后居乡，勤耕
苦读。第二次乡试于道光十一年（1831），落选，居乡，精研《说文》学。
第三次乡试于道光十四年（1834），亦落选。是年年底，第二次赴京，往
拜恩师程恩泽（时任户部侍郎），请点定《说文新附考》。程氏细阅手稿，
认为其《说文》学研究已超过钮树玉的同名著作，深感欣慰。道光十六年
（1836）春，郑珍启程去云南，时黎恂任云南平夷知县，郑珍一为探舅，
二为留作幕宾。为期一年余的滇中游幕，郑珍洞悉了官场黑白。第四次乡
试于道光十七年（1837），终于得以中举，时年郑珍三十二岁。这个举人
的头衔，对他来说，来得太迟而且饱尝失败。第二次会试，在道光十八年
（1838），郑珍落第而归。是年孟冬，应遵义知府平翰之聘纂修《遵义府
志》，莫友芝为佐，志局设在遵义府署来青阁。道光二十一年（1841）冬，
《遵义府志》撰成，为时三年。而郑母也于先年三月去世，郑珍遂葬母于

---

　　① 欧阳绍洛（1767—1841），字涧东，湖南新化人，举人，一生贫苦。有《涧东诗钞》十
卷等。

　　② 邓显鹤（1777—1851），字子立，一字湘皋，湖南新化人。举人，任宁乡训导，十三年后
告疾归。博涉群书，足迹半天下。工诗文词，有《南村草堂诗钞》24 卷、《南村草堂文钞》20
卷，辑《沅湘耆旧集》200 卷、《资江耆旧集》60 卷等。

　　③ 黄本骥（1781—1856），字仲良，号虎痴，湖南宁乡人，道光举人。官黔阳教谕，工诗
文，好金石。有《三长物斋诗略》5 卷、《文略》6 卷、《古志石华》30 卷、《痴学》8 卷、《郡县
分韵考》10 卷等。

沙滩附近子午山，筑丙舍守墓，继之建望山堂小木屋。第三次会试，在道光二十四年（1844），命与仇谋，临试身患重病，几于一死，"一病天涯死更生，命存那复计浮名"①，僵卧考棚，缴白卷出。大挑二等，以教职用，回省候补。

二　三任教职时期

参加完最后一次礼部试，郑珍在科考的针灸与剧痛中醒来，遂绝意于仕进，"掷将空卷出门去，王式从今不再来"②。适举人大挑，以教职候用。观其一生，三任教职。

第一次教职任，在道光二十五年（1845），权古州厅（今榕江县）儒学训导兼掌榕城书院，是年郑珍四十岁，可谓半世"瓠落"才博得区区学官。古州厅交通闭塞，刀耕火种，道光朝始立学校，学生苗汉参半，学舍荒陋，郑珍"初以文赋开其塞，继以性道化其顽，不数月，远近肄业至百余人，邻县数百里，有负笈来者"③，学生们尊称郑珍为"广文郑老"。此任学官，为期不足一年，是年冬即去职。是年年底，郑珍改建望山堂，拟在父亲有生之年不再租房而居。惜次年四月郑父去世，六月望山堂才改建竣工，遂迁入新居。至此，郑珍一家总算拥有了属于自己的房舍，遂"日以读书课子、种灌宰木为事"④。

第二次任职，在道光三十年（1850），权镇远府学训导，是年郑珍四十五岁。按规定，代理教职四年轮得一次。郑珍自古州厅教职任归来，赋闲已四年多，不见委任檄文，为生计，上省城奔走，道光三十年春终于有着落，权大定府（今大方县）威宁学正。然不意到任三日，正职即到，郑珍这个代理学正只得让位。遂回子午山，读书耕作，种花植树。是年

---

① （清）郑珍：《自清明入都，病寒，遂夜疟。至三月初七二更，与乡人诀而气尽。三更复苏。以必与试，归始给火牌驰驿，明日仍入闱。卧两日夜，缴白卷出，适生日也。作六绝句》（其一），白敦仁《巢经巢诗钞笺注》，巴蜀书社 1996 年版，第 503 页。

② 同上书，第 504 页。

③ （清）郑知同：《敕授文林郎征君显考子尹府君行述》，白敦仁《巢经巢诗钞笺注》，巴蜀书社 1996 年版，第 1478 页。

④ 同上。

秋，复往权镇远府学训导。镇远在舞阳河中游，依山傍水，沿河上下景色奇险，多溶洞。府城对岸的南洞与北洞是"黔南第一洞天"，在任期间，郑珍写下了著名的《两洞诗》，赞叹黔中山水之胜。又，训导一职虽是冷官，学舍简陋，生活清苦，然僧多粥少，求之者众，郑珍此任亦不足一年。咸丰元年（1851）夏，郑珍去职，返回子午山，整理诗文著述，撰写学术论文。

第三次任教职，在咸丰四年（1854），选授荔波县教谕，是年郑珍四十九岁。清制，官阶分九品，每品分正从，教谕属于正八品，训导只是从八品。对于此职，郑珍是快意的，只是干戈满地，是否赴任尚在踌躇中。因上年（咸丰三年）好友唐树义①被调任湖北按察使，是年正月即于黄州金口被太平军打败，投江自尽。是年八月，黔北农民揭竿而起，一举攻下桐梓县城，随即发兵直取娄山关，兵围遵义城。子尹站在子午山头，能隐约听到交战的炮声："郡城西望杀气紫，炮声隐震八十里。"② 为寻求一方净土，郑珍最终决定前往荔波任职，于是年十一月二十五日举家前往荔波，为此，还专门写有诗歌《十一月二十五日挈家之荔波学官避乱纪事八十韵》记述官兵的烧杀抢掠与远涉荔波的心路历程。从遵义到荔波，即从黔北到黔南，路途遥远，一路艰辛。北风呼啸、关山难越尚在其次，还有两个孙子先后夭折，埋骨异乡。跋涉两个多月，于次年二月抵达荔波。然而出任不到半年，荔波又爆发了潘新简领导的荔波水族农民起义，县令蒋家谷患病，郑珍代为设防，募练设关防御，乞援于南丹土知州莫树棠，经数十战，起义军暂时撤退。荔波亦非避乱之所，蒋家谷病渐愈，郑珍遂告归，于咸丰五年（1855）九月十六日携家离开荔波，取道相对安全的广西南丹、罗斛（今罗甸县）万山丛中，绕道到达贵阳。在贵阳好友的待归草堂滞留一些时日后，于年底返回子午山，所幸望山堂园林依旧，图籍无

---

① 唐树义（1793—1854），字子方，贵州遵义人。清嘉庆举人。道光六年（1826）大挑一等。历任湖北咸丰、监利、江夏知县，升调兰州道员、陕西按察使、湖北布政使、湖北按察使等职，曾率部与太平军作战十数次，咸丰四年（1854）太平军攻至，清军溃退，孤身投江自尽。工诗词，好与名士游，曾助郑珍辑《播雅》，助莫友芝辑《黔诗纪略》。著有《从戎日记》《北征纪行》《待归草堂诗文集》等。
② （清）郑珍：《望捷行》，白敦仁《巢经巢诗钞笺注》，巴蜀书社1996年版，第862页。

损。此时遵义的起义已被镇压，暂得安宁，此后的三四年间，郑珍潜心治学，林卧著书。

三　战乱流徙时期

郑珍生命的最后六年是在战乱流徙中度过的。"号军"数次进驻遵义东乡，郑珍一家亦多次遁走异乡，寄居他处，甚至子午山望山堂也最终被付之一炬，郑珍无家可归，最终病逝于筑寨自保的禹门山寨，而非病逝于家中。

咸丰九年（1859），唐树义之子唐炯①于四川南溪为官，屡邀郑珍作川南之游。而郑珍一生以苏轼、杜甫为楷模，亦有意作四川浣花溪、眉山之游，于是年十月前往南溪。不料十一月黄、白号军围攻遵义，县令被杀，郑珍子郑知同携家逃往四川南溪寻父，而郑珍闻知号军入遵义消息亦告别唐炯返黔，途中错过，待郑珍返家，则知同在南溪矣。咸丰十年（1860）二月，号军再度挥师遵义，郑珍避乱越过娄山关，到达桐梓县，在老友赵旭②的帮助下，寄居魁岩，等候家人返黔。三月，家人由川返黔，聚首魁岩。秋，全家返回子午山，所幸屋宇完好，图籍犹存。然好景不长，咸丰十一年（1861）十月，白号军以迅猛之势席卷遵义东乡，郑珍在与号军相隔只有三里时才获悉"敌情"，急忙领着家人逃跑，躲藏于绥阳深山。同治元年（1862）正月，号军攻占禹门寺，纵火焚烧附近村寨，望山堂也被烧毁，鸠集四十年的几万卷藏书顷刻间化为灰烬。郑珍无家可归，携家投奔遵义城，借居启秀书院破屋，借贷度日，生活艰难。是年八月，太平军石达开部围攻遵义城，未果。同治二年（1863）三月，郑珍携家寄居禹门山寨。十一月，大学士祁寯藻荐郑珍于朝，特旨以知县分发江苏。次年元月，曾国藩亦委托莫友芝致信郑珍前往安徽曾氏幕府，或官或不官均由郑珍自决。迟到的"浩荡皇恩"，郑珍已无意消受了，且病体日渐不支，故

---

①　唐炯（1828—1908），字鄂生，号成山老人，贵州遵义人，道光举人。先后官南溪知县、夔州府知府、绥定知府，奉命镇压农民起义军，平叛有功。擢建昌道道员、云南布政使、云南巡抚等。著有《成山庐稿》《成山老人年谱》《援黔录》《四川盐法制》《续修云南通志》等。

②　赵旭（1811—1866），字石知，号晓峰，贵州桐梓人。曾游学吴楚，博览群书。任《遵义府志》采访三年，官荔波训导、都匀府学教授等。有《播川诗钞》《桐荃》《舍人尔雅注》等。

均不应诏。同治三年（1864）九月十七日，郑珍病逝于禹门山寨，享年五十九岁。

郑珍的一生，没有立功沙场的驰骋豪迈，没有高居庙堂的春风得意，只有一介儒生对于进身之阶的孜孜以求，只有一介文士迫于生计的奔波流徙，只有一介草民在战乱岁月的纵浪大化，只有一介知识分子面临满目疮痍却求告无门的泣血悲鸣。

第三节　著述概述

郑珍一生虽绝大部分时间山居乡里，交通不便，信息闭塞，然而却凭着自身的潜质，如饥似渴地遨游于知识的海洋，又负笈北上，向程侍郎请教，终于打开缺口，汇入晚清学术的主流之河。观其在学术和诗文创作等领域所取得的成就，在贵州，甚至在西南地区，堪称首屈一指。现从经、史、子、集四部分别概述其著述情况，以及著述的版本情况。

一　经部著述

郑珍一生精力主要用于经学研究，其以郡人尹珍[①]为楷模，尝谓："遵义，汉牂柯也。自郡人尹珍道真从许慎、应奉受经书图纬教授南域，后无有以经术发闻者。"[②] 于是以道真自命，于经学用力最勤，学而成西南巨儒焉。

广义的经学包含了小学，所以其小学研究成果归于经部一并述之。郑珍的经学研究服膺东汉许、郑之学，其经学研究主攻"三礼"，其小学研究主攻《说文》学。经部著述，已刊行者主要有：《巢经巢经说》一卷、《仪礼私笺》八卷、《轮舆私笺》二卷、《凫氏为钟图说》一卷、《亲属记》二卷、《郑学录》四卷[③]、《说文逸字》二卷、《说文新附考》六卷、《汗简

---

① 尹珍，字道真，东汉毋敛（今贵州独山、荔波一带）人。曾从许慎、应奉受业，学成归教南域。遵义正安县一带有尹珍教学遗址，遵义道真县即取其字。

② 清朝国史馆编纂：《清国史》（第十二册），嘉业堂钞本，中华书局1993年版，第717页。

③ 《郑学录》是郑珍关于郑玄的人物传记与郑玄年谱、书目、弟子目的考订，属经部史类，可归于史部，亦可归于经部，考虑到这是对经学大师郑玄的专论，故本次研究归入经部。

笺正》八卷。已定散佚未刊书稿有：《辑论语三十七家著》《深衣考》《说隶》等。未定书稿有：《说文大旨》《说文谐声》《转注考》《释名证读》《补钱氏经典文字考异》等。

《巢经巢经说》收录郑珍的经学笔记和论文凡十九篇，重点不在于阐发经文的微言大义，而在于对历代的传笺注疏进行校勘、辨伪、补阙、匡谬。其版本并不复杂，主要有七种。其一，望山堂家刻本。系郑珍之子郑知同写字，前有翁同书序一篇。其二，《皇清经解续编》之南菁书院丛书本。该本书末有"仁和邵顺颖、善化刘钜校"字样。其三，中华书局四部备要《巢经巢集》排印本。该本据原刻重排，录有序跋，增补目录，校勘较为精审。其四，1940年贵州省政府编印之《巢经巢全集》本（以下简称省府《全集》本）。该本据望山堂家刻本重印，删去了翁同书序。其五，《续修四库全书》本。该本和四部备要本均将《巢经巢经说》归于《巢经巢文集》的第一卷，作为文集，而未作为经学著述单列。其六，1991年贵州人民出版社出版《郑珍集·经学》之《巢经巢经说》点校本。该本属《贵州古籍集萃》丛书系列，由王瑛点校，前有翁同书序、黎庶昌序。其七，2012年上海古籍出版社出版《郑珍全集》之《巢经巢经说》点校本。该本属遵义沙滩文化典籍丛书系列，点校以省府《全集》本为底本，由黄万机点校，前有翁同书、黎庶昌二序。本次研究以《贵州古籍集萃》丛书之《郑珍集·经学·巢经巢经说》点校本为底本，间以各本互参。

《仪礼私笺》系郑珍晚年之作，亦是郑珍一生礼学研究的结晶。其版本主要有七种。其一，同治五年（1866）遵义唐氏成都刻本。唐氏即贵州遵义人唐炯。该本由郑知同整理，唐炯于成都刊刻。其二，广雅书局丛书本。其三，《皇清经解续编》之南菁书院丛书本。其四，民国间《黔南丛书》本。其五，1940年贵州省府《全集》本。其六，1991年贵州人民出版社出版《郑珍集·经学》之《仪礼私笺》点校本。该本属《贵州古籍集萃》丛书系列，由李华年点校。其七，2012年上海古籍出版社出版《郑珍全集》之《仪礼私笺》点校本。该本属遵义沙滩文化典籍丛书系列，点校以省府《全集》本为底本，仍由李华年点校。《郑珍集·经学》之《仪礼私笺》点校本错谬较多，其他各本都据唐氏本翻刻。本次研究以上海书店

《清经解续编》1988 年缩印本为底本，间以各本互参。

《轮舆私笺》是郑珍针对《考工记》车制系统的专题研究之作，也是清代《考工记》车舆系统专题研究的代表性著述之一。其内容主要关涉《考工记》之《轮人》《舆人》《辀人》三篇，为此三篇作笺，故云《轮舆私笺》。其版本主要有六种。其一，独山莫氏金陵刻本。该本由莫友芝于同治七年（1868）初刻于金陵。其二，广雅书局丛书本。该本系光绪十四年（1888）广雅丛书据莫氏金陵刻本辑入。其三，《皇清经解续编》之南青书院丛书本。该本系《皇清经解续编》据莫氏金陵刻本辑入。其四，省府《全集》本。该本亦以莫氏金陵刻本为底本，辑入 1940 年贵州省府《巢经巢全集》。其五，1991 年贵州人民出版社出版《郑珍集·经学》之《轮舆私笺》点校本。该本属《贵州古籍集萃》丛书系列，由胡运飚点校。其六，2012 年上海古籍出版社出版《郑珍全集》之《轮舆私笺》点校本。该本属遵义沙滩文化典籍丛书系列，点校以省府《全集》本为底本，由黄万机、黄江玲点校。《郑珍集·经学》之《轮舆私笺》点校本标点错谬较多，其他各本都以莫氏金陵刻本为底本，故本次研究以上海书店《清经解续编》1988 年缩印本为底本，间以各本互参。

《凫氏为钟图说》系郑珍考订周代凫氏制钟工艺的著作。其版本主要有光绪十九年（1893）高培谷[①]资州刻本、民国间贵阳文通书局铅印本、1940 年贵州省府《全集》本、2012 年上海古籍出版社出版《郑珍全集》之《凫氏为钟图说》点校本。该点校本属遵义沙滩文化典籍丛书系列，是《凫氏为钟图说》的首次点校本，点校以省府《全集》本为底本，由黄万机、黄江玲点校。

《亲属记》是郑珍阐述礼经记载中历代宗族亲属称谓的著作，也是清代记述伦常纲纪的重要著作。其版本主要有六种。其一，贵阳陈氏刻本。该本由郑知同、陈榘补校，光绪十二年（1886）刊刻，次年竣工。只刻成上卷，下卷在书板时稿纸被火焚毁。其二，广雅书局丛书本。郑知同将仅有上卷的

---

① 高培谷（1836—1896），字怡楼，贵州贵阳人。弱冠入县学，因乡试停考，乃致力经世之学。后纳资以知县分发四川，历任西充、绵竹、大巴、巴县等地知县和资州知州，兴农劝学，扶助寒士，有政绩。

书稿携往广东，于光绪十四年（1888）辑入《广雅丛书》，分上下卷刻印问世，是为广雅丛书本。其三，1940年贵州省府《全集》本。该本将广雅丛书本合成上卷，将搜集到的陈榘后来补辑的原稿的下卷为下卷，一起合刊，世称《全集》本。其四，1996年中华书局点校本。中华书局将梁章钜《称谓录》和郑珍《亲属记》两家著述合版，名《称谓录 亲属记》。其五，2001年贵州人民出版社出版《郑珍集·小学》之《亲属记》点校本。该本属《贵州古籍集萃》丛书系列，由王瑛点校。其六，2012年上海古籍出版社出版《郑珍全集》之《亲属记》点校本。该点校本属遵义沙滩文化典籍丛书系列，由何萍点校，点校以省府《全集》本为底本，参校中华书局点校本等。

《郑学录》原名《康成传注、年谱、书目、弟子目》，经黄彭年①补充定稿，更名《郑学录》。该书是郑珍研究经学大师郑玄生平事迹与学术活动的专著。其版本主要有五种。其一，唐氏绥定刻本。该本由唐炯出资，于同治五年（1866）在四川绥定刊刻。其二，《晋石厂丛书》本。该本仅《郑学书目》一卷。清人姚慰祖所刊《晋石厂丛书》，收书十种，《郑学书目》即其中一种。该本前有"光绪辛巳（1881）五月归安姚氏校刊"字样，并有署名"归安姚慰祖"序，序名《郑学书目序》。笔者见之于四川大学图书馆。其三，1940年贵州省府《全集》本。该本以唐氏绥定刻本为底本。其四，1991年贵州人民出版社出版《郑珍集·经学》之《郑学录》点校本。该本属《贵州古籍集萃》丛书系列，由王瑛点校（以下简称王瑛点校本）。其五，2012年上海古籍出版社出版《郑珍全集》之《郑学录》点校本。该本属遵义沙滩文化典籍丛书系列，点校以省府《全集》本为底本，参校王瑛点校本，由王羊勺、俞菲点校。本次研究以王瑛点校本为底本，间以各本互参。

《说文逸字》是郑珍清代搜录逸字的首部专著，亦是郑珍文字学力作之一，其中附录部分为其子郑知同所撰。其版本主要有八种。其一，望山堂家刻本，刻于咸丰八年（1858）。其二，天壤阁丛书本，刻于同治光绪间，由山东福山王氏（王懿荣）刻，书前有"河间刘书年"序。其三，无

---

① 黄彭年（1824—1890），字子寿，号陶楼，贵州贵阳人。清道光朝进士，郑珍生前好友。曾主讲关中书院，主纂《畿辅通志》，官陕西按察使、江苏布政使、湖北布政使等。为官清正，博学多识，著有《陶楼诗文集》《东三省边防考略》《历代关津隘梁考存》等。

名氏袖珍本。该本与《说文新附考》合刻。其四，1931 年商务印书馆铅印本。其五，1936 年商务印书馆据天壤阁丛书影印本。其六，1940 年贵州省府《全集》本，该本据家刻本板式影刊。其七，2001 年贵州人民出版社出版《郑珍集·小学》之《说文逸字》点校本。该本属《贵州古籍集萃》丛书系列，由袁本良点校，王瑛审订。其八，2012 年上海古籍出版社出版《郑珍全集》之《说文逸字》点校本。该本属遵义沙滩文化典籍丛书系列，由黄万机点校，点校以省府《全集》本为底本，以商务印书馆铅印本和袁本良点本为主要参校本。

《说文新附考》亦是郑珍文字学的力作之一。其版本比较复杂，主要有九种。其一，初刻本，刻于清光绪五年（1879）。其二，附录《说文经字考》本。该本名称为《说文新附考》，但其中附录有"侯官陈寿祺恭甫"所撰《说文经字考》，刻于清光绪七年（1881），据初刻本校刻，目录后题"傅世洵仲龛补录"字样，卷前附"侯官陈寿祺恭甫"所撰《说文经字考》，各卷后题"傅世洵仲龛校"字样。罕见版本，笔者见之于四川大学图书馆。其三，姚氏（姚觐元）咫进斋丛书本。该本刻于清光绪九年（1883），系姚觐元据初刻本刊刻，有"归安姚觐元"序，每卷后题"归安姚觐元校刊"字样。笔者见之于四川大学图书馆。其四，玲珑山馆丛书本。该本刻于清光绪十五年（1889），据清光绪七年（1881）附录《说文经字考》本刊刻，但未附录《说文经字考》。罕见版本，笔者见之于四川大学图书馆。其五，无名氏袖珍本。该本与《说文逸字》合刻。其六，1936 年上海商务印书馆丛书集成本（以下简称商务印本），该本据咫进斋丛书本影印。其七，1940 年贵州省府《全集》本。其八，2001 年贵州人民出版社出版《郑珍集·小学》之《说文新附考》点校本。该本属《贵州古籍集萃》丛书系列，由袁本良点校，王瑛审订（以下简称袁点本）。其九，2012 年上海古籍出版社出版《郑珍全集》之《说文新附考》点校本。该点校本属遵义沙滩文化典籍丛书系列，点校以省府《全集》本为底本，参校商务印本和袁点本，由黄万机点校。

《汗简笺正》是郑珍针对宋初郭忠恕所撰《汗简》所作的笺正，郑珍文字学研究的又一力作。其版本主要有六种。其一，广雅书局丛书本。该本刻于光绪十五年（1889），分为八卷四册，其中书目笺正一卷，正文笺正七卷。其二，黎氏（黎庶昌）影印广雅书局本。其三，民国间《黔南丛书》本，贵阳文通书局铅印。其四，1940年贵州省府《全集》本。其五，2001年贵州人民出版社出版《郑珍集·小学》之《汗简笺正》点校本。该本属《贵州古籍集萃》丛书系列，由袁本良点校，王瑛审订（以下简称袁点本）。其六，2012年上海古籍出版社出版《郑珍全集》之《汗简笺正》点校本。该点校本属遵义沙滩文化典籍丛书系列，由黄万机点校，点校以省府《全集》本为底本，参校广雅书局丛书本和袁点本。本书以最新研究成果黄点本为底本，间以各本互参。

二　史部著述

郑珍史学著述主要有：（道光）《遵义府志》四十八卷（与莫友芝合纂）、（咸丰）《荔波县志稿》一卷，均刊行。《郑学录》四卷，系郑珍为《后汉书·郑玄传》作注，编写郑玄年谱，考订郑玄书目、弟子目，征引浩繁，考订精审，本属史部著述，因其研究对象为经学大师，故本次研究并入经部。郑珍史部著述已定散佚未刊书稿有《世系一线图》。

《遵义府志》由郑珍、莫友芝合纂，凡四十八卷，八十余万言。其版本主要有六种。其一，道光二十一年（1841）遵义府署刻本，分装二十册。其二，1937年贵阳文通书局补刻道光二十一年本。其三，1968年台湾成文出版社据道光二十一年刊本影印的《中国方志丛书》本（以下简称成文本）。其四，1986年遵义市志编纂委员会办公室点校铅印本（以下简称遵点本）。该本以简体字横排铅印，内部出版。其五，2006年由巴蜀书社出版的《中国地方志集成》丛书本，该本是据道光二十一年刻本的影印本。其六，2012年上海古籍出版社出版《郑珍全集》之《遵义府志》点校本。该本属遵义沙滩文化典籍丛书系列，点校以道光遵义府署刻本为底本，参校遵点本和成文本，由黄万机等点校。本次研究以台湾成文本为底本，参以道光遵义府署刻本和《中国地方志集成》丛书本。

《荔波县志稿》仅一卷，成书于咸丰五年（1855）郑珍执教荔波期间，其后1949年《贵州文献汇刊》第5期登载，2006年刊行于巴蜀书社出版的《中国地方志集成》丛书中，2007年贵州人民出版社刊行于《遵义文丛·第一辑》中。2012年，上海古籍出版社出版《郑珍全集》之《荔波县志稿》点校本。该本属遵义沙滩文化典籍丛书系列，点校以《贵州文献汇刊》所载《荔波县志稿》为底本，由何君明、杜景点校。本书以咸丰五年不分卷本为底本。

三　子部著述

郑珍子部著述主要有《母教录》一卷、《樗茧谱》一卷（郑珍撰，莫友芝注）、《田居蚕室录辑逸》（未分卷）等。已定散佚未刊书稿有《老子注》，未定书稿有《先秦古书读》等。

《母教录》是郑珍回忆母亲生前教子言行的语录体回忆录。其版本主要有五种。其一，道光二十年（1840）望山堂家刻本。其二，1940年贵州省府《巢经巢全集》本，此本据家刻本铅印。其三，1994年贵州人民出版社出版《郑珍集·文集》之《母教录》点校本。该本属《贵州古籍集萃》丛书系列，由王瑛点校（以下简称王点本）。其四，2003年遵义市红花岗区地方志办公室内部发行点校本（以下简称遵义本）。其五，2012年上海古籍出版社出版《郑珍全集》之《母教录》点校本。该本属遵义沙滩文化典籍丛书系列，点校以省府《全集》本为底本，参校王点本、遵义本，由黄万机点校（以下简称黄点本）。本次研究以王点本为底本，间以省府《全集》本、黄点本互参。

《母教录》是郑珍关于其母生前言行的回忆录，属语录体，据郑珍《母教录自序》，计为68条。然望山堂原刻毁于兵燹，此书之流传遂如麟角凤喙，后赵恺"于乡中人家获示秘藏，如睹景星庆云之快，乃假钞而归之"[1]，辑入1940年的省府《全集》本。1994年版的王点本在《校点说明》中言"全书共六十八条"[2]，然据笔者统计，王点本所辑实际只有65条。2012年版的黄点本直接在《郑珍全集》之《母教录》目录中注明"母教录六十

---

[1] 赵恺：《母教录跋》，（清）郑珍撰，王锳点校《郑珍集·文集·母教录》，贵州人民出版社1994年版，第184页。

[2] （清）郑珍撰，王锳点校：《郑珍集·文集·母教录》（校点说明），贵州人民出版社1994年版，第169页。

五则"①。故《母教录》今实存65条。

《樗茧谱》是郑珍关于山蚕养殖、缫丝、织绸等全部工艺的农业科技著述。其版本主要有：道光十七年（1837）遵义刻本、光绪七年（1881）遵义华氏泸州刻本、光绪八年（1882）河南开封重刻本、光绪二十四年（1898）西安刻本、宣统元年（1909）遵义官书局排印本、1940年贵州省府《全集》本、民国间贵阳文通书局本、上海农学会铅印本、1994年《贵州古籍集萃》丛书之《郑珍集·文集·樗茧谱》点校本（王瑛点校）等。2012年上海古籍出版社出版的《郑珍全集》未录《樗茧谱》，因《樗茧谱》系莫友芝作注，《莫友芝全集》拟辑入。

《田居蚕室录辑逸》系贵州省社会科学院黄万机先生所辑校。郑珍从事农耕，常话桑麻丰歉，常论风俗淳疵，笔之于书，名曰《田居蚕室录》，惜未刻而散佚。其纂《遵义府志》时，即把书中有关部分分摘于《遵义府志》之"物产""风俗""杂记"诸卷中。为使后世只郑氏有此专著，从而全面了解郑氏学术成就，黄万机先生即从［道光］《遵义府志》原刻本和点校本中将散见的内容搜集汇拢，辑录成集，名曰《田居蚕室录辑逸》。其版本有二。其一，1994年贵州人民出版社出版《郑珍集·文集·田居蚕室录辑逸》点校本。该本属《贵州古籍集萃》丛书系列，由黄万机辑校，分为物产、风俗、杂记三篇。其二，2012年上海古籍出版社出版《郑珍全集》之《田居蚕室录辑逸》点校本。该本属遵义沙滩文化典籍丛书系列，仍系黄万机点校，分物产、风俗、附录三篇。

考虑到《樗茧谱》系介绍山蚕养殖技术、缫丝织绸技术者，属农业科技专著，《田居蚕室录辑逸》事关乡土物产风俗，属农学与民俗学研究范畴，故本书均仅作参考。

四 集部著述

（一）郑珍集部著述概况

郑珍集部著述主要有：《巢经巢诗钞》前集九卷、《巢经巢诗钞》后集

---

① （清）郑珍撰，黄万机等点校：《郑珍全集》（六），上海古籍出版社2012年版，第615页。

六卷、《巢经巢文集》五卷、《柴翁书画集锦》一册、《播雅》二十四卷。《柴翁书画集锦》现存凌惕安编民国三十五年（1946）商务印书馆影印本，由于是书画艺术品，故不在本次研究之列。已定散佚未刊书稿有：《鹿忠节公无欲斋诗注》《经巢呓语》等。

（二）郑珍诗歌的版本与数量

1. 郑珍诗歌的版本

郑珍诗歌的版本比较复杂。《巢经巢诗钞》前集九卷，由郑珍本人编订，其子郑知同手写付梓。其集始于道光六年（1826），讫于咸丰元年（1851），是郑珍二十一岁至四十六岁凡二十六年的诗歌作品汇集，凡493首，咸丰二年（1852）自刻于子午山望山堂。此家刻本为祖本，其他本子还有：遵义邹氏京刻本、1914年陈夔龙花近楼刻本、上海中华书局《清代学术丛书》本、遵义黎氏五羊城刻本、民国间贵阳文通书局铅印本、1940年贵州省府《全集》本等。

咸丰二年（1852）起讫同治三年（1863），即郑珍四十七岁至五十九岁，凡十三年间的诗歌作品400多首，由其后人或亲友或门生搜罗成集，版本颇为复杂。其版本主要有七种：一是光绪二十年（1894）高培谷四川资州刻本（高本），收郑珍十三年间诗262首，分四卷，定名为《巢经巢诗钞后集》。二是光绪三十年（1904）唐炯云南刻本（唐本），辑诗299首，分四卷，定名为《巢经巢遗诗》。高本与唐本，二者重复诗歌214首。三是民国八年（1919）陈夔龙上海花近楼本（陈本），其取高本为《后集》，又别搜郑珍遗诗64首，定名为《巢经巢遗诗》。四是民国十七年（1928）赵恺贵阳文通书局本（赵本），赵恺将高本、唐本、陈本互相比勘，删去重复，厘其先后，补进新搜得者，得诗387首，分四卷，定名为《巢经巢遗诗》；后赵恺又从郑珍高足黎平胡长新家中觅得未刊诗5首及联句2首，另编为《巢经巢逸诗》一卷，附于《巢经巢遗诗》四卷之后，复录得《自讼》一首，共395首。五是中华书局四部备要《巢经巢集》本，该本《前集》九卷收诗493首，《后集》四卷收诗262首，《遗诗》一卷收诗64首，可见《前集》据家刻本，《后集》据高本，《遗诗》据陈本；又收录《巢经巢逸诗》一卷、附录一卷。六是民国二十九年（1940）由赵恺主编的贵州省政府《巢经巢全集》本，该本据赵本，赵恺将后集重新厘定，分为六卷，定名《巢经巢诗钞后集》，并附《外集》一卷，《遗词》8首为一卷。七是上海古籍出版社续修四库全书《巢经巢集》本，该本据四部备要本，均收《前集》九卷、《后集》四卷、《遗诗》一卷、附录一卷，但未收录《巢经巢逸诗》。其他还有黔人刻粤本、上海中华书局《清代学术丛书》本等。总的来说，《巢经巢诗钞》（后集）版本众多，收录诗歌数目不一，出入颇大，且有四卷本与六卷本之分、后集与遗诗、逸诗之分，即算是四部备要本或续修四库全书本亦收诗不全。

2012 年，上海古籍出版社出版《郑珍全集》之《巢经巢诗钞》本。该本由《巢经巢诗钞》前集、后集、外集、郑子尹先生遗诗、郑珍逸诗五大部分组成，是迄今为止郑珍诗歌搜集整理的最新版本与最新成果。

2. 郑珍诗歌的笺注本

20 世纪 90 年代以来，郑珍诗歌的收录出现了将前集、后集、外集、遗诗、逸诗等进行合编的合集笺注本，代表性的有三种：一是 1992 年版由杨元桢注释的《郑珍巢经巢诗钞校注》（杨本）；二是 1996 年版由白敦仁所注的《巢经巢诗钞笺注》（白本）；三是 2002 年版封面由钱仲联题署、龙先绪所注的《巢经巢诗钞注释》（龙本）。针对杨本、白本、龙本三个本子而言，杨本长于乡邦僻事、身家细故，"筚路蓝缕，其开创之功，不可磨灭"①，然"在校勘上欠审慎，文字错讹之处过多"②，又"失注误注尚多，何者当注，何者可不注，无明显标准，注释体例比较混乱"③。白本着重于人、地、时、事之征实，于典故处追根溯源，富赡翔实，以才学见长。龙本则以弘扬乡邦文化为旨，简体横排，注释简明，以平易见长，"不仅是阅读杨本和白本的初阶，亦是补杨本之简，化白本之繁的一个本子"④。

---

① 易健贤：《关于〈巢经巢诗钞笺注〉的三个版本》，载《贵州教育学院学报》2004 年第 5 期。

② 易健贤：《关于〈巢经巢诗钞笺注〉的三个版本》，载《贵州教育学院学报》2004 年第 1 期。

③ 杨大庄：《〈郑珍巢经巢诗集校注〉注议》，载《贵州文史丛刊》1994 年第 6 期。

④ 易健贤：《关于〈巢经巢诗钞笺注〉的三个版本》，载《贵州教育学院学报》2004 年第 5 期。

本次研究以白本为底本，辅之以龙本、杨本、省府《全集》本、四部备要本、续修四库全书本、《郑珍全集》之《巢经巢诗钞》本。

3. 郑珍诗歌的数量

关于郑珍诗歌的数量问题，《巢经巢诗钞》前集由于是郑珍本人编订，收诗数量争议不大，共计 493 首。后集以及遗诗和逸诗的收集与发现，非一时一地，颇有异议，后经龙先绪先生的研究考订，得诗 410 首，其中后集 392 首，外集 18 首。计前集、后集、外集，共 903 首。903 首这个数目是郑珍诗歌笺注成果龙本所收录郑诗的数目（不计附词 8 首）。然而，在龙本出版后，龙先生在收集莫友芝《邵亭遗诗》时，又于贵州省博物馆发现一本《郑珍莫友芝诗词原稿》，乃黎庶昌侄孙黎竹君 1957 年售出者。其中有郑珍诗 17 首，各本均未收录。① 其于《贵州文史丛刊》2003 年第 3 期和《文学遗产》2003 年第 5 期均刊出。合龙本的 903 首和龙先生后来发现的郑珍遗诗 17 首，得郑珍传世之诗凡 920 首。

2012 年上海古籍出版社出版了郑珍著述整理的最新成果：《郑珍全集》（全七册）。《郑珍全集》本《巢经巢诗钞》，由《巢经巢诗钞》前集、后集、外集、郑子尹先生遗诗、郑珍逸诗五大部分组成。笔者经过认真仔细统计，计其诗歌总数目为 907 首（不含外集中的附词 9 首）。笔者在统计中发现，编校者增补了近年来新搜的郑诗数首，却又漏掉了龙先生于 2003 年就已发现的郑珍遗诗 17 首。而且，《郑珍全集》本《巢经巢诗钞》的目录中，诗歌数量统计有小误差。笔者对校龙本，发现907 首诗歌中，除去与龙本重复的 903 首外，《郑珍全集》本实际新收录郑诗 4 首，即《闰八纪事百韵》《借启秀书院粗整腐敝移家新来感赋》《送弟妹挈家返里》《家饷至》。如此，则《郑珍全集》本的 907 首郑诗，加上《郑珍全集》本漏掉未收录的 17 首郑诗，得郑珍现存诗歌总数为924 首。

---

① 龙先绪新发现的郑珍遗诗 17 首分别为《寄湘佩》（五首）、《寄阿妹》（六首）、《吉堂昨约偕往饮旧李氏恰好园，以雨甚，未同也，其所作三首，次韵和之》（三首）、《大军尾贼至蜀境，还顿郡城而去，贺吉堂兄》（三首）。详见龙先绪《新发现的郑珍遗诗》，载《文学遗产》2003 年第 5 期。

（三）郑珍古文的版本与数量

郑珍古文只《巢经巢文集》一种。《巢经巢文集》是郑珍的散文集，其版本主要有九种。其一，光绪二十年（1894）高培谷资州刻本，题名《巢经巢遗文》，分五卷，世称高本。其二，民国三年（1914）陈夔龙上海花近楼《郑征君遗著》校刻本。陈氏将高本重为校刊，加入《经说》一卷，改名《巢经巢文集》，分六卷，以《经说》为第一卷，世称陈本。其三，贵阳文通书局本。民国间，文通书局将陈本翻印，版心加"文通书局印"字样。其四，中华书局四部备要本。此本据陈本排印，分六卷，亦以《巢经巢经说》为第一卷，题名《巢经巢文集》。其五，1940 年贵州省政府《巢经巢全集》本。此本仅四卷，系赵恺重编者，题名《巢经巢文钞》。其六，上海古籍出版社续修四库全书本。该本据四部备要本，仍分六卷，以《巢经巢经说》为第一卷，题名《巢经巢文集》。其七，1994 年贵州人民出版社出版《郑珍集·文集》之《巢经巢文集》点校本。该本将原《巢经巢经说》一卷归入《郑珍集·经学》中，重新回归五卷，同时将省府《全集》本所有而高本、陈本失收的逸文 7 篇，以及新发现的郑珍逸文 2 篇，分别补入相关各卷。该本属《贵州古籍集萃》丛书系列，由王瑛点校（以下简称王点本）。其八，2012 年上海古籍出版社出版《郑珍全集》之《巢经巢文集》点校本。该本属遵义沙滩文化典籍丛书系列，点校以省府《全集》本为底本，参校陈本、王点本等，由黄万机、黄江玲点校（以下简称黄点本），卷数调整为四卷，另增加后续发现的郑氏文章 16 篇，辑为《巢经巢逸文》附后。黄点本是目前收集郑珍古文相对最全的本子。其九，2013 年中央民族大学出版社出版《巢经巢文集校注》本。该本由黄万机、黄江玲校注（以下简称黄注本），书目由《巢经巢文集》四卷和《巢经巢遗文》16 篇组成，与黄点本篇目基本相同。黄注本对每篇文章逐篇加以注释，是《巢经巢文集》的第一个校注本。本次研究以王点本为底本，同时参以四部备要本、续修四库全书本、黄点本、黄注本。

关于郑珍《巢经巢文集》所收录散文的数量。王点本共五卷，收得郑珍古文凡 152 篇。此后，龙先绪又据凌惕安笋香室存墨迹，辑得郑珍散文

10 篇①。至此，则郑珍散文凡 162 篇。2012 年出版的黄点本，辑得《巢经巢文集》四卷散文 150 篇、《巢经巢逸文》16 篇，合计 166 篇。2013 年出版的黄注本，辑得《巢经巢文集》四卷散文 148 篇、《巢经巢遗文》16 篇，合计 164 篇。现将王点本、龙先生所辑者、黄点本、黄注本四个本子逐一校对，仔细甄别，除去重复，得黄点本和黄注本实际新搜得郑珍逸文 4 篇，即《书全谢山〈鲒埼亭〉后》（壬戌四月）、《致莫邵亭书》（咸丰九年十月二十九日）②、《跋自书诗稿与王个峰》《禹门山摩崖题词》4 篇。合王点本以及龙先生所辑，得郑珍《巢经巢文集》（含逸文）现存散文数目实际为 166 篇。

（四）郑珍所辑地方诗集《播雅》的版本与辑诗数量

郑珍辑有反映遵义地域已故诗人诗作的地方诗歌总集《播雅》，现存世二十四卷。其版本主要有六种。其一，咸丰三年（1853）由好友唐树义资助刊刻的望山堂家刻本，今无存。其二，宣统元年（1909）贵阳文通书局铅印本。该本是该书局成立后印制的第一部图书。其三，宣统三年（1911）贵阳文通书局再度铅印本。其四，民国二十九年（1940）贵州省府《全集》本。其五，2002 年遵义市红花岗区地方志办公室内部发行精装点校本。其六，2012 年上海古籍出版社出版《郑珍全集》之《播雅》点校本。该本属遵义沙滩文化典籍丛书系列，点校以宣统三年文通书局铅印本为底本，参校省府《全集》本等，由黄万机、黄江玲点校（以下简称黄点本）。本次研究以郑珍著述的最新整理成果黄点本为底本，间以他本互参。

关于《播雅》的卷数，现存世二十四卷，然有二十五卷之说，所增为唐树义诗 59 首，郑珍编次为《播雅》第二十五卷。惜原稿已佚，不见 59 首为何。2002 年遵义市红花岗区地方志办公室整理点校《播雅》，请黄万机选录唐树义诗 71 首作为附录，暂充第二十五卷。2012 年上海古籍出版社出版之黄点本《播雅》又未录黄氏补选之诗。关于《播雅》二十四卷本

---

① 详见龙先绪《郑珍散文辑逸》，载《贵州文史丛刊》1995 年第 3 期。

② 《致莫邵亭书》一文，黄点本作"咸丰九年十月二十九日"，黄注本作"咸丰九年十月二十五日"。

收集的诗歌数量，郑珍《播雅引》云："凡得二百二十人，诗二千三十八首。"①《播雅》黄点本据今存文通书局本和省府《全集》本审慎核校，爬罗剔抉，笔者又据黄点本之《播雅》审慎统计，计得诗人 222 人、诗歌 2037 首。②

（五）郑珍的词

郑珍的词作流传极少，词集《经巢呓语》早已不存，1940 年省府《全集》本以及杨本、白本、龙本均仅录存其词作 8 首。2008 年中国社会科学院文学研究所张剑于南京图书馆所藏莫友芝手稿《邵亭诗文稿》中发现郑珍词《贺新郎》（甚矣吾衰矣）1 首③。至此，郑珍词共存 9 首。2012年上海古籍出版社出版的黄点本《巢经巢诗钞》亦附录郑珍词 9 首。鉴于词集不存，佚词甚少，故本书仅供参考。

---

① （清）郑珍：《播雅引》，（清）郑珍著，黄万机等点校《郑珍全集》（七），上海古籍出版社 2012 年版，第 5 页。

② 据《播雅》卷首郑珍《播雅引》，该书共收录诗人 220 位、诗歌 2038 首。笔者据上海古籍出版社点校精核之《郑珍全集》本《播雅》，计得诗人 222 人、诗歌 2037 首。统计数据的出入，疑为编者统计有误，或后有增减。

③ 参见张剑《郑珍佚词〈贺新郎〉解析》，载《文史知识》2008 年第 8 期。

第二章　郑珍的经学研究

郑珍的经学研究是在清代朴学的学术背景下进行的，其治学方法离不开朴学家们共同遵循的"以字通经"、辨伪校勘、补阙匡谬、穷经证史、无征不信之途，其学术旨归在于"通经致用"，期以学术之正治天下思想之失。郑珍的学术研究主攻许、郑之学，许氏以《说文》为主，郑学以"三礼"为主，在文字学与"三礼"研究上成就显著。郑珍的"三礼"研究与郑玄有着不解之缘，他视郑玄为"家康成公"，视郑学为"家康成公之学"，处处维护郑学，排击异说，在郑注的发挥与郑学的流传上功不可没。另外，作为一介一生未宦的平民学者，郑珍取得的成就足可称"独步西南"，以其对"三礼"之《周礼·考工记》的研究成果《轮舆私笺》的后世征引为例，可管窥郑珍经学研究的成就与价值。

第一节　考经证史的朴学背景

朴学，又称汉学、考证学或考据学、乾嘉之学。谓之朴学，侧重于其朴野征实、不尚浮华的特征；谓之汉学，侧重于其崇尚汉儒重小学训诂与名物考辨的学术特质；谓之考据学或考证学，则强调其治学方法与价值取向；谓之乾嘉之学，则因为其鼎盛于清乾嘉时期。纵观整个清代学术环境，朴学是清代学术思想的主流学派。

一　朴学的兴起

清代朴学的兴起，有内因与外因两大因素。

（一）从内因来看，它是儒学自身对宋明理学空疏的反动

晚明时期，程朱理学走向式微，陆王心学高谈心性，无法挽救政治和社会的双重危澜，出现以恢宏儒家经世传统为宗旨的实学思潮。这种实学思潮，一方面反对空谈误国，倡导经世致用，提倡事功之学。如，东林学派批判王学末流入禅的"空言之敝"，以昌明儒道要旨；顾宪成指出只有"躬行"实践，才是解决理学空疏的良方。另一方面，举起了复古主义大旗，主张用实证方法来研究学术问题。如，晚明复社诸子响亮地提出了"兴复古学，务为实用"口号，从学术"务为有用"出发，倡导以通经治史为内容的"古学"复兴。晚明学术的复古主义倾向，表明了理学的没落和重实证的汉学的萌芽。

清初诸儒继续倡导经世致用和批判理学空疏。顾炎武首先振臂高呼："古之所谓理学，经学也"；"今之所谓理学，禅学也"①；"古今安得别有所谓理学者，经学即理学也。自有舍经以言理学者，而邪说以起"②。顾炎武倡言"经学即理学"，经学乃本，理学乃末，离经学而言理学，等于舍本逐末，是为邪妄。亭林力图通过挞伐王学末流来开启新途，挽救思想界的堕落。黄宗羲亦批评王门后学的空谈："明人讲学，袭语录之糟粕，不以六经为根底，束书而从事于游谈。"③王夫之则视程朱理学、陆王心学为异端邪说，反对以恍惚空明之见为学，继起的胡渭、阎若璩则重点用考据法证明理学之误、汉学之实。胡渭的《易图明辨》和阎若璩的《古文尚书疏证》推翻了程朱理学存在的理论依据，给理学以沉重打击。纵观晚明清初的实学思潮，其在手段上以复古为主，在方法上倡导实证，主张经世致用，以为未来民族的复兴奠定理论基础。

在"经世致用"的明清实学思潮中，不管是复社诸子还是清初诸儒，

---

① （清）顾炎武：《顾亭林诗文集》，中华书局1983年版，第58页。

② （清）全祖望著，黄云眉选注：《鲒埼亭文集选注》，齐鲁书社1982年版，第114页。

③ 赵尔巽等撰：《清史稿·黄宗羲传》，中华书局1977年版，第13105页。

无论他们是否从"古学"中寻找到了匡世良方，学术界对"古学"的热情却从此被调动起来。既然"经世致用"的旨归须在原始的儒家经典中寻求指导，既然"经世致用"的目的需要通由"古学"的研究到达彼岸，则学术研究更要以书本的研读为对象。那么，弄懂原始经典的本义，剥离掉附着于原始经典的金粉尘垢，对经典进行还原与辨伪，还经典以原生态，就成为必不可少的一课。于是，顾炎武提出了"读九经自考文始，考文自知音始"① 的治学原则，黄宗羲、王夫之等持论相同。于是，注重于资料的收集和证据的罗列，主张"无信不征"，以汉儒经说为宗，从语言文字训诂入手，主要从事审订文献、辨别真伪、校勘谬误、注疏和诠释文字、典章制度以及考证地理沿革，不注重文采，较少理论阐述与发挥的"朴学"便应运而生，继而在乾嘉时期迎来了考据学的繁荣。

《四库全书提要》论明清学术之异云："盖明代说经，喜骋虚辨。国朝诸家，始变为征实之学，以挽颓波。"② "风气既开，国初顾炎武、阎若璩、朱彝尊等沿波而起，始一扫悬揣之空谈。"③ 梁启超亦云："明季道学反动，学风自然要由蹈空而变为核实——由主观的推想而变为客观的考察。"④ 学术研究中核实、实事求是成为大节，"虚辨"玄思让位于"征实"思考，主观演绎推断"公理"让位于客观考证回归元典，阐发式的解经让位于考据式的证经，哲学化的思考让位于历史学的审视，义理之学让位于考据之学，宋明理学让位于清代朴学，乃明清之际学术思潮自身发展变化的结果，即儒学自身发展史上否定之否定的结果。

（二）从外因来看，它是清代文化专制与统治者的提倡等综合因素的结果

其一，文化专制。一代学术之昌隆与一代政治密切相关。清朝以少数民族入主中原，在思想文化领域展开了严密的监控，顺、康、雍、乾四朝

---

① （清）顾炎武：《顾亭林诗文集》，中华书局1983年版，第73页。

② （清）纪昀总纂：《四库全书总目提要》（卷16《毛诗稽古编》提要），河北人民出版社2000年版，第448页。

③ （清）纪昀总纂：《四库全书总目提要》（卷119《通雅》提要），河北人民出版社2000年版，第3083页。

④ 梁启超著，朱维铮校注：《梁启超论清学史二种》，复旦大学出版社1985年版，第112页。

皆厉行文字狱，专制政策将学者驱入了经史考证的天地。清初古文经学家顾炎武、阎若璩、胡渭等人走向实学，梁启超云："当时诸大师，皆遗老也。其于宗社之变，类含隐痛，志图匡复，故好研究古今史迹成败，地理阨塞，以及其他经世之务。"① 后来的庄廷鑨、戴名世史祸，诛戮之酷，尤令士子寒心，唯埋首于章句训诂与名物考证之间以自保。另外，清朝君主每以帝王兼坛撰述，顺治迄乾隆间，钦定御注之书不胜枚举，人君既以个人观点演绎经史，指陈得失，则学术之去取与夺纯由君主控制，儒生著书，亦不敢出圣君论断言外。故梁启超在论及《清代学术变迁与政治的影响》时说："考证古典之学，半由'文网太密'所逼成。"② 所言甚确。

其二，统治者的提倡。清代朴学的兴起，与清代统治者的提倡密切关联。历代帝王不断主持修书，康熙朝编纂《康熙字典》《佩文韵府》，康熙雍正两朝编纂《古今图书集成》，乾隆朝纂修《四库全书》，道光诏令王引之作《字典考证》等，使清代成为我国中央主持修书最多的王朝之一。在官方的推动下，编纂丛书、类书、私人购书、校书、刻书、编书蔚然成风。典籍的繁富带来了图书事业的繁荣，文化典籍全面整理的大旗拉开。国家以厚禄网罗士子编纂群经，高鸿硕儒亦本着求真求是的态度，校勘辨伪，博物考古，毕其精力，以求无所纰漏，故而考据学的队伍不断庞大。

其三，政治稳定与经济繁荣。政治的稳定和经济的繁荣，是朴学兴起的物质基础。康熙平定"三藩"，安定南方边疆诸省，统一台湾；乾隆用兵准噶尔、回部，完成国家统一。总之，清自顺治以来，历康、雍、乾三朝皆属盛世，时天下晏安，民乐其业，为朴学这种艰苦细致、费时费力的学科兴盛提供了优厚的土壤。

综上，清代朴学的兴盛是上述诸因素综合作用的结果，究其根本原因，仍在于学术自身发展的规律，是"儒学内部智识主义与反智识主义的冲突"③，即儒学自身对宋明理学的反动，儒学自身发展的否定之否定使然。

---

① 梁启超著，朱维铮校注：《梁启超论清学史二种》，复旦大学出版社 1985 年版，第 23 页。
② 同上书，第 118 页。
③ 龙迪勇：《黄宗羲与明清学术思想的嬗变》，载《江西社会科学》2001 年第 6 期。

二 朴学的治学路径

朴学家的共同之处是重汉学、识文字、通训诂、精校勘、善考证、重史实依据，故遵循解经由文字入手，以音韵通训诂，以训诂通义理的治学路径。由训诂以明义理，则读经须先识古字，审古音，以"小学"为根底。刘宝楠《问经图序》云："然则欲治圣经，先通小学，世有薄小学为不足道者，非真能治经者也。"① 从文字、音韵、训诂入手，审订文献，辨别真伪，校勘谬误，还原经典原生态，是为求得经书义理之道。

朴学家们的治学路径大致如此，我们从其治学之语或治学之行中亦可分别见出。顾炎武云："读九经自考文始，考文自知音始，以致诸子百家之书，亦莫不然。"② 读经须先考文，考文须先知音，于是顾炎武致力于音韵训诂研究，考《毛诗》古音，同时提倡博证，每事必详其始末，兼参以佐证，不以孤证自足，必取之甚博而后笔之于书，著为《音学五书》。阎若璩著《尚书古文疏证》，总结出"以虚证实，以实证虚"的辨伪方法。惠栋亦倡导由文字、音韵、训诂以明义理，遵循其父惠士奇"经之义存乎训，识字审音，乃知其义"③ 的学术路径。戴震承顾炎武、惠栋一脉而来，将文字、音韵、训诂视为至道的必由路径，指出："经之至者道也，所以明道者其词也，所以成词者字也。由字以通其词，由词以通其道，必有渐。"④ 又云："仆自十七岁时，有志闻道，谓非求之六经孔孟不得，非从事于字义、制度、名物，无由以通其语言。宋儒讥训诂之学，轻语言文字，是犹渡江河而弃舟楫，欲登高而无阶梯也。"⑤ 同时，戴震又不拘于己见、不囿于古人，主张"不以人蔽己，不以己自蔽"⑥，认为"志存闻道，

---

① （清）刘台拱、刘宝楠等著，张连生等点校：《宝应刘氏集·念楼集》，广陵书社 2006 年版，第 256 页。

② （清）顾炎武：《顾亭林诗文集》，中华书局 1983 年版，第 73 页。

③ （清）惠栋：《松崖文钞》，《续修四库全书》本，第 1427 册，上海古籍出版社 2003 年版，第 269 页。

④ （清）戴震著，赵玉新点校：《戴震文集》，中华书局 1980 年版，第 140 页。

⑤ （清）段玉裁：《戴东原先生年谱》，戴震《戴震文集》（附录），中华书局 1980 年版，第 217 页。

⑥ （清）戴震著，赵玉新点校：《戴震文集》，中华书局 1980 年版，第 143 页。

必空所依傍。汉儒故训有师承，亦有时附会。晋人附会凿空益多。宋人则恃胸臆以为断，故其袭取者多谬，而不谬者在其所弃。"① 即辨识附于元典的"依傍"，回归元典的真实面目，方能得道。阮元明确指出："圣贤之道存于经，经非诂不明。"② 又，"圣贤之言，不但深远者非训诂不明，即浅近者亦非训诂不明也。就圣贤之言而训之，或有误焉，圣贤之道亦误矣"③。又，"舍经而文，其文无质；舍诂求经，其经不实。为文者尚不可以昧经诂，况圣贤之道乎?"④ 可见，由文字、音韵、训诂以通圣贤之道与经书义理，阮元持说与惠栋、戴震及其他汉学家一致。段玉裁不局限于字书、旧注，既注重随文释义，又长于校勘，强调理校，区别"底本之是非"与"立说之是非"，以定底本之是非为前提。王念孙、王引之父子则以客观材料为取舍，每一研究，遵循立假说、搜证据、慎识断、先归纳、后结论的路径。

正因为清代朴学遵循明古音—明古训—明经的治学路径，重考据与考辨，重"实事求是"与"无征不信"，以实事求是的治学态度和纯学术的治学方法，回归经典的本来意义和真实面目，抖落了自汉唐至宋明以来附加其上的金粉尘垢，使经典得以还原和解放。

三　朴学的发展流变

清代朴学的发展流变基本可分为三大阶段：启蒙期、全盛期、晚变期。三阶段也基本反映了清代汉学之形成、发展壮大与衰微的流变过程，可简单归纳为：清初由顾炎武首开风气，中经阎若璩、胡渭等人奠基，惠栋、戴震发扬光大，段玉裁、王念孙、王引之、阮元等臻于极盛，渐趋式微中清末俞樾、孙诒让等以挽颓势。

---

① （清）戴震著，戴震研究会等编纂：《戴震全集》（第一册），清华大学出版社1991年版，第211页。

② （清）阮元：《揅经室集》（七），王云五主编《丛书集成初编》本，商务印书馆1936年版，第505页。

③ （清）阮元：《揅经室集》（一），王云五主编《丛书集成初编》本，商务印书馆1936年版，第45页。

④ （清）阮元：《揅经室集》（七），王云五主编《丛书集成初编》本，商务印书馆1936年版，第506页。

其一，启蒙期——顺治、康熙、雍正时期。该期由顾炎武开山，阎若璩、胡渭奠基。顾炎武为纠王学末流束书游谈的空疏不学与希翼从儒家经典中获取通经致用的匡世良方，倡导实证与实学，率先致力于音韵训诂研究，著《音学五书》，详考古音，离析《唐韵》，分古韵为十部，奠定了清代古音学的基础。又作《日知录》三十二卷，"凡经义、史学、官制、吏治、财赋、典礼、舆地、艺文之属，一一疏通其源流，考正其谬误"①，开清代朴学风气之先。后起阎若璩著《尚书古文疏证》，辨东晋本《古文尚书》及孔安国《尚书传》为伪。胡渭著《易图明辨》，考定宋儒所谓"河图"、"洛书"之误，廓清宋学凭借"河图"、"洛书"以阴阳五行说附会于经的异说，揭示了《易经》图象的真正来源。这种不囿于古圣前修、大胆怀疑的精神，使古文经学的研究走向对古文经传的考证、校勘、辨伪的实学道路。

其二，全盛期——乾嘉时期。清代朴学的成熟与鼎盛期在清乾隆、嘉庆年间，故清代朴学又以"乾嘉汉学"、"乾嘉朴学"或"乾嘉考据学"著称。该时期的朴学学派，根据不同的发展阶段与风格特点，大致可分为三大主要流派，即以惠栋为代表的吴派、以戴震为代表的皖派和以阮元为代表的扬州学派。乾隆时，惠栋由于祖传四代的家学渊源而振兴汉学，程晋芳《周易述跋》云："近者汉学之盛，倡于定宇。"② 定宇受学于其父惠士奇，其弟子江声、余萧客传其学，王鸣盛、钱大昕等汲其流而发扬之。皖学创于江永而成于戴震，戴震嫡传弟子段玉裁、王念孙和王引之传其学而光大之。吴派与皖派相较而言，吴派多治《周易》《尚书》，学术广博，但笃守古训，崇古佞汉。皖派则精于小学、天算，尤擅三礼，不囿汉人旧说，择善而从，断以己见，以名物训诂通晓经义，以语义分析探求圣人之道，使朴学获得了更大的生机。惠栋《易汉学》与戴震《孟子字义疏证》为乾嘉朴学的经典之作。扬州学派远师顾炎武，近承吴、皖

---

① （清）顾炎武著，黄汝成集释：《日知录集释》（卷首潘耒原序），上海古籍出版社 2006年版。

② （清）程晋芳：《勉行堂文集》，《续修四库全书》本，第 1433 册，上海古籍出版社 2003年版，第 336 页。

两派，能洞见学术源流，评骘前人是非，在经学、小学、校勘学等方面取得突出成就，将乾嘉朴学推向巅峰。最瞩目者，阮元组织编纂《经籍纂诂》，撰写《十三经注疏校勘记》，组织汇刻《十三经注疏》《皇清经解》。总之，三派学术先后相承，渊源有自，基本反映了清代朴学发展壮大的全过程。

其三，晚变期——道光、咸丰、同治、光绪时期。道咸同光时期，由于政治气候的变化，朴学发生晚变。自清初顾炎武主张"通经致用"，开启考据风气之后，乾嘉时期考据之学达于鼎盛，但同时也沉入书斋，疏远经世，以求真为鹄的，变本加厉，弊亦生焉：学术研究注重书本而脱离现实，专注学术而脱离政治，强于博证而流于烦琐，为考订而考订，为训诂而训诂，为书本而书本，"以古书为消遣神明之林囿"①。道光以后，鸦片战争爆发，太平天国运动风起云涌，中法战争、甲午中日战争、义和团运动、八国联军侵华，内外交困，风暴迭起。士大夫无法伏之书阁而不问现实，于是学术风气发生重大转向，"通经致用"被重新拾起，今文经学因缘时会，常州学派因时而起，宗汉宗宋渐趋调和，乾嘉汉学渐趋衰途。道咸以降的时代剧变，促使知识分子正视现实，因而兴起一种注意经典微言大义之风。"其主要表现有二：其一是提倡融合汉、宋，其二就是上溯今文经学的传统。二者其实是相通的，只是侧重点不同：前者比较侧重整顿纲常伦理，后者比较侧重讲求应变之方。"② 常州今文经学派是研究《春秋公羊传》的学派，由庄存与先导，刘逢禄奠基，鸦片战争前后，龚自珍、魏源以《公羊》经义，发挥政见，干预时政。咸同间，曾国藩传承桐城姚鼎之学，并重义理、考据，更兼政事、经济诸实用之学。光绪初，朴学从传统的经学史学考证转向金石学、元史及西北地理学、诸子学等局部研究。值此朴学穷途末路之际，俞樾、孙诒让等硕儒审时度势，坚守壁垒，究心朴学，兼擅西学，成为清代朴学的殿军。孙诒让《墨子间诂》校诂有间，集众家之大成；《周礼正义》无宗派之见，博稽约取，义例精纯，析义精微平实，依据详明，不攘人之善，被梁启超誉为"清代经学家最后的

---

① 钱穆：《中国近三百年学术史》（自序），商务印书馆 1997 年版，第 2 页。
② 马积高：《清代学术思想的变迁与文学》，湖南人民出版社 2002 年版，第 255—256 页。

一部书，也是最好的一部书"①。

综上，有清一代学术，前期为考证学，后期为今文学，而今文学又实从考证学衍生而来，故揆其规模格局，仍以考据学为主流。

四　道咸间的学术宗尚

畅谈清代朴学的形成缘起、治学路径与发展流变，是为在清代朴学的长河中观测清道光、咸丰时期的学术气候。细究道光、咸丰时期的学术气候，是为弄清郑珍经学研究的学术土壤。只有在历时与共时经纬交错的背景中，方能全面把握郑珍学术研究的渊源所在。

（一）道咸间的学术大气候

对于清代学术的发展演变，钱穆《清儒学案序》有"四期"说：晚明诸遗老、顺康雍、乾嘉与道咸同光。齐思和有"三变"说：清初大儒厌薄空谈，笃行实践；乾嘉学者畏于文网，专注考据，为纯学术；道咸以来，变乱迭起，厌弃考证，学主经世。② 二说基本相同，均反映了整个清代学术研究的动态流变。由此，可进一步印证清道咸以降的学术发展态势。

清道光时期，政治气候发生变化，鸦片战争爆发，朴学家们究心考据不问现实的情形稍稍改变，但此时的学术界，秉承乾嘉考据学鼎盛的余光，大部分学者依然继续其考证工作，大的考证气候并没有改变。其后兴起的以张惠言为代表的常州今文经学派，欲在乾嘉考证学的基础上建设顺康间的"经世致用"之学，后龚自珍、魏源倡之。该派虽一反当时经学研究尊东汉古文经，重视训诂名物，以字解经的学风，不拘汉宋门户之见，重"剖析疑义"，兼采汉宋，学主经世。其治学旨趣与吴派、皖派、扬州学派迥异其趣。但由于其研究对象为汉今文经学，故本质上仍属汉学。再者，这派学风虽倡导"经世致用"，但在学界的实际影响并不大，亦如梁启超所云："这派学风，在嘉、道间，不过一支'别动队'。学界的大势力仍在'考证学正统派'手中。这支别动队的成绩，也幼稚得很。"③ 换言

① 梁启超著，朱维铮校注：《梁启超论清学史二种》，复旦大学出版社 1985 年版，第 308 页。
② 齐思和：《魏源与晚清学风》，载《燕京学报》1950 年第 39 期。
③ 梁启超著，朱维铮校注：《梁启超论清学史二种》，复旦大学出版社 1985 年版，第 119 页。

之，道光时期的学界仍以考据学为主流。

清咸丰时期，政治气候更加恶化，内有持续十四年之久的太平天国农民革命运动等，外有第二次鸦片战争的滚滚浓烟，到处风声鹤唳，惨目伤心，学界亦受重创。作为文化中心的江、皖、浙一带被波及最甚，公私藏书荡然无存，耆宿学者遭难凋落，后辈失学，考证学处于落潮时期。此时，思想界引出三条新路，即宋学之复兴、西学之讲求、排满思想之涌动。其一为宋学复兴。"乾、嘉以来，汉学家门户之见极深，'宋学'二字，几为大雅所不道，而汉学家支离破碎，实渐已惹起人心厌倦。罗罗山、曾涤生在道、咸之交，独以宋学相砥砺，其后卒以书生犯大难成功名。……自此以后，学人轻蔑宋学的观念一变。换个方面说，对于汉学的评价逐渐低落，'反汉学'的思想，常在酝酿中。"① 以曾国藩为盟主的后期桐城派——湘乡学派在咸同间兴起，倡导义理、考据、辞章、经济四者合一，又以被朴学家摒弃已久的宋学相砥砺，学界呈现汉学低落、宋学继起的态势。

纵观整个道咸时期的学术氛围，总体呈现汉学由主导渐趋衰落、宋学渐趋抬头、汉宋渐趋调和的迹象。梁启超云："道、咸、同间，今文学虽兴，而古文学尚不衰。"② 一语中的。

（二）道咸间的贵州小环境

就大的学术背景而言，清道咸时期虽有今文经学复兴、宋学继起、汉宋调和的态势，但主流学术仍以汉学为主。贵州由于地处天末山国，对外界感应相对迟缓，学术研究方面亦是如此。汉学早在乾嘉时期就步入全盛期，然"就贵州而言，研究汉学的风气，直到道光年间才吹越大娄山而进入黔中"③。贵州的脉动总是晚于时代主流，在汉学渐趋潮落的道光时期，汉学之风才吹进山门。汉学之所以走进黔中，与两大学人密切相关。一是贵州学政程侍郎恩泽，二是黔籍学人莫犹人与俦。

程恩泽，安徽歙县人，嘉庆间进士，由翰林官至户部侍郎。早年受

---

① 梁启超著，朱维铮校注：《梁启超论清学史二种》，复旦大学出版社 1985 年版，第 120 页。
② 梁启超：《论中国学术思想变迁之大势》，上海古籍出版社 2001 年版，第 134 页。
③ 黄万机：《贵州汉文学发展史》，贵州人民出版社 1999 年版，第 13 页。

经于江都凌廷堪，得汉学真传，以博学负盛名。如果说乾隆时期的汉学以惠栋、戴震为天下魁首，则嘉道时期的汉学以阮元、程恩泽为冠冕。《清史稿·程恩泽传》云："乾、嘉宿儒多徂谢，惟大学士阮元为士林尊仰，恩泽名位亚于元，为足继之。"① 道光三年（1823），程恩泽出任贵州学政（提学使），其"督贵州学政……重刊岳珂《五经》以训士"②。同时，为使汉学南传，程恩泽督学贵州期间，留意学子才力，注重选拔与培育天下英才，为其指点治学门径与方法，贵州儒生郑珍、莫友芝等俱出其门下。

莫与俦，贵州独山人，朴学名士。嘉庆四年（1799）进士，选庶吉士，曾受教于汉学大师阮元、纪晓岚、洪亮吉、朱珪等。《清史稿·莫与俦传》载："嘉庆四年，朱珪、阮元总裁会试，所拔取多朴学知名士，与俦亦以是年成进士，选庶吉士。"③ 嘉庆年间，莫氏丁忧返里，守制侍母，深感家乡文教落后，开设私馆教授生徒和自家子弟，又受聘为八寨（今丹寨县）厅学、独山紫泉书院主讲，凡十二年，将汉学带回了家乡。道光三年（1823）任遵义府学教授，正式开始教职生涯，凡十九年。其间，"士人闻其至，争请受业。学舍如蜂房，犹不足，傥居半城市。……其称江、阎、惠、陈、段、王父子，木尝隔二宿不言，听者如旱苗之得膏雨。其后门人郑珍及子友芝遂通许、郑之学，为西南大师"④。莫与俦对贵州汉学的首创之功，清代著名学者陈田评价云："吾黔讲明宋学，以定斋（陈法）为大宗。黔士知有汉学，自先生（莫与俦）始。"⑤ 后人亦盛赞其"以朴学授其徒，风气所扇，四方景从，而人才辈出"⑥。又，莫与俦在贵州传授朴学的同时，并不排斥宋学，其教诲门生曰："学以尽其下焉者而已，上焉者听其自至可也。程、朱氏之论，穷神达化，不越洒扫应对日用之常。

---

① 赵尔巽等撰：《清史稿·程恩泽传》，中华书局 1977 年版，第 11577 页。

② 同上书，第 11576 页。

③ 赵尔巽等撰：《清史稿·莫与俦传》，中华书局 1977 年版，第 13409 页。

④ 同上书，第 13409—13410 页。

⑤ （清）莫友芝等辑：《黔诗纪略》卷十四莫与俦小传，贵州人民出版社 1993 年版，第 637 页。

⑥ 铁木尔·达瓦买提主编：《中国少数民族文化大辞典》（西南地区卷），民族出版社 1998 年版，第 435 页。

至六艺故训，则国朝专经大师，实迈近古。"① 可见，莫氏并非视汉宋如水火，反而强调二者同炉而治。在汉学方面，精选惠栋《易汉学》、阎若璩《古文尚书疏证》、胡渭《禹贡锥指》等书籍作为必读书；在宋学方面，则要求学子以二程、朱熹、孙奇逢、汤斌等人的立身行事为楷模。在程恩泽、莫与俦等人的影响下，汉学之风吹进山门。

综上，在清代朴学的天幕下，道咸时期的贵州，汉学的进驻是汉学名家走进黔中与黔籍学人返黔传播共同努力的结果；道咸时期的贵州学界仍以汉学为主，同时注意汉宋兼采。

第二节　独步西南的平民学者

郑珍一生主要活动于清道光、咸丰时期。其身份首先是学者，然后才是诗人。作为学者，他并没有进士及第，跻身仕途，进入上流社会，而纯粹是靠自身的潜质，凭着自身对许慎、郑玄之学的孜孜追求，在山野间从事学术研究，进而如山泉般汇入清代学术的主流之河。其次，从其所取得的经学成就与整个清代学术研究者所处的地缘结构来看，郑珍可谓西南独步，故笔者誉其为"独步西南的平民学者"。

一　平民学者

称郑珍为平民学者，是因为作为学者的他一生没有做官。但这并不意味着他没有跻身仕途、为官一任的追求。在其追求进身之阶的路途上，充满坎坷：道光五年（1825），受程恩泽侍郎赏识被选为拔贡生，次年以拔贡赴京应试，廷试下第；道光十一年（1831），赴省城应乡试，不中；道光十四年（1834），赴贵阳应秋闱，落选；道光十七年（1837），赴乡试，中举，是年郑珍三十二岁；道光十八年，应礼部会试，下第归；道光二十四年（1844），是年郑珍三十九岁，赴京会试，身患重病，僵卧考棚，缴白卷出，大挑二等，以教职用，还家候补。可见，郑珍在求索之途多不如

---

① 赵尔巽等撰：《清史稿·莫与俦传》，中华书局 1977 年版，第 13409—13410 页。

意，三十二岁才中举人，三十九岁还是廷试落第，三次会试均以失败告终。此后郑珍遂绝意于科举。为生计，郑珍曾三次担任短暂教职。其一，道光二十五年（1845），是年郑珍四十岁，权古州厅（今榕江县）儒学训导，兼掌榕城书院，为时不足一年。其二，道光三十年（1850）春，委署威宁学正至大定府，受事三日而实任者兼程至，故郑珍报到三日即卸职。秋末，复往权镇远府学训导。次年夏初，卸镇远教官归。其三，咸丰四年（1854）四月，郑珍居乡，选得荔波教谕，十一月携家赴任，于次年二月到任，后荔波水族农民起义与苗民起义迭起，战乱频发。同年九月，郑珍携家逃出荔波，经南丹、罗斛，返回贵阳。此后遂绝意于仕进。同治二年（1863），大学士祁寯藻荐于朝，特旨以知县分发江苏补用，郑珍终不应召，故人称郑征士。纵观郑珍一生，科举受挫，仕途失意，仅任三次短暂教职，一生多半时光山居乡里，是一个十足的平民百姓。

然而，仕途的坎坷并没有泯灭郑珍的学术进取之心，山乡的闭塞也并没有阻隔郑珍的学术研究之途。相反，他以极大的热情投入学术研究之中，潜心著述。郑珍由于早年师从汉学家程恩泽，得其指点治学门径，遂治许、郑之学。道光八年（1828），身在程恩泽幕府的郑珍为应乡试返黔，程侍郎送别，遂有"吾道南矣"①之叹。果不其然，郑珍在经学、小学方面取得了极大成就。其经学代表作有：《巢经巢经说》《仪礼私笺》《轮舆私笺》《凫氏为钟图说》《郑学录》《亲属记》等。其小学代表作有：《说文逸字》《说文新附考》《汗简笺正》等。

郑珍治经，深通"三礼"。《轮舆私笺》专为注解《周礼·考工记》之车制系统，重点在于《轮人》《舆人》《辀人》三篇。《凫氏为钟图说》专为注解《周礼·考工记》之钟制内容，书中详考钟体各部位之形体与大小比例，钟壁厚度、钟甬长度与钟口张度，并探讨其与钟声清浊、共鸣以及音准、音色等的相互关系，是我国古代制钟工艺与声学理论的结晶。《仪礼私笺》主要注解《仪礼》之《士昏礼》《公食大夫礼》《丧服》和《士丧礼》四篇，共考释一百零四条，其中对《丧服》的考释尤为精详，

---

① （清）郑知同：《敕授文林郎征君显考子尹府君行述》，白敦仁《巢经巢诗钞笺注》，巴蜀书社 1996 年版，第 1476 页。

达六十四条，多有发明。《巢经巢经说》收录郑珍经学笔记和论文凡十九篇，内容涉及《尔雅》《孝经》《周礼》《仪礼》《礼记》《尚书》《孟子》等，其中涉及"三礼"者九篇，居全书总篇目的一半。《郑学录》原名《康成传注、年谱、书目、弟子目》，是一部以东汉经学大师郑玄为传主的人物传记。其中"传注"部分是为《后汉书·郑玄传》作注解；"年谱"部分是以纪年、时事、出处、著述为纲，将郑玄生平与著述表格化；"书目"部分著录郑玄一生见诸记载的全部著作，逐一说明其存佚流传情况；"弟子目"部分逐一钩考郑玄门人，考得郑玄弟子三十一人事迹。《亲属记》是郑珍考证古代汉族亲属称谓源流演变的著作。郑珍以宗族姻娅类称谓随俗增加而又无专书综览，《尔雅·释亲》等书往往传写歧误，程瑶田《丧服文足征记》、邵晋涵《尔雅正义》、郝懿行《尔雅义疏》等又不无缺失，为考礼征俗，确定儒家的伦理、名分，故著书立说，予以纠正。是书成书时间与清梁章钜《称谓录》不接近，中华书局于是书之点校说明中评云："内容比较集中，其阐释、引证比较周详，可补《称谓录》的不足；郑珍精通古礼，长于文字之学，所加的按语，在辨异同、订违失上，又颇多可取。"①

郑珍治小学，主攻东汉许慎《说文解字》。许慎《说文解字》自成书后，经历代传抄摹写，夺脱渐繁，讹误益增。南唐二徐匡订《说文》，开始补订逸字。清代《说文》之学蔚为大观，涌现段玉裁《说文解字注》、桂馥《说文义证》、王筠《说文释例》、沈涛《说文古本考》等《说文》学著述，其中涉及逸字研究者达十几部之多。然段、桂诸家仅就《说文》本书互勘，终非《说文》逸字研究的专门之作。郑珍的《说文逸字》"后出转精，俨然集其大成，影响甚大"②。其"内求之于《说文》自例，外求之于诸书所引，补得《说文》逸字165字，在最大程度上探得许书本真，是考证《说文》逸字最重要的一部专书"③。郑珍文字学研究的学术成

---

① （清）梁章钜、（清）郑珍撰：《称谓录 亲属记》（点校说明），中华书局1996年版。

② 陶生魁：《试论沈涛的〈说文〉逸字研究》，载《中南大学学报》（社会科学版）2011年第2期。

③ 史光辉、姚权贵：《〈说文逸字〉在〈说文〉学研究方面的文献学价值》，载《古籍整理研究学刊》2015年第3期。

就集中体现于《说文逸字》《说文新附考》《汗简笺正》三部文字学著述中，其《说文逸字》是《说文》学中首部逸字研究专书。郑珍所言《说文》逸字，指"《说文》原有而今之铉本亡逸者"①。郑珍认为，治《说文》必须首先解决《说文》传世之本（主要指大徐本）三个方面的问题：曰逸字，曰伪字，曰误字误注。段玉裁《说文解字注》一书，对误字误注做了大量的考订工作，而对于逸字伪字则未暇专及。故郑珍积 30 余年之功，撰成《说文逸字》。该书正文 2 卷，附录 1 卷，正文部分著录许书所有而铉本所逸的 165 字，为郑珍亲自撰述；附录部分 292 字，为"传本讹旁、楚金窜衍、鼎臣误增，及诸家引他籍冒许，或引者讹改不应今本，今本讹改不应所引，今行《韵谱》阑入俗书"② 者，为郑珍之子知同承父命编撰。《说文新附考》是考订《说文》新附字的专著。所谓《说文》新附字，即宋太宗时徐铉奉诏校订许慎《说文解字》时所附益的 402 字。对这些字的性质和源流，后世学者颇多歧见，段氏《说文解字注》即悉删不录。对这些新附字的考证，亦是清代《说文》学研究的一个重要方面，代表性著述有：钱大昭《徐氏说文新补新附考证》、钮树玉《说文新附考》、郑珍《说文新附考》等。郑珍《说文新附考》将徐氏新附 402 字逐一论列，每字先引徐铉注文，再下考语，逐字穷源究委，缕析条贯，"于文字正俗，历历指数其递变所由"③。《汗简笺正》则是清代唯一专门研究宋郭忠恕《汗简》的文字学专著。北宋初年洛阳人郭忠恕著《汗简》一书，收"古文"2900 余字。"汗简"二字取古人杀青简以写经书之意，表明此书"古文"字形来源于古代竹简经书。"北宋时期，商周金文的搜集研究大盛，'古文'被其掩盖。到清代，《说文》之学风行，金文研究日益深入，以《汗简》为代表的'古文'，被认为上不合于商周，下有悖于《说文》，受到不应有的蔑视。唯一专门研究此书的，是光绪时刊刻的《汗简笺正》，

---

① （清）郑珍撰，王锳等点校：《郑珍集·小学》，贵州人民出版社 2001 年版，第 29 页。

② （清）莫友芝：《说文逸字序》，（清）郑珍撰，王锳等点校《郑珍集·小学》，贵州人民出版社 2001 年版，第 23—24 页。

③ （清）姚觐元：《说文新附考序》，（清）郑珍撰，王锳等点校《郑珍集·小学》，贵州人民出版社 2001 年版，第 195 页。

其作者为遵义郑珍。"① 郑珍为甄别"古文"，以免"溷乱许学"，著《汗简笺正》，"追穷根株，精加研核，显揭真赝所由来"②，"填补了清代文字研究的空白，至今仍是文字学研究的重要参考书"③。

综上，正因为郑珍在经学、小学方面所取得的学术成就，《清史稿》将之列入《儒林传》，而非《文苑传》，《清国史》亦将其列入《儒林全传》，而非《文苑传》。换言之，郑珍的身份首先是学者，其次才是诗文家。

另外，郑珍在史学方面也颇有成就。其史学著述有（道光）《遵义府志》、（咸丰）《荔波县志稿》等。其中以《遵义府志》成就最高，张之洞《书目问答》列之为全国三部优秀府志之一，梁启超则推为"府志中第一"④。纵观《遵义府志》，其体例创新有五。其一，卷首不刊录宸章、诏谕或御制。观清代贵州府志，多于卷首刊录宸章、诏、谕、御制等。如：（道光）《贵阳府志》，于卷首恭录两卷"宸章"；（道光）《大定府志》，于第一卷整卷恭录"宸章"、"诏"、"谕"、"赐祭文"；（咸丰）《兴义府志》，于卷首恭录"御制"，载顺治九年《钦定卧碑》、康熙二十年《平滇黔诏》、嘉庆十年《勤政殿记》等共计 18 篇。郑珍（道光）《遵义府志》则将皇帝诏令等闲视之，弃而不载。其二，设"农桑"、"物产"、"木政"、"坑冶"四卷，此在旧志中尚属首例，亦体现了郑珍对农业生产与民生疾苦的关注。所谓"木政"，即指木官奉诏为皇室采办珍贵巨木，经水路两路运抵京师，耗费财力民力的苛政。所谓"坑冶"，即指清政府对地方矿产开发，所得不偿其费，取利而民累的苛政。其三，"古迹"卷外另立"金石"卷，并刊附拓片，以"证史传之讹谬，补前载之不备"⑤。旧志中仅此一例。其四，设"土官"卷，反映地方民族与政权的演变，体现

---

① 黄锡全：《汗简注释》（李学勤先生序），武汉大学出版社 1990 年版，第 2 页。

② （清）郑知同：《〈汗简笺正〉题记》，（清）郑珍撰，王锳等点校《郑珍集·小学》，贵州人民出版社 2001 年版，第 465 页。

③ 吴雁南主编：《清代经学史通论》，云南大学出版社 2001 年版，第 194 页。

④ 梁启超著，朱维铮校注：《梁启超论清学史二种》，复旦大学出版社 1985 年版，第 450 页。

⑤ （清）郑珍、莫友芝纂：《遵义府志》，（台北）成文出版社 1968 年版，第 249 页。

民族特点，是当代"民族志"的先导。其五，每卷设小序。全书四十八卷三十三目，附目十四，每目一小序，列载全国背景资料，本境古代变迁，本卷地位作用及评考等，作用远及"凡例"。① 清黄乐之评郑珍《遵义府志》云："体裁并有自，不专仿一家，随事发凡，亦不袭故习，别立总例。"② 所言甚确。

二　独步西南

言郑珍在经学、小学、史学上所取得的学术成就为西南独步，除了从正面即其著述本身出发论断以外，亦可从侧面即前代学者、官方著述、官方正史等角度得到求证。

首先从与郑珍有地缘关系的晚清大学者角度看他们对郑珍的评价。陈田（1850—1922），晚清贵州贵阳人，曾编纂《明诗纪事》二百卷，参与辑成《黔诗纪略后编》三十卷，是清代晚于郑珍的大学者。其《黔诗纪略后编·郑征君传》评郑珍云："当乾嘉时，明小学者，东南老辈，讲明绝学，直接汉唐。至道咸后，仅王箓友、苗仙麓，不足分大师之席。先生起自南荒，推阐小学以通经之绪，自立棉蕝，不袭窠臼……蔚为西南硕儒。"③ 陈田将郑珍与清语言文字学家王筠（山东）、苗夔（河北）相提并论，充分肯定其在西南地区作为"西南硕儒"的霸主位置。黎庶昌（1837—1897），贵州遵义人，晚清著名外交家和散文家，其文《拣发江苏知县郑子尹先生行状》记述郑珍早年求学历程、为学立场与人格风范，评其"衰然为西南钜儒"④。又在《巢经巢经说·序》中说："遵义郑先生子尹征君为西南儒宗，垂数十年，生平著述甚富，致极精严，未尝如俗儒苟操铅椠也。"⑤ 黎庶昌亦对郑珍持论颇高，将之誉为"西南钜儒"、"西南

---

①　肖先治：《郑珍与方志学》，载《贵州文史丛刊》1994 年第 6 期。

②　（清）郑珍、莫友芝纂：《遵义府志》，（台北）成文出版社 1968 年版，第 16 页。

③　（清）陈田：《黔诗纪略后编·郑征君传》，《巢经巢诗集》，《续修四库全书》本，第 1534 册，第 537 页。

④　（清）黎庶昌：《拣发江苏知县郑子尹先生行状》，白敦仁《巢经巢诗钞笺注》，巴蜀书社 1996 年版，第 1470 页。

⑤　（清）黎庶昌：《巢经巢经说序》，（清）郑珍撰，王锳等点校《郑珍集·经学》，贵州人民出版社 1991 年版，第 11 页。

儒宗"，其持说与陈田不谋而合。

如果说出生于贵州本土的知名学者对郑珍的评价有过誉之嫌，我们不妨从与郑珍毫无地缘关系的大学者著述中搜寻相关信息。支伟成的《清代朴学大师列传》，专为有清一代朴学家列传，查全书，得入列传的朴学家，共计三百七十八位。再查这三百七十八位朴学家的地缘结构，江浙皖三省朴学家所占比例接近80％，次为山东、湖南、广东等省，西南地区云贵川三省合计只有七位，分别是：云南（1人）王崧；贵州（2人）郑珍、莫友芝；四川（4人）王熙震、岳森、胡从简、唐甄。而从该书的具体编目与编排上，我们即可见出他们的成就大小。云南王崧和四川王熙震，作为附录，附于《皖派经学家列传第六》之《郑珍传》后；四川岳森和胡从简，附于《湖南派古今文兼采经学家列传第八》之《王闿运传》后；唯唐甄单独列传，列于《治事学家列传第二十一》之条目下。唐甄（1630—1704）一生主要活动于清顺治、康熙两朝，曾研精覃思，著《潜书》九十七卷，又撰《毛诗传笺合义》《春秋述传》若干卷，今唯《潜书》独存。又，"唐甄以政论见长，经学并非所重。"① 其学问近陆、王一派，学术成就远不及郑珍。莫友芝（1811—1871），贵州独山人，以文字学、史学、版本目录学闻名于世，主要著作有《邵亭经学》《宋元旧本书经眼录》《唐写本说文木部笺异》《声韵考略》等，与郑珍合纂《遵义府志》，二人的关系亦亲亦友，后人将之并视为西南巨儒。《清代朴学大师列传·莫友芝传》云："黔中士林官师举交口推郑、莫，而两人遂名冠西南。"② 在西南这块贫瘠的土地，二人确实出类拔萃，但要将二者做个比较，则郑珍稍胜一筹。换言之，从近代学者支伟成的著述中，也可以引证郑珍为西南巨儒的论断。支伟成对郑珍的评介，代表了与郑珍毫无地缘关系的一般学者对郑珍的看法。

我们还可从清代官方所修正、续《皇清经解》中见出郑珍在西南地区首屈一指的地位。《清经解》和《清经解续编》汇集有清一代经学著述，是清代两部集清人经学与小学成就之大成的丛书。其中，《清经解》收七

---

① 杨世文：《清代四川经学考述》，载《西华大学学报》（哲学社会科学版）2010年第2期。
② 支伟成：《清代朴学大师列传》，岳麓书社1998年版，第294页。

十三家著述一百八十三种，计一千四百卷；《清经解续编》收百十一家著述二百零九种，计一千四百三十卷；正、续两编的作者，去其重复，得一百六十人。前人对这一百六十位学者所属的地域分布情况做过考察，发现"一代学术，几为江、浙、皖三省所独占"①。隶属江浙皖三省的学者比例占了 84%，其他各省包括山西、河南、河北、江西、广西、云南、贵州等省在内的学者比例加起来只有 16%，许多内陆边远省份或一个都没有。以地域而论，朴学重心在江淮，其他各省合计比例也极低。② 此言不虚。笔者通过对正、续《清经解》的搜索，发现西南片区云贵川三省，云南仅王崧（一人），贵州仅郑珍（一人），"四川夙产文士，学者希焉"③，无一人入围。王崧（1752—1837），云南浪穹（今大理白族自治州洱源县）人，《清史稿》有传，寥寥数语："王崧，字乐山，浪穹人。嘉庆四年进士，授山西武乡县知县。崧学问淹通，仪征阮元总督云、贵，延崧主修通志，著有《说纬》六卷。"④ 其成就主要在经学和史学方面，但著述不丰，仅寥寥数种，其史学成就主要是校理《南诏野史》，编纂《云南备征志》（二十一卷）和道光《云南志钞》（八卷）。经学著述为《说纬》六卷，阮元仅采《说纬》中之"孔子删诗"、"诗大小序"、"禹家门之难"、"子见南子"等四条入《皇清经解》。而王先谦《清经解续编》则全文收录郑珍著作三种：《轮舆私笺》《仪礼私笺》《巢经巢经说》。可见，整个西南地区，只有王崧、郑珍二人入选《清经解》或《清经解续编》，而王崧与郑珍相较，显然大为逊色。正、续《清经解》对清代经学与小学学术成果的收录情况，准确地反映了郑珍在当时西南片区的学术霸主地位。

我们还可以从清代官方正史《清史稿》和《清国史》中求证郑珍的享誉西南。《清史稿·莫与俦传》因言莫与俦为遵义府学教授时培养后学而言及郑珍，云郑珍"通许、郑之学，为西南大师"⑤。《清国史·儒林传》第十二册卷三十七《郑珍传》，评述郑珍生平行状，为学操守，以及其所

---

① 梁启超：《近代学风之地理的分布》，载《清华学报》1924 年第 1 期。
② 桑兵：《近代中国学术的地缘与流派》，载《历史研究》1999 年第 3 期。
③ 梁启超：《近代学风之地理的分布》，载《清华学报》1924 年第 1 期。
④ 赵尔巽等撰：《清史稿·王崧传》（卷 482），中华书局 1977 年版，第 13290 页。
⑤ 赵尔巽等撰：《清史稿·莫与俦传》（卷 486），中华书局 1977 年版，第 13410 页。

取得的学术成就，于《传》末云：其"学成，蔼然为西南巨儒焉"①。无论是《清史稿》还是《清国史》，均系官修正史，"西南大师"和"西南巨儒"的论断可视为官方对郑珍学术成就的总体评价。

综上，不管是从贵州本土学者的角度，还是从与郑珍毫无地缘关系的其他知名学者的角度，抑或从清代官方对学术著作的收录，以及清代官方正史的评价等角度，郑珍都不失为"西南巨儒"的美誉，在西南片区无人能望其项背。

第三节　郑珍与郑玄的经学渊源

郑珍的经学研究与郑玄有着极深的渊源。首先，因为他们同为郑姓，出于对郑玄的景仰，郑珍视郑玄为"家康成公"，视郑学为"家康成公之学"。其次，因为他们人生遭际的极大相似性，郑珍以郑玄为楷模，抱道隐居，学业志行，颇类康成。郑玄注经以"三礼"成就最高，郑珍的经学研究亦主攻"三礼"。为救世儒之失，承继、维护与弘扬郑学，郑珍治经，以声明郑注为宗旨，排击异说，推尊郑学，在郑学的流传上功不可没。

一　郑氏家族渊源

郑玄，字康成，北海高密人，东汉末年经学大师。对其一生的经学成就，范晔《后汉书·郑玄传》评云："自秦焚六经，圣文埃灭。汉兴，诸儒颇修艺文；及东京，学者亦各名家。而守文之徒，滞固所禀，异端纷纭，互相诡激，遂令经有数家，家有数说，章句多者或乃百余万言，学徒劳而少功，后生疑而莫正。郑玄括囊大典，网罗众家，删裁繁诬，刊改漏失，自是学者略知所归。"②秦焚烧六经，经籍罹此灾厄，散佚殆尽。汉惠帝四年乃明令废除挟书之禁，今文经学遂兴盛于西汉，五经十四博士立于学官。鲁恭王坏孔子旧宅以广其居，发现孔壁古文。至汉哀帝时，刘歆在

_____

① 清朝国史馆编纂：《清国史》（第十二册），嘉业堂钞本，中华书局1993年版，第717页。
② （宋）范晔撰，（唐）李贤等注：《后汉书·郑玄传》，中华书局1973年版，第1212—1213页。

今文诸经立于学官并置博士的情况下，作《移让太常博士书》，争立古文经传于学官，遂出现今古文之争。东汉时期，古文经学进入全盛时代。综观两汉经学，西汉经师文尚简朴，研究群经注重大义；东汉经师文多泛滥，研究群经注重训诂。东汉末年的郑玄，学无常师，博通今古，见两派攻难不休，乃破除今古文经学家法，参合其学，融汇为一；遍注群经，兼采今古文之说，整而齐之，成一家之言，形成郑学。郑玄以毕生精力注释儒家经典凡百余万言，统一今古文经学，使汉代经学进入一统时代，功不可没。

郑珍与郑玄的家族渊源，首先源于他们同姓。同为郑姓，故郑珍在骨子里将郑玄视为自己的远祖，视为一家人，对郑玄有着亲人般的亲切感。因此，郑珍视郑玄为"家康成公"，视郑学为家学，"家康成公之学"，视郑玄之事为"吾家事"。此点，我们可从其诗作中见证。咸丰三年（1853），郑珍在郑玄生日与莫友芝一道于遵义湘川书院祭奠郑玄，有一首诗的诗题即为《七月初五日，家康成公生日，莫邵亭释奠于湘川书院，余适携子赴行省，以昨日宿院，遂与执馔焉，邵亭有诗示诸生，因次其韵》[①]；又见《残腊无以忘寒，借〈测圆海镜〉十日夜呵冻录本，校讫示儿》诗中"浑天一转吾家事，会有老父开吾愚"[②] 句；又见《晓峰闻予将归，寄二诗至，中云："寇退君有家，君归我无友。"咏之凄然，以此十字为韵，酬之》（其八）中"吾家《士礼注》，私欲笺者夥"[③] 句；等等。在郑珍的影响下，其子郑知同亦对郑玄亲切如故，在其父经学著述的跋文中多处言及"家康成公"、"家康成公之学"。例如，《〈仪礼私笺〉后序》云："先君子自壮岁即通家康成公之学，于古今聚讼之地，必研究康成立说之所以然。"[④] 又《郑学录》跋云："先君子服膺家康成公之学数十年，自壮岁即喜搜掇康成

---

① （清）郑珍：《七月初五日，家康成公生日，莫邵亭释奠于湘川书院，余适携子赴行省，以昨日宿院，遂与执馔焉，邵亭有诗示诸生，因次其韵》，白敦仁《巢经巢诗钞笺注》，巴蜀书社1996年版，第773页。

② 郑珍：《残腊无以忘寒，借〈测圆海镜〉十日夜呵冻录本，校讫示儿》，白敦仁《巢经巢诗钞笺注》，巴蜀书社1996年版，第1047页。

③ （清）郑珍：《晓峰闻予将归，寄二诗至，中云："寇退君有家，君归我无友。"咏之凄然，以此十字为韵，酬之》，龙先绪《巢经巢诗钞注释》，三秦出版社2002年版，第587页。

④ （清）郑知同：《〈仪礼私笺〉后序》，（清）郑珍撰，王锳等点校《郑珍集·经学》，贵州人民出版社1991年版，第169页。

杂事"①；编之以年谱，"然后家康成公文行历历如指掌"②。这里，郑知同将其父郑珍称为"先君子"，而将郑玄称为"家康成公"或"康成"，将郑学称为"家康成公之学"，述说其父郑珍对郑学的倾心钦佩、穷根究源与极力维护。从"郑玄"、"康成"、"康成公"到"家康成公"，称谓的不同，代表了彼此之间亲疏远近关系的不同。"郑玄"，是客观的、一般性的、第三人称的称谓；"康成"与"康成公"，是亲切的、尊重的、距离感稍微拉近的称谓；"家康成公"，多一个"家"字，则是亲切的、尊重的、自家人的称谓了。从郑珍父子对郑玄的称谓中可见出他们视康成为家人的亲切感，对康成之说的呵护与维护，以及郑珍父子经学研究谨守郑学的"家学"渊源。

郑珍与郑玄的家族渊源，还源于郑珍对郑玄的仰慕。郑玄"不可泯没之功，固犹在考镜源流，厘析篇帙间也……观其为《易》《书》作赞，为《诗》作谱，为三礼作目录，为《论语》作《篇目弟子注》，辨章学术，部次群书，向、歆而后，一人而已"③。郑珍为有郑玄这样的郑姓先祖而骄傲，故自壮年起即喜搜集郑玄逸事，虽只言片语，亦藏诸箧笥；又以康成为汉学之宗，而无年谱纂次生平，范晔《后汉书·郑玄传》不足以详其踪迹；其诸书遗文，宜因传而条列之；其门人上有名臣、通儒，下有名氏足征者，宜纂其目，以为后学所周知，故撰成《康成传注、年谱、书目、弟子目》。是书，后由郑珍生前好友、贵州学者黄彭年调整次序，更名为《郑学录》。这部以郑玄为传主的人物传记，"是迄今最为详赡的一部郑玄传记。单是卷一传注部分，就已大大补充并丰富了《后汉书》本传，引用材料除正史之外，旁及稗官野史、山经地志、类书、碑刻、小说、诗文等，篇幅为本传的十倍"④。出于对郑玄的景仰，郑珍经二十余年辛勤积累，结撰为《郑学录》，弘扬了汉学，使郑玄形象趋于

---

①　（清）郑知同：《郑知同跋》，（清）郑珍撰，王锳等点校《郑珍集·经学》，贵州人民出版社1991年版，第348页。

②　同上。

③　张舜徽：《中国文献学》，中州书画社1982年版，第244页。

④　（清）郑珍撰，王锳等点校：《郑珍集·经学》（《郑学录》点校前言），贵州人民出版社1991年版，第255—256页。

丰满。

二 人生遭际渊源

郑玄一生际遇最让人铭记者有五：其一，游学十余年；其二，授徒讲学；其三，遭党锢之祸；其四，屡征不就；其五，身经战乱。郑玄在求学之途学无常师，先受业太学，师事京兆第五元先，继之师从东郡张恭祖，以山东无足问者，乃西入关中，师从扶风马融。马融门徒四百余人，仅以高业弟子授经于玄，玄在门下，三年不得见。后适逢马融召集弟子考论图纬，闻玄善算，才得以召见楼上。郑玄学成辞归，马融遂有"郑生今去，吾道东矣"①之叹。玄自游学，十余年乃归乡里，家贫，客耕东莱，授徒讲学，学徒相随者数百千人。其后，遭党锢之祸，凡十四年，杜门不出，逃难注《礼》，隐修经业。灵帝末，党禁解，先后有大将军何进征召、后将军袁隗征召、董卓征召、袁绍征召、公车博士征、公车大司农征，郑玄一一辞征不就。晚年历经战乱，其《诫子益恩书》云："黄巾为害，萍浮南北，复归邦乡。入此岁来，已七十矣。"②东汉末年，黄巾大起义，社会动荡不安，郑玄自述屡辞朝廷征召，历经战乱，漂浮南北，复归故乡，年逾古稀的人生感慨。

郑珍的人生遭际与郑玄有着极大的相似性。其一生际遇最让人铭记者有四：其一，游学程侍郎幕府；其二，三任教职；其三，屡征不就；其四，身经战乱。郑珍早年，先受业于舅父黎恂与遵义府学教授莫与俦，继受业于贵州学政程恩泽。后程侍郎视学湖南，郑珍亦遂游学于湖南程侍郎幕府，朝夕问难。道光八年（1828），郑珍辞归，程侍郎遂有"吾道南矣"③之叹。如同郑玄没有辜负马融"吾道东矣"的期许，郑珍亦没有辜负程春海"吾道南矣"的期盼，二人均在经学上取得了超人的成就。郑珍一生仕途蹇滞，多次应礼部试落第而归，为生计，三任

---

① （宋）范晔撰，（唐）李贤等注：《后汉书·郑玄传》，中华书局1973年版，第1207页。

② 同上书，第1210页。

③ （清）郑知同：《敕授文林郎征君显考子尹府君行述》，白敦仁《巢经巢诗钞笺注》，巴蜀书社1996年版，第1476页。

教职。权古州厅儒学训导期间，学生跟随学习者百余人，"坐则侍立一堂，行则从游塞路"①。郑珍悉心指导，乐为陶铸。其后，唐树义相邀与监利王子寿柏心先生②共图厥政，郑珍力辞；同治二年（1863），朝廷征召天下缀学之士十四人，特旨以知县分发江苏补用，郑珍名居首，卒不出；同治三年（1864），曾国藩驻节安徽，令莫友芝以书邀先生同游曾湘乡幕府，终不出游。郑珍晚年饱经战乱，太平天国运动的风起云涌，贵州农民起义的此起彼伏，子午山望山堂的付之一炬，郑珍居无定所，几经辗转，家人离散，最终长逝于禹门山寨中。

综上可见，郑珍与郑玄的人生际遇有着如此多的相似，故郑珍始终以郑玄为楷模，以弘扬郑学为己任，在榜样的引领下潜心于学术研究。其《郑学录》一书，"著书且以见其道之宏，著弟子目见其传之远。……以康成之行考康成之文，颂诗读书，知人论世，然后郑学昌而经术明"③。郑珍考鉴郑玄生平所著，考证郑玄弟子流播，以郑玄之行考郑玄之文，知人论世，旨在弘扬郑学，发扬光大。黄彭年认为：郑珍"抱道隐居，屡征不就，学业志行，颇类康成"④。其著《郑学录》一书，正可谓"其为是书，殆有微旨"⑤。

三 经学主攻

据《后汉书》记载，郑玄一生著述甚丰，有反驳何休而作的《发墨守》《箴膏肓》《起废疾》，有弟子撰郑氏答弟子问五经的《郑志》八篇，"凡玄所注《周易》《尚书》《毛诗》《仪礼》《礼记》《论语》《孝经》《尚书大传》《中候》《乾象历》，又著《天文七政论》《鲁礼禘祫义》《六艺论》《毛诗谱》《驳许慎五经异义》《答临孝存周礼难》，凡百

---

① （清）郑知同：《敕授文林郎征君显考子尹府君行述》，白敦仁《巢经巢诗钞笺注》，巴蜀书社 1996 年版，第 1478 页。

② 王柏心（1779—1873），字子寿，号螺州，湖北洪湖人。道光二十四年（1844）进士，官刑部主事，晚主荆南书院，以能文称。著有《导江三议》《子寿诗钞》《螺州文集》等。

③ （清）黄彭年：《郑学录序》，（清）郑珍撰，王锳等点校《郑珍集·经学》，贵州人民出版社 1991 年版，第 260 页。

④ 同上书，第 261 页。

⑤ 同上。

余万言"①。实际上，郑玄为弘扬儒家经典，"述先圣之元意，思整百家之不齐"②，遍注群经，"整"而"齐"之者，远不止此 20 种。据清儒郑珍的考鉴与统计，其著述共有 59 种。在这 59 部著述中，最能体现其功绩的当数对"三礼"的编辑与注释。

"三礼"是中国古代典章制度的渊薮，是十分宝贵的历史文献。郑玄的经学研究，亦以"三礼"为基干，清王鸣盛云："康成注经，三礼居首，阅十四年乃成，用力最深也。"③ 的确，郑玄最大的功绩是编辑、注释了"三礼"。汉代《礼经》只凭师授而无注解，马融也只注了《丧服》经传，"三礼"名称虽由马融、卢植提出，但其名称的最终确定却在郑玄为"三礼"作注之后；《礼记》四十九篇选辑本的独立成书，始自郑玄；郑玄在订正经文错谬、解释经文的同时，又作了大量的材料补充，这些珍贵的文献资料赖于郑注而得以保存；郑玄对礼义的阐发，是后人研究汉代政治思想史的宝贵遗产；后人对"三礼"的解读，不借助郑玄注，根本无法登堂入室；古代文字学、音韵学、训诂学的研究，往往离不开郑注；考释现代出土先秦文物，郑玄《三礼注》是必须依据的重要文献。可见，"三礼"确是郑学的精髓与主干，亦是康成用力最深者。

郑珍因为早年屡次会试不第，遂致力于古，往来于数家书从中，"经自注疏以下，极各家解义，罔不究心，不立门户，一一为折衷持平。独深三礼"④。郑珍的经学研究涉猎广泛，《毛诗》《孝经》《周礼》《仪礼》《礼记》《尚书》《孟子》《尔雅》《春秋外传》及"春秋三传"等无不涉猎，然于"三礼"情有独钟，用功最勤。其子郑知同云："先君子学礼数十年，嗜郑弥笃，老益深醇，五十以还，始操笔发摅，所以极思礼注，兼以救世儒之失者，爰著于编。"⑤ 郑珍嗜笃郑玄之《三礼注》，深研数十年，

① （宋）范晔撰，（唐）李贤等注：《后汉书·郑玄传》，中华书局 1973 年版，第 1212 页。
② 同上书，第 1209 页。
③ （清）王鸣盛：《蛾术编》（卷 58），商务印书馆 1958 年版，第 880 页。
④ （清）郑知同：《敕授文林郎征君显考子尹府君行述》，白敦仁《巢经巢诗钞笺注》，巴蜀书社 1996 年版，第 1476 页。
⑤ （清）郑知同：《〈仪礼私笺〉后序》，（清）郑珍撰，王锳等点校《郑珍集·经学》，贵州人民出版社 1991 年版，第 170 页。

五十岁以后才开始结撰，以救世儒之失。其经学著述（小学除外）八种，已刊行者有《巢经巢经说》《仪礼私笺》《轮舆私笺》《凫氏为钟图说》《亲属记》和《郑学录》，未刊书稿有《深衣考》《辑论语三十七家注》，均遗失。其中，《巢经巢经说》十九篇中关乎"三礼"者有九；《仪礼私笺》顾名思义关涉《仪礼》，是对郑玄《仪礼注》的阐发；《轮舆私笺》是对郑玄《周礼注》之《考工记注》部分车制系统的笺注；《凫氏为钟图说》是对《周礼注》之《考工记注》部分钟制的笺注；《郑学录》是以《三礼注》的笺注者郑玄为传主的人物传记；《深衣考》关乎《礼记》；《亲属记》据说是原《礼记》一百三十一篇之一。总之，由郑珍经学研究的成果，亦可见其经学研究的着力点。黄彭年云："子尹博综群籍，专精三礼。"[1] 言之有理。

郑玄于"三礼"用力最深，成就最大，郑珍亦致力于"三礼"，颇多卓见。二者都对"三礼"深用其功，绝非偶然。郑玄是出于维护儒家道统，弘扬儒家文化。郑珍则是出于对郑学的服膺、承继、维护与救世儒之失。然而，不管是出于何种原因，他们的经学主攻都聚焦"三礼"却是有目共睹的。

四　申明郑义

郑玄对"三礼"的注解，范晔认为，"玄质于辞训，通人颇讥其繁"[2]，即郑玄之注过于烦琐，而不简洁明了。范晔评云"颇繁"，后人则评曰"精微"，因为就凭这"颇繁"的注解后人也难通其义。郑玄《周礼注》有唐贾公彦《周礼疏》，《仪礼注》有唐贾公彦《仪礼疏》，《礼记注》有唐孔颖达《礼记正义》，然贾公彦、孔颖达作为"三礼"与《三礼注》的专业研究者与卓有成效者，尚不能尽通其义，曲解、误会郑注处不少见，故江慎修永云："郑注之精微，贾氏犹不能尽通，后人可轻破乎?"[3]

---

① （清）黄彭年：《郑学录序》，（清）郑珍撰，王锳等点校《郑珍集·经学》，贵州人民出版社 1991 年版，第 261 页。

② （宋）范晔撰，（唐）李贤等注：《后汉书·郑玄传》，中华书局 1973 年版，第 1212 页。

③ （清）江永：《周礼疑义举要》，中华书局 1985 年版，第 66 页。

贾氏犹不能尽通郑义，后人更难以企及尽通郑注的高度。如此则在对郑玄注的解读中误解误注、妄臆曲解便在所难免。更为重要的是，郑注在其自身的发展历程上，虽三国至隋唐数百年间被奉为圭臬，清代褒崇儒术，郑学再度兴隆，乾隆诏令儒臣采辑康成所注诸书纳之四库，但其间有三国魏王肃《周礼注》的严厉挑战，宋熙宁时的废罢与束之高阁，元敖继公谓郑注多疵，明张孚敬请罢圣庙从祀，郑学几废。即郑注被奉为典范是主旋律，但亦受到来自多方的严厉挑战。

郑珍精研"三礼"，对"家康成公之学"（郑学）用功最勤、研究极深。他不仅限于弄懂郑注原意，并且当自己的理解不同于郑注，或前人持论与玄注相左时，往往细细思量，穷究双方立说之所以然，追根溯源，见为凿不可易而后已。所以说，郑珍对郑注的研究，已达到玩味熟悉、融会贯通的地步。故一眼便能发现前人新义的"十九舛驳"与"说愈繁而事愈芜"[1]，并为此忧心不已。为救世儒之失，以维护、弘扬郑学，遂著《仪礼私笺》《轮舆私笺》《凫氏为钟图说》和《巢经巢经说》，以伸郑义而纠异说，使"千古礼宗不淹晦于饰伪乱真之手"[2]。郑珍的研究缘起与心路历程，我们还可从其子郑知同所撰《〈仪礼私笺〉后序》中见出，其云：

> 先君子自壮岁即通家康成公之学，于古今聚讼之地，必研究康成立说之所以然，穷源道窾，见为凿不可易而后已焉。尝谓："康成经训，范《传》言当时学者颇讥其繁，至今读之，犹若太简。唯其简奥，故虽以孔、贾专门，尚不能尽通其义，无惑乎近人以轻心从事，初不得解，即妄意有所抵牾，遂牵私见，必求案证，异论纷纭，恒由此作。余之墨守康成，往往一言一事，或思之数日，不识所谓者，始亦讶其不合，迨熟玩得之，觉涣然冰释，切合经旨，都无瑕衅。然后

---

① （清）郑知同：《敕授文林郎征君显考子尹府君行述》，白敦仁《巢经巢诗钞笺注》，巴蜀书社 1996 年版，第 1477 页。

② （清）郑知同：《〈仪礼私笺〉后序》，（清）郑珍撰，王锳等点校《郑珍集·经学》，贵州人民出版社 1991 年版，第 169 页。

知世之据以诋斥康成者，皆偏驳曲见，惜未登高密之堂，令我公以数语箴其膏肓也。"①

这里，郑珍述说了"近人"对郑注的"轻心从事"与"妄意抵牾"，以及"异论纷纭"的由来，并以自己对郑注理解的切身体验与务实求索精神，奉告"诋斥康成者"多作思考，切勿"未登高密之堂"而持"偏驳曲见"妄发议论。

为申明郑义，弘扬郑学，郑珍著书立说，申述己见，排击异说，与之辩难者众。在《巢经巢经说》中，郑珍与之辩难的前代和当代著名学者有司马迁、孙炎、郭璞、杜预、孔颖达、贾公彦、司马贞、邵雍、朱熹、郝懿行、邵晋涵、阎若璩、程瑶田等。在《轮舆私笺》中，有包咸、贾公彦、孔颖达、方苞、姚鼐、程瑶田、阮元、惠士奇、段玉裁、江永、戴震、郑用牧等。"这些辩难往往是为了申明郑注、排击异说而发，大都言之成理而持之有故。"② 我们亦由此可见郑珍对郑玄的景仰、对郑注与郑学的维护和弘扬。

郑珍的经学研究与郑玄有着不解之缘。这首先是缘于他们同姓，其次是缘于郑珍对郑玄的仰慕，以及二者人生遭际的相似性。郑珍经学主攻"三礼"，对郑玄注维护有加，其实并非出于盲从，而是出于自身反复推考后的认同。确切地说，郑珍的"三礼"研究已登入郑玄《三礼注》的奥堂，郑珍是郑注发挥最精微者，同时又是郑玄殁世一千六百多年后当之无愧的同姓知己。文献学家张舜徽先生曾说："往读郑珍《郑学录》及胡元仪《北海三考》，服其证说周详，有阐幽表微之功。推尊郑学，可云备也。"③ 其实何止是《郑学录》，《仪礼私笺》《轮舆私笺》《凫氏为钟图说》等著述，均有"阐幽表微之功"，均为"推尊郑学"而发。郑珍以郑玄为楷模，服膺、承继、维护、弘扬郑注与郑学，在郑学的流传上的确功

---

① （清）郑知同：《〈仪礼私笺〉后序》，（清）郑珍撰，王锳等点校《郑珍集·经学》，贵州人民出版社1991年版，第169—170页。

② （清）郑珍撰，王锳等点校：《郑珍集·经学》（《巢经巢经说》点校前言），贵州人民出版社1991年版，第7页。

③ 张舜徽：《郑学丛著》，齐鲁书社1984年版，第161页。

不可没。

第四节 郑珍的治经路径与学术旨归

郑珍的经学研究固然与郑玄有着不解之缘,但更与清代朴学考经证史的学术背景与研究兴趣紧密相连。郑珍服膺东汉许慎、郑玄之学,其经学研究先走"以字通经"之路,继在维护郑学的宗旨下,辨伪校勘,补阙匡谬,往往能于极其细微的差异中发现问题,并以精湛的文字训诂知识辨析音义,廓清正误,同时,又能以极其精密的推理与推算求得真解,足显清代朴学极尽精微、详密精细的征实学风。

一 治经路径

郑珍的经学门径可从"以字通经",精研小学;坚守康成,往复寻绎;旁征博引,言必有据;辨伪校勘,补阙匡谬;详密精细,务求真解;抉隐发微,别出胜义六大方面观察。

(一)以字通经,精研小学

郑珍的经学研究,离不开清代朴学的学术土壤。朴学家们遵循"以字通经",即以识字为读经之始,以穷经为识义理之途,由字以通其词,由词以通其道,由文字、音韵、训诂以明经书义理的治学路径,郑珍亦不例外,他曾说:"国朝经学能上接汉儒者,壹以识字为本。凡字有声有形有义,六经联字以成文,字之声形义明,其于治经,如侍先圣贤之侧,朗朗然闻其耳提面命也。"[1] 即以识字为闻听先贤耳提面命的必由之路。

郑珍走"以字通经"之路,与清代朴学大师程恩泽有很大关系。道光五年,时年郑珍二十岁,选为拔贡生,受知于贵州学政程恩泽。后程侍郎视学湖南,郑珍应邀入居幕下,以幕客兼门生身份从程受业,朝夕问难。程侍郎诏之曰:"为学不先识字,何以读三代秦汉之书?"[2] 遂大感悟,进

---

① (清)郑珍:《汉三贤祠记》,(清)郑珍撰,王锳等点校《郑珍集·文集》,贵州人民出版社 1994 年版,第 52 页。

② (清)黎庶昌:《郑征君墓表》,白敦仁《巢经巢诗钞笺注》,巴蜀书社 1996 年版,第 1471 页。

求诸声音文字之原，与古宫室冠服之制。正是由于程恩泽的指点，郑珍才走上了汉学家"以字通经"的学术研究道路。郑珍二十九岁时曾上书程春海，汇报自己以《说文》为本的治学历程，其在《上程春海先生书》一文中云："先读《说文》为本，佐以汉魏人小学，及希冯、元朗以下等书，别声音，辨文字，效古之十岁童子所为。乃即以字读经，又即以经读字，觉其路平实直捷，履之甚安，遂斤斤恪守尺寸，不肯以宋后歧出泛滥纷其趋。"① 郑珍以东汉许慎《说文解字》为宗，辅之以汉魏人小学，以及南朝顾野王《玉篇》等字书，辨音别文，进而"以字读经"，又"以经读字"，恪守许氏尺寸，不为宋后歧出之大徐本《说文解字》所纷扰。三十岁时，曾上京师请程恩泽点定《说文新附考》，后回忆此事，作诗云：

> 我为许君学，实自程夫子。忆食石鱼山，笑余不识字。从此问铉锴，稍稍究《滂喜》。相见越七年，刮目视大弟。为点《新附考》，诩过非石氏。②

"铉锴"指北宋徐铉、徐锴。《滂喜》是汉和帝时贾鲂所撰字书。"非石"即清代《说文》学者钮树玉，人称非石先生。由诗中可见，郑珍走"以字通经"之路确是缘于程恩泽的指点，换言之，是程侍郎的指点，决定了郑珍"以字通经"的学术研究方向。

郑珍为"以字通经"而精研小学，曾谓：

> 小学有三：曰形，曰声，曰义。形则三代文体之正，具在《说文》。若《历代钟鼎款识》及《汗简》《古文四声韵》所收奇字，既不尽可识，亦多伪造，不合六书，不可以为常也。声则昆山顾氏《音

---

① （清）郑珍：《上程春海先生书》，（清）郑珍撰，王锳等点校《郑珍集·文集》，贵州人民出版社 1994 年版，第 35 页。

② （清）郑珍：《王个峰言某友家有〈说文〉宋刻本亟属借至则明刻李仁甫〈韵谱〉也书凡二函皆锦赗金签极精善细审函册分楷标题并先师程春海侍郎手迹知是生前架上物也凄然感赋识之册端》，（清）郑珍撰，黄万机等点校《郑珍全集》（六），上海古籍出版社 2012 年版，第258 页。

学五书》，推证古音，信而有征，昭若发蒙，诚百世不祧之祖。义则凡字书、韵书、训诂之书，浩如烟海，而欲通经训，莫详于段玉裁《说文注》、邵晋涵、郝懿行《尔雅疏》及王念孙《广雅疏证》。贯串博衍，超越前古，是皆小学全体大用。①

小学之全体大用，形则俱在《说文》，声则顾炎武《音学五书》为不祧之祖，义则有段玉裁《说文解字注》、邵晋涵《尔雅正义》、郝懿行《尔雅义疏》，小学成就本已蔚为大观。郑珍精研小学，只是作为治经的起步，治经的附庸，不曾想却因此而在小学领域取得了始料未及的成果。其一，发现当时《说文》传世之本"大徐本"，即宋太宗时徐铉与句中正等奉诏共同校订的《说文解字》本，存在逸字、伪字、误字误注三大方面的问题，段玉裁《说文解字注》虽对误字误注做了大量考订工作，但对逸字伪字未暇专及。为解决这些"历代移写，每非其人。或并下入上，或跳此接彼。浅者不辨，复有删易。逸字之多，恒由此作"② 的逸字问题，郑珍浏览条记，再三推证，考得许氏《说文》原有而宋之铉本亡逸者计一百六十五字，撰成《说文逸字》。其二，发现大徐本《说文解字》于正文外附录"经典相承传写及时俗要用而《说文》不载者"③ 四百零二文，后世学者多存偏见而以俗字斥之。古代传统文字学研究一直存在文字正俗偏见，人们习以先秦古字为正、后世别出字为俗，以经书正文用字为正、他类典籍用字为俗。段玉裁严于正俗之分，对此四百零二个新附字悉删不录；钱大昕亦认为，"新附四百余文，大半委巷浅俗，虽亦形声相从，实乖《苍》《雅》之正"④。郑珍则认为这些字是文字不断孳乳的体现，是汉字发展的必然，"字孳也，何俗乎耳？"⑤ 故不囿于正俗之见，致力于徐氏新附字的

① 赵尔巽等撰：《清史稿·郑珍传》（卷482），中华书局1977年版，第13288页。
② （清）郑珍：《说文逸字叙目》，（清）郑珍撰，王锳等点校《郑珍集·小学》，贵州人民出版社2001年版，第29页。
③ （元）脱脱等撰：《宋史·徐铉传》（第三十七册），中华书局1977年版，第13047页。
④ （清）钱大昕：《说文新附考序》，钱大昕著，陈文和主编《嘉定钱大昕全集·潜研堂文集》，江苏古籍出版社1997年版，第379页。
⑤ （清）郑珍撰，王锳等点校：《郑珍集·小学》（《说文新附考》自序），贵州人民出版社2001年版，第194页。

断代认证和历时考察，撰为《说文新附考》。其三，发现宋郭忠恕文字学专著《汗简》所录"古文"字形多有讹误，字头之下以楷书所标释文多与字头不符，"古文"出处多有误记误写，为甄别"古文"，以免"溷乱许学"，而对《汗简》所录"古文"进行字形甄别、释文鉴订和出处考证，因撰为《汗简笺正》。《说文逸字》《说文新附考》和《汗简笺正》三部文字学著作，显示了郑珍在"以字通经"之路上精研小学所取得的成果。

（二）坚守康成，往复寻绎

郑珍在小学上以许氏《说文》为宗，在"三礼"研究上则以郑玄注为宗，谨守郑学，为郑学辩诬，为后人释疑。其原因一是出于对郑注的服膺，二是出于对郑学的维护。

对郑注，郑珍并非盲目迷信，而是通过自身对郑玄注审慎解读后的认同。其曾云："余之墨守康成，往往一言一事，或思之数日，不识所谓者，始亦讶其不合，迨熟玩得之，觉涣然冰释，切合经旨，都无瑕衅。"① 郑珍自述曾与康成注持论相左，有所疑虑，而最终"涣然冰释"，切合郑注的亲身体验，表达不再疑虑、谨守郑说的心路历程。认同的结果是对郑注的维护。郑玄注在自身的前进之路上，虽奉为圭臬是主旋律，但亦受到来自多方的严厉挑战。不嫌与郑氏操戈者，先后有魏之王肃、唐之刘知己、元之敖继公、明之张孚敬、清之万斯大等。时光流转，郑注至清末，可谓"经至今日，能者无不名郑学，而郑义转几无一是"②。郑珍坚定地站在郑玄的立场，维护郑注，"其读《礼经》，恒苦前儒聚讼，营视惑听，赖有国初诸老出，权衡得失，审当莫如康成。爰奉为圭臬，反复参详，止求明注说，不遽诘难，阙功不亚孔贾。乾嘉以还，积渐生弊，号宗高密，又多出新义，未见有胜，十九舛驳，说愈繁而事愈芜，较前古为尤甚。故言《三礼》墨守司农，不敢苟有出入"③。郑珍认为，前儒聚讼，混淆视听，所幸有清初诸老出，权衡得失，以郑玄注为精当，遂奉为圭臬，不惧诘难，反

----

① （清）郑知同：《〈仪礼私笺〉后序》，（清）郑珍撰，王锳等点校《郑珍集·经学》，贵州人民出版社1991年版，第170页。

② （清）郑珍：《轮舆私笺》（自序），《续修四库全书》本，第85册，第433页。

③ （清）郑知同：《敕授文林郎征君显考子尹府君行述》，白敦仁《巢经巢诗钞笺注》，巴蜀书社1996年版，第1476—1477页。

复考证，只求明郑氏注说，其功不亚于唐之孔颖达与贾公彦；然乾嘉以来，学者号宗高密，又多出新义，却"十九舛驳，说愈繁而事愈芜"，郑学之弊，莫甚于今，为挽狂澜于既倒，扶大厦之将倾，郑珍墨守康成，不敢有丝毫出入。其"坚守康成，往复寻绎"①，将理解所得，汇为《仪礼私笺》《轮舆私笺》《凫氏为钟图说》和《巢经巢经说》（其中关乎"三礼"者占 50％以上的篇幅）。这些著述多为申明郑注而发，以维护郑注为宗旨。其体例是：先引经文，次引玄注，再针对有争议处作重点阐发。应该说，郑珍是郑玄注理解最精微者，所有的阐发均紧扣玄注，言之有理，持之有据。

（三）旁征博引，言必有据

清代朴学的考据之风，其特点就是重视考据，旁征博引，言必有据，无征不信。郑珍的经学研究亦不例外。

郑珍经学主攻"三礼"，而具体于"三礼"，又聚焦于《周礼·考工记》和《仪礼》。不管是对《考工记》还是对《仪礼》的笺释，郑珍都谨守郑玄注，在维护玄注的宗旨下，作言之有理、言之有据、信而有征的发挥。如《轮舆私笺》言兵车"轼"、"较"之制，郑玄注云："兵车之隧，四尺四寸"；"兵车之式，深四尺三分寸之二"，"兵车之式，高三尺三寸"；"较，两輢上出式者。兵车，自较而下，凡五尺五寸"。② 即古之兵车车箱长四尺四寸，宽六尺六寸；"轼"的位置处于隧前三分之一处，占地一尺四寸三分寸之二，高三尺三寸；"较"是两輢上高出轼的部分，高五尺五寸。郑珍笺释，首先指出南北朝皇甫侃、熊安生诸儒的误解，继之引《曲礼》"尸必赋"条孔颖达疏，证孔氏颖达沿其谬：以"轼"为距车床三尺三寸的横木，以"较"为"轼"正上方的横木。再引江永《周礼疑义举要》，指出直到清代江永才使"轼"、"较"之制复现，而孔氏的疏注贻误千年。郑珍识断精审。的确，江永以"轼"有通指其地与切指其木之分。所谓通指其地，即指遂前三分之一之地，亦即郑玄所云"深尺四寸三分寸之二"之地者。所谓切指其木，即指符合轼围大小尺

---

① （清）郑珍：《轮舆私笺》（自序），《续修四库全书》本，第 85 册，第 433 页。

② 《周礼注疏》，（清）阮元校刻《十三经注疏》，中华书局 1980 年版，第 910 页。

寸、距车床三尺三寸、既横在车前又曲在两旁的曲木。江永理解郑注，堪称精微。再接着，郑珍引《说文》，指出"輢"是车箱两旁的车栏，"较"是"輢"上高出于"轼"的平木，以及贾疏以"輢"为板之误。最后，郑珍进一步指出：车舆形制为车箱外三面皆有栏，且栏高三尺。为证明此点，郑珍征引材料涉及《左传》《西京赋》《说文》《礼纬》《仪礼》《周礼》《新序》《古今注》《国语》《诗经》《汉书》及贾疏、服注、韦昭注等，其具体征引述说此不赘述。又如《轮舆私笺》对"薮"的界定，郑珍引《说文》，以"薮"为"毂中空"；引《急就篇》，以"薮"为"橾"；引先郑说，以"薮"为"毂空壶中"；引后郑说，以"薮"为"壶中当辐凿处"；引林希逸《考工记解》，以"薮"为"辐菑"；引方苞《周官集注》，以"薮"为"辐菑"；引惠氏士奇说，以"桑"为"槀"；引程氏瑶田说，以"薮"为"凿深"；引阮氏元说，以"薮"为毂中心木去除者。接着，一一指出宋之林希逸，清之方苞、惠士奇、程瑶田、阮元等说的错谬之处，得出"薮"为"壶中当辐凿处"的结论，同时又进一步提出镟具、镟法和薮径规、贤内径规、轵内径规等标准件概念，见解独到。再如《郑学录》，郑玄传注部分，征引材料除正史外，旁及稗官野史、山经地志、类书、碑刻、小说、诗文等，篇幅增为范晔《后汉书·郑玄传》的十倍；郑玄书目部分，郑珍广引《七录》《释文叙录》《汉书·艺文志》《隋书》《郑志》《世说新语》《旧唐书》《新唐书》《宋史》《太平御览》《晋刑法志》《墨庄漫录》等典籍，考得郑玄生平著述五十九部；郑玄弟子目部分，广引《魏书》《世语》《三国志》《汉晋春秋》《隋书》《旧唐书》《新唐书》《太平御览》《郑志》《续汉书》等，考得郑玄弟子三十一人。综上可见，郑珍的经学研究十分注重吸收前人成果，屡屡征引前人成说，但同时又不迷信前人，往往站在前人的肩膀上而有所发现与发挥。

郑珍注经虽谨守玄注，旁征博引，无征不信，但与清代考据大家又有明显的不同：坚持言而有征，反对烦琐考证。他曾在《千家诗注序》中说："若各大家诗无一字无来历，字句苟一说即了，必繁曲引证，反胶泥其聪明。至本事本旨，不称载前说，又无以引其灵悟，而鼓舞其幼志，使知世间书之当读者多。"① 郑珍赞成多读书，以知晓诗之本事本旨，但反对诗注无一字无来历，一说即了即可一说即了，不必繁曲引证，甚至认为烦琐引证反而会妨碍人的思维发挥，反而会将人的聪明才智限制在阐释者的思维层面。注诗与注经同理。故郑珍的"三礼"研究，均是针对争议、择其意隐难明之句，有为而发。此点，我们可从《仪礼私笺》《轮舆私笺》《凫氏为钟图说》等著述的体例，以及《巢经巢经说》关乎"三礼"的篇章中一眼见出。故其经学研究要点突出，针对性强，同时又避免了考证的重复与烦琐。

（四）辨伪校勘，补阙匡谬

郑珍的经学研究，重点不在于阐发经文的微言大义，而在于本着"实事求是，不立异，不苟同"② 的治学原则，用朴学的方法，从文字或内容上对历代传笺注疏进行校勘、辨伪、补阙和匡谬。

校勘者，如《巢经巢经说》之《〈礼记注〉脱窜》篇，言《文王世子》章"远近间三席"，郑注云："席之制，广三尺三寸三分，则是所谓函丈也。"③ 孔颖达正义则云："席制，广三尺三寸三分寸之一，三席则函一丈。"④ 郑珍由此推断："孔所据注文元是'三分寸之一'。惟一席零数尚有三分寸之一，故三席合成一寸，加九尺九寸得一丈。若一席止三尺三寸三分，则三席是九尺九寸九分，尚不足一分。"⑤ 郑珍以疏明注，判定《文王世子》章郑注席制本当作"三尺三寸三分寸之一"，唯有如此，才符合"三席函一丈"之说，否则尚差一分。校订堪称精当细密。又，《礼记·杂记上》之"宰夫朝服即丧屦"⑥，注云："朝服，告邻国之礼也。"⑦ 郑珍以

① （清）郑珍：《〈千家诗注〉序》，（清）郑珍撰，王锳等点校《郑珍集·文集》，贵州人民出版社1994年版，第78页。

② 赵尔巽等撰：《清史稿·郑珍传》（卷482），中华书局1977年版，第13288页。

③ 《礼记正义》，（清）阮元校刻《十三经注疏》，中华书局1980年版，第1405页。

④ 同上。

⑤ （清）郑珍：《巢经巢经说》，（清）王先谦编《清经解续编》（第四册），上海书店1988年版，第350页。

⑥ 《礼记正义》，（清）阮元校刻《十三经注疏》，中华书局1980年版，第1557页。

⑦ 同上。

疏云"邻国来吊，不敢纯凶待之，而著朝服，是以吉待邻国之礼"①，断注本作"朝服，以吉待邻国之礼也"②，诸本以"告"作"吉"，又上脱"以"字，下脱"待"字，遂不可解。言之成理，其他不再赘述。

辨伪者，如《巢经巢经说》之《〈伪古文尚书〉误采〈左传〉》《辨日本国〈古文孝经孔氏传〉之伪》等篇。郑珍将《孔传古文尚书》与《左传》细加比勘，指出《孔传古文尚书》之《仲虺之诰》《泰誓》《大禹谟》等篇含有由《左传》人物对话牵缀而成的文句，由此断《孔传古文尚书》之伪，于阎若璩《古文尚书疏证》、丁晏《尚书余论》后续有发现，难能可贵。《辨日本国〈古文孝经孔氏传〉之伪》一文，郑珍列举十条证据，逐一剖析，辨明日本太宰纯校刊的《古文孝经孔氏传》为伪书。当然，对于日本《古文孝经》孔传的真伪问题，学界颇有争议，但郑珍做了辨伪的工作却是毫无疑义的。

补阙者，如《巢经巢经说》之《姒娣》《尔雅》等篇。《姒娣》篇中，郑珍引《尔雅·释亲》："女子同出，谓先生为姒，后生为娣。"③ 对"同出"之义，郭璞解为"俱嫁事一夫"④，世遂奉为定说。郑珍则以"同出"为"同一父所出"⑤，并引《左传》《公羊传》等证郭注之文同义异与前后歧解处。不管"同出"究为何义，郑珍之说足可补郭注之阙。又《尔雅》篇中，郑珍引《释言》"辟，历也"，郭注云未详，郑珍则按云：

> 辟，古霹字；历，古雳字，谓震雷也。辟，《说文》"震"下作"劈"，则辟言其击物破析也，历言其雷剌轠轠也。单言则曰辟曰历，合言则曰辟历。《前汉·天文志》"辟历夜明"，《刘向传》"蝃虹辟历"，皆合言也，后世俗书并从雨。郭氏按文求之，此训遂无从解说。

---

① 《礼记正义》，（清）阮元校刻《十三经注疏》，中华书局1980年版，第1557页。

② （清）郑珍：《巢经巢经说》，（清）王先谦编《清经解续编》（第四册），上海书店1988年版，第350页。

③ （晋）郭璞注，（宋）邢昺疏：《尔雅注疏》，（清）阮元校刻《十三经注疏》，中华书局1980年版，第2593页。

④ 同上。

⑤ （清）郑珍：《巢经巢经说》，（清）王先谦编《清经解续编》（第四册），上海书店1988年版，第348页。

邵、郝二家疏并执辟法以通历字，一云历律之通，一云历秝之借，俱未确。①

郭氏据形求义，无从解说。邵晋涵《尔雅正义》与郝懿行《尔雅义疏》望文生义，曲为解说。郑珍释"辟历"为"霹雳"，凿然可行。凡此种种，无须赘举。

匡谬者，如《巢经巢经说》之《〈礼记正义〉驳文》篇，郑珍匡正孔氏正义九处谬误。如对《礼记·少仪》"氾扫曰扫，扫席前曰拚"②句的解读，孔氏正义解"氾"为"广"，以远路大宾来主人广扫之为"扫"，以近路小宾来只扫席前为"拚"。郑珍指出孔氏之谬，认为"拚"、"扫"是日用之常，不必宾来且为之，远路来者不定是大宾，近路来者不定是小宾，且经之本意只是以扫席前为"拚"，非此则统称曰"扫"。又如对《礼记·郊特牲》"乡为田烛"句的解读，孔氏正义以"乡"为郊内六乡，释为六乡之民各于田首设烛照路。郑珍指出孔氏之谬，认为"乡"只是当郊道所过之乡。郑注亦以田烛为郊道之民为之。试思，若乡不当郊道，而皆以田烛照路，其照路奚为？郑珍极尽精微，言之有理。再如《巢经巢经说》之《〈曾子问〉"昏礼既纳币有吉日女之父母死"节》篇，孔氏正义以"致命"为"退婚"，郑珍评以"谬极！"并分析云：

> 试思致命若即是退婚，已遭重丧，与未婚之妻婿何与？何以遂不为婚耶？士逾月葬，若葬后已不为婚，待免丧已经两年，此两年中男家女家何所疑畏而弗敢嫁娶，必待彼免丧始别嫁别娶耶？且免丧后男女究须嫁娶，又何所嫌于原聘之妻婿而必别嫁别娶耶？且丧家致命不为兄弟，彼家已许诺矣，何以至免丧又使人请耶？岂免丧而使人请者，乃致命经两年后尚未别嫁别娶者耶？于情理都无一得，孔氏误

---

① （清）郑珍：《巢经巢经说》，（清）王先谦编《清经解续编》（第四册），上海书店1988年版，第351页。

② 《礼记正义》，（清）阮元校刻《十三经注疏》，中华书局1980年版，第1511页。

之，陈氏澣沿之，害世教、诬圣言甚矣。①

郑珍的分析，入微、入情、入理。"致命"的目的本在于"不敢以累年之丧，使人失嘉会之时"②，故"致命"应解为"传达（言辞）"、"致辞"。如此等等，无烦赘举。

（五）详密精细，务求真解

郑珍《考工记》研究专著《轮舆私笺》，为求真解，可谓极尽精微，详密精细。众所周知，《考工记》是上古科技名著，言百工之事，关涉上古制车系统、铜器铸造系统、弓矢兵器制革护甲系统、礼乐饮射系统、建筑水利系统和制陶系统。其中科技名词、专有名词众多，如果不借助郑玄注，不进行精密的数字推算，根本无法登堂入室。郑珍的《考工记》研究，亦须借助郑玄注与精密的数字推算。《轮舆私笺》中，我们随处可见郑珍精确到寸、分、厘甚至更小单位的数字计算。无须厌其烦琐，因为《考工记》本身就具有科技与精密的属性。

郑珍主要研究了《考工记》的车制与钟制，代表性著述为《轮舆私笺》和《凫氏为钟图说》。笔者的分析则主要以《轮舆私笺》展开。《轮舆私笺》主要围绕《考工记》之《轮人》《舆人》《辀人》三篇展开。《轮人》聚焦于车轮与车盖的制作，《舆人》聚焦于车箱的制作，《辀人》则聚焦于车辀的制作，三者分属于轮人、舆人、辀人三种不同的技术工种。轮人为轮，毂、辐、牙三材必备。毂即车毂，砍毂有道，揉毂有道，其长短、大小、捎薮、贤轵两端都有严格的尺寸规定。辐即车辐，辐有菑蚤两端，菑蚤的尺寸又有具体规定，辐条本身也有股围与骹围之别。牙即车辋，牙有牙围，即车辋横截面的周长。毂、辐、牙三者的尺寸大小是紧密相关、环环相扣的，如《考工记·轮人》云：

六分其轮崇，以其一为之牙围，叁分其牙围而漆其二。椁其漆内

① （清）郑珍：《巢经巢经说》，（清）王先谦编《清经解续编》（第四册），上海书店1988年版，第348页。

② 《礼记正义》，（清）阮元校刻《十三经注疏》，中华书局1980年版，第1392页。

而中诎之，以为之毂长。以其长为之围，以其围之防捎其薮。五分其
毂之长，去一以为贤，去三以为轵。……叁分其毂长，二在外，一在
内，以置其辐。凡辐，量其凿深以为辐广。……叁分其辐之长而杀其
一，则虽有深泥，亦弗之溓也。叁分其股围，去一以为骹围。①

可见，轮高决定牙围，牙围决定毂长，毂长决定薮、贤、轵以及置
辐位置，凿深决定辐广，辐长与辐广决定股围与骹围。郑珍遵循郑注，
以兵车轮崇六尺六寸，推算得牙围一尺一寸，毂长三尺二寸，毂围径一
尺六分六厘六不尽，薮围径三寸五分五厘五不尽，贤内径四寸四分，轵
内径二寸二分六厘六不尽，辐内长九寸五分，辐外长一尺九寸，辐长二
尺九寸六分五厘，除菑蚤长二尺四寸七分五厘，股围八寸四分，其中广
三寸五分、厚七分，骹围五寸六分，其中广二寸一分，厚七分。这些尺
寸，都是经过精密的数据计算得出的。尤其是对于"绠"的尺寸与具体
位置所指，是一个饶有兴趣的话题。"绠"的尺寸，《考工记》云："六
尺有六寸之轮，绠叁分寸之二。"② 又云："视其绠，欲其蚤之正也。"③
显然，兵车之"绠"的尺寸是三分之二寸，但其具体位置指向哪里呢？
现代学者持装辐法、蚤入牙而不满所衬垫者、向外偏出的圆框形轮辋三
种解说。其实，郑珍对"绠"的研究颇有见地，他通过精研考工文本，
精研前疏与玄注，辨音析义，精密推算，最后得出："绠"为轮偏出股
凿之名，具有双重词性；作为形容词的"绠"，轮绠即轮箪，是牙向辐
外的一种偏出状态；作为名词的"绠"，是牙偏出于辐股凿的部分，其
绠数为三分之二寸。现代学者借助河南辉县出土的战国马车，以"绠"
为浅盆状的轮绠结构，释"绠"为一种抽象的装置方法——装辐法，显
然欠妥。

（六）抉隐发微，别出胜义

郑珍的经学研究旁征博引，补阙匡谬，详密精细，同时还能于极其细

---

① 《周礼注疏》，（清）阮元校刻《十三经注疏》，中华书局 1980 年版，第 908 页。
② 同上书，第 909 页。
③ 同上书，第 907 页。

微的差别中发现问题，抉隐发微，别出胜义。如对《考工记》"凡为轮，行泽者欲杼，行山者欲侔"①的解读，历代注家甚至现代学者，都以轮有行泽之轮与行山之轮之分。行泽之轮，泽地多泥，须削牙如杼，轮缘（轮与地的接触面）要窄，使车行泽中如以刀割泥；行山之轮，山地多石，须牙上下相等，使车行石中而又不为石所伤。这个解说是有道理的，可信的。然而郑珍却提出"不杼不侔"的概念，即车轮制作成不杼不侔之形，牙触地一面既不像梭子一样尖，牙上下两面亦不等宽。其《轮舆私笺》卷一云：（车轮）"有行山之时，亦有行泽之时，亦有行平地而值泥似泽、遇石似山之时，然其车之轮，断不专为行山，使牙上下等，亦不专为行泽，使牙如杼。然于轮人，必有常度在不杼不侔之间明矣。所以必著此节者，正以见常度之不杼不侔也。"②的确，车轮不专只为行山，亦不专只为行泽，更有行平地而遇泥似泽、遇石似山之时，故轮人对车轮的制作必有常度在"不杼不侔"之间，这样制作的车轮，既可在山地行驶，亦可在泽地行驶，行山行泽两用方便，而非只能行于山或行于泽。郑珍对轮人制作车轮"欲杼"、"欲侔"的解读，发他人所未发，富于新意而言之成理。

再如对"輗"、"軏"的解读。"輗"、"軏"连接衡与辀辕，其部件虽小，其作用重大，孔子云："人而无信，不知其可也。大车无輗，小车无軏，其何以行之哉?"③墨子曰："吾不如为车輗者巧也。用咫尺之木，不费一朝之事，而引三十石之任。"④然而，"輗"、"軏"究竟何指？汉儒包咸以"輗"为缚轭的辕端横木，以"軏"为辕端上曲钩衡者。郑珍认为：此说"直是以輗为衡，以軏为辀，大违古义，贻误学者。至东原乃明正其谬。"⑤清戴震以"辕端持鬲，其关键名輗；辀端持衡，其关键名軏。辀辕

---

① 《周礼注疏》，（清）阮元校刻《十三经注疏》，中华书局 1980 年版，第 909 页。
② 郑珍：《轮舆私笺》，（清）王先谦编《清经解续编》（第四册），上海书店 1988 年版，第 297 页。
③ （春秋）孔丘著，杨伯峻、杨逢彬注译：《论语·为政》，岳麓书社 2000 年版，第 15 页。
④ 《韩非子·外储说左上》引墨子语，见《韩非子》，高华平等译注，中华书局 2010 年版，第 395 页。
⑤ （清）郑珍：《轮舆私笺》，（清）王先谦编《清经解续编》（第四册），上海书店 1988 年版，第 311 页。

所以引车，必施輗轨，然后行。"① "輗"，用于双辕的牛车或大车，是辕端持軏的关键；"軏"，用于独辀的马车或小车，是辀端持衡的关键。郑珍在戴说的基础上进一步考证，据《说文》《韩非子·外储说》《论语》郑注、扬雄《太玄经》等相关资料，得出"輗"长尺许，呈圆柱形，是贯穿衡和辕端，把衡固定在辕端的圆木；"軏"则是车辕前端固结车辀与车衡的销钉。以套车或装置情况而言，輗是套车时临时安装，贯穿车辕与軏并使之连接的部件；軏则是原本就固定在车辀之端，套车时以衡的中孔对准套入再系以绳索缚牢的部件。如郑珍所云："盖軏植定在辕上，驾时但以衡中孔就而著之。若牛车两辕两輗，驾时乃旋以輗，穿軏贯辕。"② 这里，郑说较戴说，显然更胜一筹。后，刘宝楠《论语正义》引戴震、阮元之说言包咸之非，又引凌焕《古今车制图考》以为详，又录宋翔凤《过庭录》，又引郑珍《轮舆私笺》，云："宋、郑二说略同。其分别輗軏之制，亦得郑意。"③ 刘宝楠认为郑珍《轮舆私笺》解輗軏之制与宋翔凤略同，二者均系对郑玄之意的正确解读。

二 学术旨归

郑珍的学术研究，由于诞生于清代朴学的土壤，且出于汉学家程恩泽一门，故后世学者将之归于皖派，与其他考据学家一道被视为不经纶时务的埋头训诂考据者。其实，郑珍的学问并不是单纯书斋式的研究，其学术旨归，一在经世致用，二在将汉学与宋学汇于一数。

（一）"学术正，天下乱，犹得持正者以治之；至学术亦乱，而治具且失矣"

此语出于郑珍《巢经巢文集》卷三之《甘秩斋〈黜邪集〉序》。甘秩斋，即清人甘家斌④，号秩斋，原籍四川。其曾于嘉庆年间以四川东北下

---

① （清）戴震：《考工记图》，商务印书馆 1955 年版，第 38 页。

② （清）郑珍：《轮舆私笺》，（清）郑珍著，黄万机等点校《郑珍全集》（一），上海古籍出版社 2012 年版，第 284 页。

③ （清）刘宝楠：《论语正义》（上），中华书局 1990 年版，第 71 页。

④ 甘家斌：号秩斋，清乾隆癸未科进士（1793），翰林院庶吉士，官至大理寺卿。曾于嘉庆十六年（1811）奏请清廷对天主教以及民间秘密宗教严定科条大加惩创，以杜邪术而正人心。

游一带有无为、老祖等教，与天主教大略相同，煽惑人心，恐致蔓延，而奏请清政府"严定西洋人传教治罪专条"。老归于乡，自集平生涉佛文字，名曰《黜邪集》。郑珍为其集作序，从唐宋以来辟佛者韩愈、程朱言起，认为佛教之蛊惑力足以使命世贤豪甘心纳身为夷狄，佛教之祸足以惑乱学术，然"学术正，天下乱，犹得持正者以治之；至学术亦乱，而治具且失矣"①。意即：学术正，天下乱，则"持正者"可以学术之正治天下思想之乱；若学术亦乱，则失去了治理天下的根本。这里，郑珍以经世致用为旨归，视"学术"为治理天下的根本。的确，学术是一个国家思想文化建设的基础与核心，"学术的兴衰往往成为国运隆替的象征，学术风气的邪正也往往成为世道人心的缩影"②。学术兴隆，便可以正治邪；学术衰颓，则正不压邪，治具丢失。站在古代统治者的角度，孔孟正学兴隆，则可以之力辟佛老之邪；孔孟正学衰微，佛老、民间宗教、天主教大盛，学术堪乱，则国不将国。言之有理。故康熙生来便厌闻西方佛法，乾隆亦以释道为异端；清政府一向以"崇儒重道"为基本国策，不迷信怪力乱神，隆学校以端士习，黜异端以崇正学。可见，具有正确向导力的"学术"，对于救治思想界的混乱，举足轻重。

郑珍以孔孟正学之尊，将"学术"视为治理天下的根本，其经学研究势必是以通经致用或经世致用为旨归。因"礼堂旧业，宏纲细目无不形为踌误"③，故为《仪礼私笺》；因人道莫重于亲族，故为《亲属记》；因古制莫晦于考工，故为《轮舆私笺》；因小学莫详于《说文》，故为《说文新附考》《说文逸字》；因奇字莫详于汗简，故为《汗简笺正》。上述研究不外乎礼仪、称谓、车舆、文字等，而礼仪、称谓、车舆、文字等又无不与人们日常生活息息相关，是故"郑珍的学问不是单纯书斋式的研究，他的研究也有为现实服务的目的，也就是说，他力图把自己的研究与当时社会

---

① （清）郑珍：《甘秩斋〈黜邪集〉序》，（清）郑珍撰，王锳等点校《郑珍集·文集》，贵州人民出版社1994年版，第75页。

② 蒋寅：《治理学术腐败和学术不端行为的思路与对策》，载《社会科学论坛》（学术评论卷）2009年第9期。

③ （清）郑知同：《〈仪礼私笺〉后序》，（清）郑珍撰，王锳等点校《郑珍集·经学》，贵州人民出版社1991年版，第169页。

需要和人们的日常生活联系在一起"①。

又如，郑珍将"学术"视为治理天下的器具，将"学术"摆到了治国安邦的高度。这并非一孔之见或危言耸听。后世具有良知、正义感和使命感的学者，对此多持赞同态度。中国社会科学院文学研究所研究员蒋寅先生即于郑珍之论而心有戚戚焉，其《治理学术腐败和学术不端行为的思路与对策》一文，便将郑珍"学术正，天下乱，犹得持正者以治之；至学术亦乱，而治具且失矣"之语作为篇首题记②，本着一个知识分子应有的良知、责任感与使命感，以"持正者"的姿态，呼吁惩治学术腐败与学术不端行为；穷根究源，冀还学术研究以绿色空间；又观学术之腐败不正，以警醒世道人心。

明末清初以顾炎武为代表的知识分子，学术研究即以经世致用为旨归。经世致用亦是中国学术的重要传统，它不仅仅是一种研究目的和行为实践，更重要的是一种情感，一种精神，体现中国知识分子"位卑未敢忘忧国"的独立情操。郑珍将"学术"研究拔高到安邦治国的高度，亦是赋予学术研究经世致用观念的体现。当然，郑珍的经学研究虽有经世致用的理念与时代气息的体现，与乾嘉汉学比较起来确有一些变化，但说到底仍是秉承汉学家的事业，继续着学究式的研究。如果说其经世致用思想在经学研究中不足以体现，则在其诗歌创作中得到了充分的发挥。在那里，"官府的腐败，课吏的催征，农夫的凄凉，矿工的悲惨，历历在目，跃然纸上"③。故观郑珍之学术旨归，当从其经学研究与文学创作的双重角度全面审视之，因为正是文学与经学的涓涓细流，共同汇成了狂涛般的学海波澜。

（二）"汇汉宋为一薮"

清代，汉学与宋学是两块相互对峙的学术园地。汉学家鄙视宋学家的高谈性理与虚妄空疏，宋学家则鄙视汉学家的烦琐考据与讳言时政，二者

---

① 魏立帅：《晚清汉学派礼学研究》，硕士学位论文，山东师范大学，2007 年，第 60 页。

② 蒋寅：《治理学术腐败和学术不端行为的思路与对策》，载《社会科学论坛》（学术评论卷）2009 年第 9 期。

③ 陈奇：《郑珍经学门径刍议》，载《贵州文史丛刊》1987 年第 1 期。

势同水火，门户之见极深。清代朴学至乾嘉时期达于鼎盛，道咸同光时期，由于时代巨变而发生晚变，汉宋渐趋调和。贵州由于地处西南山岩瘠壤之中，交通不便，信息闭塞，故汉学至道光年间方才兴起，呈现与时代学术主流不甚合拍的态势。然而，以郑珍为代表的贵州汉学派却同时又倡导"汇汉宋为一薮"①，在这一点上，则又合上了清代学术的主流节拍。

郑珍对汉学与宋学所持的态度，我们可从其子郑知同的述说中见出，其云："大抵先子生平为学宗旨，汇汉宋为一薮。尝括其要领示知同曰：'尊德性而不道问学，此元明以来程朱末流高谈性理，坐入空疏之弊；明于形下之器，而不明形上之道，此近世学者矜名考据，规规物事，陷溺滞重之弊；其失一也。程朱未始不精许郑之学，许郑亦未始不明程朱之理。奈何歧视为殊途，偏执之害，后学所当深戒。'"② 郑珍十多岁时曾从其舅父黎恂受业，潜心宋五子之学，精研性理，德业大进，又于诗古文声入心通，雪楼叹曰："昔欧阳文忠刮目苏子瞻，有当让此人出一头地之许，吾于甥亦谓然。"③ 由此，我们可窥黎雪楼恂对郑珍精研程朱的肯定与欣赏。郑珍二十岁时被选为拔贡，受知于贵州学政程春海恩泽，令服膺许郑之学，乃博综三礼，探索六书。五十岁后，常研读朱熹《四书集注》与《近思录》，拟撰《危语》，曾向其子知同讲述研习心得："朱子一生精力尽在《四书集注》，根柢尽在《近思录》。吾五十以后看二书，道理历历在目前滚过，稍涉影响，便有走作，差若毫厘，失之千里矣。"④ 观郑珍一生，先与宋学结缘，继之转入汉学，在汉学的领地纵深发展，晚年又转入宋学，故郑珍对汉学与宋学的认识较为客观。他既看到了宋学末流"尊德性而不道问学"、"高谈性理"、"坐入空疏"之弊，也看到了汉学家"明于形下之器"、"不明于形上之道"、"矜名考据"、"规规物事"、"陷溺滞重"之弊，同时认为，宋学家未尝不精于许郑之学，汉学家亦未尝不明于程朱之理，故主张学术研究将汉宋汇为一薮，切勿偏执一端，视为殊途。的确，

---

① （清）郑知同：《敕授文林郎征君显考子尹府君行述》，白敦仁《巢经巢诗钞笺注》，巴蜀书社 1996 年版，第 1481 页。

② 同上书，第 1481—1482 页。

③ 同上书，第 1475 页。

④ 同上书，第 1482 页。

汉学与宋学各有所长，各有所短。是故汉学后期发生晚变：鸦片战争前后，龚自珍、魏源以《公羊》经义，发挥政见，干预时政；咸同间，以曾国藩为盟主的湘乡学派倡导义理、考据、辞章、经济四者合一，并重义理与考据，更兼政事与经济诸实用之学，以补汉学之不足，同时注重调和汉宋。从这一点上看，郑珍"汇汉宋为一数"的学术旨归具有先见之明，并与时代合拍。

郑珍的经学研究，先走"以字通经"之路精研小学，以明训诂为读传注通经义之阶，未料在小学领域补文字学大师们之未补；继之主攻"三礼"，在维护郑注的宗旨下，对历代经文注疏进行辨伪校勘，补阙匡谬，发汉学大师们之未发；又以余力"旁通子史，类能提要钩玄"①。其治经方法虽不出清代朴学考据一途，但他并不对经注进行全文笺释，而是择其意隐难明之句而发，要点突出，针对性强，同时避免了考证的烦琐与重复；在旁征博引之际，识断精审；为求得真解，极尽精微，抉隐发微之际往往有胜义别出，足显清代朴学家的思辨色彩与崇实精神。

其学术旨归，一是倡导经世致用，希以孔孟学术之正救治思想界的异端邪说，将学术拔高到安邦治国的高度，见解深刻，让人咀嚼。其经世致用的学术旨归在经学研究中虽未得到多大体现，而在其诗歌创作中却得到了极大的体现，关注民生疾苦，聚焦百姓生活，揭露社会弊端，叙写时代巨变，成为诗歌的主旋律，几与杜甫媲美。二是倡导融会汉宋两学。郑珍本拟六十岁前撰述文字学和经学研究所得，六十岁后撰述理学研究所得，胸中已有腹稿，定名"危语"，惜天不假年。郑珍出汉学之门而无汉宋门户之见，能正确认识汉学与宋学各自的优劣，拟取汉宋两学之长合为一，倡导汉宋合璧，暗合晚清学术主流，难能可贵。

第五节　从《轮舆私笺》的后世征引管窥郑珍的经学成就

郑珍的经学研究主攻"三礼"，而在"三礼"研究中又主攻《仪礼》

---

① 赵尔巽等撰：《清史稿·郑珍传》（卷482），中华书局1977年版，第13288页。

与《周礼·考工记》，其相应的代表性著述为《仪礼私笺》和《轮舆私笺》。《仪礼私笺》由于文字相对浅显且毫无科技含量，故阅读相对简单，而《轮舆私笺》则是关乎《考工记》之古代车舆系统者，众所周知，《考工记》是我国古代第一部科技名著，辉映于先秦科技领域，其中专用术语充斥，科技含量不言而喻，故其文本晦涩艰深，素称难读。笔者借助大量的《考工记》研究专著与学术论文，费时整整三个月，才将《轮舆私笺》三卷（附图一卷）阅读完毕。也正由于《轮舆私笺》的科技含量与艰难费解，研究者多浅尝辄止，到笔者撰文时还没有相关的研究性论文问世，故笔者拟以《轮舆私笺》为窗口，拟从郑珍对《考工记》车制之"薮"的阐发、郑珍对《考工记》车制之"绠"的阐释、郑珍对《考工记》车舆形制的考订，以及后世学者或大型辞书对《轮舆私笺》的征引等方面展现郑珍经学研究的学术成就。鉴于这每一个专题研究都是洋洋洒洒且与文学的关联性不大，有头重脚轻、喧宾夺主甚至鸠占鹊巢之嫌，故笔者将郑珍对"薮"的阐发、对"绠"的研究、对车舆形制的考订等文置于附录，而此处仅以《轮舆私笺》的被征引情况来管窥其经学成就。

郑珍《轮舆私笺》是郑珍针对《考工记》车制系统的专题研究之作，也是清代《考工记》车舆系统专题研究的代表性著述之一。其内容关涉《考工记》之《轮人》《舆人》《辀人》三篇，非通篇注疏，而只针对其意隐难明之句与争议处而发，"穷源道款，见为凿不可易而后已"①。《轮舆私笺》自问世以来，征引者不仅有清代经学大师，也有现代《考工记》研究的专家学者，甚至国内外大型辞书的词条释义。从《轮舆私笺》的具体征引情况来看，征引者对郑珍之说多持认可与赞同态度，或资之以佐证，或引之以备说，甚至有以出土文物来证其说之凿不可易者。现主要从孙诒让《周礼正义》以及现代《考工记》研究者对《轮舆私笺》的征引情况进行考索，以凸显郑珍经学研究的成就与价值。

---

① （清）郑知同：《〈仪礼私笺〉后序》，（清）郑珍撰，王锳等点校《郑珍集·经学》，贵州人民出版社1991年版，第169页。

一 孙诒让《周礼正义·冬官考工记》对《轮舆私笺》的征引

孙诒让《周礼正义》历二十七个寒暑方成，是清代经学的殿军之作，卷 74 至卷 86 为《冬官考工记》。孙诒让对《周礼·冬官考工记》的疏注，校勘考核，甄明典制，考定名物，贯通诸经，精言胜义，收采无遗，广博浩繁，"为后人留下了一部 20 世纪以前在传统经学框架下最全面、最精审、最详核的《考工记》集解著作"①。而就是这样一部"清代《考工记》研究和注释的集大成之作"② ——《周礼正义·冬官考工记》，全文竟有80 处征引郑珍之说。

纵观这 80 处征引，其征引形式可归纳为五种：一是征引郑说，折中郑说。这一方面表现为不采他说，直接征引郑说，以说明问题。如对《考工记·轮人》中"凡为轮，行泽者欲杼，行山者欲侔"③ 的注解，郑珍认为：

> 泽地多涂，山地多石，故行泽之轮须削牙如杼，使不为涂所著；行山之轮须牙上下等，使不为石所伤。至于行平地，其常也，虽亦有行山之时，亦有行泽之时，亦有行平地而值泥似泽、遇石似山之时，然其车之轮，断不专为行山使牙上下等，亦不专为行泽使牙如杼，然于轮人必有常度，在不杼不侔之间明矣。所以必著此节者，正以见常度之不杼不侔也。④

制作车轮，不只用于行泽，亦不只用于行山，行平地亦有值泥似泽、遇石似山之时，所以轮人制作车轮必有常度在不杼不侔之间。郑珍对于车轮宽度在不杼不侔间而非或杼或侔的解读，孙氏疏全文征引之，并按云：

---

① 张言梦：《汉至清代〈考工记〉研究和注释史述论稿》，博士学位论文，南京师范大学，2005 年，第 60 页。

② 同上。

③ 《周礼注疏》，（清）阮元校刻《十三经注疏》，中华书局 1980 年版，第 909 页。

④ （清）郑珍：《轮舆私笺》，（清）王先谦编《清经解续编》（第四册），上海书店 1988 年版，第 297 页。

"郑说是也。"① 又如对《考工记·轮人》中"县之,以眡其辐之直也"②的注解,郑珍认为:"每上下两辐,当正中而县之以绳,必为毂长所阂,不能切辐边也,故须从旁县之。旁,毂之两旁也。县绳于两旁,令倚牙面,以尺准辐边至绳,上下如一则直矣。"③ 从毂之两旁悬绳至牙,以尺量悬绳的长短,若上下两辐悬绳长度一致,则上下两辐相直。孙氏疏亦直接称引郑珍此说,并加按语云:"郑说是也。"④ 另一方面,表现为引述众说,称引郑说,以郑说为折中。如对于古兵车兵器之所插,孙疏先引述贾疏之说,是以铁围范斜置于輢之上下,次引戴震之说,是以车輢外设扃,戈殳戟矛置于扃,再引程瑶田之说,是以四兵插车輢,戈斜插而殳戟矛直插,最后征引郑珍之说;郑珍认为四兵插于车舆之外栏,车箱外三面皆有扃,车箱外左右前三面栏木皆扃。在引述众说,称引郑说的基础上,孙氏疏以郑说为折中,按云:"兵车阑扃之制,当如子尹所定。"⑤ 再如,对《考工记》"叁分其牙围而漆其二"⑥ 的解读,孙疏先引《说文》,次引贾疏,再引阮元之说,再长篇征引郑珍之说,最后申述郑说:"子尹释注牙厚一寸三分寸之二,为践地一边之厚数,极为精确,足申注义。"⑦ 如此等等,不胜枚举。二是众说并存,倾于郑说。孙诒让在《考工记》的注疏中,如遇与郑珍相左而经注又无明文以佐证者,总是将众说并存而倾向于郑说。如对《考工记》之轸围,江永以为正方,郑珍以为椭方,对伏兔钩心入舆底板之数,二人亦持论相左。孙氏认为郑说相对精密,江说亦存道理,于是将二说并存,按云:"子尹说较江尤密,但其所定轸軹异围及伏兔钩入底版之数,经注并无见文,未敢偏持一义,今两存以资参考。"⑧ 又于《考工

---

①　(清)孙诒让:《周礼正义》,中华书局 1987 年版,第 3173 页。

②　《周礼注疏》,(清)阮元校刻《十三经注疏》,中华书局 1980 年版,第 909 页。

③　(清)郑珍:《轮舆私笺》,(清)王先谦编《清经解续编》(第四册),上海书店 1988 年版,第 304 页。

④　(清)孙诒让:《周礼正义》,中华书局 1987 年版,第 3177 页。

⑤　同上书,第 3132 页。

⑥　《周礼注疏》,(清)阮元校刻《十三经注疏》,中华书局 1980 年版,第 908 页。

⑦　(清)孙诒让:《周礼正义》,中华书局 1987 年版,第 3153 页。

⑧　同上书,第 3140 页。

记》"六分其广，以一为之轵围"① 条疏云："子尹说，推算颇密，于义近是。依其说，则轵围为椭方圆。江永则以为正方形，云'轵方径二寸七分有半'。金榜、江藩、王宗涑说同。凡此经诸围，或方，或圆，或椭长，不等，经注既无明文，故兼存众义以备考。"② 又如对《考工记》"竑其辐广，以为之弱"中"弱"（即辐菑）的解读，郑珍以其为尖榫而非方榫，两旁斜杀，戴震等人则以为杀厚不杀广，孙疏按云："菑之杀度，经注并无文。依戴说，则厚杀而广不杀，江永、程瑶田说同。依子尹说，则并杀其广为锐角形，黄以周说同。二义并通，故两存之。但审绎经文，似以不伤毂为义，则子尹说于理尤密也。"③ 再如对辐爪形制的解读，郑珍认为菑爪为辐上下之柄，其形制宜同，故由菑而推爪的形制亦为尖榫，然黄以周持说与郑珍异，谓爪外倨直而内剡锐，孙氏疏云："凿内之爪，似当以子尹说两面剡成锐角为是。但经注并无文，姑两存之。"④ 以上述例证，我们可见孙氏的审慎裁决以及在多说并存的情况下对郑珍之说所持的倾向性态度。三是赞同备考，不置评论。在孙疏对郑珍之说的 80 处征引中，有近一半是未加评论的，但我们依然可由字里行间见出孙氏或赞同，或备说，或备考的征引态度。如对车轮制作好后规之、萭之、悬之、水之、量之、权之的六道工序，孙疏引郑珍语："六事皆轮成后验其工致之法"⑤，可见孙氏对此语所持的绝对赞同的态度。又如对《考工记》"圜者中规，方者中矩，立者中县，衡者中水"⑥ 的解读，郑珍以轵较为圆者，以轵軹方者，以輢柱轵柱及轵軹之直者为立者，以轵较及轵軹之横者为衡者，孙氏疏引用之，所持态度为或赞同，或备说。再如对《考工记》"较围"的解读，郑珍以较木为正圆，径一寸六分二厘，两端如轵亦揉曲向下，以与柱衔接。孙疏征引之，同时认为经只云揉式，不云揉较，故存子尹说以备考。⑦

---

① 《周礼注疏》，（清）阮元校刻《十三经注疏》，中华书局 1980 年版，第 910 页。
② （清）孙诒让：《周礼正义》，中华书局 1987 年版，第 3198 页。
③ 同上书，第 3166 页。
④ 同上书，第 3167 页。
⑤ 同上书，第 3176 页。
⑥ 《周礼注疏》，（清）阮元校刻《十三经注疏》，中华书局 1980 年版，第 910 页。
⑦ （清）孙诒让：《周礼正义》，中华书局 1987 年版，第 3199 页。

四是征引郑说，指陈不足。如对《考工记》"凡居材，大与小无并，大倚小则摧，引之则绝"①的注解，郑珍释"引"为人扳引之，孙诒让按："此谓横引之也，当兼人马言之。"②一语道出郑说之不足。五是征引郑说，否定郑说。如对《考工记》所云"有藝必足见"③，孙疏引郑珍褺足之说，指出其说虽合郑注、贾疏之意，但不合于经。

综上，孙诒让《周礼正义·冬官考工记》对郑珍《轮舆私笺》的80处征引，基本以上述五种形式呈现，第一种带有总结性质，多用"郑说是也"、"郑子尹说是也"、"子尹说是也"、"当如子尹所定"、"其说甚确"、"其说甚当"、"其说甚密"、"其说甚精"等评语。第二种带有比较性质，多用"子尹说较江尤密"、"子尹说于理尤密也"、"郑驳贾说是也"、"郑所纠甚当"等带比较意味的评语。这两种明确表明赞同态度的征引，占了总征引条数的足足50%。第三种征引，孙氏持或赞同，或备说，或备考的态度，占总征引条数的45%。第四种指陈不足和第五种否定郑说者，仅占5%的比例。通过对孙诒让征引郑珍《轮舆私笺》之说的总体情况分析，我们可以见出郑珍之说在孙氏疏中的地位与分量，也可由此推知和管窥郑珍《考工记》之研究成果《轮舆私笺》的价值。

二　现代《考工记》研究者对《轮舆私笺》的征引

除清末著名经学家孙诒让对《轮舆私笺》的大量征引与首肯外，现代学者也往往由《考工记》而及郑珍《轮舆私笺》，并根据需要而征引之。征引内容主要涉及軓之所指、毂之篆制、轮之漆数与不漆数、轮之不杼不侔、较之形制、軹轛之形制、綆之所指、軫之所指等，征引学者主要为林尹、刘克明、李强、王振铎、吕友仁、张道一、汪少华、张言梦等《考工记》研究者。

林尹《周礼今注今译》多处引用郑珍之说，如对毂之篆制的注解，林尹云：

---

① 《周礼注疏》，（清）阮元校刻《十三经注疏》，中华书局1980年版，第910页。
② （清）孙诒让：《周礼正义》，中华书局1987年版，第3202页。
③ 《周礼注疏》，（清）阮元校刻《十三经注疏》，中华书局1980年版，第909页。

篆，毂干上篆刻隆起之纹以为饰者。郑珍云：其制于毂干刻之，令起圻堮一周。刻此处微容，即彼处起圻堮，其圻堮处即是篆也。当不止一处，刻讫，其状盖如竹形，然后浑体厚播以胶，密被以筋，又播胶一层，乃以革鞔之，令革与容处圻堮处皆紧相贴切，则璪起者亦随革璪起，容突分明。然后通丸漆之，待干摩平，乃就璪起上周画五采，其外通朱漆之，此篆之制也。①

可见，对毂上陈篆的具体工艺流程，林尹全文引用郑珍之说。再如对《考工记》"叁分其牙围而漆其二"的注解，林尹先引郑玄之注，再引郑珍之说，由郑珍之说而详解郑玄之注，得出漆数与不漆数。郑珍以牙投辐一边之厚同于辐广三寸五分，涂漆；牙践地一边之厚为一寸三分寸之二，不涂漆；牙左右两侧距地高一寸的部分不涂漆。据此，林尹注释为："除了践地与左右两侧距地高一寸处外其他约当牙围三分之二的部分都要用漆。"② 其注与译均来自郑珍之说。其他不赘述。又，张道一《考工记注译》全文征引郑珍对篆制的解读。③ 吕友仁《乾嘉朴学传黔省 西南大师第一人——郑珍学术成就表微》一文，通过孙氏《正义》对郑珍之说的征引举例，说明孙氏注解《考工记》之《轮人》《舆人》篇时，"遇到纠缠难明之处，除引证唐宋旧疏及乾嘉诸儒的解释外，往往更引郑珍之说以为折衷"④，以此见出郑珍经学研究的价值。刘克明、杨叔子《先秦车轮制造技术与抗磨损设计》一文，认为《考工记》所云"凡为轮，行泽者欲杼，行山者欲侔。杼以行泽，则是刀以割涂也，是故涂不附"，反映了先秦时期人们对车轮制作中摩擦现象的认识，从而在结构上采用抗磨损设计，系春秋战国时期人们对抗磨损的最早认识与记载，并引郑珍"不杼不侔"之说

① 林尹注译：《周礼今注今译》，书目文献出版社 1985 年版，第 428—429 页。
② 同上书，第 431 页。
③ 参见张道一注译《考工记注译》，陕西人民美术出版社 2004 年版，第 38 页。
④ 吕友仁：《乾嘉朴学传黔省 西南大师第一人——郑珍学术成就表微》，载《河南师范大学学报》（哲学社会科学版）1997 年第 2 期。

予以说明车轮制作在"不杼不侔"之间的结构上抗摩擦设计。[1] 李亚明《〈周礼·考工记〉车舆词语系统》一文，从传统训诂学、词汇语义学等角度研究《考工记》车舆词语系统的层次性，为厘清车舆各部件名称与含义，于注中多处引用郑珍之说。如，引郑珍"绠"为"轮偏出毂凿之名"[2] 之说，释"绠"为"向外偏出的圆框形轮辋（圈）"[3]；引郑珍"轸自是舆后横木专名，帆自是舆下三面材专名。轸名可通于帆，帆名不可通于轸"[4] 之说，释"轸"为"车厢底部后面的横木"[5]，释"帆"为"车厢底部前面及左右两面的横木"[6]；引郑珍"舆为车之正，帆持此正，故谓之任正者"[7] 及"正，车正也。舆当车之正，而帆任之，故曰任正者"[8] 之说，释"任正"为"车厢底部三面（前面及左右两面）承重的横木，即'帆'"[9]，等等。

张言梦《汉至清代〈考工记〉研究和注释史述论稿》一文，将郑珍《轮舆私笺》《凫氏为钟图说》与程瑶田《考工创物小记》、钱坫《车制考》、阮元《〈考工记〉车制图解》、王宗涑《〈考工记〉考辨》、陈宗起《〈考工记〉鸟兽虫鱼释》等并视为清代《考工记》专题研究的代表性著述，认为是它们共同将清代《考工记》的研究推向了专门化与细密化的研究轨道。[10] 同时，又从清

---

① 刘克明、杨叔子：《先秦车轮制造技术与抗磨损设计》，《华中理工大学学报》（社会科学版）1997 年第 1 期。

② （清）郑珍：《轮舆私笺》，（清）王先谦编《清经解续编》（第四册），上海书店 1988 年版，第 303 页。

③ 李亚明：《〈周礼·考工记〉车舆词语系统》（上），《西华大学学报》（哲学社会科学版）2007 年第 4 期。

④ （清）郑珍：《轮舆私笺》，（清）王先谦编《清经解续编》（第四册），上海书店 1988 年版，第 311 页。

⑤ 李亚明：《〈周礼·考工记〉车舆词语系统》（上），《西华大学学报》（哲学社会科学版）2007 年第 4 期。

⑥ 同上。

⑦ （清）郑珍：《轮舆私笺》，（清）王先谦编《清经解续编》（第四册），上海书店 1988 年版，第 306 页。

⑧ 同上书，第 309 页。

⑨ 李亚明：《〈周礼·考工记〉车舆词语系统》（上），《西华大学学报》（哲学社会科学版）2007 年第 4 期。

⑩ 参见张言梦《汉至清代〈考工记〉研究和注释史述论稿》，博士学位论文，南京师范大学，2005 年，第 57 页。

代《考工记》车制研究的角度，将郑珍《轮舆私笺》与钱坫《车制考》、阮元《〈考工记〉车制图解》、王宗涑《〈考工记〉考辨》等相提并论，认为郑珍等清代治车制名家共同"把我国古代这种集聚工种最多，技术含量最高，延续时代最长的工程造作之事的几乎每一个细小的名物，每一道可知的工序，每一套造器的模数都加以精审的讨论和研究，取得了大量的主要基于文献推导的成果"①。汪少华《中国古车舆名物考辨》一文，将郑珍《轮舆私笺》与江永《乡党图考》《周礼疑义举要》、程瑶田《考工创物小记》、戴震《考工记图》、阮元《〈考工记〉车制图解》、王宗涑《〈考工记〉考辨》、钱坫《车制考》等并列为清代《考工记》车制研究的累累成果，指出它们各有发明。② 又《古车舆"輢""较"考》一文，鉴于《考工记》只给出了"较"的高度与围径，并没有说明其形制与位置，后世学者对"较"阐释不一，故经过一番考证与研究，释"较"为輢柱上再加高的一节短柱，其中征引郑珍"较木亦正圆"③ 说，说明"较"之形制为圆形，而非方形或扁形。④

王振铎、李强《东汉车制复原研究》一书，多处征引郑珍《轮舆私笺》之说，以备说或佐证。如关于车舆部件之軓，郑珍认为其为车正，指舆下三面材，王振铎先生研究认为其不能确指，尚待考证，故引《说文》《玉篇》、戴震说、阮元说、郑珍说并存，以备说或备考。⑤ 再如对《考工记》之车舆部件轵、轛，郑珍云："轵、轛凡两端皆为偏笋，各纵横相贯，如窗棂然，故谓之？……所以名轛者，为其格孔玲珑。"⑥ 对于车舆之制，郑珍云："车箱三面止是轛，无所谓板也。輢式所以止作轛者，舆可以轻

_____

① 张言梦：《汉至清代〈考工记〉研究和注释史述论稿》，博士学位论文，南京师范大学，2005 年，第 59 页。

② 汪少华：《中国古车舆名物考辨》，博士学位论文，华东师范大学，2004 年，第 1 页。

③ （清）郑珍：《轮舆私笺》，（清）王先谦编《清经解续编》（第四册），上海书店 1988 年版，第 306 页。

④ 汪少华：《古车舆"輢""较"考》，《华东师范大学学报》（哲学社会科学版）2005 年第 3 期。

⑤ 王振铎、李强：《东汉车制复原研究》，科学出版社 1997 年版，第 53 页。

⑥ （清）郑珍：《轮舆私笺》，（清）王先谦编《清经解续编》（第四册），上海书店 1988 年版，第 306 页。

则轻。輮之视板，轻数倍。格格纵横交结，其视板之坚亦数倍。古人盖计之精矣。饰车鞔革，当鞔贴輮内，若糊窗然。"① 郑珍以轵轛为车箱上纵横交结之木条，正因其纵横相贯，如窗棂然，孔格玲珑，故曰輮；车箱三面只有輮而没有板，之所以为輮而不为板，是出于轻便与坚固计；饰车用革装饰，革如糊窗然贴于輮内。王先生从汉画像中遴选出十种典型轺车车舆，征引郑珍上述说法，认为从轵、轛的角度看，其中第七款与第八款车舆符合郑珍所言，有轵有轛，呈棂式；第十款，即车箱三面只是輮而无板者，与郑珍之说相契合。② 李强由关注清儒对《考工记》的研究而对郑珍《轮舆私笺》关注颇多，他认为："清儒对《考工记》车制的研究，著述达十余种，其中最著名的有江永、程瑶田、戴震、阮元、郑珍、王宗涑。"③ 李强以时间先后为序，将郑珍与江永、程瑶田、戴震、阮元、王宗涑一道并列为清代《考工记》车制研究的六大家。又认为郑珍"对汉代车制名称考订，有一定的权威性"④，故据郑珍《轮舆私笺》绘制出《郑珍考订周礼冬官兵车之舆》《六家考订周礼冬官乘车轮》等复原图，以进行深入比较研究。又，对于车毂之篆制工艺，李强全文征引郑珍篆制之说，并亲自调查了达斡尔人的固毂方法，再推敲汉代篆制，断"北京大堡台汉墓所出车毂，与郑珍所云无误"⑤。李强将郑珍所言篆制与北京大堡台实地出土文物进行比较研究，从文献征引与实物佐证的双重角度，证明了郑珍篆制之论的确凿。

三　国内外大型辞书对《轮舆私笺》的征引

国内外大型辞书的某些词条释义也有对郑珍《轮舆私笺》的征引，这些大型辞书主要是：《汉语大字典》《汉语大词典》《大汉和辞典》等。如

---

① （清）郑珍：《轮舆私笺》，（清）王先谦编《清经解续编》（第四册），上海书店1988年版，第306页。

② 参见王振铎、李强《东汉车制复原研究》，科学出版社1997年版，第55页。

③ 李强：《清儒对〈考工记〉车制的研究》，华觉明主编《中国科技典籍研究——第一届中国科技典籍国际会议论文集》，大象出版社1998年版，第96页。

④ 同上书，第97页。

⑤ 李强：《论汉代车轮》，载《自然科学史研究》1996年第4期。

《汉语大字典》释"軓"①，有三重意义，一为车前掩舆之板，与輢相对；一为车箱底部前面及左右两面的横木，与轸相对；一为轼下围軝之木，与任正相对。在释"軓"为车箱底部前、左、右三面的横木时，依据即来自郑珍《轮舆私笺》卷二："车箱三面之下，即轸之左右前三方也。其木，《经》谓之軓。"② 又如《汉语大词典》释"任正"③，亦引郑珍此说及其子郑知同所绘《轮舆图·车舆合轸与任正者及受底板图》，以佐证"任正"为古代车箱底部前、左、右三方的木档，与后方之轸共同构成车箱的方矩形。再如日本《大汉和辞典》释"軛"④，引郑珍《轮舆私笺·轮舆图·軝合衡度数图》语："衡两端作缺月形，曰軛。……别为两末，钉著缺月。驾时夹贴马颈，两端有孔，以贯鞥軥，令马得致力。"⑤《大汉和辞典》释"轵"⑥，引郑珍《轮舆私笺》卷一语："轵者，凡语止词曰只，毂孔至末而止，即呼为只，后因加车，作轵。"⑦ 如此等等，不一一赘述。

综上，孙诒让《周礼正义·冬官考工记》征引郑珍《轮舆私笺》之说凡八十条，除5%为指陈不足与见解相左者，赞同、备说与备考的比例占了95%。又，清代经学大师刘宝楠在《论语正义·为政》篇释大车之"軏"与小车之"軏"时，亦征引郑珍《轮舆私笺》条："盖軏植定在辕上，驾时但以衡中孔就而著之。若牛车两辕两軏，驾时乃旋以軏，穿鬲贯辕。"⑧ 云郑珍"分别軏軏之制，亦得郑意"⑨，即认为郑珍《轮舆私笺》

---

① 汉语大字典编辑委员会编：《汉语大字典》（第五卷），四川辞书出版社1988年版，第3516页。

② （清）郑珍：《轮舆私笺》，（清）王先谦编《清经解续编》（第四册），上海书店1988年版，第306页。

③ 罗竹风主编：《汉语大词典》（第一卷），上海辞书出版社1986年版，第1199页。

④ ［日］诸桥辙次编撰：《大汉和辞典》（卷十），日本大修馆书店1987年版，第1008页。

⑤ （清）郑珍：《轮舆私笺》，（清）王先谦编《清经解续编》（第四册），上海书店1988年版，第315页。

⑥ ［日］诸桥辙次编撰：《大汉和辞典》（卷十），日本大修馆书店1987年版，第1009页。

⑦ （清）郑珍：《轮舆私笺》，（清）王先谦编《清经解续编》（第四册），上海书店1988年版，第299页。

⑧ （清）郑珍：《轮舆私笺》，（清）郑珍著，黄万机等点校《郑珍全集》（一），上海古籍出版社2012年版，第284页。

⑨ （清）刘宝楠：《论语正义》（上），中华书局1990年版，第71页。

对古代车制中輢、軓之制的解读正确，且深得郑玄之意。现代学者的征引虽为数不多，但基本上都是用作称引与佐证，对郑珍之说持认同态度。现代大型辞书甚至日本的特大型辞典，在为相关词语的义项释义时，均不同程度地征引郑珍之说，以作为相关词条词义的佐证。总之，不论古代经学大师，抑或现代《考工记》研究者，抑或大型辞书，均关注郑氏《轮舆私笺》。换言之，郑氏《轮舆私笺》不仅走进了古代与现代学者的研究视野，还从国内走向国外，从本土走向异域，其成就与价值由此可见一斑，而以《轮舆私笺》为窗口，我们又得以管窥郑珍经学研究的成就与价值。

第六节　大醇中的小疵

郑珍一生，"穷处万山之中，不与宦游者相接"[①]，却在经学、小学、史学等领域取得了令人瞩目的成就，在西南地区无人可望其项背，因而享有"西南巨儒"的美誉。然其于大醇之中又不无小疵，如：某些笺释或论断存在错误或不确；某些引证疏于核检，存在误书或张冠李戴；某些以资佐证的材料有失征引或重复征引；某些论辩意气用事或有门户之见等。

其一，某些考释的有待商榷或错误。

郑珍的某些笺释或考证是有待商榷甚或错误的。有待商榷者，如《巢经巢经说》中《辨日本国〈古文孝经孔氏传〉之伪》一文，郑珍列举十条证据，证日本传本《古文孝经》系伪，后世学者胡平生于1984年，撰《日本〈古文孝经〉孔传的真伪问题》一文，用日本学者的研究成果及中日两国新近发现的材料，证日本传本《古文孝经》经传非刘炫伪撰，更非日本学者伪造。又如《郑学录》中对郑玄书目的考订，以《礼议》《鲁礼禘祫志》各自为一，后世学者据《隋书》《新唐书》等典籍，多以《鲁礼禘祫志》为《礼议》二十卷中之一篇目，故"合二书为一，似

---

① （清）郑珍：《上程春海先生书》，（清）郑珍撰，王锳等点校《郑珍集·文集》，贵州人民出版社1994年版，第35页。

亦未确"①。明显错误者，如《郑学录》中对郑玄弟子的考证，郑珍以
"韩益正"为郑玄弟子，考《旧唐书》卷四十六《经籍志》（上）载：
"《尚书释问》四卷，郑玄注。王粲问，田琼、韩益正。"② 此"正"字谓
正王粲之问。又《隋书·经籍志》载："《春秋三传论》十卷，魏大长秋
韩益撰。"③ 即韩益为魏大长秋，著《春秋三传论》十卷。可见，韩益名无
"正"字，郑玄弟子应是"韩益"，而非如郑珍所云"韩益正"。

其二，某些引证的疏于检核甚至张冠李戴。

考释笺正，少不了引经据典。引经据典，旁征博引，既显示了作者知
识的渊博，又增强了文章的底蕴与说服力。然而，言之有据的同时须做到
言之无误才好。郑珍十分注重吸收前人成果，往往引经据典以资佐证，然
不足之处在于疏于核检，多凭记忆，时有误书，甚至张冠李戴。误书者，
如《轮舆私笺》卷一引《周礼·考工记》郑玄注，将"蜂薮者，犹言趋
也；薮者，众辐之所趋也"④，误书为"薮者，犹言趋也；蜂薮者，众辐之
所趋也"⑤。再如《轮舆私笺》卷二引《左传·昭公二十六年》齐子渊捷
射泄声子，箭由轸经轷中盾脊三寸，"中楯瓦，繇胸汏轷，匕入者三寸"⑥，
误书为"中楯瓦，繇胸汏匕轷，入者三寸"⑦。张冠李戴者，如《巢经巢经
说》之《辨日本国〈古文孝经孔氏传〉之伪》一文，以"孔氏有古文
《尚书》，孔安国以今文字读之，因以起其家逸《书》，得十余篇"⑧ 语出
《汉书·艺文志》，非也，此语实出《汉书·儒林传》。

其三，某些材料的重复征引或有失征引。

郑珍对以资佐证的材料存在重复征引或有失征引的情况。重复征引

---

① （清）黄彭年：《答唐鄂生书》，（清）郑珍撰，王锳等点校《郑珍集·经学》，贵州人民
出版社 1991 年版，第 265 页。

② （后晋）刘昫等撰：《旧唐书》（第六册），中华书局 1975 年版，第 1970 页。

③ （唐）魏徵等撰：《隋书》（第四册），中华书局 1973 年版，第 932 页。

④ 《周礼注疏》，（清）阮元校刻《十三经注疏》，中华书局 1980 年版，第 908 页。

⑤ （清）郑珍：《轮舆私笺》，（清）王先谦《清经解续编》（第四册），上海书店 1988 年
版，第 299 页。

⑥ 《春秋左传正义》，（清）阮元校刻《十三经注疏》，中华书局 1980 年版，第 2113 页。

⑦ （清）郑珍：《轮舆私笺》，（清）王先谦编《清经解续编》（第四册），上海书店 1988 年
版，第 307 页。

⑧ （汉）班固：《汉书》（第十一册），中华书局 1962 年版，第 3607 页。

者,如《轮舆私笺》中论证舆制为左、右、前三面皆有栏,先于《考工记》经文"叁分轵围,去一以为轐围"① 条下,引《西京赋》薛综注、《左传》诸例及服注、《诗经》毛公注、《士丧礼》郑注等相关材料证之,后又于经文"六尺六寸之轮,轵崇三尺有三寸也。加轸与轐焉,四尺也。人长八尺,登下以为节"② 条下,详箱外四面,重复征引上述例证,一事两见,内容相同而文字小异,有重复累赘之嫌。有失征引者,如《郑学录》中对范晔《后汉书·郑玄传》的传注,"《汉纪》诸书足为佐证,应须补入"③,而郑珍《传注》却未及征引,好友黄彭年④于是书序后《答唐鄂生书》一文中,逐条补入,计补者凡七条。

其四,某些论辩意气用事或有门户之见。

郑珍对于有争议的问题,往往旁征博引之后,以按语形式详加考辨,断以己意,富于思辨与论辩色彩。然不足之处在于,对与郑学持不同看法的同代学者,往往在论辩或驳斥中有意气用事或门户之见的嫌疑。如对《考工记》车制之"薮"的界定,郑珍以"薮"为毂中空,字亦作"㮥",程瑶田以"薮"为辐凿,郑珍云:"毂中空之正字作㮥,与薮同读,必是《仓颉》诸篇中字,断非许君因先郑义新撰。以薮为辐凿,则㮥别作何解?岂古人就名立字者亦非,而必待数千年后一程氏始识其真乎?"⑤ 程氏之说固然欠妥,但郑珍的论辩和反诘确有维护郑注、鄙视程说、意气用事的嫌疑。又如对《考工记》车制之辀与舆的固合,郑珍认为后轸与辀踵由桼与

---

① (清)郑珍:《轮舆私笺》,(清)王先谦编《清经解续编》(第四册),上海书店 1988 年版,第 306 页。

② 同上书,第 312 页。

③ (清)黄彭年:《答唐鄂生书》,(清)郑珍撰,王锳等点校《郑珍集·经学》,贵州人民出版社 1991 年版,第 262 页。

④ 黄彭年(1824—1890),字子寿,号陶楼,晚号更生,贵筑(今贵阳)人。道光间进士,改庶吉士,授编修。曾主讲关中书院,李鸿章聘为《畿辅通志》主纂,兼主讲保定莲池书院。光绪间任湖北襄郧荆道道员,后历任按察使、陕西按察使、江苏布政使、湖北布政使等职。为官清正,博学多识,长于史志,精于舆地,著有《东三省边防考略》《金沙江考略》《历代关津隘梁考存》《铜运考略》等。又有《陶楼文集》十四卷刊行,《陶楼诗钞》四卷,外集二卷,辑入《黔南丛书》。其诗大多有感而发,忧民伤时之情溢于言表。

⑤ (清)郑珍:《轮舆私笺》,(清)王先谦编《清经解续编》(第四册),上海书店 1988 年版,第 300 页。

横輮固合之，阮元则以轸底另有横木充当任正，以受踵承轸底。二说当可并存，郑珍却驳阮说曰："舍经传，凭胸臆，要无当矣。"① 以阮元之说为凭臆私解，亦显意气用事。

郑珍为维护郑学，对异于郑门者，往往有门户之见。刘逢禄系清代早于郑珍的经学家，其遍涉群经，以《春秋》为重，以何休公羊学为本，著述有《春秋公羊何氏释例》《公羊春秋何氏解诂笺》《左氏春秋考证》《论语述何》《箴膏肓评》《发墨守评》《穀梁废疾申何》等。从其著述之名称即可见其与何休公羊学的关系，而与郑玄郑学殊途。正由于刘氏著有《箴膏肓评》《发墨守评》《穀梁废疾申何》等作，有申何难郑之嫌，郑珍在《郑学录》卷三之郑玄著述《发公羊墨守》《箴左氏膏肓》《起穀梁废疾》三书书目考证条下，斥刘逢禄"多事"，云："嘉庆间有刘孝廉逢禄为公羊学，注《发墨守》《箴膏肓》，评《穀梁废疾》，申何三书，左祖《公羊》。未见有胜，殊多事也。"② 对此，黄彭年评曰：（郑珍）"斥刘氏《起废疾》《发墨守》《箴膏肓》为多事，门户之见过重"。③

郑珍的学术研究固然呈现上述不足，然瑕不掩瑜，他依然不失"西南巨儒"的美誉。我们肯定其成就，同时又指出其不足，尊重其研究成果，同时又不曲为之讳，本着实事求是的态度，做客观公正的认识与评判，这也是学术研究者应该具备的风范。

---

① （清）郑珍：《轮舆私笺》，（清）王先谦编《清经解续编》（第四册），上海书店 1988 年版，第 300 页。

② （清）郑珍撰，王锳等点校：《郑珍集·经学》，贵州人民出版社 1991 年版，第 323 页。

③ （清）黄彭年：《答唐鄂生书》，（清）郑珍撰，王锳等点校《郑珍集·经学》，贵州人民出版社 1991 年版，第 262 页。

第三章　郑珍的诗歌研究

郑珍的诗歌创作根植于道咸间宗学尚宋的诗学土壤。作为学者兼诗人，其诗学思想既主张读书养气、学古能化，又主张吟咏性真、不受羁绊、自打自唱。其诗歌创作呈现三大视角：学人视角、地方视角、农家视角。学人的身份与尚学宗宋的诗坛风貌，决定了其学人视角；对乡邦故土的热爱与关心桑梓的情怀，决定了其地方视角；长期的农事劳作与对民生疾苦的关注，决定了其农家视角。郑珍又善于向前人学习，以其《播州秧马歌》和苏轼《秧马歌》为例比较分析，可见出其早年习诗步武苏诗的痕迹；以《巢经巢文集》中的二十则跋韩诗为例，可见出其习染韩诗的印记。从郑珍对苏轼与韩愈其人的景仰与其诗的学习与研究，可管窥郑珍诗歌创作的转益多师与深厚渊薮。以纵向视角回溯唐之韩愈与宋之苏轼对郑珍诗歌创作之途的影响，再以横向视角聚焦同时代诗人何绍基与郑珍之诗歌比较研究，见出郑诗迥异于宋诗派的"句子推敲日细哦，呕吟声韵贵平和"① 之作，其关注农家疾苦，书写战争灾难，几媲美杜甫"三吏三别"。最后，基于诗人诗歌总集的编纂反映"当代"意识、记录"当代"信息，以郑珍所纂地方诗歌总集《播雅》为窗口，可管窥清代地方诗歌总集编纂的背景信息，以及获知关于郑珍辑诗的关注视域与编纂个性等个人资讯，凸显郑珍于贵州诗歌总集编纂体例的先导与典范。

---

① （清）何绍基著，龙震球、何书置校点：《何绍基诗文集》，岳麓书社1992年版，第96页。

第一节 尚学宗宋的道咸诗坛

本节探究郑珍诗歌创作的诗学背景。先言晚清道咸诗坛的诗学宗尚，指出其追新逐奇、务为不俗与学问至上、诗学合一的两种诗学追求。再言黔中文学以诗歌为主要文学样式的发展态势，以及黔中道咸间的诗坛概貌与诗歌宗尚，以期从经度和纬度两方面观测道咸诗学宗尚给郑珍诗歌创作带来的影响，以及郑珍在晚清诗坛和黔中诗坛所处的位置与所起的作用。

一 道咸诗坛的诗学宗尚

清代诗坛，诗体数变。从康熙到乾隆百余年间，出现了王士禛的神韵说、沈德潜的格调说、翁方纲的肌理说和袁枚的性灵说。派别虽多，但宗尚唐人的总体倾向并无不同。道咸以来，许是出于"诗必盛唐"的审美疲劳以及乾嘉朴学征信求实学风的影响，宋诗运动兴起。以程恩泽、祁寯藻、曾国藩为旗帜的宋诗派，标举宋诗，推崇杜甫、韩愈尤其是苏轼、黄庭坚的诗学风范，追求质实、厚重、缜密的诗美境界，出于程恩泽门下的郑珍、何绍基、莫友芝以及邓显鹤、欧阳碉东、江湜等人极力呼应，宗宋渐成诗坛风尚。道咸宋诗派对宋诗的情有独钟，"既有对诗坛专拟唐音风气矫正反拨的思考，也有试图通过对'深于学问'、'深于义理'的宋诗的标榜，以别辟诗学发展蹊径的考虑，而后者与乾嘉朴学穷研经史、考订训诂的求实精神在深层次上相通"①，故其诗学宗尚上呈现出自立不俗与诗学合一两种追求。

（一）自立不俗

宋诗本有以险怪相尚的审美倾向，黄庭坚、陈师道都极力倡导诗歌创作的"不俗"，道咸宋诗派继承宋人"不俗"之论而光大之，提出自立不俗的观点。何绍基认为，学诗要经历学古、脱化与自立三个环节。其中，自立尤为重要："学诗要学古大家，止是借为入手。到得独出手眼时，须当与古人并驱。"② 何绍基倡导以学古"借为入手"，以"独出手眼"、"与

---

① 汪龙麟：《中国近代文学史论》，首都师范大学出版社 2008 年版，第 66 页。
② （清）何绍基：《与汪菊士论诗》，《东洲草堂文钞》（卷五）同治六年（1867）长沙刻本，第 27 页。

古人并驱"而求得自立。而诗人要求得自立，首先须做"不俗"之人，"同流合污，胸无是非，或逐时好，或傍古人，是之谓俗。直起直落，独来独往，有感则通，见义则赴，是谓不俗"①。为人既成，"人与文一，是为人成，是为诗文之家成"②。不俗方能自立，如"高松小草，并生一山，各与造物之气通。松不顾草，草不附松，自为生气，不相假借"③；不俗之人成，方有不俗之诗文成；自立方能不俗，方能谈及创新。表现在诗歌创作上，"不俗"就是追新逐奇，就是"摆尽窠臼，直透心光"④。莫友芝云："为诗不屑作经人道语。当其得意，如万山之巅，一峰孤起，四无凭借，神眩目惊，自谓登仙羽化，无此乐也。"此可视为宋诗派诗人对自立、独创、不俗之文学境界的期待与向往。

（二）诗学合一

宋诗派的开创者和代表人物大都是学者兼诗人，他们不满于王士禛神韵说之空寂、沈德潜格调说之浮响、袁枚性灵说之滑易，主张诗歌创作以杜韩苏黄为宗，走"学人"与"诗人"相结合的道路，诗学合一。

这种以学问入诗，合诗人之言与学人之言而一之的论诗主学之说，并非空穴来风。清初诗人厉鹗就曾提出"书是诗材"论，认为"有读书而不能诗，未有能诗而不读书……书，诗材也。……诗材富，而意以为匠，神以为斤，则大篇短章均擅其胜"⑤。乾隆间，翁方纲又进一步提出肌理说，认为"考订训诂之事与词章之事未可判为二途"⑥，主张以学问为根柢来充实诗歌的内容，开合诗人之言与学人之言为一的先河。乾嘉朴学的兴盛、宗唐与宗宋之社会审美趣味的变换，使"诗人与学问家合流、诗与学问杂糅已经成为诗歌发展的一种不可逆转的趋势"⑦。道咸间，程恩泽、祁寯藻

---

① （清）何绍基：《使黔草自序》，《东洲草堂文钞》（卷三），同治六年（1867）长沙刻本，第21页。

② 同上书，第20页。

③ 同上书，第21页。

④ （清）何绍基：《符南樵寄鸥馆诗集叙》，《东洲草堂文钞》（卷三），同治六年（1867）长沙刻本，第15页。

⑤ （清）厉鹗：《樊榭山房集》（卷三），上海古籍出版社1992年版，第742页。

⑥ （清）翁方纲：《复初斋文集》（卷四），近代中国史料丛刊第43辑，文海出版社1966年版，第192页。

⑦ 任访秋主编：《中国近代文学史》，河南大学出版社1988年版，第110页。

成为宋诗运动的中坚。程恩泽虽主张诗自性情出，但同时又强调"性情又自学问中出"，"学问浅则性情焉得厚"①，视学问为作诗的根本。在诗歌创作实践上，喜以文入诗，以虚字入诗，更喜以险怪字句求奇崛。祁寯藻亦倡导合"学识"与"性情"为一，合学人之诗与诗人之诗为一。其后又有曾国藩、何绍基、郑珍、莫友芝诸人推波助澜，诚如陈衍所总结："文端学有根柢，与程春海侍郎为杜、为韩，为苏、黄，辅以曾文正、何子贞、郑子尹、莫子偲之伦，而后学人之言与诗人之言合，而恣其所诣。"②

道咸诗坛，宗宋尚学，追求诗歌的自立不俗与诗学合一，有创新气象，诗局亦为之一变。然而，需要说明的是，宋诗运动终究是一场文学领域内部的诗歌改良运动，其以学问考证为创新支点，联袂诗歌与经史，在反对宗唐拟古的形式主义诗风上确有积极作用，但经籍之光与学问之力终究无法为诗歌革新带来转机，也无力普度困顿诗境中的芸芸诗魂。

二　道咸间的黔中诗坛

由于地理、历史等多重原因，贵州自明永乐十一年（1413）始建省，归入中央王朝的版图，改土归流，文教渐兴，与中原文化隔绝、被中原主流文化边缘化的境况得以逐步改观。明清两朝，人文蔚起，"六千举人，七百进士"涌现，述作争兴。贵州汉文学，在建省后的数十年逐渐形成规模，明末清初迎来第一个繁盛期，出现谢三秀③、越其杰④、潘润民⑤、杨

---

①　（清）程恩泽：《程侍郎遗集》（卷七），《丛书集成初编》本，中华书局1985年版，第143页。

②　陈衍：《近代诗钞序》，陈衍编辑《近代诗钞》（上），商务印书馆1935年版，第1页。

③　谢三秀（1550？—1624），字君采，贵州前卫（今贵阳）人。天资聪颖，博览群书，然科场屡挫。万历中，曾出游楚、浙、苏、闽，与东南名流李维桢、汤显祖等交游往还，互为酬唱，后以明经取试，三任教职。著有《雪鸿堂诗集》，集诗千余首，为黔中之冠，也是贵州历史上第一个有诗集传世者。其诗清稳浑成，李维桢以之为"治世遗音"，朱彝尊誉之为"黔人之轶伦起群者"。

④　越其杰（？—1645），字卓凡，贵州贵阳府治人，举人。曾官夔州府同知，以击土司奢崇明叛军功，升金事。平生喜作诗改诗，历编《蓟门》《白门》《横槊》《知非》《屡非》诸集，诗近万首，今存《屡非集》四卷。《黔诗纪略》录其诗226首，编为二卷。其诗意境狭隘，词语瘦刻，淡薄寡味，佳作较少。

⑤　潘润民（1572—1641），字用霖，号朗陵，贵州前卫人。明万历间进士，选庶吉士。曾任礼部主事、广东督粮道副使、四川布政司参政、河南参政、云南左布政使等职。著有《味澹轩诗集》，毁于战火，其子掇其残稿，得诗90首。《黔诗纪略》录其诗70首，编为一卷，至今保存。

文骢①、吴中蕃②等一批杰出诗家。道、咸、同、光时期是贵州汉文学发展的第二个高潮期，出现了郑珍、莫友芝、黎庶昌、黄彭年、宦懋庸等一批名士，提高了黔中文学的品位。

黔中文学就文学体裁而言，诗歌、散文、词曲、小说、戏剧等体式兼备，尤以诗歌为大宗。元代以前，为贵州文学的断层，故黄万机先生《贵州汉文学发展史》自元代起编；元明清三代，均富于诗。《播雅》《黔诗纪略》《黔诗纪略后编》三部地方诗歌总集，昭示了黔中诗人与诗歌的洋洋大观：郑珍所辑《播雅》，收录明清遵义 220 位诗人诗作凡 2038 首；莫友芝等辑《黔诗纪略》，收录明代贵州 257 位诗人诗作凡 2498 首；陈田等辑《黔诗纪略后编》，收录清代贵州 423 位诗人诗作凡 2281 首。又，有清一代诗派迭起，继神韵、格调、肌理、性灵四大诗派之后，道咸宋诗派、同光体兴起，这种"全国性的文艺思潮以及不同的风格流派，对贵州文学仍有不同程度的影响"③。贵州清代文学，就诗歌而论，"在清初及雍乾之际以宗'神韵'为主；中叶以'性灵'为依归；道咸以后则宗宋诗"④。至此，我们可见贵州汉文学以诗歌为主要文学样式的发展态势，以及当时全国性文艺思潮的余波带给处于文化边缘地带的贵州以及贵州文学的波澜。

道咸时期是黔中文学发展的鼎盛期，也是黔中诗歌创作的鼎盛期。该时期的代表性诗人有郑珍、莫友芝、黎兆勋、赵旭、张琚、陈钟祥、史胜书等人。郑珍和莫友芝是宋诗运动的中流砥柱，作为已进入主流文学圈的他们，其在黔中诗坛的领衔地位毋庸置疑；作为学人兼诗人的他们，其引

---

① 杨文骢（1597—1646），字龙友，号山子。贵州贵阳人，明万历间举人。其父官至浙江参政。明天启年间移家南京，交游江南名士。马士英拥立福王于南京，起用为兵部主事、兵备副使、右金都御史等职。南京失守，拒不投降，惨遭清军杀害。工诗文，著有《山水移》《洵美堂集》各四卷，现存诗 314 首，是"崇祯八大家"之一。精于画，是明代画坛"金陵九子"之一。

② 吴中蕃（1618—1695），字滋大，贵州贵阳人。早岁通经，少年遍游吴越。崇祯间举人，累官至吏部文选司郎中。清初弃官归隐，吴三桂反，遣使聘之不就，佯狂掷砚于市，得以全身。康熙间，两次应聘修《贵州通志》。著述宏富。经史有《四书说》；文集有《龙古集》《响怀堂文集》《黔书通志补遗》等；诗集有《敝帚集》《断砚草》《腐草》等，大都散佚，唯存《敝帚集》10 卷。《黔诗纪略》录其诗 300 多首。

③ 黄万机：《贵州汉文学发展史》，贵州人民出版社 1999 年版，第 44 页。

④ 同上书，第 46 页。

领黔中诗坛尚学宗宋诗风亦毋庸置疑。郑珍诗歌的主要成果是《巢经巢诗钞》，包括前集、后集、遗诗、逸诗，现存其诗凡 924 首。郑珍诗歌题材内容丰富，既有醉心翰墨的学人诗、纯朴质厚的亲情诗、寄情黔贵的山水诗，亦有闵乱伤时的社会写实诗、怀旧吊古的缅怀先贤诗、金石书画的题咏诗以及友朋聚散的往来酬唱诗，等等。郑珍诗歌的成就，或谓郑珍诗歌优秀于宋诗派其他诗人的地方，不在于那些生涩奥衍的学问诗或考据诗，而在于那些关注民生疾苦、记述战乱历程的平易晓畅之作。郑珍的诗歌创作，既有作为宋诗派的一般成员喜以考证入诗、以议论入诗、以才学入诗、追新逐奇的共性，更有作为宋诗派中的优秀诗人聚焦民瘼、叙写战乱、使用口语、纯多白描、平易自然的个性。郑珍诗歌的特色，将于后文专述之。莫友芝是布依族学者和诗人，其诗集现存有《郘亭诗钞》六卷、《郘亭遗诗》八卷，收录了作者自道光四年（1844）至同治十年（1871）的诗作凡 947 首。其诗代表了宋诗派以议论为诗、以才学为诗的共同倾向。其相当一部分诗作文字古奥，用典太多，爱发议论，缺乏诗的意象，干枯乏味。但也有少数篇章写得平实流畅，反映社会现实，同情受难民众，富于现实性，如《公安县》《大河北百里间自去秋至今无雨雪》《岁晏行用杜韵》《遵乱纪事》《八月九日黄石矶阻风记所见呈湘乡公》等。总体而言，莫友芝诗歌的成就不及郑珍，然其忧时纪乱诗数十首所写史实细节多为官家史籍所不载，堪称诗史，故钱仲联《梦苕庵诗话》云："阅莫子偲《郘亭诗钞》六卷，《郘亭遗诗》八卷，才力腾踔，不及子尹，而朴属微至，洗尽腥腴，亦偏师之雄矣。忧时纪乱之作，传之他年，足当诗史。"①

　　黎兆勋，字伯庸（一作柏容），遵义人。少年时代即与郑珍同砚席，又与莫友芝交游，三人相互切磋诗艺，感情深厚。其诗关切时事，不少作品描写黔中战乱、难民流离的苦况。诗集有《侍雪堂诗钞》六卷刊行，《黔诗纪略后编》录其诗八十二首。赵旭，字石知，号晓峰，桐梓人。生性耿介孤高，不随流俗，与郑珍交往甚密，时相唱和。其诗多反映民生疾苦，诗集有《播川诗钞》六卷，其中《哀流民》《纳粮叟》《行路难》《猛

---

① 钱仲联：《梦苕庵诗话》，齐鲁书社 1986 年版，第 284—285 页。

虎行》等篇是讽喻现实、揭露丑恶的佳作。张琚，字子佩，黔西人。程恩泽督学贵州时，与郑珍同被选为拔贡，二人又随程侍郎同游湖湘。其人恃才傲物，诚挚耿介。其诗如其人，毫宕不羁，惜终身潦倒，抑郁而逝。郑珍辑其诗为《焚余草》，作序刊行。陈钟祥，字息凡，贵阳人。其人才识超迈，文思敏捷，诗集有《依隐斋诗钞》十二卷，莫友芝为之作序。史胜书，字蕅洲，黔西人。其诗多赠答怀人与纪游之作，较少反映社会现实，有诗集《秋灯画荻草堂诗钞》一卷。

　　简述黔中诗坛概貌，是为有理有据地说明黔中诗坛诗人诗作自明至清的蔚为大观。简述黔中道咸间的诗坛概况，是为准确观测郑珍在黔中诗坛的所处位置。从对黔中诗坛总体概貌与道咸诗坛总体概况两方面情况的简介，我们可以窥见郑珍在黔中诗坛首屈一指的领衔地位，以及以郑珍和莫友芝为代表，为黔中道咸诗坛所带来的尚学宗宋诗风。

第二节　郑珍的诗学思想

　　晚清道咸宋诗派，有诗歌创作，也有诗歌理论。诗歌创作成就最大者首推郑珍，诗歌理论颇有建树者首推何绍基。郑珍与何绍基一样，反对拟古，主张诗的"不俗"，注重诗人的学养，其成就虽不及何绍基，却也在诗歌理论上留下了自己的足迹。

　　郑珍没有专门的诗论著述，其诗学思想散见于其诗作或文集中。通过搜集和整理其诗作和文集中关涉诗歌创作或诗歌品鉴的言论，归纳其诗学思想，主要体现在以下几个方面。

一　读书养气，观照力行

　　与道咸诗坛张学人之诗与诗人之诗合的诗学宗尚相一致，郑珍十分强调读书养气对诗歌创作的作用。他认为，诗歌创作与诗人的学养、诗人学问的积累有相当大的关系，正所谓"膏沃无暗檗，根肥有新艳"[①]，"固宜

---

① （清）郑珍：《诸生次昌黎〈喜侯喜至〉诗韵，约课诗于余，和之》，白敦仁《巢经巢诗钞笺注》，巴蜀书社 1996 年版，第 577 页。

多读书，尤贵养其气。气正斯有我，学赡乃相济"①。灯能普照屋舍，缘于灯油的充盈；树能枝繁叶茂，缘于土壤的肥沃。同理，诗人诗品的高致缘于读书和养气。是故创作主体应该注重知识积累，加强自身修养，多读书以养其诗才、养其气，做到"学赡"方能于诗歌创作中"气正"、"有我"。郑珍又认为，诗人养才与养气都必须身体力行，"才不养不大，气不养不盛。养才全在多学，养气全在力行。学得一分即才长一分，行得一寸即气添一寸。此事真不可解。故古人只愿学行，并不去管才气而才气自不可及，所谓'源泉混混'也"②。才需养然后能大，气需养然后能盛，而养才的途径全在于多学，养气的途径全在于力行，学与行的多寡直接决定才与气的大小，是故古人以学养才、以行养气，身体力行，踏实践行，不去管才气而才气自至，才气滚滚而来。

二　自打自唱，学古能化

在诗歌创作中，郑珍反对模拟，强调创新，倡导"自打自唱"。他认为模拟之作如小儿学语，如羊质虎皮，终究是鹦鹉学舌、巧肖仍伪。在《留别程春海先生》一诗中，他明确表示了对拟古之风的蔑视："学语小儿强喔咿，雕章绘句何卑卑。"③ 提出当"不袭旧垒残旌麾，中军特创为鱼丽"④，主张不因袭旧的营垒残旗，而独创属于自己的鱼丽阵法。在《论诗示诸生，时代者将至》一诗中又说："羊质而虎皮，虽巧肖仍伪。从来立言人，绝非随俗士。君看入品花，枝干必先异。又看蜂酿蜜，万蕊同一味。"⑤ 模拟之作，终究是羊质虎皮，无论外表怎样相似，都无法去掉其内在的虚假本质，故古来立言之人绝非随俗之辈，能入品第之花枝干必先迥

① （清）郑珍：《论诗示诸生，时代者将至》，白敦仁《巢经巢诗钞笺注》，巴蜀书社1996年版，第595页。

② （清）郑珍：《跋内弟黎鲁新〈慕耕草堂诗钞〉》，（清）郑珍撰，王锳等点校《郑珍集·文集》，贵州人民出版社1994年版，第126页。

③ （清）郑珍：《留别程春海先生》，白敦仁《巢经巢诗钞笺注》，巴蜀书社1996年版，第46页。

④ 同上。

⑤ （清）郑珍：《论诗示诸生，时代者将至》，白敦仁《巢经巢诗钞笺注》，巴蜀书社1996年版，第595页。

异；不拟古并不意味着不吸收古，而是如蜜蜂酿蜜一般，多方吸收，采纳万蕊，转益多师，最后融注成自己独特的体貌特征与风格特色。在《跋内弟黎鲁新〈慕耕草堂诗钞〉》一文中，郑珍进一步提出诗歌创作当"自打自唱"的观点，其云："集古之作，费心费手费目，无所不病，始成一首。及得两句又工整又连贯，不胜其喜，他日读前辈之集，乃已被他先占，辄为之索然。故我平生绝不喜为此，还是自打自唱转有乐趣。"① 郑珍认为，集古虽非拟古，但费心费手费目，及得两句，又为他人先占，索然无味，故而劝诫黎恺长子黎庶焘作诗不可集古，徒然浪费心力，主张转以"自打自唱"，自创自吟，说自家语。

郑珍反对拟古集古，但并不反对学古，甚至提出学古能化的观点。在《〈邵亭诗钞〉题识》一文中，针对莫友芝作诗于笔墨处力求名贵，落纸更无潦草率易语，郑珍指出其"用思太深，避常过甚，笔墨之痕，时有未化"② 之弊。意即：莫友芝于古人之诗绳量尺按，取旨务远，建词务新，句糅字炼，用思过深，避常过甚，反而露笔墨之痕，显学古不化。弦外之音即：学古当学而能化，不露笔墨之迹。宋诗派诗人诗作大多拾人牙慧，拟古不化，后世讥为拟古主义，郑珍倡导学古能化，自打自唱，见解独到。

三　吟咏性真，去鞍除羁

郑珍作诗，强调抒写真性情，抒写真我，同时不囿于框框条条的羁绊，自由抒发。其在给友人的次韵诗中，曾自我评价作诗情形云："我吟率性真，不自谓能诗。赤手骑祖马，纵行去鞍羁。"③ 郑珍不自谓能作诗、

---

① （清）郑珍：《跋内弟黎鲁新〈慕耕草堂诗钞〉》，（清）郑珍撰，王锳等点校《郑珍集·文集》，贵州人民出版社 1994 年版，第 126 页。

② （清）郑珍：《〈邵亭诗钞〉题识》，（清）郑珍撰，王锳等点校《郑珍集·文集》，贵州人民出版社 1994 年版，第 102 页。

③ （清）郑珍：《旌德吕茗香延辉明经，年六十余，以去年避寇来贵阳，课徒于东城人家，穷甚，余访得之，知早从洪稚存先生弟子孙源湘编修学，与同里姚仲虞配中相切究，故学问具有渊源。后见余诗文，枉赠长句，次韵奉答。茗香道仲虞年五十余卒，著有〈周易姚氏学〉及〈卦气配月令〉，驳惠定宇推郑氏爻辰为误之说，惜未见其稿也》，白敦仁《巢经巢诗钞笺注》，巴蜀书社 1996 年版，第 1008 页。

作好诗，而从自身作诗的切身体会出发，言作诗当吟咏"性真"，吟咏真性、真情、真性情，同时认为只有骑上无鞍无羁的祖马方能自如驰骋，作诗亦只有去除一切束缚方能自如抒写。故此，郑珍作诗，既不遵从王士祯之"神韵说"与沈德潜之"格调说"，也不照搬翁方纲之"肌理说"与袁枚之"性灵说"；郑珍作文，更不遵从桐城派的"义法"理论与"神理气味"、"格律声色"，而是随文所适，自任其性，自如抒发。抒写真性情，也并非郑珍提出的新命题。明公安派即提出过"独抒性灵，不拘格套"①说，清袁枚又曾倡导"性灵说"，主张抒发个人的性情遭际。然郑珍倡导的吟咏"性真"，不是率易之语，不是拟古之情，更非一己之私，而是用自己的语言写出自己的真情实感，正所谓"言必是我言"②，是对其自身所见所闻所感的真实抒发，故其诗歌创作充满了流民生活的投影和广大弱势群体奔走浮尘的哀哭无告。总体而言，郑珍吟咏的"性真"，既没有公安派的"矢口而道"，也没有袁枚说的庸俗情趣，而是在儒家正统道德范畴内的率真性情与对穷苦大众的真切悲悯。故黄万机先生评云："郑珍写真性情的观点，和袁枚'性灵派'写真性情的观点有实质上的差异。袁枚主张抒发个人对身边琐事的真情实感，容易流于浮华和纤佻。郑珍则侧重于社会现象的感触，显示出悯人悲天的仁厚胸怀，诗风淳厚沉著，思想意义自然深刻得多。"③ 此语一语中的。

四　诗无定品，风格多元

自明前后七子倡导"诗必盛唐"极端拟古思潮以来，诗坛宗唐风气一边倒，"称诗者必曰唐诗，苟称其人之诗为宋诗，无异于唾骂"④。物极必反，清初吴之振、叶燮、田雯、汪懋麟等人则力倡宋诗，讥讽宗唐鄙宋者

①　（明）袁宏道：《叙小修诗》，《袁中郎全集·袁中郎文钞》（序文），襟霞阁精校本，中央书店 1935 年版，第 2 页。

②　（清）郑珍：《论诗示诸生，时代者将至》，白敦仁《巢经巢诗钞笺注》，巴蜀书社 1996 年版，第 595 页。

③　贵州社会科学院文学研究所编：《贵州明清作家论丛》，贵州人民出版社 1986 年版，第 160 页。

④　（清）叶燮：《原诗·内篇》（上），人民文学出版社 1979 年版，第 5 页。

是"犹逐父而祢其祖，固不值宋人之轩渠"①，宗宋渐成诗坛时尚。道咸间，更是兴起尚学宗宋的宋诗运动。针对宗唐宗宋互不相容的诗坛风气，郑珍主张诗品无定派，追求风格的多元与多样化。其在《赠赵晓峰旭》一诗中说："向来有私见，诗品无定派。性情异刚柔，声响遂宏喝。"② 对于诗歌的品鉴，作者一向都有自己的一家之见，即认为诗无定品、诗品无定派，"要只须诗好，何分唐宋？"③ 诗人有不同的个性气质，流露于诗歌中便形成不同的声情气韵，从而形成不同的风格特色。性情刚者，诗风宏放豪纵；性情柔者，诗风婉丽沉静。即使是同一诗人，在不同的人生阶段，其诗风也会呈现不同，这正是风格的多元与多样性的体现，是诗风上的"百花齐放"，无须强求归于一体、归于单一、单调与整齐划一。故此，郑珍还说："文章异派，利钝因之：畅肆者易流，矜敛者易滞。古今作者，势所必臻，无庸以燕病环，亦无庸削趾适履也。"④ 作诗为文，不同的派别呈现不同的创作特点，或畅肆易流，或矜敛易滞，是每个创作主体都会遇到的或此或彼的情形，故根本无须以赵飞燕之瘦病杨玉环之肥，更无须削足以适履。郑珍品诗对不同流派不存偏见、一视同仁，完全从诗作本身品评优劣，在当时诗风或宗唐或宗宋势若水火的情况下，旗帜鲜明地倡导多样化，的确难能可贵。

五　学诗当自学人始

郑珍反对拟古，但并不反对学古，从而提出了怎样学古人作诗的方法。在《〈邵亭诗钞〉序》一文中，其云：

> 余谓作者先非待诗以传。杜、韩诸公苟无诗，其高风峻节照耀百

① （清）吴之振：《宋诗钞序》，吴之振等选编，管庭芬等补编《宋诗钞》（第一册），中华书局 1986 年版，第 3 页。

② （清）郑珍：《赠赵晓峰旭》，白敦仁《巢经巢诗钞笺注》，巴蜀书社 1996 年版，第 521 页。

③ （清）郑珍：《跋内弟黎鲁新〈慕耕草堂诗钞〉》，（清）郑珍撰，王锳等点校《郑珍集·文集》，贵州人民出版社 1994 年版，第 126 页。

④ （清）郑珍：《〈邵亭诗钞〉题识》，（清）郑珍撰，王锳等点校《郑珍集·文集》，贵州人民出版社 1994 年版，第 102 页。

世自若也；而复有诗，有诗而复莫逾其美，非其人之为耶？故窃以为古人之诗非可学而能也，学其诗当自学其人始。诚似其人之所学所志，则性情、抱负、才识、气象、行事皆其人，所语言者独奚为而不似？即不似犹似也。①

郑珍首先认为作者非待诗以传，而是待人以传。比如杜甫、韩愈，并非因其有诗而流传后世，而是因其高风峻节而照耀千古，其诗之美终究不出其人之美。此说独破浅见，与拟古主义者异趣。接着说，要学古人之诗，当先学其人，学其人之性情、抱负、才识、气象、行事，以古人之心为心，以古人之境为境，在道德修养与学识修养两大方面下功夫，则我之精神命脉与古人之精神命脉相通，我之性情、抱负、才识、气象、行事与古人相接，则言语不似古人而犹似古人也。这里，郑珍强调的是学习古人的精神实质，而不是摹拟或重复他们的语言。只有得古人内质之美，与古人精神相通，方得有古人之诗作语言，不必摹拟而得如古之好诗。郑珍此论是针对拟唐、拟宋的拟古时弊而发，倡导学古能化，转益多师，而非临帖摹拟。郑珍诗学杜甫、韩愈、孟郊、白居易、苏轼、黄庭坚，无丝毫摹拟迹痕，即是其学古人之人而得古人之诗的结晶。

第三节　郑珍诗歌创作的学人视角

与道咸间尚学宗宋的诗坛风貌以及郑珍经史并重的学术背景、郑珍自身注重读书养气、学古能化的诗学思想相一致，郑珍诗歌创作的题材内容亦充分显示了其作为学者的本色。本节以郑珍之具体诗作为例，从以学入诗和书蠹情结两大方面入手，论述郑珍诗歌创作的学人视角。

一　以学入诗

作为学者兼诗人，郑珍之诗带有宋诗派诗人的共同特征：以学入诗。

---

① （清）郑珍：《〈邵亭诗钞〉序》，（清）郑珍撰，王锳等点校《郑珍集·文集》，贵州人民出版社 1994 年版，第 78—79 页。

这种学问诗的表现主要体现在喜以考证入诗，喜以金石书画的介绍、鉴别、鉴赏与品评入诗，喜搜新掘奇，喜用僻字，喜用典，喜说理，等等。这些表现在其学问诗中交互穿插，各有侧重。这类诗歌的代表作有：《玉蜀黍歌》《腊月廿二日遣子俞季弟之綦江吹角坝取汉卢丰碑石，歌以送之》《玉孙种豆作二首》（其二）、《竹王墓》《题〈北海亭图〉并序》《题唐鄂生藏〈东坡书马券〉真迹并序》《黄爱庐乐之郡守出所藏方正学、文衡山、董思白、黄石斋手书诸卷鉴别，皆真迹也》《安贵荣铁钟行并序》《文待诏凤兮砚歌并序》《五盖山砚石歌赠曾石友钰刺史并序》《正月陪黎雪楼恂舅游碧霄洞》《瘿木诗》《浯溪游》《游石鼓书院次昌黎〈合江亭〉元韵》等。下文即以具体诗作为例证之。

《玉蜀黍歌》一诗，为考证"玉黍乃是古来之木禾"[1]，征引材料涉及《山海经·海内西经》《穆天子传》《竹书》《周礼》《诗经》《尔雅》《广雅》《本草纲目》《南方草木状》等多种古籍，同时穿插古代神话传说与现实农家生活图景，赋予玉蜀黍（即玉米）的起源、播种、食用神秘的神话色彩，以及形味俱美、吃法省便、有利民生的现实感。诗人对玉蜀黍之远古种植地域与名称变异的考论，我们可见这段文字：

> 我读《竹书》又知更名为苔莶，其时见之黑水阿。黑水今在云南中，益见我言非炙辒。上古地广谷类亦多种，天降地出知几何。《职方》五种载《周官》，较之尧称百谷已无多。木禾自是梁益产，远与蒟酱惊黄皤。周公歌齇道方物，体从刊落非刻苟。《尔雅》半成秦汉人，道里隔绝安知他。自通夜郎略邛筰，伏猪名乃传清河。景纯博物昧形状，目所未见难尽诃。亦如九谷中有粱与苽，南人未闻名者徒摩挲。[2]

这里，诗人讲述玉蜀黍在《竹书》中的名称为"苔莶"，种植于云南黑水（今怒江）之阿。《周礼·夏官·职方氏》载有黍、稷、菽、麦、稻

---

① （清）郑珍：《玉蜀黍歌》，白敦仁《巢经巢诗钞笺注》，巴蜀书社1996年版，第117页。
② 同上书，第118页。

之五谷种类，与《尚书·尧典》所言百谷相较堪少。玉蜀黍（木禾）产自古之梁州与益州，远比让汉武帝惊惧的蒟酱讨人喜爱。然周公歌咏豳州，力举各种农作物而不及木禾。《尔雅》或为秦汉人所作所补，时间相隔久远，亦不知木禾为何物。自汉武帝时打通夜郎（今贵州）、邛僰（今四川南部与滇黔之地）始通中原，木禾在夜郎、邛僰等地大规模种植后，魏之清河人张揖始在《广雅》中记载木禾，以"伏猪"相称。晋之郭璞博物能识，注《山海经》亦不识木禾为何物，正如九谷中有梁与芯，南方人不识其物未闻其名而徒然暗中考论。这里，诗人对玉蜀黍所做的考论，诗人融学问入诗的情形，我们可见一斑。又，诗人还于诗中介绍了玉蜀黍的外形、颜色与吃法：

> 一茎数苞略同蓻，粟亦无皮差类稞。棕笋脱绷鱼弩目，鲛胎出骨蜂露窠。落釜登盘即充腹，不烦碓磨箕筅笭。有时儿女据瓹叫，雪花如指旋沙鮃。①

玉蜀黍之杆一茎数苞，类似一茎六穗的嘉禾蓻，玉蜀黍果实则类似青稞无皮，外面如棕笋般紧包，从壳中剥出苞米，如鲛胎出骨，如蜂巢露窠，如鱼眼鼓出。其食用方法简便，剥出即可充饥，不必用碓磨以除去外壳，亦不必用箕筅簸以扬去灰尘。除可即剥即食的优点外，玉蜀黍还可用沙在锅中炒熟来吃，炒炸后的玉蜀黍大如雪花。诗人对玉蜀黍进行了较为详尽的介绍与考论，除此之外，诗中还出现了不少生僻字词，如"碓"、"瓹"、"鮃"、"蓻"、"苔菫"、"辐"、"伏猪"、"邛僰"、"瘥"等。该诗考论有理有据，用字追新逐奇，显示了宋诗派诗人学人之言与诗人之言的一般特色。

《腊月廿二日遣子俞季弟之綦江吹角坝取汉卢丰碑石，歌以送之》一诗，是作者于道光二十九年（1849）腊月二十二日遣弟郑珏前往綦江吹角坝扛取汉卢丰碑而作。诗中，诗人先言洪适、娄机等人著录汉代碑刻的情况，次言

---

① （清）郑珍：《玉蜀黍歌》，白敦仁《巢经巢诗钞笺注》，巴蜀书社 1996 年版，第 117—118 页。

自己对綦江之碑的考证。当时对于此碑有三种说法：一是据娄机记载，当是汉代江州邑长卢丰碑，蜀人谓之汉夜郎碑。二是据王象之《舆地碑记目》，则为古摩崖或姜维碑。诗人经过仔细辨认、考证，断定三碑实一碑，即汉卢丰碑。三是以考证入诗的情形，我们可于如下诗句中见出：

> 泐甚拓粗末从读，"建安七年"明首行。次行"卢"字又可辨，谓必卢碑他莫当。碑所土人号摩崖，细询实异酆与杨。百丈深谾石排香，端妥斗状陈中央。广修高等尺六寸，更有乳中前后方。因知俗以嵌岩作镌壁，其误想不后李唐。后来嵌陷便穴置，见者道者增张皇。南阳天水蜀所艳，附会旧碣多乞光。建安或作建兴认，变本益远传益荒。图经信耳不经目，两闻两载原其常。仪父断未见拓本，沿袭赵志何由匡。我定三碑实此一石耳，但为僻远成参商。王得其地娄得人，两家相较无短长。①

这里，诗人从碑刻上的文字断定其为汉卢丰碑。碑所在地之土人号为摩崖，实际上并非《酆君开通褒斜道摩崖》与《汉故司隶校尉犍为杨君颂》。然后从碑的放置、长宽高的尺寸、旧碣的借光、文字辨认的失误、图经记载的未实地考察、王东阳未见拓本而沿袭赵彦迈《南平志》的无由匡正等方面考论，断定三碑实际上就是一碑，以王东阳得其地，娄机得其人，两家相较，对错各半。又，诗中用典较为难解，如：

> 定武石易薛道祖，熹平经擅龙图张。子云俗楷一萧字，尚有碣产夸珍藏。况兹隶古又完物，蛮叟岂足传芬芳。②

究其诗意，定武石即《定武兰亭》石刻，《兰亭》刻石流传众多，独定州本为佳，宋李之仪《跋兰亭记》云此石为薛向取去，见在向家。向字

---

①　（清）郑珍：《腊月廿二日遣子俞季弟之綦江吹角坝取汉卢丰碑石，歌以送之》，白敦仁《巢经巢诗钞笺注》，巴蜀书社1996年版，第668页。

②　同上。

道祖，故"定武石易薛道祖"句言定武石为薛道祖取走。《熹平经》是汉灵帝熹平四年蔡邕等篆刻立于太学门外的石刻，据宋黄伯思《东观余论》记载，张龙图家有汉石经十版，故"熹平经攌龙图张"句言汉石经为张焘龙图所捆载。梁武帝萧衍造寺，令萧子云飞书"萧"字，至唐犹存。唐李肇《国史补》云李约竭尽财力，自江南买归，匾于小亭以玩之，号曰"萧斋"。此为诗句"子云俗楷一萧字，尚有竭产夸珍藏"的出处。六句三典，最终要表达的意思为：卢丰碑碑石完好，荒蛮之叟不识古物，不懂得欣赏，自拟如薛道祖取走《定武兰亭》石刻、张焘龙图捆载《熹平经》石刻、李约买走寺庙"萧"字般，将卢丰碑扛回遵义家中珍藏、保护。该诗以学问入诗、以考证入诗、喜用典的情况，我们由此可见一斑。

诗作《玉孙种痘作二首》（其二），考论痘疹的起源与关于痘疹的相关古籍记载。《竹王墓》一诗，考论夜郎国开国之君竹王的来历与姓氏、竹王后裔的归附历程、常璩《华阳国志》沿袭范晔《后汉书》以吴霸表封竹王三子列侯死享陪食的谬误、夜郎古国的都治所在、竹城与竹王墓遗迹的缥缈难寻，以及好事者以遵义桐梓鼎山西麓之冢为竹王墓的"李代桃僵"，最后指出作诗的目的在于："砭今驳古告后贤，不妨旧贯存疑狱。"[1] 显示了以学为诗的明确指向性。《安贵荣铁钟行并序》一诗，介绍了明代水西土司安氏之安贵荣铁钟的位置、久经剥蚀的状况、安氏土司的历史归附烟尘、铁钟的铸造背景与警示意义、铁钟彝语铭文意义的推断等，赋予了沉默不语的安贵荣铁钟纷繁的历史背景和厚重的历史感，以为后来之客游者与读者开荒启闶，同时，知识性强，典故众多，文辞古奥。郑珍对金石书画的题识与品鉴之作在《巢经巢诗钞》中有三十多首，《黄爱庐乐之郡守出所藏方正学、文衡山、董思白、黄石斋手书诸卷鉴别，皆真迹也》一诗是对前人书画鉴别、鉴赏与品评的代表作。遵义知府黄爱庐出示所藏明书画家方孝孺、文衡山、董其昌、黄道周四人手书与郑珍共鉴，郑珍认为："露痕折股日在世，《鸭头》《裹鲊》无时殊"[2]；"斯道亦复具本末，千羲

---

① （清）郑珍：《竹王墓》，白敦仁《巢经巢诗钞笺注》，巴蜀书社 1996 年版，第 1199 页。

② （清）郑珍：《黄爱庐乐之郡守出所藏方正学、文衡山、董思白、黄石斋手书诸卷鉴别，皆真迹也》，白敦仁《巢经巢诗钞笺注》，巴蜀书社 1996 年版，第 407 页。

万献同呼吸"①。露痕、折股即屋露痕、折钗股两种笔法,《鸭头》《裹鲊》分别指王献之的《鸭头丸帖》和王羲之的《裹鲊帖》。言当时人们纷纷摹拟、临帖前人之作,虽渊源有自,然千个王羲之、万个王献之共同呼吸,毫无创新与特色。具体到方、文、董、黄四人,郑珍品评道:"方黄岂是鸣书人,今观文董亦不逾。乃知纷纷寡人者,正坐胸无万卷储。"② 言即:方、黄二人并非以书法出名,文、董二人书法亦不超越方、黄,由此推知那些自以为有所成者,其实胸中并无万卷书存。画山何必山中人,田歌自古非田夫,郑珍以学问评鉴金石书画,不无道理。

诗人又喜搜新掘奇,曾自云:"搜奇剔异本我素,抚物感事增歔欷。"③正是源于搜奇剔异的本性,故奇木、奇洞、奇溪、僻字、僻词纷纷入其诗中。《瘿木诗》记述了人们对奇花异木的嗜好。瘿,指长在人颈上的大瘤子,亦指树木上生长的瘤状物。瘿木则是木因水气凝聚而生瘿,是树赘,是病木。木本条直,瘿木则臃肿不中绳墨,其生长与外形郑珍这样描述:

> 始生疣癗微,浸长瓮盎大。干挺孕凸腹,皮皯裹裂袋。升猱跋胡触,溜雨悬痈溃。亦有长乳垂,或若巨瓢挂。猴嗥而鸟嗥,殊诡非一概。④

这种非正常生长与非正常形状的诡异瘿木,因其横截面的文彩美观、可制器,而得到达官贵人的喜爱。郑珍在批判达官贵人搜刮瘿木滋生腐败的同时,也表达了对此奇物的喜爱,我们可从其对瘿木文彩之美的记述中见出:

> 滑光不受水,微漆始发采。片无天王复,文过色绫倍。藻火照几

---

① (清)郑珍:《黄爱庐乐之郡守出所藏方正学、文衡山、董思白、黄石斋手书诸卷鉴别,皆真迹也》,白敦仁《巢经巢诗钞笺注》,巴蜀书社1996年版,第407页。

② 同上书,第407—408页。

③ (清)郑珍:《安贵荣铁钟行并序》,白敦仁《巢经巢诗钞笺注》,巴蜀书社1996年版,第697页。

④ (清)郑珍:《瘿木诗》,白敦仁《巢经巢诗钞笺注》,巴蜀书社1996年版,第1207页。

案，星霞绕棻敦。瑞应龙鱼图，天成董巨画。杯藤顿含羞，虋柏亦减态。黠匠独居奇，寸余无弃裁。①

此物光滑不沾水，文彩胜过天王槐与色绫木，照耀几案，云蒸霞蔚，是天成的董源、巨然之画。出自西域、香美可酌的酒杯藤，见之含羞；奇异、稀有的虋柏，见之减态；精于治瘿的木匠，居为奇货，寸木不废。诗人运用对比、对偶、衬托、正面描写、侧面烘托等表现手法，写出了瘿木色彩的美轮美奂，间接地流露了自己对此奇物的喜爱之情。

《正月陪黎雪楼恂舅游碧霄洞》一诗，诗人用长篇五古，以赋体手法，写出了碧霄洞瑰丽奇崛的溶洞景观，且奇文异字纷至沓来。对该洞之奇险景观的描述以及奇文异字的使用情况我们可见于下列文字：

谺谽见巨口，俯瞟吓焉退。定魄下窞窙，呴窳半明晦。一謦咳啸呼，响砰磅硼磕。非雷而非霆，隐隐餪餲会。举蕴照岷峒，广容数万辈。耽耽深厦中，具千百状态。大孔雀迦陵，宝璎珞幢盖。钟鼓干羽帗，又杵臼磨碓。虎狮并犀象，舞盾剑旌旆。础楹棼藻井，釜登豆簠簋。更龟鳖蛙蟾，及擂炮鏊铠。厥仙佛菩萨，拱立坐跪拜。携簏篿戚施，与尯䯂尢癞。倒茄垂瓜卢，悬人头肝肺。盘杆间橙榻，可以卧与赜。人世尽纤末，悉备窔窣内。②

在这段文字中，诗人以"谺谽"见山深貌，言碧霄洞出现于深谷处，张着大口，俯视吓人。"窞窙"指洞中之坎与地下室，诗人一群鼓起胆气下洞，见洞内幽深，忽明忽暗。一声咳嗽或长啸，都可招致"砰、磅、硼、磕"交织的奇异声响，这种声响非雷霆之声，于洞中久久回荡。举起火把，昭明洞宇，则见洞内宽广，可容数万人，且洞内钟乳石千姿百态，有如大孔雀者，有如迦陵者，有如璎珞者，有如幢者，有如盖者，有如钟

① （清）郑珍：《瘿木诗》，白敦仁《巢经巢诗钞笺注》，巴蜀书社 1996 年版，第 1207 页。
② （清）郑珍：《正月陪黎雪楼恂舅游碧霄洞》，白敦仁《巢经巢诗钞笺注》，巴蜀书社 1996 年版，第 59 页。

者，有如鼓者，有如干者，有如羽者，有如帔者，等等，不胜枚举，不一而足。总之，洞之幽深、空旷、巨大、奇险，洞中石钟乳之瑰丽奇崛多姿，纷纷涌凑于读者面前。再从诗人之用字用词上看，写洞之奇险深幽，以"嵡峣"言山深，以"窞窾"言坎中之坎与地下室，以"窅窱"言深远，以"謦咳"言咳嗽，以"砰磅礴礚"言声响，以"隐隐鉪鉪"言声响之回荡，以"岖峒"言山谷深，以"耽耽"言深邃；写钟乳石之千姿百态，同样使用"迦陵"、"璎珞"、"磨础"、"棼"、"藻井"、"萧萧"、"鍪"、"铠"、"篷簨"、"戚施"、"尩"、"兀癞"、"礩"、"窏"等不常见的词语来形容之，不说大鼎、小鼎而代之以"萧萧"，不说癞蛤蟆而代之以"篷簨"，不说蟾蜍而代之以"戚施"，不说跛而代之以"尩"，不说大麻风病人而代之以"兀癞"，不说葫芦瓜而代之以"瓜卢"，等等。其用字用词之避常避俗、力求生新，由此可见一斑。《浯溪游》一诗，实写游浯溪，其写法、风格、使用僻字的情况类似于此，不再赘述。

郑珍以才学为诗的情形，于上述诗作分析中足见，其他不再赘述。郑珍的此类诗作，"捣烂经子作醯醢"[1]，大多文辞生涩，意旨艰深，阅读困难，是学人之言与诗人之言合的典型代表，也是郑珍诗歌奥衍渊懿诗风的集中体现。陈夔龙评郑征君为诗，云："奥衍渊懿，黝然深秀，屹然为道、咸间一大宗。"[2] 编纂《明诗纪事》的清末学者陈田，评以"奇字异文，一入于诗，古色斑斓，如观三代彝鼎"[3]。二者都给予了极高的评价。其实，郑珍的此类诗歌固然有古色古香之美，但更多的是生涩奥衍与艰难费解，其成就远不及其关注民生疾苦、叙写黔贵山水的平易畅达之作。

二 书蠹情结

作为一个以诗书自娱的学者，郑珍唯以手中笔和箧中书寄栖精神。其

---

① （清）郑珍：《留别程春海先生》，白敦仁《巢经巢诗钞笺注》，巴蜀书社 1996 年版，第 46 页。

② （清）陈夔龙：《遵义郑征君遗著序》，白敦仁《巢经巢诗钞笺注》，巴蜀书社 1996 年版，第 1518 页。

③ （清）陈田：《黔诗纪略后编》，白敦仁《巢经巢诗钞笺注》，巴蜀书社 1996 年版，第 1486 页。

一生与书籍相伴，平静岁月捧书而读，战乱岁月担书而行，好友萧光远①在《郑子尹征君诔》一文之序中云："子尹避乱，常徒行，以书数担自随，如贩书然。"② 郑珍爱书如子，嗜书如命，遨游书海，欢欣之至，将之喻为蟫鱼、书蠹毫不为过。观其诗文创作，可窥其无悔的求书之志和热爱书籍的痴情。

郑珍家境贫寒，其于诗文中记录了自己的求书之难与得书之艰。他于《巢经巢记》一文中云：

> 余幼喜泛窥，见人家稍异者，必尽首末。稍长，读《四库总目》，念虽不得本，犹必尽见之。裹足弅犍丛山之中，家赤贫，不给饘粥，名闻不到令尉，相过从不出闾里书师，齐秦吴越晋楚之都，又无葭莩之因可藉摅蓄念也。冻馁迫逐，时有所去，去即家人待以食，归而顾担负，色喜也，解包乃皆所购陈烂，相视爽然。余常衣不完，食不饱，对孥脙槁寒栗象，亦每默焉自悔，然性终不可改易，迄今二十余年矣。③

郑珍对书情有独钟，自幼即喜看书，稍长必欲阅尽《四库总目》之书籍，然裹足万山丛中，家境清贫，交游狭窄，齐秦吴越晋楚之大都市又无亲友以资借书，只得不顾饥寒冻馁外出购买。每当挑着一担归来，尽管皆陈旧破烂之籍，然相顾皆有喜色。由于经济条件限制，购买书籍实属奢侈，不仅自己食不饱穿不暖，妻儿亦陷入寒碜，郑珍见此每感愧疚，然终究无悔于求书之志，几十年如一日。郑珍求书的途径不外乎三种：买书、借书和抄书。其晚年所作《埋书》一诗记录了他早年买书、借书、抄书的

---

① 萧光远（1803—1885），字吉堂，号鹿山，遵义人。道光间举人，选青溪县学教谕，未赴任。一生以教书为业，研治《周易》，有《周易属辞》《周易例说》等。工诗古文辞，有《鹿山诗钞》《鹿山杂著》等。

② （清）萧光远：《郑子尹征君诔》，白敦仁《巢经巢诗钞笺注》，巴蜀书社1996年版，第1488页。

③ （清）郑珍：《巢经巢记》，（清）郑珍撰，王锳等点校《郑珍集·文集》，贵州人民出版社1994年版，第58—59页。

情形："有售必固获，山妻尽钗钏。有闻必走借，夜钞恒达旦。不独有应有，亦多见未见。"① 买得起则买，纵使典当母亲与妻子的首饰；买不起则借、则抄，哪怕通宵达旦。郑珍抄书也抄出了经验，不全本抄录，而是择精要处抄录，其于《残腊无以忘寒，借〈测圆海镜〉十日夜呵冻录本，校讫示儿》一诗中云：

> 我老无钱给衣食，那复买书只从借。时撮关要钞一二，绝精又简乃全册。不论行草及疏密，但无错漏令可识。常谓苟能印心上，有此已佳无亦得。②

这是郑珍的抄书心得，并以此传授儿子，以解决经济拮据与书籍阅览的矛盾。三种途径结合，使郑珍拥有藏书一两万卷，不独有应有，还多所未见，并为书室起名曰"巢经巢"，爱之如子。

书得之于艰，必将倍加珍惜。然上京赶考船泊武陵，夜半舷破水没半船，书籍浸湿，郑珍烘书、烤书三昼夜，书或烧或焦，半成残稿，其痛惜、爱抚、恼怒之情溢于言表：

> 烘书之情何所似？有如老翁抚病子，心知元气不可复，但求无死斯足矣。书烧之时又何其？有如慈父怒啼儿，恨死掷去不回顾，徐徐复自摩抚之。此情自痴还自笑，心血既干转烦恼。上寿八十能几何？为尔所累何其多！③

这里，郑珍先写"烘书"之情，喻以"老翁抚病子"，明知不可救药还要竭尽全力。烘书亦然，明知书已透泽烘亦徒然，还要烘烤以保残稿。次写"书烧"之情，喻以"慈父怒啼儿"，恼恨与爱抚之情交织。烘书而致

---

① （清）郑珍：《埋书》（其二），白敦仁《巢经巢诗钞笺注》，巴蜀书社 1996 年版，第 1369 页。

② （清）郑珍：《残腊无以忘寒，借〈测圆海镜〉十日夜呵冻录本，校讫示儿》，白敦仁《巢经巢诗钞笺注》，巴蜀书社 1996 年版，第 1047 页。

③ （清）郑珍：《武陵烧书叹》，白敦仁《巢经巢诗钞笺注》，巴蜀书社 1996 年版，第 179 页。

书被烧焦亦然，"恨死"、"掷去"却还捡回"摩抚"，以"恨"写"爱"，爱恨交织，情真意切。再写自己对于书籍的"自痴"与"自笑"以及为书所累的"烦恼"，反语写爱。至此，诗人爱书至痴的神态、爱书如子的情感跃然纸上。

郑珍晚年遭逢遵义桐梓农民起义，起义军南下兵围遵义城四个月，郑珍决计前往荔波，一为躲避战乱，二为任荔波县学教谕。临行前，其最担心万卷藏书的安全问题，《移书》一诗记录了郑珍为保全图书而进行的种种利弊权衡、思考与书籍移置：

> 家书数十箧，箧箧丹漆明。平生无长物，独此富百城。……狂寇起仓卒，土贼因肆行。处处闻夜劫，搜掘若鸟耕。顾此古先籍，四壁粲纵横。安见非慢藏，不如显与呈。米楼①据谷口，上下空不扃。移之妥帖置，尽去镭与滕。示以无用物，着手冷如冰。自料非人图，万一运所丁。梁上亦君子，何必仇六经。南中鲜藏书，苦聚神所凭。前时作复壁，亦恐殃池赪。继乃就石窌，复虞湿与倾。曷若洞心腹，万事格以诚。②

家中的数十箧藏书是郑珍的至爱，在战乱背景下，郑珍视书籍安全仅次于人身安全。人从黔北逃至黔南之荔波或可免于兵燹，而书籍不可能全部携带。藏书于夹壁墙中，恐房屋被焚而殃及池鱼；藏书于地窖深穴，恐书籍受潮与地窖倾塌。思忖再三，与其四处藏匿，不如不加藏匿；与其以书为患，不如安然处之。于是干脆将书箧集中移置于米楼，门不加扃，箧不上锁，以示无用，翼可幸存。此次图书移置所幸没有遭逢战火，然我们从郑珍对书籍安全的深切忧患中感受到了郑珍视书籍与生命同重的书蠹情结。到达荔波后，任教了大半年的太平时光，之后又爆发了潘新简领导的荔波水族农民起义。没有一方净土，郑珍只得选择再次携家逃离，"秋郊

---

① 米楼：郑珍于子午山山口修建的小木楼，是其读书课子之所。其名称由来与景致，详见第四章"郑珍的散文研究"之第三节"郑珍的散文创作"中对郑珍写景记游之文的介绍。

② （清）郑珍：《移书》，白敦仁《巢经巢诗钞笺注》，巴蜀书社 1996 年版，第 855—856 页。

日惨色，红树缘江干。露担数千卷，出入妻孥间"①。逃离之路，还是书卷相伴。

同治元年（1862）正月十七日，子午山望山堂被号军焚毁，"贫家万卷得来难，连屋成灰也可叹"②。屋宇被毁，书籍被焚，郑珍无家可归，临时借居遵义城启秀书院。十月间重返子午山，收集书烬，封存埋葬，其《埋书》一诗云：

> 人之所以贵，不在七尺躯。则贵乎书者，又岂故纸欤？然人道之器，书亦道之奥。人死既宜葬，书毁可弃诸？我巢正月焚，我归十月初。徘徊赭阶上，历历思旧储。中堂接右夹，北出连先庐。累篚楼上下，壁壁无隙余。庋案必中窗，窗窗可卷舒。奈何都不存，惟见瓦砾铺。一哀为出涕，万有良归虚。数日封积灰，不令落秽污。冢笔念怀素，瘗文悲复愚。乃今巢经翁，伤心埋毁书。汝存我尽力，汝亡我收枯。借问烬中人，识此孝子无？③

得之不易的书籍，在兵燹中大半被焚，悲恸之情可想而知。此诗中，诗人以人贵不在七尺躯、书贵不在故纸堆言人为道之器，书为道之舆，人死宜葬，则书毁宜埋。接着追忆被焚前屋宇的结构与书室之累累藏书，以及惬意的临窗展卷，感叹瞬间万有化为虚空。念长沙僧怀素得草圣三昧，弃笔堆积，埋于山中，号曰"笔冢"；晚唐刘蜕复愚为文不忍弃其草，聚而封之，号曰"文冢"；书本洁来还洁去，于是诗人花数日功夫收集书烬，特为封存埋葬，使不致落入污秽，颇有黛玉葬花之意。末句，诗人以书喻人，以书烬喻"烬中人"，以自己为"孝子"，悲凉地询问"烬中人"是否识此"孝子"，此不只爱书如子，直是以书为父。

---

① （清）郑珍：《九月十六日挈家发荔波》，白敦仁《巢经巢诗钞笺注》，巴蜀书社1996年版，第950页。

② （清）郑珍：《闻望山堂以十七日为贼毁，书示儿》，白敦仁《巢经巢诗钞笺注》，巴蜀书社1996年版，第1289页。

③ （清）郑珍：《埋书》（其一），白敦仁《巢经巢诗钞笺注》，巴蜀书社1996年版，第1367页。

同治二年（1863）三月四日，郑珍携家自遵义郡城归抵以禹门寺为中心筑寨自保的禹门山寨以避乱，残存书籍与金石书画随行，"汉碑一百卷，去轴席卷囊"①，"随身十二担，经子史已备"②。寄居禹门山寨，堆书满床，装物满箱，诵读遗山诗句，把玩金石书画，神游于古代文人学者与书画大家之间，其意之惬然与满足我们可于诗中见出：

> 我亦书满床，我亦物满箱。惜我非遗山，照世有文章。画祖爱楼居，历劫同金刚。海岳《木兰辞》，一字一玉瑛。堂堂小韩子，万古神鸾翔。更有衣云倪，复得漳浦黄。浩气洒元精，烟墨何淋浪。阿房剩秦瓦，曾见无且囊。商鼎铭父巳，恍闻和羹香。高楼风雨来，牙签动铿锵。左右尽古人，坐我于中央。若非值乱况，容易此年光。③

诗人移居禹门山寨，恰逢读到元好问《学东坡移居诗》，同是移居，吟诗之情油然勃发，于是次韵八首，此为其三。诗中，诗人自言米楼历经劫难而书画如有神助般残存，满床书画，有宋米元章之《木兰辞》绢本横幅、明方孝孺之《千字文》楷书、元倪瓒之《鸿宝书》横幅、明黄道周之临颜书，还有诗人珍藏的秦代瓦当、商代刻有"父巳"二字的商鼎，以及曾亲眼目睹的秦代御医夏无且的药囊，等等。这些宝贝历经战火洗礼，纵牙制签牌坠地亦铿锵有声，纵金石书画历火亦金刚般留存。看着这些宝贝，诗人如闻和羹美味之香，如感浩然之气常存，与古人相伴、欣赏古籍书画的满足之情宛然可现，"左右尽古人，坐我于中央"，如孩子坐于喜爱的玩具中间把玩玩具一样，心情愉悦、爽朗、舒心、满足。末句从对金石书画的欣赏回归战乱的现实，设想若非置身战乱，于和平岁月中治学、作

---

① （清）郑珍：《埋书》（其四），白敦仁《巢经巢诗钞笺注》，巴蜀书社1996年版，第1372页。

② （清）郑珍：《埋书》（其三），白敦仁《巢经巢诗钞笺注》，巴蜀书社1996年版，第1371页。

③ （清）郑珍：《三月初四，挈家自郡归抵禹门寨，拟留十日，即避乱入蜀，旋以道梗勾留，因迁米楼于寨，四月朔入居之，读元遗山〈学东坡移居诗〉八首，感次其韵》（其三），白敦仁《巢经巢诗钞笺注》，巴蜀书社1996年版，第1387页。

诗、赏鉴古籍古画古玩，该是何等惬意。这是郑珍去世前一年的诗作，诗人带着美好的愿望，于咸丰三年离开了人世。

　　缘于身居大山、家境贫寒、交游狭窄，以及买书、借书、抄书的举步维艰，郑珍视书为子、为父，遨游书海，终身不倦，购书、借书、抄书、读书、惜书、爱书、藏书，乐此不疲，具有浓郁的书蠹情结。

　　综上，郑珍作为道咸间宋诗派诗人的代表，其诗歌创作在题材内容上追新逐奇，喜用典，喜用僻字僻词，喜以考证、考据入诗，昭示了宋诗派诗人以学为诗的一般特色。与其学者身份相一致，郑珍一生酷爱读书、治学，而书又得之不易，于是购书、借书、抄书成了其人生必修课。正因为如此，郑珍以书为贵，不论是居家耕读的太平日子，抑或流离迁徙的动乱岁月，都与书籍相伴始终，对书有着浓郁的亲情与痴情。更与众不同的是，郑珍还有一种只有从书籍阅览与赏玩中才能找到的愉悦感与满足感，足显其学者本色。所以说，郑珍以学入诗，又将一腔书蠹情结融入诗歌创作，是其诗歌创作中学人视角的体现。

第四节　郑珍诗歌创作的地方视角

　　贵州向来被视为"蛮荒之地"，柳子厚以为"非人所居"①，但作为生长于斯的黔中人，郑珍对乡邦故土却有着浓烈的爱。在其诗歌创作中，捕捉黔中山水的奇险秀美、展现黔中民俗的异彩纷呈、辑录黔中乡邦文献、传播黔中人文俊杰，体现了一介文士热心故土、关心桑梓的情怀，以及其诗歌创作的地域情怀与地方视角。

一　书写黔中山水奇阂

　　黔中山水由于其独特的喀斯特地貌特征，多溶洞、险滩、奇峰、飞岩、飞瀑、绝壁。然自古诗人鲜有入黔者，李白长流夜郎，中途遇赦，未至其地；刘禹锡谪播州，旋改连州；史家艳称柳子厚以柳易播故实，亦未

---

① （唐）韩愈：《刘子厚墓志铭》，（唐）韩愈著，严昌校点《韩愈集》，岳麓书社 2000 年版，第 360 页。

践其土。黔中诗人谢三秀、吴中蕃之流，才力有限，终未足使黔中山川生色。徐霞客偶一涉足，留下关涉岩溶地貌的游记，而诗人骚客终究鲜有咏及。将此"元柳目未经，陶谢屐不逮"[①] 之黔贵山水奇闳昭耀于世者，始于郑珍。

郑珍曾自言："余生山中人，少性爱丘壑。"[②] 出于对奇山异水的热爱，郑珍每到一处，必找寻山水佳迹，然后登临送目，吟咏啸歌。其一生主要活动轨迹在贵州本省，出生于黔北，又曾西游仁怀厅、滇中，东游湖湘，执教黔东南之榕江、镇远，黔南之荔波，足迹几乎踏遍全黔之山山水水。故能将黔中山水奇闳如数家珍般揽入囊中，形诸歌咏，呈现给近代诗坛。其所描绘的黔中山水佳迹，既有雄伟瑰丽奇险之景，亦有宁静平和淡远之迹。现从两大方面分析之。

（一）雄伟瑰丽奇险之景

"造化之手信幻极，四海不作雷同文。"[③] 千姿百态的黔贵山水，在郑子尹诗作中得到了淋漓尽致的展现。其笔下的黔中雄伟瑰丽奇险之景主要有：黄果树瀑布、吴公岭、飞云岩、羊岩、云中山、石屏山、牟珠洞、南洞、北洞、白崖洞、怀阳洞、碧霄洞、牙林渡、南河渡、云门磴、二郎滩、猿猴滩等。其代表作主要有《白水瀑布》《自郎岱宿毛口》《自毛口宿花堌》《吴公岭》《飞云岩》《宿羊岩北岸》《与儿子登云中山，取间出绝顶，由石屏山后入城，憩四官殿，周览而归》《两洞诗并序》《白崖洞并引》《怀阳洞》《正月陪黎雪楼恂舅游碧霄洞》《牙林渡》《南河渡》《云门磴》《十一月廿三携儿子游铁溪至石厂》《十五里下二郎滩岸遂宿》《宿猿猴滩岸》等。下面将以其具体诗作为例详述之。

《白水瀑布》是一首描绘黄果树大瀑布之磅礴飞天气势与雄奇瑰玮英姿的诗篇。诗云：

---

① （清）郑珍：《正月陪黎雪楼恂舅游碧霄洞》，白敦仁《巢经巢诗钞笺注》，巴蜀书社 1996 年版，第 60 页。

② （清）郑珍：《修园》，白敦仁《巢经巢诗钞笺注》，巴蜀书社 1996 年版，第 928 页。

③ （清）郑珍：《飞云岩》，白敦仁《巢经巢诗钞笺注》，巴蜀书社 1996 年版，第 492 页。

断岩千尺无去处，银河欲转上天去。水仙大笑且莫莫，恰好借渠写吾乐。九龙浴佛雪照天，五剑挂壁霜冰山。美人乳花玉胸滑，神女佩带珠囊翻。文章之妙避直露，自半以下成霏烟。银虹堕影饮䂬壑，天马无声下神渊。沫尘破散汤沸鼎，潭日荡漾金镕盘。白水瀑布信奇绝，占断黔中山水窟。①

黄果树位于贵州镇宁县白水河上，故明清人称之为白水瀑布。白水河断岩千尺处，形成瀑布。李白《望庐山瀑布》以"飞流直下三千尺，疑是银河落九天"言庐山瀑布之飞流直下与地势高悬，郑珍将此意化用之，以"断岩千尺无去处，银河欲转上天去"言黄果树瀑布之断岩高悬与飞天气势。继之，写黄果树瀑布的声、形、色、态、光。"莫莫"既是水中神仙的爽朗笑声，也是瀑布飞泻的快乐轰鸣声。瀑布之形之色之态，如九龙含水洗佛，如白雪照明天宇，如雪亮的宝剑倒挂壁上，还如美人的乳汁从玉润的酥胸滑落、神女的珠囊倾翻而珠玉飘散。同时，此瀑布又避免了直白与直露，而是曲折多姿：上半部分飞泻直下，下半部分如烟如霏，烟霏霭霭。远观瀑布落潭，如银虹堕影饮于深谷，又如天马无声下于深渊。近看瀑布落潭，则如鼎中汤沸，水沫飞扬，充满生机。日光照耀于水波荡漾的潭中，则又金光绚烂，如金镕盘。白水瀑布的雄奇瑰丽，在黔中山水窟中独占鳌头。黄果树瀑布既是贵州山水之胜，亦是世界山水之胜。笔者曾于几年前的五一期间去观看过，郑珍所言非虚。

《云门墱》一诗写乐安江云门墱一带的雄奇壮美。据《遵义府志·山川》记载，云门墱"在城东南百里，高百余丈，两山合顶如架桥，其下乱石林立，乐安水绕石缝中喷白蜿绿，二百步会湄水。当其触穿冲拥，云战雪斗，声闻数里"②。云门墱本身即墱高水急，对其雄壮之姿，郑珍给予了不折不扣的描绘：

牢江驱白云，流入苍龙门。门高一千仞，挂天气何尊。荡荡百

---

① （清）郑珍：《白水瀑布》，白敦仁《巢经巢诗钞笺注》，巴蜀书社1996年版，第216页。
② （清）郑珍、莫友芝纂：《遵义府志》，（台北）成文出版社1968年版，第93页。

步中，水石互吐吞。阿房广乐作，巨窍洪牛奔。余波喷青碧，震怒不可驯。①

牢江即乐安江，"白云"一言地势之高，一喻奔腾的江水。牢江水气势奔腾，涌入云门磴。云门磴门高千仞，气势与天相接。"荡荡百步中，水石互吐吞"，言涌入云门磴的乐安江水，浩浩汤汤，水石相击。"阿房广乐作，巨窍洪牛奔"，言江水气势雄壮，有如阿房宫之广乐齐奏、巨窍中之洪牛奔腾。"余波喷青碧，震怒不可驯"，言江水余波撞击青碧的山崖，怒号着不可驯服。至此，诗人将峡谷之高、水势之猛、水声之响与水姿之美的云门磴山水雄姿展现得淋漓尽致。

贵州多溶洞，《正月陪黎雪楼恂舅游碧霄洞》一诗，写出了碧霄洞溶洞景观的奇崛瑰丽，上节已述，此不赘述。《两洞诗并序》记写素有"黔南第一洞天"之称的南洞和北洞景观。北洞与镇远府城东门之桥相通，桥搭建于北洞崖壁上，远观有如蛤蟆吐出的霓虹。洞穴穿连于苍崖绿树之间，形如蜂房，可谓"面面开户牖，剔透凌烟空"②。与北洞相较，南洞更为奇绝富丽，以诗为证：

> 南洞更奇极，壁立千丈崖。谁将顾陆画，挂向苍江隈。崭崭丹翠间，错落金银台。石扇敞云顶，画檐飞嵬嵬。路缘屋脊上，僧出蜂孔陪。高空来鬼神，中天风雨回。凭阑望晴霄，天门如可阶。安知已巉绝，异境中岩开。五步一小峰，峰峰瘦皱排。石林夹幽径，绿蓊掌大苔。沉沉静白日，花深无鸟喈。浑忘在壁上，竹影摇尊罍。③

南洞挂于千丈悬崖之上，隔江而望，若粘壁，若悬空，故诗人以诗句"谁将顾陆画，挂向苍江隈"形容其美。依山又修建了层叠错落的亭阁殿宇，仰视之，石门如开在云顶，飞阁流丹，气势崔嵬。路势缘屋脊而上，

---

① （清）郑珍：《云门磴》，白敦仁《巢经巢诗钞笺注》，巴蜀书社 1996 年版，第 544 页。
② （清）郑珍：《北洞》，白敦仁《巢经巢诗钞笺注》，巴蜀书社 1996 年版，第 730 页。
③ （清）郑珍：《南洞》，白敦仁《巢经巢诗钞笺注》，巴蜀书社 1996 年版，第 732 页。

僧侣从洞中走出，晴天凭栏而望，拾级而上，似可直通天门。至此巉岩绝境，本以为无路可走，不想峰回路转，别有洞天：五步一小峰，峰峰排如画；石林有幽径，翠绿有苔藓；白日静无喧，花开无鸟鸣。值此美景，诗人浑然忘记自己置身千丈绝壁之洞中，还以为是在竹边饮酒，竹影摇曳，其意惬然。南洞之美，没有飞瀑直下之壮观，没有水石相击的雄浑，却有悬空挂壁之奇绝、绿树亭阁之幽深。

诗人还写出了河渡之险绝与山道之盘曲，给人以身临其境之感。《南河渡》诗云：

> 十里下南河，险绝骇初见。攒崖摩青空，削径截霄汉。延江万丈底，死绿凝一线。仄行酸腿酥，俯睨刚胆战。顾后觿幸过，惊前呀猝转。①

南河渡山势险峻，崖危水深，人行悬崖绝壁之上，仰视上入云霄，俯视下临大江，延江（即乌江）在万丈悬崖之底，水成深绿之色，远望凝成一线。山势陡峭，山道狭窄，万丈深渊，一不小心就会殒命于江中，真是进亦忧，退亦忧，直教人腿酥胆战。缓缓前行，刚刚窃喜过了一道险关，未料新的险关又突然横亘于眼前，道道艰险接踵而至，猝不及防。这里，诗人运用夸张、烘托、比喻、反衬、心理描写等多重手法，写出了南渡河的山水之险绝。《宿猿猴滩岸》一诗亦写出了河渡之险恶，诗云：

> 粘岩成市聚，舍榜宿烟霄。榻底滩声凶，镫边梦影摇。风多愁石落，湍险计来朝。万感醒难寐，邻家更唤猫。②

该诗是郑珍在咸丰九年（1859）十月应唐炯之约赴四川南溪途经猿猴滩（在今贵州习水境内）而作。诗写猿猴滩市镇由岩石砌成，依岩而建，

---

① （清）郑珍：《南河渡》，白敦仁《巢经巢诗钞笺注》，巴蜀书社1996年版，第546—547页。
② （清）郑珍：《宿猿猴滩岸》，白敦仁《巢经巢诗钞笺注》，巴蜀书社1996年版，第1134页。

诗人留宿于此，榻底滩声汹涌，榻边灯影摇曳，屋外风大湍急，正感担忧无法入眠之际，又听得邻家唤猫，更不成眠。这里，诗人将榻底凶险的滩声、风吹落石的担心、来朝过滩的忧虑、邻人唤猫的声音齐聚诗中，既是实写，也是虚写，真切地表现了猿猴滩河渡之险带给自己的惊悸与忧患，堪称情景交融。

《自郎岱宿毛口》与《自毛口宿花堌》二诗，是诗人前往云南平夷（今云南富源县），一为往省舅父黎恂（时知云南平夷），二为游幕云南，途经今六枝之郎岱、毛口、晴隆之河塘、花堌，有感于山道攀缘之艰险盘曲而作。诗云：

> 晨登打铁关，下见拉帮塘，行尽拉帮见拉当，虚空鸟道四里强。路若壁挂百盘肠，人行如狗尽日忙。落日盘江出脚底，仰视早行鼻尖耳。[①]

诗中之打铁关、拉帮、拉当属地名，是由郎岱至毛口的必经之地，也是当时由贵州通往云南的云贵通道。诗人早晨从打铁关出发，途经拉帮到拉当，其间"虚空鸟道"有四里多长。毛口，集镇名，即今六枝毛口布依族苗族乡政府所在地，是贵阳与昆明往来的交通要道。它依山傍水，对面是波翻浪滚的北盘江，背靠雄峻陡峭的老王山，与晴隆县花贡镇的河塘村隔水相望。从拉当至毛口，"路若壁挂百盘肠，人行如狗尽日忙"，道路若悬挂于山间的百盘肠子，山道窄窄，弯弯曲曲，回环往复，人行其中，无法直立行走，须时时如狗般手脚并用，爬行于山道间。诗人的比喻十分贴切、生动。日落时分，终于抵达毛口，北盘江呈现在脚底，然仰视之，一天的艰难跋涉，只行走了鼻尖远的距离。又，从毛口至花堌，须先过北盘江，再经河塘而至花堌，其道路之曲折亦如前者，诗云：

---

① （清）郑珍：《自郎岱宿毛口》，白敦仁《巢经巢诗钞笺注》，巴蜀书社 1996 年版，第 218 页。

盘江在枕下，伸脚欲踏河塘埃。晓闻花堌子规啼，暮踏花堌日已瘦。问君道近行何迟，道果非远我非迟，君试亲行当自知。此道如读昌黎之文少陵诗，眼著一句见一句，未来都非夷所思。云木相连到复断，初在眼前行转远。①

从毛口到花堌的直线距离并不远，但要趟过北盘江到达河塘却非易事。毛口与河塘，隔江相望，近在咫尺，但因谷深流急，须溯江而行数十里才能到达渡口。故此，诗人说"晓闻花堌子规啼，暮踏花堌日已瘦"。道果非远，行亦非迟，一切的原因都在于山水的阻隔与山道的曲折，无法以直线距离的近取代曲线距离的远。道路不仅曲折盘桓，而且不可预测，"云木相连到复断，初在眼前行转远"，"此道如读昌黎之文少陵诗，眼著一句见一句，未来都非夷所思"，诗人以昌黎之文与杜甫之诗的变幻莫测比喻未料之境的突兀而至与纷至沓来。总之，《自郎岱宿毛口》和《自毛口宿花堌》二诗，诗人运用比喻、夸张等手法，将隔山相望、声呼相闻但从此山至彼山之山势峻峭与山道盘曲的情状刻画得自然真切。

至此，白水瀑布的雄奇瑰丽、乐安江云门磴段的雄浑壮阔、南洞的奇绝幽深、南河渡的险绝胆寒、猿猴滩的险恶惊悸、自郎岱至花堌的肠道盘桓与手脚并爬，深深铭刻于读者心中。其他此类景致与诗作不再一一赘述。

（二）宁静平和淡远之景

郑珍描绘黔中山水的诗作，与黔中地理密切相关，多雄浑奇险之景，宁静平和淡远之迹相对较少，且描摹这类山水的诗作多与田园诗合流，形成山水田园诗，语言平易畅达，风格宁静淡远，颇有陶诗意蕴。其代表作主要有：《晚望》《山居夏日》《云门磴》《出威清门绕城而西村景可爱》《铜仁江舟中杂诗六首》《仁怀厅》《吴生招偕同人游东村，饮其妹氏家，村在诸葛洞后》等。下面以具体诗作为例分析之。

《晚望》是郑珍早年的诗作，它并非纯粹的山水诗，而是一首山水田

---

① （清）郑珍：《自毛口宿花堌》，白敦仁《巢经巢诗钞笺注》，巴蜀书社1996年版，第220页。

园诗。诗人为我们展现出了一幅古原秋光图：

> 向晚古原上，悠然太古春。碧云收去鸟，翠稻出行人。水色秋前静，山容雨后新。独怜溪左右，十室九家贫。①

此景当是尧湾乡间薄暮远眺中的景色。景中之物有：黄昏古道、太古之春、飞入云中的归鸟、翠稻中的行人、秋前的静水、雨后的青山。这是一幅美景，安详闲适，宁静清新。但作者并不纯粹为写景而写景，于结句将民生疾苦不动声色地写出，以溪流两岸"十室九家贫"的社会现实，与美景形成强烈对比，留给读者以意味深长的思考。

《云门磴》一诗，诗人既写了乐安江的雄浑豪迈，也写了眉水的温存柔曼："眉水若处女，春风吹绿裙。迎门却挽去，碧入千花村。"② 乐安江进入云门磴二百步后与眉水汇合，与乐安江的气势汹汹形成鲜明对比，眉水则宛若处女，温婉无比，轻柔灵动，以一波碧水婉转平静地流入千花村。

《铜仁江舟中杂诗六首》记述了诗人在铜仁江舟中沿江而行的所见之景："败床眠白鲤，疏坞出黄橙"③；"潭光清漏石，山影绿摇云"④；"江鸣知雨到，鸭语觉村来"⑤；"潮收沙露尾，桨过水生脐。鱼翠闲闲立，鸡青闪闪低"⑥；"山平趋落地，江远欲吞空。狂岸一庵白，晴砧双妇红"⑦。景中有败床中的白鲤、远处村落的黄橙、潭光中的石头、江水中的山影、江

---

① （清）郑珍：《晚望》，白敦仁《巢经巢诗钞笺注》，巴蜀书社 1996 年版，第 117 页。

② （清）郑珍：《云门磴》，白敦仁《巢经巢诗钞笺注》，巴蜀书社 1996 年版，第 544 页。

③ （清）郑珍：《铜仁江舟中杂诗六首》（其一），白敦仁《巢经巢诗钞笺注》，巴蜀书社 1996 年版，第 171 页。

④ （清）郑珍：《铜仁江舟中杂诗六首》（其二），白敦仁《巢经巢诗钞笺注》，巴蜀书社 1996 年版，第 172 页。

⑤ （清）郑珍：《铜仁江舟中杂诗六首》（其四），白敦仁《巢经巢诗钞笺注》，巴蜀书社 1996 年版，第 174 页。

⑥ （清）郑珍：《铜仁江舟中杂诗六首》（其五），白敦仁《巢经巢诗钞笺注》，巴蜀书社 1996 年版，第 174 页。

⑦ （清）郑珍：《铜仁江舟中杂诗六首》（其六），白敦仁《巢经巢诗钞笺注》，巴蜀书社 1996 年版，第 176 页。

水涨潮的轰鸣、邻村的鸭叫、潮退后沙滩的显露、桨过后水中的旋涡、鱼翠（水鸟名）的从容自立、鸬青（水鸟名）的闪闪低飞、山势的趋于落地、江面的平阔无际、空旷江岸的小寺庙、晴空江边的捣衣妇，等等。这些景物并非整个铜仁江山水的全貌，而只是一组一组的特写镜头。从诗人对这些景物的特写中，我们感受到的不是凶险与怪绝，而是宁静与祥和。

《仁怀厅》一诗是诗人于道光二十三年（1843）西游仁怀拜谒前遵义知府、现仁怀厅同知平翰而作。诗中记写了仁怀厅的风光："黄葛家家秀，青杉岭岭栽。山奇珍夏荔，水美诧江鲖。"① 郑珍来到仁怀厅，所见到的是黔北西部一带迥异于遵义的别样风光。家家种黄葛，岭岭栽青杉。黄葛即黄桷树，性宜热，赤水河气候炎热，多产之。黄葛、青杉，衬托了仁怀一带的异地风光。这里不仅风景秀美，而且物产丰富，居然山野里产荔枝，江水中产鲖鱼。只可惜郑珍去的不是时候，无缘果腹而回。

《吴生招偕同人游东村，饮其妹氏家，村在诸葛洞后》一诗作于诗人执教古州厅期间，叙写古州东村山野之景。诗人的一位吴姓学生携师生一道游东村，他们渡江十余里，果然到达山野农家，这里地处深山，环境幽丽，一派山水田园风光：

> 渡江十余里，果造远人境。兹村信深僻，水裹山以亘。占田仅七户，居人无数姓。蔓老甘薯荒，雨余苴姜净。橘柚青黄间，时立美人靓。秋梨惊尚花，节候讶非应。入竹纵缓步，观松得吾性。惊禽时一鸣，薄日漾虚映。吴生故好事，置具累亲情。大巢煮新尖，脆笋掘早进。半岁羡蛋法，味果生韵胜。事事惬所尚，为子一醉竟。②

诗人一行来到东村，只见这里远离闹市，地处偏僻，有山有水，山水相裹。住有七户人家，姓氏也不多。种植有甘薯、苴姜，甘薯藤蔓已老，果实无丰；苴姜被雨水冲刷，正好清洗干净。橘柚在青黄之间，时有美人

---

① （清）郑珍：《仁怀厅》，白敦仁《巢经巢诗钞笺注》，巴蜀书社 1996 年版，第 463 页。
② （清）郑珍：《吴生招偕同人游东村，饮其妹氏家，村在诸葛洞后》，白敦仁《巢经巢诗钞笺注》，巴蜀书社 1996 年版，第 592 页。

摘取。最让人惊讶的是秋梨尚在开花,不与节候相应。进入竹林,可以随意地缓步而行;观看松树,可以让自身的心性得到启发。家禽受到惊吓,不时鸣叫;夕阳洒满大地,倍感和煦。吴生带着诗人一行到此,有劳于妹妹与妹夫。餐桌上,有新鲜的豌豆尖、甜脆可口的竹笋、自制的味道鲜美的蔊菜。此景此情,诗人心感惬意,竟为之一醉。这里,诗人不仅写出了山野农家之山水田园风光美,通过记写吴生的热情与民家菜肴,更写出了山野人情美,差不多是梦中的桃源了。

至此,尧湾的古原秋光、眉水的温婉柔曼、铜仁江的白鲤水鸟、仁怀厅的山珍水味、东村的山野风光与人情美,一一映入读者眼帘,让人感受到大自然于雄浑奇险之外的另一种美——宁静祥和淡远之美。其他此类景致与诗作不再一一赘述。

二 展现黔中民俗异彩

黔中民俗丰富多彩,体现在郑珍诗作中,既有与中华大家族相同的民间习俗,更有能体现黔贵风情的独特民风民俗。这些民俗主要以岁时节日民俗居多,还包括日常生活民俗和生产劳动民俗等。岁时节日民俗牵涉的节日主要有佛祖生日、端午节、中秋节、祀灶日、除日、除夕等。佛祖生日在四月八日,黔中有食黑饭的习俗。端午节除了包粽子、吃粽子、挂菖蒲外,黔中还有以五色丝带系儿童手臂,或给儿童肩缀五色猢狲,或以雄黄画儿头面等习俗。中秋节除赏月、吃月饼外,黔中更有偷摘园瓜以送新妇或缺子之家的习俗。祀灶日,黔中亦祭祀灶神,朝天拜乞,或荐以黄羊。除日,黔中以除日集市为"幺场",有赶"幺场"的习俗,还兴戴假面具、以黄竹做虾蟹灯等。除夕亦有守岁的习俗。日常生活民俗主要有婴儿周岁"抓周"、滇黔土司避痘孕俗等。生产劳动民俗则主要有牛生日、忌雷日等。体现这些民俗风情的诗作主要有:《重午出游醉归》《端午念阿卯》《阿卯晬日作》《度岁濾州寄山中四首》《四月八日,门生馈黑饭,谓俗遇是节,家家食此,莫识所自,余曰:此青精饭也,作诗示之》《荔农叹》《玉孙种痘作二首》(其二)、《送瓜词六首》《祀灶》《祀灶日作三首》等。下面将以郑珍的具体诗作为例,重点述及四月八日食黑饭、牛生日、忌雷日、中秋送瓜、滇黔土司避痘孕俗等五种与众不同的黔中民俗风情。

（一）食黑饭

四月八日相传是佛祖的生日，有九龙浴佛之说。郑珍《四月八日，门生馈黑饭，谓俗遇是节，家家食此，莫识所自，余曰：此青精饭也，作诗示之》一诗，并非专为浴佛而作，而是重点记述黔中四月八日以黑饭馈赠先生以期延年益寿的习俗。该诗作于诗人执教荔波期间，门生馈以黑饭，为考释黑饭的来龙去脉，兼及昭示后进，故作此。诗云：

> 昔闻南极仙，创制干石迅。华阳《登真诀》，乃传青精饭。药汁取南烛，术意密莫问。后来浸桐柿，榕柏亦不靳。初原饭食法，铅汞藉滋润。何年浴佛供，亦与伊蒲献。佞谄贵新奇，此固不足讯。吾曩识其名，未见未之信。不谓蕞尔中，乌饭佳节趁。贫富当饔飧，曰幸免疾痰。例与寒食同，意亦延年近。相持馈先生，一饱感霜鬓。奚从好颜色，今与孺子馂。题诗记风俗，亦以诏后进。①

诗题中即已说明黑饭即青精饭。所谓青精饭，是采用南天烛枝叶之汁浸泡米，再蒸饭爆干而成，颜色青碧，故云青精饭。诗中，诗人从太极真人创制干石迅（乌饭）说起，言华阳隐士陶弘景之《登真诀》即有其记载。后来，在太极真人青精干石迅饭法的基础上，又杂以桐叶、柿叶甚至榕树叶、乌柏叶等制作之。道家谓久服青精饭可以延寿益颜，铅、汞服之亦可延长性命。青精饭也可供奉浴佛，呈献伊蒲（不出家的男性佛教徒）。诗人先前即听说过青精饭之名，未见之，故不信之，而今得见之，始信之，只是未料到它还与佳节密切关联。黔南荔波人不论贫富都将之作为饮食飨宴，据说可以免除疾患。与寒食节采用杨桐染饭谓之杨桐饭一样，二者都被赋予了延年益寿之意。门生馈以青精饭，期服之还以童颜。郑珍有感于此，特诗记此俗，从此饭的首创者、关于此饭的最早记载、此饭的制

---

① （清）郑珍：《四月八日，门生馈黑饭，谓俗遇是节，家家食此，莫识所自，余曰：此青精饭也，作诗示之》，白敦仁《巢经巢诗钞笺注》，巴蜀书社1996年版，第933页。

作方法、食用此饭延年益寿的意义、荔波人对习俗的传承等多方面，进行了较为详细的述说，使后人见此不致迷惑。

（二）牛生日

一般只听说过人过生日，从未听说过牛过生日。在郑珍的诗作里，还真记载有牛过生日。牛的生日是阴历四月八日，这天家家饲以乌饭（即上文所言用南天烛草汁浸煮的米饭），牧童不许加鞭。郑珍记载此事的诗作是《荔农叹》。所谓"荔"即指荔波，"农"即指农事，"叹"即是对荔波农事的感叹。这是一首诗人感叹荔波之民农事迟缓、反映荔波之怪异习俗的诗作，其中既有牛生日，也有忌雷日。鉴于牛生日与忌雷日习俗都集中于此诗，故全文引之，下文言忌雷日时亦可互参。全诗如下：

> 八月获尽不事犁，春深垅草深没畦。年年立夏方下种，今年小满未落泥。水要从天倒田内，誓不巧取江与溪。邑中之黔杜牧之，斋洁为祷城隍祠。一夜雨声达明日，明日九龙还浴佛。官吏腾腾为农喜，会见犁耙一齐出。先生旧是耕田夫，食饱无事行村墟。行尽城南复城北，水满翻塍耕者无。怪问道旁叟："此岂犹不足？四月不耪田，何以望秋熟？"叟鼓咙胡前致词："今朝牛生公不知。家家栏中饲乌饭，不许牧竖加鞭笞。终年妇子食其力，谁忍生日劳渠为？古老复传言，田家谨雷忌。宁令冻饿死，不得动锄耒。"牛即不生忌还值，雨要活人雷要毙。嗟汝荔农吁可叹，作尔官难天更难。待汝祖传生忌毕，水渗田干怨天日。①

诗人来到荔波，看到荔波之农时值小满还未播稻，心为之焦急，以为是秧田无水导致。哪知一夜大雨过后，诗人并没有看到农家犁耙一齐出的场景，"行尽城南复城北，水满翻塍耕者无"，于是诗人满怀关切地询问道旁老叟是何因。老叟答以牛生日与忌雷日，诗人这才明白缘由。原来，这天正值农历四月八日，是牛的生日，又适逢忌雷日（见下文）。牛生日不

----

① （清）郑珍：《荔农叹》，白敦仁《巢经巢诗钞笺注》，巴蜀书社1996年版，第930—931页。

得加鞭老牛，还需以乌饭相饲，故此。关于此事的历史记载，郑珍（咸丰）《荔波县志稿·忌讳》云："农家以四月八日为牛生日，不令出户，饲以乌饭。余初至此，郭外田自获后犁不及十一。已小满，家无秧水。四月初七，偕县令祷西城隍祠，其夕达旦如注，田陇水溢。明日行村，乃无一人在田者。问之，乃更值雷忌。不终日，水皆渗漏，固不悔也。"① 诗作内容与史志记载的一致，证明了黔中为牛过生日之习俗的真实性。

（三）忌雷日

忌雷日忌雷劈，不动土，也是黔中民俗。该民俗亦见于郑珍诗作《荔农叹》。《荔农叹》的诗歌文本我们已于上文全引，荔波之农水满田埂而不犁田的原因也于上文述及，即出于牛生日和忌雷日。其实，在某种程度上，对忌雷日的遵循更严于牛生日。荔波之民遵循古老的传统，田家谨防雷忌，宁愿冻死或饿死，也不会在忌雷之日动锄翻土。（咸丰）《荔波县志稿》亦记载了这一习俗，其云："农家雷忌最严。其忌日，以立春后某建日闻雷为率。其月间七日，次月间五日，又次月间三日，其后一日为忌。如正月闻雷是上辰日，后逢亥即忌也。其日不动锄犁，云动则犯忌，必为雷击。田圃虽干极而值甘雨，亦袖手听之，必栽插秧毕始不忌。"② 此段记载，详细讲述了忌雷日的推算方法、不避雷忌的利害关系，以及田家践行雷忌的谨遵谨行。诗作内容与史书记载的一致性，亦证明了黔中忌雷日忌雷的真实性。

当然，《荔农叹》一诗并非单纯是为了介绍两种黔中民俗，从诗歌的开头、结尾以及全诗行文的语气，我们可以看出诗人对农事的关心、对违误农时的深切忧患。

（四）中秋偷瓜送子

中秋节是我国的传统节日，偷瓜送子是各地的传统习俗。这种祈子习俗，其具体方式因地域不同而有所区别，但以贵州为典型。郑珍有《送瓜词》六首，记述了清代黔中中秋送瓜祈子的典型民俗。

其《送瓜词六首》之序云："郡俗艰子者，亲友以中秋之夕偷小瓜，

---

① （清）郑珍：《荔波县志稿》，咸丰五年（1855）不分卷本，第22页。

② 同上。

裹以文彩，送其家，或潜纳被底，及卧乃觉之，往往有验。郡城则令小儿衣冠负瓜，或骑马，灯烛箫鼓前导，自前三日即纷然，亦乐事也。"① 在郑珍生活的时代，遵义乡间的习俗，对繁衍后代人丁不旺的家庭，亲友往往会在中秋之夜偷小瓜送至其家，或悄悄放进其被子底下，等到主人临睡才发觉，据称此法往往灵验。而遵义郡城的习俗则是，以小儿穿戴整齐后背着瓜，或走路，或骑马，敲锣打鼓，送往缺子之家。

中秋送瓜祈子，犹如观音送子，对此善举，天公也感到新奇，不时擦眼而看，郑珍诗中云："一瓜偷摘谢园官，便作奇珠掌上观。才识康瓠真是宝，天公也要洗眸看。"② 为绵绵瓜瓞，小儿也加入送瓜行列。小儿送瓜时，往往点灯燃烛，吹箫击鼓，热热闹闹簇拥而行，故郑珍诗又云："钲鼓轰天纸爆豗，儿童逐队闹如雷。漫嘲此俗全无谓，都自绵绵一句来。"③ 谁都不愿膝下无子，最乐意接受送瓜的是新妇，正所谓"含情最是新来妇，倚户痴看不掉头"④。中秋送瓜虽招主人喜欢，然摘取他人之瓜以送之，又往往会招致瓜主大骂。所幸当地习俗以得瓜主恶骂为吉兆，故诗云："笑接青团便抚摩，明朝觅蒂恼园婆。要知根种生来好，只到投胎咒骂多。"⑤ 中秋送瓜祈子之举，老人也喜爱，并参与进来，"先生老去爱儿嬉，也逐投瓜两不知"⑥，"送了人家独子青，归来明月可中庭"⑦，送瓜归来，明月高悬，诗人心情愉悦。看来，道咸年间遵义城乡中秋送瓜之举是全民为之，全民乐之。

① （清）郑珍：《送瓜词六首》（序），白敦仁《巢经巢诗钞笺注》，巴蜀书社1996年版，第1256页。

② （清）郑珍：《送瓜词六首》（其一），白敦仁《巢经巢诗钞笺注》，巴蜀书社1996年版，第1256页。

③ （清）郑珍：《送瓜词六首》（其二），白敦仁《巢经巢诗钞笺注》，巴蜀书社1996年版，第1258页。

④ （清）郑珍：《送瓜词六首》（其四），白敦仁《巢经巢诗钞笺注》，巴蜀书社1996年版，第1259页。

⑤ （清）郑珍：《送瓜词六首》（其三），白敦仁《巢经巢诗钞笺注》，巴蜀书社1996年版，第1258页。

⑥ （清）郑珍：《送瓜词六首》（其五），白敦仁《巢经巢诗钞笺注》，巴蜀书社1996年版，第1260页。

⑦ （清）郑珍：《送瓜词六首》（其六），白敦仁《巢经巢诗钞笺注》，巴蜀书社1996年版，第1260页。

（五）龙家苗孕俗

郑珍诗作中还记述了云贵地区苗族龙家苗为避免小儿痘疹的奇异孕俗，见于《玉孙种痘作二首》其二。该诗是一首学问诗，诗中既考论了水痘的最早记载、来源、名称、危害，也记载了龙家苗为避小儿痘症而让孕妇孕期与夫君异室而居的奇特孕俗，以及痘疹的形成原因，归结为母亲在孕育胎儿阶段的不"斋庄"，即不斋戒、不庄重。此说固然有失偏颇，更没有科学依据，但却是当时当地民风民俗的真实反映。据清初陈鼎《滇黔土司婚礼记》记载："盖苗中婴儿最忌种痘，痘必死，百无一二生者。其气又易沾染，即壮夫染之，无不痘，痘无不死。常因一儿痘而祸延一乡，竟绝噍类者。求其不痘，无如一受孕即不与男子同处，则他日所产儿，决不痘矣。故大家有室老之设，专护其事。小户其姑即严护之，其孕也易识。今夕受胎，明晨，妇眉间即有一缕红丝隐隐而现。大家妇人每早必参见室老，室老一见即知，曰：'若有孕矣，毋与男子同处。'立为移置别室，夜必扃钥。室老日夜堤防，至七阅月胎成方解严。盖关系非一人一家故也。"[1] 滇黔龙土司龙家苗中婴儿最忌种痘，种者百不活一二，又常因一儿痘而延染一乡。为求避痘之法，妇女一旦受孕即与夫异居。大家设室老，小户即由其姑嫜严督之。凡妇受孕，今夕受胎，明晨眉间即有一缕红线，室老或姑一见即知，立即为置别室，夜加锁，日夕提防，至七个月胎成方解严。这种为小儿避痘的奇特孕俗，郑珍在诗中亦云：

> 彼中断痘法，妇孕辄异房。大家主室老，小户司姑嫜。眉间验红缕，别处加锒铛。痛绝三番瘢，在严七月防。[2]

郑珍据《滇黔土司婚礼记》，将这种奇异的避痘之法与与之相应的孕俗写入诗中。我们无须考证这种孕俗是否真能达到避免小儿痘疹的效果，也无须考证这种孕俗是否属于早期的愚昧之举，可以肯定的是这种孕俗曾

---

① （清）陈鼎：《滇黔土司婚礼记》，中华书局1985年版，第8页。

② （清）郑珍：《玉孙种痘作二首》（其二），白敦仁《巢经巢诗钞笺注》，巴蜀书社1996年版，第1109页。

经存在的真实性。同时，郑珍还于诗中追踪溯源，述及三代女史彤管之法，颂及周始祖后稷之母姜嫄的胎教斋庄，诗云：

> 三代彤管法，女史职所当。妃嫱所当夕，月日书之详。有身退金环，侧室间同藏。载震即载夙，周公颂先姜。岂繄不讳祖，固曰夫妇纲。①

彤管即赤管笔，古代女史记事之用。女史记事，职之所当。先圣礼御后宫妃嫱，女史当夕即书其详。妇有身孕，即藏之侧室。《礼记·内则》云："妻将生子，及月辰，居侧室。"② 《诗经·大雅·生民》云："载震载夙。"③ "震"即娠，"夙"即肃，言妇女受孕后当生活严肃，不再接受夫君礼遇。周公颂及先姜（姜嫄）之胎教斋庄，贾谊《新书·胎教》亦云："周妃后妊成王于身，立而不跛，坐而不差，笑而不谊，独处不倨，虽怒不骂，胎教之谓也。"④ 先人胎教斋庄，不避讳祖辈，视为夫妇之纲，也许只是出于对妇女之仪容举止与胎儿安全的考虑，而与小儿痘疹根本无涉。然郑珍由小儿种痘言及滇黔苗族小儿痘疹的预防以及由此导致的孕俗，并推源三代胎教，旨在倡导妇女容止，防范小儿痘疮。其在不经意间，为我们呈现了当时云贵地区龙家苗孕俗的不同寻常。

三 辑录黔中一方诗雅

子尹关心桑梓，热衷于搜集一方掌故，辑录乡邦文献。早年即与莫友芝同纂《遵义府志》，学者推为《华阳国志》之流亚。咸丰年间，又独立编撰《播雅》（二十四卷，后增唐树义诗一卷为二十五卷），收录遵义府属五县（遵义、正安、绥阳、桐梓、仁怀）计自明万历二十九年（1601）至清咸丰三年（1853）共 252 年间凡 220 人的诗作 2038 首。

---

① （清）郑珍：《玉孙种痘作二首》（其二），白敦仁《巢经巢诗钞笺注》，巴蜀书社 1996 年版，第 1109 页。
② 《礼记正义》，（清）阮元校刻《十三经注疏》，中华书局 1980 年版，第 1469 页。
③ 同上书，第 528 页。
④ （汉）贾谊：《新书·胎教》，《贾谊集》，上海人民出版社 1976 年版，第 176 页。

　　《播雅》原名《遵义诗钞》，是一部地方诗歌总集。鉴于此集只是郑珍对遵义一郡诗人诗作的收集与辑录，而非郑珍本人的诗歌创作，故此处只拟作大略介绍，明了其编纂《播雅》的意图、《播雅》的编排体例与地方文献价值、诗歌搜集之艰、郑珍关心桑梓之心迹即可。

　　《播雅》，顾名思义，"播"即播州，"雅"者，正也。"播雅"即播州文人雅士格调不俗的诗歌。也有解说认为：诗集名曰"播雅"，既显"传播好诗"的宗旨，也含"播州（遵义）诗经"的赞誉。① 二说皆通。郑珍编撰《播雅》的意图，一为略备一方掌故，保存有价值的地方文献，一为向外传播播州人文俊杰。为辑《播雅》，郑珍从少年时代即开始刻意搜求郡中文献，其搜集之艰，有从地方志乘转录者，有从家族氏谱收录者，有从佛寺旅邸之墙壁或墓碑石刻抄得者，有专访诗人故乡而得者，有向亲戚宗族、门生故旧征求遗稿而得者，可谓穷年累月，苦心搜求，多方罗致。然后经过审慎取舍、考订改伪、爬罗剔抉，历时二十余年，终成全璧，于咸丰三年在好友唐树义的资助下刊刻问世。

　　以往的诗歌总集，如《诗经》《楚辞》《乐府诗集》等，或按诗歌产生的地域，或按诗歌体裁，或按诗歌韵律形式分类编次，至元好问《中州集》，采金代诗人诗作，每人前附小传，兼评其诗，保存了不少历史文献资料，有"以诗存史"之意。郑珍辑《播雅》，亦仿元好问《中州集》编排体例，"或因诗存人，或因人存诗，或因一传而附见数人，或因一诗而附载他文，按及他事"②，亦寓"以诗存史"之意。

　　作为一部地方诗歌总集，郑珍把明清时期遵义一地之诗人诗作、山川疆域、耆宿人物、政治学术、议论著录、要害名胜、风俗物产等比较完备地记录了下来，使其成为遵义地区明清时期诗写的历史，具有较高的文学价值和文献价值。莫友芝评价说："子尹之为此编，存人存诗，一用裕之中州法：人不得诗，牵连旁附；渊源流别，丝穿绳引；郡之山川风土、疆

---

① （清）郑珍子尹编次，（清）唐树义子方校订：《播雅·出版说明》，遵义市红花岗区地方志办公室 2002 年版。

② （清）郑珍：《播雅引》，（清）郑珍著，黄万机等点校《郑珍全集》（七），上海古籍出版社 2012 年版，第 5 页。

里沿革、旧城残垒，有所钩核，亦参他例，并藉书之。其搜订之勤，别裁之审，一展卷而曩昔若存若亡之文献，烂然表暴于后人之耳目。"① 黄永堂先生认为：《播雅》的文献价值，首先在于它比较全面地反映了明清二百五十年间遵义地区的社会风貌，是研究黔中历史人文的重要资料，对研究晚清中国社会也有一定参考价值；其次在于它抢救并保存了部分地方历史文献；同时还为黔省地方文献的整理、总集著作的编选提供了优秀的典范。② 所言不虚。

郑珍"是一位地地道道的贵州诗人，这不仅指他生于贵州，而且因为他一生除短时间到过湖南、云南和入京应试外，踪迹都不出贵州省境，他的诗也主要写贵州的奇山异水、贵州的风俗人情、贵州百姓的贫困悲惨"③。的确，郑珍于诗中首次大规模书写黔贵山水，呈现黔中山水风貌，拓展山水诗书写的地域范畴，后人将此与柳宗元被贬永州的山水散文相提并论，盛赞二者对南荒山水之美的发掘之功、开拓之功，评曰："凿破南荒千古闷，经巢诗与柳州文。"④ 郑珍又于诗歌创作中展现黔中民俗异彩，将民俗事项写入诗中，让我们看到了黔中独特的民俗风情。同时，辑录遵义一郡之乡邦文献，饱含关心桑梓情怀。从上述诸方面，我们足以见出诗人诗歌创作的地域印记与地方视角。

第五节　郑珍诗歌创作的农家视角

宋诗派诗人多为官僚与学者，其诗歌创作多为"句子推敲日细哦，讴吟声韵贵平和"⑤ 之作。郑珍出身寒微，废居边地，诗书满怀，仕途不达，

---

① （清）莫友芝：《播雅序》，（清）郑珍著，黄万机等点校《郑珍全集》（七），上海古籍出版社 2012 年版，第 7 页。

② 黄永堂：《论〈播雅〉》，载《贵州文史丛刊》1987 年第 1 期。

③ 中国社会科学院文学研究所编：《中国近代文学百题》，中国国际广播出版社 1989 年版，第 57 页。

④ 聂树楷：《读黔人诗集绝句》，转引自黄万机《郑珍评传》，巴蜀书社 1989 年版，第 275 页。

⑤ （清）何绍基著，龙震球、何书置点校：《何绍基诗文集》，岳麓书社 1992 年版，第 96 页。

"居斤竹溪上近三十年，似农者，非农者"①。长期的山居耕作，得其"农"；长期的勤学不辍，得其"非农"。正是这种介于"农"与"非农"之间的特殊身份，以及长期寄身僻壤、从事农事劳作的亲身体验，使其对农耕生活与农家疾苦有更深切的了解与感受，表现在其诗歌创作中，则多反映农耕田居生活，多关注农家疾苦，多描写战争背景下的民生灾难。从这个角度上来看，它反映了郑珍诗歌创作的独特关注视角——农家视角。

一　对农耕田居生活的叙写

作为道咸间宋诗派中唯一一位大量从事农村题材创作的诗人，郑珍的诗歌创作多植根于现实生活的土壤，反映农耕田居生活，农时、农事、农作物、农具、农耕、农家生活、田园风光，无不入诗。这类诗作，涉及的农事主要有治圃、修园、种竹、种松、喂猪、打柴、耙田、开垦荒地、烧灰除蝗、插秧晒秧、早稻收割、山蚕养殖等，其代表作如食野菜、烧湿薪、烤糠头火、房屋漏雨、贷米度日等。涉及的农作物主要有玉蜀黍、稻、麻、番椒、紫茄、葱蒜、禾黍、橘柚梅竹、豆藤瓜叶等，其代表作如《玉蜀黍歌》《黄焦石》《修园》等。涉及的农具主要有秧马、犁、锄等，其代表作如《播州秧马歌》《治圃》《斤溪老翁歌》等。对农家生活，诗人既写出了农家生活的清苦，如食野菜、烧湿薪、烤糠头火、房屋漏雨、贷米度日等，更写出了诗人面对贫困的自嘲自足与乐观豁达，其代表作如《饭麦》《湿薪行》《糠头火》《屋漏诗》《瓮尽》《贷米》等。同时，诗人还写了相当一部分田园诗，这类诗作，叙写田园风光，表达田居生活的闲适意境，风格宁静淡远，颇得陶诗意蕴，其代表作如《于堰南获早稻》《闲眺》《山居夏晚》《夜归》《高斋》《午起》《夏山饮酒杂诗十二首》等。《玉蜀黍歌》作为郑珍歌咏农作物的代表作，已在"郑珍诗歌创作的学人视角"一节中详述，此不赘述。《播州秧马歌》一诗，述及播州秧马的用途、外形、使用、功用等，是郑珍歌咏农具、叙写农耕生产的代表作。鉴于下节将以此诗与苏轼《秧马歌》作具体比较分析，以探讨郑珍早

---

① （清）郑珍：《斤溪老翁歌》（序），白敦仁《巢经巢诗钞笺注》，巴蜀书社1996年版，第1462页。

期诗歌创作对苏轼的承继，故此亦不赘述。下面将重点分析郑珍诗作中反映农事劳作、叙写农家生活之清苦与达观、表现田园风光与田居闲适意境而颇有陶诗意蕴者。

《治圃》一诗是叙写郑珍来到荔波执教后亲自开辟荒地进行农事劳作之作。诗云：

> 隙地北牖外，不治已有年。触余食力心，叹彼徒弃捐。买锄事翻垦，分畦通往旋。草秽肯轻掷，待炊腊墙边。向来瓦砾场，数日眼忽鲜。觅子先乞栽，市蔬必根连。隔种各数席，居然成菜园。①

郑珍来到荔波任县学训导，鉴于日常百用靠买，为节省开支，特地购买锄头，将住地北窗外的空隙荒芜之地开垦出来，挖出的荒草晒于墙边以备熏肉之用，开挖之地则分出垄亩，或觅来种子下种，或买来连根蔬菜栽种，一片杂草丛生的荒芜之地在诗人的亲自开挖、播种下居然变成菜园，成为诗人的蔬菜园地。诗中，"买锄"、"翻垦"、"分畦"、"掷"、"觅子"、"乞栽"、"市蔬"、"隔种"等一系列词语，均反映了农事劳作的行为与动作，也展现了农事劳作的具体情形。

《屋漏诗》一诗，顾名思义，叙写的是破旧老屋屋漏下雨的情景，诗云：

> 溪上老屋溪树尖，我来经今十年淹。上瓦或破或脱落，大缝小隙天可瞻。朝光籁榻金琐碎，月色点灶珠圆纤。春雨如麻不断绝，尔来正应花泡占。始知瓦舍但名耳，转让邻茅坚覆苫。溜如海眼泻通窦，滴似铜壶催晓签。入室出室踏灰路，戴筈戴盆穿水帘。伊威登础避昏垫，湿鼠出窟摩须髯。尘桉垢浊谢人洗，米釜羹汤行自添。西间书室素完好，陈籍屑几供便拈。不虞一夕出意外，白蟮溺死埋缥缣。咸阳一炬怨秦火，似此宁更将人嫌。桑土绸缪悔不早，无术得将诸窍阇。承以瓶盘桶罂缶，一器巧使二孔兼。木皮竹苫亦有用，弥缝其阙通之

---

① （清）郑珍：《治圃》，白敦仁《巢经巢诗钞笺注》，巴蜀书社 1996 年版，第 927 页。

檐。补苴罅漏固穷计，塞流挽倒吾何谦。妻孥坐对莫频蹙，不荷天慈心更恬。齰齰龁龁任相责，高明鬼瞰真吾砭。①

这里，诗人自叙居住尧湾破旧老屋十年的情景。老屋地势较高，可与下面藻米溪之树的树巅平齐。屋宇破旧，瓦片或破或脱落，故从其大小缝隙上可窥天。天晴的日子，太阳光穿过缝隙照射下来，屋内洒满阳光，夜晚则月光照耀，屋内留下白色的斑痕。春雨绵绵的日子，屋外下大雨，屋内下小雨。雨珠下滴，如滴露报晓，一夜无停。晴天，屋内地面布满灰尘，出室入室脚踏灰路；雨天，屋上瓦片满是缝隙，出室入室头戴笭盆。地底潮湿，伊威爬出洞穴，来到高地；老鼠爬出洞窟，擦舔胡须。室内滴雨，案上的尘垢免去人工刷洗，锅中的羹汤变成自动添加。西间书室向不漏雨，书籍置于几案上以便取阅，未料亦遭雨水浸湿，蟫鱼溺死。书是诗人的至爱，诗人后悔未在天晴时修补房屋，只得下雨时想尽办法堵住漏洞。于是，用瓶、盘、桶、罂、缶等各种器具承漏，或一器承二漏，或木皮竹叶塞漏，"补苴罅漏"，"塞流挽倒"，尽心尽力。顾见妻儿颦眉蹙额，安慰之：没有老天爷的赐惠，心会更加恬静安然；富贵之家，鬼瞰其室，齰齰龁龁，贫鬼相责，还不如贫穷之家能免去贫鬼相逐呢。此诗中，诗人将房屋破旧、下雨屋漏、塞漏承器的情形刻画得惟妙惟肖、淋漓尽致，又以伊威、老鼠避雨、妻儿对雨颦眉蹙额相衬托，更写出了家境的贫寒与农家生活的艰辛，但可喜的是，我们从诗中并未看到诗人的牢骚满腹与怨天尤人，而是安慰妻儿、自嘲自足、风趣幽默、乐观豁达，这也正是我们面对逆境或身处困境时所必需的人生态度。郑珍的此类叙写农家生活的诗作都充满了幽默、达观情怀，我们还可以《瓮尽》一诗见证之，诗云：

日出起披衣，山妻前致辞。瓮余二升米，不足供晨炊。仰天一大笑，能盗今亦迟！尽以余者爨，用塞八口饥。吾尔可不食，徐徐再商之。或有大螺降，虚瓮时时窥。②

---

① （清）郑珍：《屋漏诗》，白敦仁《巢经巢诗钞笺注》，巴蜀书社 1996 年版，第 94 页。
② （清）郑珍：《瓮尽》，白敦仁《巢经巢诗钞笺注》，巴蜀书社 1996 年版，第 105 页。

此诗写出了诗人一家的穷窘之甚与诗人的洒落情怀。早晨起床，妻子告知丈夫瓮中所剩之米不足全家人吃一顿早餐，诗人不是惊慌与责备，而是仰天大笑，幽默地说就算去偷盗也来不及了，并告诉妻子就用所余之米晨炊，让家人先吃，自己再想办法，甚至调侃地说：或许会有田螺姑娘从瓮中出来烧火做饭呢，不妨时时窥视一下空虚的米缸。吃了上顿没下顿，甚至上顿也不够吃，诗人却能一笑置之，甚至幽默调侃，其面对生活窘境的苦中作乐、风趣幽默、开朗达观跃然纸上。这种幽默、达观的生活态度，也正是我们需要学习的地方。

郑珍诗作中表现田园风光与田居闲适意境而颇得陶诗意蕴者，我们可从《闲眺》《于堰南获早稻》二诗见之。《闲眺》一诗是郑珍早年的诗作，写雨过天晴后的田园风光：

> 雨过桑麻长，晴光满绿田。人行蚕豆外，蝶度菜花前。台笠家家饷，比邻处处烟。欢声同好语，针水晒秧天。①

此诗是郑珍二十四岁时在故乡遵义所作，诗中描写家乡初夏的田园风光。雨后的晴天，桑麻、蚕豆、菜花、稻秧形成一片碧绿的田野。满眼晴光中，炊烟袅袅，蝴蝶翻飞，送饭的人们，头戴斗笠，沿着田边行走；劳动的人群，欢歌笑语，此呼彼应；刚刚冒出水面的稻秧尖，星星点点，享受着阳光的照晒。这里，诗人不事雕琢，也并不刻意观察什么，纯用白描手法，将田间、地头、村落所见之景形诸笔端，展现了一幅田园风光图，同时也反映出诗人的悠闲心境、诗人对农事和农民生活的关心，以及时代的和平安定与风调雨顺。《于堰南获早稻》是郑珍晚年的诗作，诗中记述了诗人在子午山附近亲自耕种、收割早稻的生活图景，诗云：

> 老去无世用，所怀在耕田。薄田不满力，亦复事终年。壤瘠缺粪

---

① （清）郑珍：《闲眺》，白敦仁《巢经巢诗钞笺注》，巴蜀书社1996年版，第68页。

草，一饭贪之天。入秋喜先熟，似得田公怜。敢叹所获微，及我室如悬。儿痴早得力，胜彼迟者贤。柏林带脩涧，不觉寒气先。晨兴命俦侣，日昃空云连。残阳明豆篱，墟坞上晚烟。悠然见云水，已有双鹭拳。长歌返茅屋，我稼又此圆。人事难尽计，庶以饱目前。[①]

诗人一生耕种不辍，对耕田有着特殊的情感。自己家有一方薄田在子午山藻米溪旁，虽土质瘠薄，粪草不足，土壤肥力不够，基本靠天收，但也得耕种以求生计。薄田似乎得到田公的怜悯，入秋以来此稻先熟，于是诗人带领家人前往收割，清早出门，日落归来，虽然所获甚微，然终究可解眼前之饥。故此诗人心情愉悦，归途中，只见斜阳照耀蚕豆与篱笆，村落有袅袅炊烟升起，白云流水相伴，成对鹭鸟缱绻，诗人啸歌返回茅屋，心中有着收割后的圆满。此诗叙写田家耕种收割图景，景中有薄田、耕田、稻熟、收割、柏树林、深涧、斜阳、豆篱、村落、炊烟、白云流水、成对鹭鸟等，组成了一幅农家生活画面与田园秋收图，其田园风光、其闲适意境，颇得陶诗情韵。

总之，郑珍反映农耕田居生活的诗作，或歌咏农具、农作物，或叙写农耕农事，或表现农家生活的清苦与达观，或展现田园风光、表达闲适情怀，具有浓郁的乡土气息与农家风味，也反映了诗人对农村的热爱以及对农事与农家生活的关怀。

二　对农家疾苦的关注

郑珍关心农事与农家生活，更关注农家疾苦。在《巢经巢诗钞》中，有不少诗作反映民生疾苦，百姓或遭遇水灾旱灾，或遭遇官吏盘剥，或行于泥泞，或搏于风雪，或缺米断盐，或埋尸荒野，等等，无不入其诗中。"民生家计愁心随"[②]，郑珍对农家疾苦赋予关切与同情，对贪官污吏则给

---

① （清）郑珍：《于堰南获早稻》，白敦仁《巢经巢诗钞笺注》，巴蜀书社 1996 年版，第714 页。

② （清）郑珍：《晨出乐蒙，冒雪至郡，次东坡〈江上值雪〉诗韵，寄唐生》，白敦仁《巢经巢诗钞笺注》，巴蜀书社 1996 年版，第 207 页。

予揭露与鞭挞。这方面的代表作有：《晨出乐蒙，冒雪至郡，次东坡〈江上值雪〉诗韵，寄唐生》《捕豺行》《江边老叟诗》《网篱行》《酒店垭即事》《公安》《松滋》《渡河》《观上滩者》《吴公岭》《断盐》等。

《晨出乐蒙，冒雪至郡，次东坡〈江上值雪〉诗韵，寄唐生》一诗，诗人叙写自己冒雪前往遵义郡城的所见所闻：大雪纷飞，野店闭门，失去土地的百姓，十五相携，行于泥泞，无处投奔，"涕垂入口不得拭，齿牙嗫瘏风战肌。壮男忍负头上女，少妇就乳担中儿。老翁病妪呻且走，欲至他国知何时"[①]。而地方守令则处深堂密室之中，"羊羔酒香紫驼熟，房中美人争献姿。盐絮尖叉自矜饰，亲谀幕赞纷淋漓"[②]。百姓冻馁交迫，守令锦衣玉食，二者形成强烈对比，诗人的褒贬亦寓于其中。《捕豺行》一诗，写遵义地区豺狼为患，捕食人畜，百姓不得已凑钱请官兵捕捉豺狼，结果却"人豺"（盗贼）与"官豺"（官兵）共同横行乡里，为官者不仅不为民除害，反而纵兽害人、率"兽"吃人。诗云：

> 去年赂请猎南里，归兵献获皆米银。人豺夜行如楦麟，官豺昼聚称上宾。邑中豺伯纵豺食，群豺饱卧东城闉。民命若彼官若此，豺尔何幸遭此君。[③]

诗中，诗人对邑中官吏的愤怒谴责和对人民疾苦的深切同情，我们不难看出。《酒店垭即事》，诗人书即目所见，"井井泉干争觅水，田田豆落懒收萁"[④]，旱情严重，井干泉涸，百姓争觅饮水，地方长官却毫不体恤，反而向百姓催收捐款，急于镌刻德政碑，以表政绩；《公安》《松滋》二诗，写诗人上京赶考途中所见的湖北公安、松滋二县水灾状况，揭露地方官吏的贪婪与不勤于政；《渡河》一诗，感叹黄河治理工程的劳民伤财与收效甚微；《观上滩者》一诗，叙写纤夫的辛劳与命系一纤；《断盐》一诗

---

① （清）郑珍：《晨出乐蒙，冒雪至郡，次东坡〈江上值雪〉诗韵，寄唐生》，白敦仁《巢经巢诗钞笺注》，巴蜀书社1996年版，第207页。

② 同上。

③ （清）郑珍：《捕豺行》，白敦仁《巢经巢诗钞笺注》，巴蜀书社1996年版，第123页。

④ （清）郑珍：《酒店垭即事》，白敦仁《巢经巢诗钞笺注》，巴蜀书社1996年版，第481页。

则写百姓面临苛捐杂税、物价飞涨、断盐缺米、盐贵于药的生活艰辛；《吴公岭》一诗，写土地兼并严重，百姓无田可耕栽，不得已充当劳工，"每每好身手，饿僵还裸埋"① 的劳工苦难。最能体现诗人关怀民生疾苦、揭露政治腐败的代表作是《网篱行》《江边老叟诗》，下面即以二诗为例详述之。

《网篱行》一诗，是诗人于道光十五年（1835）春上京应试后南归路过湖北公安时所作。诗作描述了遭逢连年水灾，民田遭淹，无法耕种，百姓不得不以田养鱼、种菜，以捕食鱼虾、种植蔬菜为食的艰难苦楚。诗云：

> 公安民田入水底，不生五谷生鱼子。居人结网作耒耜，耕水得鱼如得米。高田鱼落田反芜，生鱼之地变生蔬。网亦从之变其用，环葱绕芥如围鱼。以蔬佐鱼生已蹙，以网作篱还诧目。苟且穷筹得新创，何遽丝乃不如竹？蔬花簇簇蔬叶披，猫戏网中鸡隔窥。想见鸬鹚与猵獭，出入篱际驱鱼时。不愁网破篱无补，但惧水反鱼游圃。此时篱倒蔬亦无，顿顿餐鱼奈何许。②

湖北公安五年水灾，民居于地势稍高之地，以捕鱼摸虾为食，又以破渔网为篱笆种植蔬菜，行人见之以为奇观。郑珍途经于此，所见民田果沉入水底，不产五谷而生鱼子。居民以渔网为耒耜，养鱼、捕鱼为食，鸬鹚、猵獭出入其间。大水消退，地势较高处的民田反遭荒芜，于是由养鱼之池变为植蔬之地，渔网也因之变为篱笆。篱中蔬菜郁郁葱葱，猫戏网中，鸡隔网窥视，倒也一片生机。但让灾民惧怕的是：水患再至，鱼返菜圃，篱倒蔬无，顿顿餐鱼。此诗中，诗人如实地反映了湖北公安水灾后百姓当时的生活境况以及百姓对未来生计的担忧。以鱼虾或蔬菜为主食，终究不如以稻米为主食，以民田喂鱼种蔬终究不是常态下的生存方式。灾民的担忧也正是诗人的担忧，诗人的同情、担忧、关怀之情

---

① （清）郑珍：《吴公岭》，白敦仁《巢经巢诗钞笺注》，巴蜀书社 1996 年版，第 462 页。
② （清）郑珍：《网篱行》，白敦仁《巢经巢诗钞笺注》，巴蜀书社 1996 年版，第 200 页。

渗透于字里行间。

《江边老叟诗》是诗人于道光二十三年（1843）北上应试道经公安时所作。诗人一生曾四次路过公安：一是道光六年（1826）以拔贡上京会试路经，其时公安农村繁盛兴旺，乡民知礼好客；二是道光十四年（1834）赴京路经，乡民尚可以捕食鱼虾为生；三是道光十八年（1838）赴京会试后返黔路经，乡民尚可以捕食鱼虾为生；四是道光二十三年（1843）赴京会试北上途中路经，所见则地荒人亡、十室九空、哀鸿遍野、满目疮痍。公安一地今昔对比的巨大差异，使诗人不禁下马询问江边老叟是何原因，老叟回应为水患官逼。诗云：

> 壬寅松滋决七口，间殚为江大波吼。北风三日更不休，十室登船九翻覆。老夫无船上树末，稚子衰妻复何有。可怜四日饥眼黑，幸有来舟能活得。他方难去守坏基，田土虽多歉人力。无牛代耕还自锄，无钱买种多植蔬。今春宿麦固云好，未省收前堤决无。纵得丰成利能几，官吏又索连年租。租去老夫复不饱，坐看此地成荒芜。君子贵州入湖北，贵州多山诚福国。任尔长江涨上天，不似吾人生理窄。官家岁岁程堤功，而今江身与河同。外高内下溃尤易，善防或未稽《考工》。君看壁立两丈土，可敌万雷朝暮舂？洪波为患尚未已，老骨究恐埋鲛宫。①

此段节录是老叟的回答，我们据此可将公安人烟萧条的原因归结为三大方面：一是长江水患；二是官吏逼租；三是官方修堤不力，堤防不固，江堤脆薄。长江流域自道光辛卯（1831）以来水灾泛滥，年年为灾。道光壬寅（1842），长江决堤，松滋有七大决口，洪水淹没乡村，北风呼啸，十家登船，九家倾翻，田叟爬上树梢才得以躲过一劫，妻儿则被洪水卷走。幸运生存下来的田叟，守于故土，以锄代耕，种麦植蔬，欣喜麦子长势良好，巴望收成。然而就算躲过水患，能得丰收，官府又要收取连年

---

① （清）郑珍：《江边老叟诗》，白敦仁《巢经巢诗钞笺注》，巴蜀书社 1996 年版，第 498 页。

租。缴纳租税，则所剩无几，丰收等于荒芜。再者，官方修堤不力，堤防不固，却又年年上报修缮堤防之功。修堤者自身不懂建筑水利工程与技术，将江堤修成外高内下状，又不稽考《考工记》"匠人"中关涉水利兴修工程的相关记载，致使脆弱的江堤根本无法抵挡滔滔洪水的冲击。水患一日不除，忧患一日不止，老叟甚至羡慕诗人居贵州山国而无水患威胁是福，深惧自身迟早葬身鱼腹。田叟的陈述、反问、担忧件件在理，诗人感同身受却又无能为力，诗末呼吁云：

> 太平不假腐儒术，吾亦盯衡奈何许。细雨苍茫生远悲，廿年欢悴同一时。谁欸职恤此方者，试听《江边老叟诗》。①

作为一介穷儒，诗人手无权柄，面对田叟的述说，除了感叹嘘唏，唯一能做的就是以诗笔高呼，把微渺而厚重的希望寄托于后之贤者②，于是，近二十年（诗人道光六年初到公安，道光二十三年第四次路过公安，自1826年至1843年，前后将近二十年）的见闻与喜忧形诸歌咏，以期后之官斯土者，留意《江边老叟诗》，倾听百姓的心声，解除百姓的苦难。至此，诗人关注民间疾苦、同情百姓遭遇、揭露政治腐败、水利失修、租税繁重的心迹清晰可见。

此外，诗人的喜怒哀乐还与农家的田事悲喜相起伏。农家遭遇大旱，诗人愁心相同；农家遭遇涝灾，诗人心急如焚；农家久旱逢雨，诗人欢欣鼓舞。《旱》《秋雨叹》《雨》《晓行溪上喜而吟》《至息烽喜得大雨》等诗，记录了诗人关注农家田事、与农家疾苦休戚与共的情怀，可直接见于诗作，此不赘述。又，诗人还寄语为官荒芜之地者，期望他们能利用土地肥沃、气候温和等自然条件，发展农林牧和蚕桑业，造福一方，而不是只

---

① （清）郑珍：《江边老叟诗》，白敦仁《巢经巢诗钞笺注》，巴蜀书社1996年版，第498页。
② 黔中文物史上有一段郑珍写诗振臂一呼得玉成的佳话。道光二十五年（1845）三月二十四日，郑珍拜谒明末抗清英雄何腾蛟之墓（墓在贵州黎平城西门里许），见墓道破败之迹与新鬼争墓田之势，出于对英雄的景仰，特作《三月廿四西佛厓拜何忠诚公墓》一诗，诗中提出修复何墓之倡议和修筑墓道与祠亭的具体设想，并发自身无力为之之慨。十年后，湖南益阳人胡林翼为黎平知府，见郑珍此诗，遂如郑珍规划从事修建，成为黔中文物史上的一段佳话。

记得收取官租，秩满而去。此可见于诗作《经行一路，皆地广大而民稀且穷，官斯土者自中原来，对此荒荒，靡不愁郁，期满秩迁去，将终不能富庶也，慨然赋此》，此亦不赘述。总之，我们在《巢经巢诗集》的很多诗作中都能见到诗人关注与同情农家疾苦、鞭挞政治腐败的心迹。

三　对农民大起义的矛盾抒写

郑珍《巢经巢诗钞·后集》六卷，收诗近四百首。这近四百首诗歌，时间跨度从咸丰二年（1852）至同治三年（1864），恰好是太平天国农民起义与贵州咸同间农民大起义的时间段。这个时间段，也是郑珍生命的晚年，他亲眼目睹了农民起义的爆发与伴随战争的烧杀抢掠，自身也加入了逃难者的行列，与乡亲们一起感受着无家可归的流离与失去亲人的痛楚，于是将所见所感形诸笔端，汇成了这近四百首诗歌。

这近四百首诗歌的主体内容都是叙写战争，或写人们对战争的预感与隐忧，或写战争来临之前人们对物品的收藏，或写乡民的避乱逃窜，或写战争的厮杀场面与人员伤亡，或写战争带来的科举罢试、有家难归、无家可归、心灵创伤，或写战争导致的苛捐杂税、物价飞涨、战后饥荒、乱后疫情，等等，堪称贵州咸同间农民大起义的"诗史"。

（一）书写灾难

郑珍生活的晚年，"国朝全盛不观兵，玉堂人物无愁声"[①] 的时代早已过去，取而代之的是"乾坤漠漠干戈满"[②]、"战鼓震破千山碧"[③] 的战乱现实。郑珍用他饱含深情的诗笔，把这一幕幕记录了下来。

《甲寅元日》《贵阳赠赵晓峰旭三首》等诗作，叙写了乡民对"冥冥氛祲暗吾亭，愁杀黄神鬼不灵"[④]、"郡城西望杀气紫，炮声隐震八十里"[⑤]

---

① （清）郑珍：《题周渔璜先生〈西崦春耕图〉》，白敦仁《巢经巢诗钞笺注》，巴蜀书社1996年版，第791页。

② （清）郑珍：《选得荔波教谕》，白敦仁《巢经巢诗钞笺注》，巴蜀书社1996年版，第835页。

③ （清）郑珍：《偕萧吉堂游桃源山，山经甲寅兵燹，亭观荡然无遗，归与张篠皋思敬同守夜话，作歌》，白敦仁《巢经巢诗钞笺注》，巴蜀书社1996年版，第1325页。

④ （清）郑珍：《贵阳赠赵晓峰旭三首》（其三），白敦仁《巢经巢诗钞笺注》，巴蜀书社1996年版，第902页。

⑤ （清）郑珍：《望捷行》，白敦仁《巢经巢诗钞笺注》，巴蜀书社1996年版，第862页。

之战争风云的预感与隐忧。《弆谷》《移书》等诗作，叙写了战事来临之前的人心惶惶、谷价暴跌、盗贼出没，以及诗人对粮食安全与书籍安全的考虑。为防止刚收割的粮食落入他手，郑珍父子二人"暮共鼠掘穴，朝与儿薶盆"①，如老鼠般掘地洞，藏粮食。将谷物、书籍藏好了，诗人又开始考虑人身安全问题，《十一月二十五日挈家之荔波学官避乱纪事八十韵》记录了诗人决计于咸丰四年（1854）十一月二十五日携家远涉荔波避乱的心路历程。《避乱纪事》《移民哀》等诗，叙写乡民避乱的奔波流离。咸丰九年（1859）仲冬，号军挥师遵义，时郑珍应唐炯之约已往四川南溪，知同携家紧急逃离，"仓皇夜出走，潜行不敢声。儿怀其祖栗，背上将孙绷。新妇持厥姑，手各有携擎"②。知同怀揣祖辈木主灵牌，背背小儿，其妻手牵婆婆，各携行李，噤声疾走，仓皇夜逃。咸丰十一年（1861）十一月，黄、白号军再次挥师遵义，乐安江一带万家逃离，《移民哀》一诗记录了当时百姓逃难的情形："乐安上流六十里，避贼移民去如蚁。经巢一叟携老妻，亦杂其间溯江水。人多径窄时不通，十步徐行九步止。"③逃难之民多如蚂蚁，逃难之路拥挤不堪，诗人与老妻夹杂其中，人多路窄，十步九停，心急如焚。又有"北风吹日江水寒，女踬儿颠号满路"④，北风呼啸声、小儿哭号声，连成一片，悲哀凄凉。《闻新化邹叔绩汉勋以贰守从徽抚江忠烈忠源死难庐州二首》《闻唐子方方伯正月二十三日舟至金口，贼大上，募卒尽散，遂投江死》《闻贼入遵义南乡，县令江府丞玠侯炳琳死难》《除日将抵贵定，儿信到，言孙女如达痘殇都匀》《是日庞孙痘忽变，逾时亦殇，明晨，亲埋之，与其姊同墓四首》《纪赵福酿姑妇三人死节事》《陈氏妇》等诗，记述了或两军对峙，或逃生苦窘，或妇女保节跳崖而导致的无辜死亡。《和晓峰》《自城乘月归魁岩，四次前韵》《借启秀书院，粗整腐敝，移家来居》《二月十七日度娄山关》等诗，记述了有家难归、无家可归、时事艰辛、前景无望等因战争而来的万千愁绪与

---

① （清）郑珍：《弆谷》，白敦仁《巢经巢诗钞笺注》，巴蜀书社1996年版，第854页。
② （清）郑珍：《避乱纪事》，白敦仁《巢经巢诗钞笺注》，巴蜀书社1996年版，第1183页。
③ （清）郑珍：《移民哀》，白敦仁《巢经巢诗钞笺注》，巴蜀书社1996年版，第1272—1273页。
④ 同上书，第1273页。

心灵感伤。不妨以《自城乘月归魁岩，四次前韵》为例体味诗人的感时伤乱情怀：

> 轻风细柳余光景，晚咏归途笃好申。一路乱蛙初插稻，半溪明月不逢人。婆娑自惜空心树，辘辘谁怜故脚薪。入舍仍呼浇万虑，免教韩子醒还新。[①]

此诗是诗人与家人离散、寓居桐梓魁岩、感伤时事而作。诗之前四句写景，后四句抒情。景中有轻风、细柳、蛙、稻、明月，景是美景，但我们从中并未感受到诗人身处美景的微风轻拂、杨柳依依、蛙声一片、稻花飘香、明月照人，感受到的却是残照余景、乱蛙无鸣、冷月高挂、孤身夜行。后四句，借景抒情。可以藏妖狐美人的空心树，枝叶纷披，为谁婆娑？以故车之脚为薪，劳薪为炊，薪火明旺，为谁辘辘？让人想起姜夔《扬州慢》词句："念桥边红药，年年知为谁生！"[②] 诗人乘月归舍，一片冷清，舍是借居，妻儿离散，以酒浇愁，口呼无愁，愁更愁。"免教韩子醒还新"，典出韩愈《感春》诗句："数杯浇肠虽暂醉，皎皎万虑醒还新。"[③] 酒入愁肠，不仅未能浇灭万虑，反而万虑复苏，纷至沓来，占据大脑，清新明晰。战争给诗人带来的愁绪感伤，深入骨髓。

杜甫记"安史之乱"，其代表作有"三吏"、"三别"，郑珍记咸同贵州农民大起义，其代表作有"九哀诗"，即《南乡哀》《经死哀》《绅刑哀》《僧尼哀》《抽厘哀》《移民哀》《哀郫》《哀里》《禹门哀》等。其中，《南乡哀》《经死哀》《绅刑哀》《僧尼哀》《抽厘哀》《禹门哀》记录了官府科派军饷的苛暴无情与设刑逼捐，甚至僧尼庙租亦在捐列，官兵层层盘剥，中饱私囊。《移民哀》不仅记录了难民的逃亡，更记录了

---

① （清）郑珍：《自城乘月归魁岩，四次前韵》，白敦仁《巢经巢诗钞笺注》，巴蜀书社1996年版，第1219—1220页。

② （宋）姜夔：《扬州慢》，姜夔著，陈书良笺注《姜白石词笺注》（卷一），中华书局2009年版，第1页。

③ （唐）韩愈：《感春》，（清）方世举《韩昌黎诗集编年笺注》（卷三），雅雨堂本，清乾隆二十三年（1758），第32页。

官兵对乡民的搜刮以及临阵对峙的畏缩潜奔。《哀郫》记述御"贼"守城的情形：一家一人，轮流值守，富者"顾更"（雇请更夫），贫者可怜，十岁小儿，登郫守城，"山风吹破裳，夜雨湿单衣"①。《哀里》叙写乐安里一带昔日的山秀水美、民风淳朴与今日的后生顽嚚、民风不再，通过今昔对比，抚今思昔，哀叹今不如昔。《经死哀》与《抽厘哀》二诗最能反映当时凶官恶吏的逼交捐税与民不聊生的社会现实，下面即以此二诗为例观之。

《经死哀》一诗，作于咸丰十一年（1861），反映了战争背景下"苛政猛于虎"的社会现实，诗云：

> 虎卒未去虎隶来，催纳捐欠声如雷。雷声不住哭声起，走报其瓮已经死。长官切齿目怒嗔："吾不要命只要银。若图作鬼即宽减，恐此一县无生人。"促呼捉子来，且与杖一百。"陷父不义罪何极，欲解父悬速足陌。"呜呼北城卖屋虫出户，西城又报缴三五。②

诗题"经死哀"即哀悼上吊自杀的人。百姓为何要"经死"？源于无法缴纳官府科派的军饷而被逼死。诗分三层：前四句为第一层，写差役如狼似虎，老翁无力缴纳欠税而被逼自杀；中间八句为第二层，极言长官未收到捐税的切齿暴露，纵使人死作鬼，税一分不减，并勒令其子以钱赎尸；后二句为第三层，由一家受害而推及全城，展现了百姓受害的深度和广度。诗中，"虎卒"、"虎隶"、"长官"如凶神恶煞，面目狰狞，心如蛇蝎，强词夺理，冷酷无情。百姓则哀哭无告，可被随意捉拿、杖击，自缢而死还不得脱身。郑珍"感念时事，耳闻目见，痛心疾首"③，不禁即事名篇。全诗语言淳朴质实，遣词妥帖，重点突出，典型性强，真切地反映了战争背景下官兵强征捐税、逼死百姓的罪恶。

《抽厘哀》一诗亦创作于咸丰十一年，反映了战争背景下以抽取厘金

---

① （清）郑珍：《哀郫》，白敦仁《巢经巢诗钞笺注》，巴蜀书社 1996 年版，第 1348 页。
② （清）郑珍：《经死哀》，白敦仁《巢经巢诗钞笺注》，巴蜀书社 1996 年版，第 1233 页。
③ 凌惕安：《郑子尹年谱》（卷六），商务印书馆 1941 年版，第 227 页。

济军需的社会现实，以及收取厘金对百姓的盘剥与百姓的无法承受之重，
诗云：

> 东门牛截角，西门来便著。南门生吃人，北门大张橐。官格高悬
> 字如掌，物物抽厘助军饷。不论儳纵十取一，大贾盛商断来往。一叟
> 担菜茹，一叟负樵苏。一妪提鸡子，一儿携鲤鱼。东行西行总抽取，
> 未及卖时已空手。主者烹鱼还瀹鸡，坐看老弱街心啼。①

厘金制始于咸丰三年（1853），清政府财政收入不敷军费开支，帮办
扬州军务的雷以诚采纳幕客钱江的建议，开始征收厘金。次年，清政府将
这种方法陆续向各省推广，在水路通衢以至乡村小径，处处插起"奉旨抽
厘"的旗号，对人民肆意盘剥，以济军费开支的燃眉之急。厘金原本是一
种临时性筹款，撤兵之日当一律停止，但各省在镇压太平军农民起义后仍
长期征收，变成了一种经常性的税收制度，直到1930年才被取消。贵州由
于爆发了咸丰五年（1855）至同治十一年（1872）的各族人民咸同大起
义，征收厘金，盘剥百姓，势之必然。此段节录，记述了诗人所见贵州遵
义厘金抽取情形：进出郡城的东、西、南、北四道大门都设卡抽厘，官方高
悬"奉旨抽厘"之旗，不论行商坐贾，不论耕牛赀货，不论沿街叫卖者，不
论开铺坐店者，居者立局，行者设卡，见十抽一，无一例外。即使碰上耕
牛，也要被截去两角。一叟担菜，一叟担柴，一妪提鸡，一儿携鱼，出入哪
一道门都要抽取厘金，东行西行总抽取，未到卖时手已空。百姓遭遇厘金，
有物如同无物，官家烹鱼煮鸡，旁观老妇街心哭泣，无动于衷。这里，官家
"奉旨抽厘"的公开掠夺、盘剥百姓的残酷与冷漠，跃然纸上。

战争带来了苛捐杂税，也带来了饥馑和疫情。"兵戈虽藉免，疫疠更
难通"②，"草根食尽食人肉，大疫复行尸满谷"③，《饿四首》《杀二首》
《疫》等诗，记述了饥民借高利贷、挖草根、食草蔬、烧老鼠、偷盗甚至

---

① （清）郑珍：《抽厘哀》，白敦仁《巢经巢诗钞笺注》，巴蜀书社1996年版，第1242页。
② （清）郑珍：《疫》（其一），白敦仁《巢经巢诗钞笺注》，巴蜀书社1996年版，第1404页。
③ （清）郑珍：《移民哀》，白敦仁《巢经巢诗钞笺注》，巴蜀书社1996年版，第1273页。

人吃人的战后饥荒，以及饥饿过度、劳碌过度、无药医治而导致的死亡惨重、瘟疫流行与乱后疫情。可见之于诗，不再一一赘述。

总之，诗人不论是记述战前隐忧、战时逃难、战中伤亡、酷刑逼捐，还是记述战后饥荒、乱后疫情、心灵创伤，都为我们展示了一幅百姓灾难图，让我们看到了19世纪中叶清政府镇压太平天国农民起义与贵州咸同农民大起义带给百姓的灾难性影响。

（二）书写敌视

郑珍关心民瘼，对和自己一样奔走浮尘哀哭无告的广大弱势群体有着真切悲怜，富于悯农情怀，但同时又对农民起义、农民起义军持敌视态度。对此，我们可从以下三个方面见出。

其一，从郑珍对农民起义军的称谓上见出。在其诗作中，他把农民起义军诬蔑为"贼"、"大贼"、"狂贼"、"蟊贼"、"寇"、"狂寇"、"盗"、"大盗"、"恶鸟"、"妖"、"妖蛤蟆"等，如他在《九月十六日挈家发荔波》一诗中有"贼遂临郭前"①、"狂贼浸入境"②等句，以荔波水族农民起义军为"贼"、"狂贼"；在《甲寅元日》中有"经年盗据秣陵城"③句，以太平天国农民起义军为"盗"；在《送唐子方方伯奉命安抚湖北兼寄王子寿柏心主事》中有"凶氛蔽钟阜，恶鸟翻渐遒。居然妖蛤蟆，欲作长黄虬"④句，以太平天国农民起义军为"恶鸟"、"妖蛤蟆"；在《还山》中，有"我闻寇烽急，寇去我事牵"⑤句，以贵州农民起义军为"寇"；在《闻唐子方方伯正月二十三日舟至金口，贼大上，募卒尽散，遂投江死》中有"知驱江汉滔滔水，净洗妖尘愤始伸"⑥句，视农民起义的战火为"妖尘"；等等。从郑珍对农民起义军的这些称谓，足见他对农民起义军的

① （清）郑珍：《九月十六日挈家发荔波》，白敦仁《巢经巢诗钞笺注》，巴蜀书社1996年版，第949页。
② 同上。
③ （清）郑珍：《甲寅元日》，白敦仁《巢经巢诗钞笺注》，巴蜀书社1996年版，第827页。
④ （清）郑珍：《送唐子方方伯奉命安抚湖北兼寄王子寿柏心主事》，白敦仁《巢经巢诗钞笺注》，巴蜀书社1996年版，第809页。
⑤ （清）郑珍：《还山》，白敦仁《巢经巢诗钞笺注》，巴蜀书社1996年版，第1361页。
⑥ （清）郑珍：《闻唐子方方伯正月二十三日舟至金口，贼大上，募卒尽散，遂投江死》，白敦仁《巢经巢诗钞笺注》，巴蜀书社1996年版，第829页。

敌视态度。

其二，从郑珍在荔波代职的临阵指挥上见出。郑珍在荔波任县学教谕期间，适逢荔波水族农民起义，县令蒋嘉谷称病不起，郑珍代为防守。他首先带领学生到莪蒲一带相隘设关，设九道关隘，以阻击农民起义军。接着，亲自出告示，告知十六里（地方行政单位），敦促地方结成毛葫团（配合官兵镇压农民起义的地方武装组织）。接着，亲自派遣门生到广西南丹招募兵勇。再接着，亲自骑马入村，筹备军饷，等等。由于郑珍的得力指挥，起义军未能顺利攻入荔波城。也正是由于郑珍在荔波守城的得力举措与"杰出"表现，官修史书《清史稿》记载了郑珍的这段"佳迹"①。郑珍在荔波相隘设关、临阵指挥的表现，我们可从其诗作《七月初二日王莪蒲一带相隘设关》《九月十六日挈家发荔波》等诗作中见证，诗云：

> 吾生强好事，是时本闲官。出身为保境，设险筹其先。千夫转木石，突兀见九关。手谕十六里，促结毛葫团。雨夜遣门生，募练驰南丹。小友召瓮昂，健儿争赴援。宰穷帑断绝，饷又焦吾肝。匹马入村落，婉劝输金钱。②

可见，郑珍在以实际行动守卫荔波城，也在以实际行动阻击农民起义、抗击农民起义军。

其三，从郑珍临阵观战的情感倾向上见出。咸丰九年（1859）十一月，郑珍应好友唐炯之约到达四川南溪，此时，云南彝族起义军正围攻徐州城（今宜宾市），唐炯已领兵前去救援。郑珍竟然也来到前线，两次登上江边的七星山，观看南溪水师屠杀农民起义军，并作《初四日步至洗马池，缘登高山，下七星山，坐临江石梁上，观南溪水师攻南岸真武山贼，作歌》《初八日再上七星山，观南溪水路师攻吊黄楼、真武山

---

① 见《清史稿》记载："咸丰五年，叛苗犯荔波，知县蒋嘉谷病，珍率兵拒战，卒完其城。苗退，告归。"见赵尔巽等撰《清史稿·郑珍传》（卷482），中华书局1977年版，第13287—13288页。

② （清）郑珍：《九月十六日挈家发荔波》，白敦仁《巢经巢诗钞笺注》，巴蜀书社1996年版，第949页。

诸贼》《唐南溪单骑抚贼歌》等诗，描绘战争场面、称颂友人勇武、思考安边长策。首先从诗题我们即可见出诗人的情感倾向，再从战斗场面的叙写来看，诗人云"巨雷破地火沸天，神焦鬼烂天化烟……吊黄楼前杀声汹，战士飞腾乱如蠓。时见髑髅掷向天，下落江水玻璃动"①，对起义军的死伤没有一点感伤色彩，反而以起义军为"鹰鹗"，把战乱的原因归结为起义军的不安分守己，期待化"鹰鹗"为"凤凰"，使万家百姓安耕桑。从郑珍坐观龙虎斗的情感倾向与诗句用语，我们无须怀疑郑珍对起义军的鄙视与敌视。

综上，郑珍在其诗作中，一方面叙写农耕田居生活，反映农家疾苦，记述战争带给百姓的巨大灾难，针砭时弊，另一方面又毫不掩饰地书写了自己对农民起义以及农民起义军的不满与敌视，这使我们从中窥视到了郑珍思想的矛盾性。正是由于这种思想的矛盾，反映在其诗作中，便导致了其对农民大起义的矛盾书写。也许是由于时代与阶级的局限，也许是出于正统意识，也许更是出于小农意识，郑珍将战争的根源归结为"贼"，如梁山好汉般反贪官污吏而不反朝廷，对农家疾苦深切悲怜，对农民起义切齿痛恨，寄希望于明君贤臣，为厚重的历史抹上了一层悲壮的色彩。从某种程度上来说，这也是他独特的农家视角的体现。

第六节　郑珍诗歌创作与苏轼的渊源
——以郑珍《播州秧马歌》和苏轼《秧马歌》为考察文本

郑珍的诗歌创作善于向前人学习，含英咀华，采撷百家，从而熔铸成一己之特色。郑珍之子郑知同是郑珍的最早研究者，云郑诗"早年胎息眉山，终模韩以规杜"②。郑珍好友唐炯认为郑诗"不知为坡谷，为少陵，而

---

① （清）郑珍：《初八日再上七星山，观南溪水路师攻吊黄楼、真武山诸贼》，白敦仁《巢经巢诗钞笺注》，巴蜀书社 1996 年版，第 1144 页。

② （清）郑知同：《敕授文林郎征君显考子尹府君行述》，白敦仁《巢经巢诗钞笺注》，巴蜀书社 1996 年版，第 1477 页。

自成为子尹之诗"①。胡先骕先生研究郑诗，认为"郑以苏韩为骨，元白为面目"②。刘大杰先生云：郑珍"诗学苏轼，兼尊韩、孟"③。国学大师钱仲联先生则云："子尹诗盖推源杜陵，又能融香山之平易、昌黎之奇奥于一炉，而又诗中有我，自成一家面目。"④ 前人的评述，道出了郑珍诗歌创作的习染所自与风格特色。的确，从诗歌渊源上来看，郑诗早年主要向苏轼、韩愈学习，晚年主要向杜甫、白居易学习，故其早期的诗作多生涩奥衍之作，晚期的诗作多"质而不俚，淡而弥真，有老杜晚年境界"⑤。总体而言，郑诗既有苏轼之机趣洋溢、黄庭坚之生新瘦硬、韩愈之傲崛雄奇，也有杜甫之沉郁顿挫、白居易之平淡自然、陶渊明之清新淡远，从而熔铸成一家之特色：奥衍渊懿与平易自然兼备，而以平易自然为主导风格。

探讨郑珍诗歌与前人的渊源传承，笔者拟以苏轼和韩愈为观测窗口。郑珍对韩诗的学习与研究终身不辍，又写有若干韩诗跋文，将于下节专述。而郑珍诗歌创作与苏轼的渊源，笔者拟以郑珍《播州秧马歌》与苏轼《秧马歌》为观察点，进行对比分析，期以一斑见全豹。

需要说明的是：其一，探讨郑珍诗歌与苏轼等人的渊源传承，似显求同而与郑珍"自打自唱"的诗论相悖，其实不然。此言郑珍早年习诗的习染所自。其二，秧马是古代的一种农具，最初由苏轼在武昌发现，亦由苏轼最早入诗，见于苏轼《秧马歌》。此后，北宋唐庚《到罗浮，始识秧马》、南宋释居简《华亭超果干田疏》、陆游《春日小园杂赋》、元袁士元《喜雨三十韵》、清胡天游《秧马赋》等诗作或赋作中均咏及秧马，郑珍《播州秧马歌》亦吟咏之。然郑珍所咏秧马不同于苏轼所咏秧马，苏诗版秧马"是一种在秧田劳作时用于乘坐的、减轻劳动者疲劳程度的辅助器具，可用于拔秧，也可用于插秧"⑥。郑诗版秧马则是"治秧田时将草肥踩

① （清）唐炯：《巢经巢遗稿序》，白敦仁《巢经巢诗钞笺注》，巴蜀书社 1996 年版，第 1514 页。

② 胡先骕：《评胡适〈五十年来中国之文学〉》，牛仰山编《中国近代文学论文集 1919—1949 概论·诗文卷》，中国社会科学出版社 1988 年版，第 71 页。

③ 刘大杰：《中国文学发展史》，复旦大学出版社 2006 年版，第 296—297 页。

④ 钱仲联：《论近代诗四十家》，《梦苕庵清代文学论集》，齐鲁书社 1983 年版，第 138 页。

⑤ （清）黎汝谦：《巢经巢诗钞后集引》，白敦仁《巢经巢诗钞笺注》，巴蜀书社 1996 年版，第 1510 页。

⑥ 周昕：《中国农具发展史》，山东科学技术出版社 2005 年版，第 651 页。

入泥土的一种农具"①。二者在形状、结构、使用方法、用途上有明显不同，所以郑珍吟咏秧马并无人云亦云之嫌。

一　苏轼《秧马歌》与郑珍《播州秧马歌》的诗歌文本

郑珍《播州秧马歌并序》：

> 吾乡治秧田，刈戎菽等密布田内，用秧马践入泥，俟烂，则蟠种，其力倍于粪，且不蠹。秧马制以纵木二为端，蓄四横，长倍广，下旁杀，令上面平如足榻状，底如四屐齿，用柔条一或绳贯两端为系，高接手。踏时足各履一马，手提系，摘行茎叶上，深陷之，甚便且速。为歌一篇，俟后谱农器者采焉。

> 谷雨方来雨如丝，春声布谷还驾犁。斩青杀绿粪秧畦，芜菁荏菽铺高低。层层密密若卧梯，外人顾此颇见疑，足舂手筑无乃疲？我有二马君未知，无腹无尾无扼题。广背方坦健骨支，四蹄锐削牡齿齐。踏背立乘稳不危，双缰在手左右持。马首北向人首西，横行有如蟹爬泥。前马住足后马提，后马方到前又移，前不举后后不蹄，转头前者复后驰。人在马上摇摇而，蹊田远过牵牛蹊，绝似软屐行蒺藜。柳阴馌饎媚且依，木骍对卧不解饥。晚风摇波蘸水脐，居然刷洗临清溪。他日更借人乘之。踏花小郎黄骢嘶，下鞍两髀红胭脂。岂知老子粪种时，一足各有一马骑，终身脚板无瘢胝。②

苏轼《秧马歌并引》：

> 过庐陵，见宣德郎致仕曾君安止。出所作《禾谱》。文既温雅，事亦详实，惜其有所缺，不谱农器也。予昔游武昌，见农夫皆骑秧马，以榆枣为腹欲其滑，以楸梧为背欲其轻，腹如小舟，昂其首尾，

---

① 单人耘选注：《中国历代咏农诗选》，中国农业出版社 2002 年版，第 424 页。

② （清）郑珍：《播州秧马歌并序》，白敦仁《巢经巢诗钞笺注》，巴蜀书社 1996 年版，第 69 页。

背如覆瓦，以便两髀雀跃于泥中，系束藁其首以缚秧。日行千畦，较之伛偻而作者，劳佚相绝矣。《史记》：禹乘四载，泥行乘橇。解者曰：橇形如箕，摛行泥上，岂秧马之类乎？作《秧马歌》一首，附于《禾谱》之末云。

　　春云濛濛雨凄凄，春秧欲老翠剡齐。嗟我妇子行水泥，朝分一垅暮千畦。腰如箜篌首啄鸡，筋烦骨殆声酸嘶。我有桐马手自提，头尻轩昂腹胁低。背如覆瓦去角圭，以我两脚为四蹄。耸踊滑汰如凫鹥，纤纤束藁亦可赍。何用繁缨与月题，却从畦东走畦西。山城欲闭闻鼓鼙，忽作的卢跃檀溪。归来挂壁从高栖，了无刍秣饥不啼。少壮骑汝逮老黧，何曾蹶轶防颠隮。锦韀公子朝金闺，笑我一生踏牛犁，不知自有木驳骓。①

二　《播州秧马歌》与《秧马歌》二诗的交汇点

（一）内容的交汇

1. 同用诗前小序

诗歌题下用小序，自《诗经》即始，无甚特别处。此处特别提及郑珍《播州秧马歌》与苏轼《秧马歌》诗前用小序，关键在于：二诗均用小序交代作诗的缘由或目的、秧马的构造、工作效率与功用。

　　从上文的诗歌文本可见，苏轼《秧马歌》在诗前小序里交代了秧马之诗的写作缘起：被贬惠州，途经江西庐陵，见致仕在家的曾安止②《禾谱》一书，该书"文既温雅，事亦详实"，美中不足者未谱农器，追忆先前在武昌所见农夫所骑秧马，遂作《秧马歌》，以附书后。继言秧马构造与形状，"以榆枣为腹"、"以楸梧为背"、"腹如小舟"、"背如覆瓦"等。继言秧马之工作效率与功用，"系束藁其首以缚秧。日行千畦，较之伛偻而作者，劳佚相绝矣"。此处藁指稻草。束藁即扎成束的稻草。秧马前部栓以

---

① （宋）苏轼：《秧马歌并引》，（清）王文诰辑注，孔凡礼点校《苏轼诗集》，中华书局1982年版，第2051—2052页。

② 曾安止（1048—1098），字移忠。江西泰和人。熙宁九年进士，曾为江西彭泽县令。著《禾谱》等。

成束的稻草，用来把秧苗扎成秧把。在田里，人坐秧马起秧，取代弯腰弓背起秧，不仅提高了劳动效率，亦大大减轻了劳动者弯腰劳作的劳动强度，是故日栽千畦的劳逸程度大相径庭，并同时思忖秧马的渊源：《史记》所载夏禹治水出行乘坐四种交通工具，"陆行乘车，水行乘船，泥行乘橇，山行乘檋"①，"檋"岂非裴骃集解引孟康语所云"檋形如箕，摘行泥上"②者乎？这里，苏轼既溯秧马之源，亦溯秧马之形与用。至此可见苏轼《秧马歌》之作诗目的：既补农书《禾谱》之缺，亦期冀秧马这一先进农具能随《禾谱》而流传。郑珍《播州秧马歌》诗序，先言播州（今遵义）整治秧田，为增强土壤肥力，须将戎菽芜菁踏入田内，引出秧马这一器具。次言秧马的构造与局部形状，秧马由纵木二、箇四构成，其下面及两旁稍削，窄于上面，"令上面平如足榻状，底如四屐齿"，再用一根柔条或绳贯两端为系，系高（长）与手相接。再言秧马的使用与工作效率，使用时"足各履一马，手提系，摘行茎叶上，深陷之"，工作效率"甚便且速"。最后言明作诗目的："俟后谱农器者采焉。"期冀后世谱农器者能于该诗中发现播州秧马农具，记载之，图谱之，流传之。综上可见，两首"秧马歌"的诗序交代内容大致相同。

2. 同咏秧马

诗歌自产生以来吟咏题材丰富，边塞大漠、山水田园、咏史怀古、羁旅行役、风土人情、咏物题画、伤春闺怨、闲适隐逸、谈禅说理、悼亡游仙等，几无不包。农具，当属于咏物诗的范畴。但咏物诗的吟咏对象"主要是植物（如花木）、动物（如禽兽）、器具（如各种摆设物、玩具）和某些自然风物（如风、云）等"③，农具一直处于诗歌吟咏的边缘化地带。对秧马这一农具的吟咏，自苏轼《秧马歌》始。自苏轼至晚清郑珍，诗歌言及秧马者仅零星篇章，真正以秧马为题者仅三篇：苏轼《秧马歌》、胡天游《秧马赋》、郑珍《播州秧马歌》。胡天游《秧马赋》系有韵之赋，故真正以秧马为题吟咏秧马的咏物诗只有苏轼《秧马歌》与郑珍《播州秧

---

① （汉）司马迁：《史记》（卷二），中华书局1959年版，第51页。
② 同上书，第52页。
③ 陈新璋：《唐宋咏物诗赏鉴》（前言），广东人民出版社1997年版，第1页。

马歌》二首。陈田《黔诗纪略后编·郑征君传》云："（郑珍）诗则早岁措意眉山，晚乃由韩孟以规少陵。"① 可推郑珍为农具秧马赋诗，与苏轼一道同咏秧马，绝非偶然与巧合。

3. 同吟咏要素

郑珍《播州秧马歌》与苏轼《秧马歌》除了同以"秧马"为诗题，以"秧马"为同一吟咏对象外，对于秧马属性要素的歌咏内容亦大致相同，都是以天气状况和农夫的艰辛劳作为铺垫引出秧马，重点从秧马的外形、使用、工作效率（或功用）、实用性等要素展开铺叙。

苏轼《秧马歌》先言春天耕播之天气，次言农夫扯秧之劳辛。"春云濛濛雨凄凄，春秧欲老翠剡齐"，春云濛濛，春雨凄凄，春秧已熟，亟须移栽。"嗟我妇子行水泥，朝分一垄暮千畦。腰如箜篌首啄鸡，筋烦骨殆声酸嘶。"农忙时节，男人、妇女、小孩均劳作于泥田之中，朝起拔秧，扎成秧把，移秧至秧田，至薄暮时分，一垄秧苗可栽种许多田亩。拔秧者个个弯腰弓背，头随着手拔秧的姿势如鸡啄米般不停上下来回，劳筋烦骨，力竭声嘶。写劳作艰辛是为写能提高工作效率的秧马出场作铺垫。叙写秧马，主要从其外形、使用、工作效率（或功用）、实用性等方面展开。苏诗版秧马，外形"头尻轩昂腹胁低"，"背如覆瓦去角圭"，头尾昂起，腹部较低，背如覆瓦，光滑无棱角，形似船状。秧马的使用，"以我两足为四蹄"，"耸踊滑汰如凫鹥，纤纤束藁亦可赍"，"何用繁缨与月题，却从畦东走畦西"。该秧马是一种坐骑，在泥田中滑行时人不必站起，只须双脚往泥里一蹬，即可向前滑行。起秧者不断往前挪位，人"马"不断前踊，一耸一踊，此伏彼起，滑行如凫鹥般轻盈，如雀跃于泥中。同时，该秧马还可携带用于扎秧的成束稻草，无须如真马般操控缰绳与马络头，即可从畦东滑行至畦西。"山城欲闭闻鼓鼙，忽作的卢跃檀溪"，言写秧马工作效率：即使天快黑城门快闭，它亦能如刘备"的卢"马跃过檀溪般神奇快速地完成任务。最后叙写秧马的实用性（或使用优势）："归来挂壁从高栖，了无刍秣饥不啼。少壮骑汝逮老鳏，何曾蹶轶防颠隮。"秧马使用完

---

① （清）陈田：《黔诗纪略后编》，《巢经巢诗集》（附录），《续修四库全书》本，第 1534册，第 537 页。

毕后高挂墙上即可，不必如真马般喂食草料，且少壮老年皆可骑用，不必如真马般预颠防摔。该秧马一挂了事，驯良温顺，是马非马，实用便利。至此，苏轼将秧马写得栩栩如生，淋漓尽致，故清纪晓岚评曰："奇器以奇语写之，笔笔欲活。"①

郑珍《播州秧马歌》先言播州细雨濛濛的耕播天气，次言农家"足春手筑"的辛勤劳作。"谷雨方来雨如丝，春声布谷还驾犁。斩青杀绿粪秧畦，芜菁荏菽铺高低，层层密密若卧梯。"南国春季，布谷悠扬，谷雨如丝，为增强土壤肥力，农夫们割青草入田，芜菁荏菽，层层叠叠，足春手筑，以草入泥。叙写秧田整治的劳作艰辛，是为写能提高工作效率的秧马出场作铺垫；诗人以"足春手筑无乃疲"发问，引出秧马。秧马出场后，又从其外形、使用、工作效率、实用性等方面展开铺叙。郑诗版秧马，外形"无腹无尾无扼题"，"广背方坦健骨支，四蹄锐削牡齿齐"，该秧马无腹无尾无轭头，背部平坦宽阔结实，底部耙齿整齐锐利。该秧马的使用，"踏背立乘稳不危，双缰在手左右持。马首北向人首西，横行有如蟹爬泥。前马住足后马提，后马方到前又移。前不举后后不蹄，转头前者复后驰"。人立秧马背，手握双缰，人与马首不在同一方向，秧马如蟹般横爬；左右脚各踏一马，前马驻足，后马跟上，后马方至，前马又行，前马后马协调一致，拐弯转头则前后调换。"人在马上摇摇而，蹊田远过牵牛蹊，绝似软屦行蒺藜。"此言秧马的工作效率，即人在马上耙田轻松，以秧马耙田远胜牵牛耙田，其运行效率可与司马懿指挥两千兵士以软底木屦粘走关中蒺藜速为大军开道相媲美。继之，叙写秧马的实用性（或使用优势）："柳阴馈饷媚且依，木骏对卧不解饥。晚风摇波蘸水脐，居然刷洗临清溪，他日更借人乘之。"该秧马不用喂食饲养，使用完毕后于清水边刷洗干净即可，他日还可借他人使用，具备便利、可反复使用等特点。

4. 同吟咏尾声

苏轼版《秧马歌》结尾三句："锦鞯公子朝金闺，笑我一生踏牛犁，不知自有木驶骎。"此言骑玉鞍锦鞯名马出入帝都的公子王孙讥笑"我"

---

① （清）王文诰辑注，孔凡礼点校：《苏轼诗集》，中华书局1982年版，第2052页。

平生只能骑牛踏犁，却不知"我"拥有木质名马驮骒。诗人将"我"与"锦鞯公子"、"踏牛犁"与"朝金闺"并举，用反衬手法写出了农民对秧马的珍爱与自嘲自足。郑珍版《播州秧马歌》结尾五句："踏花小郎黄骢嘶，下鞍两髀红胭脂。岂知老子粪种时，一足各有一马骑，终身脚板无瘢胝。"骑马游春的少年骑着黄骢骏马，下鞍两股胭脂红，而"老子"（我）则可以一足骑一马，终身脚板没有瘢痕和老茧。此处，诗人将"粪种"与"踏花"、"老子"与"踏花小郎"、秧马与黄骢马、"脚板无瘢胝"与"两髀红胭脂"等对举，既表现出农家对秧马的热爱与自豪，亦透露出自嘲与自足。综上，二诗结尾均表现了对秧马的热爱与自嘲自足之情。

（二）艺术的交汇

1. 同用韵

诗歌有古体与近体之分，古体诗用韵宽于律诗，可邻韵通押。苏东坡《秧马歌》属七言古风体，全诗二十三句，从用韵上来看，均押 i 韵，其韵脚字分别为"凄"、"齐"、"泥"、"畦"、"鸡"、"嘶"、"提"、"低"、"圭"、"蹄"、"鹥"、"赍"、"题"、"西"、"鼙"、"溪"、"栖"、"啼"、"鹥"、"隋"（古同"脐"）、"闺"、"犁"、"骒"。这些韵字在上古韵部中除"赍"属平声"支"部外，其余均属平声"齐"部，而"支"部与"齐"部都属古上平声，是邻韵，可通押。故纵观苏轼该诗用韵，句句押韵，一韵到底。郑珍《秧马歌》亦属七言古风体，全诗 32 句，从用韵上看亦押 i 韵，其韵脚字分别为"丝"、"犁"、"畦"、"低"、"梯"、"疑"、"疲"、"知"、"题"、"支"、"齐"、"危"、"持"、"西"、"泥"、"提"、"移"、"蹄"、"驰"、"而"、"蹊"、"藜"、"依"、"饥"、"脐"、"溪"、"之"、"嘶"、"脂"、"时"、"骑"、"胝"。这些韵字在古代韵部中除"依"属平声"微"部外，其他都属平声"支"部和"齐"部。然无论"微"部、"支"部、"齐"部均属古上平声，邻韵可通押，故全诗亦句句押韵，一韵到底，且从用"齐"部韵字的角度看，郑珍《播州秧马歌》与东坡《秧马歌》有十个韵脚字重合。

2. 同用典

宋诗喜"以才学为诗"，于诗中表现学问。这种诗歌的学问化倾向表现为大量用典或化用前人诗句。化用前人诗句，可增加诗歌之知识含量，彰显诗人之广博学识。用典，可活化典故，增加诗歌之意境内涵，给读者以联想、思索空间，达以少少许胜多多许之目的。

苏轼《秧马歌》中，诗句"忽作的卢跃檀溪"系用典，是蜀主刘备跃马檀溪的典故。《三国志·蜀书·先主传》载："备屯樊城，刘表礼焉，惮其为人，不甚信用。曾请备宴会，蒯越、蔡瑁欲因会取备，备觉之，伪如厕，潜遁出。所乘马名的卢，骑的卢走，堕襄阳城西檀溪水中，溺不得出。备急曰：'的卢：今日厄矣，可努力！'的卢乃一踊三丈，遂得过，乘桴渡河，中流而追者至，以表意谢之，曰：'何去之速乎！'"① 刘表欲加害刘备，刘备逃出襄阳，前有檀溪，后有追兵，值此绝望之际，坐骑"的卢"一跃三丈，脱险檀溪。苏轼用此典，意在秧马能如的卢马般按主人意愿神奇快速完成任务，效率极高。

郑珍《播州秧马歌》中，有两处用典。一是"蹊田远过牵牛蹊"，二是"绝似软屐行蒺藜"。"蹊田远过牵牛蹊"化用"蹊田夺牛"典故。《左传·宣公十一年》载："'牵牛以蹊人之田，而夺之牛。'牵牛以蹊者，信有罪矣；而夺之牛，罚已重矣。"② 因牛践踏了田，便抢走人家的牛，比喻罪轻罚重。郑珍引用此典，并未使用其原意，而是将之活化了，活用为使用秧马耙田远远胜过人工牵牛踏田。"软屐行蒺藜"，典出《晋书·宣帝纪》：诸葛亮病卒，诸将烧营遁走，司马懿出兵追之，"关中多蒺藜，帝使军士二千人著软材平底木屐前行，蒺藜悉著屐，然后马步俱进"③。司马懿追杀蜀军，关中地多蒺藜不利行军，司马懿便派先头部队两千人穿软材平底木屐前行，以粘走关中蒺藜，随后骑兵步兵同步开进。郑珍用此典有两方面含义：其一，人踏秧马滑行于芜菁莳菽铺就的茎叶上，犹如以软屐行于蒺藜上，此系形似；其二，人骑秧马耙田既快且速，如穿软屐便捷快速带走蒺藜一般，此系神似。两层含义形象地写出了秧马的工作状态与工作效率。除了以典写秧马功效外，郑珍还化用前人诗句。如"柳阴馈饁媚且

---

① （晋）陈寿撰，（宋）裴松之注：《三国志》，中华书局1999年版，第653页。
② 《春秋左传正义》，（清）阮元校刻《十三经注疏》，中华书局1980年版，第1876页。
③ （唐）房玄龄等撰：《晋书》（第一册），中华书局1974年版，第9页。

依"，化用《诗经·周颂·载芟》"有嗿其馌，思媚其妇，有依其士"①句。嗿，众人吃饭的响声。馌，馈送的食物。馈馌，给田间耕作的人送饭。"有嗿其馌"化用为"馈馌"，"思媚其妇，有依其士"化用为"媚且依"，形象地表现出送饭人与耕田人在柳荫下和睦融融的亲昵之状。

综上，苏轼《秧马歌》与郑珍《播州秧马歌》都使用典故或活用前人诗句，一方面增强了诗歌的内涵砝码，另一方面亦彰显了诗人的学识渊博。这也正是宋诗学问化倾向的表现要素。

3. 同用修辞

诗歌中用修辞并没有什么特别之处，此处专言苏轼《秧马歌》与郑珍《播州秧马歌》同用修辞，意指二诗基本上使用了相同的修辞手法，如比喻、拟人、对比、铺排、烘托、用典等。由于用典是宋诗学问化倾向的重要指标参数之一，故于上文单列，此不赘述。从比喻的角度看，苏轼的《秧马歌》有"腰如箜篌"、"背如覆瓦"、"耸踊滑汰如凫鹥"等，郑珍的《播州秧马歌》有"雨如丝"、"层层密密若卧梯"、"横行有如蟹爬泥"、"绝似软屐踏蒺藜"等；同时，二诗均以驺骎喻秧马。从拟人的角度看，二诗均以秧马拟人，苏轼写秧马"饥不啼"，郑珍则写秧马"不解饥"。从对比的角度看，首先，二诗均将使用秧马与纯用人力作对比，写出了秧马功用上的效率之高；其次，苏诗以"锦鞲公子"和"我"、"朝金闺"、"踏牛犁"等对举，郑诗则以"踏花小郎"和"老子"、"踏花"和"粪种"、"两髀红胭脂"和"脚板无瘢胝"等作对比，写出对农事的热爱与自足。从铺排的角度看，二诗均从秧马的形状、使用、功用、实用性等多方面、多角度叙写秧马，跌宕起伏，淋漓尽致。从烘托的角度看，二诗均使用正面描写与侧面烘托相结合的方法，先正面叙写秧马的种种性能，后借"踏花小郎"和"锦鞲公子"进行侧面烘托，于幽默风趣中显自嘲自足之情。

4. 同发议论

宋诗尚理，喜"以议论入诗"。所谓"以议论入诗"，即于诗中直接发

---

① 《毛诗正义》，（清）阮元校刻《十三经注疏》，中华书局1980年版，第602页。

表议论，以阐明某种道理。苏轼《秧马歌》的结尾三句和郑珍《播州秧马歌》的结尾五句，均为议论，均以议论煞尾，均道出了对秧马的热爱与自豪。又，苏诗以议论为诗是宋诗本身的特色体现，郑诗以议论为诗则是郑珍早年习诗步武苏轼的见证了。

三　郑珍与苏轼二人的交汇点

（一）对农事与农民的关心与热爱

苏轼一生在北宋党争的罅缝中求生存，多次被贬荒蛮，从而也拥有了更多接近老百姓的机会。其被贬黄州团练副使期间，亲营东坡陂田数十亩，帻巾芒鞋，"与田父野老，相从溪山间"①，故而更多了一份对农事与农民的热爱、亲近与自然。春播春种，农民为减轻劳动强度而以秧马为坐骑起秧，本属司空见惯，而苏轼则以其关心农事的情怀，眼光独到地发现了秧马，并率先以秧马入诗，较之那些流连于歌舞宴席无病呻吟的士大夫来说，境界大相径庭。苏轼热心于农事，少时即喜种树，"我昔少年日，种松满东冈。初移一寸根，琐细如插秧"②。两任杭州知州，率民筑湖堤，"植芙蓉、杨柳其上，望之如画图"③。任徐州通判，筑室山中，亲植柳树："山中故人应大笑，筑室种柳何时还。"④ 被贬黄州，躬耕荒田，筑堂种桑："去年东坡拾瓦砾，自种黄桑三百尺。今年刈草盖雪堂，日炙风吹面如墨"⑤；"荒田虽浪莽，高庳各有适。下隰种秔稌，东原莳枣栗"⑥。正因为其对农事的热爱与关心，故处处都能把关切的目光洒向农事与农民。看到农民踩着龙骨水车戽水，随即以水车入诗："翻翻联联衔尾鸦，荦荦确确

---

① （元）脱脱等撰：《宋史·苏轼传》，中华书局 1977 年版，第 10809 页。
② （宋）苏轼：《戏作种松》，（清）王文诰辑注，孔凡礼点校《苏轼诗集》，中华书局 1982 年版，第 1027—1028 页。
③ （元）脱脱等撰：《宋史·苏轼传》，中华书局 1977 年版，第 10813 页。
④ 苏轼：《次韵子由与颜长道同游百步洪相地筑亭种柳》，（清）王文诰辑注，孔凡礼点校《苏轼诗集》，中华书局 1982 年版，第 736—737 页。
⑤ 苏轼：《次韵孔毅父久旱已而甚雨三首》（其二），（清）王文诰辑注，孔凡礼点校《苏轼诗集》，中华书局 1982 年版，第 1122 页。
⑥ （宋）苏轼：《东坡八首》（其二），（清）王文诰辑注，孔凡礼点校《苏轼诗集》，中华书局 1982 年版，第 1080 页。

蜕骨蛇。分畦翠浪走云阵，刺水绿针抽稻牙。"① 看到农民遭受连年饥馑，蝗虫又将吞噬庄稼，忧心忡忡："况复连年苦饥馑，剥啮草木啖泥土。今年雨雪颇应时，又报蝗虫生翅股。"② 看到旱情严重，奋笔疾书："东方久旱千里赤，三月行人口生土。"③ 看到水涝灾害，心急如焚："霜风来时雨如泻，杷头出菌镰生衣。眼枯泪尽雨不尽，忍见黄穗卧青泥！"④ 可谓"惟有悯农心常在"⑤。除此之外，苏轼还有足够的平民意识。在《秧马歌》中，他将老农化为我，将我作为秧马的主人，完全站在平民百姓的立场上嘲讽那些出入金马门的贵胄，足显平民意识。

郑珍出生于遵义农家，家境清贫，一生困厄，除做过短暂幕僚和学官外，大半生山居乡里，读书耕种，与山民为伍，其对农村、农事与农民的熟悉与热爱可想而知。"郭外自然好，不谓过所怀。久与村野别，顿觉耳目开。冈峦有登陟，渠沼亦萦回。荷芰夹田径，瓜壶盖茅柴。"⑥ 诗人写出城郭入村野后的所见所感，看到冈峦、渠沼、荷芰、瓜壶、茅柴，顿觉清新宜人，耳目一新，喜爱之情溢于言表。"绿树成阴尽手栽，量枝数叶日徘徊。"⑦ 亲手栽种，绿树成荫，徜徉其中，量枝数叶，其乐融融。"礧礧东丘似废台，求泥种竹笑心孩。傲韩偏欲石间大，学杜还于腊月栽。"⑧ 腊月于荦确山石之间种竹，模韩学杜，怡然自得。"买锄事翻垦，分畦通往旋。草秽肯轻掷，待炊腊墙边。向来瓦砾场，数日眼忽鲜。觅子先乞栽，

① （宋）苏轼：《无锡道中赋水车》，（清）王文诰辑注，孔凡礼点校《苏轼诗集》，中华书局1982年版，第558页。

② （宋）苏轼：《寄刘孝叔》，（清）王文诰辑注，孔凡礼点校《苏轼诗集》，中华书局1982年版，第636页。

③ （宋）苏轼：《起伏龙行》，（清）王文诰辑注，孔凡礼点校《苏轼诗集》，中华书局1982年版，第814页。

④ （宋）苏轼：《吴中田妇歌》，（清）王文诰辑注，孔凡礼点校《苏轼诗集》，中华书局1982年版，第404页。

⑤ （宋）苏轼：《立秋日祷雨宿灵隐寺同周徐二令》，（清）王文诰辑注，孔凡礼点校《苏轼诗集》，中华书局1982年版，第473页。

⑥ （清）郑珍：《出威清门绕城而西村景可爱》，白敦仁《巢经巢诗钞笺注》，巴蜀书社1996年版，第158页。

⑦ （清）郑珍：《山中杂诗四首》（其一），白敦仁《巢经巢诗钞笺注》，巴蜀书社1996年版，第137页。

⑧ （清）郑珍：《腊中种竹》，白敦仁《巢经巢诗钞笺注》，巴蜀书社1996年版，第1064页。

市蔬必根连。隔种各数席，居然成菜园。"① 诗人亲自买锄头翻地垦土，将瓦砾之地变成菜园，欣然自喜。"老去无世用，所怀在耕田。……晨兴命俦侣，日昃空云连。残阳明豆篱，墟坞上晚烟。"② 诗人晨起耕田，日暮而归，唯见残阳照豆篱，村落飘炊烟，此情此景，暗合陶潜诗韵："少无适俗韵，性本爱丘山。"③ 由此足见郑珍对农村与农事的爱恋，正因为这种爱，故"关心民生疾苦，是郑珍诗歌创作中一以贯之的一个重要内容"④。其一生九百多首诗作，书写农民生活、关心民生疾苦是主旋律。尤其是其晚年的"九哀"诗：《南乡哀》《经死哀》《抽厘哀》《绅刑哀》《僧尼哀》《移民哀》《禹门哀》《哀陴》《哀里》，叙写百姓的凄苦贫困，反映末世现实，足以超越东坡，而与子美媲美。

（二）对农器或农作物的推广与传播

郑珍与苏轼均有推广与传播农器或农作物之举。苏轼此举主要体现在对秧马的推广与传播上。起初，苏轼在武昌发现秧马，途经江西作《秧马歌》而传播之，但江西罕有从者。他并未就此止步，而是继续留意秧马信息，拟告江南人。从其诗作《题秧马歌后四首》之四可见其心迹："吾尝在湖北，见农夫用秧马行泥中，极便。顷来江西作《秧马歌》以教人，罕有从者。近读《唐书·回鹘部族黠戛斯传》，其人以木马行水上，以板荐之，以曲木支腋下，一蹴辄百余步，意殆与秧马类钦？聊复记之，异日详问其状，以告江南人也。"⑤ 到达惠州贬所，苏轼继续推广之。在其积极推动下，惠州博罗县令林抃亲率农夫工匠制作试验，行之有效，得到惠州民的认可与广泛应用。后龙川县令翟东玉也向苏轼求秧马范式，故此秧马在广东南部和北部都得到推广。苏轼又"念浙中稻米几半天下，独未知为此，而仆又有薄田在阳羡，意欲以教之。适会衢州进士梁君琯过我而西，

---

① （清）郑珍：《治圃》，白敦仁《巢经巢诗钞笺注》，巴蜀书社1996年版，第927页。

② （清）郑珍：《于堰田获早稻》，白敦仁《巢经巢诗钞笺注》，巴蜀书社1996年版，第714页。

③ （晋）陶渊明：《归园田居》，朱东润主编《中国历代文学作品选》（上编第二册），上海古籍出版社2003年版，第327页。

④ 曾祥铣：《民生疾苦——郑珍诗歌的聚焦点》，载《贵州文史丛刊》1994年第6期。

⑤ （宋）苏轼：《题秧马歌后四首》（其四），苏轼撰，孔凡礼点校《苏轼文集》，中华书局1986年版，第2153页。

乃得指示，口授其详，归见张秉道，可备言范式尺寸及乘驭之状，仍制一枚，传之吴人，因以教阳羡儿子"①。苏轼通过衢州进士梁君璿将秧马传至浙中张秉道，又将这一农具传给在吴中的儿子，使秧马得以在江浙一带使用与流传。换言之，秧马在广东、浙江、江苏等地使用，苏轼有推广传播之功。

郑珍为推广或传播秧马这一农具，作《播州秧马歌》，于诗序中明确指出其诗作目的是为日后谱农器者采焉，推广与传播之意见于字里行间。又作《玉蜀黍歌》，玉蜀黍是一种农作物，是滇黔山区的主粮，其丰欠与否与百姓生活息息相关，"滇黔山多不遍稻，此丰民乐否即瘥"②。郑珍认为"民天国利俱在此，无人考论理则那"③，既然玉蜀黍与百姓生活、国家福祉密切相关，则不考论其种植历史，不描述其口味之佳与食用之便，不合情理，于是始作此歌，以期"他年南方谁作木禾谱，请补嵇含旧状歌此歌"④，呼吁他年谁谱木禾谱，请补上嵇含的《南方草木状》以及自己的《玉蜀黍歌》，使玉蜀黍能随木禾谱而流传。郑珍无法像苏轼一样为官一任，以实际行动践行推广与传播，但能立言传播亦属难能可贵。另外，郑珍还有推广农业生产技术如山蚕养殖技术的诗作，如《种树》《烘种》《春放蚕》《秋放蚕》《殴蠹》《移枝》《煮茧》《上机》《利无算》《永不税》等，从这些诗作的诗题我们便可见其介绍、倡导与推广之意。

（三）胸襟的豁达与幽默机趣

郑珍与苏轼的人生经历颇具相似性：仕途不得志，为生活所迫四处奔波，阅尽世间百态，了解民生疾苦。但二者均具有豁达的胸襟，能于逆境中保持浓厚的生活情趣与旺盛的创作活力，而又不失幽默机趣。苏轼思想儒、释、道兼容，故能以平常心看待世间一切，他既超越了生命的逆境，同时也超越了生命的顺境，于升沉荣辱间泰然处之，醉醒全无。《秧马歌》的创作背景是在苏轼被贬黄州之后再贬惠州途中，人生仕途的多舛也不过如此了，他居然还能保持创作的热情，还有心关注农事与农具，以关怀、热爱、满足

---

① （宋）苏轼：《题秧马歌后四首》（其一），苏轼撰，孔凡礼点校《苏轼文集》，中华书局1986年版，第2152页。

② （清）郑珍：《玉蜀黍歌》，白敦仁《巢经巢诗钞笺注》，巴蜀书社1996年版，第118页。

③ 同上。

④ 同上。

之情取代愁苦满脸与长吁短叹，足显胸襟的乐观与豁达；诗歌结尾，虽有自我嘲讽，更有自我满足与自豪，足显机趣幽默。郑珍没有苏轼般的大彻大悟，但却有源自本性的洒脱与豁然。其一生只中举人，多次进士试不第，三任教官中二次系临时代理，可谓命运多舛，命与仇谋。但他依然从事学术研究与辞章创作，依然能于坎坷中保持生活情趣与创作活力。播州春播春种本属艰辛劳作，于《播州秧马歌》中却化为了轻松自如的愉悦操作，结尾将小郎骑马与老农骑马相提并论，体现的并非小郎踏花的悠闲轻松与老农粪种的忙碌辛苦，而是小郎踏花不事稼穑的身体孱弱与老农粪种饱经沧桑的结实康健，自嘲、自足、自豪之情溢于言表，足显洒脱情怀与农家幽默。

综上，通过仔细研读郑珍《播州秧马歌》与苏轼《秧马歌》，分析比较二诗的交汇点以及郑珍与苏轼二人的交汇点，我们不难见出郑珍早年诗作步武苏轼的迹痕，也不难洞察郑珍早年诗歌创作的习染所自与宗宋特色。同时也发现，郑珍向苏诗的学习并非简单机械地模仿，而是深得其神，不露痕迹，无怪乎郁达夫评郑珍诗，云："诗近苏黄，而不规规肖仿古人。"[1] 又，二诗所咏秧马并非同一秧马，但都寄寓农官采撷之意。苏诗版秧马，由于苏轼的声名，得以走进王祯《农书》与徐光启《农政全书》，并据其《秧马歌》谱以《秧马图》，其开创之功陆游评曰："曾侯奋笔谱多稼，儋州读罢深咨嗟。一篇秧马传海内，农器名数方萌芽。"[2] 郑诗版秧马在农史上亦有其特殊的史料价值，然由于郑珍的长卧山林，至今不见于农书记载。两首"秧马歌"，既拉近了郑珍与苏轼的距离，又为农机发展史提供了重要材料，从而具有重要的农史史料价值。

第七节　郑珍对韩愈的景仰与研究

郑珍一生对韩愈是崇敬和景仰的。据《巢经巢文集》中《柴翁说》和《题移写韩诗批本》二文的记载，其十五六岁即开始学习韩诗，四十五六

---

① 郁达夫：《闲书》，上海书店 1981 年版，第 114 页。

② （宋）陆游：《耒阳令曾君寄禾谱农器谱二书求诗》，钱仲联校注《剑南诗稿校注》（卷六十七），上海古籍出版社 1985 年版，第 3771 页。

岁时，为表达对韩愈的景仰之情，自号"柴翁"。五十五岁时，避乱桐梓魁岩，还移写韩诗批本。足见郑珍终生都在学习韩诗，其对韩愈的崇敬与景仰之情毋庸置疑。哲学思想上，韩愈一生以弘扬儒学、排斥佛老为己任，郑珍亦倡导孔孟儒学正统，认为佛之行足以惑乱天下，佛之言足以祸乱学界，二人的思想见解惊人一致。又，郑珍一生不仅学习韩诗，还研究韩诗，至老不辍。他以跋文的形式，对韩愈诗歌的创作时间、创作地点、诗歌编年、诗歌真伪、诗歌主旨、诗歌注释等诸多方面或考证或补注，留下韩诗跋文若干，现存遵义图书馆。《巢经巢文集》卷五收录郑珍跋韩诗二十则。这二十则跋韩诗，郑珍均以清方世举《韩昌黎诗集编年笺注》十二卷本为底本，对韩诗或考证或补注，体现了郑珍诗歌创作的习染韩诗以及郑珍对韩愈诗歌研究的学术贡献。

一 取号柴翁

郑珍之所以自号"柴翁"，完全是出于对韩愈的崇敬与景仰。其在《柴翁说》一文中说："柴翁者何？山农之老者也。所以号柴翁何？寓瞻韩意也。"[①]"柴翁"即指山中老农；之所以自号"柴翁"，则寄寓了对韩愈的瞻仰之意。那么，为何自号"柴翁"就能表达瞻仰之情，自号"南溪"不行吗？原因还在于韩愈的《南溪始泛》诗以及韩愈好友张籍的《祭退之》诗。韩愈《南溪始泛》诗云：

> 南溪亦清驶，而无楫与舟。山农惊见之，随我劝不休。不惟儿童辈，或有杖白头。馈我笼中瓜，劝我此淹留。[②]

韩愈与张籍泛舟南溪，南溪之山农携儿辈对韩愈一行热情相待，有感于山农的淳朴与热情，韩愈作诗以记之。张籍《祭退之》诗云："移船入

---

① （清）郑珍：《柴翁说》，（清）郑珍撰，王锳等点校《郑珍集·文集》，贵州人民出版社1994年版，第98页。

② （唐）韩愈：《南溪始泛》，（清）方世举《韩昌黎诗集编年笺注》（卷十二），雅雨堂本，清乾隆二十三年（1758），第17页。

南溪，东西纵篙根"①；"柴翁携童儿，聚观于岸旁"②。张籍追忆与韩愈南溪泛舟柴翁携儿童岸边聚观的情景。郑珍读二诗，感叹南溪之老翁，不管识字与否，均能有幸"馈笼瓜，劝淹留，与韩公相酬答，亲接其容色词气"③，而自己一生景仰韩愈，却无缘面接韩公，为表达对韩公的景仰，以及自己与南溪"山农而杖白头者"般对"韩之所以为韩"的茫然无知，遂以"柴翁"自号。

其实，郑珍一生对韩愈的景仰与崇敬不仅仅只是自号"柴翁"而已，他崇拜韩愈的人格，挚爱韩愈的诗文，摹拟韩诗而写次韵诗，研究韩愈诗歌而写韩诗跋文几十则，游昌黎祠而吟诗缅怀，等等，无一不表达其景仰与崇敬之情。

韩愈是郑珍心中的楷模。郑珍在给莫友芝诗集《邵亭诗钞》所作的序中提出"学其诗当自学其人始"的观点，认为莫友芝制境耿狷、求志专精、用心谨细，似古人之苦行力学者，故发言为诗即使不学东野、后山之诗而诗亦似之，尽管孟郊于韩愈、陈师道于苏轼犹红色之与浅红色尚有差距，但"子偲方强仕，学日宏日邃靡底极，余恶知今之东野、后山者，不旋化为退之、子瞻者耶？"④ 子偲（莫友芝字）年方四十，勤于钻研，靡集不窥，怎知今日之东野、后山不会旋即化为退之、子瞻呢？这里，我们既见郑珍对好友的肯定与鼓励，也见郑珍对韩愈与苏轼的认可与景仰，以及以韩愈、苏轼为榜样和楷模的情怀。

郑珍每到一处，都喜欢拜谒名胜古迹，并形诸诗文，以表达对先贤的崇敬、景仰与缅怀之情。在跟随程恩泽湖湘游幕期间，至北湖（今湖南郴州北湖公园），见刺史曾钰受程恩泽之嘱于道旁蓄水池边所立之昌黎祠，感怀唐时此地为湖，韩愈从广东阳山来郴州待命，与郴州刺史李伯

---

① （唐）张籍：《祭退之》，王云五主编，陈延杰注《张籍诗注》（卷七），商务印书馆1967年版，第151页。
② 同上书，第152页。
③ （清）郑珍：《柴翁说》，（清）郑珍撰，王锳等点校《郑珍集·文集》，贵州人民出版社1994年版，第99页。
④ （清）郑珍：《〈邵亭诗钞〉序》，（清）郑珍撰，王锳等点校《郑珍集·文集》，贵州人民出版社1994年版，第79页。

康泛舟游湖，叉鱼为乐，兴致勃勃地写下《叉鱼招张功曹》诗，而今湖变稻田，引水蓄池，徒有昌黎祠立于池边，故地重游，缅怀先贤之情油然而生：

> 秧针麦浪水萦渠，山斗苍茫落照余。湖地四边今叱犊，昔年中夜此叉鱼。长船大炬无留影，斗硕波澜有别潴。怅对沧桑忆三毂，暮烟幂幂久踟蹰。①

诗中，"秧针麦浪"既是写实，亦表达诗人对韩愈一片浓郁的缅怀之情。正因为如此，山顶的星斗亦是苍茫落照。此前的北湖，今变为田地；昔日韩愈在湖中叉鱼，今日牧童在田边叱犊；昔日叉鱼以长船缚桥，燃大炬如昼，北湖储水可灌田顷余，今日湖水半枯，以湖为田，修渠引水，仅存水潴。面对沧海桑田，怅忆当日情景，暮烟霭霭，久为踟蹰。此情此景，将郑珍对韩愈的一片仰慕与缅怀之情表露无遗。

郑珍自少时就喜好韩诗，常常抄读韩诗，摹写韩诗，写韩诗次韵诗，并旁及韩愈诗文的各种版本。其在《柴翁说》一文中云："余年十五六，始见国初顾侠君《韩诗补注》，酷嗜之，钞而熟读焉。继而聚宋之五百家注、朱子考异、吕程洪方四家年谱，洎明凌稚隆所刊宋廖莹中世彩堂韩集，以及国朝朱竹垞、何义门朱墨批本，方扶南之笺注，莫不取而参稽之，互证之，几无一字一句不用心钩索者，至今垂三十年矣。"② 自十五六岁开始，郑珍就抄读韩愈诗歌，关注韩愈与韩愈的诗文。其所见韩愈诗文版本有：顾嗣立《韩诗补注》、宋魏仲举《五百家注昌黎文集》，朱熹《韩文考异》，宋廖莹中世彩堂刻本《昌黎先生集》，清朱彝尊、何焯两家"批韩诗"的穆彰阿道光十八年重刊顾嗣立注本，清方世举《韩昌黎诗集编年笺注》等。所见韩愈年谱版本有：吕大防《韩吏部文公年谱》、程俱《韩

---

① （清）郑珍：《游北湖，怀昌黎公。湖在郴州北郭外，周广可四十里，今皆为稻田矣。去年，程春海先生属刺史惠安曾钰于道侧蓄一池，祠昌黎于其上》，白敦仁《巢经巢诗钞笺注》，巴蜀书社 1996 年版，第 36 页。

② （清）郑珍：《柴翁说》，（清）郑珍撰，王锳等点校《郑珍集·文集》，贵州人民出版社1994 年版，第 99 页。

文公历官记》、洪兴祖《韩子年谱》、方菘卿《韩文年表》、樊汝霖《韩文公年谱》等。郑珍将诸种版本互参互证，一字一句用心钩考，重点研究韩愈诗歌，三十年不休。其实，郑珍研究韩诗何止三十年，在其晚年避乱寓居桐梓魁岩期间，亦拜读韩诗，手不停批于韩愈诗注，移写顾侠君《韩诗补注》之朱竹垞、何义门朱墨批本内容于方扶南《韩昌黎诗集编年笺注》本上。其作于庚申年（1860）三月的《题移写韩诗批本》一文即可证："世行穆彰阿道光戊戌重刊顾侠君补注本，是依朱竹垞、何义门两先生评点者。原本竹垞用墨书，义门用朱书，并就顾本评点。……余通阅之……避乱桐梓魁岩下，近谷雨犹寒，不可出，因以三日力移录两批于方扶南笺本上方。"① 换言之，郑珍研究韩愈与韩诗一生未休。

郑珍摹写韩诗者，其代表作如《愁苦又一岁赠邰亭》，与韩愈《此日足可惜一首赠张籍》极似，钱仲联云："子尹《愁苦又一岁赠邰亭》，长篇叙事，古致历落，与昌黎《此日足可惜一首赠张籍》，神貌俱合。"② 郑珍以韩诗原韵、原字、原次序相和者，有三首次韵诗值得一提。其一，《游石鼓书院，次昌黎〈合江亭〉元韵》。该诗是郑珍游幕湖湘期间在衡阳石鼓书院瞻拜韩愈、朱熹等人祠堂后，依韩愈贬阳山时居此所作《合江亭》之诗韵而作。该诗虽属次韵诗，但"用旧瓶装新酒"，既写了合江亭的崔嵬、自己同韩愈般的贫鬼长贺，更表达了不解决衣食之欲便不能空谈脱去"婴儿之状"与"终身之谋"等有悖于朱熹的见解。其二，《诸生次昌黎〈喜侯喜至〉诗韵，约课诗于余，和之》。该诗作于郑珍权古州厅儒学训导期间，虽是次韵诗，亦属"旧瓶装新酒"，而与韩愈《喜侯喜至赠张籍张彻》诗内容全然无涉。诗中劝勉诸生：作诗诚为余事，亦当勤勉努力，腹中充实方能为诗，因为只有根肥才能枝繁叶茂，正所谓"膏沃无暗蘖，根肥有新艳"。其三，《次昌黎〈符读书城南〉韵示同儿》。该诗的主题与韩愈《符读书城南》相同，均是励儿苦读，当是郑珍对韩愈励儿诗的摹拟，但在具体内容上却丝毫不见摹拟的痕迹：韩愈以邻儿读书"一为马前卒，

---

① （清）郑珍：《题移写韩诗批本》，（清）郑珍撰，王锳等点校《郑珍集·文集》，贵州人民出版社1994年版，第99页。

② 钱仲联：《梦苕庵诗话》，齐鲁书社1986年版，第247页。

鞭背生虫蛆。一为公与相,潭潭府中居"① 的反差励儿读书;郑珍则以
"尔母生尔来,宝于月中蜍"②、"车旁一卷经,纺读同起居"③ 的至真至纯
母爱励儿读书,情真意切。

又,郑珍博取前贤评注,精研细读韩诗,形成了饶有心得的韩愈诗作
考辨札记,许多篇章极具见地。这些考辨札记现存于遵义市图书馆,《巢
经巢文集》中收录有二十则。这二十则韩诗跋文,既是现存已经公开出版
者,亦是郑珍对韩愈诗歌学术研究的精华部分,体现了郑珍对韩愈诗歌研
究的学术贡献,将于下文专述之。

二　力辟佛老

郑珍一生在哲学思想上与韩愈有着极大的相似性。这并非出于对韩愈
的效仿,而是出于二人思想见解的惊人一致。韩愈一生以弘扬儒家思想为
己任,力辟佛老,于《原道》篇中主张:"人其人,火其书,庐其居,明
先王之道以道之。"④ 对唐天子迎送佛骨,上书《谏迎佛骨表》,触怒宪宗,
被贬潮州刺史。由此,我们足见其恢宏儒学、力辟佛老之心。郑珍一生亦
尊崇孔孟儒学,力辟佛老。儒家讲求修身,穷则独善其身,达则兼善天
下,郑珍亦遵循儒家格物、致知、诚意、正心的修身之道,信于天命而又
不屈从于天命,穷达亦乐,行藏亦乐。其在给表弟黎庶昌进京应顺天府乡
试的赠序中云:"人之制于天权于人者不可必,惟在己者为可恃。格致诚
正以终其身,是不听命于天人者也。功名事会之倘至,起而行之,吾乐
焉;不则胼胝于畎亩,歌啸于山林,亦乐焉。"⑤ 郑珍认为:人之受制于
天、受限于人者,不可期其必然,可以把握者惟在自身的修养;遵循儒家

---

① (唐)韩愈:《符读书城南》,(清)方世举《韩昌黎诗集编年笺注》(卷九),雅雨堂本,
清乾隆二十三年(1758),第20页。
② (清)郑珍:《次昌黎〈符读书城南〉韵示同儿》,白敦仁《巢经巢诗钞笺注》,巴蜀书社
1996年版,第582页。
③ 同上。
④ (唐)韩愈:《原道》,马其昶校注《韩昌黎文集校注》(第一卷),上海古籍出版社1986
年版,第19页。
⑤ (清)郑珍:《送黎莼斋表弟之武昌序》,(清)郑珍撰,王锳等点校《郑珍集·文集》,
贵州人民出版社1994年版,第86页。

的修身门径，不断增进学业和道德修养，行亦乐，藏亦乐。这种思想境界纯粹是儒家修身养性的思想境界。

尊崇儒家思想，势必排斥佛老。郑珍虽没有韩愈力辟佛老的大刀阔斧与青史留名，却也敢于立言直陈。其《甘秩斋〈黜邪集〉序》一文，为清人甘家斌之涉佛文字《黜邪集》作序，文中直言指陈佛之言行对社会和学界的危害："佛之行背伦弃常，广张罪福以资诱胁，祸仅足以乱天下。至其言弥近理，弥大乱理，力足使命世贤豪甘心纳身为夷狄，而犹扬扬曰大儒而终身不知，则祸且乱学术矣。"① 郑珍认为，佛之行足以惑乱天下，佛之言足以祸乱学界，唐之时且儒自儒，宋以后则佛假儒为佛，儒尤亡儒以培佛，其夷言夷行日增狡谲，是故唐宋以来辟佛者有二：傅奕、韩愈诸子辟其行；程颐、朱熹诸子辟其言。程、朱诸子力辟佛老之言，剖析深刻，抉摘隐微，其功甚伟；傅、韩诸子力辟佛老之文，"能使仇佛者心益坚气益壮，信佛者口虽强而其色必赧赧然"②，其功不亚于程朱。时至清代，佛教终不能芟绝，就其原因，"欲人其人庐其居，其人其居先无所归，而人之居之者又不能甘也；欲火其书，而学士大夫又先不能舍也"③，即在于居之者的不甘和学士大夫的不舍。而清人甘家斌，性刚介绝俗，其《黜邪集》"或庄论，或诘辨，或嬉笑怒骂，随笔畅书，件足惩感"④。鉴于甘秩斋杜邪术而正人心有傅、韩、程、朱之遗风，为不使佛道乱周孔之言行，是为序。由此序，我们可清晰见出郑珍对于佛道的鲜明态度。

又，郑珍《跋〈学蔀通辨〉》一文，全篇用比，以饭喻儒，以燕窝海参喻佛老。文中指出：诚朴者终身未尝一口燕窝海参，惟知食饭而已；心奢力富者乃以饭食为不足尊，宾享燕会，惟以燕窝海参为尚，号于人曰"食饭"，实际上是"食燕窝海参"，等到食饭时则已为腥膻丑恶者塞其脏腑，苟且告饱，故终究不知饭为何物。一番比较与比喻，实际上是为了说明：佛实而儒名者，无异于是。遂以陆象山、王阳明诸子为例，他们"既

---

① （清）郑珍：《甘秩斋〈黜邪集〉序》，（清）郑珍撰，王锳等点校《郑珍集·文集》，贵州人民出版社1994年版，第75页。

② 同上。

③ 同上书，第76页。

④ 同上书，第75页。

慕佛老之术为甚深妙,不仙佛则恐虚此一世也,而又虑不孔孟则得罪于世教。竭大过人之才力,使佛老昏塞其脏腑,而号于人乃曰:'吾孔孟之道。'实亦不知道为何物也"①。陆象山、王阳明等人尽其过人的才力,尊奉佛理与老庄之学,将佛老塞其脏腑,对外却号之曰孔孟,是真正的佛实而儒名者。以朱熹为例,其"自道其资质,要不过中人,视象山四岁时即思及天地穷际者,固远不及矣,乃卒得圣人之纯正"②。朱熹相较于陆象山,以其鲁钝诚朴而终得孔孟之正。故文章最后指出:质钝者鲁钝而勤,终有所获;高明者高明而懒,终亦昏昏;学者宁鲁钝而勤,毋高明而懒;佛实而儒名,属欺世盗名。该跋文,我们不管郑珍的比喻是否恰当,对陆象山、王阳明之学的看法是否存在偏见,可以肯定的是,郑珍崇尚正统的孔孟儒学,欣赏以孔孟为名亦以孔孟为实;对以孔孟为名却以佛老为实等心奢力富者的行径,给予了尖锐的批判。

综上,以《甘秩斋〈黜邪集〉序》和《跋〈学蔀通辨〉》二文为窗口,我们基本可窥郑珍对孔孟儒学正统的尊崇,对陆贽、王阳明心学的排斥,以及对佛道二教毫无余地地抵制与批判,其哲学思想与韩愈基本相同。又,为维护韩愈尊崇儒学、力辟佛老的声誉,郑珍另有《书〈韩集·与大颠三书〉后》一文。该文中,郑珍以韩愈《泷吏》诗及韩愈《潮州刺史谢上表》文,推断韩愈到达潮州的具体日期为元和四年四月二十五日,与《与大颠三书》之第一书石本云元和四年四月七日时间不一,据此断定韩愈《与大颠三书》系伪作。《与大颠三书》的真伪问题,直接关系到韩愈是否崇信佛教以及韩愈的声誉问题,"得此书以实韩子为崇信佛教,而韩子之人品学问乃始大裂"③,故郑珍以韩愈诗文考论韩愈被贬潮州刺史之实入潮州的具体日期行程,以日程之真断《与大颠三书》之伪,其说可信。现代学者阎琦先生亦持此说。

---

① (清)郑珍:《跋〈学蔀通辨〉》,(清)郑珍撰,王锳等点校《郑珍集·文集》,贵州人民出版社1994年版,第103页。

② 同上。

③ (清)郑珍:《书〈韩集·与大颠三书〉后》,(清)郑珍撰,王锳等点校《郑珍集·文集》,贵州人民出版社1994年版,第132页。

三　跋文韩诗

郑珍景仰韩愈，终身研究韩诗，所写跋韩诗若干，现存遵义市图书馆，是郑珍对韩愈诗歌研究的学术成果。其中，公开出版者为《巢经巢文集》卷四所收录的韩诗跋文二十则。此二十则跋韩诗，以跋文的形式，对韩愈诗歌的创作时间、创作地点、诗歌编年、诗歌真伪、诗歌主旨、诗歌注释等诸多方面或考证或补注，集中体现了郑珍对韩愈研究的学术贡献。

（一）考订韩诗写作年代

韩诗自清方世举始有编年，郑珍对韩诗的研究亦以方扶南《韩昌黎诗集编年笺注》（以下简称《笺注》）为底本。然方氏对韩诗既有开创之功，亦有模棱两可或错谬之处，故郑珍对方氏编年或编次错谬处一一考订。计二十则韩诗跋文，关乎韩诗写作年代或谓方氏编年编次有误者，凡六则，即《跋韩诗〈合江亭〉首》《跋韩诗〈赴江陵途中寄赠三学士〉首》《跋韩诗〈遣疟鬼〉首》《跋韩诗〈和席〉首》《跋韩诗〈贺张十八秘书得裴司空马〉首》《跋韩诗〈病中赠张十八〉首》等。

《跋韩诗〈合江亭〉首》一文，郑珍据韩愈《合江亭》《八月十五夜赠张功曹》《谒衡岳庙遂宿岳寺题门楼》《潭州泊船呈诸公》《洞庭湖阻风赠张十一署》《岳阳楼别窦司直》等诗歌诗句内容，以及诗中所反映的景物特征，推考韩愈行迹，断《合江亭》诗当是韩愈在永贞元年（805）由郴州待命赴任江陵府法曹参军途中于中秋节前达于衡州而作，指出方氏《笺注》以该诗为韩愈遇赦待命郴州作故而编于《郴州祈雨》诗后的沿袭之误，以及诗歌编年与韩愈行迹的不合。

《跋韩诗〈赴江陵途中寄赠三学士〉首》一文，以诗句内容及所言景物特征，推断韩愈《赴江陵途中寄赠王二十补阙李十一拾遗李二十六员外翰林三学士》一诗作于韩愈由衡州至潭州途中，时间当在永贞元年九月，编次宜在《潭州泊船呈诸公》诗前，并指出方氏以该诗编次《岳阳楼别窦司直》诗后之误。钱仲联《韩昌黎诗系年集释》以郑说为确，并据此编年。

《跋韩诗〈和席〉首》一文，针对韩愈《和席八十二韵》一诗，方扶南谓"此诗未定为何年作,然以落句观之,盖元和十五年春在袁州遥和之诗也"①。方氏以该诗末句"坐惭空自老,江海未还身"② 之"江海"、"未还身"等字眼,断曰"江海"则宜在南方,曰"未还身"则宜在韩愈量移潮州之后,故断韩愈此诗作于袁州。郑珍则据诗中诗句"纶绋谋猷盛"③、"傍砌看红药"④ 断"席八"即中书舍人知制诰,据诗句"倚玉难藏拙,吹竽久混真"⑤ 断韩愈与席八同为知制诰,以末句言此身老而无用,与席久混,唯有自惭,而"江海"不一定在大江大海,相对朝廷而言,江海、江湖与山林同一,故判定此诗作于元和十一年(816),当编次于《人日城南登高》后,并认为"扶南误解末句,遂多生穿凿。编年既误,明白之诗反晦矣"⑥。郑珍此说当为确证,钱仲联《韩昌黎诗系年集释》为韩诗编年,引郑珍跋语,将该诗系于元和十一年,编次于《人日城南登高》诗后,显然完全采纳了郑珍的意见。

《跋韩诗〈病中赠张十八〉首》一文,针对韩诗《病中赠张十八》,方扶南《笺注》谓为长庆四年(824)吏部侍郎以病在告而作,郑珍经过细心考证认为:"误也,此诗决非作于长庆四年。"⑦ 遂以韩诗《病中赠张十八》《此日足可惜赠张籍》、张籍《祭退之》诗,以及韩、张二人的交往离合之迹,考该诗系贞元十四年(798)韩愈在汴州时所作,并指出方氏《笺注》以此诗作于长庆四年之误。郑珍此说,钱本韩诗系年亦采纳之。其他无烦赘述。

(二)考论韩诗主旨

郑珍对韩诗的研究,除了诗歌的创作时间与编年编次,更有韩诗主

---

① (清)方世举:《韩昌黎诗集编年笺注》(卷十一),雅雨堂本,清乾隆二十三年(1758),第18页。

② (唐)韩愈:《和席八十二韵》,(清)方世举《韩昌黎诗集编年笺注》(卷十一),雅雨堂本,清乾隆二十三年(1758),第19页。

③ 同上书,第18页。

④ 同上。

⑤ 同上书,第19页。

⑥ (清)郑珍:《跋韩诗〈和席〉八首》,(清)郑珍撰,王锳等点校《郑珍集·文集》,贵州人民出版社1994年版,第122页。

⑦ (清)郑珍:《跋韩诗〈病中赠张十八〉首》,(清)郑珍撰,王锳等点校《郑珍集·文集》,贵州人民出版社1994年版,第123页。

旨。关乎韩诗主旨考论者，在二十则跋韩诗中，有四则：《跋韩诗〈示儿〉首》《跋韩诗〈读皇甫湜公安园池诗书其后〉首》《跋韩诗〈符读书城南〉首》《跋韩诗〈谴疟鬼〉首》。

关于韩愈《示儿》诗的主旨，苏轼引杜甫《示宗武》诗，以杜甫教子所示皆圣贤事，而韩愈教子所示则皆利禄事也。对此，郑珍认为东坡此论浅视诗旨。理由在于：其一，韩诗"开门问谁来，无非卿大夫。不知官高卑，玉带悬金鱼。问客之所为，峨冠讲唐虞。酒食罢无为，棋槊以相娱"[①]句，所指貌似利禄，但细思则言"身为卿相，持国钧轴，而与同官往来，止以酒食相征逐、博槊相娱乐"[②]，则玉其带、金其鱼、峨其冠者，皆行尸走肉耳；其所讲之唐虞，亦止口中仁义。其二，韩诗"凡此座中人，十九持钧枢"[③]句，当是韩愈特意点明酒食棋槊的对象，"似热眼，齿实冷极，重言其官职，正轻晒其所为，所为赞扬甚于怒骂也"[④]。其三，韩诗"又问谁与频，莫与张樊如。来过亦无事，考评道精粗"[⑤]句，言过从讲道者，唯有张、樊二人，其他皆无一可与言者。此处，韩愈若以富贵利禄期待子弟，则无须专提二人。由上述三条理由，见出韩愈教子确非以利禄夸诱符郎。郑珍的分析言之有理。

关于韩诗《符读书城南》的主旨，历来评家亦颇多异议。宋陆唐老谓退之饵其幼子以富贵利达之美，黄鲁直认为此诗劝奖之功与孔子同归，朱彝尊认为韩愈励儿读书归于经术行义，学有根本。郑珍曾仿韩愈《符读书城南》作次韵诗，诗题为《次昌黎〈符读书城南〉韵示同儿》。该诗有感于韩愈励符而励己子郑知同，故郑珍对韩愈的爱子之情、导子之志深为理

---

① （唐）韩愈：《示儿》，（清）方世举《韩昌黎诗集编年笺注》（卷九），雅雨堂本，清乾隆二十三年（1758），第15页。

② （清）郑珍：《跋韩诗〈示儿〉首》，（清）郑珍撰，王锳等点校《郑珍集·文集》，贵州人民出版社1994年版，第119页。

③ （唐）韩愈：《示儿》，（清）方世举《韩昌黎诗集编年笺注》（卷九），雅雨堂本，清乾隆二十三年（1758），第15页。

④ （清）郑珍：《跋韩诗〈示儿〉首》，（清）郑珍撰，王锳等点校《郑珍集·文集》，贵州人民出版社1994年版，第119页。

⑤ （唐）韩愈：《示儿》，（清）方世举《韩昌黎诗集编年笺注》（卷九），雅雨堂本，清乾隆二十三年（1758），第15页。

解。其云："读书通古今，行身戒不义，学行并进，文质相宜，达则富贵若固有，穷亦名誉不去身。为圣为贤，止是如此。……必欲饿不任声，寒而见肘，是其时命所极，决非父母之心。……如唐老者，吾知其必教子孙作木石矣。"① 郑珍站在为人父母的角度，体味韩愈的教子之心，同时直言驳斥陆唐老等人，若不教子孙读书上进，则必教子孙作木石了。说理切合实际。

此外，还有对于韩诗《读皇甫湜〈公安园池〉诗书其后》《遣疟鬼》等诗歌主旨的考论。在《跋韩诗〈读皇甫湜公安园池诗书其后〉首》一文中，郑珍认为韩愈《读皇甫湜〈公安园池〉诗书其后》一诗并无讥讽皇甫湜《园池》诗吟咏花鸟虫鱼、掎摭于粪壤间之意，而是劝勉皇甫湜"及时进业，无复留连光景，费无益之心思"②。韩愈《遣疟鬼》诗，韩醇谓为讥讽皇甫镈、程异诸人而作，方扶南谓为讥讽宰相李逢吉等人而作，郑珍在该诗跋文中以韩愈《纳凉联句》和《晚秋郾城夜会联句》等诗为证，言《遣疟鬼》诗系韩愈因病疟而作，作于永贞元年八九月，其主旨亦并非指斥某人，而只是因病自嬉以骂疟鬼而已。钱仲联《韩昌黎诗系年集释》以郑说得之，并依此编年。

（三）鉴别韩诗真伪

在方氏《笺注》第十二卷末，附有韩愈赝诗二首，即《和李相公摄事南郊览物兴怀呈一二知旧》《奉和杜相公太清宫纪事陈诚上李相公十六韵》。方扶南辨二诗为赝作，附于编末，云："诗必非韩作，大抵二相属和，不得已而假手代之。李汉不审，漫以编录耳。"③ 王鸣盛虽觉方氏未有确证，但亦无辩证。王元启则游离于两可之间，不能决断。李相公李逢吉天性奸狡，妒贤伤善，依靠宦官势力在宪宗、穆宗朝两度为相，排挤守正官员，阴阻裴度征讨淮西割据者吴元济，与韩愈政见相左；杜相公杜元颖

---

① （清）郑珍：《跋韩诗〈符读书城南〉首》，（清）郑珍撰，王镆等点校《郑珍集·文集》，贵州人民出版社1994年版，第120页。

② （清）郑珍：《跋韩诗〈读皇甫湜公安园池诗书其后〉首》，（清）郑珍撰，王镆等点校《郑珍集·文集》，贵州人民出版社1994年版，第115页。

③ （清）方世举：《韩昌黎诗集编年笺注》（卷十二），雅雨堂本，清乾隆二十三年（1758），第22页。

则是唐初大臣杜如晦的五世孙，穆宗时拜相，属得志新贵。"方氏从回护韩愈的感情虑及，若诗为韩作，则见其同流合污，违心献媚，有碍名节。"① 故断为伪作。

对于《和李相公摄事南郊览物兴怀呈一二知旧》一诗，郑珍分析认为：以理度之，凡和人诗，必就彼题装入己意，大抵赞人者多，或寓规于赞，体例自是如此。韩愈和李之作，诗题为"摄事南郊览物兴怀"，可断李逢吉原诗必有倦于枢务、思息山林之意，而韩愈和其诗，总不可直斥其为小人，劝其引退，故宜就其诗意婉转劝之，遂谓：

> 村树黄复绿，中田稼何饶。顾瞻想岩谷，兴叹倦尘嚣。惟彼颠瞑者，去公岂不辽。为仁朝自治，用静兵以销。勿惮吐捉勤，可歌风雨调。圣贤相遇少，功德今宣昭。②

这里，韩愈谓李相公总斡中外，尽职诚劳，然以仁待臣民则朝廷自治，以静镇邦国则兵戈自销，阴阳燮理，风雨调和，不应有倦于尘嚣之叹；且圣君贤相，遇合甚难，以相公为上所倚重，明良共济，功德昭宣于今日，则更不应有岩谷之想。弦外之音即劝勉李相公以仁心待民，以静养待国，改恶行善，尽职诚劳，不妄起事端。郑珍以李逢吉嫉功妒能，妨贤树党，实不仁不静、不能吐握者，而解韩公此诗，意在"力砭其病，而浑无痕迹，言者无罪，闻之足戒，正温柔敦厚之旨"③。近人蒋抱玄《评注韩昌黎诗集》谓此诗富有规讽，读之意味深厚，可谓深得韩公之旨，深得郑珍之心。

对于《奉和杜相公太清宫纪事陈诚上李相公十六韵》一诗，方氏以诗中有"末秬兴姬国，辐樏建夏家。在功诚可尚，于道讵为华"④ 句，解

---

① 易健贤：《郑珍对韩愈研究的学术贡献》，载《贵州文史丛刊》1995 年第 2 期。

② （唐）韩愈：《和李相公摄事南郊览物兴怀呈一二知旧》，（清）方世举《韩昌黎诗集编年笺注》（卷十二），雅雨堂本，清乾隆二十三年（1758），第 21 页。

③ （清）郑珍：《跋韩诗〈和李相公摄事南郊览物兴怀〉及〈和杜相公太清宫纪事陈诚〉二首》，（清）郑珍撰，王锳等点校《郑珍集·文集》，贵州人民出版社 1994 年版，第 124 页。

④ （唐）韩愈：《奉和杜相公太清宫纪事陈诚上李相公十六韵》，（清）方世举《韩昌黎诗集编年笺注》（卷十二），雅雨堂本，清乾隆二十三年（1758），第 22 页。

"道"为老庄之"道",断韩公决不会论大禹、后稷之功不及玄元皇帝（老子）之道,故系伪作。郑珍则认为,该诗诗题为朝享太清宫,自宜就事论事,并无与大禹、后稷、老子相比高下之意;且"道"非指老庄之道,而是言"姬国"、"夏家"其功可尚,然于尊崇之道却未极光华,不若唐之追尊玄元皇帝;苟为韩愈代笔,不出张籍、李翱之徒,论道而贬三代,虽张、李之徒亦决不为。故郑珍断方氏误解词意,二诗非为伪作。钱仲联《韩昌黎诗系年集释》采纳郑说,认定两诗为韩作,系于长庆三年（823）,且附郑说于后。

（四）补注韩诗

郑珍除了对韩诗创作时间、编年编次、诗歌主旨、诗歌真伪的考证之外,还有对韩诗之前人注释未及者的补注。二十则韩诗跋文中,韩诗补注的代表作凡四则:《跋韩诗〈咏灯花〉首》《跋韩诗〈陆浑山火〉首》《跋韩诗〈寄卢仝〉首》《跋韩诗〈人日城南登高〉首》等。

韩诗《咏灯花同侯十一》中"黄里排金粟"[①]句,诸家因不明"黄"为何物,均不得确解。郑珍考《文选》注,言石中黄子乃黄石脂,宫额用之,则黄子乃石名,用以饰额,故李商隐诗云"低扇遮黄子"[②],梁简文帝诗云"约黄能效月"[③],更简称"黄"。韩诗"黄里排金粟,钗头缀玉虫"句,以"钗"对"黄",比物连类,的是正对;又二句拟状绝肖,灯之火光内黄外赤,花在其中,恰是"黄里排金粟";钗以比灯芯,花在其首,确是"钗头缀玉虫"。郑珍由此言韩公体物之精,其实郑珍体悟韩诗亦可谓观察细致,体物精妙。

韩诗《陆浑山火和皇甫湜用其韵》中"女丁妇壬传世婚"句,注家皆不知所出。郑珍考隋萧吉《五行大义》,从其所引《五行书》见出韩诗所本,则韩愈此句乃以夫妻亲缘关系喻自然界之阴阳调和。亲缘关系、夫妻

---

① （唐）韩愈:《咏灯花同侯十一》,（清）方世举《韩昌黎诗集编年笺注》（卷十一）,雅雨堂本,清乾隆二十三年（1758）,第24页。

② （唐）李商隐:《宫中曲》,冯浩笺注《玉溪生诗集笺注》（上）,上海古籍出版社1979年版,第132页。

③ （梁）萧纲:《美女篇》,（南朝）徐陵编,吴兆宜注《玉台新咏笺注》（卷七）,中华书局1985年版,第309页。

关系顺，则阴阳调和，否则逆反。陆浑山火起，亦是阴阳失调所致，而非人力能止。治水治火如此，治理国家亦然。郑珍在《跋韩诗〈陆浑山火〉首》一文中，引《五行书》云："甲以女弟乙嫁庚为妻，丙以女弟丁嫁壬为妻，戊以女弟己嫁甲为妻，庚以女弟辛嫁丙为妻，壬以女弟癸嫁戊为妻。甲丙戊庚壬为男，刚强，故自有德，不杂。乙丁己辛癸为女，柔弱，不自专，从夫，故有杂义。"遂解韩诗云："丙阳丁阴，壬阳癸阴，丁为壬妻，故壬与丁合。"① 韩诗以阴阳五行说立意，郑珍亦以阴阳五行说解诗，可谓相得益彰。

韩诗《寄卢仝》"立召贼曹呼伍佰"中"伍佰"之义，方氏《笺注》考释不全，郑珍考及数典，指出韩诗"伍佰"之所指与所本，言之甚详。韩诗《人日城南登高》之"人日登高"的来历，方氏《笺注》未予以笺释，郑珍亦详加补注。此外，郑珍还考释了韩愈与贾岛、孟郊等人的交游，指出方氏以"崔十六"为"崔立之"的笺注错误，考证韩诗《叉鱼招张功曹》作于郴州城外西湖，等等。《巢经巢文集》卷四言之甚详，此不一一赘述。

综上所述，我们毫不怀疑韩愈其人其诗对郑珍所产生的影响。从郑珍对苏轼与韩愈其人的景仰、步武苏诗的无迹可寻以及习染韩诗的终身不倦，我们可以管窥郑珍诗学杜甫、白居易、孟郊、陶渊明等一代诗宗的情形，见出郑珍诗歌创作的转益多师与深厚渊薮，而无烦一一赘举。

第八节　郑珍与何绍基诗歌比较研究

郑珍与何绍基同出程恩泽之门，陈衍《石遗室诗话》云："道咸以来，何子贞（绍基）、祁春圃（寯藻）、魏默深（源）、曾涤生（国藩）、欧阳磵东（辂）、郑子尹（珍）、莫子偲（友芝）诸老，始喜言宋诗。何、郑、莫皆出程春海侍郎（恩泽）门下。"② 又《近代诗钞》云："何子贞编修、

① （清）郑珍：《跋韩诗〈陆浑山火〉首》，（清）郑珍撰，王锳等点校《郑珍集·文集》，贵州人民出版社1994年版，第125页。
② 陈衍著，郑朝宗、石文英校点：《石遗室诗话》（卷一），人民文学出版社2004年版，第4页。

郑子尹大令，皆出程侍郎之门。"① 郑、何二人同出程恩泽门下，同属宋诗派中坚，则必备宋诗派诗人之共性特质。又，二者有在朝与在野的身份差异、人生际遇差异，导致对社会与人生的认知差异，体现于诗歌创作中则又表现为对社会揭露与批判的维度差异。

一 共性特质

郑、何二人作为宋诗派诗人，表现出以下几个方面的共性特征。

（一）持论上主张诗人合一

郑、何二人关于诗歌创作的理论主张上，均倡导诗人合一、"不俗"论、用"自家语"。所谓诗人合一，即作诗与作人合一、诗品与人品合一。郑珍认为，人首先是因为其高风亮节而照耀千古，诗之美终不敌人之美，"故窃以为古人之诗非可学而能也，学其诗当自学其人始"②。又认为："从来立言人，绝非随俗士。君看入品花，枝干必先异。"③ 郑珍认为，凡能立言者，其品行必不随俗而流，如名花异草，其姿态必不同凡响，倡导诗歌创作的人与文一以及"不俗"。同时又主张诗要用自家语，自家言说，"言必是我言"④，"自打自唱"⑤，反对模拟与因袭。郑珍没有专门的诗论作品，其诗论散见于其诗歌与散文中。而相比于郑珍，何绍基则除诗文中含有大量诗论内容外，另有三篇诗论专文：《使黔草自序》《与汪菊士论诗》《题冯鲁川小像册论诗》。何绍基在诗歌创作理念和诗歌内容上标举"不俗"，追求诗品与人品的统一。其于《与汪菊士论诗》一文中曰："余尝谓山谷云：'临大节而不可夺，谓之不俗。'此说'不俗'两字最精确。'俗'，不是坏字眼，流俗污世，到处相习成风，谓之'俗'。人如此，我亦如此，不能离开一步，谓之'俗'。做人如此，焉能临大节而不夺乎？……行文之理，

① 陈衍编辑：《近代诗钞》（上），商务印书馆1923年版，第1页。
② （清）郑珍：《〈邵亭诗钞〉序》，（清）郑珍撰，王锳等点校《郑珍集·文集》，贵州人民出版社1994年版，第78—79页。
③ （清）郑珍：《论诗示诸生，时代者将至》，白敦仁《巢经巢诗钞笺注》，巴蜀书社1996年版，第595页。
④ 同上。
⑤ （清）郑珍：《跋内弟黎鲁新〈慕耕草堂诗钞〉》，（清）郑珍撰，王锳等点校《郑珍集·文集》，贵州人民出版社1994年版，第126页。

与做人一样。"① 又于《使黔草自序》一文中云:"顾其用力之要何在乎?
曰:不俗二字尽之矣。所谓俗者,非必庸恶陋劣之甚也。同流合污,胸
无是非,或逐时好,或傍古人,是之谓俗。直起直落,独来独往,有感
则通,见义则赴,是谓不俗。……前哲戒俗之言多矣,莫善于涪翁之言
曰:'临大节而不可夺,谓之不俗。'欲学为人,学为诗文,举不外斯
旨。"② 何绍基所谓"不俗",即大节不可夺,品德高尚,独立特行,人
格上高尚,创作上不落凡俗,"是诗是我,为二为一"③,"人与文一,是
为人成,是为诗文之家成"④,最终达到为人与为诗之"不俗",实现诗品
与人品之统一。以"不俗"为其诗论核心,何绍基标举诗歌语言的"自
家说",其云:"诗是自家作的,便要说自家的话,凡可以彼此公共通融
的话头,都与自己无涉"⑤;"何苦随声唱且和,不问众口合与乖"⑥,"我
生孤尚惮随俗,不耐游谭少凭藉"⑦,"诗为心声,偶遇佳句,不是余心所
欲出,或从他人处听来看来的,便于我无涉。或其意致议论可喜,而我
平日持议不是如此,即不可阑入。若到得融会时,头头都是我的,更不
消问人借贷了"⑧。这里,足见何绍基主张诗歌创作语言的自家言说,倡
导作自家诗,说自家话,说"何家语",与郑珍的"言必是我言"并无
二致。

---

① (清) 何绍基:《与汪菊士论诗》,(清) 何绍基著,龙震球、何书置校点《何绍基诗文
集》,岳麓书社 1992 年版,第 818 页。
② (清) 何绍基:《使黔草自序》,(清) 何绍基著,龙震球、何书置校点《何绍基诗文集》,
岳麓书社 1992 年版,第 782 页。
③ (清) 何绍基:《祭诗辞》,(清) 何绍基著,曹旭校点《东洲草堂诗集》,上海古籍出版
社 2006 年版,第 76 页。
④ (清) 何绍基:《使黔草自序》,(清) 何绍基著,龙震球、何书置校点《何绍基诗文集》,
岳麓书社 1992 年版,第 781 页。
⑤ (清) 何绍基:《与汪菊士论诗》,(清) 何绍基著,龙震球、何书置校点《何绍基诗文
集》,岳麓书社 1992 年版,第 817 页。
⑥ (清) 何绍基:《次韵答彭于蕃赋冬葵》,(清) 何绍基著,曹旭校点《东洲草堂诗集》,
上海古籍出版社 2006 年版,第 781 页。
⑦ (清) 何绍基:《雨龄见和题怀仁圣教之作叠韵答之》,(清) 何绍基著,曹旭校点《东洲
草堂诗集》,上海古籍出版社 2006 年版,第 559 页。
⑧ (清) 何绍基:《题冯鲁川小像册论诗》,(清) 何绍基著,龙震球、何书置校点《何绍基
诗文集》,岳麓书社 1992 年版,第 815 页。

（二）宗向上推崇韩愈与苏轼

郑珍一生推崇韩愈、苏轼，其早年诗作主要向韩愈、苏轼学习。其子郑知同《敕授文林郎征君显考子尹府君行述》云郑诗"早年胎息眉山，终模韩以规杜"①。胡先骕研究郑珍诗，认为"郑以苏韩为骨，元白为面目"②。刘大杰亦云：郑珍"诗学苏轼，兼尊韩、孟"③。的确，从诗歌渊源上来看，郑诗早年主要向韩愈、苏轼学习，晚年主要向杜甫、白居易学习，故其早期诗作多生涩奥衍之作，晚期诗作多"质而不俚，淡而弥真，有老杜晚年境界"④。郑珍宗尚苏轼之迹，以其《播州秧马歌》和苏轼《秧马歌》作比较，不难看出其早年诗作步武苏轼的痕迹与宗宋特色，以及郑珍向苏诗学习的深得其神与不露痕迹。郑珍宗尚韩愈之迹，体现于郑珍一生对韩愈的景仰。其所以自号"柴翁"，即出于对韩愈的崇敬与景仰。其于《柴翁说》一文中说："柴翁者何？山农之老者也。所以号柴翁何？寓瞻韩意也。"⑤ "寓瞻韩意"，即寄寓对韩愈的景仰之意。且，郑珍自少时即喜读韩诗，抄读韩诗，摹写韩诗，写韩诗次韵诗，并旁及韩愈诗文的各种版本。曾云："余年十五六，始见国初顾侠君《韩诗补注》，酷嗜之，钞而熟读焉。继而聚宋之五百家注、朱子考异、吕程洪方四家年谱，洎明凌稚隆所刊宋廖莹中世彩堂韩集，以及国朝朱竹垞、何义门朱墨批本，方扶南之笺注，莫不取而参稽之，互证之，几无一字一句不用心钩索者，至今垂三十年矣。"⑥ 十五六岁即关注韩诗，将诸种韩诗版本互参互证，用心钩考，三十年不休。并写跋韩诗若干，现存遵义市图书馆，其中公开出版者为《巢经巢文集》卷四所收录的韩诗跋文二十则，集中体现了郑珍对韩愈

① （清）郑知同：《敕授文林郎征君显考子尹府君行述》，白敦仁《巢经巢诗钞笺注》，巴蜀书社1996年版，第1477页。
② 胡先骕：《评胡适〈五十年来中国之文学〉》，牛仰山编《中国近代文学论文集 1919—1949 概论·诗文卷》，中国社会科学出版社1988年版，第71页。
③ 刘大杰：《中国文学发展史》，复旦大学出版社2006年版，第296—297页。
④ （清）黎汝谦：《巢经巢诗钞后集引》，白敦仁《巢经巢诗钞笺注》，巴蜀书社1996年版，第1510页。
⑤ （清）郑珍：《柴翁说》，（清）郑珍撰，王锳等点校《郑珍集·文集》，贵州人民出版社1994年版，第98页。
⑥ 同上书，第99页。

的景仰以及对韩诗研究的学术贡献。综上，郑珍对苏轼、韩愈的爱戴与景仰毋庸赘言。

何绍基一生崇尚陶潜、韩愈、苏轼，我们可于其诗《腊月十九日季寿丈招同人拜坡公生日有诗命次韵》中见证："平生尚友唯三公，渊明老去韩苏从。清风迢递一千载，义熙长庆迄元丰。驹隙堂堂箭离弩，谁欤论世从头数。莫为之后前弗传，我公岂作儒林主。柴桑乞食诗曾和，余米可炊差疗饿。晚年记题柏石图，颇讶退之愁轗轲。退之去后无替人，公也相寻南海滨。庙食书碑岂阿好？爆牲鸡卜同蘋苹。最忆斜川旧游处，未获竟舁篮舆去。移居饮酒归田园，吟边仿佛知其故。叩囊不乏沽酒钱，青山那怕浮云连。《归去来辞》《盘谷序》，晋唐文字非无缘。公若有灵事未废，招邀共向雪堂醉。我当遍酹三人豪，清醁满注花瓷翠。"[1] 原诗共三首，此为第二，何绍基非常明确地表达了自己对陶潜、韩愈和苏轼三人的敬仰，而其中韩愈和苏轼无疑是何绍基和郑珍共同景仰与推崇的对象。

（三）创作上雅好学问诗

清代学术高度繁荣，形成了士子们醉心翰墨的社会风气，考证经典、寻碑访帖、评书论画等成为士人日常生活的一部分，成为士人儒雅活动的写照，亦体现了封建士大夫的思想情趣与精神风貌。宋诗派诗人本身都是学问家，在此风影响下自然更为突出。其诗歌创作张"学人之诗与诗人之诗合"，题咏书画、金石考订、名物辨索之作颇多，作为学者兼诗文家的郑珍与何绍基更不例外。此类诗作，彰显士人志趣，彰显学问或学术旨趣，以学入诗，笔者称之为学问诗。

郑珍学宗许、郑，治经学、小学，著述遍及四部，作为西南硕儒，学问诗作颇多，代表作如《题莫邰亭友芝藏文衡山〈西湖图〉》《题黔西孝廉史薖洲书六弟〈秋灯画荻图〉》《书外祖黎静圃府君〈读书秋树根图〉后》《题新昌俞秋农汝本先生〈书声刀尺图〉》《题朱烈愍公〈守莱图册〉并序》《题〈北海亭图〉并序》《书子何藏明周东村臣〈竹林七贤图〉卷后》

---

① （清）何绍基：《腊月十九日季寿丈招同人拜坡公生日有诗命次韵》，（清）何绍基著，曹旭校点《东洲草堂诗集》，上海古籍出版社 2006 年版，第 34—35 页。

《题仇实父〈清明上河图〉》《题唐鄂生藏〈东坡书马券〉真迹并序》《黄爱庐乐之郡守出所藏方正学文衡山董思白黄石斋手书诸卷鉴别皆真迹也》《雨花岩观明张忠简公草书仁智之性动静之理栖此盘谷饮此泉水摩崖》《书黄石斋先生临颜鲁公书〈竹山联句〉及〈告身卷〉后二首》《书明孙文正公五律四首墨迹后》《腊月廿二日遣子俞季弟之綦江吹角坝取〈汉卢丰碑〉石歌以送之》《竹王墓》《安贵荣铁钟行并序》《文待诏风兮砚歌并序》《五盖山砚石歌赠曾石友钰刺史并序》《拓长生无极瓦当寄黄虎痴媵以短句》《玉蜀黍歌》《播州秧马歌并序》《瘿木诗》等，无须详解诗歌内容，仅以诗题即可窥其为诗风貌。

何绍基"于学无所不窥，博涉群书，于六经子史，皆有著述；尤精小学，旁及金石碑版文字，凡历朝掌故，无不了然于心"①。其作为清代著名书法家，兼融书论入诗，艺术修养极深。其学问诗作，更得心应手，代表作如《题黄香铁江天永慕图》《题盛尹斋清溪遇鹤图》《题陶云汀丈漕河祷冰图》《题南陂清晓图为汤薇堂广文作》《题朱太常莱城守御图册》《宗涤楼湘江迎亲图》《负米读书图》《秋灯课读图诗为程镇北作》《题王蓬心先生永州画册》《题魏文靖墨迹卷为吴平斋作》《题瘗鹤铭寄还杨龙石》《雨舲中丞见示伊吾司马侯猗碑手钩一通适君以阁学内擢因题碑后兼写别怀》《石龟砚诗为张石洲同年作》《觉生寺大钟歌》《竟宁铜雁足灯诗用厉樊榭韵三首寄六舟上人》《题竟宁雁足灯款识拓本为潘玉泉作》《雪堂拓苏词残石》《题筝石翁枯木竹石幅》《题张黑女志》《猿臂翁》等。何绍基的此类诗作，在《东洲草堂诗钞》中所占比例甚大，不胜枚举。

综上，从上述诗作的诗题即可大致判断此类诗作的题材内容方向，即题画、题书、题碑拓，总为题咏书画，评书论画，寻碑访帖，考订金石，辨索名物。这类诗作所载诗人之吟诗、赏书画、寻访金石碑帖、辨索名物等艺术活动，以及社交、雅集等日常生活，正是当时正统文人儒雅生活的写照。同时，这种从学人视角创作的诗作，亦展现了二人诗歌创作的崇实

---

① （清）林昌彝著，王镇远、林虞生标点：《射鹰楼诗话》，上海古籍出版社 1988 年版，第 101 页。

精神与思辨色彩。

（四）意识上敌视农民起义

郑珍和何绍基的诗作，不乏反映社会现实、关心民瘼、体恤百姓、揭露时弊的内容，但也有称许清军将领、敌视农民起义的诗作。在郑珍的《巢经巢诗钞》中，有不少诗作反映民生疾苦，百姓或遭遇水旱灾害，或遭遇官吏盘剥，或遭遇战争饥荒，或行于泥泞，或搏于风雪，或缺米断盐，或流离失所，或埋尸荒野，无一不入其诗，但同时郑珍也抒发了对镇压农民起义的清军将领的称许，以及对农民起义的敌视情绪。如郑珍称许奉命镇压太平天国农民起义的湖北按察使唐树义，谓"我公韩范姿，虑能制盘鳅"①，云唐树义有宋名将韩琦、范仲淹之姿，镇压农民起义军如制服一盘泥鳅。又称许镇压云南彝族起义军的南溪将领唐炯，谓"南溪大令唐鄂生，短小谦下如晏婴。到官未岁士民悦，远近俱以青天名"②。以晏婴、青天称许唐炯。郑珍还把农民起义军称为"贼"、"大贼"、"狂贼"、"螽贼"、"寇"、"狂寇"、"盗"、"大盗"、"恶鸟"、"妖"、"妖蛤蟆"等，从《闻唐子方方伯正月二十三日舟至金口贼大上募卒尽散遂投江死》《初四日步至洗马池缘登高山下七星山坐临江石梁上观南溪水师攻南岸真武山贼作歌》《初八日再上七星山观南溪水陆师攻吊黄楼真武山诸贼》《唐南溪单骑抚贼歌》《闻初十日贼据禹门寺纵烧诸村》《喜乐安贼出境》等诗作之诗题中的"贼"字即可见出其对农民起义军的情感取向。当然，这方面的诗作，于郑珍而言，只是极少数。

何绍基的诗作，有从某些侧面反映社会现实的作品，如《途中苦旱闻雷》《南邨耦耕图为湘皋丈作》《沈小如丈津门拯溺图哲孙似竹舍人士能属题》《蝇》《荆州以南陆路为水所断改由水驿》《由澧州至荆州舟中作》《郯城》《免海菜》《布铺地》《双洞溪左右铜厂不见一人》等，甚至很多诗作诗句也反映了太平天国运动带给人民的深重灾难，如"虎阜

———————

① （清）郑珍：《送唐子方方伯奉命安抚湖北兼寄王子寿柏心主事》，（清）郑珍著，黄万机等点校《郑珍全集》（六），上海古籍出版社 2012 年版，第 218 页。

② （清）郑珍：《唐南溪单骑抚贼歌》，（清）郑珍著，黄万机等点校《郑珍全集》（六），上海古籍出版社 2012 年版，第 300 页。

千年歌馆地，凄然化作髑髅山"①；"二十四桥无水流，一城荒草总如秋"②；"于今老作东南游，又逢浩劫增凄痛。人丁十户余二三，命免钱粮仍脱空。西湖岁修更谁问？莼菜香荒堆积苻"③；"瓦砾丛中仄径攒，芒鞋半日已摧残。心怜废井颓垣里，多少陈人骨未寒"④。苏州虎丘、扬州二十四桥、杭州西子湖畔、六朝古都金陵，昔日之风景名胜烟柳繁华，今日之断井颓垣尸骨累累，两相对比，见战争之惨烈、人民之灾难深重。但在何绍基的思想意识里，同样以农民起义军为"贼"、"寇"、"逆"，或表现于诗题，或表现于诗句。表现于诗题者，如《送黄笠山观察督师出省剿贼》《净慈灵隐三天竺全为贼毁》。表现于诗句者，如："忠魂灭贼竟何时？空传遗墨珍琼瑀"⑤；"弃觚投笔乃多事，杀贼草檄随所宜"⑥；"辅弼多惭经术浅，儒风未振寇氛来"⑦；"乌乎吴越蜀，逆氛尚炎炽"⑧；"军报多时苦寂寥，忽传南北逆氛消"⑨。何绍基甚至还写了一些敌视太平天国革命运动，歌颂湘军将领，为镇压起义将领赋诗壮行的诗篇。如《送周步瀛军门礼廉往江南》一诗，歌颂好友周步瀛的镇压功绩，并为其镇压农民起义赋诗壮行。诗作《左季高太常究心乙部自统军以来战无不捷现奉命援浙》，

---

① （清）何绍基：《白泞墅关至虎丘》，（清）何绍基著，曹旭校点《东洲草堂诗集》，上海古籍出版社 2006 年版，第 753 页。

② （清）何绍基：《扬州万佛楼》，（清）何绍基著，曹旭校点《东洲草堂诗集》，上海古籍出版社 2006 年版，第 752 页。

③ （清）何绍基：《别杭州》，（清）何绍基著，曹旭校点《东洲草堂诗集》，上海古籍出版社 2006 年版，第 768 页。

④ （清）何绍基：《金陵杂述四十绝句》，（清）何绍基著，曹旭校点《东洲草堂诗集》，上海古籍出版社 2006 年版，第 747 页。

⑤ （清）何绍基：《宗涤楼见示徐铁孙同年画梅扇感怆有作》，（清）何绍基著，曹旭校点《东洲草堂诗集》，上海古籍出版社 2006 年版，第 586 页。

⑥ （清）何绍基：《黄子寿张力臣各枉赠长篇适见示小楼唱和诗赋此奉答并呈黄岐农杨蓬海时东洲草堂诗刻将竟》（清）何绍基著，曹旭校点《东洲草堂诗集》，上海古籍出版社 2006 年版，第 803 页。

⑦ （清）何绍基：《痛绝》，（清）何绍基著，曹旭校点《东洲草堂诗集》，上海古籍出版社 2006 年版，第 639 页。

⑧ （清）何绍基：《廿六七日大雨》，（清）何绍基著，曹旭校点《东洲草堂诗集》，上海古籍出版社 2006 年版，第 645 页。

⑨ （清）何绍基：《癸亥冬至后与胡恕堂黄海华王敬一唐荫云为五老消寒会十五日在吾斋为第二集恕翁海翁诗先成次韵奉答》，（清）何绍基著，曹旭校点《东洲草堂诗集》，上海古籍出版社 2006 年版，第 724 页。

歌颂镇压农民起义的湘军将领左宗棠。对湘军将领曾国藩，何绍基更是仰慕并高歌其镇压功绩："溯惟十年来，海内苦兵事。全恃楚南军，大振中原气"①；"元戎超践自容台，文武兼资幕府开。湘勇义风连队起，水军奇智破荒来。上江大振垂天冀，吴会难容饱蠹槐。毅力独肩军国重，尚搜石墨举吟杯"②；"锐师飙发起潭州，提挈群才忠勇谋。郭李范韩难比并，固应拜相更封侯"③，并于该诗后自注云："湖南、湖北、江西、安徽、江苏次第克复，实涤生节相之全功也。"④ 何绍基以唐朝中兴名将郭子仪、李光弼，宋之名将范仲淹、韩琦比拟曾国藩，高度肯定其镇压太平天国农民起义的"丰功伟绩"，高歌其文治武功。

综上，从诗歌理论主张、诗歌溯源宗向、诗歌创作实践、思想共性意识等方面，都展现出了何绍基与郑珍作为学者与宋诗派诗人的共性特征。

二　本质差异

纵观郑珍与何绍基二人二诗，既具共性亦具差异性，其明显差异性体现如下。

（一）官宦名士与山野寒士的身份差异

何绍基（1799—1873），出身书香门第，是户部尚书何凌汉之子。道光十五年（1835）举人，道光十六年（1836）进士，授翰林院编修。历任文渊阁校理、武英殿协修、纂修、总纂，国史馆协修、纂修、总纂、提调。同时，历典福建、贵州、广东乡试。咸丰二年（1852），以侍郎张芾保荐，咸丰召对圆明园，简放四川学政。在蜀为官期间，得咸丰"地方一切情形，随时访察具奏"⑤ 朱批。咸丰五年（1855），遭弹劾降调，遂绝意

---

① （清）何绍基：《廿六七日大雨》，（清）何绍基著，曹旭校点《东洲草堂诗集》，上海古籍出版社 2006 年版，第 645 页。

② （清）何绍基：《寄怀曾涤生钦帅闻军中不废诗字》，（清）何绍基著，曹旭校点《东洲草堂诗集》，上海古籍出版社 2006 年版，第 640 页。

③ （清）何绍基：《金陵杂述四十绝句》，（清）何绍基著，曹旭校点《东洲草堂诗集》，上海古籍出版社 2006 年版，第 748 页。

④ 同上。

⑤ （清）何绍基：《恭报到任日期折》，（清）何绍基著，龙震球、何书置校点《何绍基诗文集》，岳麓书社 1992 年版，第 745 页。

仕进，徜徉山水。晚年主讲山东泺源书院、长沙城南书院，先后长达十余年之久，后又领苏州、扬州书局。其人生经历大致可归为求学应考、擢学典试、督学四川、讲学书院四期。又，何绍基承父志，好藏书，且博洽多闻，通经史、小学，曾校订《十三经注疏》，著《说文段注驳正》《惜道味斋经说》等。善诗文，有《东洲草堂诗钞》《东洲草堂文钞》。工书法，"学书四十余年，溯源篆分楷法，则由北朝求篆分入真楷之绪"①。其书法在晚清书坛有重要影响，开光、宣以来书派。

郑珍（1806—1864），出身农家，父亲行医。道光五年（1825）拔贡，道光十七年（1837）举人，会试屡试不第，遂绝意仕进。适举人大挑，以教职用，回省候补。一生三任教职，一为道光二十五年（1845）权古州厅儒学训导；二为道光三十年（1850）年权镇远府学训导；三为咸丰四年（1854）选授荔波县教谕。三任教职时间短暂，每任均不足一年。观其平生踪迹，除游幕湖湘两年余、游幕滇中一年余、三次赴京会试外，足迹基本不出贵州省境。晚年在战乱流徙中度过。同治二年（1863），"大学生祁寯藻荐于朝，特旨以知县分发江苏补用，卒不出"②。同治三年（1864）元月，曾国藩托莫友芝致信郑珍，邀入曾氏幕府，卒不出。是年九月病逝。其人生经历大致可归为游幕苦读、中举修志、执教著述、战乱流徙四期。又，郑珍一生服膺许郑之学，经学研究主攻"三礼"，小学研究主攻《说文》学，著有《巢经巢经说》《轮舆私笺》《仪礼私笺》《凫氏为钟图说》《郑学录》《说文逸字》《说文新附考》《汗简笺正》《亲属记》等。工诗文，著有《巢经巢诗钞》《巢经巢文集》《母教录》等，辑录地方诗集《播雅》二十五卷。另有《柴翁书画集锦》一册、《荔波县志稿》一卷、与莫友芝合纂《遵义府志》四十八卷。

综上可见，郑珍与何绍基都历经嘉庆、道光、咸丰、同治四朝，何绍基出身官宦之家，科考顺利，贵为进士，官至国史馆提调，去职后徜徉山水，漫游书林，饮酒赋诗，讲学授徒，校刊经史，书法一流，完全是一副

---

① （清）何绍基：《题道因碑拓本》，（清）何绍基著，龙震球、何书置校点《何绍基诗文集》，岳麓书社 1992 年版，第 889 页。

② 赵尔巽等撰：《清史稿·郑珍传》（卷482），中华书局 1977 年版，第 13288 页。

士大夫派头和名士做派；郑珍则出身农家，科考不顺，举人头衔，虽为教谕，朝不保夕，一生足迹基本不出贵州省境，于文化边缘地带静心从事学术研究与吟诗撰文，历经战乱，奔波流徙，陷于饥困，完全是一副山野寒士形象。

（二）温柔敦厚与赤手祖马的持论差异

在持论上，何绍基重视诗歌的社会作用，倡导"温柔敦厚"之诗教。其云："'温柔敦厚，诗教也。'此语将《三百篇》根柢说明，将千古作诗人用心之法道尽。"① 何绍基认为"温柔敦厚"乃诗《三百篇》之根本，诗人作诗之用心亦不外乎此。又云："温柔敦厚本诗教，善铸人心化骄奢。"② "善读诗者，可化气质之偏而返性情之正。"③ 认为诗歌以"温柔敦厚"为宗旨，可化育人心，去除人心骄奢与性情偏狭，从而使人持正，回归本性，达潜移默化之功。又云："温柔敦厚乃宗旨，矫揉涂泽皆非夫。……小子学诗四十年，交遍胜流贤与愚。但解扪心量损益，未敢出口轻瑕瑜。"④ "性既平拙，复守严训，一切豪诞语、牢骚语、绮艳语、疵贬语，皆所不喜，亦不敢也。先公之言曰：'立身涉世，除却克己慎独，更无着力处。'诗文之道，何能外是？"⑤ 何绍基严守家训，秉性敦厚，学诗作诗四十年，恪守"温柔敦厚"之诗教，不轻易于诗中"瑕瑜"，不用一切"豪诞语、牢骚语、绮艳语、疵贬语"，一归于"温柔敦厚"之旨。故其门生林昌彝评曰："尝论诗，以厚人伦、理性情、扶风化为主。其为诗，天才俊逸，奇趣横生，一归于温柔敦厚之旨。"⑥

---

① （清）何绍基：《题冯鲁川小像册论诗》，（清）何绍基著，龙震球、何书置校点《何绍基诗文集》，岳麓书社1992年版，第815页。

② （清）何绍基：《诗龀来柬云韵入诗老之手非非入想又妥又奇又辱和诗有时平世教先富遮元气斡旋真转瞬之句因推广来意复成一首》，（清）何绍基著，曹旭校点《东洲草堂诗集》，上海古籍出版社2006年版，第489页。

③ （清）何绍基：《宗迪甫躬耻斋诗集序》，（清）何绍基著，龙震球、何书置校点《何绍基诗文集》，岳麓书社1992年版，第778页。

④ （清）何绍基：《题符南樵半亩园订诗图》，（清）何绍基著，曹旭校点《东洲草堂诗集》，上海古籍出版社2006年版，第482页。

⑤ （清）何绍基著，曹旭校点：《东洲草堂诗集·自序》，上海古籍出版社2006年版，第1页。

⑥ （清）林昌彝著，王镇远、林虞生标点：《射鹰楼诗话》，上海古籍出版社1988年版，第101页。

与何绍基相较，郑珍没有专门的诗论论文，其诗论散见于诗文中。何绍基以"温柔敦厚"为作诗之根本，高举"温柔敦厚"之旗帜，与其"克己慎独"的秉性相符。郑珍作诗则不愿囿于"温柔敦厚"等框框条条的束缚与羁绊，主张无拘无束地抒写真我性情。其在给友人的次韵诗中曾自我评价作诗情形，云"我吟率性真，不自谓能诗。赤手骑祖马，纵行去鞍羁"①。郑珍谦逊地说自己谈不上能作诗、能作好诗，但自己作诗不愿意受到约束与局限，不愿意受到条条框框的限制，而更喜欢随兴所至的吟咏，抒发"性真"，抒写真性情；并以骑马配备马笼头和马鞍类比，以"赤手骑祖马，纵行去鞍羁"的舒坦与流畅，表明自己更愿意去掉马笼头和马鞍的恣意徒手骑马。郑珍认为，作诗如骑马，只有骑上无鞍无羁的祖马，方能自如驾驭，自如驰骋。同理，作诗亦不必受到各种条条框框的理论制约，只有去除一切框架与束缚，方能自如抒写，方能抒发真性情。这是郑珍自身作诗的切身体会，故而其作诗既不从"神韵"与"格调"，也不搬"肌理"与"性灵"，更不举"温柔敦厚"之旨归，而是随文所适，随性所适，自任其性，自如抒发。

（三）山水之乐与山水之思的视域差异

何绍基与郑珍的诗歌题材，大致可归为友朋赠答、题咏书画、考订金石、山水行役、咏物抒怀、思亲念家、忧念民生等几大方面，各有侧重而已。而其中的山水诗，二人都写得较好。何绍基现存山水诗 700 多首，在《东洲草堂诗钞》中，几乎占了全集的三分之一。郑珍亦有山水田园诗作200 多首，约占其《巢经巢诗钞》全集的五分之一。

何绍基平生好游，年少时随父游，壮年时奉使游，老年时闲暇游。除甘肃、云南、西藏外，其余各省皆留下其足迹。正所谓"凡厥舟车所莅，巨泽名山，崇岩邃谷，他人所不欲至、不能至者，皆必穷其源，跻其巅而

---

① （清）郑珍：《旌德吕茗香延辉明经年六十余以去年避寇来贵阳课徒于东城人家穷其余访得之知早从洪稚存先生弟子孙源湘编修学与同里姚仲虞配中相切究故学问具有渊源后见余诗文枉赠长句次韵奉答茗香道仲虞年五十余卒著有〈周易姚氏学〉及〈卦气配月令〉驳惠定宇推郑氏爻辰为误之说惜未见其稿也》，（清）郑珍著，黄万机等点校《郑珍全集》（六），上海古籍出版社2012 年版，第 261 页。

后止"①。"世间千幽万奇境，几时到遍心始肯。"②"诗人爱山如骨肉，终日推篷看不足。诗人腹底本无诗，日把青山当书读。"③得江山之助，何绍基写下了大量的山水纪游之作，如《游鼓山》《游武夷》《秦人洞》《晨登飞来寺》《登华顶》《阳朔看山》《桂林留别》《牟珠洞》《飞云岩》《佛光》等。这类篇什，大多穷形尽相，随物赋形，驰骋想象，描摹逼真，刻画入微。

郑珍亦爱山水，曾自言："余生山中人，少性爱丘壑。"④每到一处，必找寻山水佳迹，然后登临送目，吟咏啸歌。郑珍山水诗更多名篇佳构。与其平生足迹相一致，其山水诗多描绘黔贵山水，或描其雄奇险峻，或写其幽静深邃，或绘其秀丽妩媚，大都真率自然，各具特色。同时，郑珍首次将"元柳目未经，陶谢屐不逮"⑤之黔贵山水奇閟昭耀于世，拓展了山水诗书写的地域范畴，对南荒山水之美有开拓之功。代表作如《白水瀑布》《两洞诗并序》《自郎岱宿毛口》《自毛口宿花堌》《飞云岩》《白厓洞并引》《怀阳洞》《正月陪黎雪楼恂舅游碧霄洞》《云门墱》《晚望》等。

然聚焦何绍基与郑珍二人山水诗作的差异，则何绍基的山水诗多将山水作为赏玩的对象，如赏玩书画碑拓般，然后驰骋想象，随物赋形，穷形尽相。郑珍的山水诗则大多并不单纯吟咏山水，关注民生疾苦，融入自我冥思是其中的重要内容。故梁启超评其诗作"立格选辞，有独到处"⑥。简而言之，二人山水诗作的差异，即山水之乐与山水之思的视角差异。

何绍基曾于道光二十四年（1844）7月作为贵州乡试副主考官从京都赴贵州典试，有入黔诗作70首，集中于《东洲草堂诗钞》之卷十整卷和

---

① 戴绹孙：《使黔草序》，转引自（清）何绍基著，龙震球、何书置校点《何绍基诗文集·附录二》，岳麓书社1992年版，第1081页。

② （清）何绍基：《华岩顶早饭》，（清）何绍基著，曹旭校点《东洲草堂诗集》，上海古籍出版社2006年版，第417页。

③ （清）何绍基：《爱山》，（清）何绍基著，曹旭校点《东洲草堂诗集》，上海古籍出版社2006年版，第51页。

④ （清）郑珍：《修园》，（清）郑珍著，黄万机等校点《郑珍全集》（六），上海古籍出版社2012年版，第243页。

⑤ （清）郑珍：《正月陪黎雪楼恂舅游碧霄洞》，（清）郑珍著，黄万机等校点《郑珍全集》（六），上海古籍出版社2012年版，第53页。

⑥ 梁启超著，周岚、常弘编：《饮冰室书话》，时代文艺出版社1998年版，第388页。

卷十一部分。郑珍于道光二十三年（1843）冬自贵州出发赴京参加第二年即甲辰年（1844）的春闱。二人的此次旅程，都经过了贵州名胜之地牟珠洞和飞云岩，二人都写有诗作《牟珠洞》和《飞云岩》。下面即以二人的《牟珠洞》和《飞云岩》二诗作为考察文本，探究二人之山水诗作的视域差异性。

何绍基《牟珠洞》：

> 有横有斜多是直，有眠有行多是立。有楼有梁多似塔，亦龙亦象多似佛。俯掷如笔仰矗笋，璎珞灯槃费雕刻。中间一柱十寻耸，实实虚虚万穴孔。光明坚固不坏身，独擎一山灵气重。山巅古柏干巨圆，高不一丈寿万年。夜为老翁逢客言，补天尚记娲皇年。千山化水水化气，此山不化鍊再坚。雷霆丁甲万铲韝，脏腑融液中心悬。天公坐惭穿洞去，万劫茫茫山弃捐。其旁有化有不化，流液复结离复连。娲皇女子不了事，黔蜀于今多漏天。①

何绍基写牟珠洞，先总体描绘洞中钟乳石之形状，形态各异：有横者、斜者、眠者、行者，多为直立者；有似楼者、似梁者、似塔者、似龙者、似象者、似佛者；俯者如笔直，仰者似笋立；又似璎珞，似灯盘。接着重点写洞中一高达十寻的钟乳石，该钟乳石高耸注目，坚固结实，石身万穴之孔虚虚实实，凝聚山之灵气。接着写山洞之山巅古柏，主干粗圆，高不足一丈，但寿已万年。据传该山洞是娲皇氏炼石补天时所开辟，其他千山化水水又化气，唯独此山不化，历经岁月洗礼反而更加坚固。雷神、六丁六甲之神曾于万炉之中熔烧之，反而凝聚其液结出这垂悬的钟乳石，天公自觉惭愧，穿洞而去，其他诸山更自愧不如。其旁之山，有化者，有不化者，溶液亦结为钟乳石，即算断了连接，复又接连。由于牟珠洞钟乳石数量众多，形态各异，流液绵绵，滴水不息，蔚为奇观，最后，诗人以反语将之归为娲皇氏女子的糊涂与不懂事，才造就了现今贵州、四川地区

---

① （清）何绍基：《牟珠洞》，（清）何绍基著，曹旭校点《东洲草堂诗集》，上海古籍出版社 2006 年版，第 265 页。

的多雨久雨天，反语正说。

郑珍《牟珠洞》：

> 奥中乍醒山犹送，壁翠泉声接清梦。牟珠一窟旧闻名，斗上苍厓抵其空。向来憎看钟乳石，痴气不入海岳供。山洞十九此见长，号佛称神尤惑众。是中亦复不免俗，暂息劳筋固足用。人迹不闻百鸟静，忽觉独到心颇动。木石阴阴香火久，焉无魑魅享供奉。幽寒曲暗究何好，世诧灵栖聚一閧。神仙岂必非人情，似我意故喜宽纵。好事半生得恶报，至今事警神鬼弄。浅磴题诗记心迹，自愧不足后来重。[①]

郑珍写牟珠洞，先写映入眼帘的山壁之翠、泉声之响、悠久之名、临空之姿，接着诗笔转向洞中之钟乳石。郑珍自言自己向来厌看钟乳石，海岳外史米芾虽为古今第一石痴，"米颠拜石"传为美谈，但亦不喜钟乳石。而贵州山洞十有八九以钟乳石见长，号佛称神尤其迷惑民众，郑珍只为歇脚而来此暂休。洞中幽静，无人迹嘈杂与百鸟鸣叫，始觉心动。然观木石香烛，明显昭示有魑魅尊享供奉的痕迹。接着诗人引入开辟洞穴的神话传说，认为神仙亦通人情，对不服管教者不治其死而打入凡间，本出于宽容仁慈之心，却得恶报，他们以号佛称神、装神弄鬼来糊弄人间。郑珍不喜钟乳石，更不喜借此号佛称神惑众，于是草草题诗而去。

解读二诗，比较二诗，不难见出何绍基对写景对象牟珠洞中之钟乳石持新奇与赏玩的态度，于赏玩中描摹其形态，驰骋想象，极尽铺写描绘之能事，郑珍则对牟珠洞中之钟乳石持厌恶的态度，诗中不单写景，更关心民瘼，以钟乳石为不服管教而打入凡间的魑魅，表达了对钟乳石的厌恶，对钟乳石似鬼魅般号佛称神以惑众的批判与不齿。

飞云岩，亦称飞云崖，在今贵州省黔东南州黄平县城东，地处湘黔两省要冲，凡过往官宦、商旅都要于此驻足、憩息。其地古树浓荫，树影婆娑，

---

① （清）郑珍：《牟珠洞》，（清）郑珍著，黄万机等点校《郑珍全集》（卷六），上海古籍出版社 2012 年版，第 148 页。

凉风习习，流水潆洄，颇似世外桃源。清代云贵总督鄂尔泰曾于此题额"黔南第一胜景"。明思想家王阳明曾盛赞："天下之山，萃于云贵，……而惟至于兹崖之下，则又皆洒然开豁，心洗目醒。虽庸俦俗侣，素不知有山水之游者，亦皆徘徊顾盼，相与延恋而不忍去。"① 此岩亦洞亦崖，似洞非洞，中甚宽敞，顶上岩檐覆出，石乳倒垂。岩半立大士像，有水出岩左，泻为瀑布。岩前石峰矗立，又有亭台楼阁坐落前后，美不胜收。何绍基于道光二十四年（1844）典试贵州经此，有《飞云岩》诗。该诗可堪称何绍基山水诗作之佳构，全诗如下：

> 垂天之云向空布，来为人间沛甘澍。功成气猛不自收，太古阴风莽吹冱。云欲上天天谓顽，太虚缥缈无由还。云欲回山断根络，窔秘岩扃无住著。忙云失势化闲云，云自无心不悔错。幻为百千万亿云，云云一气相合分。一云乍起一云落，一云向前一云却。一云奋舞一云懒。一云欢喜一云愕。大云睢盱母覆子，小云唼喋鱼吹水。丑云恧缩妍云笑，痴云疑立灵云诡。睡云颓散欲著床，淡云散涣偏成绮。三云四云相颉颃，十云百云不乱行。如神如鬼如将相，如屋如塔如桥梁。如龟蛇蛰虎豸吼，鸾凤翙翾虬龙纠。世间人我与众生，云无不无无不有。云来东北干坎门，性不耐寒思就温。轩轩欲向东南奔，乘巽煦离翕以坤。一云来翔众云萃，上不就天下无地。若离若狎若觊觎，不疾不徐偏不坠。百千万亿空中悬，饥饱病健相牵连。健云扶携病云走，饱云汗出饥流涎。涎垂汗注霏珠玉，人来云下人云触。横奔疾走云尚在，仰自摩头俯扪足。人共云行两不知，千百人载云半腹。丛丛万松插云颠，如鳌员负戴坚。天风时来松乱飐，云凝不动松影圆。白龙同云自天下，云不飞回龙亦罢。瀑泉直飞龙所化，电激虹伸越云跨。龙则有智云无情，云自寂然龙怒鸣。云虽大拙乃胜巧，龙亦无术升天行。云罅孤亭嵌灥灥，危叶在树风可脱。亭中呼酒人看云，酒动人亭云并活。老僧逢人说慈悲，谓千万亿云即佛。云不见佛佛爱云，云佛

---

① （明）王阳明：《重修月潭寺建公馆记》，王守仁《王阳明全集》，世界书局 1936 年版，第 428 页。

佛云有伸屈。我蹑云趾坐立眠，登颠看松胁听泉。泉下灌田松照天，云闲无事几千年。不嫌碍笠又妨屐，试与摩娑出润泽。扣之有声出自魄，非木非金色苍白。我行十里方出云，且兰早秋天正碧。寄语看诗读记人，我所道云都是石。①

这里，何绍基写飞云岩势如垂天之云，为人间送来丰沛雨露。功成气猛无法收回自身，经上古阴风猛吹而冻结定型。欲上天不能，欲回山无着。于是，忙云化为闲云，闲云化为百千万亿云，相分相合，相起相落，互为前后，互为勤懒，互为喜愕。大云宽厚呵护小云，小云如鱼饮水自乐。丑云忸怩，妍云微笑，痴云站立，灵云诡诈。睡云懒散欲睡，淡云涣散成绮。三云四云上下翻飞，十云百云飞不乱行。总其状，如神、鬼、将相，如屋、塔、桥梁，如龟蛇蛰、虎兕吼，如鸾凤舒缓循序而飞，如虬龙纠结盘曲而飞。云无处不在，从东北往东南奔来，一云飞至，众云凑聚，上不沾天，下不着地，飘浮于空。总其状，时而疏离，时而亲近，时而觊觎，不徐不疾，虽偏不坠；百千万亿云悬空中，饥者、饱者、病者、健者，相互牵连；健云扶持病云而行，饱云饱餐而汗，饥云垂涎欲滴。涎垂汗注，如珠似玉。人来云下，人云相触，人行云腹，两不相知。万松高插云端，云则如鳌、如颙屃般负载万松。狂风吹来，万松乱飔，云岿然不动。白龙欲邀云归去，云自无情不为动。老僧以云为佛，云不见佛，佛却爱云，云佛佛云两相分。诗人蹑云而坐眠，云巅看松听泉，泉水灌田，松月照天，云闲相伴。云不妨屐碍笠，摩挲润泽，扣之有声，非木非金，颜色苍白，诗人行走十里方走出云遮雾绕，见到且兰早秋的天空碧蓝。最后，诗人寄语看诗读记之人，诗中所道之云全为石头！

郑珍《飞云岩》全诗如下：

扶舆灵秀各有分，贵州得此一朵云。蛮风万古吹不化，中有元气常氤氲。造化之手信幻极，四海不作雷同文。兹岩岂复涉世想，云将

① （清）何绍基：《飞云岩》，（清）何绍基著，曹旭校点《东洲草堂诗集》，上海古籍出版社 2006 年版，第 261—262 页。

授削天磨斤。成时莫自赞其妙，俗间巧颂徒云云。经巢居士鸾鹤群，一丝不净落世氛。纤行五日为看此，所见乃过前所闻。十里泉声接幽壑，苍苍万木烟缤纷。买宅径思傍云住，下视扰攘同飞蛟。狯童獠妇不雕琢，岁时鸡豆情殷殷。那能龌龊走尘状，过而识悔神当欣。儿女催人待粗了，挥手一谢云中君。①

诗的起首三句，写物本天成，各具其秀，大自然扶摇而上的灵气孕育和赐予了偏远贵州这一朵云：飞云岩。蛮方之风未能将其腐蚀吹化，大自然的元气于此氤氲升腾，造物主的巧手迷幻之极，四海之内从来没有雷同的景观。接下来，诗人写飞云岩没有凡夫俗子的想法，其云彩像上天用鬼斧神工砍削琢磨而成。铸成之时，它并不自夸其美，反倒是人世间赋予了其赞美之词。接着，诗人融自身入诗，言自己本为鸾鹤，因一丝尘俗之念未了而落入尘世。绕道而行五日，特为看此飞云岩。飞云岩泉水潺潺，从幽静的山谷中远远流来，茂密的深林烟霭纷纷，环境清幽恬适，树木苍翠，置身其中，仿如世外桃源。于是，诗人思买宅傍岩而居，俯视尘世，则见尘俗之扰攘纷乱，对比鲜明。观附近佃农，不事雕琢，淳厚质朴，岁时供奉主人田鸡田豆，情深意厚。于是，诗人思索：不能世俗地在尘世走一遭，不能在尘世间世俗地追逐；路过此岩，得此感悟，迷途知晓，神当欣慰；待儿女婚嫁逼人之事粗略办了，即卜宅依云而居。飞云岩环境清幽寂静，超尘绝俗，是诗人向往之所，最后，诗人欣慰地挥手谢岩而去。

何绍基长达 80 句的七言古诗《飞云岩》，把飞云岩上的如云奇石拟人化，运用各种形象生动的比喻，刻画云石之态，将奇形怪状的岩石写得有血有肉，栩栩如生，富有情趣，诡谲之至。又，全诗 62 个云字，似句句写云，通篇写云，奇想联翩，妙喻迭出，想象丰富，境与意谐，把人带入一个瑰丽多姿的幻化云世界，到末尾却以"寄语看诗读记人，我所道云都是石"一语结束，出人意料。其构思之巧，想象之奇，意境之雅，令人拍案

---

① （清）郑珍：《飞云岩》，（清）郑珍著，黄万机等点校《郑珍全集》（卷六），上海古籍出版社 2012 年版，第 148—149 页。

叫绝。故林昌彝称："《飞云洞》七言古一篇，倏忽变幻，鱼龙出没。"① 钱仲联评曰："七古奇作，断推《飞云岩》为压卷。……此诗具如来三十二种相，八十种好。一结画龙点睛，化堆垛为烟云，斯为神奇。"② 又云该诗："奇想破空，可称杰构。"③

郑珍的《飞云岩》诗，龙光沛先生评曰："全诗赞景幽邃，不及华秾，却形象地表现出飞云岩奇幻倏忽、隽伟深秀、别具一格的自然美。诗人缘情写景，愿'买宅''径'住，心与景契，其内心世界之清雅，合盘托出。流露出一种超然尘世的情怀。在清代众多的咏飞云岩的诗中，此诗构思立意，立格选辞，皆自有其独到处。"④ 陶文鹏先生云："郑珍是中国古代山水诗的巨擘。"⑤

前人评述精到。笔者认为，两首《飞云岩》诗，从其影响来看，郑珍《飞云岩》诗因其描摹未如何绍基《飞云岩》诗般展开想象，穷形尽相，故郑作之影响远不及何作。然何作以云写石，虽比喻贴切，想象丰富，构思精巧，终归是为写石而写石，为写石而极尽铺叙、描摹、想象之能事。换言之，何绍基只是把飞云岩上的如云之石作为赏玩的对象而已，其于诗中展现的只是山水之美与山水赏玩之乐。郑珍则不然，其用白描手法写岩，写出了飞云岩的清幽宁静与万木苍翠，但又不为写岩而写岩，而是于写岩中融自身入诗，展露其内心世界，渗透其对社会人生的感悟与思考。

综上，郑珍与何绍基都写了许多优秀的山水诗作，比较郑珍与何绍基的同名诗作《牟珠洞》与《飞云岩》，可明显见出二者山水诗的差异性，即何绍基将牟珠洞之钟乳石与飞云岩之岩石作为赏玩的对象，然后展开联想，极尽铺叙描摹之能事，山水只是其赏玩的对象而已；郑珍则不然，其登临山水，游目骋怀，既写牟珠洞之苍厓抵空与飞云岩之清幽灵秀，也直

① （清）林昌彝著，王镇远、林虞生标点：《射鹰楼诗话》，上海古籍出版社1988年版，第102页。

② 钱仲联：《梦苕庵诗话》，齐鲁书社1986年版，第212—213页。

③ 钱仲联：《梦苕庵清代文学论集》，齐鲁书社1983年版，第139页。

④ 龙光沛：《郑珍笔下的黔中山水》，载《贵州文史丛刊》1987年第3期。

⑤ 陶文鹏：《论郑珍的山水诗》，载《安庆师范学院学报》2006年第5期。

言不喜牟珠洞之钟乳石的装神弄鬼、号佛称神、迷惑民众，同时，感悟人生，直言不愿随俗追逐，不愿世俗地于人间行走一遭，喜好民风淳朴，思傍清幽绝俗之飞云岩而居，以寄托己之更高的人格理想与精神追求。正如陶文鹏先生所言：郑珍的山水诗既写雄奇瑰丽的山川风光，"也传达他的性情品格、理想志趣以及他对宇宙人生的感悟与冥思，更蕴含着他忧时伤世、同情人民疾苦的思想感情"①。总之，正因为郑珍于山水诗中多关注民生疾苦与渗透人生思考，何绍基则多以山水为赏玩对象，故二者的山水诗差异是山水之思与山水之乐的视角差异，在思想深度上，郑珍山水诗较何绍基更胜一筹。

（四）闲暇娱嬉与浮尘奔走的投影差异

何绍基与郑珍的诗歌题材，大致可归为友朋赠答、题咏书画、考订金石、山水行役、咏物抒怀、思亲念家、忧念民生等几大方面，与其对应的诗歌分类，大致为友朋酬唱赠答次韵诗、题画诗（题画、题书、题碑拓）、金石考订诗、山水行役诗、咏物抒怀诗、爱情亲情友情诗、民生疾苦诗等几大类。何绍基《东洲草堂诗钞》三十卷，收诗两千多首，友朋赠答、题咏书画、考订金石、山水纪行、思亲念家的内容占了绝大多数篇章，民生疾苦只是其中的点缀。郑珍《巢经巢诗钞》十五卷（前集九卷、后集六卷），收诗九百多首，虽不乏友朋赠答、题咏书画、考订金石、山水纪行、思亲念家的内容，但更不乏叙写农耕生活、聚焦民生疾苦、书写战争灾难的诗篇，尤其是《巢经巢诗钞》后集的三百九十多首诗，更充满了流民生活的投影和广大弱势群体奔走浮尘的哀哭无告。故而，二者的诗作，留给读诗者的阅读感受和脑际投影是不同的。

何绍基对现实社会并不冷漠，作为一名慷慨敢为的正直官吏，他是关注社会、关注民生的。其于《东洲草堂诗钞》中，有一定数量的反映现实之作。这些诗作，或描写水蝗灾害带给百姓的民不聊生，或愤慨权贵豪族的奢靡享乐，或揭露官府苛捐杂税之重，或鞭挞官场营私舞弊之丑，或叙写战后满目疮痍、民生凋敝之惨，或歌咏为民做了好事甚或抗击英寇的官吏。代表

---

① 陶文鹏：《论郑珍的山水诗》，载《安庆师范学院学报》2006 年第 5 期。

作如：《由澧州至荆州舟中作》《荆州以南陆路为水所断改由水驿》《沈小如丈津门拯溺图哲孙似竹舍人士能属题》《蝇》《郯城》《自浒墅关至虎丘》《金陵杂述四十绝句》《免海菜》《布铺地》《双洞溪左右铜厂不见一人》《普贤西向》《骡车谣同杨达夫作》《葛镜桥》《沪上杂书》《题陈忠愍公化成遗像练栗人属作》《雨后》《秋旱》等。以其《由澧州至荆州舟中作》为例，该诗是组诗，八首七绝。第一首写洞庭齐天，田庐付水；第二首写良田化海，鸿雁饥而不飞；第三首写树木水中挣扎，枝叶无多；第四首写牛瘦如柴，无田可耕，儿童不忍加鞭；第五首写大水漫田，稻根腐烂，鱼肥价贱无人买；第六首写出入城门须用船行，县令船上办公；第七首写县城泡于水中，路过船只无法计算路程；第八首写饿犬见人嗅衣，几家高于水面的农户无须担心学飞的鸡雏远飞。且举其中四首证之："水意仓皇竟失归，谁分官垸与私围？良田化作芦花海，鸿雁饥来更不飞。""江村小树逐涛波，大树争强剩几窠。水啮深根枝叶苦，不因风落本无多。""闲却耕牛罢服田，尚贪青草向湖边。一年筋力浑无用，瘦到儿童不忍鞭。""生客来前竟嗅衣，可怜荒犬见人稀。几间茅舍高于水，莫虑鸡雏习远飞。"[①] 该组诗反映了道光二十四年（1844）何绍基担任贵州乡试考官途中所历湖湘大水的情景，其哀民生之多艰的情怀宛然可见。曹旭先生说："何绍基优秀的诗歌，不是考证诗、题画诗和金石诗，而是关注民生，描写老百姓救灾的'灾害诗'，尤其是写黄河决堤，千里泽国，人为鱼虾的救灾诗，成为近代的'新乐府'和中国诗歌史上耀眼的篇章。"[②] 所言不虚。

遗憾的是，何绍基的此类诗作在《东洲草堂诗钞》中的比例过少，除了上述篇章，我们似乎找不出更多的诗篇来佐证。这为数不多的诗篇，只是何绍基关注民生的星光与点缀。何绍基长期的"凉宵命酒，伏案围棋，明窗小楷，击楫高歌"[③] 的生活，与人民群众接触较少，故而为其诗歌题

---

① （清）何绍基：《由澧州至荆州舟中作》，（清）何绍基著，曹旭校点《东洲草堂诗集》，上海古籍出版社 2006 年版，第 295 页。

② 曹旭：《论近代诗人何绍基》，载《上海师范大学学报》2008 年第 5 期。

③ 何绍基：《舟中即景八首次胡仲安韵同子敬弟作》组诗中，最后四首分别为《凉宵命酒》《伏案围棋》《明窗小楷》《击楫高歌》，见曹旭校点《东洲草堂诗集》，上海古籍出版社 2006 年版，第 121—122 页。

材带来了局限。

又，何绍基主张"诗可以戏"，即诗歌可以作为士大夫的闲情逸致与文字游戏。他曾于诗中写道："斗险搜奇不厌纤，欧阳禁体亦何严。"①"偶然得暇不肯暇，特假文字为娱嬉。"② 也就是说，何绍基虽然视"温柔敦厚"为诗之主旨，然并不排除诗歌如禁体诗般"斗险搜奇"、"特假文字为娱嬉"的文字娱戏功能。在日常生活中，何绍基经常与诗朋文友欢聚唱和，甚至也曾"连夕与儿女孙限韵作诗"。为达"诗戏"之趣，曾云："诗贵有奇趣，却不是说怪话，正须得至理，理到至处，发以仄径，乃成奇趣。诗贵有闲情，不是懒散，心会不可言传；又意境到那里，不肯使人不知，又不肯使人邃知，故有此闲情。"③ 即诗歌要有包含至理的"奇趣"，这种"奇趣"即是言说"至理"的"仄径"；同时，诗歌还要有只可意会、不可言传、含蓄蕴藉的"闲情"，这种"闲情"恰正以意境的含蓄达成为旨归。正因为持论"诗可以戏"，追求诗之"奇趣"与"闲情"，何绍基创作了众多的"闲情"诗。

何绍基的诗歌中，除大面积的诗酒唱和之诗外，举凡琐细闲事、街谈巷说、鄙语俗言、新鲜事物皆入于诗，甚至对洗脚、午睡、苦热、山坡石头、县署栏杆、饥饿体验、孤独感受、限字作诗、乡村简易轿子、写秃扔掉的毛笔等琐细闲事亦津津乐道。代表作如：《濯足》《午睡》《苦热》《群石》《栏杆》《十一月初八日舟中夜坐饥甚》《空馆》《连夕与儿女孙限韵作诗》《兜子》《败笔》等。洗脚，乃粗俗之事，不宜入诗，何绍基却不厌其烦地写了两次。如《濯足》："舟中百事好，坐卧随所便。足腻久不濯，奇痒颇妨眠。怜尔奔走材，与结清净缘。新柴拾松涧，活火煮新泉。

---

① （清）何绍基：《嘉平月雪后再用坡韵》，（清）何绍基著，曹旭校点《东洲草堂诗集》，上海古籍出版社 2006 年版，第 696 页。

② （清）何绍基：《黄子寿张力臣各枉赠长篇适见示小楼唱和诗赋此奉答并呈黄岐农杨蓬海时东洲草堂诗刻将竟》，（清）何绍基著，曹旭校点《东洲草堂诗集》，上海古籍出版社 2006 年版，第 803 页。

③ （清）何绍基：《与汪菊士论诗》，（清）何绍基著，龙震球、何书置校点《何绍基诗文集》，岳麓书社 1992 年版，第 822 页。

瓦盎深没膝，短襟聊袒肩。攥挱到腓拇，无令瑕垢缠……"① 极写洗脚的过程与心理，以及洗后五体舒畅、飘飘欲仙的感觉。又一首《濯足》诗云："凡物视所托，苦乐恒难均。不须远察万物理，头目手足一体亲。浣漱何曾一日废，吾足沾水难计旬。忽思煮雨快一濯，天膏于人无所屯。灌田为民长禾黍，洗足于我清形神。……"② 该诗先写手足头目为大自然所赐，不应有轻重主次之分，洗漱一日未废，赶快煮雨洗脚，清醒形神，再写洗脚过程，为洗掉脚上自京华带来的香尘而感到惋惜，回忆京华紫陌红尘、放旷不羁生活，再折回眼前，尽情享受濯足之乐。何绍基还写有组诗《栏杆》绝句 16 首，吟咏典试贵州所住清溪行馆之依山而建的栏杆，表达对"栏杆地"、"栏杆架"、"栏杆里"、"栏杆外"、"栏杆上"、"栏杆下"③ 的热爱。《连夕与儿女孙限韵作诗》一诗，以持鳌赏菊、骑驴游山、笔床、墨壶、纸镇、砚匣、静坐、闲眠、吃饭、穿衣等琐碎细事为题材，限字作诗。④ 再如《败笔》，以自己平时练字写秃了扔掉的毛笔为题材。又，咏素心兰之《素心兰》诗，干脆于诗前小序中点明是戏作之诗，小序云："藕舲云：'咏此花，惟心字难写出。'复戏作一首。"⑤ 诗人与友人藕舲诗酒唱和，同咏素心兰花，以"素心兰"之"心"字难以吟咏，故特戏作此诗。总之，诗人的此类诗作，无聊、琐碎之心绪露于笔端，纯属"诗可以戏"且并无"奇趣"的"闲情"之作，纯属"句子推敲日细哦，讴吟声韵贵平和"⑥ 的文字游戏之作。

与何绍基的官宦身份和诗酒娱戏的悠游自足相比，郑珍长期废居边地，生计窘迫，常常亲身加入农夫的行列中，把耕作当作栖身之道，与百

---

① （清）何绍基：《濯足》，（清）何绍基著，曹旭校点《东洲草堂诗集》，上海古籍出版社 2006 年版，第 57 页。

② 同上书，第 355 页。

③ （清）何绍基：《栏杆》，（清）何绍基著，龙震球、何书置校点《何绍基诗文集》，岳麓书社 1992 年版，第 204—206 页。

④ （清）何绍基：《连夕与儿女孙限韵作诗》，（清）何绍基著，曹旭校点《东洲草堂诗集》，上海古籍出版社 2006 年版，第 463—467 页。

⑤ （清）何绍基：《素心兰》，（清）何绍基著，曹旭校点《东洲草堂诗集》，上海古籍出版社 2006 年版，第 251 页。

⑥ （清）何绍基：《击楫高歌》，（清）何绍基著，曹旭校点《东洲草堂诗集》，上海古籍出版社 2006 年版，第 122 页。

姓一起体味农耕田居生活的日出日落。郑珍是道咸宋诗派中唯一一位大量从事农村题材创作的诗人，他叙写农耕田居生活，农时、农事、农作物、农具、农耕、农家生活、田园风光、治圃、修园、种竹、种松、喂猪、打柴、耙田、开垦荒地、烧灰除蝗、插秧晒秧、早稻收割、山蚕养殖、食野菜、烧湿薪、烤糠头火、房屋漏雨、贷米度日等，无一不入其诗。其代表作如：《治圃》《修园》《腊中种竹》《遂种松》《仉终》《雪风》《播州秧马歌》《于堰南获早稻》《遵义山蚕至黎平歌赠子何》《追和程春海先生〈橡蚕十咏〉原韵》《饭麦》《湿薪行》《糠头火》《屋漏诗》《瓮尽》《贷米》等。郑珍又于诗中反映农家疾苦，百姓或遭遇水灾旱灾，或遭遇官吏盘剥，或行于泥泞，或搏于风雪，或缺米断盐，或埋尸荒野，一一收入诗中。其代表作有：《捕豺行》《江边老叟诗》《网篱行》《者海铅厂三首》《晨出乐蒙冒雪至郡次东坡〈江上值雪〉诗韵寄唐生》《酒店垭即事》《公安》《松滋》《渡河》《观上滩者》《吴公岭》《断盐》等。郑珍生命的晚年，亲眼目睹了农民起义的爆发与战乱，自身也加入了逃难者的行列，与乡亲们一起感受着无家可归的流离和失去亲人的痛楚，他将这些形诸笔端，汇成了《巢经巢诗钞》后集六卷近四百首诗。郑珍于《巢经巢诗钞》后集六卷中叙写战争，或写人们对战争的预感与隐忧，或写战争来临之前人们对物品的收藏，或写乡民的避乱逃窜，或写战争的厮杀场面与人员伤亡，或写战争带来的科举罢试、有家难归、无家可归、心灵创伤，或写战争导致的苛捐杂税、物价飞涨、战后饥荒、乱后疫情等，堪称贵州咸同间农民大起义的"诗史"。其最具代表性的诗作是"九哀诗"，即《南乡哀》《经死哀》《绅刑哀》《僧尼哀》《抽厘哀》《移民哀》《哀郫》《哀里》《禹门哀》等。"九哀诗"几与杜甫"三吏"、"三别"相媲美。故清人唐炯评郑珍诗曰："凡所遭际山川之险阻，跋涉之窘艰，友朋之聚散，室家之流离，与夫盗贼纵横，官吏割剥，人民涂炭，一见之于诗。可骇、可愕、可歌、可泣，而波澜壮阔，旨趣深厚，不知为坡谷，为少陵，而自成为子尹之诗。"① 评述精当。

---

① （清）唐炯：《巢经巢遗稿序》，白敦仁《巢经巢诗钞笺注》，巴蜀书社 1996 年版，第1514 页。

上述分析认为，何绍基的诗歌创作题材比较狭窄，观《东洲草堂诗钞》目录，可见大量的诗篇题材为叙写日常生活、登涉山川、友朋应酬赠答，反映社会现实的题材甚少，诗作缺乏思想深度。郑珍的《巢经巢诗钞》，大面积的篇章叙写农耕田居生活、聚焦民生疾苦、书写战争灾难，尤其是《巢经巢诗钞》后集的三百九十多首诗，更充满了流民生活的投影和广大弱势群体奔走浮尘的哀哭无告。主体内容不同，阅读感受不同，最终造成了二人二诗之文字娱戏与浮尘奔走的投影差异。

综上，同出于程侍郎之门的郑珍与何绍基，身为学者，博涉群书，长于经史，精于考订，身为诗人，诗歌创作持论上都主张诗人合一，追求诗歌的"不俗"和用"自家语"、"自打自唱"，在诗歌渊源宗向上都推崇韩愈和苏轼，在诗歌创作实践中都喜作学问诗，在思想意识里都敌视农民起义。此为其共性特征。然而他们亦有本质的差异。表现为官宦名士与山野寒士的身份差异、温柔敦厚与赤手祖马的持论差异、山水之乐与山水之思的视角差异、文字娱嬉与浮尘奔走的投影差异。

何绍基对黑暗现实多有认识，对民生疾苦多有同情，并在四川学政期间力主整顿改革，但这些均以巩固清廷为前提，对清廷愚忠，思想倾于保守。表现于诗歌创作中，"论诗以厚人伦，理性情，扶风化为主。其为诗天才俊逸，奇趣横生，一归于温柔敦厚之旨"①。诗歌创作贯穿着"温柔敦厚"之宗旨，故其虽与龚自珍、林则徐有交情，与魏源是挚友，然终与这些著名思想家思想差距颇大，诗作亦"不像龚自珍、林则徐、魏源等进步思想家的诗作那样对社会富有批判力"②。故钱仲联评曰："《东洲草堂诗》，才力差足敌巢经巢，而无子尹之沉厚。"③ 曾国藩亦评价云："盖子贞之学长于五事：一曰《仪礼》精，二曰《汉书》熟，三曰《说文》精，四曰各体诗好，五曰字好。此五事者，渠意皆欲有所传于后。以余观之，此三者余不甚精，不知浅深究竟何如。若字，则必传千古无疑矣。诗亦远

---

① 林昌彝：《何绍基小传》，转引自（清）何绍基著，龙震球、何书置校点《何绍基诗文集·附录》，岳麓书社1992年版，第1074页。

② （清）何绍基著，龙震球、何书置校点：《何绍基诗文集·前言》，岳麓书社1992年版，第6—7页。

③ 钱仲联：《梦苕庵诗话》，齐鲁书社1986年版，第212页。

出时手之上，不能卓然成家。"①

郑珍没有何绍基的仕途顺利与生活优裕，他偏居山村，一生足迹基本不出贵州省境，为生计须亲自参加农耕，又为躲避战乱而饱受颠沛流离之苦，故而相比于何氏对现实世界的感知更加深刻、强烈。其诗歌创作，多聚焦民生疾苦，精心结撰忧愤深广的"九哀诗"，即使置之于杜甫"三吏三别"、白居易"讽喻诗"中，亦不逊色。然而郑珍隅居贵州遵义，1840年鸦片战争爆发，远处祖国偏僻腹地的贵州几乎没有听到鸦片战争的清晰枪炮声。郑珍没有感觉到帝国根基的强烈震颤，故而没有汇入这场爱国诗潮中，也没有生发浓烈的危机感和使命感，还寄希望于清廷的修修补补，而没有像龚自珍、魏源那样对时局有着深刻的认识和要求变革的振聋发聩的呼声。

总而言之，郑珍与何绍基才力相当，然而由于二者人生遭际差异所带来的视域差异，导致何诗终不及郑诗。郑珍关心民生民瘼，意欲有所作为，然与龚自珍、林则徐、魏源等相较，终究由于视域局限导致的认识局限，还对清廷抱着希望，其诗歌创作虽忧虑民生，揭发时弊，终究属于新旧交接之际一个比较清醒的知识分子的哀鸣。

第九节　一部《播雅》的断想

《播雅》原名《遵义诗钞》，是郑珍辑录的一部地方诗歌总集。该总集收录明清时期贵州遵义府属五县计自明万历二十九年（1601）至清咸丰三年（1853）共252年间凡220人的诗作2038首。其收录诗人诗作，以清代为主，明代为辅，共计收录明代14位诗人的诗作98首，其余均为清代诗人诗作。"播雅"二字，顾名思义，"播"者，播州，"雅"者，正也，"播雅"即播州一地文人雅士格调不凡的诗歌总集。

这样一部地域诗歌总集，考其知名度：现代版本目录学家孙殿起先生所编主要收录清代兼及少量近代文人著述的清代文献总目《贩书偶记》，

---

① 曾国藩：《曾国藩全集·家书一》，岳麓书社1985年版，第43页。

收录贵州诗歌总集五部，《播雅》系其中之一；旨在完整搜罗清代及部分民国时期著作的《清史稿艺文志及补编》《清史稿艺文志拾遗》，收录贵州诗歌总集十多种，《播雅》系其中之一；日本京都府立大学松村昂先生所著《清诗总集叙录》，收录各类清诗总集一百四十多种，《播雅》是其中唯一一部贵州诗歌总集；对清诗总集颇有研究的夏勇先生认为：贵州在清末有《播雅》等地域诗歌总集的问世，是当时地域诗歌总集编刊活动的一大亮点，"也为地方类清诗总集乃至整个清代地域诗歌总集增添了一道异彩"①；对贵州诗歌总集颇有研究的李美芳先生认为："知名度最高的府级贵州诗歌总集莫过于郑珍辑《播雅》。"② 上述考察，反映了作为地域诗歌总集选本的《播雅》的收录情况与知誉度。

诗歌总集是中国文学一种独特而重要的典籍形式，它不只是供人阅读的案头文本，还可以通过诗歌文本的阅读和诗歌总集的辑选，再现诗歌生成的背景信息，映现诗集编纂的时代背景。《诗经》即是诗歌总集的源头与经典范本，透过《诗经》文本的阅读和诗集编订成书的过程，我们可以获得关于西周初年至春秋中叶的风土人情与社会背景资讯。手抚《播雅》，将时光回溯到清代，笔者有一些关于《播雅》的断想。

一 映现清代地域诗歌总集编纂之风炽热

地域诗歌总集，是与全国性诗歌总集和家族性诗歌总集相对的概念，是指专门辑录某一省份及省下级行政单位之作家作品的诗歌总集。清代全国性诗歌总集，如沈德潜《国朝诗别裁集》、张应昌《清诗铎》、王鸣盛《江浙十二家诗选》等。家族性诗歌总集，如张廷玉《讲筵四世诗钞》、徐珂《秀水董氏五世诗钞》等。地域性诗歌总集，则如王豫《江苏诗征》、陈焯《国朝湖州诗录》等。通常，我们在诗歌总集的命名中即可看出明显的区位划分。

诗人辑选诗歌，会反映"当代"意识，记录"当代"信息，于是诗人诗歌总集的辑选便呈现出"背景化"倾向。郑珍所辑《播雅》是一部地域

---

① 夏勇：《清诗总集研究（通论）》，博士学位论文，浙江大学，2011年，第54页。
② 李美芳：《贵州诗歌总集研究》，博士学位论文，浙江大学，2013年，第88页。

诗歌总集，是郑珍辑录明清时期贵州遵义一郡之诗人诗作的诗歌总集。这种地方诗歌总集的辑录与编纂，并非郑珍的始创与突发异想。是故我们可以通过《播雅》，再现清代地方诗歌总集的编纂情况。清代地方诗歌总集的编纂，呈现出明显的地域范围的广阔性。相比较而言，清以前地域诗歌总集多集中于江苏、浙江、安徽、福建、江西、广东等地，如唐殷璠所辑《丹阳集》、宋孔延之等辑《会稽掇英总集》、元汪泽民等辑《宛陵群英集》、明陈是集所辑《滇南诗选》等，北方广大地区、西南边陲地区罕有地域诗歌总集编刻。"这种地域选本发展不平衡的情形在清代得到了较大的改观。一方面，江南与浙江等东南地区的编纂风气愈加兴盛；另一方面，北方、西南等地的清诗选本也逐步增多，形成了以江、浙地区为主导，其他地区渐次辐射的地域选本格局。"① 据王兵先生的不完全统计，清诗地域诗歌总集总计为 270 多部。江苏、浙江、安徽三地有 172 部，约占总数的 2/3，其余辐射于广东、山东、福建、湖北、四川、山西、云南、贵州、湖南、广西、江西、河南、陕西、甘肃、辽宁和吉林等地。又据马卫中先生考证，清代各省有各省的总集，各府有各府的总集，各县有各县的总集，甚至一乡一村也有总集。② 这种诗歌总集生产的地域广阔性与地域辐射状况，尤其是辐射于文化氛围不够浓厚的偏远荒蛮之地，反映了当时地域诗歌总集编纂蔚然成风。以贵州清代的诗歌总集生产而言，嘉庆间傅玉书辑《黔风录》12 卷，系贵州第一部诗歌总集，开贵州地方诗歌总集之先声。继之，咸丰三年（1853）郑珍刊刻《播雅》24 卷，系遵义一郡之诗人诗集；咸丰八年路璋等辑《蒲编堂诗存》4 卷，系贵州毕业路氏一族一姓之诗集；同治十二年（1873）莫友芝等辑《黔诗纪略》33 卷（专收明诗），系贵州一省之诗人诗集；光绪十三年（1887）周鹤辑《黔南六家诗选》，系贵州黔南六家诗人诗作集；宣统三年（1911）莫庭芝等刊刻《黔诗纪略后编》30 卷（专收清诗）、陈田辑《黔诗纪略补编》3 卷，系贵州一省之诗人诗集；等等。这些贵州地方诗歌总集，涵盖一族一姓、一县一郡，甚或一省，为贵州明清时期诗歌总汇，反映了明清贵州诗歌创作

① 王兵：《清人选清诗与清代诗学》，博士学位论文，北京语言大学，2009 年。
② 马卫中：《光宣诗坛流派发展史论》，苏州大学出版社 2000 年版，第 20 页。

的盛况，更反映了清代贵州地方诗歌总集编纂的盛况。以地处内陆交通不畅的贵州为观测点，可管窥清中叶以来西南地区的诗歌总集编纂状况，王兵先生说：清中叶以来，西南地区如蜀、滇、黔、桂等地区的地域诗歌总集编纂蔚然成风，涌现出了如《国朝滇南诗略》《国朝全蜀诗钞》《峤西诗钞》《播雅》等一批有代表性的清诗地域选本。[①] 又，以西南地区为观测点，更可管窥清代地域诗歌总集的生产盛况了。

清代地域诗歌总集生产的数量之多、卷帙之大、辐射地域之广，皆非前代可与并肩。通过《播雅》反观清诗总集生成的背景资讯，可映现出这一场景："大规模地辑录某一地区诗人诗作的活动，在清代已经成为一种普遍现象。"[②] 正是基于这种普遍性，才促成了清代诗歌创作的全面繁荣，促成了清代地域诗歌编纂之风的炽热，当然也促成了地域诗歌总集《播雅》的辑录与编纂。

二　映现清人对地域文化之重视

我国最早的诗歌总集《诗经》之《国风》即按 15 个地域汇编诗歌，显示各地风土人情之异，倡文学地域分类之先声。诗歌编纂以地域为分类标准，则呈现出强烈的地域印记。这种地域印记，反映了文学创作的地域特征。反过来，通过这种地域印记或地域特征，又可考察诗歌生成的文化地貌，即通过郑珍所辑播州地方诗歌总集《播雅》，可映现清人诗歌总集生成的文化背景：清人重视地域文化。

为更客观地体味地域诗歌总集的地域特征，我们先比较一下地域性诗歌总集与全国性诗歌总集的编选目的与选诗标准。全国性诗歌总集的编选目的在于汰芜收华，注重筛选名家名作，以荟萃一代之精华。地域性诗歌总集的编选目的则在于收录一郡一邑之艺文，注重网罗乡邦文献，以汇集一地之人事。在选诗标准上，全国性诗歌总集注重"以诗存人"，以诗歌质量为衡量标准，地方上的普通诗家诗作很难入选，甚至名家质量较次之作亦被删汰。而地域性诗歌总集则多采用"以诗存人"和"以人存诗"

---

① 王兵：《清人选清诗与清代诗学》，博士学位论文，北京语言大学，2009 年，第 206 页。
② 同上书，第 209 页。

相结合的方法，质量稍逊之作抑或选录，以尽可能地保全乡邦文献。诚如清代学者王应奎编纂《海虞诗苑》所言："是集之选，以诗存人也，而亦以人存诗。苟其人可传，诗虽不甚工，间亦采入。"① 阮元辑《两浙輶轩录》亦云："因诗存人，则诗在所详；因人存诗，则诗在所略。"② 可见，由于二者编选目的和编选标准的不同，地方诗歌总集的地域性才表现得尤为明显。

通过诗歌的地域性，我们可以考察诗歌生成的文化地貌。清代地域性诗歌总集之多，卷帙之浩繁，辐射地域之宽广，非前代可望其项背。马卫中先生在《光宣诗坛流派发展史论》中说："我们现存的地方性诗歌总集，十之八九为清代所编，当时，各省有各省的总集，如《国朝山左诗钞》《两浙輶轩录》《国朝山右诗存》《江苏诗征》《国朝畿辅诗传》；各府有各府的总集，如《国朝杭郡诗辑》《徐州诗征》《国朝湖州诗录》《津门诗钞》《淮海英灵集》；各县有各县的总集，如《东皋诗存》《梁溪诗钞》《国朝松陵诗征》《海虞诗苑》《青浦诗传》；甚至一乡一村有也总集，如《梅里诗辑》《贞丰诗萃》，地域性诗歌流派，因之探到源头，并不断远播。"③ 各省、各府、各县，甚至各乡各村都有诗歌总集出现，为何会有如此壮观的地域诗歌生产场景呢？其背后有怎样的文化地貌呢？其背后映现的必须是清人对地域文化的重视。换言之，是清人对地域文化的重视，刺激了地方类诗歌总集的生产。马卫中先生说："在清代，对地域文化的重视，也推动了诗歌流派的繁荣。地域文化被强调的标志，是方志与家谱的修纂。表现在诗歌领域，则是地方性总集的选编。"④ 清代方志和家谱纂修的繁盛我们无须赘言，地方性诗歌总集生产的壮观场景前已述之。无疑，我们可以得出结论：清人重视地域文化。

---

① （清）王应奎、瞿绍基编，罗时进、王文荣点校：《海虞诗苑海虞诗苑续编·附录·海虞诗苑凡例》，上海古籍出版社 2013 年版，第 652 页。

② （清）阮元等辑，夏勇等整理：《两浙輶轩录·两浙輶轩录凡例》，浙江古籍出版社 2012 年版，第 2 页。

③ 马卫中：《光宣诗坛流派发展史论》，苏州大学出版社 2000 年版，第 20 页。

④ 同上。

三 凸显郑珍之士子桑梓情怀

清代地方性诗歌总集的辑录，往往凝聚着辑选者强烈的地域观念与士子桑梓之情。一代文宗阮元，征刻江浙诗集，先后编刻的诗集有《淮海英灵集》《两浙輶轩录》《江苏诗征》等，饱含地域之情与士子桑梓情怀。其于《淮海英灵集》序中云：

> 吾乡在江淮之间，东至于海，汉唐以来，名臣学士概可考矣。我国家恩教流被百余年，名公卿为国树绩，其余事每托之歌咏，节臣、孝子、名儒、才士、畸人、列女辈出其间，虽不皆藉诗以传，而钟毓淳秀发于篇章者，实不可泯。元幼时即思辑录诸家，以成一集，而力未逮。入都后勤于侍直，亦未暇及此。乾隆六十年，自山左学政，奉命移任浙江，桑梓非遥，征访较易，遂乃博求遗籍，遍于十二邑，陈编蠹稿，列满几阁，校试之暇，删繁纪要，效遗山《中州》十集之体，录为甲乙丙丁戊五集，以壬集收闺秀、癸集收方外，虚巳庚辛三集，以待补录，曰《淮海英灵》者。①

阮元怀着对乡贤的崇敬与地域关怀之情，汇乡贤之诗作于《淮海英灵集》，效元遗山《中州集》之体，"每人各为小传数行，以纪爵里事迹，或以诗存人，或以人存诗"②，不止于保存当地地方文献有不可磨灭之功。

阮元地方诗集征刻的桑梓意识，代表着清代地方诗歌总集编纂者的普遍情怀。一部《播雅》，亦将郑珍对家乡遵义的地域情怀与桑梓之情展露无遗。其于《播雅》自序中云：

> 余束发来，喜从人问郡中文献，得遗作辄录之。久乃粗分卷帙，名曰《遵义诗钞》，弃箧衍有年矣。……例皆仿元裕之、沈客子遗意：或因诗存人，或因人存诗，或因一传而附见数人，或因一诗而附载他

---

① （清）阮元：《淮海英灵集序》，（清）阮元辑《淮海英灵集》，中华书局1985年版，第1页。
② （清）阮元辑：《淮海英灵集·凡例》，中华书局1985年版，第1页。

文，按及他事，要据前钞，略备一方掌故。体非选诗，必可准绳；亦非征诗，必侈人数，观者谅诸。①

这里，郑珍自叙青少年时即喜收集地方文献，每有发现辄收录之，长期有意识地收集，积累甚多，编次为《遵义诗钞》。诗集的体例仿照元好问、沈德潜辑辑诗体例，或以诗存人，或以人存诗，或因一传而附见数人，或因一诗而附载他文，按及他事。目的不在于选诗，故言未有统一的选诗标准，目的亦不在于征诗，故言不求诗多诗人多；目的只在于"略备一方掌故"，即保存播州之地方文献，传播播州之人文俊杰，其"以诗存史"即借播州之人之诗存播州之人之诗之史之意非常明显，地域乡邦情怀不言而喻。其好友唐树义于《播雅》序中云：

> 子尹之学，精核淹赡，于乡国文献尤所究心。尝慨然谓"播之称诗者前此概未有采辑"。于是孜孜搜讨，广咨碎掇，钩沉发幽，凡十有余年，再易稿，诠次乃定。都为二十四卷，梓行之，而播之诗始蔚然可观。预是选者，人系以传，传纬以事，凡贤哲出处、政治、学术、议论、著录，与夫山川、疆域、要害、名胜、风俗、物产，莫不博证旁见，耆旧掌故，略赅备焉。匪直以诗而已，其用意可不谓勤哉！②

唐树义之序，证实郑珍对乡邦文献的尤为关切，对播州诗歌此前无人辑录的慨然有叹，郑珍继之的广为搜讨，十余年的勤搜不辍终成卷帙，以及从诗集内容的不限于诗所映现的郑珍辑诗的良苦用心：存播州之人、存播州之诗、存播州之史。至此，一部《播雅》凸显的郑珍地域情怀与桑梓之情，无须赘言。

---

① （清）郑珍：《播雅引》，（清）郑珍著，黄万机等点校《郑珍全集》（七），上海古籍出版社2012年版，第5页。
② （清）唐树义：《播雅序》，（清）郑珍著，黄万机等点校《郑珍全集》（七），上海古籍出版社2012年版，第3页。

四 凸显郑珍于贵州诗歌总集编纂体例之先导与典范

诗歌总集编纂有不同的编纂体例，《名家诗永·凡例》云："或分人，或分地，或分体，或不用圈点，或注而不评，或评注多于诗，为例不一。"① 究竟按照何种形式编纂，完全是编纂者的个性化选择。同时，不同的编纂体例表现出编纂者不同的编辑风格，亦给读者提供了不同的检索途径。刘和文先生考清人诗歌总集之编排体例，归为五种：以类标目，以诗系类；以人标目，以诗系人；以体标目，以诗系体；以时标目，以诗系时；以地标目，以诗系地。② 考郑珍《播雅》之编纂体例，属以人标目、以诗系人类。总体而言，郑珍《播雅》的编纂体例，可谓贵州诗歌总集编纂体例的先导与典范之作。

（一）存人、存诗、存史兼备；小传、"附"、"按"、"注"兼设

郑珍《播雅》的编纂体例，其于《播雅》序中云："例皆仿元裕之、沈客子遗意：或因诗存人，或因人存诗，或因一传而附见数人，或因一诗而附载他文，按及他事，要据前钞，略备一方掌故。体非选诗，必可准绳；亦非征诗，必侈人数，观者谅诸。"③ 元好问辑《中州集》凡十卷，其体例是以人为标目、以诗系人，"每个作家各系小传，或者详细记载他的生平，或者传述他的名句，评论他的诗歌，还常在这些小传中附载有关他人的事迹，或附记其他事实，有时还对某些历史事实加以论断，这些都可以看出他的'以诗存史'的用意"④。沈德潜编《明诗别裁》与《清诗别裁》，坚持"因诗存人，不因人存诗"的原则，以"备一代之掌故"⑤。郑珍辑《播雅》，结合二者体例，既"因诗存人"亦"因人存诗"，既以人为目又以诗系人；重视小传编写，每位诗人名后各系小传，小传记载诗人生平行事或著述作品，或附载他人他事，较前人小传更为充实丰富（下文

---

① （清）王尔纲辑：《名家诗永·凡例》，康熙二十七年（1688）砌轩刻本。
② 刘和文：《清人选清诗总集研究》，博士学位论文，苏州大学，2009 年，第 29—30 页。
③ （清）郑珍：《播雅引》，（清）郑珍著，黄万机等点校《郑珍全集》（七），上海古籍出版社 2012 年版，第 5 页。
④ （金）元好问编：《中州集》（前言），中华书局 1959 年版，第 1 页。
⑤ （清）沈德潜等选编：《明诗别裁·沈序》，商务印书馆 1933 年版，第 1 页。

有专门述及）；诗后，根据需要设有"附"、"按"、"注"项目，对诗歌中涉及的人、事、物、文，作必要的补充说明、考证评论，或附录；编纂不为选诗，故无统一诗选标注；不为征诗，故不追求诗作之多；只为"略备一方掌故"，含"以诗存史"之意明显。总之，可归结为存人、存诗、存史并重。

"附"，即附录，位置放在诗作后。如《播雅》卷十一之《郑献虞先生瑄》条，因录郑瑄诗作《书沥胆遗事后》，虑及后人不解诗意，遂附录陈启相所撰《沥胆遗事》① 一文于诗后，篇幅长达1100多字；又如，卷二十三之《刘主事之征妻李氏》条，录刘之征妻李氏《绝命词》八首，后附录罗兆甡《绝命词跋》② 一文，该跋文系罗兆甡在寒夜酒阑之际读李氏《绝命词》后的感慨与解读之词，跋文长约400字。这些附录的文章，对了解诗作背景和解读诗作很有帮助。

"按"，即按语，郑珍用来对诗歌涉及的内容做解释、说明、提示、考证或评论，位置放在诗作后。按语在诗集中使用颇多，长短不拘，形式灵活。篇幅短者可寥寥数语，如卷一之《程副使生云》条，录程生云诗《怀白亭》（怀白亭：怀念李白之亭名），诗后按语简洁明了，按曰："亭，旧《蜀志》谓在桃源洞内。今址不存。"③ 以寥寥数字交代怀白亭原方志记载的具体位置与现存与否的情况。篇幅长者可长篇大论，如卷八之《李岁贡铭诗》条，录李铭诗《桐梓驿读太白碑》一诗，诗后按及遵义桐梓之太白碑的具体位置、康熙中四川学道王奕清《重修太白碑亭记》的内容大略，以及王学道按试播州捐俸修葺太白碑的心情与修葺始末等④，按文篇幅400多字。又如卷十三之《李丹吾凤翮》条，录李凤翮七言诗《二郎滩》，以赤水的流向考论二郎滩的具体位置，以《汉书·地理志》和《水经注》考

---

① （清）陈启相：《沥胆遗事》，（清）郑珍著，黄万机等点校《郑珍全集》（七），上海古籍出版社2012年版，第276—277页。
② （清）罗兆甡：《绝命词跋》，（清）郑珍著，黄万机等点校《郑珍全集》（七），上海古籍出版社2012年版，第585页。
③ （清）郑珍著，黄万机等点校：《郑珍全集》（七），上海古籍出版社2012年版，第26页。
④ 同上书，第196—197页。

论赤水的流经区域，指出《水经注》之误①，篇幅近700字。这些"按"文，融解释、说明、提示、考证、评论、方志记载等于一体，对存一方掌故很有帮助。

"注"，即注释，一般位于诗题或诗作之后，篇幅短小，如卷十一之《郑献虞先生珰》条，录郑献虞诗作《题琭翁叔父新得前辈卞太和先生手迹册子示从弟菘》，于诗题后云："珍谨注：曾祖讳菘，字雪容，琭翁府君长子，遵义处士。"② 对人际辈分关系作简要提示与说明。这种"附"、"按"、"注"的体例形式，十分利于读者解读诗人诗作，了解文献掌故。

又，郑珍在诗歌总集的编撰上，选人选诗不仅关注乡邦诗人诗作，亦关注和本地相关的诗人诗作。观《播雅》目录，所辑者不仅是遵义一郡之诗人，还将"流寓"、"方外"者收入集中。对"方外"诗人的作品直接单独标目，对流寓诗人的作品不进行单独分卷或标目，而是将其直接列入正文文本。"方外"诗人，目录即见，如《播雅》之卷二、卷二十四。"流寓"诗人，郑珍视其为郡人，一并纳入郡人乡贤之中。如卷一之陈高士震祥、陈御史启相。陈震祥，明朝人，平播后由四川来遵义占地居住，因其高风亮节，郑珍以为高士。陈启相，四川人，曾官河南道御史，明亡后弃家为僧，康熙年间来遵义，隐居遵义掌台山寺。对于此类"或徒占，或宦游、侨寄，或避奢安、张李难"来遵义者，"近似流寓"，郑珍视其为庶子，谓"既为别子，实即郡人"③，故与遵义乡贤一并收录，不分彼此，不单独标列。郑珍诗集的编纂改变了以往地方诗歌总集只依诗人籍贯、只收乡贤作品的惯例，在诗选中兼收流寓者作品与方外之作，建构起人文区域观念。这种地域观念的由重"同里"到重"同调"，反映了清人地域观念的变化和进步。

由《播雅》先导的这种编纂体例，贵州后之诗集编纂承继之。莫友芝《黔诗纪略》在编纂体例上，"因诗存人，亦因人存诗，旁征事实，各系以

---

① （清）郑珍著，黄万机等点校：《郑珍全集》（七），上海古籍出版社2012年版，第334页。
② 同上书，第279页。
③ 同上书，第19页。

传，而大要以年为次；无诗而事实可传、文字有关暨山川可考者，相因附见，按以证之；国朝人文字足备掌故者，间附录焉"①。《播雅》的影响，宛然可见。故李美芳先生说："从容量和质量上看，郑珍辑《播雅》都可谓府级贵州诗歌总集中的翘楚，其成功的编纂体例更是后世贵州诗歌总集竞相模仿的样板。"②

（二）开设四级目录

目录，是书籍正文前所载的目次，它反映全书的结构框架，并为读者提供便利的检索途径。观中华书局上海编辑所编辑 1959 年版元好问《中州集》（上下册），采用三级目录：卷次、诗人名单、诗题。商务印书馆 1933 年版沈德潜《明诗别裁》，采用三级目录：册次、卷次、诗人名单。河北人民出版社 1997 年版沈德潜《明诗别裁集》则采用二级目录：卷次、诗人名单。

观贵州大中型诗歌总集，基本上都编有目录。"就层级而言，贵州诗歌总集的目录从一级到四级，多种多样。其中又以二级和四级为主要类型，一级和三级则并不常见。"③ 仅有一级目录者，如黎庶昌辑《黎氏家集》，在总目中按世系排列各家别集。顾立志辑《怀浙堂先世遗诗》，不分卷，目录直接开列作者名单。二级目录，一般以卷为纲，卷下开列诗人名单，是贵州诗歌总集目录的基本样态。如傅玉书辑《黔风》、傅汝怀辑《黔风演》等。三级目录，以陈田辑《黔诗纪略补编》为代表，采用朝代、卷次、人名的三级目录形式。四级目录，以郑珍辑《播雅》为代表。该集目录在卷次之下分为明代和清代，朝代之下分为男士、女士和方外，身份之下再开列诗人名单。目录层次分别为：卷次、朝代、诗者身份、诗者名单。由《播雅》开创的这种四级目录形式被后世贵州诗歌总集争先效仿，如莫友芝等辑《黔诗纪略》、陈田等辑《黔诗纪略后编》、赵旭等辑《桐梓耆旧诗》等都大致如此。④

---

① （清）唐树义等辑，关贤柱点校：《黔诗纪略·卷首题记》，贵州人民出版社 1993 年版，第 1 页。

② 李美芳：《贵州诗歌总集研究》，博士学位论文，浙江大学，2013 年，第 90 页。

③ 李美芳：《贵州诗歌总集体例安排刍论》，载《贵州大学学报》（社会科学版）2013 年第 1 期。

④ 同上。

（三）重视小传编写

诗歌总集的编纂，编纂者往往会以小传的形式对诗人作简要介绍，小传成为读者解读诗人诗作的第一道窗口，篇幅一般短小精悍。如唐殷璠所辑《河岳英灵集》，于诗人名下小传，简要介绍诗人性情、人生遭际、诗作风格，或名句品评等。元好问所辑《中州集》、阮元所辑《淮海英灵集》等，均于诗人名下小传，介绍诗人字号、爵里、科第情况、职位身份、性情、著述等，简明扼要。

在贵州诗歌总集中，正式的小传往往分散于各个作者之下，由编者亲自撰写，或由编者他处征引。从现存第一部贵州诗歌总集傅玉书所辑《黔风》开始，小传便成为贵州诗歌总集的重要组成部分。傅玉书所辑《黔风》之小传，内容包括作者字号、籍贯、科名、官职和著述等，由编者傅玉书本人撰写。稍后傅汝怀辑《黔风演》，小传体例同之。考郑珍所辑《播雅》小传，内容上，涵盖诗人字号、籍贯、科名、职位、性情、交游、一生行事、人生遭际、生卒、著述情况、录诗来源、方志记载等，内容广泛。形式上，随辑所需，长短不拘，长者颇多，形式灵活。短小精悍者，可仅有籍贯、身份信息，内容不足 10 字；长篇大论者，关涉信息颇多，篇幅可长达 1000 多字。短者不足言，长者，如卷九之《罗御史弥高》小传 400 多字，卷十七之《张河西自信》小传 500 多字，卷十四之《黎府君安理》小传 600 多字，卷一之《陈御史启相》小传 700 多字，卷六之《李知山专》小传 800 多字，卷五之《李北山先生先立》小传 900 多字，卷二之《颠仙》小传 1000 多字，卷二十二之《郑秀才学山》小传约 1300 字。小传篇幅越长，为读者提供的诗者信息就越丰富，越有利于读者解读诗人诗作，越有利于编者存人、存诗、存史。

诗集小传篇幅的加长，赋予了小传更多的信息传递功能。郑珍开启了地方诗歌总集编纂重视诗人小传编写的先河，李美芳先生说："《播雅》开创了贵州诗歌总集强调作者小传编写的先河。《播雅》中的传记文字成百上千，其中部分出于编者郑珍之手，部分来源于方志等其他文献，其详尽程度前所未有。正因为如此，《播雅》也成为后世贵州诗歌总集的小传的来源。"① 所言不虚。

五 显现郑珍于女性诗人之关注

自古以来，"女子无才便是德"，女性诗歌创作一直处于中国文学的边缘地带。明清以前，女性诗歌不受重视，致使"名媛之集，镌印不多，红香小册，绿窗零帙，流传极少，搜求非易。著录所载，或一书而数名，或名同而实异，或有目而无书，或名亡而实存"②。"至有清一代，女性之中，名媛杰出。如蕉园七子、吴中十子、随园女弟子等，至今犹脍炙人口。不有好事者为之表彰，譬诸落花飞絮，随风湮没，可胜惜乎?"③ 出于对女性诗才的惋惜，有清一代有热心男士为女性诗人收集、出版诗选，抢救和保存了一大批可能湮没和失落的诗歌文献。如顺治间邹漪辑《诗媛十名家集》、康熙间胡孝思等辑《本朝名媛诗钞》、乾隆间汪启淑选编《撷芳集》、嘉庆间袁枚辑《随园女弟子诗选》、道光间蔡殿齐辑《国朝闺阁诗钞》、咸丰间黄秩模辑《国朝闺秀诗柳絮集》，光绪间许夔臣辑《国朝闺秀香咳集》等。这些女性诗歌选本，对女性诗歌传播和才女声名流播起到了积极的推动作用，客观上也鼓励了女性诗人的创作热情，同时也壮大了有清一代的诗家群体，丰富了清代诗坛的创作群体格局，促进了清代诗歌史的完整呈现。

郑珍也是有清一代热心为女性诗家收集、出版诗歌的男性之一。只是囿于地域与文教的限制，作为府县级行政级别的播州，其女性诗人数量、诗作多寡与诗作质量，均不能与文化发达之地相提并论。再者，郑珍有搜集之艰和视域之限。昔者阮元辑《两浙輶轩录》，"以巍科显仕，发微阐幽，登高而呼者声加疾，其集事也不难。"④ 阮元以其官宦之身，登高一

---

① 李美芳：《贵州诗歌总集体例安排刍论》，载《贵州大学学报》（社会科学版）2013年第1期。

② 胡文楷编著，张宏生等增订：《历代妇女著作考·自序》，上海古籍出版社2008年版，第6页。

③ （清）清晖楼主人：《清代闺秀诗钞·序》，（清）红梅阁主人辑，（清）清晖楼主人续辑《清代闺秀诗钞》，上海中华教育社石印本1922年版。

④ （清）胡枚：《黔风录原序》，（清）傅玉书辑《黔风旧闻录》，清道光刻本，第5b页。

呼，而云集响应，而郑珍乃一介寒士，需亲自奔走，百计搜求，或阅地方志乘，或查家族氏谱，或搜佛寺旅邸墙壁，或搜墓碑石刻，身份有限，视域有限，故而搜集有限。

观《播雅》目录，郑珍搜集到的女性诗人诗作并不多，总括起来，有女性诗人 8 位（明代 1 人、清代 7 人），女性诗歌 68 首（明代 8 首、清代 60 首）。具体而言，8 位女诗人中，烈妇 3 人（周参将正妻汪氏、刘主事之征妻李氏、张睿妻王氏），节妇 3 人（谭岁贡允文妻李氏、王学正德洵妻刘氏、王举人青藜妻孙氏），节烈女诗人占了女性诗人人数的 75%。68 首女性诗人诗歌，多为绝命词、伤春悲秋、离别相思、闺阁哀怨、写景咏物、咏史抒怀之作，其中绝命词 17 首：周参将正妻汪氏闻丈夫战死，投缳自尽，洒血作《雉经歌》8 首；刘主事之征妻李氏路遇叛军，为保全节而自尽，赋《绝命词》8 首；张睿妻王氏结婚不到一年夫死，殉夫自尽，赋《绝命词》1 首。绝命词占了女性诗人诗歌总数的 25%。这些数据，为我们定格了遵义明清时期女性生活的画面与情感世界，更反映了明清时期主流社会之主流价值观对于女性的价值要求，以及女性自身拘于时代所限的可悲的价值认同。

郑珍辑选诗歌自有其作为男性选诗家对女性妇德懿范的价值要求，我们对此持反感与不认同态度，但并不能因此而否定郑珍对女性诗人的关注。拘于女性诗人诗作数量的限制，郑珍没有专为女性诗人编纂诗集。然观《播雅》之目录，郑珍还是给予了女性诗人足够的关注和热情。贵州诗集，于女性诗作而言，一般会在正文中录入或以附录形式录入，不会于书目为女性单独设立目录，如佚名辑《全黔诗萃》等。郑珍辑《播雅》，目录中对诗者身份的大类划分，分为男士、女士、方外三类，单独设"女士"一目，是贵州诗歌总集编者对女性诗人诗作给予充分肯定的开始。该集在目录中为女性单独编目，在"明"和"国朝"部分末尾分别开列了"女士"之目。受作品数量的限制，《播雅》中的明代"女士"之目杂入卷二，未独立成卷；清代"女士"之目，则独立成卷，即卷二十三，专门收集女性诗人诗作。郑珍《播雅》单独为女性编目的这一编排体例，后来被莫友芝等辑《黔诗纪略》、陈田等辑《黔诗纪略后编》所沿用。由于郑珍在诗歌总集编纂中为女性单独设卷编目，单设"女士"之目，从此贵州诗歌总集中"女士"的地位被强调突出出来。

综上，基于诗人辑选诗歌会反映"当代"意识、记录"当代"信息，于是诗人诗歌总集的辑选便会呈现出"背景化"倾向；又基于诗歌辑选会反映辑选者的关注视域，体现编纂者的编纂个性，于是诗人诗歌总集又会呈现出辑选编纂者的编纂个性等个人资讯。通过地方诗歌总集《播雅》，我们获知关于清代地方诗歌总集编纂的背景信息：清代地域诗歌创作热情高昂，地域诗歌总集编纂辐射地域宽广，地域诗歌总集编纂之风炽热；清朝人重视地域文化。通过郑珍对地方诗歌总集《播雅》的诗歌辑选与编纂成书，我们获知关于郑珍的个人资讯：郑珍辑诗注重存人存诗存史并重，饱含地域关怀与桑梓情怀；编纂开设四级目录，增设"女士"一目，专为女性诗家标目，关注女性诗人诗作；重视小传编写，小传篇幅加长，赋予小传更多的信息传递功能；"注"、"按"、"附"兼设，以期为读者提供更详尽的文本信息。

此外，关于郑珍《播雅》诗歌的搜求之艰、编纂意图、编排体例、诗作分类、地方文献价值等相关信息，黄永堂先生所撰《论〈播雅〉》一文言之甚详，兹不赘述。该文载于《贵州文史丛刊》1987 年第 1 期，可详见之。

第四章 郑珍的散文研究

郑珍的散文主要收录于《巢经巢文集》和《母教录》中，体裁众多，内容丰富。究其散文创作的旨趣，与桐城派大异其趣；观其在黔中文坛的位置，堪称首屈一指。咀嚼其散文创作特色，由于其生活在清代朴学的土壤，首先是作为一个学者而存在，故具有浓郁的学术气质；又由于其生长于边陲之崇山峻岭中，故具有"大山风格"；同时，又不乏归有光般的悱恻沉挚、柳宗元般的奇峭清丽、苏轼般的旷达超脱与韩愈般的尖锐嘲讽。再者，《巢经巢文集》中收录的二十篇韩诗跋文，是郑珍对韩愈诗歌研究的考辨札记，代表了郑珍对韩愈诗歌研究的学术贡献。为凸显郑珍诗歌创作的习染所自与丰瞻渊源，故将对此二十则韩诗跋文的分析已前置于郑珍诗歌研究章节，可互参之。

第一节 桐城派主导下的清代文坛

纵观清代文坛，真正称得上成派别、有影响的古文流派，无非桐城派、阳湖派、湘乡派、骈文派四大派别。前三者属于古文流派，后者属于骈文流派。细察四大流派之见的相互关系以及在清代的影响力，实际上是桐城派处于主导地位。

桐城派产生于康熙至乾隆年间，是清代影响最大的散文流派，持续时间长达二百余年，几与清朝相始终。它尊奉程朱道统，并以承继秦汉以至唐宋八大家的文统相标榜。作为清代最有影响的古文流派，它有一套自己的古文理论。其创始人方苞，首先提出"义法"理论，"义"即"言有物"，"法"即"言有序"，"义"决定"法"，而"法"体现"义"，即讲求言之有物与文有条理。继之，刘大櫆进一步提出"因声求气"说，讲求于"音节"求"神气"、于"字句"求"音节"的为文门径。随后，姚鼐又在此基础上提出"义理"、"考据"、"辞章"三者相结合，"神理气味"和"格律声色"八字兼具的主张，将方苞的理论进一步系统化与细密化。至此，桐城派理论体系完成。桐城派讲求"义"，即以儒家思想为指导，要求不违反儒家伦理道德，与韩愈、柳宗元、欧阳修古文以及明代古文一脉相承。但桐城派与前人古文的最大区别在于：强调"法"，并总结出一系列具体的古文写作方法。正因为如此，桐城派成了清代散文影响最大的流派。

阳湖派则是桐城派的分支，其治古文因不愿受桐城文论的束缚，兼收子史百家、六朝辞赋，以博雅放纵取胜，而自成一派。其代表人物为恽敬、张惠言。阳湖派不满于桐城派行文规矩之束缚，在创作实践上与桐城派不一致，但其师承桐城派"义法"理论，文学主张基本相同，故隶属于桐城派。

湘乡派，因其代表人物曾国藩为湖南湘乡人而得名。它兴起于道光末年，倡导义理、考据、辞章、经济四者合一，呈一时之盛。湘乡派则是桐城派的余脉，它于桐城派所标榜的义理、考据、辞章之外另加"经济"一条，使文章内容更面向社会现实。所以，湘乡派是桐城派的继承与发展，亦隶属于桐城派。

骈文，是一种与奇句单行的古文形成鲜明对比，以双句（偶句）为主，讲求对仗与格律的文体，亦称骈体文、骈偶文或四六文等。清中叶，出现了骈文"中兴"气象，以汪中为代表的骈文派，成为与"桐城派"古文尖锐对立的一个文派。当然，骈文由于文体自身的原因，其表情达意受到局限，故根本不足以与达意明快的古文相抗衡。

综上，纵观整个清代文坛，实处于桐城派文风的主导之下。客观地说，桐城古文在反对八股文，反对骈文的形式主义方面，功不可没，但其弊在于：为文须以"义"为经，以"法"纬之，讲求"神气"、"音节"、

"字句"，讲求"格律声色"与"神理气味"，清规戒律太多，作文拘谨，妨碍了作者的自由书写。

第二节　清代黔中文坛

纵观清代贵州文坛，总体来说，以散文名家者寡，有散文存目者众；以散文存目者众，有作品现存者少。从现存的这些作家作品来看，作家或不足以名为大家，但在黔中文坛却是有名有姓、堪称大家者，并载入了贵州地方文学史的史册。这些人物，在贵州的天空，虽不言多，倒也如天上的星星般，择其最亮者，可以数出一串，如周渔璜、陈法、傅玉书、犹法贤、莫与俦、莫友芝、郑珍、郑知同、黎庶昌、黎汝谦、黄彭年、丁宝桢、陈夔龙等。在这串星星中，其散文创作，有以桐城派为宗者，但更多的却是不受约束、自出机杼者。

傅玉书（竹庄）、犹法贤（西樵）是乾嘉之际以古文著称的贵州作家，二人关系友善，常共同切磋作古文之法。傅玉书在《与犹西樵论文书》一文中，便用桐城派散文"雅洁"的艺术标准来衡量犹氏散文《震天洞记》。陈田《黔诗纪略后编·傅玉书传证》记载，二人"讲求古文家法，得之理实气味之间"[①]。又，黄万机《贵州汉文学发展史》云："傅玉书为文，遵循方苞为首的'桐城派'义法，以司马迁及唐宋八大家为圭臬，是贵州最早的'桐城派'散文家。"[②] 即傅玉书等是最早以桐城派理论武装自己并以之进行散文创作的贵州散文作家。

道咸同光时期，贵州的散文亦如诗歌般形成了一个高峰，作者主要集中于莫氏父子、郑氏父子、黎氏叔侄中。莫与俦有《贞定先生遗集》四卷，其中三卷为散文，凡二十五篇。其《栈道民家宿记》一文是揭露官兵扰民害民的檄文；其《先王父马赞》一文被选入《清文观止》，堪称全国一流散文佳作。莫友芝有《邵亭遗文》八卷，凡散文六十八篇，《中国近

---

① （清）陈田：《黔诗纪略后编》，转引自黄万机《贵州汉文学发展史》，贵州人民出版社1999年版，第499页。

② 黄万机：《贵州汉文学发展史》，贵州人民出版社1999年版，第499页。

代文学大系·散文集》选其散文八篇，为近代散文名家之一。其散文"语言质朴隽永，虽乏浓墨重彩的雕绘，却有淡雅清新的素描，风格古朴劲健，堪称黔中一流作手"①。郑珍更有散文集《巢经巢文集》五卷、《母教录》一卷，凡散文152篇，言行录68条，另有《田居蚕室录》一书，虽散佚，但由黄万机先生辑逸得两万余言，附于《郑珍集·文集》后。郑珍没有关于散文创作的理论专著问世，但从其留下的只言片语中我们知道，他并不赞成桐城派的清规戒律，主张为文摆脱约束，不拘法度，随形敷彩，自如挥洒，因而自成一格。其写人叙事之文，往往选取人物的奇行特操，以凸显其性格特征；其写景记游之文，往往抓住景物的突出特征，浓妆淡抹，情景交融；其书札序跋之文，文辞简洁，语意率真。最值得一提的贵州散文大家，甚至在晚清也堪称小有影响者，是黎庶昌。黎氏作为桐城派余脉湘乡派的代表作家，曾师从曾国藩，毕生专攻散文，故也是曾门四大弟子之一。他编选《续古文辞类纂》，著有《拙尊园丛稿》六卷、《西洋杂志》八卷、《丁亥入都纪程》二卷，与薛福成相伯仲，时人并称"南黎北薛"。作为桐城湘乡派的代表作家，黎庶昌师承了姚鼐和曾国藩，同时自小也师承了郑珍，故其为文并不完全遵循桐城派的为文规则，而是融合二者，然后按自家的步态行进。费行简《近代名人小传·黎庶昌》云："国藩旧慕郑氏，接庶昌，知师承有自，颇爱重，且授以古文义法。然庶昌旁及诸家，颇薄视方、姚，与国藩旨微异。"② 一语中的。此外，黄彭年也是黔中散文大家，其散文集《陶楼文钞》十四卷，《中国近代文学大系·散文集》选录十二篇；郑珍之子郑知同有《漱芳斋文集》七篇、《敕授文林郎征君显考子尹府君行述》一卷；黎庶昌之侄子黎汝谦有《夷牢溪庐文钞》六卷；陈夔龙有《梦蕉亭杂记》二卷；丁宝桢有《十五弗斋文存》一卷、《丁文诚公奏议》二十七卷，等等，无烦赘述。

综上，清代黔中文坛的这些散文作家，在整个清代的天幕上也许他们

---

① 黄万机：《贵州汉文学发展史》，贵州人民出版社1999年版，第511页。
② 费行简：《近代名人小传》，沈云龙主编《近代中国史料丛刊》（第八辑），文海出版社1966年版，第167页。

是黯淡的，但在黔中他们却是闪烁耀眼的。这些作家以遵义、贵阳两地较多，总体而言，还没有形成带有普遍影响力的、占主导地位的地方散文流派，也没有统一的理论指导。在清代桐城派理论与创作几乎大一统的大格局下，黔中散文创作总体呈现不受约束、各自为政、随抒己意的局面，而郑珍与黎庶昌则是其中的佼佼者。

第三节　郑珍的散文创作

郑珍的散文创作异趣于桐城，倡导不受羁绊的自由抒发。其散文体裁众多，仅《巢经巢文集》五卷，就分为"考"、"问答"、"书"、"记"、"序"、"传"等十七大类，还不包括语录体散文《母教录》。这十七大类体裁是郑珍本人的划分，鉴于其对文体分类的过于精细，笔者另辟蹊径，根据文章的内容与用途，分为学术性散文、文艺性散文、应用性散文、语录体散文四大类来加以分析论述，以见郑珍散文创作的全貌。

一　异趣桐城

清代文坛，"天下文章在桐城"，桐城派几呈大一统格局。它不仅拥有一套属于自己的古文创作理论与创作方法，据刘声木《桐城文学渊源考》，它还拥有一千两百余位作家与两千多部著作，其冠绝清代可见一斑。

郑珍活动的年代，文坛无疑是桐城派的主宰，但郑珍并不崇拜与追随桐城文法。据郑知同《敕授文林郎征君显考子尹府君行述》一文的相关记载，针对时人步趋方苞、姚鼐的现状，郑珍反而认为：（桐城古文）"纪律森严，非不可师，苟取法仅此，恐失之促窘耳"①。意即桐城文法森严，规矩束缚太多，非不可效法，只恐取法局限于此，为文局促窘迫，不得自由舒展，不得恣意抒发。故其为文，"不预设局度，任其机轴操纵自如"②。郑珍散文创作的旨趣显然与桐城派古文大异其趣，他主张根据需要自由抒

---

① （清）郑知同：《敕授文林郎征君显考子尹府君行述》，白敦仁《巢经巢诗钞笺注》，巴蜀书社 1996 年版，第 1477 页。

② 同上。

发，自如挥洒，不受羁绊。此点我们也可以从其现存的散文作品中得到印证。其散文创作，没有洋洋洒洒的长篇大论，没有故作姿态的绮靡之语，往往随形敷彩，言行于所当行，言止于所当止，出语自然流畅，了无牵挂。故此，后人评以"纯白古健，变化曲折"①。

郑珍古文的师法对象转益多师。其为文，既从程侍郎学习，又善于从前人名篇佳句中广泛吸取营养，重点揣摩韩愈、柳宗元古文，同时兼以归有光、苏轼的为文门径，从而形成自己"纯白古健，变化曲折"的风格特色。"叙事则开门见山，简洁明快；议论则条分缕析，犀利透辟；描写则绘声绘色，曲近其状。在记游写景之作中，或以为有的篇章可以直追柳宗元的《永州八记》。"② 在语言运用上，其"遣词造句固然以古朴典雅为尚，但有时也不避俗语方言，而能将它们巧妙地熔铸在作品之中"③。故其散文成就仅次于诗歌，些许篇章还被《近代散文选注》《清代散文选注》《晚清文选》《续古文辞类纂》《清人文集地理类汇编》《贵州古近代文学理论辑释》等多家选本收录。

郑珍的古文创作与桐城派文章相较，思想内容上虽有宣扬忠孝节义之作，但只是极少数篇章，桐城文章则多为"阐道翼教"之作；语言上，二者都达意简明，条理清晰，追求雅洁，但郑珍不拘于此，用语春容自然，口语方言随需而入；文风上，二者均不重罗列材料、堆砌辞藻，但桐城文章不用诗词与骈句，力求"清真雅正"，郑珍散文则体式多样，或散或骈，或骈散相间，不拘一格。二者最大的区别还在于：桐城派为文必须讲求"神理气味"与"格律声色"，郑珍为文则不理会这些框框条条，恣意抒发，意到笔随，言尽而止。

二　自出机杼

郑珍的散文自出机杼，内容丰富，体裁与题材多样。按其自身的分

---

① （清）郑知同：《敕授文林郎征君显考子尹府君行述》，白敦仁《巢经巢诗钞笺注》，巴蜀书社1996年版，第1477页。

② （清）郑珍撰，王锳点校：《郑珍集·文集》（校点说明），贵州人民出版社1994年版，第12—13页。

③ 同上书，第13页。

类，他将《巢经巢文集》五卷（以王点本为例）凡一百五十二篇散文分为
"考"、"问答"、"书"、"记"、"序"、"纪事"、"说"、"题识"、"跋"、
"书后"、"传"、"墓表"、"行状"、"祭文"、"铭"、"赞"、"杂著"十七
大类。其中，"考"和"问答"是纯学术类考证性文章，凡五篇；"书"
即书信往来，不乏学术探讨与人生聚散，凡十一篇；"记"主要为记人、
叙事、写景状物之文，凡二十四篇；"序"多为书序，亦有自序、亲友离
别的赠序以及用以祝寿的寿序，凡二十六篇；"纪事"仅一篇，记述作者
从尧湾寓宅迁居子午山望山堂新居的始末以及父母早逝终不及居的悲恸心
情；"说"仅一篇，作者记述自号柴翁的由来；"题识"是作者题写在书
籍、字画上，以品评、鉴赏、考证、记事为主的文字，凡五篇；"跋"与
"序"相对，有书跋、书画跋、碑跋、韩诗跋等多种，凡四十二篇；"书
后"凡十二篇；"传"凡八篇；"墓表"一篇；"行状"两篇；"祭文"凡
三篇；"铭"既有墓志铭，亦有室铭、亭铭，凡五篇；"赞"凡四篇；"杂
著"即杂文，凡两篇。另外，还有《母教录》一卷，记录母亲言行凡六十
八条，属语录体。

　　郑珍从文体的角度将《巢经巢文集》分为十七大类，分法固然有
理，但嫌名目繁多，且《母教录》一卷未被纳入，故笔者拟从文章的题
材、内容、用途等角度重新归类，同时参考王锳点校本之《点校说明》
的分法，将郑珍散文分为学术性散文、文艺性散文、应用性散文和语录
体散文四大类。这个分类法也不是一个十分科学的分类法，且文艺性散
文与语录体散文本身就有交叉重复之嫌，但考虑到郑珍《巢经巢文集》
本身文体众多不易归类，本次研究必须涵盖郑珍《巢经巢文集》未收录
的《母教录》，而《母教录》又由于其鲜明的语录体特征以及内容关乎
教子言行的独特性而不宜与写人、记事、写景、记游、说理、叙事之文
共同纳入文艺性散文的范畴，故为了研究与述说脉络的清晰与方便，笔
者采用四分法四分郑珍散文，将之分为学术性散文、文艺性散文、应用
性散文和语录体散文四个大类。

　　（一）学术性散文
　　学术性散文，顾名思义，是内容关乎学术研究者。郑珍的此类散文主

要分布于《巢经巢文集》卷一之"考"、"问答"，卷二之"书"，卷三之"序"，卷四之"题识"、"跋"等文体中。其在《巢经巢文集》一百五十二篇中所占的比例，达三分之一以上。其代表性文章，"考"中有《牂柯考》《白锦堡考》《驳朱竹垞〈孔子门人考〉》；"问答"中有《鳖县问答》《牂柯十六县问答》；"书"中有《与邹叔绩汉勋书》《与刘仙石太守书年书》《答莫子偲论〈佩觿〉书》；"记"中有《重修魁星阁记》《四囮记》《记朱烈愍公祖系》等；"序"中有《〈说文逸字〉序目》《〈说文新附考〉自序》《古本〈大学说〉序》等；"题识"中有《题移写韩诗批本》《题移写〈贾子新书〉卢氏校本》《题移写〈春秋繁露〉卢氏校本》等；"跋"中有《跋〈古文四声韵〉》《跋〈学蔀通辨〉》《跋〈补汉兵志〉》《跋堂溪典嵩高山石阙铭》《跋范镇碑》《跋韩愈〈叉鱼招张功曹〉首》等跋韩诗二十则；"书后"则有《书〈韩集·与大颠三书〉后》等。

郑珍的这类散文多具有考证性和辨难性，内容涉及地理沿革、历史人物、古代哲学、文字学、训诂学、音韵学、版本校勘学、诗歌注释补阙等诸多方面。考证地理沿革者，如《牂柯考》，针对远古之牂柯的名称起源，汉以后有二说：常璩《华阳国志》认为始于西汉；范晔《后汉书》认为始于战国。郑珍据《管子》《异物志》《交州记》《史记·西南夷列传》等文献记载，指出上述二说皆误，均未关注到《管子·小匡篇》的相关记载，认为牂柯国的名称三代即有，且系以山名国。《鳖县问答》一文，以一问一答的形式，据郦道元《水经注》与班固《汉书》等相关文献，考得汉武帝时所设牂柯郡所辖十七县之鳖县即今遵义。《牂柯十六县问答》是对牂柯郡除鳖县以外另外十六县（且兰、无敛、平夷、夜郎、谈楛、镡封、毋单、谈稿、同并、漏江、西随、进桑、都梦、宛温、句町、漏卧）的疆域与具体位置之所指的考证。《与邹叔绩汉勋书》是学术研讨性文章，郑珍针对邹汉勋[①]来信中所示《孟子》"汝汉淮泗注江"之解，去函商讨"汝、汉、淮、泗"四水的流向与地域问题。《驳朱竹垞〈孔子门人考〉》则是一篇驳论文，针对朱彝尊《孔子门人考》以"受业者为弟子，受业于弟子者

---

① 邹汉勋（1805—1854），字叔绩，湖南新化人，举人，清舆地学家。一生致力于舆地学研究，曾应贵州巡抚贺长龄之邀入黔中，纂修贵阳、大定、兴义、安顺诸府志。

为门人"① 的说法，郑珍认为门人即弟子，孔子门人即孔子弟子，而非孔子弟子的弟子，"何有弟子之弟子乃为门人哉？"② 并广引《论语》《礼记》《跋孔宙碑阴》《孟子》《后汉书》《南史》等相关文献辨难朱竹垞之说，言之成理。

考证历史人物者，代表作如《记朱烈愍公祖系》。朱烈愍公即朱万年，贵州黎平人，明万历间举人，曾累官至山东莱州知府，崇祯四年（1631）流寇攻城，公竭力据守，城陷而死，乾隆十一年（1746）赐谥烈愍，《嘉庆一统志》有传。郑珍此文，考朱万年为朱熹第十八世孙，祖系出自朱熹之长子朱塾，亦是朱子在贵州的后裔。其依据在于：其一，朱万年牺牲后，莱州人于其死处立祠纪念，并画有《守莱图册》四十册，前冠以朱烈愍公像，朱万年六世孙朱述文曾前往莱州持之归，请郑珍题识，为此，郑珍作有《题朱烈愍公〈守莱图册〉并序》诗，此诗作于道光二十五年（1845），恰是郑珍权古州厅儒学训导期间。其二，朱万年之曾孙朱毓英撰有《雍正丙午省莱祠记》，乾隆间其郡人陈文政编有《表忠录》，溯朱万年上世至于朱福。其三，郑珍在前二者的基础上，溯朱福而上，经八代而至朱子，并绘有谱系图。郑珍考此的目的在于："详著之，且系以图，使世咸知烈愍公之荩忠，其来有自，而朱子之支裔在贵州者有所考。"③ 朱子在贵州到底有无后裔，历经沧海桑田，我们无法得知，但郑珍考朱烈愍公是朱子在贵州黎平后裔的论断的确是个新颖的见解，且渊源有自。

郑珍学术类散文中，关乎古代哲学者如《〈周易属辞〉序》，关乎文字学者如《〈说文逸字〉序目》《〈说文新附考〉自序》，关乎训诂学者如《重修魁星阁记》，关乎音韵学者如《与刘仙石太守书年书》，关乎版本校勘学者如《答莫子偲论〈佩觽〉书》《古本〈大学说〉序》，关于诗歌注释补阙者如跋韩诗二十则，等等，均具考辨性特点，此不赘述。

---

① （清）郑珍：《驳朱竹垞〈孔子门人考〉》，（清）郑珍撰，王锳等点校《郑珍集·文集》，贵州人民出版社 1994 年版，第 18 页。

② 同上。

③ （清）郑珍：《记朱烈愍公祖系》，（清）郑珍撰，王锳等点校《郑珍集·文集》，贵州人民出版社 1994 年版，第 58 页。

（二）文艺性散文

文艺性散文主要指郑珍散文创作中写人记事、写景记游、杂记论说之文。它们主要分布于《巢经巢文集》卷二之"记"，卷三之"序"，卷四之"纪事"、"说"，卷五之"传"、"行状"、"杂著"等文体中。其在《巢经巢文集》中所占比例最大，达百分之四十以上。此类散文是最能体现郑珍散文创作成就者，亦是本次郑珍散文研究的重点。其代表作有：《斗亭记》《游回龙山记》《游城山记》《松崖记》《梅崍记》《巢经巢记》《游蟠龙洞记》《阳明祠观释奠记》《四囤记》《送潘明府光泰归桐城序》《送黎莼斋表弟之武昌序》《张子佩琚诗稿序》《柴翁说》《聂将军传》《沥胆将军传》《外祖静圃黎府君家传》《刘节妇传》《诰授奉政大夫云南东川府巧家厅同知舅氏雪楼黎先生行状》《乞巧文》《隶对》等。这类散文，或写人，或叙事，或写景，或记游，或说理，既各有侧重，又交叉融贯，故只能大致分为写人记事、写景记游、杂记论说三大类来述说。

1. 写人记事之文

在文艺性散文中，写人纪事之文所占比例最大，写景记游之文次之，杂记论说之文再次之。写人纪事之文，人物主要集中于郑珍的亲人（郑母、黎安理、黎恂、黎恺、黎庶昌）、郑珍的师友（莫与俦、赵旭、张琚）、将军（聂将军、沥胆将军）、节妇（鄢节妇、刘节妇）等郑珍所钦佩的人物。纪事主要述及重修魁星阁、修汉三贤祠、改建望山堂、重修启秀书院、阳明祠释奠、访杨价墓、迁居等身边之事或亲历之事。从其所述及的其人其事，我们可以看出经济拮据和环境闭塞双重因素对郑珍创作视域的局限与影响。然而，这类散文虽视域不广，却行文疏淡畅达，写人性情各异，叙事简明生动。

《张子佩琚诗稿序》一文，作者并不着力论张琚诗稿，而主要叙写作为好友的张琚其人以及二人的平生交往离合之迹。青年时代的张琚，身高不满五尺，却"方颐广颡，目光射人。与人交，言语姁姁，洞示胸臆，意苟不屑，终日处或不及一词"[①]，有"兀傲不可一世之气，狂大不求众听之论"[②]，以富

---

① （清）郑珍：《张子佩琚诗稿序》，（清）郑珍撰，王锳等点校《郑珍集·文集》，贵州人民出版社 1994 年版，第 89 页。

② 同上。

贵为包裹中物。随程侍郎视学湖南，他酷摹程氏书，代程氏作应酬书札，神体毕肖，辞意兼至。然十二年后与作者相聚，终不脱副贡籍。再十年后与作者相聚，"当年意态殆十去八九矣"。① 再过五年，二人均送子至贵阳乡试，相聚，其意凄然，于石桥话别，叹为苏李河梁。果然，其后六七年，贵州乱发，二人踪迹各不相知，张琚于穷愁潦倒中去世。其早年意气风发、恃才傲物、诚挚耿介的书生形象，与晚年苏李河梁意尤凄然、拓落潦倒的落魄知识分子形象，宛然在目，对比鲜明。又，张琚作为黔中出类拔萃者，抱才守洁，却穷厄终身，无一如志，由此亦见出其科场的不利与科考制度对人才的压抑与埋没。

《送潘明府光泰归桐城序》是一篇赠序，为我们塑造了一个勤政而俭朴的政府官员形象。桐城潘光泰宰遵义，勤于政事，时郑珍修郡乘居郡署来青阁，邻近县署香雨堂，"每夜将半，犹闻堂上与民决曲直声，乍温乍厉，如父兄于子弟也。或夜夜然，或就榻尚然"②。每见郑珍，"必道治遵义当若何，我于遵义若何"③，日夕求善治。寥寥数语，一个勤政官员的形象跃然纸上。又，潘公待客躬行俭约，"食器用品物，视他所者远不似，而酒数行，饭数贰，衎衎饱焉"④，而今之仕宦者，"当来膺任时，累累然一举人进士耳。一旦得所凭借，乃衣必极四时佳者各数十称，始曰足衣；食必调山海之珍错，始曰可食；他一切物用视是。而其妻子亲戚素亦甘蔬而暖布者，至是皆哆口不谓然。缝人岁居，庖甬旬易，颐奴喉婢，便唾尽官气。例以旧日，截然两人。而三五相值聚语，要无不艳谭某物某味之佳恶，而其所谭者，又大都非中州五土所产"⑤。作者从衣着、饮食、颐指气使、艳羡洋货等方面刻画今之仕宦者，与潘公形成鲜明对比，潘公厉行节俭的形象卓然而出。至此，一个勤于政事、恭行节约的官员形象浮现于我

---

① （清）郑珍：《张子佩琚诗稿序》，（清）郑珍撰，王锳等点校《郑珍集·文集》，贵州人民出版社1994年版，第90页。

② （清）郑珍：《送潘明府光泰归桐城序》，（清）郑珍撰，王锳等点校《郑珍集·文集》，贵州人民出版社1994年版，第71页。

③ 同上书，第72页。

④ 同上。

⑤ 同上。

们脑海。

《汉三贤祠记》一文则侧重叙事。汉三贤，即汉代有功于贵州文教的三位贤人：犍为郡文学公舍人、牂柯郡盛公盛览、毋敛县尹公尹珍。三位先贤处西南边徼，观诗书礼乐之教殆如草昧，而齐鲁秦晋燕赵吴楚诸儒云烂霞蔚，舍人乃往成都文翁所倡郡国学校求学，归注《尔雅》；盛公以司马相如奉命出使西南，前往从学，归以授乡人；尹公至中原从许慎受五经，又从应奉学图纬，通三材，还以教授南域。"二三大师各抱其遗，私教授乡里，久乃稍稍为章句传"①，于贵州文教功不可没。为纪念前贤，勉励后人，遵义府学教授独山莫与俦于道光二十一年三月二十七日在遵义府学宫创立汉三贤祠，嘱郑珍序所以祠三贤之意。郑珍盛赞莫氏此举，历述创祠缘由、三公倡文教开草昧之迹、释奠三公礼制等，文末寄莫公祠三先生之意、三先生所望于后贤之意，冀黔中人士闻者向风，高望而奋起。纵观该文，语言浅近，叙事简洁明了，不枝不蔓，言尽意止，水到渠成。同时，叙事中又饱含对三贤的景仰以及不甘落后、步武三贤、期待来哲的殷殷期盼之情。

2. 写景记游之文

郑珍散文中，纯粹的写景记游之文不足五篇。但一些楼台亭阁记往往写景叙事抒怀，情景交融，故一并归入此类。如此则郑珍写景记游之文所涵盖者，或写景记游，或景中怀人，或名为记游实则记事，或记游中蕴含对社会现实的思考，不一而足。同写人记事之文一样，由于一生足迹的局限，郑珍所写之景、所游之处、所记之楼台亭阁，或为子午山望山堂景致，或为禹门山景致，或为寺宇岩洞，踪迹均不出遵义郡所辖。然郑珍"善于抓住自然景物的突出特征，以细腻婉曲的文笔加以描绘，使其形色声态，宛然在目，生气盎然"②，同时又不局限于写景记游一端，往往或借写景记游以抒怀，或探讨民生问题，或抨击社会现实，赋予了游记之文深刻的寓意和深厚的内涵，耐人寻味。

---

① （清）郑珍：《汉三贤祠记》，（清）郑珍撰，王锳等点校《郑珍集·文集》，贵州人民出版社 1994 年版，第 51 页。

② 黄万机：《贵州汉文学发展史》，贵州人民出版社 1999 年版，第 517 页。

　　《游至大觉寺记》是一篇山水游记，记山水之胜。作者先写前往大觉寺途中所见景致，有崇祯年间的冷水孔道碑，有可灌四五百亩田地的石鼻泉，有修建于宋代的普济桥，有清浅一泓的螃蟹井，还有巨藤娄络垂青的古树，等等。再重点写大觉寺之景，尤其是大觉寺中"石穴游鳞"一景："大穴闟然，石离奇斜，下极于潭，日光罅入渲之，水非金非碧，似井西晴岚，暖翠山头。鱼数群倏来倏去，坐观雨台睨之，似游晴窗下玻璃瓯中。"[1] 大穴洞开，下极于潭，日光透过石罅照射入潭，潭水非金非碧，如阳光下的山岚，色彩绚丽；又潭水澄澈，直视无碍，"静谧境界中，穿动着游鱼，动静相谐，生机勃郁，颇有化工之妙"[2]。

　　《米楼记》是一篇楼台亭阁记。"米楼"是作者在子午山山口搭建的小木楼，亦是改建后的子午山望山堂十八景致[3]之一。之所以命名"米楼"，既是出于对北宋书画家米芾品行学问的景仰，也是出于对母亲的怀念。米元章家本襄阳，却葬其母丹阳县君于黄鹤山，后又葬其父中散公于此，因定居甘露寺下，别建海岱楼为吟啸之所。郑珍葬父母于子午山，山口之小木楼亦是郑珍读书课子之所，又常于此展玩米氏大书《木兰诗》横绢本，心赏为米氏第一书，故名斯楼曰"米楼"。郑珍又有《米楼》诗云："丹阳墓黄鹤，中散亦斯丘。落落同心迹，神伤海岱楼。"[4] 表达了与米氏为学兼怀母同样的心迹。郑珍在《米楼记》一文中，既交代了"米楼"的名称由来，对米氏书艺与品德的追慕之情，也书写了"米楼"之景："本楼也，登而望，面湖纫峻，果得四山之环也，乃肉好若一。"[5] 登斯楼而望，对面是荷花盛开的团湖，旁边连缀梅花盛开的梅峻，四山因米楼得以连成一环，米楼处四山，犹如圆形玉器之边与孔的搭配，可谓肉好若一。在父母去世后，日多闲暇，

---

　　① （清）郑珍：《游至大觉寺记》，（清）郑珍撰，王锳等点校《郑珍集·文集》，贵州人民出版社1994年版，第49页。
　　② 黄万机：《贵州汉文学发展史》，贵州人民出版社1999年版，第517页。
　　③ 子午山望山堂十八景致：郑珍于子午山望山堂人工修建的景致与自然景致，凡十八处：望山堂、巢经巢、乌柏轩、紫竹亭、米楼、团湖、怪岛、桐冈、梅峻、松崖、氿泉、果园、柏岩、东丘、西丘、藻米溪、堰南、溪尾。郑珍有诗《子午山杂咏十八首并序》，逐一吟咏之。
　　④ （清）郑珍：《米楼》，白敦仁《巢经巢诗钞笺注》，巴蜀书社1996年版，第681页。
　　⑤ （清）郑珍：《米楼记》，（清）郑珍撰，王锳等点校《郑珍集·文集》，贵州人民出版社1994年版，第62页。

郑珍"乃分张图籍，排洁几案，读书课子其中。四窗静绿，山鸟无声，树影湖光，晃漾阑楯"①。窗明几净，山鸟息声，阳光照射，树影晃漾，湖光山色，米楼美景赏心悦目，把玩书画，读书课子，并怡然自乐。

《游城山记》一文，从题目来看当是一则游记，实际上作者根本未写遵义郡城之山色，而是以游山为名，写野狗与家狗的行径，行揭露与控诉之实。文章开篇即言自道光以来野狗（豺）食人、食豚、食犬的现状，继写自己出郡署所见野狗食五岁儿童其母倚墙哭泣的场景，妇人哽哽咽咽，不敢大声哭泣，怕惊扰了山下坐槐阴雍容茶话的守令与提画眉寻蚱蜢觅鸟食的营守。行过集市，则"有环而观者，或讥或怒或笑骂，跽足于人肩隙窥之，则木为磨，上扇横植一铁条，末为圈。一狗旁立，呼之磨，则纳首圈中行，磨因转。与钱一即转一，而其帖耳缓步，意若不乐者。多与之钱，呼者声亦壮，狗昂首举尾，争旋而奔，势如风车。与多者于傒人中亦扬扬以为人不如也"②。家狗与豢养者声息相通狡狯谲诡的神态形神毕肖，真不知何者为人，何者为狗。而愚者乐意出资，洋洋自得。日暮归来，作者面对残秋灯寒夜不成寐，感叹野狗肆爪牙犷黠贪饕以求一啖之快，家狗意狡狯助人谲诡以求一骗之快，则老鼠出入米瓮中不屑喝斥也。此文是一篇不拘一格的游记散文，不是游历于自然山水，而是游历于社会现实。野狗横行，捕食人畜；家狗狡狯，助人谲诡。同是民众的祸患，但守令、营官悠闲自乐，视而不见，仍其恣肆，麻木不仁。是故作者以游记的形式讽喻当道，揭露现实，寓褒贬于字里行间，发人深思，耐人寻味。

3. 杂记论说之文

郑珍散文中，杂记论说之文所占比例少。杂记主要指"杂著"中的杂文，论说之文除了"说"中所含之文，笔者还将叙事与说理兼具且说理性标的极为明显者纳入杂记论说文之属。此类文章说理性强，或于纪事中说理，或于诗序中说理，或表达诗歌创作的理论主张，或直抒胸臆，或含蓄

---

① （清）郑珍：《米楼记》，（清）郑珍撰，王锳等点校《郑珍集·文集》，贵州人民出版社1994年版，第62页。

② （清）郑珍：《游城山记》，（清）郑珍撰，王锳等点校《郑珍集·文集》，贵州人民出版社1994年版，第53页。

蕴藉，文随事异，各当其用，不一而足。

郑珍善于从叙事中阐发为人处世与为学力行的道理。《巢经巢记》一文，"巢经巢"是作者的书室之名，郑珍自叙遭饥寒冻馁而无悔的求书之志与求书之行，以及自己如羁禽无定栖般因以"巢经巢"名书室的取名由来，讲述万余卷藏书与汉魏来金石文字书画的得之之难与玉川子欲拾遗经巢之空虚的贵之之难，其贵之之难与自己得之之难相较，显然得之更难。书既得之，则面临藏书与读书的关系问题。郑珍认为："藏书读书事不同，藏书贵多读贵通。"① 藏书家以藏书多为贵，学子读书则以读懂读通为贵。然书是财富，聚而不读者是为守财之俗子，读而不善者则为败家辱宗之最，故学子既须"致足于外"又须"求足于内"。文末云：

> 嗟乎！书犹财也。当其无，百方期有之，有而仅摄缄固镭，不为己用，不若不有不为累。或用而仅罄之居服饮博，淫荡无益，亦未见为能用也。聚书而不读，与读之而不善者何以异？是夫聚而不读，犹不失为守财之俗子，至读之不善，斯败家辱宗之尤矣。致足于外而不求足于内，则是外物者又安见其可贵哉？②

的确，书聚而不读，或读而只追求其中吃喝玩乐的趣味，均无益于己，甚至败家辱宗，故"致足于外"以求书的同时更需"求足于内"，以知识的营养来充实与完善自己。郑珍"聚而不读"与"读而不善"以及"致足于外"与"求足于内"的观点，于我们今天的读书学习都具有重要的指导意义。

《阳明祠观释奠记》一文，作者自述道光二十七年（1847）九月拜谒黔西州牧新昌俞汝本，适逢明王文成公生日，先生偕校官师及州之士释奠于东山阳明祠，有感于王阳明之教泽，作此记。文中，作者撇开具体释奠事宜以及王阳明在贵州生活的点滴，而提出修祠祭奠不要流于形式，既要

---

① （清）郑珍：《残腊无以忘寒，借〈测圆海镜〉十日夜呵冻录本，校讫示儿》，白敦仁《巢经巢诗钞笺注》，巴蜀书社1996年版，第1047页。

② （清）郑珍：《巢经巢记》，（清）郑珍撰，王锳等点校《郑珍集·文集》，贵州人民出版社1994年版，第59—60页。

祠之，还要明了所以祀之。同时还提出祭奠前哲当"师其人而尽其学"但又不必震服其名而盲从之的观点。他说："余窃谓人于前哲，当无徒震服其名，而贵致思乎其学，致思而得其人之真，跃跃然神与之游，古人且将引弟子为友者，如是乃为能师其人而尽其学。"① 继之又说，程颐、程颢敬重邵雍，但对邵雍以象数解《易》之法持有异议；朱熹敬重张载，但不赞同张载《正蒙》中气为万物之源的观点。二者都因"致思"而各有所悟，不必勉强求同于前人。郑珍敬重王阳明，但不接受其心学理论，便是"师其人而尽其学"同时又不盲从之的明证。这点，对于今天的我们，仍然具有重要的指导意义。

郑珍的说理散文一般都以直接说理为主，而其"杂著"中的两篇杂文则以对话问答体的形式，设为主客问答，一问一答间，或言人生哲理，或刺社会积弊，均含蓄蕴藉，其中之意全凭读者领悟于字里行间。《乞巧文》一文，记述旧时习俗，妇女于农历七月七日夜于庭中穿针引线，向织女星乞求智巧，郑子亦披衣升阶，仰天鞠躬，呕心沥血，无所不至，词穷意尽，而拙犹是，起视乞者，亦复无异，于是意倦神怠，卧乎庭阴。懵懂之中，人散漏尽，凉月在地，有白气逾绛河度天船自空而下若人焉，邀约郑子取巧去拙。郑子以不能致，乞神矜而致之，不时牛郎星至，顾郑子学其步而袭其神，曰："巧在是矣。物逸我劳，物华我朴，答晋从人，而我来自服。谷之有秋，鸡犬亦足，吾不知为功也，而又何荣何辱？"② 郑子于是恍然有悟，文章至此亦戛然而止。此文中，作者塑造了一个空灵澄碧的世界，正是在这个世界中他领悟到人生之"巧"（理），即在于不取巧投机，而置身荣辱之外。苏子泛舟赤壁，体悟"变"与"不变"的哲理；渑池怀旧之诗，视人生萧瑟为"雪泥鸿爪"；沙湖相田之途，有"也无风雨也无晴"的淡定潇洒。郑珍此文有苏子般的旷达超脱，而文章的理趣亦即在此。

《隶对》一文，全文用比，以狗比隶，以驯狗比教隶，通过狗主人对

---

① （清）郑珍：《阳明祠观释奠记》，（清）郑珍撰，王锳等点校《郑珍集·文集》，贵州人民出版社 1994 年版，第 63 页。

② （清）郑珍：《乞巧文》，（清）郑珍撰，王锳等点校《郑珍集·文集》，贵州人民出版社 1994 年版，第 163 页。

狗的祖护与骄纵，比拟令长对皂隶的祖护与骄纵，从而揭示皂隶狡狯残暴本性的渊源有自。文章开篇即是客问：邑之皂隶横行有年，为何一二贤令长力思摧其锋而足无成效？主答曰：畜隶与畜犬同理，犬咬人而逃，待主人怒消而还，终夜看家，尽职尽责，怎忍笞之。客又问：妻悍出屋，牛溲易牧，畜狗何为？主答曰：

> 犬猛厉可以看家，且吾观其噬人，亦非无因。友如君辈，衣冠至门。屡招方来，童子代阍。彼方起敬，妥尾圈豚。三党旧姻，岁时来宾。入门甫咷，闻呼即遵。徐伏客畔，候骨舐唇。戾颈媚睨，亦知为亲。若夫龟视蛇行，施施兢兢，自门及堂，喜彼无声，忽暜摸脚，血流于胫。又有频来邻子，狎之帖耳，谓彼可恃，误蹴其尾。彼贩而起，哇焉一嘴，衣裂踝穿，忍泪为喜。①

此段将犬咬人之状写得生动形象：对衣冠楚楚者，它摇尾示敬；对三亲六戚，听主人一声吆喝即止住声息，吃饭时舔口裂嘴，等候抛下的肉骨头，甚至扭捏脖颈，尽显媚态；对"龟视蛇行"行动畏缩者，则猛下冷口咬之；对邻居儿童，若有冒犯，则立马反咬一口。由此言之，犬咬人有故，犬主人无责。接下来，客坚持认为犬可驯，主人有责，并以戏犬者驯犬喝犬入环、拉磨而转证之，更指出主人的"身之不暇，而口多择言"②。该文是郑珍于湖湘和滇中两次游幕之后而作，混迹官场的亲身经历，目睹皂隶的横恣暴戾与长官的任其肆虐，有感而发。"隶对"即是关于皂隶的对话，设为主客问答，又以"犬"喻"隶"，只谈"犬"而不谈"隶"，寓意深刻，发人深省。同时，语言生动形象，骈散相间，庄中有谐，构思精巧，文笔犀利，有为而发，与韩愈的杂文颇有几分相似之处。

（三）应用性散文

古代应用文文体众多，对公有诏、谕、策、奏、疏、表、议、状，对

---

① （清）郑珍：《隶对》，（清）郑珍撰，王锳等点校《郑珍集·文集》，贵州人民出版社1994年版，第164页。

② 同上。

私有书信、碑志、哀诔、祭吊，等等。这类文体具有直接实用价值和一定的惯用格式，重在实用，实用性强。但就其审美价值而言，自然不能与文艺性散文等量齐观。

郑珍的此类散文为数不少，由于其一生未宦，故没有对公的奏疏策表，只有对私的书信往来与哀诔祭吊，主要分布于卷二之"书"、卷五之"墓表"、"祭文"、"铭"、"赞"等文体中。"书"即书信往来，"铭"有墓志铭、亭铭、梁铭等。从作品本身的意义与价值来看，郑珍的此类作品虽不能与其学术性散文和文艺性散文并驾齐驱。然而，"除了极个别纯属游戏文字的篇章外，多数作品仍反映出作者的戚属亲情、朋友交往以及当时当地某些风土人情，对于研究作者生平，知人论世仍有一定意义"①。代表作有：《上程春海先生书》《上俞秋农先生书》《与周小湖作楫太守辞贵阳志局书》《上贺耦耕先生书》《先妣黎太孺人墓表》《祭舅氏黎雪楼先生文》《俞月樵先生墓志铭》《望山堂梁上铭》《方正学楷书〈千字文〉赞并序》《母之猫赞》《桐野先生荷锄像赞》等。

《上程春海先生书》一文中，郑珍讲述自己穷处万山丛中，鲜师友劘切，科考不利，年齿渐长，许氏说文学研究草创已就而无指导可恃，期待程氏把脉，"示以为学之方，使此身不恨虚厕于大贤之门"② 的迫切心情，表达了一介贫士在荒僻闭塞之野难以与学人切磋、得师长教益的苦闷情怀。《与周小湖作楫太守辞贵阳志局书》一文中，郑珍面对贵阳太守周作楫纂修《贵阳府志》的诚挚邀请，亦欲以酬知己，且自己一介寒士，"朝耕暮读，日不得息。即如今时叶落霜白，寒风中人，而披单衣，执钱镈，躬致力于堥埲之上。以视文史左右，古今与娱，既附千秋之名，又获著书之俸，孰劳孰逸，岂不自明？"③ 朝耕暮读，生计维艰，纂修志书，既得俸禄，又得千秋之名，孰劳孰逸，自是明了。然而郑珍还是选择了拒绝，原因

---

① （清）郑珍撰，王锳点校：《郑珍集·文集》（校点说明），贵州人民出版社 1994 年版，第 12 页。

② （清）郑珍：《上程春海先生书》，（清）郑珍撰，王锳等点校《郑珍集·文集》，贵州人民出版社 1994 年版，第 36 页。

③ （清）郑珍：《与周小湖作楫太守辞贵阳志局书》，（清）郑珍撰，王锳等点校《郑珍集·文集》，贵州人民出版社 1994 年版，第 39 页。

有五：其一，对贵阳掌故了解不多；其二，贵阳府志的修纂实具省体，因之则病己，不因则病人；其三，身体精力不济；其四，纂修《遵义府志》时遭受无赖诽谤，余波未已；其五，家贫亲老，觊就教职，俨然备员，今又为此，有义利之嫌。是故力辞之。该文结构谨严，行文畅达，吐诉衷曲，情真意切，同时又表现了作者身处穷厄却不为利所趋的人格风范。

"赞"是古时一种以颂扬人物为主的韵文。郑珍的"赞"体文共四篇，其中三篇是人物赞，分别赞及方孝孺、王阳明、周渔璜，另有一篇是动物赞，赞及猫。赞猫之文骈散相间，先用散体写猫之情状，再用骈体将"我"与猫对举，由猫及人，表达人不如猫贤的愧疚之情。特别值得一提的是，在赞序中对猫的叙写。此猫，"毛黄如濡，间以窈黑，能制犬"①，品质优良，郑母甚爱之；同时此猫似通人性，郑母"时出行圃，猫必与俱，或锄葘稽留，则跳伏草日间，挐花抓蝶戏左右以待，归则又坐卧乎侧。虽过近亲舍，亦必送，中道而后反。苟有获，非见母不食也。一夕，生衔鼠，逾时不食，且叫噑，既寻见母，母与之数语，即碟之"②。寥寥几语，将猫眷恋郑母、爱护郑母、听命于郑母的情态刻画得活灵活现、栩栩如生。

（四）语录体散文

一部《论语》是孔子弟子及其再传弟子记录孔子言行的语录体散文集，《母教录》固然不能与《论语》相提并论，但也是郑珍仿照《论语》语录体体例而作的关于其母言谈举止的回忆录。《母教录》凡68条，郑氏模写母亲音容口吻，将其谆谆教子之声情语貌描摹得惟妙惟肖，宛然如在眉睫之前。细细品读其教子之语，"一位勤俭仁厚，聪慧贤德，爱子至深，教子有方的贤母形象鲜明地伫立于读者心目"③。

1. 励儿耕读，教子有方

郑母首先教给郑珍学会生存与劳作的本领。其曾教诲道：

---

① （清）郑珍：《母之猫赞》，（清）郑珍撰，王锳等点校《郑珍集·文集》，贵州人民出版社1994年版，第162页。

② 同上。

③ 任在喻：《语语珠玉　如闻如视——郑珍〈母教录〉品析》，载《贵州文史丛刊》2010年第3期。

读书人于本分事件件能得，急时皆有受用处。先大人穷时课生徒，每有间，即登纺车，膝上置书一册，手目并用。线虽较粗，日所赢可一人食。谚曰："男无志纺棉花，女无志走娘家。"顽惰子弟每以此借口，于衣食事全不得解。倘一朝落泊，去做那一件?①

这里，郑母以郑家先辈边纺织边看书手目并用纺织读书两不误的事例教育郑珍在读书的同时必须学会劳作与生存的本领，同时又教育郑珍在思想意识里不能以读书人从事劳作为下贱事，如此方能在落泊之时自救。又云：

我一年每日三炊，每夜两维。薅插时常在菜林中，收籤时常在糠洞中。终日零零碎碎，忙得不了，头不暇梳，衣不暇补，方挪得尔去读书。尔想此一本书，是我多少汗换出来? 焉得不发愤?②

此语系以己之辛劳励儿读书。又云："书何处不可读? 或树下或檐角皆可。必须明窗净几又无一事才开得口用得心，汝无此福，真读书亦不如此。"③此语教诲儿子：只要专心致志，不必窗明几净，不管树下檐角，到处都是学习场地。又，郑珍喜藏书，喜读书，有书贩至，必欲购买，然囊中羞涩，郑母则往往变卖首饰购买之，故每观架上诸书，郑珍心存愧意，郑母则好言相慰：

语云："一世买书三世读。"汝家落后，遗籍仅一堆，授汝者皆其本。若当时少一部，亦少授汝一部矣。此物事焉能读尽，能一卷中得一句两句，便有益不少，勿悔也。④

① （清）郑珍撰，王锳点校：《郑珍集·文集·母教录》，贵州人民出版社1994年版，第171页。
② 同上书，第172页。
③ 同上书，第171页。
④ 同上书，第177页。

郑母买书不是只顾当前，而是计虑长远，顾及子孙，所谓"一世买书三世读"。同时，又认为读书能于每书中有一两句得益便收获不少，可谓善读书的经验之谈。又，郑母每见子孙读不成诵，往往先许之以嗜好之物以调动其学习积极性使其快速成诵，郑珍每不解，认为用心不专反误学习，后读到《大戴礼记·保傅》"择其所嗜，必先受业，乃得当之；择其所乐，必先有习，乃得为之"① 之语，才恍然大悟其母所沿教子古法。

2. 勤俭持家、取用有度

郑母家居俭朴，常言道：

> 家常宜用五土：盘碗土器最朴，衣衾土布最暖，房屋土壁最洁，院落土墙最坚，炊爨土灶最久。土器坏易买，土布破易补，土壁旧易垩，土墙倒易整，土灶湿易干。②

郑母最喜"五土"，家用常用"五土"：土器、土布、土壁、土墙、土灶。食用土器、衣用土布、住用土壁土墙、炊用土灶。生活家居使用"五土"，是一种比较原生态的生活方式，同时也反映了郑母崇尚俭朴生活的习性。在日常生活中，郑母常常告诫子孙：

> 人家凡物事必留余地。如一斛米随盛一小罂置僻处，后十年，有小儿脾弱，即得陈米一斤。姜随藏一两芽，温表时即可应急。笋叶随存六七斤，屋漏时即可插瓦缝。当时若不留，亦尽用了，留之毫无所损，取用皆等于黄金。③

一斛米、一芽姜、一叶笋皆宜节俭，以备急时之需，甚至一块菹酱（霉豆腐）每餐亦宜少取，以免浪费，其云："凡物若狼藉食之，再进已亦

---

① （清）王聘珍撰，王文锦点校：《大戴礼记解诂》，中华书局1983年版，第51页。
② （清）郑珍撰，王锳点校：《郑珍集·文集·母教录》，贵州人民出版社1994年版，第175页。
③ 同上书，第172页。

必生不洁之厌。我如此，即己不能尽，亦便与人食。"① 郑母认为，当餐未食用完的食物留到下顿有不洁之嫌，每顿当吃好而不多余，不造成浪费，如此则既责己亦便人。郑母力行节俭而又从不吝啬，她认为"当用不须俭"，"无论贫富，当用底少一件不得，惟谨食谨用，不可胡乱作践。……每见人浪费甚多，日用饮食却啬手啬脚，终是穷相。平时也过去了，若遇祭祀、宾客，直不成事体"②。正是基于"当用不须俭"，在郑珍购书之时郑母毫不吝啬，不惜以耳环易书。不搞铺张浪费，当用不须俭，正确处理好浪费、节俭、当用不须俭的关系，力行节俭而不浪费，郑母的这种生活作风至今都值得我们学习。

3. 宽厚善良、扶危济困

郑母生性善良，常言道："家人有一慈良者，鸡犬之类必常亲近之，悍暴则呼之反去矣。性不驯善，畜生犹恶，而况人乎？"③ 仁慈善良者，鸡犬亲近之；凶悍暴躁者，呼唤鸡犬鸡犬反离之。人畜同感，故郑母以此理教育儿女当与人为善。又，郑母常宽以待人，甚至不惜委屈自己以求和睦共处，曾谓郑珍云：

> 亲友间非有大故，当委屈完全，不可便破脸破相。试想生平与居处往来者，能有几家？若因毫毛细事即断绝一家，能够得几年断绝？我昔年晒大钵酱，一族人夜舀半去。晨，告者非二。我应之曰："是晒减，非人窃也。"他日过彼家，彼欲观我知否，即以酱食我。我尝之，即曰："今年汝家酱，味胜我制者。"其人释然。又种稍胍一架，熟时邻家尽摘去，彼固未种此。一日过之，彼灶上置一颗，甚忸怩。我曰："汝买胍，较我种大，色亦较好，可送我为来年种。"归仍以米偿之，其人往还如故。当时若认是我物，彼未必即偿我，又增口舌，因自此不往来。一物小事，令我与彼即算了一生，岂非不值？语云：

---

① （清）郑珍撰，王锳点校：《郑珍集·文集·母教录》，贵州人民出版社1994年版，第177页。

② 同上书，第173页。

③ 同上书，第174页。

"吃得亏，住一堆。"①

邻人窃取自家晒酱与稍胞，郑母不做计较，反替他人着想，报以宽容大度，是对子女的言传身教。郑母也因此能与妯娌、亲友、邻里和睦共处。

郑母自身经济拮据却乐于扶危济困，经常资助贫病无告者。青苗何某居于牛栏旁，老而无子，身患重病，肤色发黄，无人敢视。郑母不怕疾病传染，前往探视之，服侍之，直至何某绝气。邻家有贫窭者，父母病故，其子亦病如故，疑为传染病之属，无人敢过其门，郑母却持三升米前往安抚之，并让郑父前去把脉，终转危为安。即使面对乞丐，郑母亦饱含同情，常教诲郑珍曰："乞儿在门，多少与之去，其声我不忍久听也。每见人家残浆剩饭及小儿女抛撒，终日不知践踏多少。此辈来却张威作势，小则骂之，太则笞之。凌弱暴寡，本事只如此，甚无取也。"② 郑母对人胸怀善心，对鸡犬亦很慈善。"邻鸡时过墙损园蔬，母见必徐麾喝，或呼其主夘之去。"③ 邻居之鸡在自家园地里刨地啄食，郑母不是詈骂击打，而是小声喝走，或者让鸡主人夘（呼鸡声）之回去。其宽厚仁慈善良、同情弱者、扶危济困之心，毋庸赘言。

4. 以身作则、勤劳一生

郑母一生勤勤恳恳，认为"黄天不没苦心人，凡事只苦得，总不落空"④，而"懒人只是志气大，他把全副富贵都打算到了，却算丁丁点点做将来济得甚事，故尔都懒做。不知事事勤苦固未必能富贵，终要眼前过得去"⑤。一分耕耘，一分收获，虽勤苦未必能致富贵，但懒人空有志气而无从小事做起的实际行动，终究不能成大器。郑母如是教育子女，自己亦身体力行，将贫贱之家打理得井井有条，日常所需，人无我有。甚至当郑珍

---

① （清）郑珍撰，王锳点校：《郑珍集·文集·母教录》，贵州人民出版社 1994 年版，第173 页。

② 同上书，第 178 页。

③ 同上。

④ 同上书，第 174 页。

⑤ 同上书，第 176 页。

欲其少劳作时，则曰："好好一人，非手足不能动，焉有些子不做之理?"①劳动对于郑母来说，已经成为一种习惯，可谓"一时不劳作，即觉此身无安顿处"②。语言质朴，言行合一。

郑母平生不喜酗酒、赌博，常常教育郑珍要饮酒适量，不要因酒误事，更不要打牌赌博。其年迈时郑珍以劳役之事家有代劳者劝其出去"呼大妇与弈为乐"，郑母则曰：

> 我浇锄园圃，日见其美茂焉；饲鸡豚狗彘，日见其肥泽焉，乐此不劳也。平生且不喜看人博弈，焉能老而作此。且老人若摩动此等物，小儿辈必从旁观弄，久之必用心于是。非为乐，乃忧端也。③

劳动已经成了郑母的一种生活习惯，即便年迈体衰亦不肯稍事休息，即便下棋等娱乐活动也是老而不为，怕儿辈围观用心于此。举手投足间，郑母无不以身作则，身为表率。

孟母三迁，岳母刺字，是母教的典范。郑母黎氏作为一位平凡的母亲，固然不能与孟母、岳母相提并论，且某些言论亦属旧思想的糟粕，但其劝勉勤劳、规诫骄奢、悯恤孤苦、与人为善的嘉言懿行堪称表率，故《清史稿》将之载入《列女传》④，成为晚清贵州有国史为之立传的两位女性人物之一。郑珍成就为西南巨儒，对民生疾苦表示出极大关注，均与郑母的教育与身体力行密不可分。又，郑珍以《母教录》缅怀母亲，记录母亲关于读书、劳动、子女教育、尊老慈幼、怜弱恤贫、睦邻待客、饮食服饰、妇德妇工等诸方面的嘉言懿行，行文疏淡畅达，叙事生动简洁，语言通俗浅显口语化，让我们看到了经学家治学严谨、考证精详、正襟危坐、含英咀华之文风的另一面。

---

① （清）郑珍撰，王锳点校：《郑珍集·文集·母教录》，贵州人民出版社 1994 年版，第 178 页。
② 同上书，第 181 页。
③ 同上书，第 180 页。
④ 参见赵尔巽等撰《清史稿·列女一·郑文清妻黎传》，中华书局 1977 年版，第 14028 页。

第四节 郑珍散文的个性特质

郑珍的散文创作不拘于桐城文法，自出胸臆，操纵自如，又转益多师，先学程氏之文，继之先秦诸子、两汉史书、韩柳欧苏，下及明归有光、清朱彝尊，含英咀华，揣摩研习，从而形成自己独特的文风。总体来说，其散文呈现出四大个性特征：其一，由学者本色而来的学术气质；其二，由"大山地理"而来的"大山风格"；其三，归有光般的排恻沉挚；其四，柳子厚般的奇峭清丽。下面从四个方面分述之。

一 学术气质

郑珍的散文创作具有浓郁的学术气质与学者本色。上文我们已经分析到，其学术性散文在《巢经巢文集》中占了三分之一的比例，其学术气质和学者本色由此足见。其实，郑珍不仅学术类散文有学术气质与学者本色，其写景记游之文亦渗透着学术气息与学者本色，我们从《游蟠龙洞记》和《四囤记》二文即可见出。

《游蟠龙洞记》一文，是郑珍晚年避乱桐梓魁岩时所作。因蟠龙洞既属山川古迹，又是水患之源，故郑珍亲自前往考察，是为此记。文中，作者先交代桐梓县治的地理环境，蟠龙洞的位置、大小、水势、灾患情况以及灾患治理情况，继而亲至蟠龙洞，探寻水患的原因。文中云："余尝以山川古迹，耳闻不如目见。今年春，避乱寓魁岩，于兹洞非独慕其殊诡已也，将以躬谛夫所以致水患者。"[1] 此次出游，非独慕于蟠龙洞的奇异，更是为了探寻水患的原因。故郑珍深入蟠龙洞，细听洞内暗处轰鸣的水声，判断洞内地底下暗流的地理形势，分析水之入口与洞内储水处的吞吐量，表达水患来自地底而自己能力不及的忧患。该文题名游记，但对山水的景色着墨却不多，相反，对于山川的走向、来龙去脉、水灾情况却交代得十分清楚，"尤其是对于水患的形成和消除水患的设想、考察，更是体现了

---

① （清）郑珍：《游蟠龙洞记》，（清）郑珍撰，王锳等点校《郑珍集·文集》，贵州人民出版社1994年版，第67页。

其作为学者的特点"①。关心民生疾苦的拳拳之心与学者本色，不言自明。

《四囤记》一文，作者把地理沿革的考证与写景记游、说理熔于一炉。所谓"四囤"，即《明史·陈璘传》所载的青蛇、长坎、玛瑙、保子四囤，亦即明平播战役中的四囤。此四囤位于遵义境内，是郑珍由子午山往来遵义郡城的必经之道。然而由于历史变迁，地理名称发生改变，郑珍只知道清乘桥诸山、长坡坎、玛瑙孔诸山、标崖诸山，而不知它们分别对应青蛇囤、长坎囤、玛瑙囤、保子囤四囤。由于无数次过往清乘桥，而清乘桥西诸山又为用兵险要，桥为康熙初建，桥旁有碑，云清水桥，今则唤清乘桥，郑珍不明了当初桥名清水之意。一日携妻儿种菜于子午山，谈及西望遵义郡城所及诸山，言及清水之疑，儿子知同推断清水、清乘即青蛇，郑珍乃恍然大悟。遂查《明史·陈璘传》所载"四囤"与陈璘平播进军的先后路线，以及"蛇"与"水"的俗读相同，武夫纪碑改"清水"为"清乘"的从俗以文，"保"与"标"的读音相近，由此断定《明史》所载之青蛇囤即今清乘诸山，长坎囤即今长坎坡，玛瑙囤即今玛瑙孔，保子囤即今标崖诸山。言之成理。文末，郑珍有感而叹曰："嗟夫！数十年往来熟习之地，一旦启悟于黄孺之口而始得古名，天下事千百年以上千百里以外可以影响论断即自诩得之乎？故记以考地理者。"② 郑珍以自己的切身体会告诫言地理者，不可轻易论断，当审慎为之。此文，由对遵义东界大山乱峰斗壁奇险之景的叙写、四囤地理名称沿革的考证，归于为学当谦虚谨慎，"实能贯穿考据、义理、词章而一之"③，学术气质与学者本色毕现。

二　大山风格

文学是具有地域特征的，从地域角度可考察文学生成的文化地貌。关于文学与地域特征的讨论，季札观乐首发其端，评各地民歌，辨地域格调。魏徵《隋书·文学传论》绪其余，言"江左宫商发越，贵于清绮；河

---

① 赵平略译注：《贵州古代记游诗文译注》，贵州人民出版社 2006 年版，第 182 页。
② （清）郑珍：《四囤记》，（清）郑珍撰，王锳等点校《郑珍集·文集》，贵州人民出版社 1994 年版，第 55 页。
③ （清）陈夔龙：《〈遵义郑征君遗著〉序》，白敦仁《巢经巢诗钞笺注》，巴蜀书社 1996 年版，第 1518 页。

朔词义贞刚，重乎气质"①，指出不同地域间的文学作品会表现出不同的文学特征。纪昀曾云："三代以来，文章日变，其间有气运焉，有风尚焉。史莫善于班、马，而班、马不能为《尚书》《春秋》；诗莫善于李、杜，而李、杜不能为《三百篇》，此关乎气运者。至风尚所趋，则从为之矣，其间异同得失，缕缕难穷。"这里所谓"气运"是指总体时代精神，所谓"风尚"是指特定地域的习俗环境。近代学术大师刘师培《南北文学不同论》，述地域差异对文学体裁与风格的影响，言之甚详，兹不赘述。

以黔中地理言黔中文学之风格者，最早见于郑珍的《〈偃饮轩诗钞〉序》（即《〈播川诗钞〉序》），其云：

> 余尝过桐梓，观大娄山经其东南，曾盘崔嵬，蹙地隐天，草木烟云，郁郁苍苍，绵数百里，莫测所蕴积。意其穷深雄阔，塞明裂坤，他尊五岳之气，必有负玮抱者。或外来，或本产，出其精芒光焰，歌啸恣肆乎其间，然后与兹山相称。……今阅吾友晓峰赵君诗钞，于余所言与兹山相称者，乃始欣然谓若有可信。②

赵旭（字晓峰）是郑珍好友，遵义桐梓县人。为人孤傲特立，不同流俗；为诗以"骨胜"，"冰棱铁桥，读之眉宇轩昂，投袂欲起，而不知神之何以王者"③。郑珍认为，其人其诗皆与大娄山之"曾盘崔嵬，蹙地隐天"的"大山地理"气势相称。故其人其诗富有阳刚之美，具有"大山风格"。

最早以"大山风格"概称黔中诗文风格者，源自贵州省社会科学院资深研究员黄万机先生。其在《贵州汉文学发展史》一书中说："贵州作家们生活在崇山峻岭之间，自幼感受着大山的雄伟与奇崛之气，对其性格志

---

① （唐）魏徵等撰：《隋书·文学传序》卷七十六列传第四十一，中华书局1973年版，第1730页。

② （清）郑珍：《〈偃饮轩诗钞〉序》，（清）郑珍撰，王锳等点校《郑珍集·文集》，贵州人民出版社1994年版，第80页。

③ （清）莫友芝：《〈播川诗钞〉序》，《贵州通志·艺文志》，贵阳文通书局1948年版，第54页。

趣和文学作品的风格气势，都产生不同程度的影响。"① 就其性格志趣来说，"刚强的性格特征，不仅为某些作家所具有，而且可以说是黔人的主导性格。因为他们生长在大山之中，大山的形象、意蕴、气象使他们耳濡目染，逐渐熔铸成一种刚毅顽强的性格特质，也许可称之为'大山性格'或'大山风格'"②。就其文学风格来说，"大山风格"主要体现于阳刚之美、奇崛之美、包罗万象、虚怀若谷。

与大山相称的诗文，除郑珍所言赵旭外，黎庶昌的散文也具有这种大山品格，曾国藩曾称："莼斋生长边隅，行文颇得坚强之气。"③ 其实，不唯赵旭与莼斋，"举凡从贵州大山走出去的作家，其作品无不是有这种'坚强之气'。这正是贵州文学的普遍特征"④。赵旭、黎庶昌、郑珍等人无疑是"大山风格"作家中的佼佼者。郑珍的诗歌，既写黔中山水之丽，更写黔中山水之奇与险。郑珍的散文，尤其是山水游记，亦显"大山地理"特质：回龙山岩壑雄峭，树木挺异；遵义东界大山，"望之隐天若长墉"⑤；洪江两岸悬壁一二百尺，群峰若削，山峰中尚无牛羊径；梅峣梅花盛开，如瑶林如雪海；蟠龙洞，"高可建十丈旗，方容田一井"⑥，洞内"阴阴然鬼气沁毛发，水轰轰来自暗，缘石壁奫沦"⑦；怡怡楼，登楼而望，"左把东山，右顾相宝、黔灵，暨迤南雪洞、石林诸峦壑，皆若拱若揖，于四时朝暮阴晴风雨之交，千态万状，各献其变"⑧；等等。郑珍笔下不唯奇险峻美的山水流淌，更有涵纳殊方、虚怀若谷的胸怀。郑珍善于向前人学习，转益多师，含英咀华，同时为学严谨，敢于自责，胸怀宽广。其在

---

① 黄万机：《贵州汉文学发展史》，贵州人民出版社 1999 年版，第 40 页。

② 同上。

③ （清）薛福成：《〈拙尊园丛稿〉序》，《贵州通志·艺文志》，贵阳文通书局 1948 年版，第 70 页。

④ 黄万机：《贵州汉文学发展史》，贵州人民出版社 1999 年版，第 41 页。

⑤ （清）郑珍：《四囤记》，（清）郑珍撰，王锳等点校《郑珍集·文集》，贵州人民出版社 1994 年版，第 53 页。

⑥ （清）郑珍：《游蟠龙洞记》，（清）郑珍撰，王锳等点校《郑珍集·文集》，贵州人民出版社 1994 年版，第 66 页。

⑦ 同上书，第 67 页。

⑧ （清）郑珍：《怡怡楼记》，（清）郑珍撰，王锳等点校《郑珍集·文集》，贵州人民出版社 1994 年版，第 64 页。

《〈桐筌〉序》一文中，对自己修纂《遵义府志》的美中不足，曾作自我批评云：

> 余昔之缉郡志，阅三年乃成，力亦勤矣，而物产不采《茶经》，祠庙不摭《宾退录》，杨氏事不载《清容集》，则目之未遍也；鼓楼隑之水，误指为渭河，乐安江混叙其源处，则足之未周也。其他舛漏若是。至于今在他邦博洽者，固无暇勘及；此即本郡人，或亦未之详也。然余固深悔之。①

郑珍认为，言地理者须做到"目到"、"足到"，"阅记尽古今之书，是谓目到，而远近又无不亲涉，是谓足到。二者有未及，不或遗焉，即或误焉"②。正因为自己未做到"目到"与"足到"，致使《遵义府志》的纂修出现遗漏和错误。尽管这些遗漏和错误即算本郡人亦未必明了，但郑珍却为之深感遗憾与懊悔。这种严谨求实，勇于自责，虚怀若谷的精神，亦正是"大山风格"的体现。

三　悱恻沉挚

郑珍散文中，关涉亲情书写尤其是言及其母的篇章都具有悱恻沉挚的特点，与明归有光《先妣事略》《项脊轩志》等叙写家庭生活琐事以怀人的作品风格酷似。这类文章的代表作有《斗亭记》《梅屻记》《母教录》等。《母教录》以语录体记载母亲生前言行，品味之，贤母形象跃然而出，如见其人，如闻其声，同时又见母子情深，情感悱恻沉挚。此不赘述。

《斗亭记》一文，作者追忆与母亲在斗亭共同生活的三年时光，描写斗亭鸟语花香的环境，郑母劳作的身影，以及在亭下的种种活动，表达对母亲的思念之情。斗亭建在旧园圃里，后园圃不种蔬菜，改种花木。郑珍自己开地、建池、立亭，又种芙蓉于其中，池中养鲫鱼，池边植柳树、枣

---

① （清）郑珍：《〈桐筌〉序》，（清）郑珍撰，王锳等点校《郑珍集·文集》，贵州人民出版社1994年版，第88页。

② 同上书，第87—88页。

树，而斗亭就在枣树下。郑父喜欢钓鱼，郑母则多病而喜好劳动，郑珍"每日暄夕佳，携妻若妹若小儿女，奉孺人坐亭上，或据树石诵书吟诗，思昔贤随遇守分之遗风；或偕儿女黏飞虫呼蝼蚁，观其君臣劳逸部勒；或学鹊楂楂鸣，投挼花惊潜鱼，为种种儿戏。孺人虽笑骂之，而纺砖絮撵未尝一辍手。夏荷秋兰，梅萱冬春，盖三年于此矣"①。每当日丽夕佳，郑珍携妻儿等陪老母坐于亭上，或倚树据石诵书吟诗，或黏捕飞虫喂观蚂蚁，或学鹊鸣投枝摘花惊池鱼。老母则笑骂之，手仍纺绩不止。故园美景，娱亲场景，母亲劳作情形，历历在目，情景交融，景美情真，真是一幅天伦行乐图。

《梅屿记》也是一篇以生活琐事追忆母亲的文章。作者先言梅屿的地理位置、种梅的缘由以及移植梅花的经过，指出梅屿之梅初缘于郑父的盆景梅，郑母以盆中梅不能尽其性而移植篱间，其后根枝大发，乃斫而树之，是故尧湾宅居多梅。郑母去世后，梅之祖树遂枯死。今子午山梅屿之梅，是郑母尧湾之梅的梅子梅孙。继之，郑珍追忆十年前于尧湾寓宅结草亭而植梅，其母往来其间，劳作憩息，今移梅置于梅屿，梅盛开如雪海，过者道为山中之胜，而母之音容笑貌莫复的情景，表达了睹物思人的哀婉感伤。文中云：

> 忆余在十年前，结草亭于寓东大枣下，左右植梅五六株，割前之田为方池，中菰莲而上萱柳。每春夏相交，一亭皆绿，先孺人或坐梅下纺棉绩麻，或行梅边摘花弄孙子。及秋霁冬晴，则又架竹槎丫，曝衣襦，干旨蓄，徐徐然来往其际。亭之外皆圃，中植者患防菜，则以余酷护也。时余出，稍芟之，家人间举以为笑，至今皆移来此。其某株为所倚而抚者，某枝为所芟者，某槎丫为所架竹者，宛宛皆能记识。而据屿北望，纍然一丘，音容莫复，徒使兹屿为瑶林为雪海，过焉者啧啧道山中之胜，能无悲乎？详述之，以见诸梅之能尽其性者，皆出自先孺人手也。②

---

① （清）郑珍：《斗亭记》，（清）郑珍撰，王锳等点校《郑珍集·文集》，贵州人民出版社1994年版，第47页。

② （清）郑珍：《梅屿记》，（清）郑珍撰，王锳等点校《郑珍集·文集》，贵州人民出版社1994年版，第57页。

尧湾寓宅，有结草而盖的斗亭，有枣梅柳萱，有菰莲芙蓉，春夏之交，一亭皆绿，花果飘香。郑母常坐梅树下纺棉绩麻，或摘花弄孙，或架竹竿于梅树槎丫，以晾衣服，晒干储备过冬的食品，徐徐往来其间。而今梅皆移植子午山，某株为母亲倚而抚者，某枝为母亲所修剪者，某槎丫为母亲所架竹者，皆一一能识。母亲去世，葬子午山，据峤北望，纍然一丘，容颜不复。梅能尽其性，不受人为损害，得以尽情舒展枝丫，缘于母亲的爱护。然梅峤之梅花盛开，睹物思人，梅树依旧，亲人音容不复，纵瑶林雪海，只是好景虚设。

郑珍的此类散文，以平实的语言叙写家庭琐事，记述人事变迁，娓娓道来，不事雕琢而风味自至。又，善于借景抒情，善于记事抒怀，把强烈真切的情感融注于看似客观平静不露声色的写景叙事中，情景交融，让家庭琐事的叙写和个人哀乐的抒发产生荡气回肠的力量，与归有光《项脊轩志》等篇极其相似。故翁同书云：读郑珍《母教录》等亲情叙写之文，"悱恻沉挚，似震川《先妣事略》《项脊轩志》诸篇，羊质善变，几无以测吾子尹也"[1]。所言非虚。

四　奇峭清丽

郑珍的山水散文，既有模山范水之作，亦有突破模山范水而表达物我同一、主客相契境界之作。前者以《游回龙山记》为代表，后者以《松崖记》为代表。然而，不管是哪一类作品，其笔下的山水景致都具有奇峭清丽的风格特色，与柳宗元的山水游记风格近似。

《游回龙山记》是一篇摹写遵义环城山水中最具岩壑之奇、树木之异的回龙山（即今禹门山）景致的游记。全篇不过二百五十七字，写山、写石、写树、写泉，凸显了山之绵延雄伟、石之雄峭与灵动若飞、树之雄劲挺拔与枝叶扶疏、泉之伏地而行与清冽甘甜。其山、其石、其树、其泉，大山地理，奇峭清丽。鉴于该文篇幅短小，现录如下：

---

① （清）翁同书：《巢经巢诗钞序》，白敦仁《巢经巢诗钞笺注》，巴蜀书社1996年版，第1507页。

遵义环城山水岩壑之雄峭，树木之挺异，莫右于回龙山。其山自碧云峰支出，蜿蜒东行十里许，穆家川趋其足，遂峙为此山。其山阴肉而阳骨，骨者石也，外著者也。以负蓄厚，故其石硌硌角角，壁者、窟者、窒者、突者、脊而下迤者、胕而上累者、欹蓄丕思若隳而若飞者，靡不骈驳阗斑，以合为此山。上干青天，下临沉渊，而其气一泄于树。故其树直上数仞而不挠，横出数丈而不折，随其石之高下，楚楚莽莽而柯茎棻离可数。每与高风相遭，则枝叶上下若江之潮海之涛，其中朝晖夕曛，若螺蚌摇光于方丈圆峤也。有伏泉息于踵，冽而清，其声泠泠，尝之则甘，使人忘机，唯智者别之，外人徒震眩于岩壑树木之足骇异而已。余以有倦，与一二人游此，颇自负知山，故说之。①

回龙山山势蜿蜒，延绵十里，带土露石，土层厚实，奇石丛生。其石有"壁者、窟者、窒者、突者、脊而下迤者、胕而上累者、欹蓄丕思若隳而若飞者"，形态各异，异彩纷呈。柳宗元《始得西山宴游记》写登上西山后俯瞰的山势："岈然洼然，若垤若穴。"②《钴𬭁潭西小丘记》写小丘之石头："其石之突怒偃蹇，负土而出，争为奇状者，殆不可数。其嵚然相累而下者，若牛马之饮于溪；其冲然角列而上者，若熊罴之登于山。"③ 再观察郑珍写石头，其句式，其形态，其意蕴，不难发现有学习与化用的痕迹。回龙山之石头，"上干青天，下临沉渊"，泄气于树，故回龙山之树木随石高下，"直上数仞而不挠，横出数丈而不折"，苍劲挺立，茂密苍翠，枝叶扶疏，遇之高风，翻若江海。回龙山之山泉，或伏息而入，或明流而出，清澈见底，泠泠有声，甘甜可口。回龙山可谓山美、石奇、树雄劲挺拔、泉清冽甘美。文中有形、有色、有声、有光、有味，熔形、色、声、

① （清）郑珍：《游回龙山记》，（清）郑珍撰，王锳等点校《郑珍集·文集》，贵州人民出版社 1994 年版，第 50 页。
② （唐）柳宗元：《始得西山宴游记》，《柳宗元集》（卷二十九），中华书局 1979 年版，第 762 页。
③ （唐）柳宗元：《钴𬭁潭西小丘记》，《柳宗元集》（卷二十九），中华书局 1979 年版，第 765 页。

光、味于一炉；同时，动静结合，静中有动，响里含幽；情景交融，作者品赏泉石、热爱山水之情与奇峭清丽之景相谐。黄万机先生评价该文，曰："语言古朴简练，夹有少数古奥文字，显得古色古香；文句骈散相间，声调抑扬，使文章富于声韵美、色彩美和动态美。与柳宗元《永州八记》相比，思想深沉容或不及，而文字功力差可比肩。"①

《松崖记》一文，记写子午山松崖的景色之美与物我相契。作者先写松崖的内外环境，再写登上松崖临崖而坐的感受。松崖自内仰视观之，"如曲眉如偃月"②；自外俯视观之，"墙立四五十丈，斩斩然落于溪"③；松崖奇峭，"崖石而戴土，绝险处牛羊不能迹"④；松崖有藻米溪环绕，山色青绿；松崖揽南北诸山为大环，有山水之妙。尤其是临崖而望，美不胜收：

> 每临崖而坐，山静溪莹，中涵太虚，群木飏青，迎送鸟背。俯仰四望，举凡耕人之苦乐，牧钓之暇逸，霜烟雨月之极状，朝暮晦明之变态，靡不纤巨毕呈，灿在襟袖，轩轩然殆忘在牉柯万山中也。⑤

此段写临崖而坐物我相谐的感受，青山绿水、飞鸟展翅、耕种牧钓、霜烟雨月、朝暮晦明、茫茫苍穹，尽收眼底，物我两忘。作者似乎只是一个旁观者，在静观着人世间的劳逸苦乐与自然界的阴晴晦明，然后将之卷入襟袖，与太虚、飞鸟同归。再看看柳宗元的《始得西山宴游记》，柳河东登上西山，将万山之势尽收眼底，感西山之"特立"，"悠悠乎与颢气俱，而莫得其涯；洋洋乎与造物者游，而不知其所穷。引觞满酌，颓然就醉，不知日之入。苍然暮色，自远而至，至无所见，而犹不欲归。心凝形

---

① 黄万机：《郑珍评传》，巴蜀书社 1989 年版，第 268 页。
② （清）郑珍：《松崖记》，（清）郑珍撰，王锳等点校《郑珍集·文集》，贵州人民出版社 1994 年版，第 56 页。
③ 同上。
④ 同上。
⑤ 同上。

释，与万化冥合。"① 游览西山，感悟人生，在天地宇宙间，与浩渺广大的自然之气合二为一，情景交融，物我化一。郑文登临松崖的感受与柳文游览西山的感悟，有相似之处，都写出了观自然美景的物我同化。但二者又有不同，柳文以乐言忧，是放形于山水的牢骚满腹与自我排遣，郑文则以乐言乐，是模山范水的物我相契与绝意干进、保存故我的纯任自然。总之，郑、柳二人的山水散文所写对象都不是名山大川，而是鲜为人知的郊野景致，但都能以独特的观察力，抓住各个不同景致的个性，加以简洁自然的描绘，而非游山玩水与浮光掠影的表达，更非流连光景之作；语言骈散相间，文笔清新秀美，风格奇峭清丽。

综上，郑珍的散文创作呈现出独特的个性特质。清代朴学的土壤与郑珍的学者身份，决定了其散文创作的学术化倾向；不迷信与追随桐城文法，决定了其散文创作的转益多师与博采众家；对韩愈的尊崇与景仰，使其不停耕耘于韩诗的园地，若干则韩诗跋文成为郑珍韩愈研究的亮丽一景。从其学术性散文，我们看到了郑珍作为学者崇实与善于思辨的一面；从其语录体散文，我们看到了郑珍作为人子悱恻沉挚的一面；从其文艺性散文，我们看到了郑珍绝意仕进的平静心境；从其应用性散文，我们看到了郑珍穷处山林的诗书自娱。郑珍的散文成就固然不及诗歌，学韩愈而没有韩愈散文的气势磅礴，学苏轼而没有苏轼散文的波澜壮阔，但行文严谨自如，构思精巧多变，语言生动简练，篇幅短小精悍，风格多样化，不谓大家风范，堪称小家碧玉，颇有可取之处。黎庶昌编纂《续古文辞类纂》，将郑珍《梅崍记》等七篇编入，足见黎庶昌对郑珍散文的肯定，以及郑珍古文在后期桐城派古文家心目中的位置。黎庶昌又于《巢经巢文集序》中说："奇书之在世，譬犹金珠美玉蕴蓄于山渊，必有精光上属霄汉，历久而不可磨灭。"② 此语虽有过誉之嫌，却也代表了后期桐城派对郑珍散文之优秀篇章的首肯与期待。

---

① （唐）柳宗元：《始得西山宴游记》，《柳宗元集》（卷二十九），中华书局 1979 年版，第 763 页。

② （清）黎庶昌：《巢经巢文集序》，赵恺等纂《续遵义府志》，中国地方志集成影印本，巴蜀书社 2006 年版，第 431 页。

第五章　郑珍崛起西南的原因和影响分析

郑珍一生裹足牂柯犍为丛山之中，"名闻不到令尉，相过从不出闾里书师"①，饱受冻馁迫逐，却于经训、古文、诗歌等领域取得了较为突出的成绩，成就了"西南巨儒"与"宋诗派中的优秀诗人"等美誉。郑珍成就的取得与其生活的土壤密切相关，同时，郑珍的出现又对当时甚或以后产生了一定的影响。本章探究郑珍得以出现或谓郑珍成绩得以取得的原因，以及郑珍的出现对黔中学人甚或晚清诗坛所产生的影响。

第一节　郑珍崛起的原因

远离主流视域的山野间的学术研究与文学创作，居然可以涓涓细流般汇入晚晴学术与文学的主流之河，郑珍的出现与崛起看似是个奇迹，然探究这偶然与奇迹的背后，自有其深刻的必然性因素。郑珍的存在，或谓郑珍的出现、郑珍的崛起，可大致归结为五大方面的原因：其一，巴蜀文化的濡染浸润；其二，沙滩文化的滋养熏陶；其三，恩泽嗜才的期待效应；其四，乱世治文墨的恬然自适；其五，海天一叶的风云裁成。这些因素的综合合力，导致了郑珍的出现与崛起。

---

① （清）郑珍：《巢经巢记》，（清）郑珍撰，王锳等点校《郑珍集·文集》，贵州人民出版社 1994 年版，第 59 页。

一 巴蜀文化的濡染浸润

探讨巴蜀文化对郑珍的影响，须回溯遵义的历史隶属。遵义自唐贞观十三年（639）始称"播州"。唐贞观十六年（642），播州所辖罗蒙县改名遵义县，始有"遵义"之名。遵义自唐僖宗干符三年（876）至明神宗万历二十八年（1600）的725年间，一直是杨氏土司的领地。明万历二十八年，明王朝平定播州，次年废除播州宣慰司，改土归流，设平越、遵义二军民府，平越军民府隶属贵州，遵义军民府隶属四川。清雍正五年（1727），改遵义军民府为遵义府，隶属贵州。即遵义于明洪武五年（1372）播州归顺明廷，隶四川；万历二十九年（1601），播州改土归流，置遵义军民府，隶四川布政司；至清雍正五年（1727），始隶贵州；自明洪武五年至清雍正五年，遵义隶属四川长达356年之久；郑珍生活的时代，遵义隶属四川。可见，无论遵义的行政地位如何游离于川黔之间，巴蜀文化对遵义、对郑珍的影响，在情理之中。

巴蜀之地，钟灵毓秀，人杰地灵，自古即有"天府之国"的美誉。常璩《华阳国志·蜀志》云："蜀沃野千里，号为'陆海'。旱则引水浸润，雨则杜塞水门，故记曰：水旱从人，不知饥馑，时无荒年，天下谓之'天府'也。"[①] 陈子昂说："蜀为西南一都会，国之宝库，又人富粟多，浮江而下，可济中国。"[②] 巴蜀独特的人文地理环境造就了巴蜀文化。巴蜀文化源远流长，内涵丰赡，《华阳国志》云：蜀人"尚滋味"，"好辛香"，"多斑采文章"[③]。其中"尚滋味"及"好辛香"属饮食文化，"多斑采文章"则指出了以司马相如为代表的巴蜀文学的特色。观巴蜀文化之于黔北遵义郑珍的影响，主要体现在以下两方面。

其一，巴蜀文化中的两汉先贤意识与郑珍对汉三贤的称许。

巴蜀文化作为长江流域三大地域文化之一，约在春秋战国初步形成。

---

① （晋）常璩撰，刘琳校注：《华阳国志·蜀志》，巴蜀书社1984年版，第202页。

② （宋）欧阳修等撰：《新唐书·陈子昂传》（列传第三十二），中华书局1975年版，第4074页。

③ （晋）常璩撰，刘琳校注：《华阳国志·蜀志》，巴蜀书社1984年版，第175页。

然两汉之前载籍罕见，汉代之时大放异彩。《汉书·地理志》载："景、武间，文翁为蜀守，教民读书法令。未能笃信道德，反以好文刺讥，贵慕权势。及司马相如游宦京师诸侯，以文辞显于世，乡党慕循其迹。后有王褒、严遵、扬雄之徒，文章冠天下。由文翁倡其教，相如为之师。"① 其后苏轼亦云："文章之风，惟汉为盛。而贵显暴著者，蜀人为多。盖相如唱其前，而王褒继其后。峨冠曳佩，大车驷马，倘佯乎乡间之中，而蜀人始有好文之意。弦歌之声，与邹、鲁比。"② 汉代巴蜀文化，尤其是文学创作，以集团军的形式显耀于两汉文坛，出现如司马相如、王褒、扬雄等文坛宗师，巴蜀人为之骄傲。他乡人亦"慕循其迹"，左思《三都赋》云："近则江汉炳灵，世载其英。蔚若相如，皭若君平。王褒韡晔而秀发，扬雄含章而挺生。幽思绚道德，摛藻揪天庭。考四海而为儁，当中叶而擅名，是故游谈者以为誉，造作者以为程也。"③ 两汉时期巴蜀先贤所创之实绩成为巴蜀人永远师法的对象，是故巴蜀人的"两汉先贤"意识强烈。

巴蜀文化中的两汉先贤，郑珍仰慕。其在《汉三贤祠记》一文中说：自秦焚书坑儒以来，至汉高、惠、文、景，徒黄老清净，与民休息，诗书礼乐之教殆如草昧，汉建元之际，齐、鲁、秦、晋、燕、赵、吴、楚、梁、越之间乃始诸儒云烂霞蔚，六经赖以复传，"于时西南远徼，文翁为之倡，相如为之师，经术文章，灿焉与邹鲁同风"④。文翁，汉代成都太守，为蜀郡开设郡国学校教民读书有首倡之功。司马相如，受郡守文翁派遣远赴中原学习，学成后回乡教授弟子，《三国志·蜀志》载："蜀本无学士，文翁遣相如东受七经，还教吏民，于是蜀学比于齐、鲁。"⑤ 二者的教化之功，使蜀郡"经术文章"大盛。郑珍对二者投以仰视的目光，高度肯

---

① （汉）班固撰：《汉书》（卷二十八下），上海古籍出版社 2003 年版，第 1133—1134 页。

② （宋）苏轼：《谢范舍人书》，苏轼撰，孔凡礼点校《苏轼文集》，中华书局 1986 年版，第 1425 页。

③ （西晋）左思：《蜀都赋》，（梁）萧统选，李善注《文选》（上），商务印书馆 1936 年版，第 92 页。

④ （清）郑珍：《汉三贤祠记》，（清）郑珍撰，王瑛等点校《郑珍集·文集》，贵州人民出版社 1994 年版，第 51 页。

⑤ （晋）陈寿撰，（南朝宋）裴松之注：《三国志·蜀书》，上海古籍出版社 2011 年版，第 899 页。

定文翁于西南边地办学的首倡之功、司马相如的为师之绩，以及二者的先导给汉代巴蜀文化所带来的经术文章的灿然可与邹鲁比肩。

巴蜀文化中的两汉先贤意识，契合郑珍的需要，浸染了郑珍。巴蜀文化先贤的先导带给巴蜀文教的影响深远，六朝以来蜀地文学之人代有才俊，如唐之陈子昂、李白，宋之"三苏"，元之虞集，明之杨慎，清之李调元等。郑珍仰慕之，故而关注汉代黔北文教贤人，得文学公、盛公、尹公三人。文学公舍人，起于犍为郡，为犍为文学卒史，活动于汉景、武间，文翁开设郡国学校时曾到成都求学，注《尔雅》。盛公盛览，起于牂牁郡，"为司马相如友，称牂牁名士"①，司马相如奉命出使西南，盛览从学，归以授乡人。尹公尹珍，起于毋敛，曾到中原从许慎受五经、《说文》，又从应奉学图纬，系"召陵许君弟子，以经义教南中"②。黔北汉三贤，倡文教，开草昧，教授乡里，其影响虽不能与文翁、司马相如比肩，然三位于黔贵文教事业依然功不可没。故莫与俦创汉三贤祠，郑珍撰《汉三贤祠记》，追溯黔北三贤，"慕循其迹"，以表达对黔北先贤的祭奠、景仰，以及步武三贤、期待来哲的愿望。

在巴蜀两汉先贤意识的影响下，郑珍不只关注巴蜀与黔北汉代先贤，还关注他邦汉代先贤。汉代经学大师郑玄、许慎亦是郑珍仰慕的对象，郑珍曾说：有清经学所以"能上接汉儒者，壹以识字为本。凡字有声有形有义，六经联字以成文，字之声形义明，其于治经，如侍先圣贤之侧，朗朗然闻其耳提面命也"③。郑珍以识字治经为聆听先贤耳提面命的愉悦享受，故走以字通经之路即从东汉许慎《说文解字》、郑玄《三礼注》开始，先以《说文解字》为本，别声音，辨文字，效古之十岁童子所为；继之，以字读经，又以经读字，期"以自效于许氏"④；再继之，关注郑玄《三礼注》，私笺郑玄《三礼注》，终有《说文逸字》《说文新附考》《汉简笺正》

---

① （清）郑珍：《汉三贤祠记》，（清）郑珍撰，王瑛等点校《郑珍集·文集》，贵州人民出版社 1994 年版，第 52 页。

② 同上。

③ 同上。

④ （清）郑珍：《上程春海先生书》，（清）郑珍撰，王瑛等点校《郑珍集·文集》，贵州人民出版社 1994 年版，第 35 页。

《亲属记》《仪礼私笺》《轮舆私笺》《巢经巢经说》等文字学和经学著述问世。

其二，巴蜀农耕文化与郑珍务实精审学风。

巴蜀地区是中国农耕文化的发源地之一，考古发现成都平原在几千年前便有了蜀人活动的痕迹。左思《蜀都赋》和常璩《华阳国志》均描绘了巴蜀农耕文化的生态环境。如《蜀都赋》云："原隰坟衍，通望弥博。演以潜沬，浸以绵雒。沟洫脉散，疆里绮错。黍稷油油，粳稻莫莫"；"邑居隐赈，夹江傍山。栋宇相望，桑梓接连。家有盐泉之井，户有橘柚之园"。① 司马相如、王褒、扬雄、陈寿、陈子昂、李白、薛涛、苏氏父子等，便是巴蜀农耕文化熏育的结果。

农耕文化是一种以种植经济为基本方式的农业社会的文化，它是在传统的自给自足的自然经济基础上形成的一种思想意识、文化传统、价值取向、生活和社会行为模式的总和，其中居于中心地位的则是思想意识形态和价值观念，这是整个农耕文化的精髓。② 巴蜀农耕文化中，大禹治水、五丁开山、杜鹃啼血，反映了巴蜀人与各种自然灾害作斗争的过程，培养了巴蜀人坚韧不拔、不屈不挠的精神特质；同时，巴蜀农耕文化产生于四川盆地的特定地理环境，养成了巴蜀人勤劳、执着、忍耐、朴实、务实、精耕细作、小富即安的个性特征。

遵义，古属播州；播州，隶属四川。范松先生认为："深受巴蜀文化影响的播州文化，在物质层面上是一种以农耕文明为主的地域文明。今遵义地区仍被称为黔北粮仓。"③ 遵义为黔北粮仓，遵义沙滩更是一个适宜人居的水草丰茂之地。沙滩文化便建立在这农业社会的基础之上，农耕是沙滩文人赖以生存、发展的基础。黎氏家族于1601年从四川广安迁来沙滩居住，即以耕读传家。黎安理中举前，白天教书授徒，晚上边纺线边读书，"尝置纺车于前膝上，横经灯下，纺以读。尽四更，得棉线重

---

① （西晋）左思：《蜀都赋》，（梁）萧统选，李善注《文选》（上），中华书局1977年版，第86—87页。

② 赵志立：《巴蜀农耕文化与现代农业文化》，载《中华文化论坛》2009年第S2期。

③ 范松：《黔北历史文化三章》，载《当代贵州》2012年第23期。

半铒许，毕书一卷"①。黎恂、黎恺，"未作秀才时，常白日牧牛割马草，夜始读书"②。郑珍亦躬耕垅亩，"朝耕暮读，日不得息。……披单衣，执钱镈，躬致力于堶埆之上"③。这些农村生活的剪影，都是农耕生活的生存图景。

自身的农事劳作与巴蜀农耕文化中精耕细作的务实精神相浸染，郑珍关注农时、农耕、农事，系道咸间宋诗派中唯一一位大量从事农村题材创作的诗人。其诗歌中农时、农事、农作物、农具、农耕、农家生活、田园风光等无不入诗。涉及的农事有治圃修园、种竹种松、打柴耙田、开垦荒地、烧灰除蝗、插秧晒秧、早稻收割、山蚕养殖等，涉及的农作物有玉蜀黍、稻、麻、番椒、紫茄、葱蒜、禾黍、橘柚梅竹、豆藤瓜叶等，涉及的农具有秧马、犁、锄、钱、镈等，涉及的农家生活有食野菜、烧湿薪、烤糠头火、房屋漏雨、贷米度日等，代表作有《治圃》《修园》《腊中种竹》《播州秧马歌》《于堰南获早稻》《遵义山蚕至黎平，歌赠子何》《追和程春海先生〈橡蚕十咏〉原韵》《玉蜀黍歌》《斤溪老翁歌》等，兹不赘述。

精耕细作的生存图景，带来务实精神与务实学风。郑珍撰写《遵义府志》，记载农时、农事，详尽精到。其经学研究，专注三礼，恪守尺寸。其关注农业技术层面的问题，考《考工记》之《轮人》部分，探究古之车制，对车轮之重要构成部件毂、辐、牙"三材"的围度、长度、作用、质地要求、制作工艺等做重点考证，审慎推理、细加甄别、会诸经传、取验实事、绘制图表、考证精审，撰成《轮舆私笺》二卷。务实精神与务实学风上升到时代高度与理性层面，便形成经世致用的思想。郑珍强调求是精神，言"事必求是，言必求诚"④。郑珍辨析知行关系，看重致用，言"大抵吾辈读书，求知难，能行更难。然必能行得一分，始算得真

① （清）郑珍：《再上程春海先生书》，（清）郑珍撰，王锳等点校《郑珍集·文集》，贵州人民出版社 1994 年版，第 36—37 页。

② （清）郑珍撰，王锳点校：《郑珍集·文集·母教录》，贵州人民出版社 1994 年版，第172 页。

③ （清）郑珍：《与周小湖作楫辞贵阳志局书》，（清）郑珍撰，黄万机等点校《郑珍全集》（六），上海古籍出版社 2012 年版，第 445 页。

④ （清）郑珍：《汉三贤祠记》，（清）郑珍撰，王瑛等点校《郑珍集·文集》，贵州人民出版社 1994 年版，第 51 页。

知一分"①。又，在纷繁坎坷的人生旅程中，郑珍不汲汲于功名利禄，不刻意于功名"显扬"，总能找到一种心灵的自适，言"功名事会之倘至，起而行之，吾乐焉；不则胼胝于畎亩，歌啸于山林，亦乐焉"②。行藏皆乐，从某个侧面来看，亦是一种务实、求实精神的体现。

综上，巴蜀文化中的两汉先贤意识影响郑珍，使其关注汉代先贤、溯源黔北三贤、称许黔北三贤；巴蜀农耕文化中精耕细作的务实作风浸染郑珍，使其关注农时农事，关注农业技术层面的问题，并形成考证精审的务实学风与经世致用、行藏皆乐的务实精神，找到心灵的自适。又，郑珍一生以杜甫、苏轼为楷模，对巴蜀之地一直充满向往，有意作四川浣溪、眉山之游，以瞻拜杜甫、苏轼。在其生命的晚年，咸丰九年，在好友唐树义之子唐炯的支持下，于该年十月有川南之行，抵达唐炯供职的四川南溪，拟再做四川浣花、眉山之游，不料十一月号军围攻遵义，县令被杀，形势严峻，虑及家人安危，郑珍即告别唐炯返黔。五年后，郑珍去世，四川浣花、眉山之游的愿望遂化为了永久的遗憾。其《浣溪吟寄唐鄂生》一诗写出了诗人对四川浣花溪、峨眉山的向往，诗中诗人身未到、心先到的愉悦、惆怅、向往之情交织。诗本遗憾，不妨以诗作结：

> 夜半参横天顶时，心随山月下峨眉。月入平羌不知远，从风已到浣花溪。浣花溪水水西头，主人虽往林塘幽。南邻北邻在何处？惟有草堂千古留。③

二　沙滩文化的滋养熏陶

溯源"沙滩文化"，须上溯到《遵义新志》。抗日战争时期，浙江大学

---

① （清）郑珍：《与莫莛升书》，（清）郑珍撰，王瑛等点校《郑珍集·文集》，贵州人民出版社1994年版，第45页。

② （清）郑珍：《送黎纯斋表弟之武昌序》，（清）郑珍撰，黄万机等点校《郑珍全集》（六），上海古籍出版社2012年版，第475页。

③ （清）郑珍：《浣溪吟寄唐鄂生》，（清）郑珍撰，黄万机等点校《郑珍全集》（六），上海古籍出版社2012年版，第286页。

西迁遵义，在黔北度过了七年的办学岁月，《遵义新志》即是浙大内迁贵州遵义的重要学术成果。该书由浙江大学史地研究所张其昀先生主编，张先生将遵义两千多年的历史划分为夜郎期、牂牁期、播州期、杨保前期（自绵堡期）、杨保中期（穆家川期）、杨保后期（海龙屯期）、老城期、沙滩期、新城期等九个时期，其中第八期即"沙滩期"，该时期作为地理标志的遵义沙滩村落，人文兴起，著述丰硕，备受瞩目，故《遵义新志》在第十一章"历史地理"章中将沙滩定为全国知名文化区，"沙滩文化"一词由此而来。

关于沙滩文化的内涵，目前学界没有形成统一的观点。黄万机先生认为：沙滩文化由"有形"文化和"无形"文化两部分构成，"有形"文化以文字和纸墨为载体，即沙滩人的学术著作、诗文集、书画篆刻等；"无形"文化是沙滩文人读书撰述、立身行事所展现的精神风采和人格力量，是"沙滩文化精神"及"沙滩文化灵魂"，具化为淳厚的家风、清正的操守、自励自强的进取精神、虚怀若谷的开放气度等多方面。① 笔者对此持赞成态度。

严格来说，"沙滩文化"的奠基者为黎安理，黎恂、黎恺为第二代传人，郑珍、黎兆勋、莫友芝为第三代传人。后来，郑、莫、黎三人家族的部分成员逐步加入，逐渐构筑了"沙滩文化"的整体风貌。

郑珍自身，既是沙滩文化的传播体，亦是沙滩文化的受众。郑珍十四岁即随父母迁居乐安里尧湾，靠外祖父家生活，故深受沙滩文化的滋养与熏陶。外祖父黎安理是沙滩文化的奠基者，史载其幼年备受继祖母夏氏虐待却尽心服侍，颇有孝名，位列《清史稿·孝义传》。青年时代的黎安理，为生计，读书、劳作两不误，"尝置纺车于前膝上，横经灯下，纺以读。尽四更，得棉线重半锊许，毕书一卷"②。其五十八岁任县学训导，六十三岁升任山东长山知县，六十九岁高龄时辞官回乡。郑珍时常持书请教，黎安理即便躺于病榻亦挣扎着坐起赐教，耳提面命。郑珍诗《检外祖黎静圃安理

---

① 黄万机：《浅谈"沙滩文化"资源的评估与开发》，载《贵州社会科学》2001年第5期。
② （清）郑珍：《再上程春海先生书》，（清）郑珍撰，王锳等点校《郑珍集·文集》，贵州人民出版社1994年版，第36—37页。

府君文稿感成》记载："无知尚肆姐，持册前问字。先生不挥去，曰居待吾起。力疾为指说，声轰所凭几"；"惟昔外王父，孝友发屯否。多能出少践，此事特深至"①。外祖父的言传身教，郑珍记忆犹新；从外祖父的立身行事与平生经历，郑珍体悟到"多能出少践"的至理。又，黎安理秉承祖训，以"在家不可一日不以礼法率子弟，在国不可一日不以忠贞告同僚，在乡党不可一日不以正直表愚俗，在官不可一日不守清慎勤三字"②的谨严家法教育子孙，家风淳朴，培养出了沙滩文化的第二代传人：黎恂、黎恺。

黎恂、黎恺，"未作秀才时，常白日牧牛割马草，夜始读书"③。后来，黎恂中嘉庆进士，黎恺中道光举人。黎恺年少时即"勤求于六经，旁涉百氏，于古今诗文无不娴"④。郑珍来到沙滩后，先从黎恺读书，黎恺每每为其执经讲授。后黎恂从浙江桐乡知县任奔父丧归里，带回大批书籍，郑珍又从黎恂读书。其《埋书》诗云："十四学舅家，插架喜侈看。始知览八千，旧是先生贯。"⑤诗言舅家罗列插架的数千卷藏书带给自己的欣喜、对自己视域的拓展，以及舅氏的讲贯大义。郑珍聪颖异常，黎恂点拨数语，即声入心通，故雪楼遂有"昔欧阳文忠公刮目苏子瞻，有当让此人出一头地之许，吾于甥亦谓然"⑥之叹。黎恂信守理学，在其教导与影响下，郑珍亦以时艺之文为不足尚，"自忖非潜心宋五子之学，无以求圣人至道，终能跻古儒者，由是专一程朱，精研性理，德业大进"⑦。

郑珍母亲黎氏是黎安理第三女，出身于书香门第的她，勤劳俭朴，怜弱济贫，睦邻友好，对子女教育尤为严格，郑珍受其濡染亦深。郑珍《母

---

① （清）郑珍：《检外祖黎静圃安理府君文稿感成》，白敦仁《巢经巢诗钞笺注》，巴蜀书社1996年版，第143页。

② （清）郑珍、莫友芝纂：《遵义府志·黎怀仁传》，（台北）成文出版社1968年版，第744页。

③ （清）郑珍撰，王锳点校：《郑珍集·文集·母教录》，贵州人民出版社1994年版，第172页。

④ （清）郑珍著，黄万机等点校：《郑珍全集》（七），上海古籍出版社2012年版（影印本），第529页。

⑤ （清）郑珍：《埋书》（其二），白敦仁《巢经巢诗钞笺注》，巴蜀书社1996年版，第1369页。

⑥ （清）郑知同：《敕授文林郎征君显考子尹府君行述》，白敦仁《巢经巢诗钞笺注》，巴蜀书社1996年版，第1475页。

⑦ 同上。

教录》记载了其生前教子言行的方方面面，尤其是督促郑珍学习、变卖首饰为儿买书的细节历历在目，前文已及，兹不赘述。《巢经巢诗钞》中，《题黔西孝廉史蔺洲胜书六弟〈秋灯画荻图〉》和《题新昌俞秋农汝本先生〈书声刀尺图〉》二诗亦是郑母督儿课读的凭证。《秋灯画荻图》为贵州黔西人史胜书（字蔺洲）所绘，史氏少孤，由其母杨氏抚育成人，为感母恩，特作此图，并遍征名人题咏以纪念其母。郑珍题咏该画，并及母亲边纺纱边督促自己挑灯夜诵的情景：

> 平生我亦顽钝儿，家贫读书仰母慈。看此寒灯照秋卷，却忆当年庭下时。虫声满地月上牖，纺车鸣露经在手。以我三句两句读，累母四更五更守。①

《书声刀尺图》则为黔西州牧新昌俞汝本（字秋农）纪念亡母而作，俞汝本亦是郑珍中举时的荐卷房师，二人交谊深厚，郑珍题咏该画，亦并及母亲劝学的细节：

> 黄鸡屋角叫，今日又生子。速读去拾来，饭时吾尔饲。种余有罂底，包余有床里。速读去探来，全家吾爱尔。姊妹不解事，恼尔读书子。速读待笪来，从我取蔬水。有蔬苦无盐，有水复无米。速读待春来，饭团先搦与。②

这里，郑母抓住孩子心理，以物质鼓励和精神鼓励等多种办法励儿读书，激发儿子学习的兴趣，让儿子在有效的时间内快速完成学习任务。又，面对孩子调皮好玩的天性，爷从前门出，儿从后门去，郑母则"呼来折竹签，与儿记遍数"③，陪伴儿子读书，以折竹为签，替儿记读书遍数。

---

① （清）郑珍：《题黔西孝廉史蔺洲胜书六弟〈秋灯画荻图〉》，白敦仁《巢经巢诗钞笺注》，巴蜀书社1996年版，第385页。
② （清）郑珍：《题新昌俞秋农汝本先生〈书声刀尺图〉》，白敦仁《巢经巢诗钞笺注》，巴蜀书社1996年版，第432—433页。
③ 同上书，第433页。

故郑珍回想母亲"苦力种来禽，禽来不能餐。极意作织成，成织不能穿。徒枉一世心，不博一日安"[①] 的生活窘况，不禁摧肝折肺，提笔吟咏，爱母之情与母爱之情交织其间。

郑珍父亲郑文清虽一生未入府州县学，终身布衣，但作为黎家的女婿与黎氏的配偶，二人品行相称。他不仅会作诗（《播雅》收录其诗8首），也对郑珍督课颇严。郑珍八岁时，其带郑珍前往山东长山县探望在那里任知县的外祖父黎安理，走到河南朱仙镇，适逢李文成在滑县起义，河南、山东等省大为震动，朱仙镇与滑县相距不远，居民大半逃散，郑珍父子亦滞留旅店。郑父并不因战乱而放松孩子的学习，仍旧坚持每日督儿课读，店主问以生死未卜读书何苦，则对曰："如当死，不读不死耶？如不死，徒澜浪奚为也！"[②] 正是父亲的严加督促，滞留朱仙镇的几个月，郑珍居然读完了整本《毛诗》。

综上，作为沙滩文化的奠基人，黎安理以嘉言懿行影响子孙。作为沙滩文化的第二代传人黎恂、黎恺兄弟，包括郑母黎氏、郑父，秉承父风，敦品笃学，言传身教。淳厚的家风、清正的操守、自励自强的进取精神，共同构筑了沙滩文化的灵魂。沙滩文化亦正是以淳厚的家风、清正的操守、自励自强的进取精神如雨露般滋养了一代又一代的沙滩人。郑珍沐浴于沙滩文化的雨露下，耳濡目染，瓜瓞绵绵，终于孕育出郑珍等一批"沙滩文化"名人。

三 恩泽嗜才的期待效应

（一）期待效应

期待效应，即皮格马利翁效应。皮格马利翁（Pygmalion）是希腊神话中的塞浦路斯国王，同时也是一位出色的雕塑家。他厌恶大自然赋予女性的缺点，便用象牙精心打造了一位他理想中的完美女人塑像，久久相伴，竟走火入魔地爱上这件雕塑作品，雕塑亦有感于其真心而复活，二人终成

---

① （清）郑珍：《题新昌俞秋农汝本先生〈书声刀尺图〉》，白敦仁《巢经巢诗钞笺注》，巴蜀书社1996年版，第433页。

② （清）郑珍著，黄万机等点校：《郑珍全集》（七），上海古籍出版社2012年版，第581页。

眷属。这就是著名的皮格马利翁效应（Pygmalion Effect）。"皮格马利翁效应"基于塞浦路斯国王皮格马利翁和他酷爱的雕塑作品相恋的传说而引发。后美心理学家、哈佛教授罗森塔尔及其助手雅各布森将此引入教育领域，他们借用"皮格马利翁"故事的寓意提供给教师学生的虚构信息，以使教师对不同学生产生不同的期望值，以观测对学生学业成绩所产生的影响。他们将学生分成实验组与控制组，并对不同组寄予不同期望，实验证明：提供给实验组学生的深切期望与设想的区别对待，带来的结果是其学习成绩的确比控制组学生好很多。罗森塔尔认为，这是由于教师期望的影响。教师对学生寄予更大的期望，上课时给予学生更多的关注，并通过各种途径向学生传达"你很优秀"的信号，学生感应到教师的深切关注，于是产生一种正向激励作用，学习时更加努力，因而取得好成绩。故"皮格马利翁效应"又称"罗森塔尔效应"（Rosenthal Effect），或谓"教师期望效应"（Effect of Teacher's Expectation）。

在心理学上，皮格马利翁效应指人们基于对某种情境的知觉而形成的期望或预言，会使该情境产生适应这一期望或预言的效应。通俗而言，在人际交往中一方充沛的感情和较高的期望可引起另一方微妙而深刻的情感变化。这个理论启示我们：赞美、信任、期待具有一种能量，它能改变人的行为，当一个人获得另一个人的信任、赞美、期待时，他便感觉获得了社会支持，从而增强了自我价值，变得自信、自尊，获得一种积极向上的动力，并尽力达到对方的期待，以避免对方失望，从而维持这种社会支持的连续性。原本人类本性中最深刻的渴求就是赞美。每个人只要能被热情期待和肯定，就能得到希望的效果。这种期待效应亦是赏识教育的理论基础。

在中国文化中，我们往往感叹知音难逢、伯乐少有，故刘勰发出"知音其难哉！音实难知，知实难逢，逢其知音，千载其一乎！"① 的感喟，韩愈亦呐喊："千里马常有，而伯乐不常有。"② 人遇知音欣赏、遇伯乐赏识，

---

① （南朝梁）刘勰著，王运熙等译注：《文心雕龙译注》，上海古籍出版社 2010 年版，第235 页。

② （唐）韩愈著，马通伯校注：《韩昌黎文集校注》，古典文学出版社 1957 年版，第 20 页。

往往会产生知遇之恩。知遇之恩是一种非常重要的心理情结，是人的一种潜意识。人处逆境其自身潜在价值未及发挥之前，那些率先发现自己价值或率先援引自己之人便会被视为人生知己，知己的发现与援引会使自己对自我价值有更充分的体认，进而激发起自身内在向上的正能量。从社会化的过程来看，当人处于劣势，其内在价值还未得到社会认同时，他人对自身价值的体认即是一种社会认同，这对主体精神有着强大的提升作用，会使主体由此获得一种社会化的观照，并进而促使主体自我价值意识进一步加强和放大，从而构成主体发展的动力。这一现象，本质上就是心理学上的期待效应。

（二）吾道南矣

程恩泽之于郑珍，既是郑珍的知音，亦是发现郑珍的伯乐。郑珍怀揣程侍郎的知遇之恩，在程侍郎的欣赏、信任与期待的目光中，用自己的文学和学术实绩，证明了自己久远的人生价值，证明了程侍郎作为学政、作为伯乐之于郑珍精神上的重要作用，也证明了心理学上的期待效应。

程恩泽，嘉道时期的汉学大家、宋诗派的领袖人物，勤学嗜奇，督学贵州期间，发现了郑珍。《清史稿·程恩泽传》载："恩泽勤学嗜奇，……三年，督贵州学政……郑珍有异才，特优异之，饷以学，卒为硕儒。……六年，调湖南学政。任满回京。"[1] 程恩泽勤学爱才，道光三年（1823），莅临贵州学政，见郑珍有异才，厚爱之。道光五年，程恩泽选拔郑珍为拔贡生。道光六年，程恩泽调任湖南学政，邀郑珍入其幕府，郑珍从程受业，程为其指点治学门径，诲之曰："为学不先识字，何以读三代秦汉之书？"[2] 郑珍遂治许、郑之学，明确了一生的学术主攻方向。道光八年，身在程恩泽幕府的郑珍为应乡试返黔，程侍郎送别，有"吾道南矣"[3] 之叹。"道"，即主张、学说。"吾道"，即我的学说、我的主张。"南"，方位名词用作动词，即传到南方。"吾道南矣"，即程恩泽感叹自己的学术主张将

---

① 赵尔巽等撰：《清史稿·程恩泽传》，中华书局1977年版，第11576页。

② （清）黎庶昌：《郑征君墓表》，白敦仁《巢经巢诗钞笺注》，巴蜀书社1996年版，第1471页。

③ （清）郑知同：《敕授文林郎征君显考子尹府君行述》，白敦仁《巢经巢诗钞笺注》，巴蜀书社1996年版，第1476页。

得到郑珍的继承与推广，向南传播、向南推广之意。其期盼、期待、赏识、称许、欣慰之情，溢于言表，如在眉前。

（三）取字子尹

郑珍，字子尹，"子尹"二字的来历，源自程恩泽，是程恩泽为郑珍所取表字，亦表明了程恩泽对郑珍的深重期许。对此，郑珍有诗歌记载当时情形。道光八年，即郑珍离开程侍郎幕府返黔之际，写有《留别程春海先生》一诗，诗云：

> 当今山斗非公谁？种我门墙藩以篱。臃肿卷曲难为枝，络之荆南驱使骓。马复不受羁羁，锡我美名令我睎。以乡先哲尹公期，无双叔重公是推。道真北学南变夷，此岂脆质能攀追？敬再拜受请力之，头童牙豁或庶几。①

这里，郑珍言当今汉学泰斗非程恩泽莫属，自己初入为学门径，如臃肿卷曲的无用之材，程氏为之栽培修剪，以藩篱保护，继之携至湖湘护育，为使自己如野马般归入正途，程氏赐自己以美名，即取表字"子尹"，以"乡先哲尹公"相期许。尹公，即尹珍，字道真，东汉毋敛（今贵州独山、荔波一带）人。曾至中原从许慎受五经，又从应奉学图纬，通三材，还以教授南域。《后汉书·西南夷传》载："尹珍自以生于荒裔，不知礼义，乃从汝南许慎、应奉受经书图纬，学成，还乡里教授，于是南域始有学焉。"② 其于贵州文教功莫大焉，今遵义正安县一带有尹珍教学遗址，今遵义道真县县名即取其字。"无双叔重"，即东汉著名经学家、文字学家许慎，《后汉书·许慎传》云："许慎字叔重，汝南召陵人也。性淳笃，少博学经籍，马融常推敬之，时人为之语曰：'《五经》无双许叔重。'"③ 程氏推崇许慎，对郑珍以尹珍相期许，希望其走以字通经之路，精研许、郑之

---

① （清）郑珍：《留别程春海先生》，（清）郑珍撰，黄万机等点校《郑珍全集》（六），上海古籍出版社 2012 年版，第 51 页。

② （宋）范晔、（晋）司马彪撰：《后汉书》（下册），岳麓书社 1994 年版，第 1251 页。

③ 同上书，第 1129 页。

学，学成后，以尹珍为楷模，归教南域，改变家乡落后文教面貌。郑珍既仰慕许慎、尹珍，又深感责任重大，故有"岂脆质能攀追"之怯，不敢奢望以己之浅陋可达先贤水平，然终究再拜接受，誓尽心竭力，"头童牙豁"而为之。

又，道光二十四年，郑珍赴京会试不利，适举人大挑，以教职用，回省候补。道光二十五年，权古州厅儒学训导。古州，即今贵州省榕江县，清属黎平府。郑珍到任古州，有《往摄古州训导别柏容邵亭三首》，诗之其二云：

> 汉朝道真公，贻今贵州书。盍即字其姓？子岂西家夫。九原怆已矣，瓠落无我如！讵知试手处，即是毋敛区。茫茫念渊源，此事岂在余。①

诗的前四句，系郑珍回忆程恩泽对其教诲之语；诗的后六句，系郑珍本人的感喟之语。诗的前两句，程恩泽肯定尹公教化之功。接下来，"西家夫"，与"东家丘"相对。"丘"，即孔丘。传说孔子的西邻不知孔子才学，径称孔子为"东家丘"。换言之，"东家丘"即孔子的西邻不知孔子学问而对孔子的径直称呼。如果说孔子是"东家丘"，则其西邻就是不知人才学的"西家夫"或谓"西家愚夫"了。典出《三国志·魏志·邴原传》裴松之注引《邴原别传》：邴原游学，不从博学多识的邻居郑君，而欲舍近求远远道拜访安丘孙崧，孙崧辞曰："郑君学览古今，博闻强识，钩深致远，诚学者之师模也。君乃舍之，蹑屣千里，所谓以郑为东家丘者也。"② 邴原对曰："君谓仆以郑为东家丘，君以仆为西家愚夫邪？"③ 显然，孙崧以郑君为东家丘，以邴原为西家愚夫。回到郑珍诗句"盍即字其姓？子岂西家夫"。此为程恩泽对郑珍的反诘之语，程恩泽反问郑珍：为

---

① （清）郑珍：《往摄古州训导别柏容邵亭三首》（其二），（清）郑珍撰，黄万机等点校《郑珍全集》（六），上海古籍出版社 2012 年版，第 160 页。

② （晋）陈寿著，（宋）裴松之注：《三国志·魏志·邴原传》，中华书局 1999 年版，第264 页。

③ 同上。

何不以尹公之姓为自己的表字？难道你也是如邴原般不识人才学的西家愚夫吗？这里，程侍郎赐字之意、期待之意，明显、明确、坚定。科举不第，仅任教职，初任教职，初试身手，所在地居然是先哲尹公故乡毋敛区所辖范围内，诚非郑珍意料所及。于此毋敛之地，回味程侍郎的期许，郑珍喟然感伤，似乎冥冥之中一切早已注定：取字渊源注定、期许注定，必须为之不懈奋斗注定。

（四）脆质攀追

上述诗歌中的"脆质"并非指身体虚弱经不起折腾，而是郑珍自指学术水平之浅陋；"攀追"是指在学术之途的攀缘与追赶。"脆质攀追"即郑珍自指以己之浅陋在学术研究之途的攀缘与追赶。

在程恩泽"吾道南矣"和"取字子尹"的赏识、信任、期盼、激励中，郑珍开始了"脆质攀追"的人生旅程。不究于其具体细节过程，我们撷取其诗文中的二则记载，管窥其为不辜负程氏期盼而"脆质攀追"的心路历程。

道光十四年，郑珍赴京，向时任户部侍郎的程恩泽汇报自己以《说文》为本的治学历程，其在《上程春海先生书》一文中有云：

> 先读《说文》为本，佐以汉魏人小学，及希冯、元朗以下等书，别声音，辨文字，效古之十岁童子所为。乃即以字读经，又即以经读字，觉其路平实直捷，履之甚安，遂斤斤恪守尺寸，不肯以宋后歧出泛滥纷其趋。①

这里，郑珍汇报自己走以字通经之路的学术攀缘历程，先以东汉许慎《说文解字》为根本，辅之以汉魏人小学著述，以及南朝顾野王《玉篇》等字书，效仿古之十岁童子启蒙识字所为，辨别每个字的读音与字形字义，进而"以字读经"，继之"以经读字"，以字通经的学术进取之途因之"平实直捷"、"履之甚安"，遂恪守许氏尺寸，不为宋后歧出之大徐本《说

---

① （清）郑珍：《上程春海先生书》，（清）郑珍撰，王锳等点校《郑珍集·文集》，贵州人民出版社1994年版，第35页。

文解字》所纷扰、所迷惑。又，郑珍上京并请程恩泽为自己点定文字学著述《说文新附考》，有诗作记载此事，诗云：

> 我为许君学，实自程夫子。忆食石鱼山，笑余不识字。从此问铉锴，稍稍究《滂喜》。相见越七年，刮目视大弟。为点《新附考》，诩过非石氏。①

这里，郑珍自叙研治许氏之学缘于恩师程恩泽的指点，回忆往昔相聚于今湖南道县石鱼山，程恩泽笑其不识字，劝其为学先识字，方可读三代秦汉之书，郑珍遂踏上识字治经之途。"铉锴"，指五代宋初文字学家徐铉、徐锴。《滂喜》，即汉和帝时贾鲂所撰字书。"非石"即清代《说文》学者钮树玉，人称非石先生，亦著有《说文新附考》六卷。郑珍研读徐铉、徐锴兄弟的《说文》学著述，研究东汉文字学家贾鲂的文字学专著《滂喜篇》，一晃七年，学业大进，结撰为文字学著述《说文新附考》，令程恩泽刮目相看。程氏为其点定《说文新附考》，夸耀其《说文》学研究已超过清代《说文》学者钮树玉的水平。这里，我们看到了郑珍"脆质攀追"的背影："问铉锴"、"究《滂喜》"、著《说文新附考》。郑珍将"脆质攀追"的背景淡去，凸显的却是被期待、被赞赏、被认可、获得自信、深感欣慰、刻骨铭心、诗以载之。

（五）吾道东矣

"吾道南矣"之叹和"吾道东矣"之叹，存在一定关联。

东汉著名经学家马融对郑玄曾有"吾道东矣"之叹。据范晔《后汉书·郑玄传》记载：

> 玄少为啬夫，得休归，常诣学官，不乐为吏，父数怒之，不能

---

① （清）郑珍：《王个峰言某友家有〈说文〉宋刻本亟属借至则明刻李仁甫〈韵谱〉也书凡二函皆锦韣金签极精善细审函册分楷标题并先师程春海侍郎手迹知是生前架上物也凄然感赋识之册端》，（清）郑珍撰，黄万机等点校《郑珍全集》（六），上海古籍出版社 2012 年版，第 258 页。

禁。遂造太学受业，师事京兆第五元先，始通《京氏易》《公羊春秋》《三统历》《九章算术》。又从东郡张恭祖受《周官》《礼记》《左氏春秋》《韩诗》《古文尚书》。以山东无足问者，乃入西关，因涿郡卢植，事扶风马融。

> 融门徒四百余人，升堂进者五十余生。融素骄贵，玄在门下，三年不得见，乃使高业弟子传授于玄。玄日夜寻诵，未尝怠倦。会融集诸生考论图纬，闻玄善算，乃召见于楼上，玄因从质诸疑义，问毕辞归。融喟然谓门人曰："郑生今去，吾道东矣。"①

郑玄年轻时曾为小吏，休假回家常去学校读书，不乐为官，父亲怒而无效。郑玄更到京城太学学习，拜第五元先为师，始通《京氏易》《公羊春秋》《九章算术》等。后又从东郡张恭祖习《周官》《左氏春秋》《古文尚书》等。郑玄好学，在山东已无可求教之人，于是西入关，通过涿郡卢植拜扶风马融为师。然马融门徒四百余人，能入厅堂听其授课者仅五十余人。且马融骄傲自负，郑玄在其门下三年未得见一面，只让高徒给郑玄授课。郑玄昼夜诵习不倦，终遇马融集门生研讨图纬，闻听郑玄善于计算，便于楼上召见之。郑玄亦趁机请教疑问，问毕辞归。马融对门生喟然而叹："郑生今去，吾道东矣。"郑玄后来果然不负重望，遍注群经，为一代经学大师。

程恩泽之于郑珍的"吾道南矣"之叹，有似于马融之于郑玄的"吾道东矣"之叹，它们都是一种期许、期盼、信任和激励。马融之于郑玄的"吾道东矣"之叹，我们可于《后汉书·郑玄传》中找到佐证。惜恩泽著述留存无多，笔者未能从其著述中找到切入点，以察其对郑珍的栽培与期待心迹。然通过郑珍上述诗文片段的记载，赫然可见程侍郎的期盼带给郑珍一生的巨大影响。又，郑珍一生精研许、郑之学，对郑玄极为仰慕，视郑玄为自家远祖，所撰《郑学录》为迄今最为详赡的郑玄传记，其经学研究亦主攻"三礼"，致力于推尊郑学，申明郑注，排击异说，于郑学流传有阐幽表微之功。② 如此，则"吾道南矣"之叹和"吾道东矣"之叹更有

---

① （宋）范晔撰，（唐）李贤等注：《后汉书·郑玄传》，中华书局1973年版，第1207页。
② 曾秀芳：《郑珍与郑玄的经学渊源》，载《牡丹江大学学报》2012年第9期。

关联，它代表了郑珍为不辜负程氏期待而以郑玄为楷模、为标杆的自我价值追求与满腔情怀。

综上，皮格马利翁的神话故事衍化成心理学上著名的期待效应，"即一位有影响力的人物（上级之于下属，比如教师之于学生、父母之于孩子）对于个体由衷的赞赏和认可，会极大地提升个体的自信心，个体会努力向著优于一般表现的方向发展"①。程恩泽为郑珍"取字子尹"以尹公相期，程恩泽对郑珍的"吾道南矣"之叹，程恩泽对郑珍的指点、修剪、栽培、肯定、欣赏、期待，开启了郑珍"脆质攀追"的人生历程。为回馈程侍郎伯乐般的发现、期待与知遇之恩，郑珍视程侍郎的"吾道南矣"之叹等同于马融之于郑玄的"吾道东矣"之叹，以自己仰慕的同姓经学大师郑玄为楷模、为标杆，激励自己不断向前，"头童牙豁"而不惜，终著《巢经巢经说》《仪礼私笺》《轮舆私笺》《凫氏为钟图说》《郑学录》《亲属记》《说文逸字》《说文新附考》《汗简笺正》等学术著作，以及《巢经巢诗钞》《巢经巢文集》《母教录》《播雅》、（道光）《遵义府志》《荔波县志稿》等文学和史学著述，不负重望。那些记载于郑珍诗文集中关于程侍郎对自己进行为学指点、栽培与期盼的文字，见证了郑珍对程侍郎之期盼的回顾、在意与极度重视，以及对程侍郎知遇之恩的欣慰与感激。在程侍郎的指点、修剪、栽培、肯定、欣赏、期待中，郑珍终成西南大儒，心理学上的期待效应在其身上得到完整甚至完美的体现。

四　乱世治文墨的恬然自适

郑珍的存在与出现，有诸多外在因素的浸染，更有内在心灵的书海遨游的恬静与执着。郑珍一生都酷爱学习，终身以书为伴，以诗书自娱，并怡然自乐。其早年刻苦攻读的情形，黎庶昌在《郑征君墓表》中以"恒达旦夕，肘不离案，衣不解带"② 来形容。郑珍自己在诗作《病夜听雨不寐

---

① 陈敏编著：《皮格马利翁效应：用赞美信任和期待来改变个人和团队的成功法则》，（台北）百善书房 2006 年版，第 7 页。

② （清）黎庶昌：《郑征君墓表》，白敦仁《巢经巢诗钞笺注》，巴蜀书社 1996 年版，第 1471 页。

示诸生四首》（其四）中亦云："我年二十时，终岁不识床。对书观日落，
忽复窗已光。"① 二者表述的一致，证明了郑珍早年勤于学习的真实性。如
此努力学习，带给郑珍的，不是学习的枯燥、艰苦与重负，而是学习的乐
趣。其《夜归》诗记录了郑珍从舅家书室"锄经堂"处读书归来的心境：

> 检阅不知晚，归襟赴夕凉。流萤低共路，渔火远分光。断续林风
> 细，微茫草露香。近篱无犬吠，鐙月护山房。②

大舅黎恂书室藏书颇多，郑珍每日前往，遨游于书海，竟忘了时间
的早晚。夜晚归来的路上，虽有丝丝凉意，然有流萤共路，渔火分光，
林风微拂，青草散香，家犬无吠，明月照房，完全是一派静谧、祥和的
景象。此处写景情景交融，既是夜晚归来的实景，亦是夜读归来的惬意
心境。《春山夜诵》一诗亦表达了郑珍早年遨游书海、怡然自乐的心境，
诗云：

> 漱齿华池万虑空，赏心遥夜七寮同。山香如海花齐发，天净无尘
> 月正中。虚壁亭亭深入露，凉灯焰焰不生风。年来渐省箪瓢事，绛帐
> 笙歌笑马融。③

这里，郑珍以"漱齿华池"喻读圣贤之书，虽是挑灯夜战，夜深生
露，却感觉灯焰明亮，山花香飘，天无纤尘；虽是囊肿羞涩，时须节省用
度以购书，却反笑马融治学"绛帐笙歌"的奢侈浪费。至此，一个生活清
苦而又酷爱学习、以读书为乐事的求学者形象伫立于读者脑海。

如果说少年时期的捧书而读是出于对功名利禄的孜孜以求，那么我
们可以见证晚年时期的郑珍亦是以读书为乐，勤学不辍的。其《夜诵》

① （清）郑珍：《病夜听雨不寐示诸生四首》，白敦仁《巢经巢诗钞笺注》，巴蜀书社 1996
年版，第 372 页。

② （清）郑珍：《夜归》，白敦仁《巢经巢诗钞笺注》，巴蜀书社 1996 年版，第 72 页。

③ （清）郑珍：《春山夜诵》，白敦仁《巢经巢诗钞笺注》，巴蜀书社 1996 年版，第 103 页。

诗云：

> 老非对卷不为欢，坚坐龛前冷亦安。似作儿童完夜课，仍须翁媪待更阑。女孙屡至催烘火，内子时言恐中寒。一笑随时有牵掣，信知放意读书难。①

诗中可见，郑珍即使年迈体弱，不对卷册便心不为欢。家穷无钱买灯油，即凭先人神龛前的龛灯照明夜读，心方为安，生怕家人打扰。郑珍天寒地冻亦坚持读书，其《寒夜读书》云：

> 雪夜宵严逼岁除，缩肩眒案似蟾诸。信知冷卷真冰手，何怪儿曹不好书。扰袖独吟灯暗后，开门正值月来初。漫嗟穷相人皆弃，且幸前贤面未疏。②

生活的穷苦与天寒地冻均不能阻止郑珍勤学的步伐，即算一副苦读人皆弃的穷酸样，仍旧窃喜前贤面孔尚熟，窃喜所学尚未生疏。

如果说平静岁月的捧书而读是出于生活的安闲，那么我们可以证明就算遭逢战乱，奔波流徙，郑珍依然如此。《读书牛栏侧三首》记述了郑珍晚年遭遇兵燹与家人离散后僦桐梓杨家河岸刘氏宅居而于牛栏边读书的情景，其一云：

> 读书牛栏侧，炊饭牛栏旁。二者皆洁事，所处焉能常。读求悦我心，食求充我肠。何与粪壤间，岂有臧不臧?③

其二云：

———————————

① （清）郑珍：《夜诵》，白敦仁《巢经巢诗钞笺注》，巴蜀书社1996年版，第1039页。
② （清）郑珍：《寒夜读书》，白敦仁《巢经巢诗钞笺注》，巴蜀书社1996年版，第1066页。
③ （清）郑珍：《读书牛栏侧三首》（其一），白敦仁《巢经巢诗钞笺注》，巴蜀书社1996年版，第1193页。

幽幽小窗光，耿耿微炭火。萧萧白发叟，把卷终日坐。①

　　逃难他乡，在租屋栖身的简陋居室里，读书、做饭都只能局促于牛栏一侧，白发老翁终日把卷，读求悦心，食求充肠，"身似学徒心似僧"②，与粪壤同住，与诗书相伴，并怡然自乐。兵燹期间，郑珍依然牵挂如何没有饥饿的驱使以使自己早日完成著述宏愿。其诗《晓峰闻予将归，寄二诗至，中云："寇退君有家，君归我无友。"咏之凄然，以此十字为韵，酬之》（其八）云：

　　　　吾家《士礼注》，私欲笺者夥。安得数年间，使我斯愿果。自从闰月来，《昏义》究亦颇。恐归徒四壁，饥来又驱我。③

　　此处《士礼注》即郑玄《仪礼注》，郑珍欲笺注者多，渴望有平静岁月以使自己完成宏愿；此处的《昏义》即郑珍所著《仪礼私笺》，郑珍忧虑饥馑的役使会使自己无法完成著述宏愿。可见，贫穷、寒冷、兵燹，对郑珍神游书海毫无影响。

　　乱世治文墨，于乱世中开辟一片心灵净土，潜心著述，何其难哉！世人亦认为有迂腐之嫌。郑珍不这么看："乱世治文墨，宜皆笑其迂。不迂亦不拙，人乐非我娱。"④ 郑珍直言自己乱世治文墨并非出于书呆子式的迂腐与笨拙，当然更非出自对现实世界的表情冷漠，而是出于自己人生喜好与追求的与众不同，出于自己一直以来以诗书自娱的安然自适的恬静心

---

　　① （清）郑珍：《读书牛栏侧三首》（其二），白敦仁《巢经巢诗钞笺注》，巴蜀书社1996年版，第1194页。

　　② （清）郑珍：《遇家人自蜀归，遂僦杨家河岸刘氏宅居，赵晓峰作〈魁岩歌〉见慰，赋答》，白敦仁《巢经巢诗钞笺注》，巴蜀书社1996年版，第1180页。

　　③ （清）郑珍：《晓峰闻予将归，寄二诗至，中云："寇退君有家，君归我无友。"咏之凄然，以此十字为韵，酬之》（其八），龙先绪《巢经巢诗钞注释》，三秦出版社2002年版，第587页。（该诗他本未收录）

　　④ （清）郑珍：《晓峰闻予将归，寄二诗至，中云："寇退君有家，君归我无友。"咏之凄然，以此十字为韵，酬之》（其九），龙先绪《巢经巢诗钞注释》，三秦出版社2002年版，第588页。（该诗他本未收录）

态，以及岿然不动的执着情怀。正是因为郑珍具备了这种乱世治文墨的恬静自适与执着进取，才出类拔萃。

五　海天一叶的风云裁成

郑珍生活的时代，"康乾盛世"的外衣早已退去，历史已进入急遽变化的时代。1840 年的鸦片战争，揭开了中国近代史的一页，清政府陷入内忧外患。"夫文学转变，罔不与时代为因缘。道咸之世，清道由盛而衰，外则有列强之窥伺，内则有朋党之叠起，诗人善感，颇有瞻乌谁屋之思，小雅念乱之意，变徵之音，于焉交作。"① 与时代风云相一致，鸦片战争前后，诗坛诗风发生转变，神韵、格调、肌理、性灵四大诗派退去，两股新的诗风出现：一是由龚自珍开始的志士之诗发展为爱国诗潮；二是以学人之诗为特征的学宋诗派，开创学古诗风之先，形成了一直延续到清末的近代宋诗派宋诗运动。宋诗运动是对此前诗坛专拟唐音风气的矫正反拨，也试图通过对深于学问与义理的宋诗的标榜，以学问为创新支点，联袂诗歌与经史，借经籍之光与学问之力，别辟诗学发展蹊径，创新气象，改变诗局。郑珍本身就是学人，来自经学与史学的丰厚学养，使其才力丰赡，溢而为诗。在时代诗风的感召下，自然步入宋诗派的行列，成为程恩泽、祁寯藻以后宋诗派的中坚。郑珍诗作中那些以"学人视角"创作出来的学人之诗，便是其宗尚宋人、合学人之言与诗人之言而一之的凭证。同时，郑珍在山野之地散发出的光芒和异彩又不仅仅是这些显示学养的学人诗，实际上，鸦片战争时期的爱国诗潮也同样影响了郑珍，在郑珍的后期创作中，绝大多数诗作都反映了太平天国起义尤其是贵州咸同农民大起义的战乱现实，这些诗作的内容虽不是鸦片战争，但却是农民起义，虽不是"反帝爱国"，但却是"反封爱国"，同样充满时代气息，同样融入了爱国情操，所以说，郑珍后期的诗作或谓郑珍《巢经巢诗钞·后集》中的诗作无疑也受到了当时爱国诗潮的感召，同样是时代诗风转变的结晶。

贵州自明永乐十一年（1413）建省以来，始打破封建割据的政治壁

---

① 　汪辟疆：《汪辟疆说近代诗·近代诗派与地域》，上海古籍出版社 2001 年版，第 9 页。

垒，改土归流，纳入中央王朝的统一管辖。并通过兴建府州县学，建构起完整的教育体系，文化教育得到极大发展，政教设施日益完善。明清两朝，经过科举考试而涌现的"六千举人，七百进士"就是这种文化教育大发展的见证。郑珍是贵州明清"六千举人"之一，其一生的最大成就不在于举人的头衔，而在于"三礼"研究和诗歌创作的成果。郑珍首先是作为一个朴学家而存在，享有"西南巨儒"之美誉；其次是作为一个诗人而存在，享有"宋诗派中的优秀诗人"之称誉。能成为"西南巨儒"，与清代学界朴学研究的土壤密不可分；能成为"宋诗派中的优秀诗人"，更与时代风云密切相连。

郑珍出身农家，驶牛打耙等农活样样能干，又一生仕途阻厄，也有两次官场游幕的经历，故能最大限度地体会百姓的疾苦与官场的黑暗。晚年适逢太平天国农民起义和持续十多年之久的贵州农民大起义，亲眼目睹起义军的烧杀抢掠与官兵的横征暴敛，自己也如海天一叶无法抗拒地加入逃难奔徙的难民行列。正因为郑珍有这样的亲身经历与体验，故能如战地记者般，与时代战争脉搏相呼应，用诗笔将自己的所见所闻所感记录下来，如实地反映了咸丰、同治时期贵州动乱的社会现实。这些反映时代气息、关注民生疾苦、揭露官兵腐败、叙写战乱流徙的即事名篇之作，"皆思流虑远，骨力坚苍，每于咏叹之中，时寓忧勤之感，异时讽诵，动移人情"①，是郑珍《巢经巢诗钞》中的优秀作品，是郑珍现存九百二十首诗歌的主旋律，是宋诗派诗人诗歌创作的新鲜血液，更是郑珍区别于宋诗派其他诗人的明显标志。可以说，道咸间的动乱现实，郑珍海天一叶的逃难体验，赋予了其诗歌以丰富的社会内容、鲜明的时代色彩，以及忧国忧民的家国情操。所以说，郑珍生活的特殊时代，海天一叶的奔命流徙，折磨了郑珍，磨炼了郑珍，也玉成了郑珍。

第二节　郑珍对后世的影响

郑珍对后世产生的影响包括影响黔中学人和影响清末诗坛两大方面。

---

① 汪辟疆：《汪辟疆说近代诗·近代诗派与地域》，上海古籍出版社 2001 年版，第 10 页。

郑珍惠及的黔中学人，不仅包括郑氏家族、舅氏黎氏家族，还包括女婿赵氏家族和郑珍自己的学生等，且这种影响并不仅仅局限于学术研究与诗文创作，还包括立身行事等方面。对清末诗坛的影响主要表现为纠正"性灵"末流浮滑空虚之弊、影响同光体"生涩奥衍"诗风，以及为"诗界革命"导夫先路等方面。

一　沾溉黔中学人

郑珍一生三次出任学官，又多次担任遵义启秀书院和湘川书院讲席，山居期间又有亲友前来拜师学习，为此，培育了大批后进。这批后进主要是郑珍的子女、女婿及外甥、郑珍的舅家黎氏子弟、郑珍的学生等，他们深受郑珍沾溉。

郑珍之子郑知同（1831—1890），"幼时郑子尹即口授四书五经。稍长，为讲说文字形音义之学。郑知同年二十，以说文受知于常熟翁同书，取列庠序"[1]。由于深受父亲濡染，知同研治许氏《说文》学和声韵训诂学小有成就。郑珍《说文逸字》正文二卷外所附录的一卷292字，即是知同承父命编撰。《说文新附考》一书虽署郑珍之名，实际上是郑珍、郑知同父子两代潜心研治《说文》的结晶，郑知同做了补苴父说、驳正钮说等大量工作。郑知同还有《六书浅说》一卷、《说文本经答问》二卷问世。又工诗文，有《屈庐诗稿》四卷、《漱芳斋文稿》一卷问世。光绪十三年（1887），张之洞任两广总督，委知同为广雅书局总纂，惜仅三年竟病逝于广州。未刊书稿有《说文考异》二十卷，现存北京故宫博物院。郑珍之女郑淑昭（1826—1877），"幼受其父影响，喜读书，通训诂学，能吟诗"[2]。有《树萱背遗诗》一卷行世，是贵州历代女诗人中有诗集三者之一。其诗多反映农家生活情趣，诗风柔婉清丽。郑珍女婿赵廷璜（1826—1900），即郑淑昭丈夫，字仲渔，遵义南乡人，以军功官至四川富顺知县。其"从郑子尹学，得涉历汉儒许慎、郑玄门户。旁及金石，诗古

---

[1]　张志乡：《赵乃康和郑莫黎》，中国人民政治协商会议遵义市委员会文史资料委员会编《遵义文史资料·第2辑》，1990年，第67页。

[2]　林建曾等编著：《贵州著名历史人物传》，贵州人民出版社2001年版，第340页。

文辞，均深入研究"①。郑珍晚年还写了一首七言长诗《与赵仲渔婿论书》，与其商榷书艺，情真语挚。仲渔有《慕耕草堂集》《新宁论蒙诗九章》等问世。郑珍外甥赵怡（1852—1914），赵廷璜长子，学问有始末。幼受母教，孩提时代又得郑珍亲自指授，传承郑氏之学。光绪间中进士，出任四川新津知县。又在成都创办客籍学堂，培养黔中文士。著有《文字述闻》及《转注新考》三篇，保存了郑氏学术的精华。又仿郑珍《母教录》作《慈教碎语》，记述其母郑淑昭之教诲言谈。另有《汉鳖生诗集》八卷、《后集》二卷等。郑珍外甥赵懿（1854—1896），赵廷璜次子，光绪间举人，官至四川名山知县，幼从母学，又得郑珍教诲，故对经史、文字、训诂、方志、金石、书法、绘画皆喜好。著有《名画经眼录》一卷、《支易》二卷、《名山县志》十五卷、《延江生诗集》十三卷等。

又，赵廷璜的侄子赵恺（1869—1942）也深受郑珍影响。赵恺少年时即学于赵怡和郑知同，"郑知同教之多读《说文》，多读《广雅》和昆山顾氏的《音学五书》，多读段玉裁《说文注》、邵晋涵、郝懿行《尔雅义疏》和王念孙的《广雅疏证》"②。赵恺"熟读郑子尹之书，谨承郑知同之教"③，精研许郑之学，光绪间获恩进士，亦绝意仕进，一生从事教育，精研汉学，曾受聘为贵州省文献征集馆编审，担任《续遵义府志》后期总纂。1940年，贵州省政府整理出版《巢经巢全集》，几乎囊括了郑珍除《遵义府志》外的所有著述，是规模最大的一次郑珍著述整理出版工程。赵恺被聘为主编，主持出版《巢经巢全集》的主编工作。因其"笃信郑学，把弘扬郑莫黎的学术成就作为平生之志"④，"于巢经巢各书搜求、守残、转抄、藏获已数十年"⑤，故欣然为之，得心应手，水到渠成。

受郑珍影响的黎氏舅家子弟，主要是黎兆熙、黎兆祺、黎庶蕃、黎庶

---

① 张志乡：《赵乃康和郑莫黎》，中国人民政治协商会议遵义市委员会文史资料委员会编《遵义文史资料·第2辑》，1990年，第61页。

② 同上书，第68页。

③ 同上。

④ 赵世镛整理：《编印〈巢经巢全集〉中赵恺的工作》，中国人民政治协商会议遵义市委员会文史资料委员会编《遵义文史资料·第16辑·关于遵义文化1》，1990年，第205页。

⑤ 同上。

昌、黎汝谦等人。黎兆熙（1810—1852），黎恂次子，"幼时从父、姐夫郑珍学"①，研讨诗文，成国子监生员。鸦片战争爆发后还乡，"续请郑珍授训诂学"②，昼夜从事于声韵、文字之书，每有疑问，必问郑珍。有诗集《野茶冈人吟草》一卷。黎兆祺（1820—1885），黎恂第三子，自幼从父学，"趋庭之余，尝从珍与其兄伯庸讲论六艺，如饥渴之于饮食"③。有《息影山房诗钞》四卷。其诗"多关心民间疾苦，具有郑珍悯乱忧生的思想感情"④。黎庶蕃（1829—1886），黎恺次子，少丧父，喜作诗，郑珍自荔波弃学官归里，他得以朝夕从游问诗道。"其诗得郑珍指点，不主辞而主意，不尚陈迹而尚兴象。"⑤ 有《椒园诗钞》七卷、《雪鸿词》二卷刊行。黎庶昌（1837—1898），黎恺幼子，幼时师从伯父黎恂、表兄郑珍学，熟读经史，酷嗜古文。郑珍为文不尚桐城文法，故莼斋为文师法桐城而又不囿于桐城法度而多有变化。其编选《续古文辞类纂》，收入郑珍古文七篇，对郑珍古文颇为赏识。著有《拙尊园丛稿》《丁亥入都纪程》《曾文正公年谱》《古逸丛书叙目》等。黎汝谦（1857—1909），黎恂孙，黎兆祺第四子，幼嗜读书，被郑珍视为承其志者。光绪元年（1875）中举，八年调充中国驻神户领事馆领事官。个性狷介兀傲，不习于官场应酬，返黔后寓居贵阳。工诗文，"其诗受郑珍影响较深，走宋诗派一路，气韵在苏、黄之间，而又能自辟蹊径"⑥。有《夷牢溪庐文钞》四卷、《夷牢溪庐诗钞》七卷，均刊行。

在郑珍学生中，受郑珍影响最大者，当数胡长新（1818—1885）。胡长新，号子何，贵州黎平人。其父曾任遵义县学训导，故子何八岁起便随父在遵义就读，凡十年。其间，常请业于郑珍、莫友芝，后因父病归里。道光二十五年（1845），郑珍出任古州厅儒学训导，子何又至古州，随郑珍研读。道光二十七年，子何中进士，授职江苏以知县用，子何以母老不

---

① 林建曾等编著：《贵州著名历史人物传》，贵州人民出版社 2001 年版，第 535 页。
② 同上。
③ （清）郑珍：《〈息影山房诗钞〉序》，（清）郑珍撰，王锳等点校《郑珍集·文集》，贵州人民出版社 1994 年版，第 95 页。
④ 龙先绪：《郑珍弟子略论》，载《安顺师专学报》1993 年第 1 期。
⑤ 林建曾等编著：《贵州著名历史人物传》，贵州人民出版社 2001 年版，第 537 页。
⑥ 龙先绪：《郑珍弟子略论》，载《安顺师专学报》1993 年第 1 期。

远行，改任教职，主讲黎平书院，终老不倦。子何"继承郑珍的衣钵，不愿出仕，一生以教书育人为乐事"①，待人以诚，率士以朴；又通经史百家、程朱理学，工诗古文辞，有《籀经堂诗钞》《籀经堂文钞》各四卷。其诗雅饬，不失柴翁、子偲家法。又，郑珍一生关心百姓生计，其农业科技著述《樗茧谱》一书详尽地记载了百余年前遵义一县柞蚕饲养的养殖方法以及缲丝织绸的工艺环节与技术要领。其著述的目的不仅仅是铭记前太守陈省庵在遵义首倡蚕丝业的德政，更是推广柞蚕养殖技术，提高百姓生活水平。在郑珍的影响下，弟子子何亦关心农业生产，留意地方经济发展。当读到《樗茧谱》后，他不惧辛劳，长途跋涉，将遵义蚕种引进黎平，自己则如佩戴六国相印的苏秦般，往来于遵义、黎平间，充当山蚕养殖的技术指导。"货恶弃地不必己，衣食在人何异吾"②，遵义山蚕养殖技术终于在黎平成功推广，黎平百姓得以享山蚕之利。

郑珍沾溉黔中学人，裁成黔中后进，却鲜为人知，我们似乎可用莫庭芝③的几句诗作结：

> 平生瓣香一子尹，天遣大力撑南天。裁成后进功岂小，如矩在方规在圆。古心古貌世不识，眼中年少空娟娟。④

二 影响晚清诗风

郑珍的经学研究和文学创作都对后世产生了影响，但二者相较而言，则以诗歌的影响最为深远，正如莫友芝生前为《巢经巢诗钞》作序时所预测："论吾子平生著述，经训第一，文笔第二，歌诗第三。而惟诗为易见

---

① 龙先绪：《郑珍弟子略论》，载《安顺师专学报》1993 年第 1 期。

② （清）郑珍：《遵义山蚕至黎平，歌赠子何》，白敦仁《巢经巢诗钞笺注》，巴蜀书社 1996 年版，第 566 页。

③ 莫庭芝（1817—1889），字芷升，号青田山人，贵州独山人，莫与俦第六子，莫友芝之弟。道光间拔贡，历任思南府学教授、安顺府学教授等。有《青田山庐诗钞》二卷、《青田山庐词钞》一卷。

④ （清）莫庭芝：《青田山庐诗钞》，转引自凌惕安《郑子尹年谱》，商务印书馆 1941 年版，第 17 页。

才，将恐他日流传，转压两端耳。"① 在今日看来，郑珍诗歌的成就与影响确实超过了其经训与散文，其影响主要表现在以下几个方面。

其一，扭转"性灵"末流的浮滑空虚诗风。清代诗坛，流派叠起，各倡其说，异彩纷呈。清初，王士祯倡导"神韵说"，追求诗歌含蓄蕴藉、清幽淡远的境界。清中叶，沈德潜倡导"格调说"，力图使诗歌意旨归于敦厚雅正；翁方纲倡导"肌理说"，主以考据、训诂增强诗歌的内容，融辞章、义理、考据为一；袁枚则标举"性灵"，与沈德潜、翁方纲持说相抗衡，形成性灵诗派。性灵诗派宣扬性情至上，强调诗歌表现诗人的独特个性与诗才，为清诗吹进了一股清新的空气。然而性灵末流过分张扬个性，过分注重生活琐事的咏叹和对风花雪月的吟唱，使作品流于浮滑、率易与空虚。为扭转性灵末流诗风之弊，钱载主张学宋以窥杜韩，首张转换诗风之帜。道咸以来，祁寯藻、程恩泽皆喜言宋诗，又有郑珍、何绍基、莫友芝、曾国藩、欧阳绍洛等人光而大之，为道咸以来诗家一大变局。宋诗派诗人群体多为学者兼诗人，其中，"郑珍学历深厚，兼取历代名家之长，能戛戛独创，自标一格，成就为宋诗派诸人之冠。在扭转性灵诗派末流卑弱诗风，开拓诗境方面，有较大的推动作用"②。

其二，开同光体诗风。郑珍作为宋诗运动中的优秀诗人，其诗歌对"上接宋诗派、在艺术师承方面'不墨守盛唐'的同光体诗人，影响至为深远"③。梁启超《巢经巢诗钞跋》云："郑子尹诗，时流所极宗尚，范伯子、陈散原皆其传衣。"④ 汪辟疆《近代诗派与地域》亦云："程（恩泽）郑（珍）二氏，学术淹雅，诗则植体韩黄，典赡排奡，理厚思沉，同光派诗人之宗散原者，多从此入。"⑤ 郑珍对同光体诗人的影响，主要表现为对其诗风的影响。郑珍诗歌有奥衍渊懿和平易自然两大主体风格，以陈衍、沈曾植、陈三立为代表的同光体诗人，承继了郑珍诗风中奥衍渊懿的一

---

① （清）莫友芝：《〈巢经巢诗钞〉序》，白敦仁《巢经巢诗钞笺注》，巴蜀书社 1996 年版，第 1506 页。

② 黄万机：《郑珍评传》，巴蜀书社 1989 年版，第 321—322 页。

③ 李琼洁：《略论郑珍对陈三立的影响》，载《船山学刊》2009 年第 2 期。

④ 梁启超著，周岚、常弘编：《饮冰室书话》，时代文艺出版社 1998 年版，第 388 页。

⑤ 汪辟疆：《汪辟疆说近代诗·近代诗派与地域》，上海古籍出版社 2001 年版，第 10 页。

面，张学人之诗与诗人之诗合二为一，把《巢经巢诗钞》推尊为"生涩奥衍"一派的弁冕，辄奉郑氏为不祧之宗。对此，汪辟疆评云：生涩奥衍一派，语必惊人，字忌习见，"近代郑子尹《巢经巢集》为弁冕，莫子偲羽翼之。至义宁陈散原则集此派之大成者也"。"郑氏《巢经巢诗》理厚思沉，工于变化，几驾程祁而上，故同光诗人之宗宋人者，辄奉郑氏为不祧之宗。"① 陈三立的养气诗学论与郑珍的读书养气说、陈三立的学古之法与郑珍的学古能化、陈三立与郑珍在诗歌内容上的关心民瘼与揭露黑暗、在诗歌创作上的奇警生新与步踪韩孟等方面不谋而合。其实，与其说是不谋而合，不如说是同光体诗人推尊《巢经巢诗集》为弁冕、奉郑珍为"不祧之宗"之渊源传承的结果。

需要补充说明的是，陈衍《石遗室诗话》云道咸以来诗学有清苍幽峭和生涩奥衍两大派，"其一派生涩奥衍……语必惊人，字忌习见。郑子尹《巢经巢诗钞》为其弁冕，莫子偲足羽翼之。近日沈乙庵、陈散原，实其流派"②。此说以"生涩奥衍"归纳郑珍诗风，有以偏概全之嫌。郑珍与同光体诗人有渊源传承关系毋庸置疑，但以"生涩奥衍"来概括郑珍的总体诗风是不正确的。钱仲联《论近代诗四十家》云："子尹诗盖推源杜陵，又能熔香山之平易、昌黎之奇奥于一炉，而又诗中有我，自成一家面目。陈衍取为道咸以来生涩奥衍一派之冠冕，以为'沈乙庵（曾植）、陈散原（三立）实其流派'，未免以偏概全。"③ 此论一语中的。

其三，导诗界革命先路。郑珍诗风中平易自然的一面对诗界革命诸诗人有一定影响。黄万机先生认为：诗界革命旗手黄遵宪所倡导的"我手写我口"④、"诗之中有人"⑤ 等诗论主张，与郑珍"言必是我言"、"我吟率

---

① 汪辟疆：《汪辟疆说近代诗·近代诗派与地域》，上海古籍出版社 2001 年版，第 25 页。

② 陈衍著，郑朝宗、石文英校点：《石遗室诗话》（卷三），人民文学出版社 2004 年版，第 42 页。

③ 钱仲联：《论近代诗四十家》，《梦苕庵清代文学论集》，齐鲁书社 1983 年版，第 138—139 页。

④ （清）黄遵宪：《杂感》（其二），钱仲联笺注《人境庐诗草笺注》（上），上海古籍出版社 1981 年版，第 42 页。

⑤ （清）黄遵宪：《〈人境庐诗草〉自序》，陈铮编《黄遵宪全集》（上），中华书局 2005 年版，第 68 页。

性真"等诗论主张隐然契合。台湾魏仲佐先生在博士论文《黄遵宪与诗界革命》一文中，直接将郑珍与龚自珍、金和并列为诗界革命的三大先驱。这说明郑珍与黄遵宪是确有渊源传承关系的。

　　黄遵宪既有中国传统文化的素养，又有作为外交官游历日本、英国、美国、新加坡等国的经历，在新的文化思想激荡下，深感中国古典诗歌"自古至今，而其变极尽矣"①，难再为继，于是开始了诗歌创作的新探索。他主张"我手写我口"，用"流俗语"进行诗歌创作，其客家妇女诗朴素生动，意趣盎然。其描写海外世界见闻的诗篇，赋予了古典诗歌前所未有的新内容，"地球"、"赤道"、"火车"、"电报"、"照相"等新名词信手拈来，给人以新异之感，这与郑珍"言必是我言"以及其诗歌创作中以民间口语俗语入诗的表现手法，有异曲同工之妙。又，黄遵宪在《与朗山论诗书》一文中认为，声成文即诗，市民之谩骂、儿女之嬉戏皆有真情贯其间，皆天地之至文，故诗歌创作须"率其真"，不可舍我以从人，"苟能即身之所遇，目之所见，耳之所闻，而笔之于诗，何必古人？我自有我之诗者在矣"②。这里，黄遵宪倡导写诗情真、意真，以"率真"之情写诗，抒发真我之心声，以我之所遇所见所闻形诸于诗，是为真我之诗。这与郑珍"我吟率性真"，强调诗歌创作抒写自己的真性情，以及"自打自唱"、"学古能化"等诗歌创作主张，不谋而合。

　　另外，黄遵宪虽素抱"别创诗界"之志，尖锐批判诗坛拟古风气，主张诗歌革新，追求诗体解放，倡导俗语写作，以现实主义和爱国主义的诗歌创作突出地显示了诗界革命的实绩，但其诗歌创作的取材并不排斥经史古籍，其用意之奥衍处断非一般人所易解，有不少诗堆砌典故，艰涩难读，沉滞呆板，故现代学者陈声聪先生评云："人境我手写我口，经巢言必是我言。斓斑经史杂骚选，一步何曾越故樊。"③此说将人境庐与巢经巢相提并论，固然有失偏颇，却也不无理由。

---

　　①　（清）黄遵宪：《致周朗山函》，陈铮编《黄遵宪全集》（上），中华书局 2005 年版，第 291 页。

　　②　同上。

　　③　陈声聪：《兼于阁诗话》，上海古籍出版社 1985 年版，第 15 页。

综上，从诗界革命巨匠黄遵宪诗论与郑珍的契合，我们可见出郑珍对诗界革命的影响。李独清先生认为，郑珍以其卓越成就成为宋诗运动中的重要人物，其影响远不止下开同光体，"用俗话和新名词入诗，为后来的诗界革命，也开了先路"[①]。这是极有见地的评价。应该说，郑珍确系诗界革命的先驱，对诗界革命确实起了导夫先路的作用。

①　李独清：《巢经巢诗说》，贵州人民出版社编《贵州三十年文艺评论选》，贵州人民出版社1979 年版，第 217 页。

结　语

　　郑珍一生在经学、小学、史学、文学等方面都取得了较大成就。其以经莫难读于《仪礼》，则为《仪礼私笺》；古制莫晦于《考工》，则为《轮舆私笺》《凫氏为钟图说》；人道莫重于亲族，则为《亲属记》；小学莫尊于《说文》，则为《说文逸字》《说文新附考》；奇字莫详于《汗简》，则为《汗简笺正》；汉学莫盛于康成，则为《郑学录》。并《巢经巢经说》《巢经巢诗钞》《巢经巢文集》《樗茧谱》《母教录》《播雅》，可谓洋洋大观，丝毫无愧于"西南巨儒"与"词坛老宿"① 的美誉。

　　郑珍首先是位学者，其次才是诗文家。其一生主要精力在于经学和小学，才力丰赡，溢而为诗。对其在经学方面的成就，本次研究从清代考经证史的朴学背景出发，探讨了郑珍经学研究的学术背景、郑珍与郑玄的经学渊源、郑珍的治经路经与学术旨归，并以《轮舆私笺》为考察文本，明晰了郑珍的经学成就与不足。又，郑珍的学术历程和诗文创作，与师座程恩泽有着极深的渊源，但本次研究中并未将二者进行比较分析，缘于程侍郎著作流传无多，仅《国策地名考》及《程侍郎遗集》传世，无从获知更多需要的信息，故略之。郑珍的诗歌创作，内容丰富，山水、亲情、怀古、咏物、题识、谈艺、金石考订、友朋赠答、民生疾苦、兵火流离等，无不入诗；五古、七古、五绝、七绝、五律、七律、排律、杂言等，无体不工，而尤以五七古为最擅长。其诗歌风格，总其全貌，有奇奥、平易两

---

　　① （清）翁同书：《巢经巢诗钞序》，白敦仁《巢经巢诗钞笺注》，巴蜀书社1996年版，第1508页。

种，且平易之作占绝大多数。对其诗歌艺术，如纯用白描、虚实相生、动静结合、今昔对比、情景交融、材料选取的典型性、字句的锤炼、句式的多变、"诗史"品质等，在前人的评述以及有关郑珍诗歌艺术的论著中多有涉及，故不赘述。对郑珍诗歌的格律研究，可见于梁光华先生《郑珍〈巢经巢诗全集〉格律研究》一文。该文对郑珍九百多首诗歌进行了诗体分类列表统计，观郑诗以五言古诗数量为最，有三百多首；其次为七古、五律、七律、七绝，并对郑珍诗歌"古体诗的格律特点"和"近体诗的格律特点"进行了专门分析研究。梁氏的分类与分析，全面、细致、深入，可直接见于该文，无须赘述。本次郑珍诗歌研究，注重从"学人视角"、"地方视角"、"农家视角"三大视角来考察，同时纵向探究郑珍诗歌创作的习染渊源，横向探究郑珍与何绍基诗歌创作的异同，并以郑珍所辑地方诗歌总集《播雅》为文本，考察清代诗歌总集的生产背景以及郑珍的辑诗视域与编纂个性。三大视角中，"学人视角"体现了郑珍与道咸宋诗派诗人的共同视角，是宋诗派诗人的共性特征；"地方视角"与"农家视角"是郑珍优秀于宋诗派诗人的独特视角，体现了郑珍诗歌创作的个性特征。而郑诗的不足，如对农民起义的敌视、某些鸿篇巨制的自矜才气与佶屈聱牙、某些市井之语的未加淘汰与不雅之嫌等，前人已述，皆不赘述。纵向探源中，指出韩愈和苏轼对郑珍一生的为诗和为人有重要影响。横向比较中，指出何绍基和郑珍二人由于人生遭际的不同导致认知维度的差异，最终形成诗歌创作中的山水之乐与山水之思的视域差异以及文字娱嬉与奔走浮尘的投影差异。又，以郑珍所纂地方诗歌总集《播雅》为窗口，可管窥清代地方诗歌总集编纂的背景信息，以及获知关于郑珍辑诗的关注视域与编纂个性等个人资讯，凸显郑珍于贵州诗歌总集编纂体例的先导与典范。郑珍的散文研究方面，以往的研究仅有零星篇章，将郑珍散文分为"写人叙事"、"记游"、"书札、序跋、杂文"三大类来考察，并探讨了郑珍散文的论说方法与描写技巧，富于开创之功。本次郑珍散文研究，力争全面系统考察郑珍散文，从学术性散文、文艺性散文、应用性散文、语录体散文四大方面来探讨，又从学术气质、大山风格、悱恻诚挚、奇峭清丽四大方面来突出其散文的个性特质，力求能全面反映郑珍散文创作的面貌。通过以上对郑珍之经学、诗歌、散文三大方面的考察，试图还原郑珍作为学者、作为诗文家、作为"西南巨儒"、作为"词坛老宿"的本质。

如莫友芝所预言，郑珍的诗歌在后世的影响确实超过其经学和散文。历来对郑珍尤其是郑珍诗歌的评价颇高，胡先骕先生云："郑珍子尹卓然大家，为有清一代冠冕。纵观历代诗人，除李杜苏黄外，鲜有能远驾乎其上者。"① 陈声聪先生云：

> 清道、咸间，郑子尹（珍）以经学大师为诗，奄有杜、韩、白、苏之长，横扫六合，跨越前代。公以一举人入京会试不售，终老乡里，论其地，遵义为西南之偏壤，论其身世，一广文耳，而其《巢经巢诗》乃精深沉博、瑰诡奇肆如是，盖学足以养其才，才又足以运其学，故华实并敷，意境特奇。②

此类评价颇多，无烦一一赘举，虽有过誉之嫌，堪称大体属实。然梁启超先生则认为郑珍诗作意境狭窄，袁行霈先生亦对郑诗未反映鸦片战争内容而颇有看法。笔者认为，梁氏确有未通读郑诗之嫌，而袁氏则有苛求完美之嫌。郑珍所处的时代确是鸦片战争前后中国社会发生重大变化的时期，郑珍的现存诗歌中对有关这一时代的重大政治事件确实鲜有表现，但郑珍并非他们认为的对时代巨变过于冷漠或者境界狭窄。实际上，鸦片战争前后，包括郑珍在内的绝大多数贵州人，仍然生活在山门紧闭的环境里。19 世纪 40—60 年代的贵州，"虽不同程度地受到外国资本主义入侵的影响，但自给自足的自然经济结构还没有发生重大变化"③，贵州的大门直到光绪年间才由英法等国打开。当然，太平天国农民起义与贵州咸同农民大起义也使诗人身历了社会大变局中的种种不安与痛苦，在其诗作中我们也完整地见证了其对贵州农民大起义的全景式书写，但由于所处环境与时代的局限，诗人毕竟未能体味沿海地区欧风美雨的强烈风暴与帝国根基的

① 胡先骕：《读郑子尹巢经巢诗集》，载《学衡》1922 年第 7 期。
② 陈声聪：《兼于阁诗话》，上海古籍出版社 1985 年版，第 358 页。
③ 贵州省地方志编纂委员会编：《贵州省志·商业志》，贵州人民出版社 1990 年版，第 11 页。

强烈震颤，更未能感受到外来思想与文化的强烈冲撞因而激起变革意识。因此，郑珍对鸦片战争这一时代巨变并非主观上的有意"冷漠"，而是客观情势使然。在龚自珍、黄遵宪的巨大光环照耀下，我们仍不能将郑珍囿于宋诗派的园地，以拟古派的代表目之，一如钱仲联先生所言："近人论晚清诗，除诗界革命派外，一概贬之为复古、保守。这种看法，不完全符合事实。"① 再者，笔者始终认为，在整个晚清时局动荡内忧外患的背景下，并不是只有"反殖民反侵略"才是唯一的时代灾难与诗歌主题，郑珍在山野之地所散发的光芒和异彩，恰如陈声聪先生所言："公晚遇贵州苗民之变，对于官府及社会现实亦多所反映，思力手段，为近百年人所共推，梁任公犹慊其意境稍狭，不知意境亦视人境遇，而万有不同，彼固读书一隅之士，非有事功者，丘壑之美，亦何减于湖海之观也。"② 的确，丘壑之美何减于湖海之观哉！

此外，文学是具有地域特征的，文学的传播又与地域位置密切关联。"处于地域之中心者，舟车辐凑，名流汇聚，其文学声名藉此以远扬；位于地域之边省者，如黔中边荒之地，舟车不通，名流罕至，纵有举世难匹之显绩，亦难获世所公认之英名。"③ 何况，黔中"风气朴质，其文士雅不以声华标榜，其后生又不以耆旧张诩"④，"顾风气愿朴，耻立标榜，怀奇挟藻之士罕以缩纻遍为四方；四方论诗者，亦遂视播为僻壤而未尝征引及之"⑤。贵州僻处西南，明清时期虽榛莽初开，然地理险峻，山川阻隔，外籍人士"轮蹄之往来，疲于险阻，怵于猛暴，惟恐过此不速。即官其地者，视为鬼方蛮触之域，恨不旦夕去之。而其中之人文朴略无华，不乐与荐绅游"⑥。因

① 钱仲联：《清诗三百首》（前言），岳麓书社1985年版，第7页。
② 陈声聪：《兼于阁诗话》，上海古籍出版社1985年版，第359页。
③ 陈棽荣：《地域环境对黔中明清文学的影响研究》，转引自汪文学《贵州古近代文学理论辑释》，民族出版社2009年版，第514页。
④ （清）莫友芝：《播雅序》，（清）郑珍著，黄万机等点校《郑珍全集》（七），上海古籍出版社2012年版，第7页。
⑤ （清）唐树义：《播雅序》，（清）郑珍著，黄万机等点校《郑珍全集》（七），上海古籍出版社2012年版，第5页。
⑥ （清）孔尚任：《敝帚集序》，汪蔚林编《孔尚任诗文集》（卷六），中华书局1962年版，第485—486页。

此，文学地域的因地废人在此表现得比较明显。孔尚任论十五国人才之多寡，以黔阳全无，其曾云：

> 予尝作《官梅堂诗序》，论十五国人才多寡之数，以十分为率，于吴、越得其五，齐、鲁、燕、赵、中州得其三，秦、晋、巴、蜀得其一，闽、楚、粤、滇再得其一，而黔阳则全无，非全无也，有之而人不知，知之而不能采，采之而不能得，等于无耳。①

乾隆间，华亭王奕仁督学黔中，亦感慨而言：

> 黔中前辈不乏能诗，然非有政迹彪炳人间、能为桑梓捍大患、救大灾、树不可一世之功，则其人不传，其诗亦不久澌灭，求一二垂之后世，使后之人捧读而俎豆之，不可得也。②

但黔中并非真正无人，明清两代即有六千举人、七百进士之说，诗文著述亦蔚为大观，孔尚任读到宦黔诗人唐御九自黔阳带去的吴中蕃诗集《敝帚集》后，遂追悔于自己先前论十五国人才之多寡而以黔阳无人的谬论，其云：

> 唐子御九自黔阳来，盛言其地人才辈出，诗文多有可观者。予漫应而且疑之。后出《敝帚集》二册拉予共读，乃其地遗老吴滋大先生之藏稿。先生为人，予无从悉其概，观其诗则身隐焉。文之流多忧世语，多疾俗语，多支离漂泊有心有眼不易告人语。屈子之闲吟泽畔，子美之放歌夔州，其人似之，其诗似之。……即中原名硕以诗噪者，

---

① （清）孔尚任：《敝帚集序》，汪蔚林编《孔尚任诗文集》（卷六），中华书局 1962 年版，第 485 页。

② （清）王奕仁：《味潊轩诗序》，（清）莫友芝传证，（清）黎兆勋采诗，（清）唐树义审例，关贤柱点校《黔诗纪略》（卷十二），贵州人民出版社 1993 年版，第 472 页。

或不能过之。乃知其中未尝无人。①

　　这里，孔尚任谈及读吴滋大《敝帚集》后的感受。基于黔阳无人的认识，他对唐子御九自黔阳带去的诗集是不感兴趣，甚至是持漠视与怀疑态度的，唐子强拉其共读，不得已而观全稿。未料，读毕，虽不识吴滋大其人，然观其诗则如"屈子闲吟泽畔"、"子美放歌夔州"，虽中原名硕以诗名者亦不能过之，遂感慨而言："予论才而不及之也，固不任失言之咎矣。"② 追悔于自己论十五国人才之多寡以黔阳无人的失言。

　　在现代中国文化的总体结构中，贵州文化仍然是一种弱势文化，仍然面临着"被描写"或者根本被忽略的问题。孔尚任为吴中蕃《敝帚集》作序，旨在"与十五国人才衡长量短，使天下知黔阳之有诗，自吴滋大始"③。笔者以黔中贫士郑珍研究为本书的选题，研究一生潦倒且僻处文化边缘地带的郑珍在经学和文学等领域所取得的成就，以及其成就的何由取得与其在晚清所产生的影响，如云亭山人所云，亦寄寓播扬贵州地方文化而使天下知黔阳有人之意。

---

　　① （清）孔尚任：《敝帚集序》，汪蔚林编《孔尚任诗文集》（卷六），中华书局 1962 年版，第 485 页。

　　② 同上。

　　③ 同上书，第 486 页。

附录一　郑珍释《考工记》车制之"薮"

摘　要：《考工记·轮人》言古之车制，篇中"以其围之防捎其薮"①和"量其薮以黍"②之"薮"历来有多种解说，或以为毂空壶中，或以为毂之中心木去除者，或以为壶中当辐凿处，或以为毂上之榫眼，即辐凿，或以为毂与轴之空隙，或以为两毂中空之处，说法不一。晚清西南大儒郑珍《考工记》车制研究之作《轮舆私笺》以为壶中当辐凿处，并提出镞具、镞法和薮径规（薮规）、贤内径规、軹内径规等标准件概念，见解独到，可备一说。

关键词：考工记；轮舆私笺；薮；壶中当辐凿处；镞法

《考工记》是我国古代第一部科技名著，辉映于先秦科技领域。其《轮人》篇对车轮之重要构成部件"三材"（毂、辐、牙）的围度、长度、作用、质地要求、制作工艺等做了重点记述。但由于《考工记》文本晦涩艰深素称难读，且某些解说的印证亦有赖于现代考古新发现，故不免有见仁见智之处。如对"薮"的理解，即众说纷纭。

一　《考工记·轮人》之"薮"多种解说之论争

其一，毂空壶中。或谓：毂中空、毂之中心木去除者。首持此论者为东汉大儒郑众。《周礼·考工记·轮人》"以其长为之围，以其围之防捎其

---

① 《周礼注疏》，（清）阮元校刻《十三经注疏》，中华书局1980年版，第908页。
② 同上书，第909页。

薮"康成注："郑司农云：'薮读为蜂薮之薮，谓毂空壶中也。'"① 即先郑以"薮"为"毂空壶中"。清戴震《考工记图》补注云："捎空毂中如壶然，所以受轴。"② 言将车毂捎空，如壶中，以承轴。《释车》云："毂空壶中所以受轴谓之䡴，䡴谓之薮。"③ 戴震以䡴为"薮"，均为毂空壶中之名。清阮元《〈考工记〉车制图解》云："毂者，辐所凑也。毂中空谓之薮。……若其毂中空处，所以贯轴者，则名曰薮。……薮为毂中空处，是大穿小穿之通名。……《记》曰'以其围之防捎其薮'者，此言顺毂木中直理，除去毂中心木而为薮。"④ 阮元以"薮"为毂中空，包括了大穿小穿，又以"薮"为毂之中心木去除者，究其本质，还是毂中空。今《汉语大字典》释"薮"为"车毂的空腔"⑤，《汉语大词典》释"薮"为车毂中心穿孔以承轴的部分。考古学家孙机先生认为，在中国古车上，轴是固定的，行车时要依靠轮和毂的不停转动，"毂内之孔名薮，亦名壶中，用以贯轴"⑥。亦以"薮"为毂空壶中。综上，不管是言毂空壶中、毂中空、毂之中心木去除者，还是言车毂的空腔、车毂中心穿孔以承轴的部分，虽名称不一，表述不一，其意一矣。

其二，壶中当辐凿处。先郑以薮为毂空壶中，读为蜂薮之薮，后郑注云："此薮径三寸九分寸之五，壶中当辐菑者也。蜂薮者，犹言趋也；薮者，众辐之所趋也。"⑦ 这里，郑玄对"薮"之直径的尺寸大小，于"壶中"的具体位置，作了进一步解说，并以"众辐之所趋"言"薮"，即众辐汇集于"薮"之外围，则此"薮"为壶中当辐凿处。然而正由于其以"众辐之所趋"释"薮"，故易使人误解为毂上如蜂薮般用于插入辐菑的榫

---

① 《周礼注疏》，（清）阮元校刻《十三经注疏》，中华书局 1980 年版，第 908 页。

② （清）戴震：《考工记图》，商务印书馆 1955 年版，第 15 页。

③ （清）戴震撰，张岱年主编：《戴震全书》（六），黄山书社 1995 年版，第 338 页。

④ （清）阮元：《考工记车制图解》，《续修四库全书》本，第 85 册，上海古籍出版社 2002 年版，第 403—404 页。

⑤ 汉语大字典编辑委员会编：《汉语大字典》（第五卷），四川辞书出版社 1988 年版，第 3319 页。

⑥ 孙机：《中国古独辀马车的结构》，《中国古舆服论丛》（增订本），文物出版社 2001 年版，第 34 页。

⑦ 《周礼注疏》，（清）阮元校刻《十三经注疏》，中华书局 1980 年版，第 908 页。

眼。唐贾公彦疏云："车毂之法，其孔必大头宽，小头狭，当辐入处谓之薮，宽狭处中而已。……以蜂窠有孔薮然，此三十辐入毂处亦薮然也。"[①]此"薮"同于郑说，但由于言及三十辐入毂处亦薮然状，故亦给人以含混之感，稍不经意就会将其误解为毂上之辐凿。现代学者林尹承郑说，认为"毂木中空以承轴也，轮之内侧其径大谓之贤，轮之外侧其径小谓之轵，其中当辐之处为薮，其围径约当毂围径三分之一"[②]。明确指出毂中空内侧为贤，外侧为轵，中间当辐凿处为"薮"及其围径大小。张道一《考工记注译》释"量其薮以黍，以视其同也"为："将黍米倒入毂的中空部位，测量两毂的中空大小是否相同。"[③]以"薮"为毂的中空部位，即壶中当辐凿处。李亚明《〈周礼·考工记〉车舆词语系统》一文，从语言学的角度分析了《考工记》的车舆词语系统，将"薮"与毂的其他构成部件如贤、轵、干、凿等对举，释"薮"为"车毂内端贯穿车轴的孔"[④]，意即壶中当辐凿处。

其三，毂空壶中与壶中当辐凿处。以上两种解说，一云毂空壶中，二云壶中当辐凿处，指代非一。清代《周礼》研究卓有成就的两大学者江永和孙诒让，精研考工，指出"薮"有泛指与切指之分，泛指为毂空壶中，切指为壶中当辐畜处。如江永《周礼疑义举要》云："壶中空，所以受轴者也。……统言之，中空处皆为薮；切指之，外当畜处为薮。若毂上三十孔受辐畜者，经谓之凿，不谓之薮。"[⑤]江永在对"薮"明确释义的同时，指出了"凿"、"薮"之异。孙诒让赞同江说，其《周礼正义》释"以其围之防捎其薮"称引其说，并进一步阐述："毂空中侈，向外两端渐敛，与鼓匡相似。……壶中即毂中之空，其外则与辐畜之凿正相直也。"[⑥]又释"量其薮以黍"云："薮为毂空壶中，然贤轵亦得冢薮称，是薮为毂空之通

　①　《周礼注疏》，（清）阮元校刻《十三经注疏》，中华书局1980年版，第908页。

　②　林尹注译：《周礼今注今译》，书目文献出版社1985年版，第428页。

　③　张道一：《考工记注译》，陕西人民美术出版社2004年版，第47页。

　④　李亚明：《〈周礼·考工记〉车舆词语系统》（上），载《西华大学学报》（哲学社会科学版）2007年第4期。

　⑤　（清）江永：《周礼疑义举要》，中华书局1985年版，第65页。

　⑥　（清）孙诒让：《周礼正义》，中华书局1987年版，第3156—3157页。

名。……此量之以黍，盖兼壶中及贤轵两端通量之，殷其一端，满实之以黍，以观其所容之同否，非专就壶中当辐菑之处量之也。"① 孙氏以"薮"为毂孔中正当辐菑之凿的部分，又以"薮"为毂孔的通名，以及以黍量薮的具体操作方法，足见持说与江永同。

其四，毂上三十孔。或谓：毂上之榫眼、辐凿。持此说者最早为宋之林希逸。其《鬳斋考工记解》是传世的第一部《考工记》单注本，注文明白浅易，而且配有插图，直观明了。其释"以其围之阞捎其薮"云："薮是众辐所入之处，有三十孔，以三尺二寸之毂三分除一分以为三十孔也。捎，除也。薮，孔也。捎其薮，凿其木而为孔也。"② 又释"量其薮以黍"云："牙、毂之薮，皆以黍量，则知其穿孔皆无小大深浅也。"③ 可见，林希逸所释之"薮"无疑是指毂上三十孔，也即毂上之榫眼，或容纳辐菑的辐凿；正因其为孔且小，故可以黍量之。针对林之解说，江永极不赞同："若毂上三十孔受辐菑者，经谓之凿，不谓之薮，且受菑之孔广必当半寸以上，方可容菑而坚牢。如以一尺有奇之地，凿三十孔，一孔仅三分有奇，以今尺寸折之，仅二分有奇，此孔岂能容菑乎？林希逸不达物理，乃以薮为三十孔，贻误后人，不可不辨。"④ 江永认为，毂上三十孔是凿非薮，并以具体尺寸推断之，批驳林希逸之不达物理，贻误后人。现代学者李志超认为：

> 前注皆以薮为毂空，以黍量其容积，非。鼓孔检测宜直接用尺或标准件，简易，直观，精密。用黍之谬，童稚可辨。黍为有壳之实，粒小而圆滑，以此为量必用之于小空隙，利其可计数性及出入之易。故薮当为某一细小空隙，决非毂空。薮字本义为泽滨草木丰茂之地，可衍为丛立之体的根位，在轮则以辐根为最当。……故薮为毂外之

---

① （清）孙诒让：《周礼正义》，中华书局1987年版，第3178页。
② （宋）林希逸：《鬳斋考工记解》，《乾隆御览本四库全书荟要》，经部第15册，吉林人民出版社1997年版，第373页。
③ 同上书，第376页。
④ （清）江永：《周礼疑义举要》，中华书局1985年版，第65页。

卯，以承辐棒者，……量之以黍差堪其数。①

足见其持说亦与林希逸同。

其五，两毂中空之处。此说与毂空壶中、毂中空等表示车毂空腔的表述有异，一从一毂的角度，二从两毂的角度，但究其实质都一样，均表示车毂之空腔。言两毂中空之处的最早表述，似可追溯到汉儒郑玄，其注《考工记·轮人》"量其数以黍，以视其同也"云："黍滑而齐，以量两壶，无赢不足，则同。"② 此处"两壶"，似指两毂中空之处。又贾疏云："两轮俱用黍量，视其容受同不齐，同则无赢，亦无不足。"③ 亦似指两毂中空之处。今闻人军《考工记译注》释"以其围之防捎其数"之"数"云："数是毂中心穿轴之孔，内外两端大小不同"④；释"量其数以黍"云："用黍测量两毂中空之处看其大小（容积）是否相同。"⑤ 可见，其一方面从一毂的角度释"数"为毂中空，另一方面又从两毂的角度释之为两毂中空之处。又，史晓雷在《〈考工记〉中车制问题的两点商榷》一文中专门探讨了"量其数以黍"的解释问题，认为"其意应该是用黍测量车两毂中空的容积是否相同"⑥，即以"数"为两毂中空之处。综上，不管是以一毂言之，还是以两毂言之，此"数"均表示车毂之空腔，与上文第一种表述"毂空壶中"同义。

其六，毂与轴之间隙。即毂中心穿轴之孔，实指毂中心除轴之孔。持此说者为戴吾三先生，其《考工记图说》于"以其围之防量其数"句释"数"为"毂中心穿轴之孔"⑦，即毂中心除去轴所占之余孔；释"量其数以黍"云："用黍测量轮轴与毂孔的间隙，以看轮圈中心线与轮毂中心线

① 李志超：《〈考工记〉与科技训诂》，《国学薪火：科技文化学与自然哲学论集》，中国科学技术大学出版社 2002 年版，第 235 页。

② 《周礼注疏》，（清）阮元校刻《十三经注疏》，中华书局 1980 年版，第 909 页。

③ 同上。

④ 闻人军：《〈考工记〉译注》，上海古籍出版社 2008 年版，第 21 页。

⑤ 同上书，第 26 页。

⑥ 史晓雷：《〈考工记〉中车制问题的两点商榷》，载《广西民族大学学报》（自然科学版）2008 年第 4 期。

⑦ 戴吾三：《考工记图说》，山东画报出版社 2003 年版，第 30 页。

是否一致"①，即"薮"为毂与轴之空隙。戴先生不同意汉之郑玄、唐之贾公彦、今之闻人军的说法，特从检验的精度和检验要求的合理性分析上指出了上述注疏的可商榷之处。② 对此，闻人军先生作出回应，从车轮制作规之、萬之、县之、水之、量之、权之六种检验程序的先后顺序以及操作的可行性上否定了戴说。史晓雷从用黍测量毂孔之容积既有计量单位亦有参考标准、毂孔与轴端有锥度等角度，亦否定了戴说。

上述各家解说是自汉以来对"薮"的不同认识，目前学界持毂空壶中、壶中当辐凿处和毂与轴的间隙三种解说，且亦是基于理论上的合理性分析与推测的倾向性意见。无法盖棺定论，是因为古车之壶中结构目前还是半个迷宫，有赖于出土文物的佐证。而古之车毂又是木质结构，历经岁月的剥蚀，腐朽成灰，难以还原。尽管山西临猗程村墓地出土了19辆绝大部分保存完好的车子，研究人员亦对19辆车38个车毂的绝大多数都做了解剖，但仍未发现有过硬材料解决壶中毂轴是全部相切还是局部相切的难题。③ 即"薮"之争议还会延续。

二 郑珍《轮舆私笺》对"薮"的阐发

在《考工记》车制研究史上，郑珍及其《轮舆私笺》是被现代人所忽略的。闻人军《考工记译注》、戴吾三《考工记图说》，未提及之；张言梦《汉至清代〈考工记〉研究和注释史述论稿》、汪少华《中国古车舆名物考辨》，提及而已；林尹《周礼今注今译》、张道一《考工记注译》、汪少华《古车舆"輢""较"考》、王振铎《东汉车制复原研究》，个别处称引。谈得上研究者，唯李强《清儒对〈考工记〉车制的研究》一文，该文将郑珍与江永、程瑶田、戴震、阮元、王宗涑并列为清儒中对《考工记》车制研究颇有成就的六大家，评价郑珍"对汉代车制名称考订，有一定的权威性"④，并根据郑珍等六大家的注疏，绘制出《郑珍考订周礼冬官兵车之

---

① 戴吾三：《考工记图说》，山东画报出版社 2003 年版，第 32 页。
② 戴吾三：《〈考工记〉中轮之检验新探》，载《中国科技史料》2000 年第 2 期。
③ 胡良仙：《古代独辀马车壶中结构试探》，载《运城学院学报》2008 年第 6 期。
④ 李强：《清儒对〈考工记〉车制的研究》，华觉明主编《中国科技典籍研究》，大象出版社 1998 年版，第 97 页。

舆》《四家考订周礼冬官之轴衡》《四家考订周礼冬官国马之辀》《六家考订周礼冬官乘车轮》等复原图，进行比较研究。而清末经学大家孙诒让《周礼正义》之《考工记》疏，甄录数十百家精言胜义，详加引述，审慎决裁，可称是一部中国古代《考工记》研究的百科全书与最全面系统之作。其中称引郑珍车制研究成果者竟达八十条，且对郑珍的某些见解持论颇高。今《汉语大词典》和《大汉和辞典》中某些词条的解释，亦称引郑说。可见，郑珍《考工记》研究之成果《轮舆私笺》可资借鉴。

郑珍将车毂之空腔分为三部分，释"以其围之防捎其薮"与"量其薮以黍"之"薮"为壶中当辐菑处，并提出镟具、镟法和薮规、薮径规等标准件概念，可备一说。

1. 关于薮

郑珍明确地将壶中结构分为贤（大穿）、薮、轵（小穿）三部分，并指出了"薮"之具体位置所在，以及毂薮与蜂薮之别。其《轮舆私笺》卷一云：

> 毂孔自内头起，其围径即渐杀渐小，轴入毂之围径如之，故孔适相函而运转。其内头孔曰大穿，外头孔曰小穿，孔内当辐菑处曰壶中，皆俗间熟传旧名，故先郑举以通古。"蜂薮"，亦俗间言众凑意有此语，与"蜂起"、"蜂聚"、"蜂拥"意同。后郑申之云"薮"犹趋"蜂薮"众辐之所趋者，李轨音"薮"仓豆反，则"薮"、"趋"音义并与"凑"同。"蜂薮"是泛语，注意以众辐凑之，亦是"蜂薮"，所以名"薮"，非"毂薮"即是"蜂薮"也。①

即"薮"既非大穿，亦非小穿，而是单独的一部分，共同组成了车毂之空腔；毂薮为壶中当辐菑处，蜂薮为毂上之卯眼（辐凿），二者大相径庭。

至于"薮"之尺寸，郑珍云："薮为壶中当辐菑之处，其围居毂围三

----

① （清）郑珍：《轮舆私笺》，（清）王先谦编《清经解续编》（第四册），上海书店1988年版，第299页。

之一，占毂径三寸五分五厘五不尽，余七寸一分一厘一不尽是辐凿之地矣。"[1] 其尺寸的算法由来，由《考工记》"以其（毂）长为之围，以其围之防捎其薮"[2] 及郑玄注得出。郑玄认为，六尺六寸之轮，毂长三尺二寸，而依《考工记》毂围等于毂长，即毂围 3.2 尺，则毂之围径（直径）一尺三分寸之二，即 1 尺 + 2/3 寸，合 1.0666……尺。郑珍据此推断：薮围 = 3.2 × 1/3 = 3.2/3 尺，薮围径 = 3.2/3 ÷ 3 = 3.2/9 尺 = 0.3555……尺 = 3.555……寸，而 1.0666……尺—0.3555……尺 = 0.7111……尺。所以，此薮围径 3.555 寸不尽之说正合郑玄注 "薮径三寸九分寸之五" 之说，同时得出毂径中两边辐凿占地径数 7.111 寸不尽，可谓阐发郑注精微，足申郑义。

郑珍之子郑知同据郑珍《轮舆私笺》绘出《毂辐牙合材图》（图一），这里先暂不讨论辐与牙，只关注此图上部之毂。如图一，毂腔主要由贤、薮、軹三部分组成，毂长三尺二寸，则毂围径一尺零六分六厘六不尽，又薮围为毂围的三分之一，得薮围径三寸五分五厘五不尽。又据《考工记》"三分其毂长，二在外，一在内，以置其辐。凡辐，量其凿深以为辐广"[3]，郑注以为辐广三寸半，则凿深 = 辐广 = 3.5 寸 = 0.35 尺，据此郑珍推算辐内毂长 = 3.2 × 1/3 − 0.35 × 1/2 = 0.95 尺 = 九寸五分，辐外毂长 = 3.2 × 2/3 − 0.35 × 1/2 = 1.9 尺 = 一尺九寸，而 0.35 + 0.95 + 1.9 = 3.2，正合郑玄 "辐内九寸半，辐外一尺九寸" 之说。当然，此图毂之形制与出土秦陵铜车（图二）毂之腰鼓形不合，亦不呈纺锤形，但本图意在说明薮之具体位置所指，且与郑玄注完全吻合，亦与河南辉县出土战国车（图三）之车毂形制有合，而秦陵铜车的其他部分比例如牙围/轮径及牙之涂漆周长等又与《考工记》所言车制不符。故在未有确证之前，没有理由断然否定郑珍之说。

2. 关于镟法

对 "量其薮以黍，以视其同也" 的理解，郑珍认为："薮是壶中当辐菑之处。如经文，自是量薮，薮同即通孔无不同。但薮居贤、軹之中，两

① （清）郑珍：《轮舆私笺》，（清）王先谦编《清经解续编》（第四册），上海书店 1988 年版，第 298 页。

② 《周礼注疏》，（清）阮元校刻《十三经注疏》，中华书局 1980 年版，第 908 页。

③ 同上。

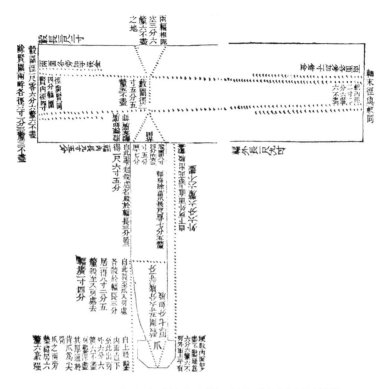

图一　郑知同据郑珍《轮舆私笺》所绘《毂辐牙合材图》

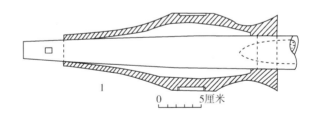

图二　秦陵 2 号车之壶中结构示意图

［引自史晓雷《〈考工记〉中车制问题的两点商榷》，载《广西民族大学学报》（自然科学版）2008 年第 4 期］

头皆空，非若有底之物，目视又不能到。其量之，古人当自有法。"① 如何

---

① （清）郑珍：《轮舆私笺》，（清）王先谦编《清经解续编》（第四册），上海书店 1988 年版，第 304 页。

以黍衡量毂孔内"目视又不能到"的薮之容积大小，牵涉到毂孔的制作问题，故郑珍提出了镟法以及贤内径规、贤外径规、轵内径规、轵外径规、薮径规等镟具标准件概念：

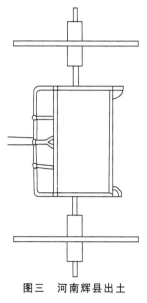

图三　河南辉县出土
战国车

（引自孙机《中国古舆服论丛》，文物出版社 2001 年版，第 32 页）

毂孔之长，非凿所能穿，古亦当用镟法。而薮之围径，不能即其处量而规之也，当于一头中，作径三寸五分五厘五不尽之围为薮径规，旁加径四分二厘二不尽为贤内径规，又旁加径一寸为贤外径规，凡三规重之于一头中。作径二寸二分六厘六不尽之围为轵内径规，旁加一寸为轵外径规。然后先镟薮规，直而入，视镟具上度数入深一尺一寸二分五厘即是薮之正中，当辐凿心处也。乃镟轵内径规，亦直入，至深二尺零七分五厘交薮之正中。又准定镟具度数，从贤内规入，匀杀渐小，适交于薮正中。又从轵内规入，匀添渐大，亦适交于薮正中。乃镟贤外径规及轵外径规，如金之占地而止。于是得薮当辐凿心处，围径三寸五分五厘五不尽，于毂围居三分之一，其两厢未捎除者，一厢有三寸五分五厘五不尽以居辐之蓄。①

如此看来，郑珍是以毂为一整块木材，采用口径不同的镟规，根据不同的度数，镟制加工而成。且从车轮之辐内看，贤端至辐凿心的长度为 $0.95 + 0.35 \div 2 = 1.125$ 尺；从车轮之辐外看，轵端至辐凿心的长度为 $1.9 + 0.35 \div 2 = 2.075$ 尺。又，不管是贤端还是轵端，都有内外径，内径容轴，外径与内径的间隙为置金（钉或铜）之地。而对于毂究竟是一整块木材加工制成还是数块拼装而成，目前资料欠缺，学界尚无定论，张彦煌先

---

① （清）郑珍：《轮舆私笺》，（清）王先谦编《清经解续编》（第四册），上海书店 1988 年版，第 299—300 页。

生认为："说它是由一块整木做成，在当时的技术水平下是完全可以做到
的。我们知道早在新石器时代人们就可以做成几十厘米高的玉琮，其中有
的穿孔长度并不比有些毂的穿孔长度短，直径也不比毂的孔径小。而玉的
硬度、加工难度，这非木材之可比。所以整木穿孔是完全可能的。"① 也就
是说，郑珍以一整块木材采用镟具镟成毂孔是有合理性的。如此，则郑珍
所言"薮"之容积大小的衡量也就有可行性了。其一，"薮"或可为量器。
《仪礼·聘礼》云："十斗曰斛，十六斗曰籔，十籔曰秉。"② 即斛、籔、
秉为量器。阮元视籔为薮，云："薮为中空之物，故量亦名之。《仪礼·聘
礼记》'十六斗曰薮'是也。观《记》曰'量其薮以黍'，是毂薮虽不必
定如十六斗之多，而要为物中空受物者之名。"③ 即阮元以"薮"为量物之
器，中空以受物之物。其二，薮规可以确定薮之大小。如果说毂之壶中真
用镟法，则根据郑珍所云薮径规（薮规）之度数可以得出薮之容积大小。
其三，黍可量薮。古累黍之法可定黄钟之管长、容积之大小、重量之多
少。班固《汉书·律历志》云："度长短者不失毫厘，量多少者不失圭撮，
权轻重者不失黍累"；"度者，分、寸、尺、丈、引也，所以度长短也。本
起黄钟之长。以子谷秬黍中者，一黍之广，度之九十分，黄钟之长"；"量
者，龠、合、升、斗、斛也，所以量多少也。本起于黄钟之龠，用度数审
其容，以子谷秬黍中者千有二百实其龠，以井水准其概。合龠为合，十合
为升，十升为斗，十斗为斛"；"权者，铢、两、斤、钧、石也，所以称物
平施，知轻重也。本起于黄钟之重，一龠容千二百黍，重十二铢，两之为
两。二十四铢为两，十六两为斤，三十斤为钧，四钧为石"④ 也就是说，
黍既可为长度单位，也可为容积单位和质量单位。从长度单位言之，起于
量黄钟之长，以九十黍为黄钟之长；从容积单位言之，起于量黄钟之龠，
以黍一千二百粒为黄钟之龠；从质量单位言之，起于量黄钟之重，以黍二
千四百粒为二十四铢重一两，则黍三万八千四百粒为一斤之重，但在具体

① 张彦煌等撰：《殷车的复原与古车制作的若干工艺试探》，载《文物》1994 年第 4 期。

② 《仪礼注疏》，（清）阮元校刻《十三经注疏》，中华书局 1980 年版，第 1076 页。

③ （清）阮元：《考工记车制图解》，《续修四库全书》本，第 85 册，上海古籍出版社 2002
年版，第 403 页。

④ （汉）班固撰，（唐）颜师古注：《汉书》（第四册），中华书局 1962 年版，第 956—969 页。

衡量之时并非愚昧地数黍数，而是以黍一千二百粒为一龠，则两龠就是质量单位之一两，三十二龠就是一斤了。又，《考工记》中已出现升、豆、釜、斛等量器与容积单位，今世亦出土如战国秦商鞅铜方升、战国楚铜量、战国"斛半朕"等量器。综上，根据镟法使用薮径规、贤径规、轵径规等镟具标准件镟出毂薮，有可行性；用黍测量薮之容积，完全可行。

作为一部本身就晦涩难懂的上古科技名著，《考工记》的研究自汉代以来就耕耘者熙熙，对《轮人》中"以其围之阞捎其薮"和"量其薮以黍"之"薮"的解释也有数种，时至今日，即算借助现代考古的有限发现与田野发掘也没有形成最后的公论。郑珍《轮舆私笺》释"薮"为壶中当辐凿处，明确指出"毂薮"与"蜂薮"之别，其持说与《考工记》研究史上里程碑式的人物郑玄同，后世学者林尹、张道一等持论又同于郑珍。又，针对"毂空壶中"与"毂薮"的关系，郑珍提出薮径规（薮规）、贤内径规、贤外径规、轵内径规、轵外径规等镟具标准件概念以及镟法，以得出毂之贤端、轵端与薮，发他人所未发，见解独到。

附录二 郑珍释《考工记》车制之"辀"

摘　要：《考工记·轮人》中"视其辀，欲其蚤之正也"① 和"六尺有六寸之轮，辀叁分寸之二"② 之"辀"历来有多种解读，或以为轮菑，或以为牙凿孔向外侵者，或以为牙向外偏者，或以为牙毂两凿心对望相左者，或以为辐骹不满牙者。郑珍精研考工，以"辀"为轮偏出毂凿之名，具有双重词性，其子郑知同因绘为《毂辐牙合材图》，见出"辀"之具体位置所指。今学界持装辐法、蚤入牙而不满所衬垫者、向外偏出的圆框形轮辋三种解说。在自汉迄今对"辀"的解读中，郑珍《轮舆私笺》释"辀"起了承上启下的作用。当前学界的主流观点将"辀"定义为一种装置方法，显然欠妥。

关键词：郑珍；轮舆私笺；考工记；车制；辀

《考工记》是我国古代第一部科技名著，辉映于先秦科技领域。其《轮人》篇对车轮之重要构成部件"三材"（毂、辐、牙）的围度、长度、作用、质地要求、制作工艺等做了重点记述。但由于《考工记》文本晦涩艰深素称难读，专用术语杂陈，有"古制莫晦于考工"之说，且某些解说的印证亦有赖于现代考古新发现，故不免有见仁见智之处。如对篇中"视其辀，欲其蚤之正也"和"六尺有六寸之轮，辀三分寸之二"之"辀"的

---

① 《周礼注疏》，（清）阮元校刻《十三经注疏》，中华书局1980年版，第907页。
② 同上书，第909页。

解读，自汉以来便不下十种，即是明证。

一 郑珍之前对"綆"的解读

1. 轮箪

首持此说者为郑众，郑玄进一步发挥之。对《考工记·轮人》"视其綆，欲其箪之正也"，郑司农云："綆读为关东言饼之饼，谓轮箪也。"① 这里，郑众对"綆"的读音与意义进行了解释，但我们还是不懂"轮箪"究为何意。郑玄进一步解释："轮虽箪，爪牙必正也。"② 此句"箪"与"正"相提并举，可见"箪"有"偏"意，与"正"相对。又针对《轮人》"六尺有六寸之轮，綆三分寸之二，谓之轮之固"，郑玄云："轮箪则车行不掉也。三分寸之二者，出于辐股凿之数也。"③ 这里的"轮箪"显然意为轮偏，且轮偏的尺度为 2/3 寸，位置为偏出辐股凿（所指不甚明确）。然而正由于玄注未在此处明言"出于辐股凿之数"之具体所指，即轮綆之具体位置所在，故后世遂仁者见仁智者见智，或以为綆在股，或以为綆在骰，或以为綆在牙，各执一端。

2. 牙凿向外侵者（2/3 寸）

持此说者为唐贾公彦。其疏云："凡造车轮皆向外箪，向外箪则车不掉。"④ 即轮向外偏，则车行不会左右摇动，是承郑说。又疏"三分寸之二者，出于辐股凿之数也"云："凿牙之时，孔向外侵三寸之二，使辐股外箪，故云辐股凿之数也。"⑤ 贾疏认为，轮綆是由牙凿凿孔大小不变而在牙上的位置发生改变，即牙凿向辐外位移 2/3 寸所得者。对此，郑珍、江永、阮元等均不同意此说。江永云："凿牙之时，孔向外侵三分寸之二，似牙上凿孔不正，非也。牙之厚无几，凿孔有偏，恐偏薄一边，非暴裂即先甒矣。此贾氏察物未精，失郑注之意者也。"⑥ 即牙厚本无几，凿孔偏向一

---

① 《周礼注疏》，（清）阮元校刻《十三经注疏》，中华书局 1980 年版，第 907 页。
② 同上。
③ 同上书，第 909 页。
④ 同上书，第 907 页。
⑤ 同上书，第 909 页。
⑥ （清）江永：《周礼疑义举要》，中华书局 1985 年版，第 66 页。

边，会导致车辋非破即裂，是不深察郑注之意所致。言之有理。

3. 护牙而掩蚤孔者

持此说者为清方苞。其《考工记析疑》云："𫐐以竹为之，名箪，所以护牙而掩蚤孔者也。……今世车牙外以铁叶裹之，𫐐之制疑类此。谓之𫐐者，形若绳也。谓之箪，材用竹也。今塞外车尚有以竹为𫐐者。"[①]　方苞认为："𫐐"形若绳，所以名"箪"，由其材质为竹决定；其作用在于护牙掩蚤孔，类似清车制之铁叶。此说不为后人认同。

4. 牙向外偏者（2/3 寸）

清江永、戴震等持此说。江永在郑玄之说的基础上进一步阐发，认为：

　　𫐐非别有一物也，只是轮偏箪之名。注疏谓轮箪则车行不掉，实有至理。假令牙之孔与毂孔正相值，牙不稍偏向外，则重势两平，轮可掉向外，又可掉向内。造车者深明此理，欲去车掉之病，令牙稍出三分寸之二，不正与轮股凿相当，于是重势稍偏，而轮不得掉向内矣。谓之轮箪何也？轮牙稍偏于外，而辐股向内隆起也。今饭甑内作竹底，四周下而中央隆起，谓之甑箪。此正汉时轮箪之遗语。但轮之辐股微隆，不若甑箪之甚耳。然则圆物不平，中隆而四周下者，通谓之箪也。[②]

即"𫐐"是轮偏箪之名，其形成是为解决车掉之弊，令牙向辐外偏出2/3 寸，如此则辐股凿与牙凿相左，牙凿较辐股凿偏出 2/3 寸；"𫐐"之形如饭甑内四周下而中央隆起的甑箪，参照甑箪，可呼为轮箪。江永对"𫐐"之形成的力学分析与"𫐐"之形状的剖析，源于郑玄而又发挥有理，堪称精到。

戴震持说本于江永。江永以辐入牙之笛不用正而用边，戴震云"以偏

　　① （清）方苞：《考工记析疑》，《续修四库全书》本，第79 册，上海古籍出版社2002 年版，第384 页。

　　② （清）江永：《周礼疑义举要》，中华书局1985 年版，第63—64 页。

枘入牙而出之谓之绠"①，即辐上端入毂中用正枘，下端入牙中用偏枘，牙向辐外位移 2/3 寸，是为绠。戴震又补注"六尺有六寸之轮，绠三分寸之二，谓之轮之固"云："固谓不倾掉也，轮不箅，必左右仡摇，故轮蚤用偏枘，令牙出于辐股凿三分寸之二，如此则重势微注于内，两轮订之而定，无倾掉之患。"② 从力学的角度分析轮之固，同于江说。

5. 牙毂两凿心对望相左者

清程瑶田持此说。程瑶田以牙凿心出于毂凿心的 2/3 寸为"绠"，有牙绠、轮绠之说。其《轮绠说》云："绠之形见于辐广之外，而绠之故实在于辐广之中，不可不知也。牙毂两凿心对望相左，故绠也。入牙之蚤杀于入毂之菑，故两凿对望而相左也。"③ 又《轮人为轮章句钩贯》释"视其绠，欲其蚤之正也"云："绠者，牙绠也。绠之形见于辐广之外，而绠之故藏于辐广之中。辐广有全有杀，故毂牙两凿心对望有相左之差也。凿心相左则菑蚤相左，入牙一准乎蚤，则轮绠。"④ 又释"六尺有六寸之轮，绠叁分寸之二，谓之轮之固"云："余尝论轮之有绠也，牙毂两凿对望相左，故绠也。……为轮固也，故欲令其绠。然辐既直指矣，胡为乎能绠也？既视其绠矣，胡为乎其蚤之能正也？……两凿心对望自然相左……直者自直，而绠者自绠。"⑤ 从程瑶田对绠之形与绠之故的再三述说中，可见"绠"有两重含义，一是作为名词的牙绠，二是作为形容词的轮绠。作为牙绠，指代牙凿心偏出于毂凿心的 2/3 寸，位置在牙；作为轮绠，指代轮向辐外的偏箅状态，是菑蚤相左而入牙一准乎蚤后所致。

6. 辐骹不满牙者

持此说者以清阮元为代表。阮元不同意郑玄、江永、戴震等对绠的解说，而以"辐骹不满牙曰绠"⑥（见图一），并进一步分析认为：

---

① （清）戴震撰，张岱年主编：《戴震全书》（六），黄山书社 1995 年版，第 338 页。

② （清）戴震：《考工记图》，商务印书馆 1955 年版，第 18 页。

③ （清）程瑶田：《考工创物小记》，阮元编《清经解》（第三册），上海书店 1988 年版，第 707 页。

④ 同上书，第 708 页。

⑤ 同上书，第 710 页。

⑥ （清）阮元：《考工记车制图解》，《续修四库全书》本，第 85 册，上海古籍出版社 2002 年版，第 405 页。

绠三分寸之二谓之轮之固者，其意以为绠三分寸之二则牙厚二寸轮乃固，少薄即不固矣。牙厚二寸试三分分之，每分得六分六厘六毫，内一分与辐蚤曲剡处相齐，中一分为蚤凿，外一分当辐骹杀处是曰绠也，绠宽六分六厘六毫也。辐所杀之骹既与牙边不相当，似乎牙向外出，其实令股之不杀者视之，正与牙平，并不外出也。且所以必杀为绠者，不过为潄泥之故，并无别事。谬巧，而戴君东原又绎郑氏轮箄不掉之义，以为轮不绠必左右仡摇，绠则重势注于内，无倾掉之患，此益非《记》者之本意。①

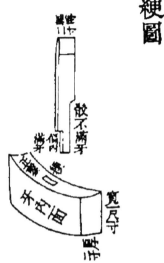

图一　阮元《考工记车制图解》
之《绠图》

可见，阮元以辐厚与牙厚均为二寸而将牙厚分为三等份：内一份、中一份、外一份，每份2/3寸。在内者与辐蚤杀处相齐，在中者置辐蚤，在外者为辐骹杀处，是为"绠"，故曰"辐骹不满牙曰绠"。又，之所以杀辐骹为绠，只是出于车辐潄泥的考虑，别无他意，而郑玄、戴震等关于轮箄的解说是对《考工记》本意的曲解。

二　郑珍对"绠"的界定与求证

上述大家对《考工记》的研究成果，是郑珍《考工记》研究不可跨越的知识储备。在郑珍《轮舆私笺》中，亦时时可见他对前辈考工研究的或梳理，或称引，或批驳。又，郑珍《轮舆私笺》专为注解《考工记》之车制内容，故聚焦《考工记》之《轮人》《舆人》《辀人》三篇；从注疏的内容上看，其与前人研究的最大区别在于：非对经典全文进行疏注，而是择其意隐难明之句而发，要点突出，针对性强。对《轮人》篇中"视其

---

① （清）阮元：《考工记车制图解》，《续修四库全书》本，第85册，上海古籍出版社2002年版，第406页。

绠，欲其蚤之正也"和"六尺有六寸之轮，绠三分寸之二"之"绠"的解读即是一例。

前人对"绠"的解读至少有上述六种，对每一种说法郑珍都进行过仔细研究。在充分占有前人研究资料的基础上，郑珍精研考工文本，提出了自己对"绠"的见解："绠"为轮偏出股凿之名，是牙向辐外偏出于股凿的 2/3 寸；绠数断不得于股上求之，而于牙上求之；"绠"与"算"声异义同。郑珍的推理求证主要从以下几方面展开。

1. 研读考工，紧扣文本

为厘清"绠"究为何指，郑珍先从《考工记》文本着手，从文本本身的述说顺序进行合理推断。其《轮舆私笺》卷一云："经自'凡斩毂'以下，言为轮，首明毂，次明辐，又次明牙，三材和而轮成矣。轮成其绠斯见，故以绠数终焉。则绠非于牙上求之不得也。"① 的确，《考工记·轮人》言为轮主要从轮之三大构成部件毂、辐、牙着手，"凡斩毂之道"一节，先言毂之纹理阴阳，毂长毂围毂薮，毂之贤轵两端，毂之篆胶筋帤，次言辐，辐置毂之位置，辐广与辐凿之深浅，辐之股围骹围，再次言牙，牙之置蚤，牙之瑑与牙之固，至此轮成，轮成则绠见，故末句以"六尺有六寸之轮，绠三分寸之二，谓之轮之固"作结。郑珍根据考工此节之毂—辐—牙的先后述说顺序，亦即车轮之实际制作工艺流程，推断轮成"绠"乃见，即轮偏出之状乃见，绠在牙之具体位置乃见，故绠与绠数必于牙上求得。言之成理。

2. 研读前疏，紧扣玄注

前人对《考工记》的研究是后人研究《考工记》的知识宝库，汉之郑众、郑玄，唐之贾公彦、孔颖达，宋之林希逸、戴仲达，清之方苞、姚鼐、江永、戴震、程瑶田、段玉裁、阮元等对车制的论述均进入了郑珍的研究视野，但最令郑珍信服的还是郑玄的《周礼注》。郑玄《周礼注》是汉以来《考工记》研究历程中里程碑式的作品，是历代研究者登入《考工记》之奥堂的必由之路。古制莫晦于考工，没有郑玄注，则无法登堂入

---

① （清）郑珍：《轮舆私笺》，（清）王先谦编《清经解续编》（第四册），上海书店 1988 年版，第 303 页。

室。郑珍也不例外。

　　首先，针对《记》文"绠三分寸之二"，绠数是明确的，三分之二寸，不明确的是"绠"之所指。郑玄注："三分寸之二者，出于辐股凿之数也。""出"为何出？牙出？股出？骹出？后世研究者持不同说法。郑珍研究认为："所谓股凿之数，即辐广之数也。所谓出者，牙出也。何以知为牙出？以其言出于辐凿也。辐虽有三分之二不杀，而终不能出于凿，故知是谓牙出。牙出则不与股凿正对，故轮偏箄。"① 郑珍以"辐股凿之数"为辐广之数，"出"指牙出，牙向辐外偏出，牙凿不与股凿正对，即牙向辐外位移 2/3 寸，是为"绠"；之所以断为牙出，是因为股骹本身不可能出于股凿，则唯有牙出，故此轮偏箄。又，为进一步验证"绠"在牙，郑珍发现郑玄注的另一处力证。《考工记·匠人》中"匠人营国，……国中九经九纬，经涂九轨"郑玄注："轨谓辙广，乘车六尺六寸，旁加七寸，凡八尺，是谓辙广。……旁加七寸者，辐内二寸半，辐广三寸半，绠三分寸之二，金辖之间三分寸之一。"② 可见，郑玄以轨（辙广）为八尺，由车广六尺六加上车广两旁各七寸而得，即 6.6 尺 + 0.7 尺 × 2 = 8 尺；旁七寸，由辐内二寸半加辐广三寸半，加绠三分寸之二，再加金辖之间三分寸之一而得，即 2.5 寸 + 3.5 寸 + 2/3 寸 + 1/3 寸 = 7 寸。这里，郑玄所云之"绠"便十分明确了："绠"与辙广密切相关，是辙广的组成部分之一，故"绠"必在牙。而其他关于"绠"在股在骹之说便自然推翻，且"绠"出于辐股凿之数 2/3 寸亦自然无疑。郑珍《轮舆私笺》进一步申述：

　　　　康成说绠合所注轨度，观之其解益明。辐内毂长九寸半，只有二寸半者，以其七寸入舆下也。金者，大穿之釭也。其去内辖不可太切，使之利转，故金辖相去其间有三分三厘强也。轨以两轮所践之迹相距之广为度，其度自以牙外边所及为限。牙外践一分，则度广一分。假令牙不偏出，以三寸半之厚与三寸半之辐股凿正对，即所践之迹亦与

　　① （清）郑珍：《轮舆私笺》，（清）王先谦编《清经解续编》（第四册），上海书店 1988 年版，第 298 页。
　　② 《周礼注疏》，（清）阮元校刻《十三经注疏》，中华书局 1980 年版，第 927 页。

股凿正对，是两轮之间只有车广、辐内、辐广及金辖间之数，而轨不及八尺矣。今辐股向外一边不杀，直入牙凿，凿之外边有六分六厘强，是多践六分六厘强，合成轨度八尺。故绠数断不得于股上求之，以股广三寸半，有定限，虽有杀不杀之别，要在辐广数内，不能增多辙迹，自与轨度了不相干。①

郑珍从郑玄注轨度（辙广）八尺中印证了"绠"之具体位置所指，轨为两轮所践之迹相距之广，其度必以牙外边所及为限，若牙与辐股凿正对而不偏出，则所践之迹与股凿正对，轨度不及八尺，唯有牙与辐股凿不正对牙向辐外位移 2/3 寸才合乎轨度，又股骹之广不论杀与不杀均不能增多辙迹，故绠数断不能于股骹求之而必于牙上求之，故"绠"之具体位置在牙，是牙向辐外偏出于股凿的 2/3 寸。

3. 辨音析义，穷根究源

郑珍有着精湛的文字训诂知识，其《说文逸字》《说文新附考》和《汗简笺正》等文字学著述足以证明这一点。故此，郑珍在《轮舆私笺》中亦不时运用文字训诂知识辨音释义，追根溯源。对"绠"的解读，郑珍云：

> 轮偏出股凿之名，古无正字，其声如绠，《记》即以绠为之。绠从更声，更从丙声，古读绠非如今之姑杏切也。先郑读为关东言饼，而《玉篇》云"绠，郑众音补管反"，是关东言饼亦非如今之必井切也。汉人言轮偏出，其声如算，因又以算为之。绠与算只声有轻重，其实一也。今时俗言物之偏出为算出，犹汉之遗语。②

郑珍认为"轮偏出股凿之名"古无正字，因其声如"绠"，故《考工记》以"绠"记之。而此"绠"，先郑读为"饼"，音补管反，至清代语音发生变化，"饼"音必井切，"绠"则音姑杏切。汉代言轮偏出，读音如

---

① （清）郑珍：《轮舆私笺》，（清）王先谦编《清经解续编》（第四册），上海书店 1988 年版，第 303 页。

② 同上。

"箄",因又以"箄"言"緌"。"緌"与"箄"只是声有轻重,其义相同。清时俗言物之偏出为箄出,系汉时遗语。郑珍从"緌"之古今语音变化及"緌"、"箄"声异义同的角度析"緌",旨在说明"緌"为轮偏出股凿之名;轮緌即轮箄,即轮偏出。

4. 精密推算,务求真解

为求得真解,郑珍对车制之毂、辐、牙、緌进行了精密的推算。认为毂长为三尺二寸,毂围径一尺零六分六厘六不尽,辐内长九寸五分,辐外长一尺九寸,辐股广三寸五分,辐内长加辐股广再加辐外长等于毂长三尺二寸,合郑玄注。

> 牙之厚如辐股之广,同三寸五分。当其为受爪之凿孔,距牙外边六分六厘六毫六不尽起,凿向内边,……向内一边不凿者,亦有六分六厘六不尽,是内外不凿之地相等,而凿孔正居牙中也。……投讫视之,辐股向内一边,有六分六厘六毫六不尽出牙边之外;牙向外之厚,有六分六厘六不尽出股凿之外,而牙自平。凿自中辐自直,原正而不偏;惟牙厚与股凿同是三寸五分,而上下不正相对,则牙厚较股凿为偏出矣。[①]

郑珍认为牙厚与辐股之广同为三寸五分,二者非正对是偏对,牙向外偏出 2/3 寸;在牙上凿孔时,要距牙外边 2/3 寸处起凿向内边,牙凿居中,牙内外两边不凿之地相等,均 2/3 寸;牙上出于股凿之外的 2/3 寸是为"緌"。郑珍的推算,单位细及寸分厘毫,堪称精密。其子郑知同因绘为《毂辐牙合材图》(见图二),较郑珍文字叙述更为直观明了。如图二,上部长方形为车毂的剖面图,中间部分为车辐,下部六边形为轮牙的横截面图,辐菑入毂,辐蚤(爪)入牙,辐股广三寸五分,辐股骹外边在同一条直线上,与其外虚线所形成的长条形之宽为牙偏出于辐股凿的 2/3 寸,也即牙与辐凿不正对而牙上偏出于辐凿的 2/3 寸是为"緌"。图中配文字解

---

① (清)郑珍:《轮舆私笺》,(清)王先谦编《清经解续编》(第四册),上海书店 1988 年版,第 303 页。

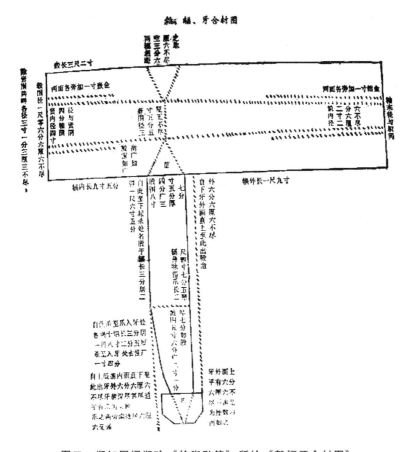

图二　郑知同据郑珍《轮舆私笺》所绘《毂辐牙合材图》

　　说云："自下牙外面直上至此，出股凿外六分六厘六不尽（2/3 寸）"；"牙外面上平，有六分六厘六不尽（2/3 寸）不凿，是为綆"。郑珍所言之"綆"图文并茂，指代明晰；细密的推演，亦显其务实求真精神。

　　综上，郑珍释"綆"具有双重词性：其一，作为形容词的"綆"，轮綆即轮箄，轮偏出（牙偏出），是轮牙向辐外的一种偏出状态；其二，作为名词的"綆"，是牙偏出于辐股凿的部分，其具体尺寸即綆数为 2/3 寸。

三　郑珍之后对"綆"的见解

　　郑珍之后清末至民国年间对《考工记》研究卓有成就者，当数王宗涑和孙诒让。王宗涑《考工记考辨》云牙外出而不与辐股骹参值，外之牙出于辐股 2/3 寸，内之辐股亦出于牙 2/3 寸①，与郑珍之说如出一辙，当是对郑珍的认可与承继。孙诒让《周礼正义·冬官考工记》是清代《考工记》研究和注释的集大成之作，在释"视其绠，欲其蚤之正也"和"六尺有六寸之轮，绠三分寸之二"之"绠"时，全文称引郑珍之说，并评曰其说甚精。

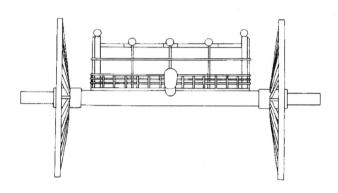

图三　辉县出土战国车上所见轮绠结构

(引自孙机《中国古独辀马车的结构》，载《文物》1985 年第 8 期)

现代学者对"绠"持三种说法：

1. 装辐法

孙机、闻人军、汪少华、戴吾三等学者持此论。首先提出此说者为孙机先生。随着现代考古发掘的新发现，《考工记》研究进入了文献记载与实物依据相结合的"二重证据法"研究轨道。1950 年，在河南辉县琉璃阁战国墓地车马坑中出土的第 16 号战车，菑、蚤都是偏榫，车辐装好后均向内偏斜，从外侧看，整个轮子形成中凹的浅盆状。武威磨嘴子 48 号西汉墓出土木车模型的轮辐装置亦如此。故孙机认为此种装辐法应即《考工记》所称的轮绠（见图三），并分析认为："此法使辐形成内倾的分力，轮不易外脱。当道路起伏不平时，纵使车身向外倾斜，由于轮绠所起的调剂作用，车子仍不易翻倒。所以是一种符合力学原理的装置方法。"② 闻人军《考工记译注》、汪少

---

① （清）王宗涑《考工记考辨》，（清）王先谦编《清经解续编》（第四册），上海书店 1988 年版，第 663 页。

② 孙机：《中国古独辀马车的结构》，《中国古舆服论丛》（增订本），文物出版社 2001 年版，第 41 页。

华《中国古车舆名物考辨》、戴吾三《考工记图说》均持此说。

2. 蚤入牙而不满所衬垫者

林尹、张道一等学者持此论。林尹《周礼今注今译》释"绠"云："辐之下端杀削之入牙中为蚤，其不满入者谓之绠。"① 张道一《考工记注译》释"绠"云："车辐之入牙的部分为蚤，其入而不满所衬垫者谓之绠"②；"直径六尺六寸（约1.32米）的车轮，其在榫头内所衬垫的绠为三分之二寸（约13.33毫米）"③。二人均以"绠"为插入车辋（牙）的部分，即衬垫辐蚤空间的木楔。

3. 向外偏出的圆框形轮辋（圈）

此说以李亚明为代表。李亚明专门研究了《考工记》的车舆词语系统，认为绠是车轮的构成部件之一，是向外偏出的圆框形轮辋（圈），它可以支撑内倾分力，使车轮不易外脱，维持车的平稳。④

上述三种观点，装辐法系当前学界的主流观点，牙凿之木楔说可备一说，轮辋说概括有偏。另，《汉语大词典》释"绠"为古时轮辐近轴处的突出部分，《汉语大字典》释为轮辐近轴处向外突出的部分，所言不确，不足为说。

四　郑珍释"绠"的承上启下

郑珍对"绠"的解读充分吸收了前人的研究成果。如，郑玄所言辙广八尺的组成，是郑珍断"绠"为牙厚2/3寸的直接依据。江永对"轮箄则车行不掉"的力学分析，郑珍全文称引，评曰深于理数，发郑义精；并在其基础上作了进一步力学分析："轮之有偏箄，与穿之有大小盖相应。……令牙出于辐股凿三分寸之二，则辐所杀一边在内者多即重势，注在内轮。外半欲外出，而内半镇之；内半欲内入，而外半镇之；两相镇而轮之运转常中正。"⑤

①　林尹注译：《周礼今注今译》，书目文献出版社1985年版，第427页。
②　张道一：《考工记注译》，陕西人民美术出版社2004年版，第32页。
③　同上书，第43页。
④　李亚明：《〈周礼·考工记〉车舆词语系统》（上），载《西华大学学报》（哲学社会科学版）2007年第4期。
⑤　（清）郑珍：《轮舆私笺》，（清）王先谦编《清经解续编》（第四册），上海书店1988年版，第303—304页。

即：轮有偏箄，穿有大小，牙出股凿 2/3 寸，则内外相镇。

郑珍亦指出了前人之失。如，阮元以辐骹不满牙者为"绠"，认为之所以杀为绠不过是潅泥的原因，进而否定戴君东原对郑氏轮箄不掉的力学分析，郑珍对此持否定态度，认为阮元之言"殆难与语此矣"[①]，即阮元对"绠"的理解水准根本够不上对话的平台。的确如此。首先，阮元对"绠"的理解本身就是错误的；其次，辐骹削细是为潅泥，"绠"的出现只与固轮有关而与潅泥无关；再次，现代考古发现证明，江永、戴震、郑珍等对于郑氏轮箄不掉的力学分析是对的。阮元错得太远。郑珍还指出了贾疏以凿牙之时孔向外侵 2/3 寸的错误，程瑶田据郑注推断"绠"不在牙而在骹以及"绠"为牙毂两凿心对望相左者等错误，此不赘述。

郑珍陈述己见，明确指陈"绠"之形与"绠"之义及"绠"之具体位置所指，变前人的笼统述说为清晰切指，使考工车制之"绠"释义渐趋完善。其后王宗涑和孙诒让对"绠"的注疏也没有超出郑珍的解读。随着历史车轮的滚滚向前和现代考古发掘的新发现，《考工记》之车制研究进入文献考据和实物依据相结合的双重轨道，现代学者得出"绠"是一种装辐法，并绘出战国车之轮绠装置示意图。这种装辐法是将辐条的菑蚤两端用偏榫，"辐条由股至骹自内向外偏斜，偏斜之数为叁分之二寸"[②]，装出来的轮子从外侧看呈中凹的浅盆状。即辐股凿位置不变，辐股骹自内向外偏斜，辐之蚤端向外位移 2/3 寸，实际上是牙向外位移了 2/3 寸，装好后整个轮子呈现出偏箄状态。现代考古发现印证了郑珍牙向外偏出股凿 2/3 寸和绠为轮偏出股凿之名的解说。故此云郑珍对"绠"的研究具有承上启下的意义。

回眸自汉迄今关乎"绠"的研究，总觉有欠妥之处。郑珍之说的不足在于牙出而辐条不斜行偏出，装辐法的不足在于将"绠"定义为一种安装方法。《考工记》经文将"视其轮"、"望其辐"、"望其毂"、"视其绠"并列，可见"绠"为名词，是一种可视的物质实体，有具体所指。又，对其

---

① （清）郑珍：《轮舆私笺》，（清）王先谦编《清经解续编》（第四册），上海书店 1988 年版，第 303 页。

② 闻人军：《考工记译注》，上海古籍出版社 2008 年版，第 22 页。

尺寸大小，即绠数，不同的车辆，绠数不同，如《考工记·轮人》云："六尺有六寸之轮，绠三分寸之二"，《考工记·车人》云："大车崇三柯，绠寸"①，即兵车之轮高 6.6 尺，其绠数为 2/3 寸，而大车之轮高 3 柯，绠数则为 1 寸。可见"绠"为物质实体，有具体的尺寸大小，而非一种抽象的安装方法。又，不管是郑玄、江永、戴震、郑珍，还是当前学界，都认可轮绠即轮箄，轮偏出，则"绠"又有偏意，为形容词。故，将"绠"定义为一种装置方法欠妥，应从双重词性的角度诠释之。

---

① 《周礼注疏》，（清）阮元校刻《十三经注疏》，中华书局 1980 年版，第 934 页。

附录三 郑珍对《考工记》车舆形制的考订

摘　要：《考工记》所言古之一辕车车舆形制，自汉至清研究者众，言者合此即失彼，合彼又失此。清江永由轼、较之制而明车舆形制，提出前低后高如纱帽形之说，破千载之积谬。郑珍通过审慎推理，细加甄别，会诸经传而取验实事，在江说的基础上，进一步提出轼前两輢外三面皆有栏高三尺的观点。现代考古发掘与田野发现，基本可印证郑说之确。

关键词：郑珍；轮舆私笺；考工记；车舆形制；三面外栏

《考工记》所言古之独辀车，今不复存其舆制。对其舆制的考订，牵涉轼、较等概念的切指。至清江永，始厘清轼有通指与切指之分，从而得出舆之形制为前低后高如纱帽形，破千载积谬。郑珍盛赞其说，并进一步提出舆前有前栏、舆两輢外有左右外栏且栏高三尺的观点。

一　郑珍对江永车舆形制的认同：前低后高，如纱帽形

古之一辕车，今不复存其舆制。自汉至清，耕耘者熙熙攘攘，然众说纷纭，莫衷一是。唐贾公彦、孔颖达等以车箱为长方，隧深即车长，车长四尺四，车宽六尺六；姚鼐则认为车箱为正方，车宽六尺六，车长四尺四，舆后还有二尺二寸。说法如此不一，"言者合此即失彼，合彼又失此"①，故郑

---

① （清）郑珍：《轮舆私笺》，（清）王先谦编《清经解续编》（第四册），上海书店 1988 年版，第 312 页。

珍对古独辀车舆制的研究，缘起于古车舆形制之不明与前人研究之失。

在《考工记》的研究大家中，江永是郑珍最推崇的学者之一。江永断古车舆形制为前低后高的纱帽形，郑珍认为，"其说破千载之积谬，足令古制复还"①。其实，欲明古之车舆形制，需先明轼、较之制。而轼、较之制，自皇甫侃、熊安生诸儒误解，唐孔颖达沿其谬，其《曲礼》"尸必式"疏云："古者车箱长四尺四寸，而三分，前一，后二；横一木，下去车床三尺三寸，谓之为式；又于式上二尺二寸横一木，谓之为较，较去车床凡五尺五寸。于时立乘，若平常则冯较，……若应为敬，则落手隐下式，而头得俯俛。"② 孔氏疏以轼、较为同一垂直方向的横木，较木在轼木正上方二尺二寸处，平常凭较，为敬下轼，实误。清江永以轼有通指与切指之分，其说云：

> 式有通指其地者，三分其隧，一在前，二在后，以揉其式，注谓兵车式"深尺四寸三分寸之二"是也；有切指其木者，"三分轸围，去一以为式围"是也。因前有凭式木，故通车前三分隧之一皆可谓之式。其实，式木不止横在车前，有曲而在两旁。左人可凭左手，右人可凭右手者，皆通谓之式。人立车前，皆式之地也。其言揉其式何也？盖揉两曲木，自两旁合于前。所以用曲木者，不欲令折处有棱角触碍人手，如今人作椅子扶手，亦揉曲木是也。式崇三尺三寸，并式深处言之，两端与两轛之植轵相接。军中望远，亦可一足履前式，一足履旁轼。《左传》长勺之战"登轼而望"是也。……式崇三尺三寸，不及人之半腰，故御者可执辔，射者可引弓，而凭式须小俯也。③

江永认为，轼有通指其地与切指其木之分：从其在隧中所处的空间位置来看，轼指隧深的前三分之一之地，进深一尺四寸三分寸之二；从其材

---

① （清）郑珍：《轮舆私笺》，（清）王先谦编《清经解续编》（第四册），上海书店1988年版，第312页。

② 《礼记正义》，（清）阮元校刻《十三经注疏》，中华书局1980年版，第1248页。

③ （清）江永：《周礼疑义举要》，中华书局1985年版，第66—67页。

质尺寸、与其他车舆部件的相对空间位置及用途来看，轼指横在车前并曲在两旁、光滑圆润、高于车轸三尺三寸、围径为轸围的三分之二、可供人凭依登临的曲木。輢为车箱两旁三分隧之二者，较则是位于輢之上、长居隧深三分之二、高于轼二尺二寸、距车轸五尺五寸的横木。从轼、较所处的空间位置与高低形态等角度，江氏推断车舆形制"如后世纱帽之形，前低后高"①。

对古之独辀兵车的车箱形状，郑珍研究认为，"据经，广半为轼，崇三尺三寸；隧半为较，崇五尺五寸；轼深居隧三分之一"②。即以车广的一半为车轼之高，兵车之广六尺六寸，则轼崇三尺三寸；以隧深的一半为车较之高，隧深四尺四寸，则较高于轼二尺二寸，又轼高于轸三尺三寸，则较崇实为五尺五寸；轼深居于隧深的三分之一。故此，郑珍认为孔颖达诸儒之说背经违注，贻误千年，至江氏永纠正之，乃复见古制，并评江说云："谨守经注，曲畅旁通，最为精确。"③

二 郑珍对车舆形制的创见：轼前两輢外三面，皆有栏高三尺

在肯定江氏关于车箱形状前低后高如纱帽形的基础上，郑珍进一步提出了车舆轼前两輢外三面皆有栏高三尺的观点。郑珍认为，车箱之下不能适齐轸边，箱外犹有余度；江慎修先生所云车舆形制虽破千载积谬，然仍有不足，即自轼、较而外未尽合于经；欲明车箱，宜先详箱外四面。在郑珍看来，轼前有前栏，用以建旗树盾放弓矢；两輢外左右两旁有左右栏，用以置戈殳载矛，其高均为三尺；舆后空然无物。

1. 前栏的依据

郑珍断轼前有栏的依据，来自《左传》等相关史书的记载。这些文献记载并未直接说明前栏的存在，系郑珍据相关记载参互推理而得。

其一，辀后舆前置鼓置钲，军将与左右相并而立，鼓置将前，鼓大跗

---

① （清）江永：《周礼疑义举要》，中华书局 1985 年版，第 67 页。

② （清）郑珍：《轮舆私笺》，（清）王先谦编《清经解续编》（第四册），上海书店 1988 年版，第 312 页。

③ 同上书，第 305 页。

小，下可容人。《左传·宣公四年》载："楚子与若敖氏战于皋浒，伯棼射王，汰辀，及鼓跗，著于丁宁。"① 楚皋浒之战，伯棼射王，箭从辀上滑过，经鼓架，中于丁宁（钲也，古代军用乐乐器）。由此，郑珍推断"辀之后有鼓，鼓之后有钲。鼓有跗，明是建者"②；钲大无几，当系于跗。又引《吴语》"载常建鼓"韦昭注："鼓，晋鼓也。《周礼》：'将军执晋鼓。'晋鼓建，谓为楹而树之。"③ 即辀、鼓、钲有前后位置关系，鼓或立或架于舆中。又《左传·襄公十八年》载：平阳之役，齐殖绰、郭最"皆衿甲面缚，坐于中军之鼓下"④。证古人于战车上树楹鼓，鼓大跗小，中多空地，可以容人。《左传·成公二年》载："綦毋张丧车，从韩厥，曰：'请寓乘。'从左右，皆肘之，使立于后。"⑤ 晋大夫綦毋张战败丧车，搭乘韩厥之车，韩厥不让其立于左右，而以肘碰之，使其立于后。由此可推知军将与其左右两人系相并而立，金鼓置军将前。而据《周礼》，诸侯执鼖鼓，军将执晋鼓，鼓面在两旁，鼖与晋并围径四尺，钲之径极小亦必数寸，二物置箱中，即使建鼓半出轼外，仍占箱内二三尺，则军将必退立左右二人二三尺之后，于事理不合，故必有前栏以置鼓。

其二，辀后舆前置盾，盾立人前。《左传·昭公二十六年》载："齐子渊捷从泄声子，射之，中楯瓦，繇胸汰辀，匕入者三寸。"⑥ 齐子渊捷射鲁大夫声子，箭由轭、经辀、中盾脊三寸。又《诗经》"龙盾之合"，毛公曰合而载之，王肃谓合而载之所以蔽车也。⑦ 郑珍由此推断"辀之后有盾，盾必树者，矢乃中之"⑧，所以绘龙于盾，既为蔽车，亦为蔽人，所谓捍身蔽目，则盾位于辀、人之间，即辀、盾、人三者有前后位置关系。

① 《春秋左传正义》，（清）阮元校刻《十三经注疏》，中华书局1980年版，第1870页。
② （清）郑珍：《轮舆私笺》，（清）王先谦编《清经解续编》（第四册），上海书店1988年版，第312页。
③ （吴）韦昭注：《国语》，商务印书馆1935年版，第221页。
④ 《春秋左传正义》，（清）阮元校刻《十三经注疏》，中华书局1980年版，第1865页。
⑤ 同上书，第1894页。
⑥ 同上书，第2113页。
⑦ 《毛诗正义》，（清）阮元校刻《十三经注疏》，中华书局1980年版，第370页。
⑧ （清）郑珍：《轮舆私笺》，（清）王先谦编《清经解续编》（第四册），上海书店1988年版，第307页。

其三，矢房弓弢置金鼓之下。《左传·哀公二年》载：铁之战，赵鞅为军将，执金鼓而曰："吾伏弢呕血，鼓音不衰。"① 大战在即，赵简子为鼓舞士气，临阵誓师，身先士卒，誓言即使伏尸于弢，吐血不止，亦击鼓不绝。伏弢而能击鼓，可见弢置鼓下，弢、鼓、将三者为近距离。《左传·成公十六年》载："王召养由基，与之两矢，使射吕锜。中项，伏弢。"② 晋楚鄢陵之战，晋大夫吕锜射中楚共王，楚共王召楚将养由基复仇，养由基一箭射中晋大夫吕锜颈项，吕锜伏于弓套而死。又《左传·僖公二十三年》载，公子重耳对楚子言："左执鞭弭，右属橐鞬。"③ 杜预注："橐以受箭，鞬以受弓。"④ 可见矢房弓弢、鞭弭橐鞬均置于舆前军将旁。据此，郑珍推断金鼓之下置矢房弓弢。

其四，旗建前栏。旗为师之耳目，军行则旆在军前。张侯曰："师之耳目，在吾旗鼓。"⑤ 曹刿论战，言"望其旗靡"。卫懿公以不去其旗甚败。又，旗旆与局密切相关。张衡《西京赋》云："旗不脱局。"⑥《左传·宣公十二年》载："晋人或以广队不能进，楚人惎之脱局，少进，马还。又惎之拔旆投衡，乃出。"⑦ 可见旆插于局，楚人初教之脱去，晋人不从，迨复教，乃拔脱而投之。局，服虔云："局，横木，有横木投於轮间。一曰局，车前横木。"⑧ 则服君或以局指左右栏，或以局指前栏。孔颖达疏云："横木车前，以约车上之兵器，虑其落也。"⑨ 据此，郑珍认为，服注以局为"车前横木"是"服君前旧说，为指前阑建旆"⑩；左右前三面栏木皆可谓局。

---

① 《春秋左传正义》，（清）阮元校刻《十三经注疏》，中华书局 1980 年版，第 2157 页。

② 同上书，第 1918 页。

③ 同上书，第 1816 页。

④ 同上。

⑤ 同上书，第 1894 页。

⑥ （汉）张衡：《西京赋》，（梁）萧统编，（唐）李善注《文选》（上），中华书局 1977 年版，第 41 页。

⑦ 《春秋左传正义》，（清）阮元校刻《十三经注疏》，中华书局 1980 年版，第 1882 页。

⑧ 同上。

⑨ 同上。

⑩ （清）郑珍：《轮舆私笺》，（清）王先谦编《清经解续编》（第四册），上海书店 1988 年版，第 307 页。

综上，郑珍认为，辀后舆前需放置旗鼓干盾、矢房弓弢、鞭弭橐韇，同时需满足军将与左右三人相并而立、鼓下有钲、鼓下容囚等条件，则轼前必有前栏，以建旗树盾放弓矢，解决舆内空间小置物其中有碍手足的矛盾。

2. 前栏的形制

对于前栏的形制，郑珍认为："盖前軨广五寸八分，以一寸二分范舆，其广尚有四寸六分在箱外，乃以此四寸六分之地近边为栏，其高三尺，……用以建旗树盾。"① 即以四寸六分之地为宽，以车广六尺六寸为长，以三尺为高，制作前栏；其用途在于建旗树盾。

据《考工记》，轮崇、车广、衡长三如一，兵车之轮高六尺六寸，则车广（车宽）六尺六寸，则前軨（前任正木）长六尺六寸。又《考工记·辀人》云："凡任木，任正者，十分其辀之长，以其一为之围。"② 辀长十四尺四寸，十分之，一分为一尺四寸四分，则前軨围径为一尺四寸四分。郑珍以前軨宽为五寸八分，高为一寸四分，合围径一尺四寸四分；又于前軨内侧剡其高之上半七分、宽一寸二分为偏槽，以受底板，则其宽尚有四寸六分在箱外。以此四寸六分之地为宽，以车广六尺六寸为长，以三尺为高，是为前栏。栏高三尺，系郑珍据《左传》服注引《礼纬》诸侯旗齐轸、大夫旗齐较之说推得。《左传·昭公十年》载："公卜使王黑以灵姑鈝率，吉。请断三尺焉而用之。"③ 服君据《礼纬》"诸侯旗齐轸，大夫齐较"之说注云："断三尺，使至于较，大夫旗至较。"④ 郑珍认为车箱较崇五尺五寸，断齐轸之旗三尺，下于较已二尺五寸，则《礼纬》所云较系指舆外第二重之高，而非与轼相对之较高，故断舆外第二重之栏高三尺，即前栏低于轼三寸，左右栏低于较二尺五寸。前栏的主要作用在于建旗树盾置鼓放弓矢。

3. 左右栏的依据

郑珍断车箱旁两面有左右栏的依据，来自于对局、重较、车耳、辄、

① （清）郑珍：《轮舆私笺》，（清）王先谦编《清经解续编》（第四册），上海书店1988年版，第312页。

② 《周礼注疏》，（清）阮元校刻《十三经注疏》，中华书局1980年版，第913页。

③ 《春秋左传正义》，（清）阮元校刻《十三经注疏》，中华书局1980年版，第2058页。

④ 《周礼注疏》，（清）阮元校刻《十三经注疏》，中华书局1980年版，第910页。

重耳、笭间等词语的分析求证。《左传》"脱扃"服注云：扃，横木校轮间。校同较，则扃为较、轮之间的横木，可推舆有左右栏。左右栏亦名较、重较。《诗经》"猗重较兮"毛公云："重较，卿士之车。"① 车之左右栏，从外形上看，于较为重，故云重较。重较之车为士以上从，栈车则只以柴木为箱，不重较。《考工记》疏云："天子与其臣乘重较之车，诸侯之车不重较，故有三尺之较也。"② 似能说明确有三尺之较的存在。又，左右栏卑于较，似人首之有两耳，故有车耳之称。《说文解字·车部》解"䡎"云："䡎，车耳反出也。"③《汉书·景帝纪》应劭注"轓"曰："车耳反出，所以为之藩屏，翳尘泥也。"④ 舆旁有轮，两旁有耳，其崇三尺，高于轮四寸，利于屏蔽尘土，郑珍断此反出之车耳为左右栏。其名又曰辄。《说文》："辄，车两𫐖也。"⑤ 郑珍认为，𫐖训车旁，两𫐖犹云重𫐖，取耳下垂也，车耳似之，故以辄称。春秋时期许多贵族以辄命名，如秦公子辄、卫公子辄、郑公子辄、鲁叔孙辄。郑珍以郑公孙辄字子耳，鲁叔孙辄字子张，耳外出即侈张意，系名、字并相因，则外出之左右栏系辄。左右栏又名重耳。崔豹《古今注·舆服》云："重耳，古重较也。文官青耳，武官赤耳。或曰重较，在军车藩上，重起如牛角，故云重较耳。"⑥ 郑珍认为："此实就外阑为说，于较为重，于形为耳，故名重耳；以其反出，故自前视之，重起如角。晋文公之名取此。"⑦ 即左右外栏视较为重，视形如耳，自前视之如重起两角，故名重耳，晋文公之名重耳缘于此。郑珍又以笭、筐、笼断有外栏。《说文》："笭，车笭也"⑧；"筐，车笭也"⑨；"笼，一曰笭也"⑩。即笭、筐、笼三字形异义通。《释名·释车》："笭，横在车

---

① 《毛诗正义》，（清）阮元校刻《十三经注疏》，中华书局1980年版，第321页。

② 《周礼注疏》，（清）阮元校刻《十三经注疏》，中华书局1980年版，第910页。

③ （汉）许慎撰，（清）段玉裁注：《说文解字注》，上海古籍出版社1981年版，第722页。

④ （清）班固撰，（唐）颜师古注：《汉书》（第一册），中华书局1962年版，第149页。

⑤ （汉）许慎撰，（清）段玉裁注：《说文解字注》，上海古籍出版社1981年版，第722页。

⑥ （晋）崔豹：《古今注》，《四部备要》本，第63册，中华书局影印本1989年版，第3页。

⑦ （清）郑珍：《轮舆私笺》，（清）王先谦编《清经解续编》（第四册），上海书店1988年版，第307页。

⑧ （汉）许慎撰，（清）段玉裁注：《说文解字注》，上海古籍出版社1981年版，第196页。

⑨ 同上书，第195页。

⑩ 同上。

前，织竹作之，孔笒笒也。"① 则笒为车舆之外栏，其所以名笒，"以肩下或用竹蔽之，小孔玲珑，故曰笒，又曰笼。以其似匩匪，可盛物，故曰筐。凡需用器具皆庋焉"②。又《既夕礼》"主人乘恶车，白狗幦"③，郑注云："笒间兵服，以犬皮为之。"④ 即兵服（容兵器之具）以犬皮为之，置于笒间。郑珍以此明士车有栏，是曰笒间，戈、殳、戟、矛建焉，所需诸物庋焉。

4. 左右栏的形制

对于左右栏的形制，郑珍认为："盖左右軨面广亦五寸八分，以一寸二分范舆，亦有四寸六分在箱外，其长前出于轼，尽于前栏，后尽于轸，而惟以三分隧之二者当较外为阑焉。……兵器所插在此。"⑤ 即以四寸六分之地为宽，以隧深的后三分之二（即较长，较居隧深三分之二）为长，以三尺为高，制作左右栏；左右栏的用途在于置戈殳戟矛等兵器。

至于舆后，郑珍断为空然无物，依据主要来自于《左传》。《左传·襄公二十四年》载：晋张骼、辅跞致楚师，"皆踞转而鼓琴"。⑥ 服君注：转，轸也。郑珍认为，琴长三尺六寸六分，两人并横琴于膝，左、右、前軨三面皆不可踞，后轸在外横拒底板，其面宽四寸一分，人可踞其上，两边又空，可以横琴尾，故张骼、辅跞所踞必在后轸。可见，郑珍亦以转为轸，断舆后空然无物。

至此，箱外四面已明。箱外四面明，则车舆形制明：自轼、较而内，车箱前低后高呈纱帽形；自轼、较而外，轼前有前栏，两辀外有左右栏，其高三尺。

---

① （汉）刘熙：《释名》，四部丛刊初编，第65册，商务印书馆1929年版，第31页。
② （清）郑珍：《轮舆私笺》，（清）王先谦编《清经解续编》（第四册），上海书店1988年版，第313页。
③ 《仪礼注疏》，（清）阮元校刻《十三经注疏》，中华书局1980年版，第1162页。
④ 《周礼注疏》，（清）阮元校刻《十三经注疏》，中华书局1980年版，第824页。
⑤ （清）郑珍：《轮舆私笺》，（清）王先谦编《清经解续编》（第四册），上海书店1988年版，第313页。
⑥ 《春秋左传正义》，（清）阮元校刻《十三经注疏》，中华书局1980年版，第1980页。

三 郑珍对车舆形制的求证方法

1. 审慎推理

郑珍对车舆形制的求证，首先是审慎的推理。江永澄清了轵、较之制，断车舆形制为前低后高的纱帽形，郑珍盛赞江说，但同时依据作战时之实际情况推理分析认为，古人临战所需诸物宜有外栏置之。其《轮舆私笺》卷二云：

> 此事余尝反复求之，知古人临戎所需一切，皆宜在其左右，而隧前一分为人所凭立，隧后二分又登降无常，如卫蒯聩九上九下、郑邱缓有险必下，推可见皆不容置物其中，触碍手足，故必于舆外为阑焉，兵器旗物以插阑上，金鼓诸具庋在阑中，然后可进可战，非徒子一箱也。《记》文不及之者，以非车正，横直诸度皆可仿轸、式消息之。①

对于古人临战所需诸物的放置位置，郑珍作了反复思考：车箱前一分为轼，系人所凭立，后二分登降无常，卫蒯聩作战时九上九下、郑邱缓有险必下，则推理可见不容置物箱中妨碍手脚，而兵器旗物、金鼓诸具又系作战必备，则必于箱外为栏。《考工记》为何未言及之？原因在于其非车之正，其长短广狭可据轸、轼之制制作之。郑珍根据箱之进深容积大小、临战所需诸物的放置、作战时将士的登降无常等情形，推断舆非子然一箱，言之成理。又，郑珍断轼前有前栏、两轸外有左右栏、舆后空然无物，均系依据文献记载参互推理而得。种种推理，郑珍均审慎待之，持之有据。

2. 细加甄别

对前人研究成果，郑珍既不迷信前人，亦不凭意私断，而是审慎对待，细加甄别，然后提出自己的独到见解，采取的是扬弃的务实态度。江

---

① （清）郑珍：《轮舆私笺》，（清）王先谦编《清经解续编》（第四册），上海书店 1988 年版，第 307 页。

永是郑珍最为推崇的学者之一，但郑珍并不迷信江永，在肯定江说的基础上亦指出其不足，甚至批评其谬误。如对车舆形制的解读，郑珍肯定江永前低后高如纱帽形的高见，但同时指出其说自轼、较而外即箱外四面未合于经的不足。又如对重较的解读，江氏认为："较高于式一重，故曰重较，非较有两重也，车制尊卑皆如此。"① 其以尊卑言较，于轼为重，郑珍批评之，曰："此不明古制，妄驳旧说。"② 当然，更有对程瑶田、阮元等人误说的甄别与批评，此不赘述。故《轮舆私笺·点校前言》云："对前人成说，郑珍不逞私意以否定之，也不人云亦云以苟同之，总是谨慎对待，细加甄别。"③ 可谓是对郑珍《考工记》车制研究之正确而到位的评述。

3. 会诸经传

郑珍《轮舆私笺》为厘清古之车制，广泛征引诸说。不仅征引郑玄、贾公彦、孔颖达、江永、姚鼐、程瑶田、阮元等人对车制的论述，而且旁及《诗经》《周礼》《仪礼》《礼记》《左传》《国语》《西京赋》《礼纬》《汉书》《古今注》《周礼疑义举要》等文献典籍和《释名》《说文解字》等训诂专书，以及这些书籍的诸家注释。在充分占有材料的基础上，郑珍并非简单地罗列堆砌之，而是进行参互排比，推理论证，最后得出自己独到的见解。由上述郑珍对车舆自轼、较而外形制之有前、左、右栏的考订，可见一斑。

4. 取验实事

郑珍对车舆形制的考订，除进行审慎推理、细加甄别、会诸经传而外，还有最后一道验证程序：取验实事。用他自己的话说："非会经传而取验实事，不能得其真也。"④ 即所有的推理，必须放到实际中检验，才能鉴别真伪，得出最后正确的结论。如对于兵车之兵器的放置，前人进行过多方求证，但均将目光聚焦舆内，徒向孑然一箱多方推说，贾公彦

---

① （清）江永：《周礼疑义举要》，中华书局 1985 年版，第 67 页。

② （清）郑珍：《轮舆私笺》，（清）王先谦编《清经解续编》（第四册），上海书店 1988 年版，第 307 页。

③ （清）郑珍撰，王锳等点校：《郑珍集·经学》，贵州人民出版社 1991 年版，第 177 页。

④ （清）郑珍：《轮舆私笺》，（清）王先谦编《清经解续编》（第四册），上海书店 1988 年版，第 312 页。

即以輢为舆板，将放置兵器的铁围栏钉于左右舆板上，程瑶田亦以四兵（戈殳戟矛四种兵器）置舆内，郑珍不赞同此说，从实际操作的可行性角度分析认为：

> 若无外阑，舆深止四尺四寸，三人并立其中，如何可容建鼓？鼓下如何更容两囚？甲胄弓矢诸物如何可容塞厕？舆内干盾如何置前令直輢而当矢？矛戟等如何插輢令不碍人之引弓？于实事无一可行，则其不得于古制决矣！大抵智者创物，必顺其自然之理势，以为之体而用，因以行焉。[①]

郑珍从实际操作的层面分析认为，必有外栏以置四兵等临战所需之物，于一箱之内无法解决建鼓、容囚、置甲胄弓矢、干盾直輢而当矢、矛戟插輢而无碍等多重矛盾，故断古一辕兵车之舆制为轼前两輢外三面皆有栏。左、右、前三面有栏，舆后空然无物，则箱外四面已明。由箱外四面会通实验而知舆制，则前軓之长与围径、左右軓之长与围径、三面軓与车舆底板的卯合、后轸与底板的卯合、当兔伏兔钩心与底板的卯合、轼柱较柱与轵軝的衔接、輢与当兔的前后承平舆底等一系列工艺流程，郑珍均在《轮舆私笺》中给出了细致的解答，并进一步提出了制舆之法，此不赘述。可见，郑珍对车舆形制的考订并非纸上谈兵与简单的分析推理鉴别，而是深钻其中，脚踏实地，缜密计算，务求真解。

四　现代田野发现的印证

郑珍对古一辕车车舆形制的考订，缘起于古车舆形制之不明与前人研究之失，其在江永之说的基础上进一步提出了车舆轼前两輢外三面皆有栏的观点，此说并非书斋研究与空穴来风，现代田野考古发掘证明了郑珍之说的言之有理。以出土秦陵铜车、东汉墓铜轺车和古画像石图像为例，可证。

---

① （清）郑珍：《轮舆私笺》，（清）王先谦编《清经解续编》（第四册），上海书店 1988 年版，第 307 页。

其一，舆内兵器，以物承之。孙机《略论始皇陵 1 号铜车》云："1 号铜车上有武器。这些武器并不是散乱地放在车上，而是用焊、卡、缚等各种方法加以固定，应是一套符合常规的装备。"① 即秦陵 1 号铜车上有一套符合常规的武器装备，这些装备并非散置箱内，而是用器具装好后以或焊或卡或缚的方式予以固定之。与郑珍箱内不宜置物其中而妨碍手脚之说有合。

其二，舆外有栏，以置兵器。孙机《略论始皇陵 1 号铜车》云："在 1 号铜车的武器中，斜置于前軨之外的弩特别引人注目。此弩的顶端落在前軨外方左侧的两枚银质'承弓器'上，弩臂后端靠在軾上。'承弓器'在出土和传世品中为数不少。……修复 1 号铜车时，才了解到它不是装在弩臂上而是焊在车軨上。"② 即前軨之外有弩，弩置軾前的承弓器中，承弓器焊接在车軨外。此可说明车栏外有置兵器之物承弓器，此器焊于车笭。又，对于箭的放置位置，"1 号车之弩所用的箭分置两处。一部分箭插在焊于左侧车軨外方的箙中。……在前軨之内、车軾之下还有一匣箭。"③ 即 1 号铜车的弩分两处放置，一为焊于车軨外的箙，二为车軨内车軾下。换言之，车栏外有置弓箭的器具箙，车栏内軾下亦置矢房弓弢。又，盾固定于前栏右侧。孙机《略论始皇陵 1 号铜车》云：

> 1 号铜车箱内于右侧车軨前部嵌有挡板，在挡板与车軨间插着一面铜盾，……盾脊起棱，左右对称。盾面中心隆起，其上下稍内敛，顶、底端再向外侈；侧视之弧线起状，形成两个曲面。这样，无论箭从哪个方向射来，均能有效地挡落，不致因箭自盾面滑过而发生意外。……所以看来此盾还是与戈、矛配套，供车右使用的。它平时不由车右手执，而插在固定的部位，则是当时战车之通制。④

---

① 孙机：《略论始皇陵 1 号铜车》，《中国古舆服论丛》（增订本），北京文物出版社 2001 年版，第 21 页。
② 同上书，第 21—22 页。
③ 同上书，第 22 页。
④ 同上书，第 23 页。

即古战车之通制，盾置于挡板与车輢之间，与戈、矛配套，供车右使用，无论从哪个方向射来的箭均能有效挡落。换言之，盾所固定的挡板与车輢之间，与郑珍所言前栏置盾之说吻合。

其三，车舆车笭，两体拼凑。车舆与车笭是两个概念，郑珍认为车笭系车舆外配件，即车舆两輢外之左右栏，以竹为之。武威出土东汉墓铜轺车明器可证郑说。轺车车体较小，是汉代普遍使用的一种轻便的坐乘马车。然而轺车和周代立乘併马的兵车有直接渊源关系，《晋书·舆服志》云："轺车，古之时军车也。"① 故可以汉墓出土之轺车明器溯源周之兵车舆制。王振铎《东汉车制复原研究》载："甘肃武威东汉墓所出铜轺车明器，车笭与车舆为两体，拼凑而成。车笭呈锈绿色，酷似编竹，且有楇孔。"② 即车舆与车笭各为一体，车笭拼向车舆，形成车舆之左右外栏。车笭酷似编竹，且有楇孔，合郑珍栏间曰笭间，车笭有孔，小孔玲珑之说。

其四，车石画像，舆前有栏。画像石是古代祠堂、墓室等的石刻装饰画，它以刀代笔、富于立体感，虽始于西汉盛于东汉，但仍可据石中所画溯源古之车舆形制。王振铎《东汉车制复原研究》载："沂南古画像石中轺车图像，车舆前多有一长方形竹编物，并有棱纹及孔纹。"③ 即山东沂南所见古画像石中之轺车画像，其车舆前有一个长方形的竹质编织框，框之棱纹与孔纹清晰可辨，合郑珍舆前有栏、为长方形、以竹为之之说。

综上，郑珍对《考工记》车制系统中古一辕兵车车舆形制的考订，从质疑前说到抒发己见，均建立在审慎推理、细加甄别、会诸经传而取验实事的基础之上。其关于车舆形制之轼前两輢外三面皆有栏高三尺的见解，基本可以得到现代考古发掘与田野发现的印证，实属创见。

---

① （唐）房玄龄等撰：《晋书》（第三册），中华书局1974年版，第763页。
② 王振铎：《东汉车制复原研究》，科学出版社1997年版，第51页。
③ 同上。

参考文献

一 著作类

（汉）郑玄注，（唐）孔颖达疏：《礼记正义》，《十三经注疏》本，中华书局 1980 年版。

（汉）毛公传，（唐）孔颖达正义：《毛诗正义》，《十三经注疏》本，中华书局 1980 年版。

（汉）郑玄注，（唐）贾公彦疏：《仪礼注疏》，《十三经注疏》本，中华书局 1980 年版。

（汉）郑玄注，（唐）贾公彦疏：《周礼注疏》，《十三经注疏》本，中华书局 1980 年版。

（汉）司马迁：《史记》，中华书局 1959 年版。

（汉）班固撰，（唐）颜师古注：《汉书》，中华书局 1962 年版。

（晋）崔豹：《古今注》，《四部备要》第 63 册，中华书局影印本 1989 年版。

（晋）郭璞注，（宋）邢昺疏：《尔雅注疏》，《十三经注疏》本，中华书局 1980 年版。

（晋）常璩撰，刘琳校注：《华阳国志·蜀志》，巴蜀书社 1984 年版。

（晋）陈寿撰，（南朝宋）裴松之注：《三国志》，中华书局 1999 年版。

（晋）陈寿撰，（南朝宋）裴松之注：《三国志·蜀书》，上海古籍出版社 2011 年版。

（晋）杜预注，（唐）孔颖达正义：《春秋左传正义》，《十三经注疏》本，中华书局 1980 年版。

（南朝）徐陵编，吴兆宜注：《玉台新咏笺注》，中华书局 1985 年版。

（梁）刘勰：《文心雕龙》，浙江古籍出版社 2001 年版。

（梁）萧统编，（唐）李善注：《文选》（上），中华书局 1977 年版。

（唐）韩愈撰，（清）方世举笺注：《韩昌黎诗集编年笺注》，雅雨堂本，
清乾隆二十三年版。

（唐）韩愈撰，马其昶校注：《韩昌黎文集校注》，上海古籍出版社 1986 年版。

（唐）房玄龄等撰：《晋书》，中华书局 1974 年版。

（唐）柳宗元：《柳宗元集》，中华书局 1979 年版。

（后晋）刘昫等撰：《旧唐书》，中华书局 1975 年版。

（宋）范晔撰，（唐）李贤等注：《后汉书》，中华书局 1973 年版。

（宋）苏轼撰，（清）王文诰辑注，孔凡礼点校：《苏轼诗集》，中华书局
1982 年版。

（宋）苏轼撰，孔凡礼点校：《苏轼文集》，中华书局 1986 年版。

（宋）林希逸：《鬳斋考工记解》，《乾隆御览本四库全书荟要》（经部第 15
册），吉林人民出版社 1997 年版。

（金）元好问编：《中州集》，中华书局 1959 年版。

（元）脱脱等撰：《宋史》（第三十七册），中华书局 1977 年版。

（明）王士性：《广志绎·西南诸省》，中华书局 1981 年版。

（明）袁宏道：《袁中郎全集·袁中郎文钞》，襟霞阁精校本，中央书店
1935 年版。

（清）郑珍：《巢经巢集》，《四部备要》第 90 册。

（清）郑珍撰，赵恺编订：《巢经巢全集》，贵州省政府 1940 年印。

（清）郑珍：《巢经巢经说》，民国二十九年贵州省政府《巢经巢全集》本。

（清）郑珍：《巢经巢经说》，《清经解续编》本，上海书店 1988 年版。

（清）郑珍：《仪礼私笺》，广雅书局丛书，民国九年重印本。

（清）郑珍：《仪礼私笺》，民国二十九年贵州省政府《巢经巢全集》本。

（清）郑珍：《轮舆私笺》，广雅书局丛书，民国九年重印本。

（清）郑珍：《轮舆私笺》，《续修四库全书》第 85 册。

（清）郑珍：《轮舆私笺》，《清经解续编》本，上海书店 1988 年版。

（清）郑珍：《考工轮舆私笺》，民国二十九年贵州省政府《巢经巢全集》本。

（清）郑珍：《考工凫氏图说》，民国二十九年贵州省政府《巢经巢全集》本。

（清）郑珍：《说文逸字》，天壤阁丛书，清同治光绪间（1862—1908）刻本。

（清）郑珍：《说文逸字》，民国二十九年贵州省政府《巢经巢全集》本。

（清）郑珍原本，李桢辨证：《说文逸字辨证》，清光绪十一年李桢畹兰室刻本。

（清）郑珍：《说文新附考》，咫进斋丛书，清光绪九年刻本。

（清）郑珍：《说文新附考》，玲珑山馆丛书，文选楼清光绪十五年刻本。

（清）郑珍：《说文新附考》，民国二十九年贵州省政府《巢经巢全集》本。

（清）郑珍：《汗简笺正》，民国二十九年贵州省政府《巢经巢全集》本。

（清）郑珍、郑知同：《汗简笺正》，（台北）艺文印书馆股份有限公司 1991 年版。

（清）郑珍：《亲属记》，广雅书局丛书，民国九年重印本。

（清）郑珍：《亲属记》，民国二十九年贵州省政府《巢经巢全集》本。

（清）郑珍著，王锳等点校：《郑珍集·经学》，贵州人民出版社 1991 年版。

（清）郑珍著，王锳等点校：《郑珍集·小学》，贵州人民出版社 2001 年版。

（清）郑珍：《郑学书目》，晋石厂丛书，清光绪七年影印本。

（清）郑珍：《郑学录》，民国二十九年贵州省政府《巢经巢全集》本。

（清）郑珍等纂：《遵义府志》，清道光二十一年刻本。

（清）郑珍等纂：《遵义府志》，中国地方志集成影印本，巴蜀书社 2006 年版。

（清）郑珍、莫友芝纂：《遵义府志》，（台北）成文出版社 1968 年版。

（清）郑珍、莫友芝纂：《遵义府志》，遵义市志编纂委员会办公室整理出版 1986 年版。

（清）郑珍：《荔波县志稿》，贵州人民出版社 2007 年版。

（清）郑珍：《樗茧谱》，民国二十九年贵州省政府《巢经巢全集》本。

（清）郑珍：《母教录》，民国二十九年贵州省政府《巢经巢全集》本。

（清）郑珍：《母教录》，贵州人民出版社 2003 年版。

（清）郑珍：《巢经巢诗集》，《续修四库全书》第 1534 册。

（清）郑珍：《巢经巢诗钞后集》，清光绪二十年贵筑高氏资州官廨刻本。

（清）郑珍：《巢经巢遗诗》，民国十七年至十八年贵阳铅字排印本。

（清）郑珍：《播雅》，民国二十九年贵州省政府《巢经巢全集》本。

（清）郑珍编次，（清）唐树义校订：《播雅》，遵义市红花岗区地方志办
　　公室 2002 年版。

（清）郑珍：《巢经巢文集》，《续修四库全书》第 1534 册。

（清）郑珍：《巢经巢文集》，民国二十九年贵州省政府《巢经巢全集》本。

（清）郑珍：《巢经巢遗文》，清光绪十九年至二十年贵筑高氏资州官署刻本。

（清）郑珍：《巢经巢遗稿》，民国贵阳文通书局铅印本。

（清）郑珍著，黄万机等校注：《巢经巢文集校注》，中央民族大学出版社
　　2013 年版。

（清）郑珍著，王锳等点校：《郑珍集·文集》，贵州人民出版社 1994 年版。

（清）郑珍著，黄万机等点校：《郑珍全集》（七册），上海古籍出版社
　　2012 年版。

（清）顾炎武著，黄汝成集释：《日知录集释》，上海古籍出版社 2006 年版。

（清）顾炎武：《顾亭林诗文集》，中华书局 1983 年版。

（清）谷应泰：《明史纪事本末》卷十九《开设贵州》，上海古籍出版社
　　1994 年版。

（清）叶燮：《原诗·内篇》（上），人民文学出版社 1979 年版。

（清）孔尚任撰，汪蔚林编：《孔尚任诗文集》，中华书局 1962 年版。

（清）方苞：《考工记析疑》，《续修四库全书》第 79 册。

（清）惠栋：《松崖文钞》，《续修四库全书》第 1427 册。

（清）江永：《周礼疑义举要》，中华书局 1985 年版。

（清）程瑶田撰：《考工创物小记》，《清经解》本，上海书店 1988 年版。

（清）戴震：《考工记图》，商务印书馆 1955 年版。

（清）戴震著，赵玉新点校：《戴震文集》，中华书局 1980 年版。

（清）戴震：《戴震全集》（第一册），清华大学出版社 1991 年版。

（清）王宗涑：《考工记考辨》，《清经解续编》本，上海书店 1988 年版。

（清）王鸣盛：《蛾术编》，商务印书馆 1958 年版。

（清）钱大昕著，陈文和主编：《嘉定钱大昕全集·潜研堂文集》，江苏古
　　籍出版社 1997 年版。

（清）翁方纲：《复初斋文集》，《近代中国史料丛刊》第 43 辑，文海出版
　　社 1966 年版。

（清）段玉裁注：《说文解字注》，上海古籍出版社 1981 年版。

（清）纪昀总纂：《四库全书总目提要》，河北人民出版社 2000 年版。

（清）永瑢：《四库全书总目》，中华书局影印本 1965 年版。

（清）傅玉书辑：《黔风旧闻录》，清道光刻本。

（清）阮元等辑，夏勇等整理：《两浙輶轩录》，浙江古籍出版社 2012 年版。

（清）阮元：《考工记车制图解》，《续修四库全书》第 85 册。

（清）阮元辑：《淮海英灵集》，中华书局 1985 年版。

（清）阮元编：《皇清经解》，广东学海堂本。

（清）阮元著，王云五主编：《研经室集》，《丛书集成初编》本，商务印
　　书馆 1936 年版。

（清）邓显鹤：《南村草堂诗钞》，岳麓书社 1994 年版。

（清）梁章钜、郑珍撰：《称谓录 亲属记》，中华书局 1996 年版。

（清）程恩泽：《程侍郎遗集》，《丛书集成初编》本，中华书局 1985 年版。

（清）周作楫辑，（清）朱德璲刊，贵阳市方志编纂委员会办公室校注：
　　《贵阳府志》，贵州人民出版社 2005 年版。

（清）王聘珍撰，王文锦点校：《大戴礼记解诂》，中华书局 1983 年版。

（清）唐树义等编，关贤柱点校：《黔诗纪略》，贵州人民出版社 1993 年版。

（清）刘宝楠：《论语正义》，中华书局 1990 年版。

（清）何绍基：《东洲草堂文钞》，同治六年（1867）长沙刻本。

（清）何绍基著，曹旭校点：《东洲草堂诗集》，上海古籍出版社 2006 年版。

（清）何绍基著，龙震球等校点：《何绍基诗文集》，岳麓书社 1992 年版。

（清）林昌彝著，王镇远、林虞生标点：《射鹰楼诗话》，上海古籍出版社
　　1988 年版。

（清）曾国藩：《曾国藩全集·家书一》，岳麓书社 1985 年版。

（清）曾国藩：《曾国藩全集》（诗文类），岳麓书社 1986 年版。

（清）程晋芳：《勉行堂文集》，《续修四库全书》第 1433 册。

（清）李慈铭：《越缦堂读书记》，中华书局 2006 年版。

（清）黎庶昌：《黎氏续古文辞类纂》，国学整理社 1936 年版。

（清）王先谦编：《清经解续编》，上海书店 1988 年版。

（清）王先慎：《韩非子集解》，中华书局 2003 年版。

（清）孙诒让撰，王文锦、陈玉霞点校：《周礼正义》，中华书局 1987 年版。

（清）清朝国史馆编纂：《清国史》，嘉业堂钞本，中华书局 1993 年版。

白敦仁：《巢经巢诗钞笺注》，巴蜀书社 1996 年版。

北京大学中文系文学专业一九五五级《近代诗选》小组选注：《近代诗选》，人民文学出版社 1963 年版。

蔡冠洛编著：《清代七百名人传》，北京图书馆出版社 2008 年版。

陈衍：《近代诗钞》（上），商务印书馆 1935 年版。

陈衍著，钱仲联编校：《陈衍诗论合集》，福建人民出版社 1999 年版。

陈衍著，郑朝宗、石文英校点：《石遗室诗话》，人民文学出版社 2004 年版。

陈声聪：《兼于阁诗话》，上海古籍出版社 1985 年版。

陈铮编：《黄遵宪全集》（上），中华书局 2005 年版。

戴吾三：《考工记图说》，山东画报出版社 2003 年版。

戴明贤：《子午山孩·郑珍：人与诗》，人民文学出版社 2013 年版。

范同寿：《贵州简史》，贵州人民出版社 1991 年版。

范同寿：《贵州历史笔记》，贵州人民出版社 2008 年版。

冯浩笺注：《玉溪生诗集笺注》（上），上海古籍出版社 1979 年版。

贵州人民出版社编：《贵州三十年文艺评论选》，贵州人民出版社 1979 年版。

贵州省文物管理委员会、贵州省文化出版厅编：《贵州省名人名胜录稿》，贵州人民出版社 1984 年版。

贵州省社会科学院历史研究所编：《贵州风物志》，贵州人民出版社 1985 年版。

贵州省文管会办公室、贵州省文化出版厅文物处编：《贵州文物古迹传说选》，贵州人民出版社 1985 年版。

贵州社会科学院文学研究所：《贵州明清作家论丛》，贵州人民出版社 1986

年版。

贵州省博物馆编：《贵州省墓志选集》，贵州人民出版社 1986 年版。

贵州省地方志编纂委员会编：《贵州省志》，贵州人民出版社 1990 年版。

贵州省文史研究馆编：《黔故谈荟》，上海书店 1993 年版。

贵州省史学学会近现代史研究学会编，何明扬撰：《贵州版史研究贵州近
　　现代史研究文集之三》，贵州人民出版社 1997 年版。

顾隆刚：《太平天国时期贵州农民起义军文献辑录与考释》，贵州人民出版
　　社 1986 年版。

郭汉民等主编：《清代人物传稿》（下编），辽宁人民出版社 1993 年版。

郭预衡主编，祝鼎民、于翠玲选注：《清代散文选注》，岳麓书社 1998 年版。

郭延礼：《中国近代文学发展史》，高等教育出版社 2004 年版。

黄万机：《郑珍评传》，巴蜀书社 1989 年版。

黄万机：《客籍文人与贵州文化》，贵州人民出版社 1992 年版。

黄万机：《贵州汉文学发展史》，贵州人民出版社 1999 年版。

黄万机等：《黔山灵秀钟人杰：历代英才与贵州文化》，贵州教育出版社
　　2001 年版。

黄万机：《沙滩文化志》，中国文史出版社 2006 年版。

黄涤明：《黔贵文化》，辽宁教育出版社 1998 年版。

黄明、黄珅选注：《近代诗词文》，广东人民出版社 2004 年版。

侯绍庄等：《贵州古代民族关系史》，贵州民族出版社 1991 年版。

洪湛侯：《徽派朴学》，安徽人民出版社 2005 年版。

胡文楷编著，张宏生等增订：《历代妇女著作考》，上海古籍出版社 2008
　　年版。

靳代选注：《近代散文选注》，上海古籍出版社 1985 年版。

康健主编：《贵州一览》，人民日报出版社 1986 年版。

孔令中主编：《贵州教育史》，贵州教育出版社 2004 年版。

凌惕安：《清代贵州名贤像传》，商务印书馆 1936 年版。

凌惕安：《郑子尹年谱》，商务印书馆 1941 年版。

梁启超：《梁启超论清学史二种》，复旦大学出版社 1985 年版。

梁启超著，周岚、常弘编：《饮冰室书话》，时代文艺出版社 1998 年版。

梁启超：《论中国学术思想变迁之大势》，上海古籍出版社 2001 年版。

梁启超：《中国近三百年学术史》，团结出版社 2006 年版。

龙光沛：《黔苑拾英》，贵州人民出版社 1993 年版。

龙先绪：《巢经巢诗钞注释》，三秦出版社 2002 年版。

龙先绪：《郑子尹交游考》，中国文史出版社 2004 年版。

龙连荣等主编：《原生态黔东南诗词选》，贵州人民出版社 2008 年版。

林建曾等编著：《贵州著名历史人物传》，贵州人民出版社 2001 年版。

林开良、林朝晖：《贵州教育溯源》，贵州人民出版社 2006 年版。

林尹注译：《周礼今注今译》，书目文献出版社 1985 年版。

李廷贵主编：《苗族历史与文化》，北京中央民族大学出版社 1996 年版。

刘世南：《清诗流派史》，人民文学出版社 2004 年版。

《苗族简史》编写组：《苗族简史》，贵州民族出版社 1985 年版。

马卫中：《光宣诗坛流派发展史论》，苏州大学出版社 2000 年版。

马积高：《清代学术思想的变迁与文学》，湖南人民出版社 2002 年版。

庞思纯：《明清贵州七百进士》，贵州人民出版社 2005 年版。

庞思纯：《明清贵州六千举人》，贵州人民出版社 2006 年版。

钱仲联笺注：《人境庐诗草笺注》（上），上海古籍出版社 1981 年版。

钱仲联：《梦苕庵清代文学论集》，齐鲁书社 1983 年版。

钱仲联选，钱学增注：《清诗三百首》，岳麓书社 1985 年版。

钱仲联校注：《剑南诗稿校注》（卷六十七），上海古籍出版社 1985 年版。

钱仲联：《梦苕庵诗话》，齐鲁书社 1986 年版。

钱仲联、钱学增选注：《清诗精华录》，齐鲁书社 1987 年版。

钱仲联主编：《清诗纪事》（道光朝卷），江苏古籍出版社 1989 年版。

钱仲联选编，钱学增注评：《近代诗举要》，上海教育出版社 1989 年版。

钱仲联主编：《近代诗三百首》，浙江古籍出版社 1990 年版。

钱仲联主编：《中国近代文学大系：诗词集》，上海书店 1991 年版。

钱仲联：《当代学者自选文库·钱仲联卷》，安徽教育出版社 1999 年版。

钱穆：《中国近三百年学术史》，商务印书馆 1997 年版。

舒芜等编选：《近代文论选》（上册），人民文学出版社 1959 年版。

沈云龙主编：《续遵义府志》，（台北）成文出版社 1974 年版。

孙机：《中国古舆服论丛》（增订本），文物出版社 2001 年版。

单人耘选注：《中国历代咏农诗选》，中国农业出版社 2002 年版。

谭其骧主编：《清人文集地理类汇编》（第 4、6 册），浙江人民出版社 1987
　　年版。

唐莫尧：《贵州文史论考》，贵州教育出版社 2000 年版。

汪辟疆：《汪辟疆文集》，上海古籍出版社 1988 年版。

汪辟疆：《汪辟疆说近代诗》，上海古籍出版社 2001 年版。

汪辟疆撰，王培军笺证：《汪辟疆〈光宣诗坛点将录〉笺证》，中华书局
　　2008 年版。

汪龙麟：《中国近代文学史论》，首都师范大学出版社 2008 年版。

汪文学：《贵州古近代文学理论辑释》，民族出版社 2009 年版。

王云五主编，陈延杰注：《张籍诗注》（卷七），商务印书馆 1967 年版。

王重民等编：《清代文集篇目分类索引》，中华书局 1965 年版。

王燕玉：《贵州明清文学家》，贵州人民出版社 1981 年版。

王英志注译：《清人绝句五十家掇英》，山西人民出版社 1986 年版。

王钟翰点校：《清史列传》，中华书局 1987 年版。

王振铎、李强：《东汉车制复原研究》，科学出版社 1997 年版。

王揖唐：《今传是楼诗话》，辽宁教育出版社 2003 年版。

王宏斌编著：《诗说中国五千年》（晚清卷），河南大学出版社 2006 年版。

沃丘仲子：《近代名人小传》，广文书局 1980 年版。

吴雁南主编：《清代经学史通论》，云南大学出版社 2001 年版。

闻人军译注：《〈考工记〉译注》，上海古籍出版社 2008 年版。

徐世昌：《清儒学案》，中国书店 1981 年版。

徐世昌：《晚晴簃诗汇》，中华书局 1990 年版。

萧一山：《清代通史》（第二册），华东师范大学出版社 2006 年版。

杨元桢：《郑珍巢经巢诗集校注》，贵州人民出版社 1992 年版。

袁本良：《守拙斋汉语史论稿》，贵州人民出版社 2005 年版。

严迪昌：《清诗史》（下），浙江古籍出版社 2002 年版。

叶恭绰编：《全清词钞》，中华书局 1982 年版。

张舜徽：《郑学丛著》，齐鲁书社 1984 年版。

张舜徽：《清人文集别录》，华中师范大学出版社 2004 年版。

张其昀主编：《遵义新志》，浙江大学史地研究所主编，1948 年初版。

张其昀主编：《遵义新志》，浙江大学史地研究所主编，1987 年重印本。

张道一注译：《考工记注译》，陕西人民美术出版社 2004 年版。

张亚权编撰：《汪辟疆诗学论集》，南京大学出版社 2011 年版。

赵尔巽等撰：《清史稿》，中华书局 1977 年版。

郑振铎编：《晚清文选》，上海书店 1987 年版。

赵杏根：《历代风俗诗选》，岳麓书社 1990 年版。

赵平略译注：《贵州古代记游诗文译注》，贵州人民出版社 2006 年版。

支伟成：《清代朴学大师列传》，岳麓书社 1998 年版。

周春元主编：《贵州近代史》，贵州人民出版社 1987 年版。

周昕：《中国农具发展史》，山东科学技术出版社 2005 年版。

周恭寿修，赵恺等纂：《续遵义府志》，中国地方志集成影印本，巴蜀书社
    2006 年版。

中华书局上海编辑所编：《中华活叶文选》（15），上海古籍出版社 1991 年版。

中国社会科学院文学研究所《中国近代文学百题》编写组编：《中国近代
    文学百题》，中国国际广播出版社 1989 年版。

中国人民政治协商会议瓮安县委员会文史资料研究委员会编：《瓮安文史
    资料》第四辑，1993 年版。

中国历史文献研究会、贵州历史文献研究会编：《学者笔下的贵州文化——
    贵州文化国际学术研讨会论文集》，贵州人民出版社 1998 年版。

政协贵州仁怀市委员会学习文卫委编：《仁怀文史资料》第 16 辑，1999 年版。

政协榕江文史资料研究委员会：《榕江文史资料》第 4 辑，1989 年版。

遵义市地方志编纂委员会办公室编：《郑珍家集》，中国文史出版社 2006
    年版。

《遵义县文史资料》第 3 辑，政协遵义县文史资料研究委员会 1986 年版。

《遵义文史资料》第 2 辑，中国人民政治协商会议遵义市委员会文史资料
　　委员会编 1990 年版。

《遵义文史资料》第 16 辑，中国人民政治协商会议遵义市委员会文史资料
　　委员会编 1990 年版。

《遵义文史资料》第 23 辑，中国人民政治协商会议遵义市委员会文史资料
　　委员会编 1992 年版。

《遵义文史资料》第 30 辑，中国人民政治协商会议遵义市委员会文史资料
　　委员会编 1997 年版。

［日］诸桥辙次编撰：《大汉和辞典》（卷十），日本大修馆书店 1987 年版。

Edited by Irving Yucheng Lo and William Schultz，*Waiting for the Unicorn*：*Po-
　　ems and Lyrics of China's Last Dynasty*（1644—1911），Bloomington & In-
　　dianapolis，1986.

J. D. Schmidt，*The Poet Zheng Zhen*（1806—1864）*and the Rise of Chinese Mo-
　　dernity*，Leiden：Brill Press，2013.

二　论文类

白敦仁：《巢经巢诗的内容及艺术特色》，《贵州文史丛刊》1991 年第 4 期。

曹旭：《论近代诗人何绍基》，《上海师范大学学报》2008 年第 5 期。

陈福桐：《多元化的贵州学》，《贵州文史丛刊》2000 年第 1 期。

陈蕾：《郑珍诗学研究》，博士学位论文，华东师范大学，2011 年。

陈奇：《郑珍与汉学》，《贵州师范大学学报》1985 年第 1 期。

陈奇：《郑珍对古文的研究》，《贵州文史丛刊》1987 年第 2 期。

陈奇：《郑珍经学门径刍议》，《贵州文史丛刊》1987 年第 1 期。

陈宗琳：《浅析郑珍的〈巢经巢诗钞〉》，《贵州大学学报》1986 年第 4 期。

戴吾三：《〈考工记〉中轮之检验新探》，《中国科技史料》2000 年第 2 期。

窦属东：《郑珍〈亲属记〉研究》，硕士学位论文，贵州师范大学，2014 年。

杜景：《家庭教育的典范——郑珍〈母教录〉刍议》，《贵州文史丛刊》1998
　　年第 3 期。

樊俊利：《试论郑珍〈说文逸字〉的贡献》，《安徽大学学报》（哲学社会

科学版）2009 年第 3 期。

樊俊利：《郑珍〈说文逸字〉研究》，硕士学位论文，河北师范大学，2005 年。

范松：《黔北历史文化三章》，《当代贵州》2012 年第 23 期。

范同寿：《贵州沙滩现象与"沙滩文化"》，《贵州民族报》2013 年 5 月 27 日第 A4 版。

关爱和：《自立不俗与学问至上：清代宋诗派的两难选择》，《文学遗产》1998 年第 2 期。

顾朴光：《贵州咸同起义与太平天国革命之比较》，《贵州史学丛刊》1986 年第 2 期。

何长凤：《粗论咸同贵州各族农民起义》，《贵州文史丛刊》1984 年第 2 期。

贺代后：《郑子尹年谱》，《三楚周刊》1935 年第 13—16 期。

贺国强：《近代宋诗派研究》，博士学位论文，苏州大学，2006 年。

黄爱平：《乾嘉汉学治学宗旨及其学术实践探析》，《清史研究》2002 年第 3 期。

黄大荣：《清代贵州诗人郑珍》，《山花》1979 年第 2 期。

黄江玲：《郑珍的诗歌美学研究》，硕士学位论文，贵州大学，2009 年。

黄万机：《郑珍诗歌浅论》，《贵州社会科学》1980 年第 2 期。

黄万机：《郑子尹的散文》，《贵州民族学院学报》1985 年第 1 期。

黄万机：《评巢经巢诗淳朴自然的风格》，《贵州文史丛刊》1985 年第 1 期。

黄万机：《评郑珍的经学成就》，《贵州文史丛刊》1986 年第 2 期。

黄万机：《郑珍诗论刍议》，《贵州文史丛刊》1987 年第 2 期。

黄万机：《论郑珍诗歌的艺术风格》，《苏州大学学报》1987 年第 3 期。

黄万机：《郑珍逸诗考》，《贵州文史丛刊》1991 年第 4 期。

黄万机：《贵州诗歌论略》，《贵州师范大学学报》1994 年第 1 期。

黄万机：《论论郑珍诗歌的"诗史"品格》，《贵州文史丛刊》1994 年第 6 期。

黄万机：《黔湘文化交流考论》，《贵州民族研究》1995 年第 4 期。

黄万机：《黔文化刍议》，《贵州文史丛刊》1996 年第 2 期。

黄万机：《晚清遵义黎郑二氏家风浅议》，《贵州社会科学》2000 年第 1 期。

黄万机：《浅谈"沙滩文化"资源的评估与开发》，《贵州社会科学》2001

年第 5 期。

黄万机：《夜郎故地文化史上的奇葩——遵义沙滩文化述论》，《教育文化论坛》2010 年第 2 期。

黄永堂：《论〈播雅〉》，《贵州文史丛刊》1987 年第 1 期。

胡琨：《敢有歌吟动地哀——试析郑珍"九哀诗"》，《贵州大学学报》（社会科学版）2003 年第 3 期。

胡先骕：《读郑子尹巢经巢诗集》，《学衡》1922 年第 7 期。

践各：《郑珍山水诗评介》，《贵州教育学院学报》1988 年第 3 期。

蒋寅：《郑珍诗学刍议》，《中国文化》2008 年第 1 期。

蒋寅：《治理学术腐败和学术不端行为的思路与对策》，《社会科学论坛》（学术评论卷）2009 年第 9 期。

孔维增：《遵义"沙滩文化"概念界说》，《遵义师范学院学报》2014 年第 5 期。

李独清：《巢经巢诗说》，《贵阳师范学院学报》1963 年第 1 期。

李建国：《郑珍散文艺术谈片》，《贵州文史丛刊》1985 年第 3 期。

李美芳：《贵州诗歌总集研究》，博士学位论文，浙江大学，2013 年。

李美芳：《贵州诗歌总集体例安排刍论》，《贵州大学学报》（社会科学版）2013 年第 1 期。

李强：《论汉代车轮》，《自然科学史研究》1996 年第 4 期。

李琼洁：《略论郑珍对陈三立的影响》，《船山学刊》2009 年第 2 期。

李琼洁：《郑珍诗歌研究》，硕士学位论文，湘潭大学，2009 年。

李亚明：《〈周礼·考工记〉车舆词语系统》（上），《西华大学学报》（哲学社科版）2007 年第 4 期。

黎铎：《纪念郑珍逝世一百三十周年学术讨论会综述》，《贵州文史丛刊》1994 年第 6 期。

黎铎：《开放中的反思——沙滩文化衰落原因研究》，《贵州文史丛刊》2003 年第 1 期。

力行：《郑子尹之诗及其品格》，《浙大校刊》1941 年第 100 期。

梁启超：《近代学风之地理的分布》，《清华学报》1924 年第 1 期。

梁光华：《郑珍〈巢经巢诗全集〉格律研究》，《贵州文史丛刊》1995 年第
　　2 期。

林建曾：《郑珍和鸦片战争前后的贵州社会》，《贵州大学学报》1995 年第
　　3 期。

林建曾：《重新审视咸同贵州各族农民起义——主要以号军起义为例》，
　　《贵州社会科学》2005 年第 4 期。

凌惕安：《郑子尹年谱》，《中法汉学研究所图书馆馆刊》1946 年第 2 期。

刘长焕：《清代贵州诗歌之"王气"论略》，《贵州文史丛刊》2010 年第 2 期。

刘崇德：《关于秧马的推广及用途》，《农业考古》1983 年第 2 期。

刘和文：《清人选清诗总集研究》，博士学位论文，苏州大学，2009 年。

刘克明、杨叔子：《先秦车轮制造技术与抗磨损设计》，《华中理工大学学
　　报》（社会科学版）1997 年第 1 期。

刘乃和：《山川钟秀人才辈出的贵州》，《文史天地》1995 年第 6 期。

刘师培：《南北文学不同论》，《国粹学报》1905 年第 9 期。

刘世南：《〈巢经巢诗钞笺注〉读后》，《古籍整理研究学刊》1997 年第 1 期。

龙迪勇：《黄宗羲与明清学术思想的嬗变》，《江西社会科学》2001 年第 6 期。

龙光沛：《郑珍笔下的黔中山水》，《贵州文史丛刊》1987 年第 3 期。

龙光沛：《从郑珍哀生民的诗看清王朝的没落》，《贵州文史丛刊》1989 年
　　第 4 期。

龙先绪：《新发现的郑珍遗诗》，《文学遗产》2003 年第 5 期。

龙先绪：《清代贵州厘金与郑珍的〈抽厘哀〉》，《贵州文史丛刊》1999 年
　　第 6 期。

龙先绪：《郑珍散文辑逸》，《贵州文史丛刊》1995 年第 3 期。

龙先绪：《郑子尹交游考》，《成都大学学报》1992 年第 3 期。

龙先绪：《关于〈巢经巢诗钞〉的整理与注释》，《苏州大学学报》（哲学
　　社会科学版）2002 年第 1 期。

罗康隆：《苗疆六厅初探》，《贵州文史丛刊》1989 年第 1 期。

罗筱娟：《历炼骏骨阅山川——论郑珍诗歌中的山意象》，硕士学位论文，
　　华东师范大学，2010 年。

吕友仁：《乾嘉朴学传黔省西南大师第一人——郑珍学术成就表微》，《河南师范大学学报》（哲学社会科学版）1997 年第 2 期。

孟醒仁：《郑珍的诗法和他的实践》，《贵州文史丛刊》1991 年第 2 期。

缪钺：《读郑珍〈巢经巢诗〉》，《光明日报》1960 年 3 月 13 日《文学遗产》第 304 期。

宁夏江：《郑珍在鸦片战争时期的诗歌创作》，《贵阳文史》2009 年第 2 期。

彭银：《郑珍和〈汗简笺正〉》，《贵图学刊》1997 年第 3 期。

齐思和：《魏源与晚清学风》，《燕京学报》1950 年第 39 期。

钱大成：《郑子尹诗论略》，《国专月刊》1935 年第 2 期。

钱大成：《郑子尹先生年谱》，《国专月刊》1935 年第 1—3 期。

钱仲联：《道咸诗坛点将录》，《苏州大学学报》1989 年第 4 期。

饶文谊：《略论郑珍〈郑学录〉考鉴郑玄书目的两种方法》，《贵州教育学院学报》（社会科学版）1997 年第 3 期。

任在喻：《语语珠玉如闻如视——郑珍〈母教录〉品析》，《贵州文史丛刊》2010 年第 3 期。

桑兵：《近代中国学术的地缘与流派》，《历史研究》1999 年第 3 期。

史晓雷：《〈考工记〉中车制问题的两点商榷》，《广西民族大学学报》（自然科学版）2008 年第 4 期。

史光辉：《〈说文逸字〉在〈说文〉学研究方面的文献学价值》，《古籍整理研究学刊》2015 年第 3 期。

孙佩诗：《天欲文西南，大笔授柴翁：晚清贵州诗人郑珍及其诗研究》，硕士学位论文，台湾师范大学，1999 年。

谭德兴：《论郑珍文学创作的经学化》，《贵州文史丛刊》2006 年第 3 期。

唐建荣：《儒学在贵州民族地区古代社会的传播与影响》，《贵州民族研究》2002 年第 1 期。

唐燕飞：《才力与学问——郑珍〈巢经巢诗钞〉研究》，硕士学位论文，赣南师范学院，2012 年。

陶生魁：《试论沈涛的〈说文〉逸字研究》，《中南大学学报》（社会科学版）2011 年第 2 期。

陶文鹏：《论郑珍的山水诗》，《安庆师范学院学报》2006年第5期。

王兵：《清人选清诗与清代诗学》，博士学位论文，北京语言大学，2009年。

王珺：《郑珍山水诗研究》，硕士学位论文，西北师范大学，2011年。

王澧华：《近代"宋诗运动"考辨》，《社会科学研究》2005年第6期。

王亚平：《纪念贵州号军起义150周年学术座谈会综述》，《贵阳文史》2005
年第1期。

王燕玉：《郑子尹和他的诗》，《贵阳文艺》1979年第6期。

王燕玉：《郑珍年历考要》，《贵州师范大学学报》1994年第3期。

王锳：《郑珍经学著作二种校点前言》，《贵州民族学院学报》（社会科学
版）1989年第2期。

王有景：《郑珍诗歌研究》，硕士学位论文，陕西师范大学，2007年。

王煜：《清代贵州调和汉宋两学的郑珍》，《甘肃社会科学》1992年第2期。

王英志：《郑珍山水诗论略》，《齐鲁学刊》2005年第4期。

汪少华：《中国古车舆名物考辨》，博士学位论文，华东师范大学，2004年。

汪少华：《古车舆"輢""较"考》，《华东师范大学学报》（哲学社会科学
版）2005年第3期。

韦启光：《郑珍的哲学思想》，《贵州社会科学》1992年第12期。

魏泉：《论道咸年间的宗宋诗风》，《文史哲》2004年第2期。

魏仲佐：《黄遵宪与诗界革命》，博士学位论文，东吴大学，1991年。

翁仲康：《郑珍学韩诗与自号柴翁的年代》，《贵州文史丛刊》1987年第3期。

翁仲康：《道光〈遵义府志〉五题》，《贵州文史丛刊》1994年第6期。

翁仲康整理：《〈韩诗〉郑子尹批语并跋》，《贵州文史丛刊》1986年第2期。

吴道安：《郑子尹先生年谱》，《贵州文史丛刊》1987年第3期。

吴道安：《郑子尹先生年谱》（续），《贵州文史丛刊》1987年第4期。

吴雁南：《贵州咸同起义与太平天国运动》，《贵州史学丛刊》1985年第1期。

夏勇：《清诗总集研究（通论）》，博士学位论文，浙江大学，2011年。

邢博：《〈巢经巢诗钞〉研究》，硕士学位论文，山东大学，2005年。

肖先治：《郑珍与方志学》，《贵州文史丛刊》1994年第6期。

徐新建：《地域与文学——关于"贵州文学"的思考》，《贵州社会科学》

1997 年第 4 期。

徐中玉：《中国近代文学理论的发展》，《社会科学战线》1992 年第 1 期。

杨大庄：《〈郑珍巢经巢诗集校注〉注议》，《贵州文史丛刊》1994 年第 6 期。

杨军昌：《沙滩文化及其影响》，《教育文化论坛》2010 年第 2 期。

杨瑞芳：《郑珍〈说文新附考〉研究》，硕士学位论文，首都师范大学，
　　　2003 年。

杨祖恺：《郑子尹及其著作》，《贵州文史丛刊》1980 年创刊号。

易健贤：《关于〈巢经巢诗钞笺注〉的三个版本》，《贵州教育学院学报》
　　　2004 年第 1 期。

易健贤：《关于〈巢经巢诗钞笺注〉的三个版本》，《贵州教育学院学报》
　　　2004 年第 5 期。

易健贤：《郑珍对韩愈研究的学术贡献》，《贵州文史丛刊》1995 年第 2 期。

易健贤：《郁达夫论郑珍诗述评》，《贵州教育学院学报》2002 年第 6 期。

易闻晓：《程恩泽诗论对郑珍的影响》，《贵州师范大学学报》（社会科学
　　　版）2008 年第 1 期。

易闻晓：《郑珍诗与山谷诗学的关系》，《贵州教育学院学报》（社会科学
　　　版）2008 年第 1 期。

尹美禄：《〈秧马歌〉碑及秧马的流传》，《农业考古》1987 年第 1 期。

尤振中：《巢经巢诗"生涩奥衍"说》，《贵州文史丛刊》1984 年第 3 期。

俞菲：《贵州咸同苗族农民大起义述略》，《贵州文史丛刊》2000 年第 1 期。

于瑞桓：《乾嘉朴学的缘起及启蒙意义》，《齐鲁学刊》2002 年第 4 期。

袁本良：《郑珍〈说文新附考〉论略》，《古汉语研究》2002 年第 4 期。

曾祥铣：《民生疾苦——郑珍诗歌的聚焦点》，《贵州文史丛刊》1994 年第
　　　6 期。

曾秀芳：《从冷落到关注：郑珍研究的回顾与思考》，《贵州社会科学》2010
　　　年第 12 期。

曾秀芳：《郑珍对〈考工记〉车舆形制的考订》，《贵州文史丛刊》2011 年
　　　第 2 期。

曾秀芳：《郑珍的治经路径与学术旨归》，《牡丹江大学学报》2013 年第 7 期。

曾秀芳：《郑珍诗文创作的学人视角》，《文艺评论》2014 年第 12 期。

张剑：《郑珍佚词〈贺新郎〉解析》，《文史知识》2008 年第 8 期。

张彦煌：《殷车的复原与古车制作的若干工艺试探》，《文物》1994 年第 4 期。

张言梦：《汉至清代〈考工记〉研究和注释史述论稿》，博士学位论文，南京师范大学，2005 年。

赵宏章：《贵州咸同大起义与贵州近代民族关系二题》，《贵州社会科学》1996 年第 2 期。

赵宏章：《贵州咸同大起义与贵州地方团练势力的形成》，《贵州师范大学学报》1995 年第 1 期。

赵庆增：《杜甫郑珍晚岁诗境契合浅探》，《贵州文史丛刊》1997 年第 2 期。

赵杏根：《论晚清宋诗派巨子郑珍的诗》，《苏州大学学报》（哲学社会科学版）1998 年第 4 期。

张昭军：《程朱理学与晚清社会》，《云南大学学报》（社会科学版）2011 年第 5 期。

后　记

　　本书是在我博士学位论文的基础上修改而成的。2008 年 9 月至 2011 年 6 月，我曾于四川大学文学与新闻学院攻读博士学位，毕业之后回贵州工作，于 2013 年，在原博士论文的基础上，向贵州省哲学社会科学规划办申报了《郑珍研究》的科研课题，得到专家认可，被批准立项，项目编号为 13GZYB03。故此，本书得到贵州省社科规划办的立项资助。

　　书稿付梓之际，有一种感谢的欲望呼之欲出。首先感谢我的导师谢谦教授。先生文理兼工，博学强识，为学严谨，为人低调，谈吐风趣幽默，我们深受感染。同时，先生对我们既有师长般的严格，又有慈父般的关爱。所有的谆谆教诲与生活点滴都将化为永不褪色的感谢、感激与感动，永远定格于心中，以激励自己今后的学术研究之旅。还要感谢四川大学的马德富老师、刘黎明老师、王红老师，感谢四川师范大学的李大明老师、熊良智老师，感谢他们为我的论文修改提出了宝贵的修改意见。

　　感谢我的父母。父母之爱是伟大的。在整个论文的撰写过程中，父亲给了我极大的精神支持和鼓励，母亲则不顾身体羸弱，远道来到贵州，为我买菜、做饭、照顾孩子。他们常说：如果我需要什么帮助，除了生命，一切都可以拿去……父母的无私奉献与关爱，让我感动，也正是因为有了他们的慷慨相助，才使行走于科研、家庭、工作之间步履匆匆的我能够顺利完成论文撰写。

　　感谢贵州省社科规划办的项目资助，虽然经费微薄，但足以给我以鼓励。

后　记

本书得以出版，进入公共话语空间，还要感谢中国社会科学出版社的责任编辑，他们为本书的出版付出了辛勤的劳动。

本人学识有限，书中不免有缺陷和不足，有些问题还有待于进一步深入探讨。诚盼学界同人批评指正！

曾秀芳

2015 年 10 月于贵阳枫林